路女日記

嘉永二—五年

木村三四吾編校

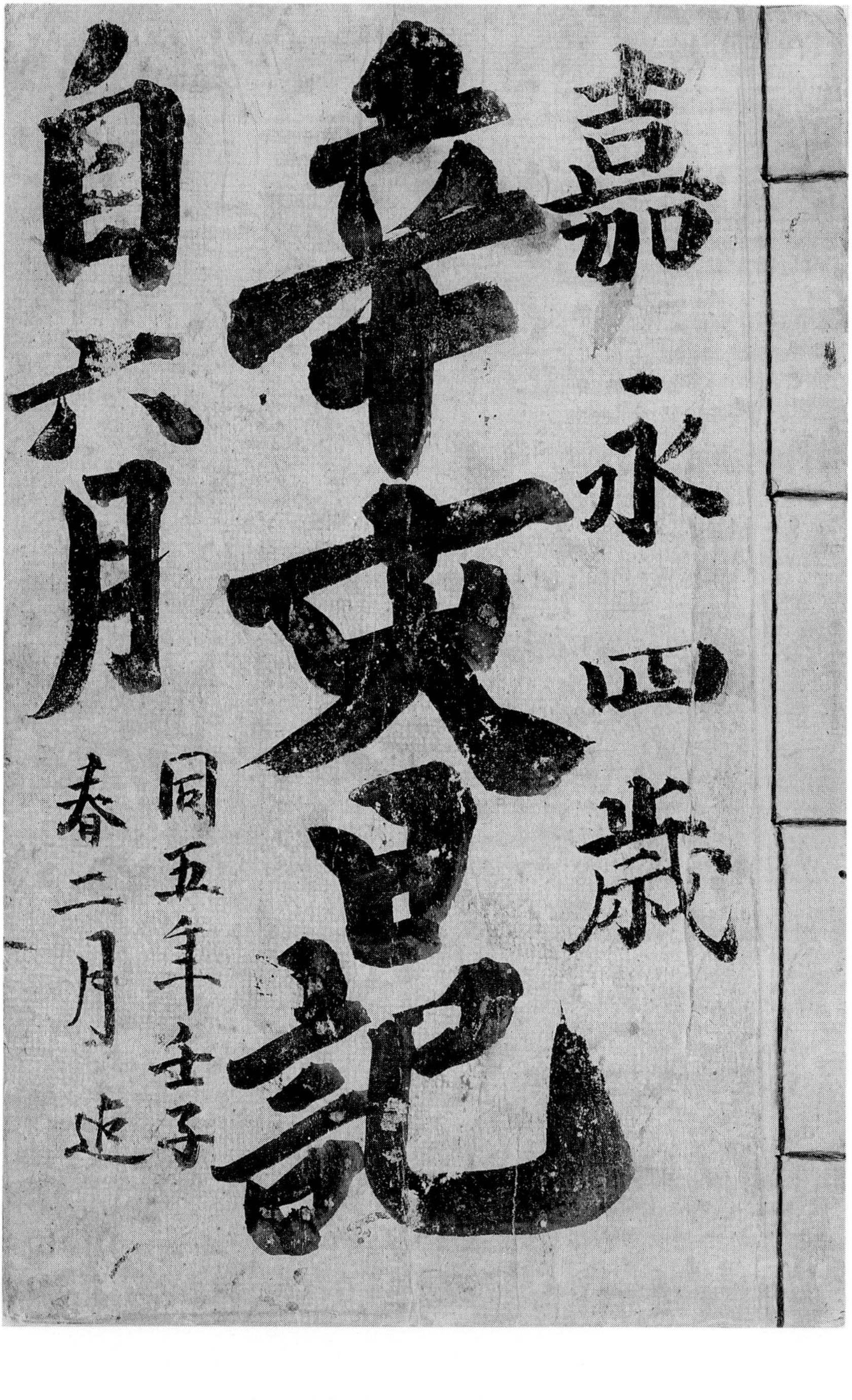
嘉永四歳
辛亥日記
自六月
同五年壬子
春二月迄

第四冊表紙

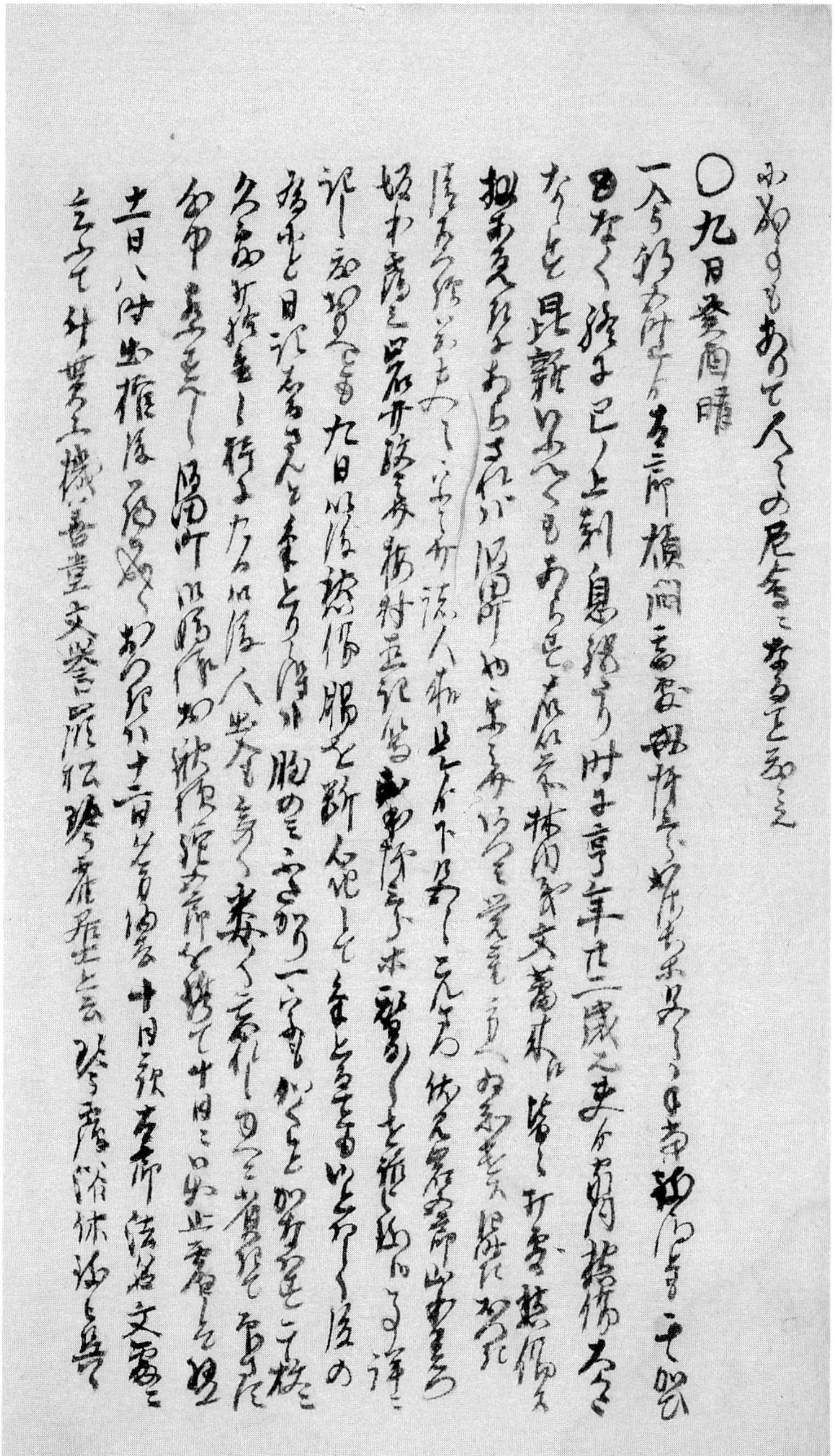

嘉永二年十月九日

まえがき

当日記の記主滝沢路《みち》は、同姓蓑笠曲亭馬琴の嗣宗伯興継の妻女。ついての略伝は、彼女自身もその筆録にも大いにかかわった、馬琴晩年の口述家記天理図書館本『吾仏乃記』（昭六三、東京八木書店版）第五冊「家譜改正編—滝沢宗伯源興継譜」中にほぼみえる。

この婦、土岐村氏、名ハ路。父ハ紀州の御家老三浦長門守殿初名将監、一万二千石の医師土岐村元立。母ハ土岐村検校の長女、名ハ琴と云。おみちハ、文化三年丙寅夏六月六日、神田佐久間町なる父元立の僑居に誕生す。名づけて鉄と云。廿二歳の春三月、みちと改名す。童女たりし時、蒙師に就きて手習す、又、母命じて絃歌を学しむ。本性三絃を好まず。棄て又舞踏を学しむ。因て、姉と共に松平遠江守殿の奥方に給事、数年にして身に暇を給ハりて、大城の部屋方に給事す。僅に一年にして、春正月下旬、又身の暇給ハりて、父の宿所に居り。この時、年二十一歳也。二十二歳にして、文政十年丁亥春三月、滝沢宗伯興継に妻せらる。因て、一男二女を生めり

云々。路女を娶りし、時に宗伯三十歳。右婚事にかかる経緯の大約は馬琴日記この年のその条々に記

事あり、ことに際して土岐村氏より滝沢家に寄せた「縁女鉄諸親類書」や「目録」「来ル廿七日、婚姻引移之節、土産物」、或いは媒人川西主馬太夫よりの馬琴宛状、その他の関係書類、更にはいうところの鉄・路改名一件書等多く滝沢家に伝襲、当日記をはじめ馬琴関係遺蔵とあわせ、それ等は天理図書館に寄托され、いまそこにある。上引『吾仏乃記』文中の「一男二女」とは、嫡男太郎興邦、同妹つぎ、季女さち。

これより先き文政元年宗伯二十歳、馬琴この者のために神田明神坂下同朋町に別に家宅を求め与え、自らもこれに移り住んだ。そして、飯田町旧宅には宗伯姉さきを留め、これには始め婿勝茂を、この者歿後更に正次を容れ、孰れにも馬琴俗名清右衛門を称し継がしめたが、前後共に子女を得ず、宗伯・路の女つぎを迎えて嗣とする。かくて滝沢家は神田明神下馬琴・宗伯と飯田町さき・清右衛門の両家二流に分れた。

天保六年五月八日、宗伯歿、三十八歳。馬琴直ちに筆を執って、この者のために遺伝『後の為乃記』二巻を稿し、且つ家記の資に宛てた（平成四、私版『餘二稿』十二輯）。かくて路女は嫁して八年、三十歳にして寡婦の身となった。翌七年十一月十日、路女、舅姑に従い、幼息太郎・季女さちを将て、四谷信濃殿町千日谷上の拝領地に移る。同十二年二月七日、姑お百、飯田町の旧宅に於いて歿、七十八歳。馬琴、ほぼ天保十年前後より衰眼の兆あり、十一・十二年と視力とみに減じ、遂に盲に至る。以降、その作品・書翰・日記等凡そ筆録の一切、多くは路女への口述筆記になり、時には路女、琴童の名を以って父翁の作に擬することさえあった。嘉永元年十一月六日、馬琴歿、八十三歳。追って翌二年十月九日、太郎歿、二十二歳。そして安政五年八月十七日、路女歿、五十三歳、操誉順節路霜大姉に諡った。清水山深光寺墓地に葬る。滝沢家累代の菩提寺である。現滝沢家はこの系を承ける。

馬琴にとって日記とは、単にわが一個の私記たるにとどまらず、そのまま滝沢の家の歴史につながる、家記としてのいわば公的な性格をも持ち、家長たるものの最も厳粛大切の義務、との自覚があった。かつて馬琴、何度か大患、都度嗣子宗伯に、更にそれに支障ある際は無筆の妻お百にかわって嫁女のお路に口うつしに代筆させるなど、ともかく一日も欠くことのないよう心して努めきた所以である。失明後は主として孀婦路女に、稀には嫡孫太郎に筆を採らせたが、孰れにもせよ連綿として絶えることなく馬琴日記は終生書きつづけられた。近年発見にかかる岐阜市円徳寺に遺存した嘉永元年の馬琴日記、間々太郎の手をまじえるとしても、その大方は路女の代筆による。この年十一月六日に馬琴は逝くのであるが、記文の体、終没のやや前あたりから流石に病舅父の見とり記風な、お路自身の筆運びとなっており、馬琴遠行の当日さえなおかつ筆録を廃してはいない。その日以後も従前に何の変ることなく、彼女は日記を書きつづけた。勿論、自分自身のものとしてである。

太郎歿嘉永二年十月九日付け路女当日の記にいう、

一（前略）事詳ニ記し度おもへども、九日以後、愁傷腸を断心地して、筆とることもいとハしく、後の為にと日記しるさんと筆とり候得バ、胸のミふたがり、一字もかくことかなハず。其故ニ久敷打捨置し儘に、九日以後人出入も多く、妻〳〵《（ママ）》忘れしゆへニ、省きて印《（ママ）》さず。心中察すべし（中略）。客来等の事ハ、右ニ記すごとく筆とることの厭ハしく存候故ニ、廿二日迄ハ不知《（ママ）》。併、数日捨置候も、蓑笠様是迄被遊候御心中ニ背候も不本意ニ存候ニ付、思かへして、又廿二日より涙ながらに記すもの、左之如し

と。かくて漸く二十二日に再び起筆し、以降日々に書きついていった。されば、当九日記は勿論二十二日の追録にかかるが、日記に対する気構えのきびしさ、洵に目をみはるものがある。「蓑笠様是迄被遊候御心中ニ」云々が馬琴日記をさすは、言うを俟つまい。一日も日記は中断すべきでないというのを亡父蓑笠馬琴の遺図遺訓と受けとめ、一家に長たるものの、己が家憲として些かも違うまいとする、これこそが路女の日記意識というものであった。かかる志操は、その性格によるは勿論ながら、長年にわたる馬琴日記代筆の間、彼女自身自ずから体得し、やがて習、性となったものであろう。所引は、たった一人の愛児を失い、その悲しみにうちひしがれての旬余にわたる空白に対し、日記はむしろそうした非常をこそ書きとめおくべきだった、との血の出るような反省自責の文章である。上記文中「後の為」なる語が、『後の為乃記』の一篇をさすはいうまでもない。かくてこそ、日記は後の為にあるべき家の記でもあった。馬琴歿後世代は移ったが、自らの家刀自としての意識は毛頭変ることなく、従って日記の筆録を養嗣子に移譲するなどのことはなかった。かくて路女は滝沢家の日記を書きつづけたのである。

嗣子太郎歿後、御家人株継承の必要上、家女おさちに早々養子小太郎を容れたが家風に合はず、嗣を得ぬままに幾許も経ず離縁、追って同じく吉之助を入れ、先ず一子倉太郎を挙げた。路女にとって初の孫、馬琴より計えて四世の正嫡を得たことになる。安政二乙卯年の自日記裏表紙に自ら朱書して、

　此日記者倉太郎脾疳を病煩ひし年の日記なれバ、倉太郎成人の後見せて、親の看病苦心を知らしむべし。倉太郎孝心あらバ父母を必大切ニ存、孝養を尽すべき也。若是をしも思ハずバ人にして人ニあらざる也。且、力次郎誕生の日記なれバ、失ぬやう心ニ可被掛也　路孀記ス

嘉永元年歳首に始まる所謂円徳寺本馬琴日記は、同二年五月晦日に冊を終る。とすれば、当記中、少なくとも馬琴歿嘉永元年十一月六日以降にかかる記事は、正確には記主の名によって、路女日記とでも称すべき筋合のものであろう。同書末記にいう、

　一太郎、兎角いたミつよく、甚難義也。

　　是ゟ六月、新日記江移る

かくて嘉永二年六月朔日より冊を改め、自らの新日記を起す。即ち滝沢家本路女日記の始まりである。この頃に及んで漸くに自日記への心意も定った、というのであろうか。

滝沢家本路女日記、半紙本存十冊。諸冊大方に共表紙で、紙縒綴じのままの、どちらかといえば略本仕立て。毎頁十六、七行、文字通り蠅頭の細字だが、書法既に往年の稚拙さはなく、殊に後年に及んではむしろ巧緻老熟とも称し得ようか。代筆当初に多くみられた訛語・嘘字・宛字・脱字など、初

めのほどこそなお目ざわりなまでにはあったが、それも次第に姿を消していったようである。長くあの気むつかしく酷しい一方の馬琴に近侍し、刻苦して身につけた修練の甲斐もしのばれてたのもしく、単にそれが筆技にのみ終るものでなかったのはいうまでもあるまい。即ち、ことは日記の文章・スタイルにまで及ぶ。文字遣いから措辞行文のはしばしに至るまで馬琴の筆致を髣髴させるものあり、時には馬琴常套の口跡をさえも散見する。むしろ女の文章でなく男のそれをさえ感ぜしむる条々あり、久しきにわたる口述筆記や代筆で、その口うつしの体もすっかり骨身に沁みこんで、筆癖までが思わずも板についてしまった、というところだろうか。しかし大馬琴は何としても大馬琴、到底その真骨頂を模し得るわけのものではなく、孰れにしても女の文章であることは避けがたい。一体に路女日記、年を経、冊を追うにつれて次第に記文も簡略になり、次表に参照して明らかな如く、一年何冊かのものが、嘉永六年以後は年一冊の割合に縮少する。例えば歿年の安政五年その八月三日など、それはやや特例ではあるにしても、

一今日、留守なれバ日記を印さず

といった、いわば横着千万なことさえもあった。兎にも角にも、畢竟は当時女人文章の常、些か冗長散漫の難を免がれ得ぬとしても、それはそれとして致し方もあるまい。

第二冊嘉永三年六月朔日記に、当番帰りの小太郎「日記を緘、表紙をかけ拵、上書も出来ス」、同冊末六月三十日記には「是ゟ戌七月一日日記帳江うつる」とあり、日記帳第三冊は六月朔日小太郎手

作りのものか。上書は勿論記主路女筆たるはいうまでもない。恐らく路女日記の各冊、孰れも真ッ当の表紙もない、こうした手拵えの仮綴本だったのである。各冊の所収は、

第一冊　嘉永二年六月一日―同三年二月二十九日
第二冊　嘉永三年三月一日―同年六月三十日
第三冊　嘉永三年七月一日―同四年五月二十九日
第四冊　嘉永四年六月一日―同五年二月三十日
第五冊　嘉永五年閏二月一日―同年十二月二十九日
第六冊　嘉永六年一月一日―同年十二月三十日
第七冊　嘉永七年一月一日―同年十二月三十日
第八冊　安政二年一月一日―同年十二月二十九日
第九冊　安政三年一月一日―同年十二月三十日
第十冊　安政五年一月一日―同年十二月十四日（以下欠）

　安政五年八月十七日、路女歿。右第十冊の歿四日前同月十三日までは自筆だったが、そのあたりの行文操筆に何の乱れもない。以下、他筆。右十四日初出の他筆記にいう、

　一夜八つ時ごろゟ母心ちあしく候由ニて、私らおこし候間、早くおき出、手あて致候所、大きによろしく、朝迄ねむる

上記中、母とは路女、私は家女さち。更にそれより三日後の十七日記に、

　十七日己未

一早朝、母事の外よふすあしく候間、姉・万平・吉之助・私、まくらべに折（ママ）。四つ時過、死去致。
早〳〵山田・土岐村江人出ス。田辺藤吉、早〳〵参り、一夜つや致、あけがた帰去

以上が路女死去当日記事のすべてである。これにいう姉とは飯田町旧宅のつぎ、吉之助は記主さち第二の養子婿で是亦後に離縁、ことの顚末はさち・吉之助の娘橘女が『思ひ出の記』（昭五一、私版『餘二稿』四『業余稿叢』中所収翻刻）に詳しい。十四日からは、母路女亡き跡当家主人吉之助でなく、さち女によって書きつがれたが、これは勿論路女の遺志に従ったまでのことだったのだろうが、そこに家のあり方についての路女の観念といったものも窺い得るというものである。早い話が先の小太郎、今の吉之助にしても要するに婿養子以外の何ものでもなかった。そうした考え方の正否善悪はさて措き、このことは両度に及ぶおさちの不縁にかかわるところなしとはすまい。更には亦おさち、母路女程に性根の据った女性ではなかったのである。

　当冊は同年末十二月十四日までを存し、その日の文章も途中までであって、以下欠のままに冊を閉じる。従って裏表紙は無い。巻末の欠損はそれだけでなく、本文の末何枚も恐らくは共に佚亡したらしく、当冊元来は同年末までのまる一年分を具備していたものと推せられる。但し、安政六年以後も果して更に冊を改めてさち女日記は書きつづけられたか否か。路女のごく晩年、月に一度か、何ヶ月に

幾度か、実のわが生みの娘たる伝馬町おつぎ方に出向き、数日間泊りこむこともあったが、その留主中の日記は必ず家女おさちに代筆せしめていた。或いはよってわが亡き跡での日記付けの習慣やその手法を習熟させる意図でもあったのだろうか。それにしてもさち女の行筆、母路女に比して一体に簡略で、むしろ粗雑ともいうべく、行文大方に体をなさず、多分にこの者、母者人ほどには心ぞこ日記の意義を弁知していたとも思われぬ。更に、文を綴るにもさほど熱心でなかったらしいことは、かの橘女が『思ひ出の記』によっても察せられるその性格からも、大略の見当はつきそうである。そもそも市井の婦女が日常に筆採るなど、ましてや日記など、当時世の習俗として凡そ普通ではなく、路女日記こそむしろ稀有の例というべきであろう。さちの日記について、「安政中、阿路歿す。佐知代りて又た日乗を録す」といった記事が、香亭中根淑の『香亭雅談』(明治一九刊、依田学海評註)にみえるものの(昭六二、『吾仏乃記』解説「馬琴の本箱」所引)、これだけでは香亭所見の佐知女日記が安政六年以降をも含んでいた、との証拠にはなり難い。この者の安政六年以降日記はそもそもから存在せず、馬琴日記の精神と伝統は路女を以って終った、と考えてよろしかろう、か。

路女日記は馬琴の後を承けて、引きつづき己が死の数日前まで、その間愛子太郎を失っての悲愁に堪えずして筆を廃したという旬日余以外、殆んど一日も欠かすことはなかった。日記に於いて、路女こそ馬琴に最も忠実だったといえようか。とすれば、現存路女日記に安政四年分のまるまるをみないのも、元来あったものが後に散佚して、いまその所在を失ったまで、とむしろ解すべきであろう。

路女の行実、彼女への批判や褒貶など、馬琴の日記や書翰等を通じその実相の概ねは推知することもできよう。先年、伝存分のすべて、更に丁寧にいえば、円徳寺本中の路女の分までも合わせて、馬琴日記が翻刻公刊されて以来、なにほどか、特に同性作家の興味をそそるところもあったらしく、この者に触れた二、三の作品ものされたようだ。その作家の一人杉本苑子女史には「馬琴の嫁おみち」といったエッセイさえある（昭五一、中央公論社『江戸を生きる』）。がしかし、それは路女日記を資料としたものではないようだ。路女については、彼女自身の日記によるのが最も適当、且つ捷径なのではあるまいか。馬琴日記やなおごく一部ながら翻刻路女日記によって、かっての『曲亭馬琴遺稿』の作家森田誠吾さんの「滝沢路女のこと」が発表されたのは雑誌『新潮』平成四年四月のことであった（同年一一月新潮社版『江戸の明け暮れ』に所収）。誰彼の描く路女像、必ずしもわたしのみる彼女に同じくはないようだ。そしてわたしは、路女日記全般翻刻に対する路女への義務と責任を何程か感じたことであった。勿論自分独りの興味―というよりむしろ道楽心であって、何等他の関与存知するところでない。

当日記は滝沢家の許可を得て、天理図書館報『ビブリア』に昭和六十三年十月第九十一号以下、毎号原日記約三ヶ月分を「滝沢路女日記」として翻刻連載、平成五年十月同誌第百回記念号に及んで日記第一冊巻初嘉永二年六月より第四冊中嘉永四年十二月までに到った。それ等十回分を合輯して一冊の本の形に改編し、且つ続く嘉永五年一月より同年末までを追加、以って餘二稿版第十三輯『路女日記』のこの冊に宛てようとする。

体裁はほぼ『ビブリア』の姿に従い、多少の変改を加え、句読・解読等にも何程か新意を加えた。尚、嘉永六年以下安政五年に到る残冊は追って続刊の予定である。

上梓に当り、滝沢家・天理図書館及び『ビブリア』当局の御高配に対し篤く感謝の意を表する。且つ、割付け・校正等その他本作りの一切については天理同室の同僚田渕正雄君・岸本眞実君・岡嶌偉久子君、口絵写真等は同じく天理図書館写真室の八木伸治君、そして記中こまごました調べごとについては如例大阪樟蔭女子大学図書館員津田康子君を煩わすことが多かった。全般的には同室の同僚金子和正君の意見を参照すること如例であった。改めて名は挙げぬが実に多くの方々のご学恩に与ったことに深くお礼を申し述べる。

平成六年三月六日　於奈良県立リハビリセンター再校了

目次

路女日記 嘉永二―五年

口絵
まえがき
凡例
本文……1
嘉永二年己酉（四十四歳）
六月……3
七月……11
八月……27
九月……42
十月……56
十一月……63
十二月……72
嘉永三年庚戌（四十五歳）
一月……84
二月……95
三月……107
四月……119
五月……131
六月……142
七月……153
八月……163
九月……175
十月……188
十一月……202
十二月……216

嘉永四年辛亥（四十六歳）
一月……232
二月……245
三月……258
四月……270
五月……282
六月……292
七月……304
八月……314
九月……321
十月……332
十一月……343
十二月……354
嘉永五年壬子（四十七歳）
一月……364
二月……375
閏二月……385
三月……395
四月……407
五月……416
六月……425
七月……435
八月……445
九月……454
十月……467
十一月……478
十二月……488

凡例

一、本書は、天理図書館寄託滝沢家本『路女日記』を翻刻したものである。

一、原本は、仮袋綴（一部袋綴）十冊、共表紙（一部薄茶色布目表紙）、縦二三・七至二四・七糎横一五・七至一七・二糎。うち本冊には、原本の第一冊嘉永二年六月より第五冊嘉永五年十二月までを収めた。

一、本冊所収のうち、嘉永二年六月より嘉永四年十二月までは、『ビブリア』第九十一至百号掲載のもの を 使用したが、転載にあたって句読・解読等に多少の改変を加えた。

一、翻刻にあたっては、用字は当用漢字、仮名は通行の平仮名によるを原則としたが、明らかに片仮名意識のあるもの、或いは当時の慣用はその書体表記に従った。

一、句読点・清濁は私意により仮に新補したが、原本の既に濁れるのは（濁ママ）と傍注した。また、原本における誤記・誤字のうち、文意不通と思われるものについては（ママ）と傍注した。文字間に空白がある場合は、相当の文字数を空け（アキママ）と傍注した。

一、解読不明の文字には□をもってこれにあて、推読にはそれを□で囲む。虫損・汚損等による不明の箇所は、ほぼその字数にあたるものを□等で示し、（ムシ）（破損）などと傍注し、さらにその判読には□等で囲んで（ムシ）などと傍注した。

路女日記

嘉永二―五年

嘉永己酉二年

嘉永二年己酉六月

朔日丁卯　曇、四時頃ゟ晴。或者曇、或者晴、甚暑

一今朝五時過、靍三来ル。加砂仁・呉茱萸・桂枝・芍薬湯二貼持参、被贈。且、薬方書をも被贈。今ゟ八丁堀江参り候由ニて、帰去。きせる・煙草入失念致候由被申候ニ付、太郎提煙草入・きせる貸遣ス○四時頃、清右衛門様御入来、干飯・だんご持参、被贈。且、五月分上家ちん・薬売溜、壱〆七百三十二文持参致、内壱わり百七十四文、先日伊藤半平殿霊前江備候煎茶代二百文、のり入二貼代二百六十四文渡し、勘定済。土蔵入夏物を取出し、雑談後、被帰去。

一昼時、半右衛門来ル。暫して帰去○夕七時頃、岩井政之助来ル。昨夜頼候こんにやく玉、処々問合候へども、只今頃ハ無之由申候ニ付、いたづらに帰来りて、右之趣を被告。今朝ゟ待居候所、無之由ニて、望を失ひし也○昼後、おさち入湯ニ行、八時過帰宅○昨夜ゟ不出来ニて、痛候足折々ふるへ、痛ニ堪ざるよし。右ニ付、明日、半右衛門を頼、田村宗哲方へ被参候て容躰を咄し呉候様頼遣ス。暮時前、半右衛門来ル。先刻頼候一義也。委細容躰半右衛門江申聞、且、こんにやく玉手入かね候由を申聞候得（ママ）、承知致。先かけ合の夕膳を振舞、直ニ田村方へ行。田村へ参、委しく容躰申聞、何分痛強く、且ふるへ候て、難しのぎ由を申、明朝見舞呉候様、頼申入。夫（ママ）麹町辺こんにやくやにてこんにやく玉の事、貰度由申といへども不売。右ニ付、半右衛門当惑致候間（一オ）、色々かなしみて、薬ニ致候故、少々にてもぜひ〳〵買受度由申、やうやく少々手ニ入、帰宅。価ハ不取と言。半右衛門、戌ノ刻帰来、右之趣を告げ、直ニ手づからこんにやくの粉、姫のり少々加煉、ミの紙壱寸四方の紙二重ニのバし、畢て、四時帰去○高橋留之助、太郎見舞ニ来ル。早々帰去。

○二日戊辰　晴。甚暑

一早朝、田村宗哲来診。太郎容（ママ）を告、診脈畢、せん茶・くわ

しを出し、且、五苓散五貼調合被致、帰去○川井亥三郎・高橋留之助・土屋冝太郎、暑中見舞として来ル。一四時過、半右衛門ゟ内義ヲ以、きす魚十尾、被贈。厚く謝礼申遣ス。右以前五時過、半右衛門来ル。伝馬町江買物罷越候由ニて、早々帰去。岩井政之助江麻上下貸遣ス。一忠三郎、暑中見舞ニ来ル。太郎対面、せん茶・くわしを出し、雑談後帰去○八時過、半右衛門来ル。硯蓋・大平借用致度由申ニ付、貸遣ス○夕七時頃、長田章之丞・水谷嘉平次、暑中見舞ニ来ル。太郎対面、暫して帰去。長田章之丞江五月分頼母子掛せん二口分百三十二文頼、渡し遣ス○太郎、今日も昨日の如し。今朝より雷火針を用。

○三日己巳　晴。甚暑

一今朝、荒太郎・渡辺平五郎・深田長次郎・白井勝次郎、暑中見舞として来ル。右之内、白井勝次郎、長友代太郎被頼候由ニて手紙持参、被届之。右者、頼母子講掛銭の事也。右者、昨日長田章之丞ニ届遣し候由、白井江申遣ス○昼時、靏三来ル。一昨日（ウ）貸遣し候煙管・煙草入、被返。右受取、雑談後帰去○渡辺平五郎・小林佐七郎・稲葉友之丞・木原計三郎、暑中見舞として来ル○おひさ、娘類節を携て来ル。如例教を受て帰去○山本半右衛門内義、今朝ゟ暑気当りニて脳《（ママ）》候様おさちニ申候ニ付、小児二人有之、殊之外難義可致存候間、黒丸子、五苓散をせんじ、遣ス○今日も甚暑ニて、太郎、昨日ニ替ることなく痛甚しく、難義限りなし○今晩、おさち壱人かゝり湯をス。

○四日庚午　晴。甚暑、凌かね候程也

一今朝如例留吉、田村江薬取ニ遣ス。九時前、帰来ル。賃銭四十八文遣ス。田村ゟ返書来ル。

一今朝おさちヲ以、半右衛門内義江五苓散三貼煎じ、遣ス○早朝政之助、借用物の謝礼として来ル。当番出かけの由ニて、早々帰去○四時頃、松村儀助来ル。先日貸進の古史通被返、雑談後昼時前帰去○昼後、半右衛門来ル。一昨日政之助江貸進の麻上下一具、朱塗硯ぶたに大ひら持参、被返。右、請取置。昨今半右衛門内義不快ニ付、両三度薬贈候謝礼申、雑談後、夕七時頃帰去。今日枇杷葉湯煎じ、家内一同用候ゆへ、半右衛門ニも三、四人杯振舞遣ス。

一八時頃、大内隣之助、暑中見舞ニ来ル。早々帰去○太郎、昨日と替ることなし。ふるへは少々宜敷方也。夜中、痛又甚し○西原邦之助、暑中見舞として来ル。早々帰去。

一暮時清助、娘携《（ママ）》て来ル。教を受て帰去○右同刻、政之助来ル。先日頼置候金伯買取候て、持参せらる。代銭ハ先日渡し置。暫して帰去（二オ）。
○五日辛未　曇。四時過ゟ晴、大暑、夕方、遠雷少々
一今朝宗村お国、病気見舞ニ来ル。ほどなく帰去○四時過、山本半右衛門来ル。雑談後、太郎退役致度旨、有住江咄し呉候様頼遣ス。夫ゟほどなく、処々見舞ニ参り候由ニて、帰去。夕七時前、又帰路の由ニて、来ル。先刻頼候退役之一義、有住并ニ松村江も咄し申入、頼置候由被申候ニ付、ほどなくおさちを以、印行（マヽ）為持遣ス○八時頃、森野希（カ）十郎、暑中見舞ニ来ル。三嶋兼次郎も同様来ル。

一夕七時頃、山田宗之助暑中見舞ニ来ル。おみさ・おまちゟ文到来、おむめゟ文壱通届来ル。今より秋月様江参り候由ニて、早々帰去○今暁、東の方ニ遠火有之。後ニ聞、材木町七丁めの由也。

一太郎、今日も同へん也。
○六日壬申　晴。甚暑
一今朝田口栄太郎・小出啓五郎、暑中見舞ニ来ル。栄太郎ハ早々帰去。啓五郎ハせん茶・葛煉を出し、雑談後帰去○今朝五時頃留吉を以、田村江薬取ニ遣ス。九時前帰来ル。代銭四十八文遣ス。

一八時頃、靍三来ル。暫して帰去○右同刻、松村儀助来ル。昨日頼候退役願書認、印行押候由ニて持参、返ス。太郎請取置。雑談後、夕七時頃帰去○今日、奇應丸二匁、金伯を掛る。

一太郎、今日も同偏也○夕方政之助母義、麦・葛らくがん一折持参、被贈、暫して帰去。
○七日癸酉　晴。厳暑
一今朝梅村直記、太郎見舞として来ル。早々帰去○松宮兼太郎、暑中見舞として来ル。

一昨夕七時頃自分悪寒甚く候ニ付、暮時前ゟ枕ニ就く（二ウ）。
○八日甲戌　晴。八半時過ゟ急雨大雷、夕七半時ゟ又晴
一今朝岡勇五郎、明九日見習御番被仰付候由ニて、来ル○昼後成田定之丞・板倉忠次郎右両人、御作事方定普請同心出役被仰付候由ニて、来ル○昼後、半右衛門来ル。自分不快ニ付、平臥致候ニ付、おさち壱人ニて看病不行届候間、両三日おつぎを借受候様被申候て、其後夕方雷鎮候後、飯田町江被参、不快の事申通じ、おつぎ両三日借受、看病致させ度由被申候へども、今晩ハ遣し難、何れ明日此方ゟ送り可遣旨申候由ニて、五時頃帰来ル。暫し休足して、帰去○夕七時前、越後や清助来ル。雨止、雷鎮て、帰去○暮時前、隣家林ゟあま酒二椀、被贈。おさち、謝礼申遣ス。

一早朝、田村宗哲来診す。太郎母子診脉の上、薬五帖調合せ

らる。其後、帰去。昨晩見舞の事申入候故ニ、早朝来ル〇今日の雷、三ケ所江落候内、日ケ窪江落候ハ怪我人も有之候由也。

〇九日乙亥　晴。冷気

一四時頃清右衛門様、おつぎ同道ニて御入来。昨夜山本半右衛門ヲ以、おつぎを借用申入候故也。手みやげ、桃十・真桑瓜五つ御持参。暫して清右衛門様被帰去、おつぎハ止宿ス〇昼時過宗村お国、病気見舞として来ル。ほど無帰去〇夕七時頃、宗哲来診す。太郎母子容躰を告、診脈畢、せん茶・くわしを出、早々帰去〇其後岡勇五郎、見習御番相済候由ニて来ル。

〇十日丙子　晴

一九時頃田辺磯右衛門、暑中見舞として来ル。早々帰去〇昼後、田村塾代診として来、太郎母子診(三オ)畢。煎茶・くわしを出し、暫して帰去〇松村儀助来ル。雑談後、帰去〇半右衛門来ル。是亦、暫して帰去。

〇十一日丁丑　晴

一今朝越後屋清助、病気見舞として、焼鮎十二尾持参、被贈、早々帰去〇四時頃、山田宗之介来ル。煎茶・くわしを出し、雑談。主僕ニ昼飯を振舞、暫く仮寐して、八半時頃覚。尚又、せん茶・餅ぐわしを給させ、夕七時過帰去。うちわ二本持参、被贈。〇早朝梅村直記、病気見舞として来ル。おさち挨拶致候へバ、早々帰去〇昼時前、荷持太蔵、御扶持舂候て持参ス。つきちん百四十八文、渡し遣ス。

一岡村幸右衛門・鈴木橘平、暑中見舞として来ル。

〇十二日戊寅　晴

一昼時前、祖太郎来ル。手みやげ、佐柄木町窓の月小片折持参、被贈。雑談数刻、煎茶・くわしを出し、其後夕飯を振舞、夕七時頃帰去〇其後豆腐屋松五郎妻すみヲ以、おつぎを飯田町江帰し遣ス。手みやげ、あじひもの廿枚・うちわ一本遣ス。おすミ、夜ニ入六半時帰来ル。則、ちん銭百文遣ス。其後、帰去〇九日朝、矢野信太郎来ル。麦落雁一袋持参、被贈、早々帰去。

〇十三日己卯　晴

一四時頃芝田町山田宗之介ゟおミさ文ヲ以、交肴・葛まんぢ(ママ)ん小重入壱重、見舞として贈来ル。おミさ江返書謝礼申遣し、此方ゟ窓の月一折、うつりとして遣ス。

一四時過、靏三来ル。雑談数刻、昼飯給させ、其外煎茶・くわし・巴旦杏を振舞、暮時前帰去(三ウ)。

一おさち以、山本半右衛方へイサキ茄子煮つけ一皿、為持遣ス。右うつりとして、蔓なひたし物少々贈来ル。
○十四日庚辰　晴
一今朝、荷持太蔵来ル。右者、高畑武左衛門内義おちよ、不快の処、養生不叶、今晩死去致候由申来ル。今晩送葬の由也
○昼前、半右衛門来ル。麦こがし一袋持参、被贈。其後、松岡織衛来ル。煉羊かん半棹、被贈。雑談、将棊をはじめ、両人ニ昼飯を給させ、八時過、織衛帰去。七時頃、半右衛門帰去。
一夜ニ入、儀助来ル。其後、靏三来ル。尾張名所図画を被貸、早々帰去。儀助ハ五時過帰去。
○十五日辛巳　晴
一今朝四時頃、有住岩五郎来ル。太郎儀病気ニ付、退役願出候処、今日被仰付由、被申之。右名代廻勤ハ長友代太郎の由也。ほどなく代太郎も来ル。右廻勤相済候由也。両人ニ煎茶・ようかんを出ス。九時頃帰去○八時頃、矢野文蕾来ル。しら玉一器持参、被贈、太郎と雑談数刻、夕七時過帰去。国史略壱冊、貸遣ス○暮時前、政之助来ル。ほどなく帰去○今日、太郎月代を剃、髪を結。四月下旬のまゝ也。
○十六日壬午　曇。四時頃ゟ晴、夜中雷鳴、雨、ほどなく止
一今朝留吉ヲ以、田村江薬取ニ遣ス。九時、帰来ル。則、賃銭四十八文遣ス○昼前、おさちを久保町江買物ニ遣ス。昼前帰宅。昼後おさちヲ以、高畑武左衛門方へせん茶一袋、仏前江為持遣ス。

一今朝、信濃屋重兵衛来ル。薪注文致遣ス。八時過、薪十六把・炭一俵、かるこ持参。先日ゟの炭代〆金壱分、薪代金二朱、〆金壱分二朱、かるこ江払遣ス(四オ)。

一太郎、今朝ハ水瀉、夕刻迄四、五度ニ及ぶ○夜ニ入、靏三来ル。先日貸進のあさひな五集四冊返る。ほど無帰去。
○十七日癸未　曇。八時頃ゟ雨、小雷、夜中大雨
一今朝五時過清右衛門様御入来、水飴一器・麦こがし一器、太郎江被贈。神女湯無之由ニ付、十包渡之。雑談後、四時過被帰去○四時過、文蕾来、先日貸進之八犬伝終巻五冊被返、尚亦所望ニ付、侠客伝初集五冊貸遣ス。ほどなく帰去○松岡ゟ信州寒晒の粉小重入壱重、被贈之。謝礼、口状ニて申遣ス
○四時過、山本半右衛門来ル。太郎将棊両三度。且、去十五日太郎退役之せつ、太郎名代長友代太郎廻勤被致候ニ付、其せつ先例之如く二百文可遣処、合客も有之候ニ付、差扣候ニ付、右二百文、今日山本を頼候処、早束《(ママ)》長友江届被呉候様被申候間、二百文半右衛門ニ渡し、届貰ふ。半右衛門ニ昼飯給させ、其後帰去○八半時頃、田村宗哲来診。太郎容体を告、診脉せらる。太郎、昨日者水瀉天明ゟ暮時迄六、七度水瀉致、

且、気分不宜候旨申候所、全く時候あたりニ候間、別煎調合せられ、三帖さしおかる。如例、せん茶・くわしを出。折から大雨ニ成候間、暫雨止致候得共、雨頻ニ降候間、七時過帰去。供人雨具無之由ニ付、とう油貸遣ス。○太郎、暮時過ゟ胸痛暫らく難義致、五時過少々痛退く。

○十八日甲申　雨。終日

一四時過、政之助来ル。暫く太郎と物語致、九時過帰去○八半時過、山本悌三郎来。同人義も去月卅日ゟ時候あたり、暫く引篭、養生致、漸く順快の由被申。是亦太郎と雑談数刻、夕七半時過帰去○夜ニ入、靏三来ル。雑談後、所望ニ付、巡嶋記六輯五冊、貸遣ス。五時過帰去(四ウ)。

一太郎、今日も替事なし。但、水瀉せず。

○十九日乙酉　曇。折々雨

一今朝留吉ニ申付、田村江薬取ニ遣ス○四時頃帰来ル。如例煎薬・かうやく・雷火針到来ス。則、賃せん四十八文遣ス。但、一昨日此方へ差置候宗哲冠笠、為持遣ス○四時頃、半右衛門来ル。雑談後、九時過帰去○八時頃伊藤与一郎方ゟ手紙ヲ以、壱分饅頭壱重十五入壱重、贈来ル。右者、伊藤半平法名釈道禅信士、今日三十五日相当の由也。謝礼、請取書ヲ以申遣ス。

一夕七時頃高畑武左衛門ゟ使ヲ以、亡妻初七日逮夜ニ付、飵飯さし上度由申来ル。然ども、太郎不快ニて打臥居候間、参り候者もなし。右之故ニ、参がたき由申遣ス。ほどなく本膳壱人前、取肴・吸物・酒一とくり添、来ル。来ル《(ママ)》。猪口、坪ハなし。謝礼申遣ス。右之内、皿・平・汁・吸物・あげ物・酒一とくり、豆腐屋松五郎江遣ス。同人娘まき、取ニ来ル。則、渡し遣ス○夕七時過、久保町煮豆売半兵衛養子鉄次郎、先日ゟ約束の白黒雑毛小猫貰ニ来ル。随分いたハり遣し候間、ぜひ〳〵貰度由申ニ付、紋ちりめん首玉をかけ、渡し遣ス。右小猫者、壬四月廿一日、飯田町ゟ貰受候小猫也○太郎、今日も同偏也。昼後ゟ悪寒発熱ス。暮時ニ至り、熱醒て雷火針を用ゆ。其外、替ことなし。

○廿日丙戌曇。四時頃ゟ晴、今暁八時四分立秋之せつニ入ル、夜ニ入雨、遠雷、ほど無止

一昼前文蕾妻先日貸進の侠客伝初輯五冊被返、尚又所望ニ付(五オ)、侠客伝二集五冊貸遣ス○太郎、今日も替事なし。但、悪感発熱なし。足痛ハ替事なし。但、五時頃ゟ腹痛、夫ゟ胸痛ニ成、暫く脳ミ《(ママ)》、九時頃少々おちつき、枕ニつく。

○廿一日丁亥　残暑

一今朝豆腐屋松五郎ゟ留吉ヲ以、赤飯小重入壱重贈来ル。今

日、天王祭礼の由也。後刻おさちニ参り候様申之、謝礼申遣ス。右重箱江白米壱升入、うつりとして遣之。

一昼後おさち豆腐屋罷越候所、未天王御輿御出なき故ニ、いたづらに帰宅ス。例ゟ遅刻也○昼後、下掃除友次郎来ル。此方掃除致、畑江こやし致、帰去○暮時田村宗哲来診、太郎委敷容躰を告、診脉の上、胸痛ハ癇の為所ニ候間、今ゟ本方一通りニ致加減由被申。煎茶・くわしを出し、六時前帰去。去十七日貸進のとう油被返、請受取。
○廿二日戊子　曇。暮時ゟ雨、夜ニ入大雷数声
一今朝嫗神江参詣致、帰路買物致、四時前帰宅○五時前、留吉を田村江薬取ニ遣ス。四時頃帰来ル。加減の薬十二貼・かうやく五貝来ル。留吉ニ賃銭四十八文遣ス○右同刻長田周蔵、太郎不快を被尋、雑談暫して帰去○昼時過板倉栄蔵、太郎病気見舞ニ来ル。ほどなく帰去○其後山本半右衛門、是亦暫く物語致、帰去○八時頃、留蔵妻来ル。わさ事、疾瘡(ママ)ニて難義致候間、どく(二字濁ママ)だみせんじ用度候間、貰度由申ニ付、遣之(五ウ)。

一夕七時前、政之助来ル。暫雑談して、帰去○今日も太郎同偏也。

一暮時、七月分御扶持渡る。取番松宮兼太郎差添、車力壱俵持込、請取置。豊後米四斗三升弐合と有之候へども、四斗二升五合アリ、七合切。
○廿三日己丑　雨。冷気、雨終日
一今朝文蕾、小児を携、先日貸進の侠客伝二集五冊被返、尚亦三集所望被致候処、右者三月中松岡江貸置、未被返ず候間、おさちを取ニ遣し、退刻(ママ)文蕾江貸遣ス。雑談後、四半時過帰去○右以前薬取留吉、長友代太郎使として、同人手紙持参。右者、弁当料弐度分并ニ昨日頼母子構(ママ)掛銭の事申来ル。則、掛銭二百十六文、留吉に渡遣ス。弁当料ハ未也。返書不遣、口状ニて申遣ス○昼後おさち入湯ニ行、八時前帰宅○昼後八時頃、織衛来ル。太郎と雑談、夕七時過帰去○右同刻、宗哲来診ス。太郎診脉畢、如例之せん茶・くわしを出ス。早々帰去○夕方山本半右衛門、小児を携て来ル。右小児泣候間、ほど無帰去。右以前、豆腐屋松五郎妻おすミ来ル。白米ほしき由申ニ付、五百文分五升五合渡し遣ス。暫して帰去○太郎、今日も胸痛・足痛替ることなし。
○廿四日庚寅　晴
一今朝清助、見舞ニ来ル。早々帰去○夕七時頃長田章之丞、太郎見舞として来ル。太郎対面、ほど無帰去○夕方米つき政吉、明後廿六日御扶持舂可申由ニて来ル。委細承知の由申聞候得者、帰去○太郎、今日も同偏也(六オ)。

○廿五日辛卯　晴。折々曇、冷気
一今朝、松宮兼太郎来ル。右者、浦上清之助当分仮書役被仰付候名代の由也。

一四時頃清右衛門様御入来、先日頼置盆ちようちん御買取、御持参。代百文の由也。右請取、神女湯八包渡。ちようちん代銭ハ未上不申。今ゟ堀之内千部江御参詣の由ニて、早々御帰被成候○昼後伝馬町江買物ニ行、ほどなく帰宅○暮時頃山本半右衛門内儀太郎容子を被尋、挨拶致、暫して帰去○太郎、今日も替る事なし。胸痛ハ少々快方也。内踝ハ痛弥増候と云。
○廿六日壬辰　曇。四時頃ゟ小雨、終日冷気
一今朝留吉、田村江薬取ニ可参由ニて来ル。則、容躰書差添、薬通箱為持遣ス。四時頃帰来ル。如例、四十八文遣ス○五時過、米つき政吉来ル。玄米三斗壱升舂しむ。昼時舂畢。つきべり五升七合、糖六升五合《（ママ）》。糖者政吉払遣ス。六升五合代八十四文也。昼飯給させ、つきちん百四十八文渡遣ス○四時過、山本半右衛門来ル。同人も時病気ニて、且風邪の由ニ付、笹だんご一包遣ス。暫して帰去○暮時頃、靍三来ル。太郎と雑談、将棊を取出し、両三度勝負致、四時頃帰去。しんちう小田原ちようちん貸遣ス。

一太郎容躰、昨日ニ替ることなし。

○廿七日癸巳　小雨。四時頃ゟ雨止、不晴、冷気、夜ニ入五時頃ゟ雨（六ウ）
一四時頃、お国来ル。メジナ鯛壱尾・カスコ鯛壱尾・大鮑壱ツ、籠ニ入、太郎見舞として持参、被贈之。謝礼申述、ほど無帰去○今日恵正様御祥月忌ニ付、四時過より深光寺へ参詣、諸墓掃除致、水花を供し、拝し畢。帰路、いろ〳〵買物等致、八時過帰宅○右留主中、松村儀助来ル。太郎、今日者不出来ニて、儀助被参候へども物語も致さず、打臥居候。儀助ニ盆ちようちん江蓑笠様御戒名等筆工を頼候処、早束《（ママ）》認被呉候。其後、暫して帰去。

一昼前おさちヲ以、伏見江メジナ鯛壱尾・嶋鯛壱尾、共ニ二尾、為持遣ス。

一今日恵正様御祥月忌ニ付、御画像床の間江掛奉る。神酒・もり物なし。くわし、供之。昨日逮夜も右同断○太郎昼後ゟ発熱、不出来ニ付、今日者朝壱度雷火針を用るのミ、今夕ハ延引ス。
○廿八日甲午　曇。八時過ゟ半晴
一今朝高橋留之助、太郎見舞ニ来ル○昼後おさち入湯ニ行、八時前帰宅。

一八時頃、政之助来ル。暫く雑談後、八半時過帰去○太郎今

日も昨日と同様、但発熱無之故ニ、雷火針両度用○夜ニ入、靏三来ル。一昨夜貸進の(七オ)小田原ちようちん被返、雑談後、五時頃帰去。

○廿九日乙未　雨。雷、八時頃ゟ雨止、不晴

一今早朝みち・自、田村江行。右者、太郎不出来、且胎殊の外疲痨《(ママ)》之様被存候。不案《(ママ)》心候間、田村江委細容躰をつげ、薬を乞ふ。則、別煎五貼を被授、本方ともに受取、四時前帰宅。誠ニ心配涯なし○八半時頃、田村宗哲来診。太郎診脈の上、如例、煎茶・くわしを出して、其後帰去○右同刻、織衛来ル。太郎と雑談、夕七半時過帰去。

一夜ニ入、靏三来ル。先日貸進のあさひな六輯五冊被返、右謝礼として小半紙五帖・絽半ゑり一掛・仕合ぶくろ壱ツ、被贈。此方ニても、先月中ゟ借用の尾張名所図絵、残らず今晩靏三江渡、返之。雑談後、五時過帰去。

一今晩ゟ檐先江きりこ燈籠可出処、当年ハ蓑笠様御新盆ニ付、白丸ちょうちんを今晩ゟ掛る○太郎、昨日と同偏ニて、兎角咽吭《(ママ)》・胸痛、難儀也。

○七月朔日丙申　晴。折々曇、夜中雨

一今朝清介娘、如例教を受ニ来ル。此せつ太郎不快ニて迷惑なれども、太郎教遣され候様申ニ付、教遣ス。先月四日の儘ニて来ル○夕七半時過、梅むら直記来ル。先月中借《(ママ)》置候国史略壱の巻一冊被返、右請取、三の巻壱冊、貸遣ス。二の巻貸可遣処、文蓄ニ貸置候間、三の巻を貸遣ス。雑談後、暮六時前帰去。

一太郎今日者少々快方ニ候へども、小便不通じ、且痎《(ママ)》出、難儀也(七ウ)。

○二日丁酉　雨終日。夜ニ入半晴

一四時過、次郎右衛門来ル。教を受て帰去○昼前、半右衛門来ル。伝馬町へ参り候由ニ付、水飴買取呉候様頼、ふた物并代四十八文渡し遣ス。日暮て帰去ル。則、頼候水飴持参。杉大門寺僕作候て売候あま酒、風味よろしき由ニて、一曲とゝのへ、太郎江被賜。夫ゟ暫く雑談時をうつし、四時帰去。右之外、使札来客なし。

一太郎今日者昨日ゟ気分不宜、且小便兎角不通也。右之外ハ替ることなし。夜分ハ相応睡候様子也。

○三日戊戌　晴。秋暑

一昼時過飯田町御姉様、おつぎ同道ニて、太郎見舞として御入来。胡瓜五・梨五ツ、太郎・おさち江被下、且亦六月分薬売溜金二朱ト三〆百八文、上家ちん金壱分ト二百七十八文御

持参、外ニ金壱両被下之。右者、太郎長病、此方物入多故ニ、薬科之助ニなさんとての御厚情也。右受取、薬壱わり四百文、先月中整被下候盆ちょうちん代百文、供（ママ）ニ五百文、上之。せん茶・あま酒・くわしをすゝめ、色々物語の内、夕七時頃田口栄太郎母おいね、太郎不快見舞ニ来ル。かたくり粉一包・白砂糖ちりれんげ壱ツ・小ふた物一器、太郎江被贈之。そば切を出し、御姉様・おつぎと共ニ右蕎麦切をすゝめ、跡ニて夕膳をすゝめ候へども、おいね者辞して不食ず、御あね様・おつぎのミ。何れも雑談数刻、夕七半時頃、おつぎ・おいね、同道ニて被帰去(八オ)。

一長州藤浦ゟ文到来。春両度の返書也。金一分・暦・やうじさし一ツ封入、壬四月廿三日出、一昨七月朔日飯田町江届来り候由ニて、今日御持参被成候○夜ニ入、靏三来ル。雑談後、四時前帰去○太郎、今日も昨日と同様也○留吉江明日薬取の事、申付置。

○四日己亥　晴。秋暑

一今朝、留吉ヲ以、薬取ニ遣ス。四時過帰来。かうやく・せんやく・雷火針、到来ス。

一四半時頃、半右衛門来ル。雑談後、九時前帰去。此方庖丁研呉候由ニて持去、則夕七時過、研候て持参せらる。煎茶・仙台糒・牡丹餅を振（ママ）ふ。雑談して、夕方帰去。

一隣家伏見ゟ手製白玉餅一器、被贈之。謝礼申遣ス○昼前、伝馬町江買物ニ行。太郎餡の物食し度由申ニ付、あづき・さとう類とゝのへ、昼時帰宅。昼後、仙台糒・ぼたんもちを製作候て、太郎に給さしム○太郎今日も同様、兎角小便不通、冬（ママ）瓜を食ス。

一暮時前、田村宗哲来診。太郎診脉畢、如例煎茶、干菓子・白玉餅を振ふ。先日ゟ所望ニ付、山梔壱本遣之。暮時ニ及、早々帰去。右以前、伏見ゟ手製白玉もち一器少々、被贈○暮時前豊嶋殿ゟ竹二本を払呉候様被申越候ニ付、価ニハ不及候間、御家僕ニても取ニ被遣候様申遣ス。ほどなく僕来ル。鉈を貸、細竹二本伐とらせ、遣ス。右謝礼として懐中汁粉二切・梨子五、贈之。

一夜ニ入、政之助来ル。雑談時を移して、四時帰去(八ウ)。

○五日庚子　曇。昼後ゟ晴

一今朝、嫗神（ママ）江参詣。右留主中野菜うり惣吉、先日買取呉候様頼置原平持参ス。代銭ハ昨日遣し置処、四百文の方余り大く候間、三百六十四文の方買取候由也。則、昨日四百文昨日渡置候間、三十二文余り候間、右三十二文ハ惣吉ニ遣ス。

一伏見ゟ先日貸進の俠客伝四集被返、右請取。此書、四集ニて畢の由申遣ス。

一稲毛屋由五郎ゟ七夕祝儀として、素麪小十五把贈来ル○昼後今戸慶養寺ゟ使僧ヲ以、施餓餽袋贈被越○暮時前、隣家林ゟ唐茄子飯一器到来ス。

一日暮て、松村儀助来ル。太郎面談、雑談数刻、四時頃帰去。但、弁当料金二朱ト五十二文、松村ニ頼、長友方へ届貰ふ○太郎、今夕者不出来、兎角ふさぎつよく、胸腹はり、難儀也。然ども、三度の食物ハ二椀を食ス。実ニ大病也。

○六日辛丑　晴

一今朝、太郎病気吉凶并ニ医師転薬を、売卜歌住左内方へ問ニ行。右佐内被申候者、転薬医師ハ戌亥或ハ未申、南方宜し。又、太郎容躰ハ地山謙と申卦ニて、治し難し。治するとも長し、と申候。扠々心配かぎなし(ママ)。夫ゟ伝馬町江罷越、色々買物致、昼時前帰宅○四時過、文蕾・半右衛門来ル。雑談時を移して、九時過帰去。文蕾江青砥前編五冊貸遣ス○松村儀助、太郎江頼候て、大和本草十冊求呉候様申ニ付、とゝのへ遣ス。代金二朱ト四百八文遣ス(九オ)。

○七日壬寅　晴。昼後ゟ折々雨

一松宮兼太郎、七夕祝儀として来ル○昼後清助、娘同道ニて、祝儀としてうちわ一本持参して来ル。ほど無帰去○山本半右衛門内儀、太郎見舞として来ル。早々帰去。

一八時過、田村宗哲来診。今朝薬取遣し候せつ、見舞呉候様申遣し候故也。太郎容躰を告、診脉後、せん茶・くわしを出し、暫し雑談して帰去○今朝、留吉ヲ以、田村江別煎・かうやく取ニ遣ス。四半時頃帰来、代銭四十八文遣ス。

一四時頃、梅村直記、太郎見舞として来ル。松岡ニ今日発句開会候由ニて、早々帰去。

一今日七夕祝儀、赤飯・一汁二菜、家内一同祝食ス。如例、終日開門也。

一太郎容躰、昨日ニ同じ。但、小水少々余分ニ通ズ。大便壱度。朝飯二わん、昼赤飯二椀、八時過だんご汁粉二わん。其間、塩せんべい少々づゝ食之○夜ニ入、松村儀助来ル。雑談して、四時頃帰去。所望ニ付、飲膳摘要貸遣ス。

○八日癸卯　曇。昼後ゟ雨

一太郎、口中或者舌先江小瘡出来、先比ゟ口紅をつけ候へども功なし。右ニ付、今朝、おすき屋町池田屋と申薬種店ニよき口薬有之由霸三物語に承り及候由太郎申ニ付、早朝買ニ行。則整、帰路植木屋富蔵方へ立より、今戸慶養寺江使申聞、帰宅。其後、太郎砂糖漬を好ミ候ニ付、直ニ久保(九ウ)町薬種店江買取ニ行、序ニ白麻切伊勢屋長三郎方ニて買取、帰宅ス。

一四時頃、半右衛門来ル。一昨日頼候白銀三匁八分の方買取、持参せらる。此銭四百十一文也。則、金壱分渡し置候間、金二朱ト四百一文被返。右請取、暫物語致、九時過帰去。

一夜ニ入、織衛来ル。堅(ママ)くりめん七把・紫蕨少々、被贈。雑談数刻、四時帰去。

一太郎、今日も小水不通。昼七度、夜中壱度、少々づゝ。大便壱度通ズ。食事ハ二わんづゝ三度。其間、砂糖づけ・塩せんべい・かるやきを食ス。夜ニ入、かたくりめん少々づゝ二椀食之。其外替ることなし。小水不通ニ付、榠樝子・赤芍二味細工させ、当分ニ致、是ヲ用候ヘバ小水通じ宜敷由ニ付、一昨六日ゟ用之。又、なめくじりを酢ニてとき、臍下江張候ヘバ、是も通じよろしき由ニ付、是ヲもなめくじりを尋候て張之。

九日甲辰　雨。或者晴

一今日、太郎小水不通ニて、天明ゟ暮時、両度のミ。此故ニ苦痛いふべからず。何にともせん術なく、伏見岩五郎并ニ半右衛門を招き相談致、南未申或者戌亥の方ニ良医あらバ世話致呉候様頼候得ども、良医なしい(ママ)われ候ゆへ、先田村を呼よせ、容子委しく咄し候様被申候間、其意ニ任、直ニ半右衛門、田村方被参、委しく容体を告、来診の義申入候へども、今日者参難由ニて、別煎三貼を授らる。半右衛門右薬を携、暮時前帰来ル。則、今晩之内ニ二貼煎用致候様被申候ニ付(一〇オ)、直ニ煎じ、四時比迄ニ用畢。半右衛門ニ夕膳給させ、明日当番の由ニ付、暮六時過帰去。

一太郎別煎用、六時過小水一度、五時過大便通ズ。都合小水三度也。食事、朝昼両度かるく二ぜん、夕方すあま汁粉一わんと少々。其間、塩せんべい・さつまいも・西瓜少々食之。今日もなめくじり酢ニてとき、臍下江朝夕両度張之。又、螺を酢ニてとき、足の土ふまず江張候へ者、小水よく通じ候由人の教候より、直ニ田にしを梅村方へ貰ニ遣し候所、直記他行ニ付、とり難候間、帰次第取可遣、同人母義被申候ニ付、いたづらニ帰宅して右を告。

○十日乙巳　雨。四時頃ゟ雨止

一今朝直記方ゟ昨日頼置候螺少々、被贈之。則、蕎麦粉江螺を煉交、酢ニてとき、土踏ずへ張置、何とぞ通あれかしと祈。旧冬ゟ信心おこたらず、所々江只〳〵全快を祈のミ、外ニ他事なし○昼時過太郎西瓜・塩せんべい好候間、即刻買ニ行、品々買取、ほどなく帰宅○夕七時過、田村宗哲来診、太郎容躰を告、診脈之所、小水不通の故ニ腫気腹ゟ脚江余(ママ)ほ有之。右ニ付、本方・別煎とも転方致、一日に烏犀角二分づゝ用ひ候様被申。又、挽わり麦并ニあづき食し候様被申候ニ付、用之。折から直記被参居て、サイカク其外ども買ニ行べしと被申候間、則其詞ニ随、代金壱分渡し遣ス。ほどなく買取、帰来ル。サイカク六分ニて十二匁の由ニて持参。直ニ薬ニ入、太郎用しム。田村ハせん茶・くわしをすゝめ候て帰去。其後、政之助・隣之助来ル(一〇ウ)。隣之助、梅がへでんぶ壱曲、被贈。其後、靏三来ル。此人々ニ、良医あらバ太郎転薬可然存候間、教呉様頼候所、志摩守様の医師ニ喜多見と申医師、先此辺ニてハ宜敷由被申候間、太郎ニ申聞。宜敷由申ニ付、直ニ靏三ニ頼、明日ニも見舞呉候様致度由頼置。靏三、其後帰去。人々、暮時前帰去〇太郎、今日小水天明ゟ暮時迄六度、夜ニ入天明迄両度通ズ。昼夜ニて八度也。大便ハ不通也。今日、朝飯かるく二わん、昼飯壱椀半、夜ニ入、汁粉壱わん・挽わん(ママ)麦二わん。其間、西瓜・塩せんべいのミ。舌上ニ小瘡出来致、食事の障ニ成、難義也。盆前取込の上、太郎大病ニて、心のうれひやる方もなし。

一今日、昼前ゟ富蔵ニ申付、今戸慶養寺へ盆供并ニ施餓鬼袋、入院祝儀為持遣ス。吉尾氏の墓江花づゝ取かへ、水花を供し、帰路浅草観音江さいせん并ニ御供米一袋納させ、又みそ等お(ママ)買せ、夜ニ入帰来ル。則、ちん銭二百四十八文遣ス。夕膳給候様申候所、宿へ持参致度由ニ付、夕膳、サイ・飯も為持帰し遣ス。

一宗村お国、八時頃帰来ル。右者、久保町ニ良医有之由申候間、委しく尋候所、右者蘭方のニ付、延引ス。両三度参り、帰去。

〇十一日丙午　南風。晴折々、急雨度々

一今朝織衛・清助、太郎見舞ニ来ル。清助ハほどなく帰去。織江(ママ)ハ暫して帰去。右以前、半右衛門来ル。此せつ太郎大病ニて、何事も手ニ不附候間、精霊様とうろふ張替頼置。深田およし、半右衛門を迎ニ来ル。右ニ付、帰去〇しなのや重兵衛、太柄(一一オ)うちわ壱本持参、炭の用申遣ス〇同刻荷持太蔵、喜代太郎と申外荷持同道ニて来ル。右喜代太郎ハ此ほど助荷持ニ相成、此方つゞらハ右喜代太郎上下ゲ致候由申之。当月分給米二升、渡し遣ス〇昼時、靏三来ル。一昨日頼候医師喜多見玄祐、今日者当番ニ付、今夕欤明朝見舞候由被申之。今朝、太郎平愈(ママ)を祈ん為、直記・靏三・政之助、目黒不動尊江百度参り致被呉候由、半右衛門告之。奇特之事と、感涙嘆息致のミ〇昼後しなのや重兵衛炭二俵持参、内壱俵ハ切炭。代金二朱渡し、百八十四文つりをとる〇水谷嘉平次、太郎見舞ニ来ル。太郎小水不通じの義物語致候所、夫ニ付よき薬有之。

嘉平次庭ニうゑ置候木こくと申木をせんじ用候へバ、小水通じ宜敷由被申候間、少々貰度由申候得者、取ニ被遣候ハヾ上申べしと被申候ニ付、昼前荷持参候せつ、太蔵ニ申付、右之品少々貰呉候様申候へバ、承り候と申、帰去。夕方、右木こくの葉壱包持参。則、人足ちん十六文遣ス○夕方、松五郎来ル。右者、明日深光寺へ為持遣し候花づヽ切ニ来ル。則、花づヽ七対切とらせ、其外水抔汲込、ちん銭三十二文遣ス。ほどなく帰去。

一右同刻政之助今朝不動尊江百度参り致被呉候せつ、御鬮とさヽ壱本持参ス。右請取、謝礼を申置○夕七半時過半右衛門、先刻頼候仏前つくり花・土鍋買取来ル。㊉《ムシ》とうろふを張、暮時前帰去○夜ニ入、松村儀助来ル。暫して帰去。

一太郎、今日も同編。但、小水天明ゟ暮時迄八度、大便ハ通じなし。挽わり(一二)《ウ》飯、朝二椀、昼同断、夕膳二わんと少々。其間、西瓜・塩せんべい・さつまいも・夜ニ入、汁粉一わんを食ス。今晩、天明迄四度通ズ。舌上の小瘡甚痛つよく、難義致、不便かぎりなし。

○十二日丁未　晴。折々急雨、昨日の如し

一今朝おすみニ申付、深光寺へ盆供為持遣ス。諸墓花づヽ取替、そふぢ致候様申付遣ス。帰路買物代・花代とも四百文、為遣ス《ママ》。九時過、帰来ル。申付候買物麦・あづき・大根買取、持参ス。則、人足ちん百文、昼飯給させ、帰し遣ス。

一右同刻、勘助方へ人足申付、田村宗哲方へ薬礼并ニ薬取ニ遣ス。是また買物申付、三百文為持遣ス。九時前帰来ル。買物代四百文の内、四十八文残る。

一四時頃、松村儀助来ル。暫して帰去○同刻、織衛来ル。信州寒ざらし一袋、太郎江被贈。是亦暫して、儀助ゟ先江帰去○昼八時過、靏三紹介之医師北見玄又来診ス。太郎午の年ゟ是迄之容体を告、診脉。足痛之方ハ穿踝瘡ニ紛なし。右之故ニ、骸大ニ衰。先骸を補、足痛の方ハ、いたミ水ニて取候方然るべしとて、則、煎薬六貼、かうやく只今持参不致候間、夕刻取ニ可遣旨被申候て、帰去○其後、靏三来ル。右之医師被参候やと被尋。先刻被参、薬貰受候由申示、暫して帰去○同刻、山本半右衛門来ル。転薬の義咄し、煎薬貰受、かうやくハ今晩取ニ遣スべき旨申候へバ、後刻半右衛門取被参候様被申候ニ付、頼置。半右衛門、暮時、右かうやく、玄又方ゟ取候て来ル。則受取、謝礼厚く述。かうやく壱枚・口中散薬一包来ル。直ニ半右衛門ハ帰去○今日、精霊様御迎だんごを、おさち替る〴〵やうやく暮時挽畢《ママ》。此せつ(一二)《オ》太郎大病、人出入多く、霊祭等ニて昆ざつ限なし○太郎容躰、天明ゟ暮時迄小水八度、夜ニ入天明迄六度。気分ハ昨日と同様也と云。口中痛甚しく、麦飯の粥・冬瓜・さつまいも、朝昼夕二わんづヽ食之。其間、白玉汁粉・あづき等の様物のミ。夜ニ入、口中薬、天明迄三度用。

○十三日戊申　晴。或者雨、或者晴

一今朝伏見ゟだんご壱重・但馬せんべい、内義ヲ以被贈。謝礼厚く申遣ス。

一其後文蕾、去ル十日貸進之青砥後編合巻二冊被返、尚亦所望ニ付、朝夷嶋めぐり初輯五冊貸遣ス○今朝、勘助方ゟ薬取人足来ル。昨日中付置候故也。容躰書差添、薬取ニ熊野横町志摩守様御内北見氏江遣ス。九時前帰来ル。煎薬六貼・かうやく一枚、到来ス○夕七時前、北見氏来診せらる。太郎昨夜ゟの容躰を告、足痛之頃《(カ)》、昨夜北見ゟ参り候かうやく張候所、おびたゞ敷火ぶくれニ成候由申、則痛所見せ候所、北見氏被申候者、是ニて至極宜敷由ニて、火ぶくれの所鋏ニて破り、悪水を取、かうやくを被張。則、明日張かへ候かうやく二枚を授らる。尚又、水出候方宜敷被申候て、帰去。

一今朝、如例之御霊棚を掛、諸霊位うつし奉り、棚瓜《(ママ)》二つ・ゆでさつまいも、家例之如くだんごを製作致、諸霊位、無縁迄、供之。香華水とも如例之。暮時、玄関前ニて御迎火焚之、太郎、病中にて拝礼ス(一二ウ)。

一太郎容躰、昨夜ゟ足痛致、外踝の方へ北見膏薬張候所、殊の外火ぶくれニ成、痛、昨夜ねむりかね、今朝も内外とも痛候と云。今日食事候物、麦飯、朝昼夕二わん。其間、だんご・さつま芋・西瓜を少々食ス。今日北見氏被申候者、玉子或者鰻小串二くしくらい給候方、反て勢をつけて宜敷ニ付、今夕者鶏卵壱つ、冬瓜とぢニ致、食之。小水昼八度、大便壱度、夜ニ入七度通ズ。口中薬、天明迄三度用ゆ。

○十四日己酉　晴

一昼時、半右衛門来ル。暫して帰去。今ゟ大久保江被参候由ニ付、土びん買取呉候様頼置。

一昼時過、芝三田家主丸屋藤兵衛来ル。手みやげ、窓の月壱折持参。時分ニ候間昼飯給させ、雑談後帰去○昼後、半右衛門来ル。先刻頼候土びん買取、持参せらる。代銭八十八文の由ニ付、則渡之。出来合物ニて夕膳振舞、暮時帰去○右同刻、悌三郎来ル。せん茶・牡丹餅を出し、窓の月同断。雑談後、四時前帰去○右同刻、宗村お国、太郎見舞ニ来ル。ほど無帰去○夕方、おさちを勘助方へ明日薬取人足申付遣ス。ほどなく帰宅。

一今日御霊棚御料供、朝、さとも《(ママ)》・油あげ、汁唐なす、香の物なすび。昼料供、皿ずいきあへ、汁白みそ・冬瓜・めうがこ・椎茸、香の物白うり。八時、仙台糒・ぼたんもち・煮ばな・香の物。昼、わんあげもの・にばな、香の物なたまめ。夜ニ入、神酒・ひやしどうふ。もり物なし。巴旦杏。すべ(濁マヽ)て先例之如し(一三オ)。

一太郎容躰、今日者又々腹満、足痛・口痛ハ少々宜敷、小水昼九度、夜ニ入七度、大便壱度、昼夜ニて十八度也。食し候物、昨日の如し。

○十五日庚戌　晴

一今朝、勘助方ゟ薬取人足来ル。則、薬取ニ遣ス。暫して帰宅。煎薬六貼・かうやく三枚・散薬壱包到来ス○昼前、半右衛門来ル。此せつ太郎大病・盆祀ニて取込居候間、内庭・外庭とも穢れ居間、半右衛門見かねて、内外の庭を掃除致被呉。昼飯を振舞、八半時過帰去○其後、深光寺ゟ納所棚経ニ来ル。施餓鬼持参、経勤畢、帰去。如例、布施四十八文遣ス。施餓(コノ七字線消ス)鬼袋持参ス○八時頃文蕾、内義ヲ以、朝ひな初編五冊、被返。右請取、二集五冊貸遣ス○暮時前、半右衛門又来ル。蓮の飯・きなこだんご振舞、小児江くわし一包為持遣ス。明日当番の由ニ付、小土瓶壱ツ、太郎所望ニ付、あハやニて唐まんぢう買取呉候様頼、代銭二百文渡置。五時前帰去。

一今日御精霊様朝料供、ごま汁・なすさしみ、香の物丸づけ。昼料供、冷さうめん。其後、蓮の飯・にしめ・にばな・香の物せうが。夕方、きなこだんご・にばな・香物胡うり。其間、西瓜を供之○太郎容躰、今日者足痛つよく、気分も随而悪敷、小水天明ゟ暮時迄九度、少々づゝ通ズ。大便朝夕二度通ズ。食事、丸麦飯、朝、玉子いりニて二わん、昼飯、唐瓜・さつまいも・かんぴよう・うす葛、食之。夕方、(一三ウ)かたくりめん一わん。其間、西瓜・さつまいも・だんご(濁マヽ)・但馬せんべい。夕方、だんご少々食之。北見氏、折ふしうなぎ・たまごの類食し候方宜敷由被申候間、昨今玉子を用。今日ハうなぎ二串を食ス。小水、昼九度、夜ニ入五度通ズ。大便、朝夕両度通ズ。今日者足痛・腹痛致、不出来也。麦飯、朝二わん、昼いり玉子ニて壱わん半、夕飯ハ鰻小串二くし・冬瓜・さつまいも、薄葛ニて二わん。其間、だんご・西瓜・さつまいも・窓の月少々を食ス。

○十六日辛亥　晴。小風

一今朝料供、汁もミ大こん・里いも、皿なす・十六さゝげ・ひようなごまよごし、香の物塩づけ茄子。終テ挽茶を供し、御棚を取こわし、如例夫々江納置。夜ニ入、玄関前ニて御送り火を焚く。

一今朝、靏三来ル。太郎と物語致、四時過帰去○五時過宗村お国、深川菩提所江参り候由ニて、来ル。太郎鮓を好候ニ付、四十八文渡し、買取呉候様頼遣ス。

一昼八時頃清助、娘同道ニて来ル。ほど無帰去○昼後おさち入湯ニ行、八時過帰宅。

一八時頃、讃州高松様御家臣佐藤理三郎ゟの紙包届来ル。理三郎、此せつ讃州(ママ)金毘羅の地ニ在留致居由也。紙包書状在中、唐紙江書候画　返書出候ハヾ、深川永代寺ニ逗留之者有之候間、右方へ出候様被申候。尤、右之者も両三日中ニ出立致候間、返書出候ハヾ、早束(ママ)出候様被申候得ども、太郎長病、此せつ大病ニて、中々返書出候事難成候間、其段申遣ス○八時過梅村直記、太郎病気見舞ニ来ル。暫して帰去。

一夕七半時頃お国、深川ゟ帰来ル。今朝頼候鮓壱包買取、外ニ壱包塩せんべい三枚、お国(一四オ)ゟ太郎江被贈。夜食給候様すゝめ候へども、一刻も早く帰り候方勝手の由ニて、早々帰去。

一右同刻、政之助来ル。雑談後、帰去○夕方、勘助方へ人足申付、北見江薬取ニ遣ス。ほど無帰来ル。かうやく三枚・煎薬六貼到来ス○太郎容躰、小水昼九度、内両度ハ沢さんニ通ズ。夜ニ入、暮時過、大便壱度・小水六度、食事ハ昨日の如し。其間、鮓五つ・塩せんべい・さつまいも・あづきを食ス。兎角胸はり足痛にて、気分も不宜、心配也。

○十七日壬子　雨終日。夜ニ入尚雨

一昼時前、山本半右衛門、一昨日頼置候土瓶・唐まんぢう買取、持参せらる。唐饅頭壱分の由ニて数十壱也と言。土びんも壱匁ニ候間、代銭十六文不足ニ候間、則十六文渡し、謝礼申述。番町江参り候由ニて、ほどなく帰去。七時比、又来ル。是亦、ほどなく帰去。

一夕七時過、北見玄又来診。太郎今朝者不出来の由容体を告、診脉せらる。かうやく用切候間、三枚貰置。せん茶・くわしを出し、其後帰去○今日、太郎容躰、昨日より不出来、小水昼八度・大便壱度、夜ニ入大便壱度・小水五度、何れも少々候也。食物、麦物・あづき等ハ日々同じ。其間、唐饅頭・白玉汁粉・さつまを食ス。口中も亦痛、難義也。昼飯は鍋、玉子を菜とス。おさち、此せつ寸暇なし、奔走ス。

○十八日癸丑　雨

一今朝、勘助方へ人足申付、北見江薬取ニ遣ス。ほどなく帰来ル。煎薬六貼・かうやく三枚、外ニかうやく一貝到来ス○昼時前、太郎見舞、看病之為来ル。梨子・ぶちまめ等(一四ウ)持参ス。供人ハ直ニ帰ス。おつぎハ止宿ス。先日のふた物二つ、おつぎ供人ニ渡し、御姉様文壱通為持遣ス〇八時過、半右衛門来ル。雑談、ほど無帰去〇太郎容躰今日も不出来、腹痛・足痛、且気分も宜しからず。食事も少々減じ、朝麦飯二わん、昼壱わん、夕飯あづき粥二わん。其間、白玉・さつまいも等少々づゝ食之。小水昼八度、夜ニ入五度、都合十三度、少々づゝ通ズ。天明前、大便両度、なめらかに通ズ。且、口中又々痛をおぼえ、食物ニ難義也。

〇十九日甲寅　半晴

一今朝北見へ薬取行、四時過帰宅〇おつぎ今日飯田町江可帰処、太郎不出来付、今日も逗留して看病ス〇太郎容躰今日者不出来、昼後ゟ悪寒発熱甚しく、右故ニ舌上も足痛も甚しく、苦痛致候間、替る〱撫り或者もみも致、心配ス。食物、今日者朝麦飯二わん、昼鰻二串・白飯、夕飯ハ麦飯・冬瓜・露ふぢまめ二わんを食ス。其間、さつま芋・あづき。昼後、発熱致候故ニ甚しく活き（ママ）、水瓜を好候ニ付、おさち所々かりめぐり、やうやく西瓜を得て帰宅、直ニ給さしむ。七、八切を食ス。小水八度之内、一度沢山ニ通ズ。夜ニ入天明迄五度、少々ヅヽ、昼夜にて十三度也〇夜ニ入、霍三来ル。暫して帰去。

一山本半右衛門小児喜三郎、水瀉二、三十度ニ及候由、奇応丸一包百粒遣ス。

〇廿日乙卯　曇。昼後晴、夜ニ入五時過ゟ大雨

一今朝文蕾、先日貸進の巡嶋記三集五冊返る。所望ニ付、四集五冊貸遣ス。其後又来、椿餅小重入壱重、被贈。雑談後、太郎病気ニ付売卜に占せ候由ニて、出生（一五オ）年月時日書付候て持参致、帰去〇昼時、山本半右衛門来ル。踏込・ながし朽損じ候間つくろい被呉候由ニて、釘買取、持参せらる。釘代四十文、直ニ渡ス。則、昼飯を振舞。入口・ながし、是迄板を布有之所、右之板引放し、土間ニ被致、八半時過拵畢、其後帰去。ずいき所望ニ付、二株程拵候を箱ニ入、遣ス〇昼後、下掃除友次郎来ル。六月のまゝ也。此方両厠少々ヅヽ、汲取、帰去〇八時過、豆腐屋松五郎妻おすみを以、おつぎヲ飯田町江送らせ遣ス。帰路、買物申付遣ス。西念寺横町鈴木幾三郎方へ正持ゟ頼候書状為持遣ス。夕七半時過、おすミ帰来ル。西念寺横町鈴木氏江書状届、請取書持参ス。飯田町、切もち・冬瓜を被贈。おすミへも切もち・うちわ等、飯田町ニて被下候由也。黒丸子五・奇応丸小包十五、今日おつぎ江渡ス。

一太郎容躰、昨日より少々快よく、朝昼夕食事、替ることなし。其間、西瓜・せんべい・さつまいも食ス。小水昼八度、夜ニ入五度、何れも少々ゾヽ也。昼夜ニて小水十三度、大便ハ今朝ゟ三度、なめらかに通ズ。今日なめくじりを二つ火に

てあぶり、白湯ニて用ゆ。小水通じ候為也〇暮時前、おさちを勘方（ママ）へ遣ス。明日薬取人足の事申付遣ス。

〇廿一日丙辰　曇雨。八時過ゟ雨止、不晴、夜中亦雨

一五時過、勘助方ゟ薬取人足来ル。則、薬通箱為持遣ス。昼時前、帰来ル。申付候買物品々整、請取置〇昼後、梅村直記来ル。太郎見舞申入、早々帰去（一五ウ）。

一今朝半右衛門方へ、小児不快見舞ニ遣ス。昨日と同偏ニて、不食也と。白玉の粉只今ゟ半右衛門買ニ可参由被申候ニ付、手前ニ寒晒有之故ニ、小重ニ入、遣之。帰路おさち、なめくじり五ツ持来ル。直ニ二ツを火ニ炙り、太郎食させ候。昨日の如く小水通じの為也〇夕七時前、北見元又来診。今朝、見舞之事申入候故也。十七日ニ来診、五日め也。太郎診脉して、煎茶・くわしを薦畢、其後帰去。

一夕七時過文蕾ゟ昨日貸進之巡嶋記四輯五冊被返。右請取、五輯四冊貸遣ス〇太郎容躰、今日者熱気少々醒候へども、足痛・腹痛、小水昼八度、夜中五度、大便三度、べと（濁ママ）〳〵也。昼夜ニて小水十一度也。朝昼夕三度、麦飯二わんヅ、食之。其間、白玉餡をつけ、せんべい・さつまいも等を食ス。舌上・口中とも痛つよく、たべ物不自由、困り候。

〇廿二日丁巳　晴

一今朝おさちを以、長いも・麩・冬瓜を煮候て、山本江為持、やう子承り候所、昨日此方ゟ遣し候君かげ（濁ママ）草を用候てゟ大ニよろしく、今日者なめも通じ不申、白き物のミにて、気力もよく、菓子を給居候由、おさち帰宅して告之〇四時頃ゟおさち伝馬町江太郎食物を買ニ行、昼時前帰宅〇四時過芝田町宗之介方ゟ茂太郎を使として、手紙差添、琴光院様来ル廿四日七回忌御相当ニ付、壱分焼饅頭十七入壱重、外ニ太郎方へ見舞として木の葉せんべい壱折、贈来ル。おまち・お梅ゟも文到来。お梅へ先日したゝめ置候文壱通、宗之介・おまちへ返書、謝礼申遣ス。明後廿四日、広岳院ニて七回忌法事致し候由申来ル。然ども、此方太郎大病の故ニ、参詣（一六オ）致かね候由申遣ス。略儀乍、此使ニ金五十疋香料として状箱ニ納、遣之。

一八時頃、半右衛門来ル。ほどなく、帰去〇八時過、田村宗哲来診、太郎容骸（ママ）を告、診脉せらる。雑談、茶をせんじ、焼まんぢうを出ス。所望ニ付、直ニ包、遣ス。暫して帰去。

一水谷嘉平次、太郎見舞ニ来。小水通事に、白きうりのからまり候手、妙薬ニ付、若又望候ハヾたくわへ置候間、可被遣旨被申之。何れ戴ニ上可申挨拶致、帰去。

一夕七時前、清右衛門様御入来、小水通事薬、小日向大日坂

上ニて買取候由ニて、御持参被成候。二日半分ニて二百文の由也。且、売本代の事太郎被申、又壱冊神農本経板本壱冊清右衛門様へ渡、頼置。雑談後、帰さらる○夕方、八月分御扶持渡る。取番兼太郎差添、車力壱俵持込、請取置。勢州米也。三斗九升二合と贈(マヽ)有之候へども、三斗九升アリ○右以前靍三、太郎見舞として来ル。急候由ニて、おさち江挨拶致、早々帰去。

一太郎容体、今日も不出来。寒熱気分閉、足痛、小水通事不宜。食事三度、内、昼飯ハ白飯ニてうなぎを食ス。其間、堅くりめん壱把・さつま芋・せんべい等、昨日の如し。清右衛門様御持参の小日向小水通事張薬、今晩ゟ用ゆ。右者、酢ニて解、臍下壱寸ほど下の方へ小判形ニ塗置、乾候へバ又々塗候由也。小水、昼七度少々ヅヽ、夜ニ入五度、大便両度、且腹痛ス○夕方、米つき政吉来ル。右者、御扶持舂べき由也。未ダ御扶持不参、何れ今夕歟明日者参可申候間、廿八日迄ニ可参候様申遣ス(一六ウ)。

一去年五月迷猫の産候同六月十二日出生の男猫、仁助と名づけ候猫、太郎不快ニ付、無拠外ニ遣し度の所、幸宇京町ニのろと申御番医者方ニて望候由ニ付、遣ス。夕方、右之御医師の塾、清助娘同道ニて迎ニ来ル。則、是迄秘蔵致ゆへ、誠ニふびんニ存、いくゑニもおしまれ候へども、右猫有之故ニ太郎大長病可成候ニ付、遣し候物也。

○廿三日戊午　晴

一今朝山本半右衛門を頼、北見元又江薬取ニ参被呉候様申入候所、早束(マヽ)承知被致、直ニ此方へ来リ、太郎容躰を委敷物語、右之段北見江御申被下候様頼、薬紙三頼遣ス。四時前、半右衛門帰来ル。煎薬六貼・かうやく三枚・口中散薬壱包来ル。半右衛門ハ直ニ帰去○昨日遣し候猫、おさちヲ以やう子為聞候所、よくしばり置候得ども、五時頃何方へか参り候由。おさちうちおどろき、帰来て告之候間、うちおどろき、なげくことやゝ久敷、ふびんやるかたもなく、さぞ(濁マヽ)かし食物にこまり、なん義可成存、是亦秘蔵致候養猫、俄に迷猫ニ成、難義かぎりなかるべしと存候得バ、ふびん一入ニて、愁傷の事也○八半時、塩売うり(マヽ)松蔵ニ承り候由ニて、志田九郎町組屋敷与力板倉の下女、猫を貰ニ来ル。右使ニ昨今猫の物語致、昨夜何れへか行候て行衛知ざるよし咄し、使も本意なく帰去。此使今一日早く、昨日ならバ行衛知れざる様なる事あるまじくと悔思へども、せん方なし。

一七時過文蕾内義一昨日貸遣し候朝夷五輯被返、所望ニ付、同書六輯五冊(一七オ)・質屋庫五冊、貸遣ス○夕方文蕾・内義ヲ以、百合かん・煮こがれい二ツ、被贈之。夜ニ入文蕾、去廿日、太郎出生年月日時書付持参致され候所、太郎生れニハ廿七日ならでハト難よし。医師方角を問処、八字生来ニて卜し候間、文政十一年の暦ニて文蕾みづから書付被参候由ニて、右書付持参せらる。右請取、謝礼申述、帰去。右之書付太郎見せ、然らバ、野呂氏如申、明日早束清助方へ申遣し、見舞呉候様頼遣べしと也。

一暮時前、米つき政吉来ル。明日御扶持可舂由、申之。其意ニ任、明日可参申遣し、帰去シム○太郎容躰、昨今不出来。足痛、甚しく痛。かくてハ胎弥おとろふべく、心うれい候間、明日者野呂氏に転薬可致存也。小水、昼八度、夜ニ入五度、天明ニ大便少々通ズ。昼夜ニて小水十三度也。食事、朝麦飯、昼白飯・半ぺん・玉子むし二わんを食ス。夕、麦飯ニて小がれ二ツ、百合かん少々。其間、かたくりめんかるく二わんを食ス。其外者昨日の如し。

○廿四日己未　半晴。秋暑

一今朝勘助方へ薬取人足申付、かうやく取ニ遣ス。ほどなく帰来ル。かうやく二枚来ル。

一今朝おさちヲ以（ママ）、昨日太郎と相談致候野呂氏来診の事、清助方へ申遣ス。然る此せつ野呂氏腫物ニて引籠被居候故、見舞難成と申候ニ付、おさち、お久同道ニて野呂氏江参り、太郎此せつの容躰申候所、先聞及所の容躰ニてハ全快あるまじく申され候由、おさち帰宅後告之。野呂氏不快の由太郎へも申聞、暫延引ス。

一今朝、米つき政吉来ル。玄米三斗つかしむ。朝飯給させ、つきちん百四十八文（一七ウ）遣ス。

一八時頃、山本半右衛門来ル。暫して帰去○太郎好ニ付、牛肥取ニおさち行、船橋屋ニ無之、処々尋めぐれどもたへてなく、いたづらニ帰宅ス○太郎足痛甚しく、苦痛も一入ニて見るも心苦敷、何とぞよき医師もがなと心をくだけ（濁マヽ）ども其甲斐もなく、只々もミ撫致遣スのミ、外ニ術もなく、日々心を痛るのミ。小水、昼八度、夜ニ入六度、昼夜ニて十四度也。三度の食物替ることなし。昼飯、鯵を食ス。夕飯むかご・ぶぢ（濁マヽ）豆・あじ也。其間、茶づけ飯一わんづゝ両度食ス○荷持喜代太郎、給米取ニ来ル。則、玄米二升遣ス。

○廿五日庚申　晴。秋暑

一四時頃、清助来ル。太郎見舞也。太郎義兎角不出来の由申候所、清助申候者、新宿の医師渡辺周徳ニ見舞頼入候ハヾ宜しからんと云。太郎ニ申聞候所、可然由ニ付、其儀清助ニ答ふ。ほど無清助帰去○清助帰去の後、高畑助左衛門方へ行。

右者、渡辺周徳者此せつ助左衛門の療治致居候間、助左衛門ニ頼、見舞の事申入呉候様たのまん為行候所、今日者当番ニて留主宅也。右ニ付、いたづらに帰宅ス○土岐村元祐殿内義、鉄右衛門方へ参り、当年琴光院様御七回忌御相当ニ付、和睦の義被申入候ニ付、此方ニてハ悦ニ存、此度太郎大病、幸ニ出入致候ハんとて、太郎と相談致、今日土岐村江見舞申入れんため、文をしたゝめ置。尤、宗之介方へも右和睦の義申入候得ども、宗之介不承知のよし(一八オ)土岐村江挨拶致候由、六月十一日此方へ参り候せつ、告之。仏意ニ背、本意なくおもへど、せん術なし。

一夕方、政之助来ル。太郎不快尋られ候間、委細医師の事色々物語致候へバ、然者渡辺江今ゟ参、頼申上候と被申候詞ニ随ひ、明日渡辺周徳江見舞の頼遣ス。政之助直ニ渡辺江行、暮時又帰来て告。新宿渡辺江見舞事申入候所、今日者遠く本郷辺江罷越間、帰宅夜ニ可入候間、何れ明日本所江出がけニ見舞候様被申候由、告之らる。政之助厚く謝礼申述候へバ、帰去○暮時、山本半右衛門内義、太郎見舞ニ来ル。大坂附木三把被贈、ほど無帰去○太郎容躰、昨日と同じ。三度の食物も昨日の如し。其間、そば《(濁マヽ)》がき・いも・せんべい、夜ニ入、汁紛一わんを食ス。小水、昼七度、夜ニ入五度、昼夜ニて十二度、相応ニ通ズ。暮時、大便壱度通ズ○小日向大日坂の小水通じ薬二日半、今日切ニて用畢。

○廿六日辛酉　半晴

一今朝勘助方ゟ昨日申付候薬取人足壱人、いづミ橋辺江使壱人来ル。いづミ橋辺江ハ手紙を為持、帰路、飯田町へもおつぎ借用の為、申遣ス。右使、四時過帰来ル。佐久間町ゟ返書来ル。飯田町ゟハ返書不来○四時頃、清右衛門様御入来。両替町うしろ北さや町ニて、大礒之小水薬取次、売候由ニて、買取、持参せらる。外ニ、ゐこうゐんせがきの米少々、桑の根をせんじ用、口中のあれたゞれ候ニ妙薬の由被申候ニ付(一八ウ)、早束裏の垣根ニ有之候桑の根、清右衛門様御掘、直ニせんじ《(濁マヽ)》、用之。

一勘助ゟ来候人足壱人ハ、北見江薬取ニ遣ス。四時前、帰来ル。かうやく一貝、外ニのばしかうやく二枚・せんやく三貼来ル○おさち手習師匠遠藤氏、此せつ痢病の由ニ付、寒さらし粉小重ニ入、おさち見舞として、為持遣ス。角うちわ壱本被恵、ほど無帰宅。

一今日終日周徳を待候へども、不来。右ニ付、半右衛門を頼、周徳方へ遣ス。半右衛門先方へ参り、見舞の事申候へバ、今朝本所辺江参り、帰路御見舞可申由先方ニて被申候ニ付、尚又見舞の事念入頼、夕方帰来ル。夕飯給させ、帰去シム○右同刻、伏見岩五郎来ル。太郎見舞也○右同刻、おつぎ、太郎看病の為来ル。太郎好ミ候牛肥五切、煮かん瓢一器、持参ス。今晩止宿して看病ス○夜ニ入五時前、渡辺周徳来診ス。太郎容躰、去丙午年ゟの事委敷物語致、診脉して被申様、是ハ穿踝瘡ニあらず、風、風(アキママ)也。先、風疾の重き毒の甚しきもの也。一体に胎甚しく御疲労ニ候間、つよき事致難、先足の痛を去、夫(ママ)追々りやうじ可致候と被申候て、せん茶・くわしをすゝめ、其後帰去。太郎容躰、今日も足痛甚しく、胸痛致、見るにしのびず。看病の者、胸苦しき事此上なし。小水、昼七度、夜ニ入四度、大便壱度、昼夜ニて十一度也。食物ハ昨日の如し。其間、せんべい・かたくりめん・ようかん・かすていらを少々食ス○桑の根をせんじ出し、口中をたて候事、昨日の如し。

○廿七日壬戌　晴(一九オ)

一今朝、渡辺江容躰承り旁々薬取ニ行。則、周徳ニ対面。周徳被申候ハ、甚御大病也。御全快心元なし。随分大切ニ可致候様、被申候。薬七貼・かうやく二貝・丸薬四包、到来ス。四時頃、帰宅ス○昼時、清助妻おひで来ル。太郎病気見舞として、ようかん半さほ持参ス。雑談後、帰去○昼時過、半右衛門ニ頼、桑根を掘貰ふ。半右衛門承知被致、鍬・鋸持参して桑の根をほり、みづから洗きよめ、薬種の如く製被致候て被置、暫して帰去。

一八半時頃、宗之介、太郎病中見舞ニ来ル。長松院様御遺物のよしニて、すきや古帷子壱枚被贈。せん茶・くわし・ようかんを出し、是ゟ赤坂江参り候由ニて、早々帰去。

一おさち、伝馬町江太郎好候品并ニ薬土瓶整ニ行。出がけニ春中松岡ゟ借用の楊弓并ニ弦を返ス。品々整、七時頃帰宅ス○八半時頃、高松木村亘ゟ書状到来、六月十九日出也○太郎容躰、替ことなし。足痛甚しく、不便限なし。小水通じ薬一貼、今日五度ニ用。掛目壱匁、壱度ニ二つヅ、張之。小水、昼八度、夜ニ入五度、昼夜ニて十三度也。夜ニ入、大便二度通ズ。今晩、おつぎと両人ニて看病ス。

○廿八日癸亥　晴

一今朝、渡辺江薬取ニ行、せん薬七貼・かうやく一貝・口中薬三貼到来○昼時、靍三・文蕾・助左衛門来ル。其後、悌三郎来ル。何れも太郎見舞也。雑談、靍三は先江帰去。其後、助左衛門帰去。悌三郎も同断。文蕾ハ先日ゟ太郎トぜいの事書付候て、持参せらる。其後、帰去○半右衛門内義、太郎見舞ニ来ル。ほど無(一九ウ)帰去○昼後八時過、おつぎ飯田町江帰去。縿ひもの十枚、為持遣ス。

一夕方、渡辺周徳来診。太郎診脉、かうやくを張かへ、外ニかうやくを少々被置、煎茶・くわしを出ス。駕者・家来酒代を乞候ニ付、三百文遣之、其後帰去○夕方、宗村お国、太郎病気見舞ニ来ル。ほど無帰去。

一暮時前、政之助母義右同様の由ニて来ル。暫して帰去。

一太郎容躰、同偏也。三度の食物、昨日の如し。其間、白玉餅・干菓子を食。然ども、口中痛候ゆへ、食事難義也。小水、昼六度、夜ニ入五度、昼夜ニて十一度、大便ハ不通。兎角口痛・足痛ニて難義致候事、不便なり。
○廿九日甲子　晴。秋暑
一今朝、留吉ニ申付、渡辺江膏薬取ニ遣ス。かうやく三貝、外ニふくミ薬五勺ほどとくり入候て、留吉持参ス。代料二匁五分由、書付来ル。此次、薬取之せつ遣スべし。

一四時過、政之助来ル。右者、太郎へ見せ候とて、木園ゟ借受候て相馬日記四冊、外ニ松岡ゟ借候てつれ〴〵草鉄槌端本二冊、持参せらる。右請取、謝礼申延(ママ)、ほどなく帰去。

一昼後、おさちを遠藤氏江見舞ニ遣ス。内義者少々ヅヽ快よく候へども、安兵衛事疫の由ニて、甚難義の由也○八時過、文蕾ゟつねよ物語五冊被返、右請取置。


一太郎、今日も同様、三度の食物替ることなし。内、夕飯ハ豆ふ、雑水二わん食ス。

一小水、昼八度、夜ニ入六度。今朝、大便壱度通ズ。渡辺ゟ参り候密(ママ)製のふくミぐすり(二〇ォ)度々用ゆれども功なし。今日、終(ママ)口痛・足痛甚しき故ニ、不睡也。
○卅日乙丑　晴。昼後ゟ小雨、夜ニ入、大雨、雷
一今朝、文蕾来ル。しゆんくわん嶋物語本望(ママ)ニ付、合本二冊貸遣ス。ほどなく帰去。

一おさち、四時頃ゟ伝馬町江太郎食物を整ニ行、昼時帰宅。

一八半時過、清右衛門様御入来。去廿八日、おつぎ帰宅之せつ頼置候うゐらう、所々尋られ候へども何方ニも無之候ニ付、越後屋はりまニて承り候へバ、出来合無之、誂候へバ拵可申由申ニ付、即誂。二棹二匁のよしニて今日出来、御持参。外ニ、是亦頼候小水通薬一包、でんぶ一曲御持参被成。且亦、此せつ太郎病中殊の外物入多、甚困り候ニ付、うり本の事も先日おつぎへ申遣し候所、先上家つミ金壱両借スべしとて御持参、被借(ママ)之。つミ金借用致候ても心苦敷候へども、何分手まハりかね候ニ付、其儘あづかり、納置。うゐらう二さほ代二百十六文、小水通じ張薬三包代五百文、今日清右衛門様江渡し、勘定済。でんぶの代ハ、廿八日おつぎへ渡し済。外ニ、

当月分薬ゟり溜壱〆五百廿文御持参、内一わり百四十八文、是亦渡ス。夕飯を振舞、夕方被帰去。

一右同刻、半右衛門来ル。伝馬町江被参候由ニ付、蜂密(ママ)小半斤、頼遣ス。夕方、整候て又来ル。是亦夕飯をふるまひ、夕方帰去〇暮時、悌三郎来ル。太郎見舞也。太郎病床江とふり、暫太郎を慰て、五時過帰去〇太郎容躰、替ことなし。兎角口痛・足痛、且胸先つかえ、難義。今日ハ少々食事減じ、今晩ハでんぶ・玉子ニて二わん食ス(二〇ウ)。

〇八月朔日丙寅　晴。四時頃ゟ雨、夕七時頃ゟ晴、夜ニ入五時頃、又雨
一今朝、留吉ヲ以渡辺江薬取ニ遣ス。ふくミ薬代料二匁五分、為持遣。せん薬二貼・かうやく三貝・丸薬三包到来。後刻見舞可申由、申来ル。留吉人足ちん、三十二文遣ス。

一昼前、清助妻来ル。大雨ニ相成候間、暫く見合居候へども、不止故ニ帰去。あしだ貸遣ス。

一昼時過、宗村お国、太郎見舞ニ来ル。雑談して帰去〇太郎、今日者昨夕の如く不出来、胸つかえ、足痛甚しく、終日苦痛。右之故ニ、食事、麦飯朝壱わん。太郎好ニ付、さゝげ飯炊候所、昼飯ニ壱わん、豆ふ・むきミ汁二わん、食之。夕飯ハ不給、干饂飩二わん半食ス。小水、昼七度、夜ニ入四度、昼夜ニて十一度、少々づゝ通ズ。今日又、小水通じ張薬を用ゆ。

一八半時頃、渡辺周徳来診、太郎診脉し、薬を調合致し、外ニむし薬壱服を被授。茶・くわしを出ス。供人ニ三百文、酒代遣ス。其後、帰去〇今朝、松村儀助・長田章之丞右両名ニて、手紙荷持に為持被贈。今日中ニ返書致候様荷持申置、帰去。右紙面ハ外用ニあらず、太郎不快不宜ニ付、仲間長田・松村を初、連中十六人ニて目黒不動尊江千垢離ニ参り可申由。よしと思ひ候や如何、返事次第ニ致候由ニ付、後刻松村江参り、御厚情誠ニ難有存候へども、既ニ其義者去月十一日、梅村氏を初坂本・岩井、右之者ヲ以致被呉間、又々皆々様江御苦労掛候も不本意ニ存候間、御連中江可然御願申候とて、断ニ行〇太郎、今晩むし薬を用ゆ。

〇二日丁卯　雨終日。夜中同断、間断なし
一今朝留吉ヲ以、しん宿渡辺江薬取ニ遣ス。四時頃、帰来ル。煎薬五貼・膏(二一オ)薬四貝・むし薬二貼・到来ス〇昼後、直記来ル。其後、織衛も同断。両人とも太郎病症(ママ)ニ通り、暫物語して、直記先ニ帰去。其後夕七時頃、織衛帰去。

一太郎容体、今日も咽喉ゟ胸のあたり迄食物のせつ痛候由、咽喉之内たゞ(濁ママ)れ候や、困り候事也。食事、麦飯朝壱わん、昼

飯ぅなぎ、白粥二わん、夕膳麦飯、玉子ふわ〳〵ニて二わん。其間、ぅゐ《(ママ)》らん・せんべい・白玉もち少々。今朝、大便通ズ。小水、昼八度、夜ニ入五度、昼夜ニ十三度也。兎角胸苦しき由也。むし薬、三度用。

○三日戊辰　雨。八時頃ゟ雨止

一今朝、太郎まんぢうを好候故ニ、四時前、御附前所々餅屋を尋候へども無之ニ付、桜餅をも尋候処、両品とも終ニ無之故ニ、あわまんぢうを求。其外、梨子・カモウリ等色〳〵買取、帰宅ス。カモウリ、味噌汁ニてたべさせ候へバ、水気ニハ妙薬の由人の噂ニ聞及候ニ付、みつけ前ニて壱つ買取、太郎ニ給さシム○同刻、半右衛門来ル。暫して水杯汲入、帰去。

一八時前、お国来ル。同人御主人久保田氏ゟ葛煉一器被贈。直ニ太郎ニすゝめ候処、三切ほど食ス。厚く久保田氏江謝礼申呉候様ニ頼、ほど無く帰去○夕七時、尾張屋勘助聟熊蔵、日雇人足ちん乞ニ来ル。書付持参、金二朱ト三十六文のよし、右之通り払遣ス○おさちヲ以、山本半右衛門小児江葛ねり少々為持遣ス。

一太郎容躰、昨今不出来。胸はり、足痛甚しく、小水昼八度、夜ニ入五度通ズ。朝麦飯壱ぜん、昼玉子しんぢよ《(濁ママ)》・あんかけき《(ママ)》ん冬瓜の汁一わんヅ、食之。夕飯、同断(二一ウ)。

一夜分ハ別而痛つよく、実ニ難義此上なし。

○四日己巳　晴。夜中ゟ雨、終夜

一今朝留吉ヲ以、渡辺江薬取ニ遣ス。四時過帰来ル。煎薬七貼・むし薬二貼・かうやく三貝・丸薬三包、来ル。容躰書遣し候へども、返書不来。留吉ニ賃銭遣し、帰らしむ○四時頃文蕾、太郎見舞に来ル。容躰を物語、暫し帰去、八時過亦来ル。太郎、柚旨煮・焼玉子少々、被贈之、直ニ帰去○八時頃隣家林内義、太郎見舞としてあわもち少々、被贈之。暫く物語致、同人子供江梨子二つ遣ス。夕七時前、帰去○太郎両三日胸痛・足痛甚しく、難義ニ付、氏神つま恋稲荷江御祈禱致度由太郎申ニ付、則、豆腐屋松五郎妻江申付、先御符ニても戴参り候様申付遣ス。飯田町へも参り候様申付、お次此方へさし置候下駄、為持遣ス。暮時前帰来ル。則、妻恋稲荷神主玄関江参り、右祈禱之事頼入候所、右者、明日、病人出生の年月日、刻限迄書したゝめ、病人衣類并ニ御初穂金百疋持参致候ハヾ、七ケ日の間、叮嚀祈禱加持可致候由ニて、御符并ニ丸薬壱包を使江被授らる。御初穂十二銅上候由也。帰路亦飯田町江立より、右之段咄し申入、申付候買もの買取、帰来ル。飯田町ゟふた物ニ入、干ぐわし、太郎方へ被贈。何れ又明日可参由ニて、帰去。右丸薬、太郎今晩用ゆ○太郎容躰、今日も同様足痛甚しく、難義致候。然ども、三度の食物二わんヅ、食ス。昼、とうふ・かん瓢・ちくわ・うす葛。夕飯、とうふ・むきミ・柚旨煮・焼玉子等。其外、きなこ飯・焼さつま芋・干ぐわし等を食ス。小水、昼八度、夜ニ入六度、昼夜ニて十四度也(二二オ)。

一夕七時前、大便たっぷり通ズ。今日もカモウリ味噌汁ニて、三度食ス。むし薬も三度用ゆ。其外ハ替ることなし。夜中ハ一入痛つよく、不便《ママ》難此上なし。

○五日庚午　雨

一今朝おすみ方へおさちヲ以、今日つま恋江参り候や否を聞ニ遣し候所、途中ニて半右衛門ニ行逢、何方へ参り候やと半右衛門被尋候ニ付、おさち、おすみ方へつまごひ迄使の事申付ニ参り候と申候へバ、半右衛門被申候ハ、そは無益也。我直ニ行べし。おすみ江断いふべしとて、此方へ半右衛門被参、云々と深切ニ被申候。其詞ニ随ひ、半右衛門ニ右加持祈禱を頼遣ス。太郎衣類袷壱ツ、御初穂金百疋、外ニ四百文、太郎出生年月・時日書付、渡之、八時過、半右衛門帰来ル。則、つま恋神主方ニて祈禱相済、御初尾百疋相納、御礼・御供物・御洗米・御守札・形人壱枚、右五種受取。御祈禱ハ直ニ病人枕元江釘ニて打つけ、御守札ハ日々病人の物身を撫べき事、又形人ハ病人息を吹かけ、流川江ながし候事、御洗米ハ粥ニたき、病人ニ服させ候事、又、太郎袷衣江祈禱、直ニ病人ニ着せ、又直ニ門口ニて右衣類をふるひ、又病人ニ着用致候事。則、右之如く形人江ハ太郎息を吹かけ、半右衛門直ニ千駄ヶ谷川江流ス。衣類も直ニ病人ニ打かけ、則門前ニて半右衛門ふるひ、又太郎ニ着用せしム。御供物ハ太郎戴。則、半右衛門ニ昼膳ふるまい、まんぢう五ツ遣ス。夕七半時過帰去○昼後有住岩五郎、太郎見舞として来ル。太郎病床江通り、暫物語致、煎茶・くわしを出ス。其後、帰去○八時過芝田町山田宗之介ゟ太郎見舞として、葛一箱・三盆さとう、同(二二ウ)手紙差添、茂太郎ヲ以、被贈之。此せつおふミ不快ニて、他出致かね候由、右ニ付、無沙汰ニ及候事抔申来ル。謝礼厚く申述、返事遣ス○夜ニ入、松村儀助来ル。五時過帰去。

一太郎容躰、今日者少々快よく、小水八度、夜ニ入五度、大便壱度通ズ○昼飯、小かれい煮つけ・白飯二わん、夕膳、麦飯、むきミ・とうふにて一わん半、食之。其間、まんぢう・御供物・干ぐわし等を食ス。今晩足痛甚しく、苦痛ニ堪ズ、不睡也○夕方政之助、見舞として来ル。ほど無帰去。

○六日辛未　雨

一渡辺平五郎来ル。右者、土屋桂助跡役小屋頭被仰付候由也。

早々帰去。

一昼後、あつミ覚重様、太郎見舞ニ御入。葛粉一袋・お鍬様御文、到来ス。せんちや・くわしをすゝめ、夕膳をすゝめ候へども、辞して、夕七時頃被帰去○夕七時過、おつぎ来ル。ひがんぼたんもち壱重、外ニ牛肥一器、太郎江持参。今晩ハ看病ス○太郎容躰、替ることなし。三度の食物、麦飯。昼、玉子やき・白飯、夕飯、麦飯・でんがく。其間、葛ねり・干ぐわし・梨子を食ス。小水、昼八度、夜ニ入五度、昼夜ニて十三度也○昼後、天野ゟ先日貸進之しゆんくわん嶋物語合二冊、返さる。所望ニ付、弓張月初へん六冊貸遣ス。干ぐわし小重入、手紙差添、被贈。謝礼ロ状ニて申遣ス○太郎足痛甚しきゆへニ、御富士様江焚上致候ハヾ宜しからんと太郎申ニ任、則豆腐屋松五郎妻ニ頼、先達方へ申上候所、今晩ハ参り難し。明七日夕可参由、申来ル○半右衛門来ル。暫して帰去。
○七日壬申　雨
一今朝、渡辺江薬取ニ参り候所、周徳被申候者、甚しき大病也。迚も全快有まじく(二三オ)外医師江見せ可申由被申候得ども、何方の医師ニ見せ候ても同様ニ候間、外を求め候ニ不及と申置、薬七貼調合致貰。且、昨夜ふじ(濁ママ)御焚上の連中江出し候もちぐわし・ろふそく等買取、帰宅○八時過、豆腐屋松五郎妻来ル。右者、只今ゟ富士講の人々頼ニ参り候由申ニ付、富士江備候榊・御供物・せん香等、買取貰ふ。暫して帰来ル。講中の人々江頼、参候間、御焚上の御道具、四谷伝馬町土屋と申薬屋のうちに住居致候左官福と申者之方へ取ニ遣し候様申ニ付、則勘助方へ人足二人申付、取ニ遣ス。ほどなく両人かつぎ来。右小だんす入御道具、あづかり置。

一日暮て、右富士講先達ッ(ママ)畳屋(アキママ)　と申者、豆腐屋与太郎同道ニて来ル。暫して五時頃、右富士講中四人来ル。右以前、先達ハ道具御飾附を致、御掛物三幅、備物干菓子・備餅・榊・御神水を備、夫ゟ右先達を初、講中四人白き半てんを着、御焚上、時を移〳〵、四時焼畢。右人々にせん茶・もちぐわし・せんべい・鮓を出ス。四半時頃、皆帰去。与太郎ニ餅菓子一包遣ス。右以前、おすみ・おまき来ル。焚上中、帰去○太郎容躰、替ることなし。朝、麦飯壱わん半、昼飯白飯、蓮・にんじん白あへ、カモウリ汁二わん食ス。かす漬瓜、夕飯麦飯、麩玉子とぢ二わん食ス。其間、葛煉、きなこづけ菓子、夜ニ入、焼芋等、夜中も葛ねり八切ほど食ス。小水、昼夜ニて十二度也。夜ニ別足痛甚しく、苦痛ス。故ニ、看病人共不睡也。此せつ、大難義嘉喜利なし○おつぎ、今日も止宿して母を助く(二三ウ)。

〇八日癸酉　晴。秋暑。むし暑し
一今朝、留吉、渡辺江かうやく取ニ遣ス。ほどなく帰来ル。ちんせん三十二文遣ス。
一今朝、勘介方へ人足申付、御富士御焚上御道具、日雇二人ニ申付、鮫河ばし南町畳屋某江為持遣ス〇四時頃おつぎ、飯田町江帰宅ス。御ふじ(濁ママ)様御供物為持遣ス。おさち、見附前迄同道して太郎食物を買整、九時前帰宅ス。
一四時頃、文蕾来ル、暫く物語して(ママ)〇夕七時前、渡辺周徳来診。太郎診脉畢、煎茶・くわしを出ス。太郎痛所江はつぼう張候ハヾ痛減ずまじく(ママ)候ニ付、明日塾生ニ申付、はつぼう(濁ママ)張せ可申候間、布三尺を買取置候様被申、帰去。供人・駕之者江酒代三百文遣ス〇太郎容躰、今朝飯ハ白飯、麸を煮つけ、一わん半、昼麦飯、きせいとうふ・ならづけ香の物、夕白粥、とうふ、二わん。其間、葛ねり・くわし・初音まんぢう等也。今日も痛甚しく、難義。口中も同様、キハダ(濁ママ)の粉を附る。小水、昼七度、夜ニ入五度、昼夜ニて十二度。八時前、大便通ズ。夜中度々麦湯を呑〇小林佐左衛門、今夕仙寿院江送葬す。
〇九日甲戌　晴。昼後雨、ほど無止、夕七半時頃大雨、雷数声、五時頃雷止
一昨日、留吉江薬取の事申付置候所、失念致候や、参可申候ニ付、おさちを迎ニ遣し候処、何方へか遊ニ参候由。間ニ不合候間、勘助方へ人足申付候所、折あしく紀州様御宮参ニ付、無人の由、申断候間、久能様之内、直記へ頼入候所、是も右同様ニて無人ニ候。右同人ニ直記老母被参候様被申候へども、きのどくニ存候故、清助方へ申遣し、人足頼呉候様(二四オ)ひさへ頼候所、早束承知致、薬取人足申付、渡辺江遣候由、おさち帰宅して告之。右るす中、直記老母薬取ニ可参由ニて来ル。外ニ人足参り候由申断、厚く謝礼申述候へバ、帰去。
一布三尺入用ニ付、久保町江浅黄木綿買取ニ行、ほど無帰宅
〇昼時、半右衛門来ル。其後、渡辺塾来ル。太郎診脉して、かうやく張かへ、内踝江はつぼうかけ畢、せん茶・くわしを出ス。折から大雨ニ相成、道甚しくぬかり候間、下駄貸遣ス。雪踏ハあづかり置。
一九半時頃お鍬様、太郎見舞として御入来。仙台糒小重入壱つ、粟水飴一器御持参、太郎江被贈。暫らく物語、夕飯上候半と支度致候へども、御同人も先月ゟ水気ニて腹満被成、食事其外之物ハすゝみ無之由ニ付、せん茶・干菓子・鮓を出し候得ども、辞して不上。故ニ、御帰り之せつ鮓ハ小重ニ入、御みやげとして上候。御出後雨降出、雷も致候間、今晩止宿被成候様申候へども、宅江断無参候間、安(ママ)事可申候。先そろ

〳〵帰り候様御申ニ付、日傘あづかり、雨傘を貸進ス〇夕七時頃、田村宗哲来診す。太郎容躰診脈被致、せん茶・くわしを出し、口中薬舌上江つけ候様ニとて五包被授らる。右同人も、太郎余ほど疲労つよく、安事候様被申候て帰去〇今日、炭をつかひきらし候ニ付、暮時前大雨雷鳴中、しなのや江炭申付ニ行。右留主中、大雷数声ニ候間、殊の外安事候所、暮時、びしよぬれ(濁マヽ)ニて帰宅ス。尤、出がけハ雨降ず。此せつ、太郎大病ニ付、おさち日々かけあるき候事、終日の様也〇太郎容躰、今日も足痛・口痛甚しく、三度之内、夕飯白粥を啜る。小水、昼六度、夜中五度、昼夜ニて十一度也(二四ウ)。夜中、くわし・せんべいを食す〇お鍬様御帰後、ほど無大雨雷鳴致候間、如何とあんじ、水気ニて歩行常ならず、且暮時ニも及候間、ます〳〵安事られ候間、明朝当組御番ニ付、荷持ニ申付、明朝参候ハヾ、此方荷持立より候様高畑江頼置。右故、今ばん(濁マヽ)あつミ江明日可遣文をしたゝめ置〇今晩ゟ蚊帳を不用。

〇十日乙亥　雨

一今朝、荷持来ル。則、西丸下あつミ江日がさ・ふた物・文、為持遣ス。昼時、右使帰来ル。昨日、途中大雨雷鳴、難義致候得共、無恙帰り候由申参候返書ニ安堵ス。雨傘被返る。右使ニ三十二文遣ス〇四時頃、渡辺塾来ル。太郎診脈して、昨日はつぽう(濁マヽ)はり候所鋏切、水多く出。跡江亦練かうやくをはり、其外所々張替致、せん茶・くわしを出ス。ほど無帰去〇今朝、宗村お国来ル。兄のぼだい所南町江仏参致候ニ付、花代持参せざる由。右ニ付、三十二文貸遣ス。早々帰去〇昼前おさち、伝馬町江ある平買ニ両度行、暫して帰宅ス〇八時頃、飯田町ゟ使来ル。右者、今日御姉様、太郎見舞ニ御出被成候様思しめしの所、雨天ニて延引。右ニ付、御文ニて太郎容躰を御尋ニ御座候て、鯵・きす一皿、壺屋まんちん小(マヽ)重ニ入壱重、外ニ大日様江御百度被成下候由ニて護符二包・御洗米一包、太郎戴かせ候様被仰越。外ニめうがのこ少々、被下之。此方ゟ厚く御礼申、太郎容躰崖略書認め、おつぎかつぱ・右入物等不残使ニ渡し、是ヲ返ス〇今朝信濃屋重兵衛、昨夕申付炭二俵、外ニ切ずミ一俵(二五オ)持参ス。右指置、帰去〇太郎容躰、今日者足痛ハ少々薄ぎ候へども、口痛甚しく候間、麦飯給かね候故、朝麦飯かゆ一わん、昼飯白粥、あじ(濁マヽ)二ツ食之。夕飯も粥、昼の如し。きす少々、豆腐同。其間、うるうぼたんもち・まんぢう・ある平・水飴、少々づゝ食ス。小水、昼六度、夜ニ入五度、昼夜ニて十一度也。今晩ハ足痛ハ少々凌よく候へども、口痛きびしく、うと〳〵と致、夜を明す。

〇十一日丙子　晴。九半時頃地震、夕七時頃ゟ雨

一今朝留吉ヲ以、渡辺江薬取ニ遣ス。四時頃、帰来ル。煎薬七貼・丸薬三包到来ス。留吉江ちんせん三十二文遣ス○今朝おさちヲ以、勘助方へ人足三人申付遣ス。右者、飯田町迄払物色々為持遣さん為也。然る所、無人ニ付、昼前ハさし上難し。昼後ニ候ハヾ御間ニ合、人足三人可指上由申来ル。不都合ニ候得ども其意ニ任、然らバ昼人足三人可遣旨、申付置。

一昼前半右衛門、小児両人携て来ル。内義風邪ニて打臥、困り候様被申、暫して帰去。

一右以前、政之助来ル。伝馬町江参候間、用事ありやと問ハる。幸ニ候間、先日借用の本相馬日記四冊・つれ〴〵草鉄槌二冊返之、ほどなく帰去○暮時前直記、見舞ニ来ル。ほどなく帰去○夕七時過松岡織衛、太郎ニ(ママ)来ル。是亦、早々帰去。

一日暮て、文蕾来ル。伝馬町ゟ鮫河橋辺江参候間、買物あらバ買取可申旨被申。先頼候事も無之候間、暫く物語して帰去(二五ウ)。

一太郎、今日も骨痛甚しく、口痛も同断ニて、苦痛見るにしのびず、不便、心配也。三度白粥を啜。一わん半ヅ、也。其間、葛ねり・さつまいも・ある平を食ス。小水、昼七度、夜五度、夕七時過、大便通ズ○飯田町江参り候人足三人、八半時帰来ル。飯田町ゟ請取返書・栗少々、到来ス○今日、羅文様御祥月忌御逮夜ニ付、昼料供、御画像床間ニ掛たてまつり、神酒・備餅・柿を供ス。夕方、納置。

一今晩九時過ゟ自胸痛甚しく、水瀉四度ニ及。おさちを呼起し、黒丸子を用。亦、吐瀉ス。おさち介抱ス。明七時頃ゟ枕ニ就。

○十二日丁丑　半晴

一自、昨夜水瀉ニて甚疲労候へども起出、太郎の看病ス。

一昼後、山本半右衛門来ル。ほど無帰去○夕七時頃祖太郎様御入来、長かん瓢一包被贈、暫して被帰去○おさち、だんごの米を、挽候所江持参ス。然る処、此せつ病人ニて十五日ニ間ニ合(ママ)候間、外江持参致候様申ニ付、伝馬町米や江持参頼、帰宅ス。太郎容躰、替ることなし。三度白粥を給。其間、ある平・くわしを食ス。小水、昼夜ニて十一度、大便壱度通ズ

○豆腐松(ママ)五郎妻、品川迄参り候序ニ付、山田宗之介江安否問せ候所、宗之介事も当月上旬ゟ不快の所、今日月代剃候由。又、太郎病中、ねもごろニ松五郎妻ニ申聞来ル○今朝、留吉を渡辺江薬取ニ遣ス(二六オ)。

○十三日戊寅　晴。夕七半時過ゟ遠雷数声、夜ニ入雨、九時頃ゟ雨止、晴

一昼時過飯田町御姉様、太郎病気見舞として御入来、百合か

ん・べにかん小ふた物入各二器御持参、被贈下。終日太郎看病遊し、せん茶・干菓子を上候へども、不召上。夕方、夕飯を御薦申上。且、去十一日上候払物代、十一品ニて金壱両壱分二朱の由、書付御持参遊し候間、何分宜敷願候様申置、夕方御帰遊し候○八半時過丁子屋平兵衛、太郎病気見舞として来ル。三盆さとう壱斤・葛紛一袋持参、被贈。同人義も久々不快、此ほど順快ニハ候得共、未歩行不自由の由ニて、駕ニ乗候て来ル。太郎病床江通り、兎角信心、気長く致候様抔申、帰去○平兵衛帰去の後、渡辺周徳来診ス。太郎容躰、兎角足痛甚しき由申、診脉候て、痛所江ハ布薬可差上候間、明日ニも人被遣候様申、せん茶・くわしハ如例、帰去。

一政之助も見舞ニ来ル。客来中、早々帰去○おさち今日も客来其外取込ニて終日奔走し、日を暮畢○太郎容躰、今日者不出来、骨痛つよく、胸はる。小水通じ、昼五度、夜ニ入四度、昼夜九度。腹満、苦痛ス。食物、朝夕とも白粥、大日様御洗米・梅ぼし・玉子ふわ〳〵・百合等、其外さつまいも・ゆりかん・べ(濁ママ)にかんを少々食ス。

一夜ニ入文蕾を招、又田村江転薬の義相談致、せん茶・葛煉をふるまひ、丑ノ刻頃迄文蕾と雑談致、八時過文蕾帰去(二六ウ)。

一文蕾帰去の後、白粥一わん給、其後熟睡。天明頃目を覚、小水をス。

○十四日己卯　晴

一今朝留吉を以、昨日約束の布薬を取ニ遣ス。ほど無帰来ル。布小薬二包、到来ス。賃せん三十二文遣ス○前野留五郎、太郎病気見舞として来ル。挨拶致、帰去。

一今朝、伏見ゟ太郎江約束の薤一器被贈。謝礼申述、右うつりとして金時さゝげ遣ス○おさちヲ以、山本半右衛門内義見舞として、小重入葛紛一・干瓢一包、為持遣ス。其後八時過、

一昨日誂置候だんごの米、伝馬町江取ニ行、帰路種々買物致、夕七時過帰宅○昼後遠藤安兵衛、太郎病気見舞、且先日内義病気見舞遣し候謝礼として来ル。荒紛落鴈小折一、御上り米御白米少々被贈。謝礼厚く申述候へバ、帰去○夕七時頃直記病気見舞ニ来ル。太郎病床ニ通り、雑談して帰去○其後、越後屋清助来ル。ほど無帰去○暮時前、山本悌三郎来ル。太郎病床ニ通り、太郎を慰候て、暮時過帰去○太郎、今日者不出来ニて、小水、昼七度、夜ニ入五度、大便通ズ。夜中足痛甚敷、苦痛ス○右苦痛見るにしのびず。自分四時過癪気ニて胸痛甚しく候間、おさちを呼起し、黒丸子を服用ス。其後、血運(ママ)ニて悪感致候間、神女湯を用、天明前ニ至り、少々睡る。おさち介抱ス。

一太郎、今日ゟ布薬用候所、右之如く腫痛、難義一倍ス(二七オ)。

○十五日庚辰　晴

一今朝、月見だんご製作致候ニ付、先おして起出。おさち手伝、こしらへ畢。如例家廟江供し、家内も祝食ス○昼前、伏見ゟ唐こしキナコ・白だんご、枝豆・くり・柿・芋添、贈来ル。其後、此方ゟもあづきだんご、枝豆・柿・芋添、贈遣ス○昼後、下掃除友次郎来ル。納茄子二束持参ス。先月廿日ニ参り候儘、今日廿五日目候間、厠殊の外つかへ候間、両厠掃除致させ、帰去。

一昼後おさち、伝馬町江煉薬・ある平買ニ行、七時前帰宅○右留主中、半右衛門来ル。ほど無帰去。同人明当番の由ニ付、髪油整呉候様頼、代銭百四十八文為持遣し置。

一太郎足痛、渡辺氏痛退候様手当被致候度々、痛甚敷候間、亦々田村江薬貰度由太郎申ニ付、其儀ニ随、明日田村江見舞申入候為、手紙したゝめ置○太郎、今日も布薬終日用。食事、朝昼夕三度、白粥二わんヅヽ、食ス。其間、だんご・くわし等。小水、昼七度、夜ニ入六度也。痰(ママ)出候間、保命丹を腹用ス○今日、自分ハ半起半臥也。

○十六日辛巳　晴。夕方ゟ曇、夜五時頃ゟ雨

一今朝留吉ヲ以、田村宗哲方へ、今日見舞可申入為、手紙遣ス。四時過帰来ル。返書来ル。何れ操合、今日見舞可申由返書ニ申来ル。則、留吉ニ代銭四十八文遣ス。

一昼前、おつぎ来ル。ある平、太郎江持参ス。外ニ、裸ろふそく一袋被贈。昼後ゟおつぎ・おさち右姉妹両人ニて、太郎不快全快を祈ん為、四谷天王江百度参り、今日ゟ三ケ日ノ間可致相願、百度を勤、八時過両人帰宅ス○昼後靏三、太郎見舞として来ル。暫く太郎を慰。太郎、同人江赤坂千歳を買取呉候様頼、代銭壱匁渡し置、暫(ママ)し帰去、日暮て亦来ル。先刻太郎(二七ウ)沢庵づけ大こん約束ニ付持参、被贈之。其後、梅村直記来ル。右両人太郎を慰候て、暫く時をうつし、せん茶・くわしを出ス。両人、四時帰去。

一夜ニ入五時前、田村宗哲来診。太郎容躰を告、診脉せらる。診脉畢、かうやくを延し拵、薬二貼を調剤せらる。今晩、一貼を用ゆ。かうやくも張替畢、煎茶、菓子を出スこと如例。

一太郎容躰、昨日の如し。夜ニ入、足痛甚しく、不睡也。おつぎ看病ス。食事其外等、替る事なし。但、小水、昼八度、夜ニ入六度、暮時大便通ズ。

○十七日壬午　雨

一今朝五時過、勘助方ゟ薬取人足来ル。則、田村江薬取ニ遣

ス。且、昨夜田村ゟ預り置候笠、使ニ為持遣ス。右使、九時前帰来ル。煎薬六貼・かうやく五貝来ル。
一昼前、政之助来ル。太郎対面。雑談後、九時前帰去〇昼後おつぎ・おさち右姉妹両人、太郎平愈(ママ)を祈らん為、昨日の如く又天王江百度参りニ行。八時過勤仕舞、両人帰宅ス〇八時頃、靍三来ル。昨日太郎頼候千歳・柿・くわし、赤坂ニて買取、持参せらる。代壱ツ壱分五リの由ニ付、昨日壱匁渡置候間、不足の分五分渡遣ス。雑談後、夕七時過帰去〇八半時頃半右衛門、小児を背ふて来ル。一昨日頼遣し候びん付油・すき油等買整、持参せらる。右請取、厚く謝礼申述る。ほど無帰去〇太郎容躰相替義無しといへども、足痛ハ(二八オ)ハ日増ニつのり、難義甚し。然ども、朝粥一わん半、昼飯ハ今日おさち誕生ニ付、さゝげ飯出来、太郎赤飯二わん、白みそ汁少々、夕飯白粥・梅びしほ一わん半、食之。小水昼七度、夜ニ入六度、昼夜ニて十三度也。今夕ゟ虎子ニてハ煩敷由ニ付、竹づゝを伐取、是ニて小水を取。今晩、足痛是迄ニなき痛ニて、一同色を失ふこと、扠々不便限無、見るにしのびず、看病致候母妹等の心内察すべし。
〇十八日癸未　雨。終日
一昨夜、太郎骨痛ニて不睡、一同も不睡也。右苦痛ニ付、今日、自田村江行、容躰を告候所、宗哲被申候者、穿踝瘡の毒変じてだつ(濁ママ)その毒ニなりたり。穿踝瘡ハ甚しき痛あるものニあらず。迚も御全快あるまじく候得共、御痛甚しく候てハ御凌宜からず。右ニ付、御薬加減致候。水飴を入て御用被成べし。又、御足痛ゆるめ候ニハ、悪血を取候方よろしく、然れども三りん鍼ハ用難し。蛭八、九疋ニ悪血ハ吸せなバ、必いたミ和ぐべし。御帰りがけ見附前さかいやニて御買取、早束御用被成べしと也。且、おつぎ感冒ニて悪寒致候ニ付、尚又田村ニて風薬を五貼調剤致、買、太郎煎薬と共ニ持参、帰宅。帰路田村示教の如く堺屋ニて蛭十五疋買取、帰宅ス。帰宅後早々足の痛処内踝の辺江蛭八疋ほど乗候所、おびたゞ敷悪血を吸得候て、黒血出。日暮て亦一たび(二八ウ)蛭をかけ、出血致候故歟、今日者(ママ)
一右留主中、清右衛門様御出来。おつぎ迎の為なるべけれども、おつぎ事、昨夜ゟ感冒ニて、今日ハ悪寒頭痛致候間、帰し難し。明日少々も快よく候ハヾ帰し可申由申置。且、上家修復、此度ハ余ほど損じ、大工ニつもらせ候所、鳶の者のミ八人も使可申候間、先五両余掛り申べし。然る所、積金、昨年分壱両二分、当年分当年分(ママ)七月迄ニて金三分二朱。右江七月分上家を加候て金二両壱分、又払物代金壱分二朱差加、金二両三分二朱の預り候間、跡金二両不足ニ候間、右を出来次第差出すべしと申さる。此せつ太郎大病中物入多く、且払候品々もさのミハ無之。無拠、然者、普請出来の上、蔵宿ニて借用致、差出しすべしと答。猶亦、太郎先月より所望ニ付、所々下町高名のくわしや石竹もち有やと尋候へども、終ニ無之候ニ付、已ことを得ず本町ニて誂被下候様、清右衛門様江御頼申置。代銀四匁のよし也。暫して被帰去○八半時頃芝山田宗之介ゟ手紙ヲ以太郎容躰を被尋、煮豆一重被贈。おまちゟおさち江見舞の文到来。宗之介江謝礼返書遣ス。一昨日、赤坂久保富次郎小児、当三月晦日出生の男子、一昨日急症ニて死去致、今日送葬の由ニて、赤坂江宗之介参り(二九オ)居候由也○夕七時頃、田村宗哲来診ス。太郎診脈の上、足痛大ていなることニてハ痛退《濁マヽ》べからず。今一度下剤を用候ハヾ心痛和べしとて、下剤二貼を調合致、授らる。煎茶・くわしを出し候所、結構なるくわし也。戴、宅ニて薄茶之口取に致べしと被申候ニ付、千歳・柿四ツ、包遣ス。其後、帰去。

一今日、天王様御百度結願候へども、おつぎ風邪ニ付、おさち壱人ニて参詣致、御百度を上ゲ、夕七時過帰宅ス○太郎今日も同様、三度白粥、昼あじ《濁マヽ》すり身、夕飯こちにつけ・梅びしほ。其間、くわし・水・さつまいもを食ス。今晩、下剤二貼を腹《マヽ》用ス。小水、昼七度、今夕大通便ズ。

一昨十六日ゟ右之方を下ニ臥候のミ、足痛甚候ゆへニねがへりをすることかなハず、片寐ニて肉脱致、骨立の方甚痛。是亦一脳《マヽ》ニて、難義ス。今晩ハ出血故歟、足痛少々おだやかなれども、睡ることを得ず、只うと／＼と致るのミ。

一今朝矢野ゟ弓張月後編六冊被返、且寒紅梅の梅干一器、被贈。

一今晩ハおつぎ休足致させ、自終夜看病ス。夜中、焼いも・白粥を太郎ニすゝむ。
○十九日甲申　曇
一今朝、天野文蓄来ル。太郎容躰を物語致、ほど無帰去(二九ウ)。

一今朝四時頃、おつぎ、飯田町江帰宅ス。鯵ひもの十枚、為持遣ス。おさち、買《マヽ》有之候ニ付、おつぎと伝馬町迄同道ス。荒木横町ニて別れ、あわ水飴買取、帰宅ス○夕七時頃、太郎見舞ニ来ル。暫して帰去○太郎容躰、昨日と替ことなし。天明頃ゟ暮時迄ニ大便五度通ズ。げざ《濁マヽ》い用候故也。三度、白粥二ぜんヅヽ食ス。暮時頃ゟ終夜甚しく足痛致、不睡也。此せつ、母子の苦しミ堕獄《マヽ》のせめニ等しかるべし。小水ハ昼夜ニて八度也。
○廿日乙酉　快晴。夜ニ入、曇

一今朝留吉ヲ以、田村江薬取ニ遣ス。容躰書差添遣ス。昼前帰来ル。ちん銭四十八文遣ス。煎薬六貼・かうやく四貝到来ス○昼前勘助方へ人足申付候所、ほどなく人足来ル。則、人足ヲ申付、飯田町江払本二部十七冊為持遣ス。帰路、水飴、ある平買取候様申付、代銭百六十四文為持遣ス。御姉様江文ニていさゐ申遣ス。右使、昼時帰来ル。飯田町ゟ返書、金壱分封入して来ル。右金壱分ハ天王様御加持御初尾立替也○太郎、昨夜ゟ足痛又一段重り、苦痛ニたへず。天王様御加持護摩致候ハヾ少しハ凌安る(マヽ)べし由申ニ任、伏見岩五郎を右代ニ頼候所、早束承知被致、直ニ被参候由ニ付、御初尾金百疋を頼遣ス。おさちも跡ゟ参り、御百度をあげ、岩五郎、八時過帰来ル。御台附御護摩御札・御供物持参せらる。岩五郎ニ厚く礼申、其後帰去。おさちもお百度畢而帰宅ス○昼後、山本半右衛門来ル。板倉鉄次郎、両三日の脳(マヽ)ニて昨日死去の由被告、ほど無帰去(三〇オ)。

一日暮て、おくに来ル。今晩、太郎看病をせん為也。依之止宿ス。

一太郎容躰昨日と同様痛、昼夜不睡ニて、一入疲労致候半と心配かぎ(マヽ)なし。食事、三度白粥二わんヅヽ。其間、蕎麦一椀を食ス。其外、やきさつまいも・水飴・有平・天王様御供物抔を食ス。小水昼八度、夜ニ入五度、昼夜ニて十三度也。且、床ニてすれ候所、血出、たゞれ、是又痛ミ堪がたく苦痛、不便いふべくもあらず。看病人も其折毎ニ色を失ふのミ。

○廿一日丙戌　今暁八時頃ゟ雨、終日。夜中、同断

一天明後、お国起出、帰去○夕七時過田村宗哲来診、太郎診脉。足痛等見られ、被申候者、足痛既ニだつ(濁マヽ)その毒ニ変じて、だつその痛ニて、骨痛也。右ニハよき奇薬あり。明日ゟ煎薬ハ(濁マヽ)げざいニて、丸薬一包御用可被成候。右丸薬ハ一まハりを四日と定め、四日分金壱分の由。右代料ハ明日直ニ被遣可被下候由被申。明日ゟ用候様、今晩帰宅後取かゝり、早々出来置可申候間、明日人遣し候由被申、帰去○おさち、今日者鮫河橋江両度、稲毛屋江壱度、風雨といへども厭ふことなく、太郎の為ニ奔走ス○暮時勘助方へ、明日田村江薬取申遣ス。ほど無帰宅ス○太郎、手製だんご所望ニ付、今日白米壱升余挽(三〇ウ)。

一太郎容躰今日も昨日の如く大痛ニて、難義ス。食事、朝粥二わん、昼飯と夕飯ハ只の飯、玉子ふわ〳〵ニて二わん半、夕飯も二わんを食ス。小水、昼七度、夜ニ入五度也。今晩も痛つよく、不睡也。

○廿二日丁亥　晴。夜ニ入、曇

一今朝、勘助方ゟ人足来ル、手紙差添、丸薬代延金壱分封入為持、薬取ニ遣ス。且、水道の水汲取参り候様申付、鉄びん為持遣ス。右使、四半時帰来ル。田村より煎薬六貼・痼疾化毒丸四包・膏薬四貝来ル。且、水道の水、汲取来ル。

一昼前、だんごを製作ス。太郎所望の故也○昼後ゟ天王様江御百度ニ参詣。帰路買物致、八時過帰宅○八時頃清右衛門様御入来。先頼申置候石竹もち、越後屋はりま江あつらへ候所、出来の由ニて御持参被成候。代四匁の由也。且、一昨日為持上候売本二部代金壱分二朱御持参。内壱分ハ先日飯田町ゟ護摩料借用ニ付、右差引金二朱請取、雑談後かへりさらる○暮時直記、見舞ニ来ル。入湯ニ参り候由ニて、早々帰去。日暮て、入湯ゟ帰路の由ニて立よらる。せん茶・くわしをすゝめ候内、五時頃靍三来ル。焼さつまいも、太郎江被贈。是亦いろ／＼雑談。直記、四時帰去。靍三ハ宿ス○しなのやゟ注文の薪八把持参、さし置、帰去。

一太郎、今朝大便通ズ。今日四時過ゟ痼疾化毒丸を用。右腹用前後一時(三一オ)、何も腹せざる様田村示教ニ付、右之如く前後一時何も食ズ。但、煎薬ハかまいなし。三度の食事、昨日の如し。其間、石竹もち・ある平・さつまいも等也。小水、昼七度、夜ニ入五度、少々ヅヽ、通ズ。足痛ハ替ことなし。今日両度蛭を用、出血ノ為也。痰咳出候ニ付、保命丹を腹用ス

○文蕾、太郎見舞ニ来ル。ほど無帰去。

○廿三日戊子　曇。五時過ゟ半晴

一今朝天明頃、靍三帰去○五半時頃、石井勘五郎来ル。右者、芝神明代々講御初尾集ニ来ル。如例百廿四文渡遣ス。其後、早々帰去○其後、お国来ル。一昨日貸遣し候傘持参、返る（ママ）。立話して帰去○おさち、天王様江御百度ニ行、七時前帰去。

一夕七時過、田村宗哲来診。太郎診脈畢、如例煎茶・くわしを出ス。ほど無帰去○昼八時頃、無礼村源右衛門来ル。枝柿二わ持参、留吉代友次郎、兎角無情ニ候間、勝右衛門ニ取替度申聞遣ス。芝神明江参候由ニて、早々帰去。

一夕七時過、岩井政之介来ル。太郎好候きり山升、日橋（ママ）ニて買取候由ニて一袋持参、被贈之。入湯ニ参り候由ニて早々帰去、日暮て亦来、雑談して四時帰去○今日も痼疾化毒丸、昼前四時、冷さとう水ニて用。

一夜中、両度大便通ズ。然ども足痛ハ不退。且、胸さきつかえ苦痛ス。小水昼六度、夜ニ入四度通ズ。今晩も睡かね、三度の食物、粥少々(三一ウ)を啜のミ。

○廿四日己丑　半晴

一昼時前、おつぎ来ル。太郎アイナメ五尾持参、外ニ柿十被

贈。今晩は止宿す○昼後長田章之丞、太郎見舞として、窓の月小重入壱ッ持参被贈、暫物語して帰去。序ニ、八月分無尽掛せん二百十六文頼遣ス。其後帰去○今朝、文蕾来ル。太郎と物語して、昼時前帰去。

一日暮て大内隣之助、太郎病気見舞として船橋屋煉ようかん一棹被贈、暫く雑談して帰去○おさち今日も天王様江御百度致、夫ゟ色々買物致、夕七時頃帰宅ス○今日太郎ます／＼不出来、食気なし。粥壱わんヅ、三度、夕飯ハあづきがゆ、あわもちを入て食ス。其間、ある平・さつま芋・水飴等少々づつ食ス。小水昼七度、夜ニ入四度、大便両度通ズ。兎角胸苦しく、煩悶ス。

一夕方、九月分御扶持渡る。取番森野市十郎差添、車力一俵持込、請取置○夕七時過、半右衛門来ル。ほど無帰去。

○廿五日庚寅　曇。夜ニ入雨、終夜(三二ォ)

一今晩八時頃、東の方ニ出火有之。余程大火の由ニ候得ども、火元詳ならず。夜あけて聞、神田弁慶橋辺ゟ出火致、堀留迄延焼也と云。右ニハ、大伝馬町・小伝馬丁類焼のほど無心元事候へバ、飯田町ニてハおつぎ此方へ参り居、御姉様御壱人ニて火事見舞旁々、嘸かし御困り被成候半と存、直ニおつぎ支度致、飯田町江帰し遣ス。くわし一包・茄子塩づけ少々、為持遣ス。

一昼後おさち、天王様江参詣、帰路買物致、夕七時前帰宅。其後、六道江又買物ニ行、政吉方へ御扶持の事申付遣ス。ほど無帰宅ス。今日、使札来客なし。

一太郎容躰、今日も同偏胸苦しく、食事すゝまず、朝昼夕、白粥一わんヅ、食。其外の物も多食せず。昼夜ニて水瀉ハ八度、小水ハ昼夜ニて十度、多く不通。昼後蛭を掛、出血ス。痼疾化毒丸、今日ニて用切候得ども、聊も経験なし。

○廿六日辛卯　雨

一今暁八時前、東方ニ出火有之。火元不詳。

一太郎兎角不出来ニ付、伏見岩五郎を頼、田村江容躰委敷申入呉候様今朝頼、薬紙等為持遣ス。岩五郎早束承知被致、五時過ゟ田村方へ被参、薬并ニ膏薬等持参、昼時帰来ル。厚く謝礼申述べ、しバらく雑談後帰去。

一太郎同偏不食、粥かるく一わんヅ、むりニ食さしム。両三日以前ゟ面部ニ(三二ゥ)腫気有之、足痛も不退、いよ／＼心易らず、日々心配かぎりなし。大便両度通ズ。且、今日ゟ煎薬ハ補薬お用ゆ。小水昼六度、少々づゝ、夜ニ入四度、同断也。

○廿七日壬辰　雨。五時(マヽ)過ゟ晴

一今朝政吉、御扶持可申由ニて来ル。則、越後米一臼・交米一臼つかしむ。八時頃つき畢。朝飯・昼飯両度給させ、二ぅす分つきちん三百文遣ス。

一昨夕方、田村来診す。太郎診脉の上、先日の痼疾化毒丸、今一廻り用候ハヾ必足痛退く（マヽ）べ候間、明日ゟ又壱剤用候様被申候ニ付、則頼置。一ざい（濁ママ）用候ても少しも功なく被存候へども、田村ハ経験ありとはいはれ候ニ付、うちも置れず、又壱剤分頼候也。其後帰去。此壱ヶ条者廿六日に記すべき処、漏たれバこゝに記ス。

一今朝、勘助方へ薬取人足申付遣ス。早束参り候ニ付、田村江薬取ニ遣ス。右薬料金壱分為持遣ス。且亦、水道水汲取参り候様申付遣ス。四時過、右使帰来ル。則、丸薬四包・煎薬六貼来ル○直ニ太郎痼疾化毒丸、水道水・三盆さとうを入、煮返し、冷水ニ致、四時過用之○昼時、岩五郎来ル。太郎やぅ子を聞て帰去。

一昼後八時頃おさち六道江入湯ニ行、夕七時前帰宅、直ニ天王様へ参詣、帰路処々ニて小買物致、七半時頃帰宅ス○太郎容躰、替ることなし。足痛日々つのり候様ニて甚敷腫、見るも痛ましく、胸ふかり（ママ）、あわれなること筆紙ニ尽しがたく候。小水七度、夜ニ入四度、何れも少々づゝ也。朝白粥壱わん、昼飯たまごやき少々（三三オ）、粥壱わん、夕飯かれいニて壱わんと少々食ス。夜中熟睡致かね、足痛并ニ瘰瘦の故ニ所々痛、只ぅと／＼と致すのミ。其間、焼さつまいも・湯子飴を食ス。七月上旬ゟ病甚しく差重り候得ども、看病人ハ只母壱人の手（マヽ）ひつにて、七月十八日より妹おつぎ、二夜くらいヅ、折ふし参り看病して、母の手を助るのミ。外ニ、看病致候者絶て壱人もなし。憐むべき事也。此節、母の心配苦辛何とたとへ候ニ物なし。

○廿八日癸巳　曇

一今朝、大内隣之助、沢あんづけ大根三本持参、被贈。雑談して帰去。

一昼九時前、飯田町ゟ使来ル。右者、此方御預ヶ置被成候両かけの内、壱ツ御とりよせの為也。御姉様ゟ御文到来。且、太郎江赤飯・鰺五、被贈。則、太郎容躰を委しく認め、御禮申上、両かけ之内壱ツ、使江渡ス○右同刻祖太郎様太郎見舞として御入来、牛肥一棹・梨子三つ被贈、暫して帰去○今朝石井勘五郎ゟ子供使ニて、芝神明大麻・御剛飯少々贈来ル。右請取置○昼後おさち、天王様江参詣、帰路買物致、夕方帰宅○夜五時頃、矢野文蓄来ル。もちぐわし一皿、太郎江被贈。雑談数刻、煎茶・くわしを出て、九時過帰去。

一太郎容躰、替ることなし。小水七度、夜ニ入五度、夜中両度大便通ズ。食事、朝、かき汁二わん・粥一わんを食す。昼、かれい煮つけ・湯づけ二わん、夕飯、塩焼あじ(濁ママ)二ツ。其間、水飴・牛肥・柿等を少々ヅヽ食ス。今日者不通じの故ニ、腹満じ候て、苦(三三ウ)痛す○夕七時過、田村宗哲来診す。太郎診脉の上、小水通じかね候間、兼用四貼を調剤して被授。直ニ二貼せんじ、今晩迄ニ腹用ス。暫して帰去。

○廿九日甲午　晴。昼後ゟ曇

一今朝山本半右衛門義、刷毛を借ニ来ル。則、貸遣ス○今日ふし見ゟ樹木の大松、被贈之○今朝、留吉ニ申付、田村江薬取ニ遣ス。九時前帰来ル。則、ちんせん四十八文遣ス。かうやく五貝・煎茶別煎本方とも八貼来ル。

一昼後、おさち、天王様江御百度ニ行、八時過帰宅。夫ゟ亦忍原江買物ニ行、ほどなく帰宅○八時比、清右衛門様御入来。八月分薬売溜二〆六十八文御持参。且、上普請内金二両二分請取書、御持参被成候。薬一わり二百四文・石竹餅代四百三十二文・でんぶ代五十二文・納手拭代百文、渡置。右手拭ハ一両日中妻恋稲荷様江納度由太郎申ニ付、右之趣、清右衛門様江頼置。雑談後せん茶・くハしを出し、夕七時前被帰去○夕七時頃、矢野ゟ先日貸進の弓張月拾遺五冊返る。且、沢庵漬大こん五本被贈。弓張月残編六冊貸遣ス。一右同刻豆腐屋松五郎、払米取ニ来ル。則、二斗渡し遣ス。且、水を汲入、帰去(三四オ)。

一太郎同偏、去廿六日左りの方を下ニ致、ふせり候のミ、足痛甚しきゆへに、ねがへりを致候事不叶。依之、片寐ニて一入難義ニ候所、今日昼後、右之方を下ニ致、ねがへりを致試候所、格別ニも痛も無之、少々の内右之方を下ニ致居候間、外踝のかうやく張替ることを得たり。去ル十六日より今日廿九日にて十四日め也。其間、左りのミ下ニ致ふせり候事故、下に成候方、腰のあたりすれたゞれて、出血で、痛つよく、難義実ニ筆紙につくし難、たとへるニものなし。今日は水瀉四度、小水昼七度少々づゝ、夜ニ入大便両度瀉し、小水夜六度。食事、朝壱わん、昼かれい煮ニて二わん、夕飯壱わん。夜ニ入、まんぢう二ツ、だんご四ツ、いも少々食ス。かうやく張替ハ朝夕数度也○夜ニ入、靄三来ル。暫して帰去。

○九月朔日乙未　雨。終日

一今朝、政之助来ル。太郎見舞被申入、ほど無帰去○暮時前、文蕾来ル。暫雑談、又後刻可参由ニて帰去、夜ニ入四時来ル。焼いも一包被贈、今晩太郎慰んとて本抔持参、少々太郎江読聞せ、終夜雑談して、明六時帰去○太郎容躰、替ことなし。

水瀉、昼夜ニて七度。小水ハ七度、夜ニ入五度なれども、少しヅヽ也。食気無之、一わんヅヽ三度すゝむ。兎角(三四ウ)腹満して、堪がたしと云。痼疾化毒丸今日切ニて用畢、かうやく内外共両度ヅヽ張替る。外踝の方、口二つあき、夫ゟ膿多く出。

○二日丙申　雨。終日

一今朝留吉ニ申付、田村江かうやく取ニ遣ス。口上状差添、見舞の事申遣ス。

一昼後おさち伝馬町江買物ニ行、七時頃帰宅○夕七時頃、田村来診ス。太郎診脉、足痛、外の方破、膿出候処を見候所、是ニてハりやうじ致易しと申、雑談後帰去○暮時前、悌三郎来ル。暫して帰去○暮時頃お国、太郎見舞ニ来ル。ほど無帰去○太郎容躰、替ることなし。今日も水瀉、腹満致候。天明ゟ三度瀉ス。小水ハ六度。夜ニ入、大便壱度、小水五度。朝昼夕三度、粥壱わんヅヽ食ス○夕七時頃尾張屋勘助聟熊蔵、日雇ちん乞ニ来ル。金二朱ト四百四十四文の由、則拂遣ス。

○三日丁酉　晴

一文蕾、太郎見舞ニ来ル。則、容躰を咄し候へバ、ほど無帰去。

一夕七時頃田口栄太郎母おいね、太郎病気見舞として来ル。ぶどう(二字濁ママ)三ふさ被贈、暫物語致、夕膳振舞、七半時過帰去(三五オ)。

一太郎容躰、今日も替ことなし。足痛・腹満に(ママ)昨日の如し。食事ハ、三度粥壱椀ヅヽ食ス。其間、ぶどう・くわし(二字濁ママ)抔少しヅヽ食ス。今朝、大便壱度瀉ス。小水、昼七度。夜ニ入、少々大便瀉ス。小水、夜四度、少々ヅヽ通ズ。

○四日戊戌　半晴

一今朝、田村江薬取ニ遣ス。九時前帰来ル。田村ゟ又痼疾化毒丸壱剤分来ル。煎薬・かうやくとも、如例来ル。留吉ニちん銭四十八文遣ス。

一昼後信濃屋重兵衛、薪炭代取ニ来ル。則金壱分二朱渡し、つり、廿四文取。重兵衛申候者、伝馬町万新の娘不快の所、色々手当致候へども不快候ニ付、何方ゟ参候者ニ候や、加持致貰候ハヾ忽全快ニ及候間、若且那にも右の御加持御受被成候ハヾ如何。右之御人、名僧知識之御僧の由。尤、此せつハ田舎ニ被居、右住居何方ニ候や確とハ存不申候へども、右御加持被成候と委敷御聞被成度思しめし候ハヾ、右万新江御出候て御聞被成候ハヾ、詳ニ相知れ可申候と申ニ任、直ニ梅村江頼、申入候所、留主宅の由ニて、用事不整候所、夜ニ入、直記来ル。則、右之一条頼候所、早束(ママ)承知被致(三五ウ)、明早朝万新江参り、委敷書付持参可致様被申、暫く雑談して、五時頃帰去

○豆腐屋おすみ来ル。此せつ太郎大病ニて、右之者色々世話ニ成候間、布子表壱ツ遣ス○おさち伝馬町江買物ニ行、暫して帰宅ス○夜ニ入、半右衛門来ル。暫して帰去○太郎容躰、下痢昼夜ニて九度、水瀉。右之故ニ、小水は少々候也。面部・右之脚ニも腫気見へ候間、甚心配。渇つよく、食気なく、三度白粥壱わんヅヽ。夕膳ハ玉子雑水。其間、いも・あめ・くわし少々ヅヽ食ス。今晩ハ腹痛・足痛ニて不睡也。

○五日己亥　半晴

一今朝清助、太郎見舞として来ル。ほど無帰去○其後、文蕾来ル。太郎容躰を承り候て帰去○四時前清右衛門様御入来、先頼置候でんぶ買取、持参せらる。代銭ハ前銭ニ済。且、ぶ（二ウ）だう（字濁マヽ）二ふさ・梅ぼし一器・神田祭礼番付壱枚・鰑三枚被贈。去ル二日ゟ御姉様ニも虫積ニて御難義のよし被申、暫雑談して、昼時前帰去○昼前、田村宗哲来診。太郎容躰を告、診脉せらる。且、下痢四、五日ニ及候間、不宜候間、薬加減被致度由被申。然者、後刻取ニ可遣旨申置。且、昨日留吉薬取のせつ、玄関ニ有之候火入をうちかへし、畳・敷居迄焦し候由被申。扨々気の毒の事ニ存候得ども（三六オ）、せん方なし。其後帰去○即刻勘助方へ薬取人足申付、田村江薬取ニ遣ス。且、昨日の丸薬料金百疋封入、遣之。

一右同刻、直記来ル。昨夜頼候加持僧の事也。今朝万新へ参り、委敷承り候所、皆虚（マヽ）ニて、山しの由ニ付、延引致候由被申、早々帰去○昼後、織衛来ル。太郎江献残氷餅壱包被贈、太郎病床ニて雑談後、帰去○おさち伝馬町江買物ニ行、夕七時頃帰宅○太郎容躰、水瀉昼六度、夜ニ入五度、其折毎ニ小水少々ヅヽ、通ズ。水瀉度々に候間、一入衰、食事、粥一わんヅヽ、食ス。其間、くわし・ぶどう抔、多食せス。今日ゟ亦痼疾化毒丸用ゆ。氷もち少々食ス。何分腹満致、薬も多く用ゆることを得ず。

○六日庚子　半晴

一太郎、今日も同様。昼五度水瀉、夜ニ入三度。小水、其折毎ニ少々ヅヽ、五度通ズ。且、腹満・足痛も今日者甚しく、苦痛いふべからず。食事なし。誠ニ不便限なし。只々落涙するのミ○夜ニ入、靍三見舞ニ来ル。暫して帰去○おさち、久保町江買物ニ両度行。其外、使札来客なし。

○七日辛丑　晴

一今朝、文蕾来ル。太郎やう子を聞、帰去○今朝勘助方へ人足申付、薬（三六ウ）取ニ田村江遣ス。

一四時頃、大久保矢野ゟ手紙差添、弓張月残編五冊被返。右請取、美少年録初輯五冊貸遣ス○右同刻おさち伝馬町江買物行、ほど無帰宅。

一太郎容躰、替ることなし。但、水瀉、昼夜ニて八度、小水同断。朝粥少々、昼同断。夜ニ入、そば半わん・うんどん半わん・いも少々、食之。兎角渇つよく、腹満・腫気も余程有之、心配ス○暮時、豆腐屋おすみ来ル。暫して帰去。蜆汁一鍋遣ス。
○八日壬寅　晴
一今朝、文蕾来ル。太郎容躰を被尋、且小魚一皿被贈。右以前、同所江先日頼置候下掃除来ル。車屋安五郎と云者也。右之者江下掃除申付候所、何れ帰宅後親方へ咄し候て、明日又参り候由ニて帰去。然る所、其後、無礼村源右衛門来ル。右者、下掃除の事也。右源右衛門聟、此方下掃除致度由ニて、願ニ来ル。此方ニても、伏見江参り候下そうぢヲ申付候へども、遠方の所右様ニて四里外之所わざ／＼罷越候ニ付、其意ニ任、然らバ其者明日ニも参り候様申候へバ、畏り候と申、源右衛門帰去○昼後、かもん屋敷車屋安五郎又来ル。下掃除致候者有之ニ付、来り候へ共、既ニ源右衛門ニ申付候上ハ、其義ニ不及候間、気の毒乍、断ニ不及(マヽ)(三七オ)。

一夕七時前覚重様、千駄ヶ谷御屋敷江御虫干ニ御出被成候由ニて、御入来。太郎やう子を御らん被成、いそぎ御帰被成候
○其後、田村来診ス。太郎診脉の上、せん茶・くわしを出ス。太郎腹中皆水気ニて、下痢致候ゆへ、ぜひ／＼下痢を止め可申、御薬かげん致候間、明日人被遣候由申、帰去○おさち伝馬町江買物ニ行、暫して帰宅。其後おろじ(濁マヽ)町江入湯ニ行、夕七半時頃帰宅○太郎容躰、兎角下痢いたし、昼二度、夜ニ入三度。食事、朝握飯小三ツ、昼茶飯少々、さより一尾。其間、しつぽくそば壱ツ食ス。昨夜ゟ足痛弥増、夜ニ入胸痛甚しく、わが身壱人・おさちのミにてハ心細く存、文蕾を頼候半と、おさちを呼ニ遣し候所、留主のよしにて不来。其内胸痛納り、あま酒を食ス○五半時過、文蕾只今帰宅致候由ニて、来ル。先刻太郎さしこミつよく、こまり候ニ付、願候所、御留主の由ニて力不及と申、夫ゟ色々雑談、明六時迄太郎をなぐ(濁マヽ)さめ、天明後帰去。一今日夆(マヽ)山頂松信女様御詳(マヽ)月御逮夜ニ付、茶飯一汁二菜供之。
○九日癸卯　晴
今朝勘助方へ薬取人足申付、田村江薬取ニ遣ス。昼時前帰来ル。煎薬六貼・かうやく八貝到来ス○昼前矢野ゟ美少年録初輯五冊被返、所望ニ付、二集五冊貸遣ス○四時頃おさち、伝馬町江鯲鍋買ニ行。太郎所望ニ(三七ウ)よりて也○今日重陽。祝儀、さゝげ飯・一汁二菜、家内一同祝食ス。終日開門也。

一太郎容躰、今日大便壱度、夜ニ入壱度、なめらかに通ズ。小水、昼夜ニて八度、少しヅヽ、通ズ。朝小握飯三ッ、昼飯鯰鍋ニて二わん、夕飯二わん。其間、そば・蕎麦がき・くわし・いも等也。今晩文蕾、亦太郎を慰んとて来ル。九時頃、蕎麦切を振ふ(ママ)。其後、せん茶・くわしをすゝめ、終夜看病ス〇昼時、芝神明前いづミや市兵衛ゟ女郎花五色石台四集上帙二十丁、板下出来の由ニて校合ニ被差越、手紙差添来ル。右請取、太郎事大病ニて急ニハ出来かね候間、十五、六日頃人被遣候由、返書ニ申付遣ス。

一昼後、清助来ル。ほど無帰去〇八時過、半右衛門来ル。是亦早々帰去。

〇十日甲辰　晴

一今日、常光院様御祥月忌ニ付、朝、料供一汁一菜、供之。昼後、せん茶・御もり物を供ス。

一今朝、無礼村源右衛門紹介之下掃除来ル。源右衛門聟忠七と申者、此せつ不快ニ付、同人弟伊三郎と云者、名代として掃除ニ来ル。納物等かけ合、今より右之者下掃除申付る。右伊三郎、両厠汲取、高井戸江帰去。

一高橋真太郎、去年十一月ゟ指の脳ニて引込候所、此せつやうやく順快ニ付、今日ゟ出勤の由ニて来ル〇夕七時過田村宗哲来診、如例診脈して帰去。

一暮時前、梅村直記来ル。暫く雑談後、帰去（三八オ）。

一太郎容躰、替ることなし。食事、朝昼両度、握飯三ツヅヽ、食ス。半ぺん・ミつば・八ツがしらの平ニて食ス。夕飯ハ酢赤がひニて一わん半食之。其間、いも・くわし抔也。暮時前ゟ又三度水瀉。腹痛・腹満、渇も甚しく、終夜苦痛ス。不睡也。かうやくハ壱度張替る。

〇十一日乙巳　晴

一太郎容躰、替ることなし。今日も腹満ス。小水四、五度、少々ヅヽ、通ズ。夜ニ入天明近、三度大便水瀉、腹痛ス。朝昼夕三度、一わんヅヽ、食ス。夜ニ入、うどん・そば半わんヅヽ、一わん余食ス。夜中、玉子湯を食ス。此せつ看病のたすけ致候者無、母一人ニて終日終夜看病致候間、殊の外疲労。何分長き事ニて、太義かぎり無し〇夕方勘助方へ、明日薬取人足申付置。

〇十二日丙午　晴。明六半時頃地震

一今朝、勘助方ゟ薬取人足来ル。則、田村江薬取ニ遣ス。昼時前、帰来ル。

一四時前清右衛門様御入来。あづき二合ほど被贈。且、清右衛門様舎弟八十吉ゟ太郎見舞として、片折ぐわし一ツ被贈。

尚又、神田明神様御祭礼来ル十五日候間、若太郎少々も快よく候ハヾ、おさち差越候様被申候へども、此せつ太郎大病中、中々左様の心無し。清右衛門、しばらく雑談して被帰去○八時過、山田宗之介来ル。三盆白砂糖壱斤入一折被贈、暫らく雑談、夕飯を振舞、夕七半時過帰去(三八ウ)。

一今朝四時頃、文蕾来ル。太郎やうすを被尋、ほど無帰去○夕七時頃、高畑武左衛門来ル。ほど無帰去○太郎容躰、弥水気相増、腹満苦痛ス。朝飯一わん、大こん汁少々、貝の柱少々。昼飯、切鮓二つ食ス。夕方、蕎麦一わんを食ス。其間、いも・あめ等少々ヅヽ、食スのミ。昼、小水少々ヅヽ、五度。夜ニ入、大便三度瀉ス。かわきも甚しく、夜ニ小水四度。明方、亦かうやくを張替る。兎角睡り候事まれニて、今晩終夜、惣身を撫さすり致遣ス。何分、荘(ママ)年の者かゝる病ニ閉られ、全快無心元事、不便かぎりなく、胸のミ張さく心地也。

○十三日丁未　半晴。南風烈、夜ニ入雨、遠雷、温暖

一今日十三夜祝儀、あづきだんご製作致、家廟江だんご・枝豆・くり・柿・衣かづき芋そゑ供し、家内一同祝食ス○四時頃、伏見ゟ唐だんごきなこつけ、枝まめ・いも・柿添、被贈。昼後、此方ゟあづきだんご、品々添、為持遣ス○昼時頃、高畑武左衛門来ル。右者、太郎羽織借用致度由申ニ付、何とも迷惑ニ候得ども断も申がたく候ニ付、結城木綿羽織貸遣ス○右同刻、文蕾来ル。太郎病床ニ通り、暫く太郎を慰候内、昼時過ニ及候間、太郎と共ニ昼飯振舞。其後、だんご出来候間、煮茶致、だんごを振、暫して帰去○夕七時過田村宗哲来診、太郎容躰を告、診脉せらる。右畢、せん茶・くわしをすゝめ、其後帰去(三九オ)。

一暮時、半右衛門来ル。同人世話敷御ざ候故、無沙汰の由申候て、帰去。

一太郎容躰、今日も替ることなし。大便両度、小水六度。朝飯茄子ごま汁、昼大こんこち旨煮、夕飯干瓢玉子とぢ、右何れも一わんヅヽ、食ス。其間、だんご汁こ一わん食ス。夜ニ入、大便両度、小水四度、仙台糒湯壱わん。其外ハ昨日の如し。

○十四日戊申　雨。南、温暖、雨

一今朝勘助方へ薬取人足申付、田村江薬取ニ遣ス。帰路買物申付け、代銭百文為持遣ス。右使、九前帰来ル。申付候買間違候て、白雪こうとゝのへ来ル。右の品望にあらず不用ニ候へども、其侭受取置。田村ゟ如例煎薬六貼到来ス。

一昼時、文蕾来ル。雑談時をうつして、昼時過帰去○右同刻、半右衛門来ル。是亦雑談中太郎、半右衛門江大横町のかる焼を整呉候様頼候ニ付、右之序ニ色々買物を頼遣ス。右之買物

ハ、今晩麦飯をこしらへ、文蕾・半右衛門を招かん為也。直ニ半右衛門買物買ニ行、暮時前帰来ル。遅刻不便ニ候得共既ニ支度致候ニ付、夫ゟこしらへたて、日暮て文蕾・半右衛門ニ振ふ。右両人、食事畢、雑談、九時帰去〇太郎容躰、今日昼大便三度、夜ニ入三度、水瀉。小水も昨日の如し。兎角腹満、咳出、難義甚し。今日より又カモウリを用ゆ。食事一わんヅヽ、両度、夕飯ハ麦飯かるく二わんを食ス。

一今日女郎花五色石台校合致かけ候所、色々取込ニて、漸く十丁校合ス(三九ウ)。

〇十五日己酉　半晴

一早朝伝馬町江太郎望の品買取ニ行、四時帰宅ス〇四時頃無礼村下そふぢ友次郎代之者、友次郎不快ニ付、代りとして来ル。然ども、余り久々参り不申候間、外之者ニ取替候由、右之者ニ申聞遣ス〇昼前、文蕾来ル。太郎と物語致、昼時頃帰去。

一太郎容躰同偏、水瀉昼夜ニて六度。惣躰ニ水瀉(ママ)まハり、一入煩悶致、見るにしのびず、難義かぎりなし。朝一わん、むきミ少々、昼かいのはしら三杯酢、鍋玉子ニて一わんと少々、夜食一わん半を食ス。今日、足痛ハ少々相増申候。

〇十六日庚戌　半晴

一早朝、文蕾、太郎様子を被問。から汁こしらへ候間、太郎給候ハヾ上申候由被申候間、右貰受、太郎江薦む。文蕾老実ニて、日々太郎やうすをとハれ、折々太郎好候物被贈候事度々也〇四時過飯田町、使ヲ以、太郎やう子を被問。御姉様ゟ御文、且赤飯一重・煮肴一重・蓮一本・柿九ッ被贈。右返事に御礼厚申上、太郎容躰を詳ニ申上、神女湯十五包使江渡ス。

一八時頃、半右衛門来ル。暫して帰去〇右同刻矢野ゟ先貸進の美少年三集五冊被返、且牛肥一さほ、借書の謝礼として被贈。尚又、童子訓初板五冊貸遣ス。手紙到来致候へども、返書不遣、口上ニて謝礼申遣ス(四〇オ)。

一夕七時頃田村宗哲塾、代診として来ル。太郎診脉して、煎茶・くわしを出ス。其後帰去〇夕方おさちを以、勘助方へ明日田村江薬取人足申付遣ス。

一太郎容躰、替ことなし。但、足痛甚敷、からやく張替をせず。昼夜水瀉六度、小水昼夜ニて八度通ズ。食物、朝飯から汁一わん・飯壱わんを食ス。昼、大かれいニて一わん半を食ス。夕飯ハ不給。其間あま酒少々、夜ニ入蕎麦ぶつかけ一ぜん食ス。

〇十七日辛亥　晴

一今朝、文蕾来ル。暫して帰去。厚板せんべい壱包、同人子供江遣ス。文蕾伝馬町江参り候由ニ付、麦落雁・みそ漬せうが頼遣ス。代銭百文あづけ遣ス。

一右同刻あつミ祖太郎、千駄ヶ谷江参り候序の由ニて太郎容躰を被問、厚板せんべい一包太郎江被贈、ほど無千駄ヶ谷御下屋敷江被参候由ニて帰去○早朝、勘助来ル。則、田村江薬取申付遣ス。四半時頃帰来ル。田村ゟ煎薬六貼・膏薬六貝、外ニ口中歯薬壱包到来ス。

一昼後、おつぎ来ル。ぶどう(二字濁マヽ)二ふさ、太郎江被贈。今晩止宿して、太郎の看病ス○昼後文蕾、先刻頼候麦らくがん買取、持参せらる(四〇ウ)。

一夕七時前芝泉市、使ヲ以、五色石台校合を乞る。且、例年之通りあま酒一重被贈、手紙到来。然ども取込中ニ付返書ニ不及、五色石台初校一冊渡し、口状ニて謝礼申遣ス○夕七時頃、山田宗之介ゟ使札到来。右者、来ル廿二日、長松院様御三回忌御相当ニ付、焼まんぢう廿入壱重、被贈之。則、返書ニ謝礼申遣ス○太郎容躰、朝飯から汁ニて一わん、昼飯かれい薄しほ一わん、夕飯ハ不給、そば一わんを食ス。昼夜六度水瀉、小水兎角通かね、腹満。今晩かわき甚しく、苦痛煩悶、不睡也。おつぎ、終夜看病して不睡。
○十八日壬子　晴
一今朝、山本半右衛門来ル。大ぎす三尾、久敷心掛居処やうやく今日手入候由ニて太郎江被贈。且、糸瓜之水一とくり是亦被贈、暫して帰去○昼時大久保矢野ゟ使ヲ以、先日貸進之童子訓初板五冊被返、尚亦所望ニ付、二板五冊貸遣ス。借書の謝礼として、きす魚十尾被贈之、手紙到来。返書ニ謝礼申遣ス。

一八時頃ゟおすみを使として、芝田町山田宗之介並ニ赤尾ゟきす十、文ヲさし添、病気見舞。山田江ハ長松院様御三回忌御備物くわし目録、おふみ江文ヲ以遣ス。右使、暮時帰来ル。則、ちんせん百文遣ス。赤尾ゟ返書到来(四一オ)、尚亦ぶどう(二字濁マヽ)二ふさ太郎江被贈。おふミゟハ返書不来、請取のミ来ル。

一八時頃ゟおつぎ・おさち、番所町媼神江参詣。帰路買物致、ほど無帰宅ス。

一夕七時過、田村宗哲来診ス。太郎診脉畢、如例煎茶・くわしを出ス。暫して帰去○太郎容躰同偏、水気弥増のミ。実ニ難義かぎりなし。

一朝昼、塩ぎすニて一わんヅヽ、両度食ス。大便昼夜ニて五度、小水十一度、少々ヅヽ。内、八時頃通じ候小水ハ五勺余通じ。悦候処、其後ハ少々ヅヽ、通候。今晩もお次看病ス。
○十九日癸丑　晴

一四時頃、半右衛門来ル。伝馬町江参り候間、買物ハなきやと被問。其詞随、仙台糒頼遣ス。右買取、昼前来ル。右以前、山本悌三郎・文蕾来ル。暫く太郎を慰、せん茶・くわしを出し、昼時右三人帰去○四時頃あつミお鍬様、太郎見舞として御入来、小ぎす開五尾御持参。煎茶・くわしをすゝめ、昼飯を振舞、夕七時頃御帰被成候○八時、林内義来ル。暫く雑談して帰去○太郎水気弥増候ニ付、芭蕉の実木伐取、せんじ用候ハヾ水気減じ候由かねて人の噂ニ聞候間、右半右衛門ニ頼候所(四一ウ)、早束承知被致、直ニ何れへか被参候て芭蕉一本伐取被参候。右之芭蕉ハ高畑助左衛門の由ニ候へども、一株百文ニ買取被参候由ニ付、則百文、半右衛門ニ渡ス。直ニ実木をせんじ、今晩三杯用ゆ。此芭蕉之一条ハ昨十八日に記すべき所、漏したれバ玆ニ記ス○夕方、文蕾又来ル。伝馬町江参候間、買物有之候ハヾ買取可参旨被申候ニ付、太郎則亀の甲せん頼遣ス。代百文渡之。日暮て六半時過、右買取、持参せらる。代銭四十八文の由ニて、四十八文被返。同人ゟ焼芋・さんしよ切、少々被贈。今晩此方へ止宿して、太郎看病をせらる。おつぎも同様看病ス。亥の刻、文蕾江煎茶をこしらへ、煮肴・煎どうふニて夜食を振ふ○太郎、今日者水瀉五度、小水八度。食事、朝壱わん、昼壱わん、夕壱わん。其間、あま酒・葛湯・せんべい・ぶどう(二字濁マヽ)抔、少々ヅヽ食ス。今晩ハかわき無之故ニ、少々おだやか也。看病人も睡ることを得たり。

○廿日甲寅　晴

一今朝五時前、文蕾帰去○其後朝飯後、おつぎ飯田町江帰去。神女湯五包、為持遣ス。おさち同道ニて伝馬町江買物ニ行、四時頃帰宅ス。

一今朝鮫河橋の老嫗を、田村江薬取ニ遣ス。容躰書差添遣し候所、四時過右薬取帰来ル。田村ゟ煎薬七貼・からやく八貝到来、薬少々加減致候由、申来ル(四二オ)。右之者ニ人足ちん四十八文遣ス○昼時芝泉市ゟ使札ヲ以、女郎花五色石台第四集上帙壱・二の巻初校直し出来、見せらる。取込中故、其儘あづかり置、又両三日中ニ可参旨、口状ニて申遣ス。

一昼八時頃隣家林内義、太郎病気見舞として落雁・種ぐわし本形小重ニ入、被贈。雑談中、太郎つまみ物を所望致候へバ、林内義、鮫ケ橋大坂ニむさしやと申料理屋ニて拵候品、何れも上品ニ候間、今ゟ参り、買取可申由被申候ニ付、其意ニ任頼、代銭二百文渡遣ス。ほど無買取被参候。厚く謝礼述、ほど無帰去。同人子どもへ、亀の甲せんべい・そばまんぢう為持遣ス○右同刻前野留五郎、御用済ニ付、帰番の由ニて来ル○八半時頃、芝田町山田宗之介ゟ使茂太郎ヲ以、そば饅頭壱重数十六入、手紙差添、被贈。返書ニ謝礼申遣ス。

一夕七時頃、田辺礒右衛門、太郎病気見舞として来ル。越の雪片折一ッ被贈、太郎病床ニ到り、太郎と物語して、ほど無帰去。

一暮時前、大内隣之助ゟあま酒一器・沢庵漬大根二本、被贈之。

一右同刻おさち門前江出候所、藤田嘉三郎内義、おさちを招き(四二ウ)、胡瓜半分を被贈。右者、太郎痢水の為、先頃中ゟ所望致居候由被聞及候故也とて、被贈。右胡瓜、おさち持帰り、太郎ニ見せ候所、誠ニ大悦、直ニ三杯酢ニ漫し置。明朝給させ候心得也。

一太郎容躰今日も小水通じあしく、昼三度瀉ス。小水昼五度、夜ニ両度瀉ス。小水ハ四度也。
○廿一日乙卯　晴。暁六半時頃小地震
一今朝、山本半右衛門来ル。暫して帰去○昼時頃、清助来ル。雑談時をうつして、かへり去。右同刻、松岡織衛・梅村直記来ル。太郎病床にとふり、ほど無帰去。

一八時過、林猪之助内義来ル。暫く立話して、伝馬町江参候由ニて帰去。

一夕七時過、田村宗哲来診。太郎診脉して、薬加減せられ候由ニて五貼調合、被渡。右者烏犀角入の薬ニて、一日ニ二分ヅ、用候由也。せん茶・くわしを出ス。雑談数刻、出し候そばまんぢう、所望ニ付、包遣ス。暮時前帰去○右同刻、矢野ゟどうじくん(濁マヽ)三板被返。右請取、四板五冊貸遣ス○暮時お梅方ゟ使札ヲ以、春中約束致置候半てんの表貫度由申来ル。然ども、暮時此方大病人有之候中、暮時手放され難候間、返書のミ遣ス(四三オ)。

一夕七半時過、十月分御扶持渡る。取番立石鉄三郎差添、車力壱俵持込候故、請取置。美濃米也。

一太郎容躰、朝昼夕三度、白粥一わんヅ、食ス。大便壱度、夜ニ入二度。小水昼五度、夜中壱度通ズ。右之外替ることなし。
○廿二日丙辰　晴
一今朝木園、太郎見舞として来ル。暫して帰去○昼後飯田町御姉様、太郎見舞として御出。先日願候ねり薬二曲御持参、外ニ太郎江みそづけ生がくわし一包・小黄瓜五本、被下之。終日太郎看病致し、且先日おつぎヲ以願候金百疋、今日御持参、御貸被下候間、則太郎薬料烏サイカクを求、其外太郎求候品々買取。御姉様江欠合の夕飯を上、夕方御帰被成候。自も御同道ニて、伝馬町ゟ右烏サイ角買取、其外太郎所望の品々買取、あら木横町ニて御姉様江御別申上、暮時帰宅。右留主中、文蕾を頼置○昼後文蕾、先日頼置候木の葉せんべい買取、持参せらる。ほど無帰去、夕方又来ル。其せつ、留主を頼候也。先日約束致候ニ付、ねりやく一曲遣ス。暮時帰去(四三ウ)。

一暮時、隣家林内義来ル。後刻可参由ニて帰去、五時頃又来ル。同人、今晩太郎看病をせん為也。たまご鮓五ッ・鶏卵二つ、被贈。四時過夜食振舞、今ばん終夜看病をせらる○太郎容躰、今日者食気なし。昼飯、小握飯壱ッ食ス。夜ニ入、そば半わん・ゆでたまごき身斗食ス。渇つよく、小水つうじあしく候間、今日者甚不出来也。夜中三度瀉ス。其間、暁七時頃ゟすや〳〵睡る。おさちも八時迄看病ス。

○廿三日丁巳　雨

一今朝勘介方へ人足申付、田村江薬取ニ遣ス。四時過帰来ル。煎薬・かうやくとも、如例来ル。容躰書中江来診の事申遣ス。返書来ル○天明後、林内義帰去。

一五時過文蕾とろゝ汁一器持参、太郎江被贈。暫して買物ニ被参候由ニ付、尚亦太郎買物品々頼遣ス。其後帰去、昼後帰来ル。買物〆百三十二文の由ニ付、渡遣ス。

一八時過、田村宗哲来診ス。太郎診脉畢、薄茶を振ふ。太郎煉薬の事申候へバ、手前ニ有之候ねりやくさし上候間、後刻取可参由被申候間、代銀承り候所、壱剤五匁の由被申候て、帰去○直ニおさちヲ以、勘助方へ人足申付、田村江煉薬取ニ遣ス。手紙差添、代銀五匁為持遣ス。暮時過帰来ル。

一暮時頃泉市ゟ使札ヲ以、五色石台二番校合取ニ来ル。此分宜敷由(四四オ)、遣ス。御頼(カ)半丁、直し遣ス。

一夜ニ入林内義、金之介同道ニテ来ル。金之介ハ止宿ス。内義、八時頃帰去。

一太郎容躰、今日も替ることなし。但、朝飯粥少々、昼黒豆飯の小握飯壱ッ、夕方かたくりめん二わん食ス。大便、昼夜ニて両度。小水も昼夜ニて六、七度也。

○廿四日戊午　晴。風、昼後ゟ曇

一今朝政之介母義、太郎見舞として来ル。暫物語して帰去○昼時過飯田町ゟ御姉様御文ヲ以、一昨日願置候鯉・烏犀角其外品々被贈之、今日おつぎ可参所、風邪ニ付延引の由申来ル。謝礼、返書ニ申置○右鯉早束料理候に、今日妙岸様御祥月御逮夜、且琴光院様御命日ニ付、手づから料理難候ニ付、半右衛門を頼、料理貰ふ。其内おさち伝馬町江麦みそ・冬瓜子を買取ニ行、ほど無帰宅、直ニ右麦みそニて汁を仕立、太郎ニ給さしむ。

一夜ニ入豆腐屋松五郎妻おすミ、娘おまき同道ニて来ル。今晩看病せん為也。おまき・おさちハ九時頃枕ニつき、おすみハ八時過ゟ睡りつく○夕七時過、米つき政吉来ル。明日御扶持春可申由申ニ付、然バ明日参り候様申付遣ス。

一太郎、今日も同様。朝粥一わん、昼同断、夕飯一わん・鯉こくせう汁一わん半・鯉膾少々。其間、柿・あめ・くわしを食ス。大便昼両度、小水七度、夜ニ入(四四ウ)小水四度、大便ハ不通。陰嚢の水、少々減ズ。夜八時頃、又粥一わん・鯉汁一わんを食ス。挽茶壱(ママ)腹同断。深夜ニ到り、多不睡。
○廿五日己未　雨
一今日妙岸様御祥月ニ付、朝料供、平、けんちん汁・干大根油あげ、猪口、菊見を供ス。

一早朝、政吉来ル。玄米三斗壱升つかしむ。朝飯給させ、つきちん百四十九文遣ス。

一同刻、おすみ帰去。おまきハ朝飯給させ遣ス。

一五時頃ゟ薬取人足来ル。則、田村江薬取ニ遣ス。右人足、四時過帰来ル。せん薬六貼・膏薬六貝来ル○夕七時頃梅村直記ゟ菊味小ふた物入少々、被贈之。口状書差添、何れ後刻可参由被申越候へども、不来○隣家林内義橘・柿三ッ・餡だんご少々持参被贈、何れ後刻可参由被申候て帰去、夜ニ入四時過又来ル。太郎看病をせん為也。九時頃、ぶつかけそば(濁ママ)を振ふ。終夜看病致され、暁七時ゟ天明迄枕ニ就き、天明後帰去○太郎容態、大便夜ニ入二度通ズ。小水ハ昼夜ニて九度ほど通ズ。朝飯、けんちんニて一わん半。昼、鯉こくニてかるく二わん。夜ニ入六時頃、かたくりめん一わん半を食ス。其後、白玉汁粉半分・そば一わんを食ス。今晩も渇甚しく、且足痛候て、太郎・看病人も不睡也。
○廿六日庚申　雨。終日(四五オ)
一四時頃、文蕾来ル。雑談時をうつし、安火のふた損じ候間、文蕾竹釘を以是ヲ繕貫ふ。且、四ッ谷被参候ハゞ、くわし買取呉候様太郎頼ニ付、右うけ引、帰去○暮時、右同人方ゟ、くわし一袋買取、矢野の僕ヲ以被贈越。右請取、謝礼申遣ス○今朝直記、太郎見舞として来ル。早々帰去○夜ニ入五時頃林内義、今晩又看病をせんとて娘おれん同道ニて来ル。大乾魚二枚被贈、終夜看病被致、明七時枕ニ就。右同人、当春高畑内義悪心ニて嫉、林内義江色々悪口致ニ付、林内義殊之外〳〵立腹致候ニ付、去月十九日迄ハ打絶疎遠ニ候所、去九月十九日半右衛門被参、此方ニて一向ニ存不申、高畑内義全く悪心故ニ、両家の中をさき候事委敷被申候得者、やうやく心の曇晴候様子ニて、十九日ニ被参、右之一条申出し、被詫候間、此方ニてハ一向構不申候旨申候へバ、夫ゟ日々被尋、夜分も被参、ねんごろニ世話被致候事右の如し。只々恐るべきハ嫉ある女子也。よく／＼慎むべし○太郎容態、今日者朝昼一わんヅヽ、夕同様。其間、くわしを食ス。大便昼三度、夜ニ入不通。小水ハ昼夜ニて十一、二度也。水気ハ少々捌候様ニ候へども、痰咳ニてのんどつまり、運動のせつハ煩悶ス。夜中兎角不睡、暁頃ゟ少々睡る。

一夕七時、田村宗哲来診、太郎容躰を告、診脉せらる。診脉畢、痰咳の別煎壱貼調合せらる。外ニ、白せつ膏一貝・口舌散三包、被差置。如例、煎茶くわしを出し、其後帰去(四五ウ)。

○廿七日辛酉　曇。四時頃ゟ雨

一天明後林内義、女児と共ニ帰去○九時前、下そふぢ忠七来ル。両厠掃除致、帰去。当月十日ニ同人弟伊三郎参候まゝ、十七日め也。

一右同刻、靏三来ル。暫して帰去○昼時清右衛門様御入来、あわもち一器太郎江被贈。おつぎ事兎角同偏ニ付、未参り候事出来かね候由御申被成候。太郎、茶柄大小、外ニ刀の身一本、薄箔金何ぞ張候を拂度由申談事、右之品々、大小一腰・刀身一本、平つば(カ)(濁ママ)取添、清右衛門様江太郎頼、為持遣ス。尚又、鯉今壱尾買呉候様頼置、雑談して八時過御帰被成候○右同刻、靏三又来ル。先刻太郎約束の口中薬一包・薫薬一包、持参せらる。口中薬代銭壱匁の由候へども、只今有合無之ゆへニ、代銭ハ未遣ズ。雑談後帰去○暮時前、山本悌三郎来ル。其後、山本半右衛門も来ル。半右衛門ハ伝馬町江参り候由ニて、早々帰去。悌三郎ハ太郎看病被致、九時帰去○太郎、今日者不出来。夜ニ入、発熱、乾き甚しく、煩悶ス。昼夜ニて六度瀉ス。余り煩悶致候故ニ、林内義、九時頃あま酒一器太郎江被贈、用事あらバ又可参由被申、帰去○小林佐一郎来ル。右者、亡父忌明の由ニて被参。

○廿八日壬戌　雨

一昼後、山本半右衛門来ル。暫く雑談、薄茶一服振舞、夕七時頃帰去○右同刻、高畑武左衛門来ル。暫して帰去○右同刻、文蕾来ル。伝馬町江参候間、何ぞ用事有之やと被問。太郎、蒲萄を買取呉候様頼候所、早束承知被致、夕七時頃、買取、持参せらる(四六オ)。

一夕七時過矢野ゟ先日貸進の童子訓六板五冊被返、尚又所望ニ付、夢想兵衛初へん五冊貸遣ス○暮時、豆腐屋おすミ来ル。ほど無帰去○暮六時過、山本悌三郎来ル。蒲萄二房太郎江被贈、今晩終夜看病被致○夜五時過林内義、看病せんとて来ル。然ども、今晩悌三郎被居候ニ付、八時頃帰去○今日太郎、少々おだやか也。食事、白粥三度少々ヅヽ食ス。大便両度、小水九度、其外替ることなし。

一早朝、勘助方ゟ薬取人足来ル。則、田村江薬取ニ遣ス。四時過帰来ル。せん薬、本方六貼・別煎三貼、膏薬六貝来ル。本方の方、加減被致候由申来ル。

〇廿九日癸亥　晴。五時前地震

一今朝文蕾、から汁出来候間、太郎給候やとて持参せらる。右さし置帰去、昼時前又来ル。太郎、四月以来蒲団取替候間、惣身痛候由ニ付、羽根ぶとんを下ニ布、右之上ニ絹ぶとん布（マヽ）望候ニ付、文蕾・悌三郎手伝、蒲団ひきかへ、其上ニ臥せ候。右畢、文蕾帰去。悌三郎ハ九時頃帰去〇夕七時頃田村来診、太郎診脉畢。田村被申候者、腫気甚敷重り候。かくてあらバ、凌難し。もはやさいかくも功なし。此上はきびしく毒忌致、琥珀を用ゆべし。しからバ、今明日中ニ小水多通べし。左候ハヾ凌安かるべしと被申。只今迄の薬ハ捨さり、今ゟ（四六オ）琥珀附用べしとて約束致。代銀承り候所、一剤ニて金百疋、其余の薬味金五拾疋なるべしと被申候ニ付、早束勘助方へ人足申付、則金百五十疋封入致、為持遣ス。右使、五時前帰来ル。則、煎薬三貼・琥珀四包到来ス。今晩ゟ右琥珀を用。一剤掛目四匁、一日ニ五分づヽ、麦汁ニて用候由也。

一夜ニ入、悌三郎来ル。終夜看病被致〇五時頃、林内義来ル。暫して帰去。

一太郎容態、昨今腫気重り、不出来、煩悶苦痛云べからず。大便壱度、小水三度、夜ニ入、小水三度通ズ。床づれ痛候ゆへ、今晩も不睡也。食物、朝昼夕粥一わんヅヽ食ス。其間、ゆでたまご・くわしを食ス。

〇卅日甲子　晴

一今朝文蕾ゟ、昨日頼候らくがん一袋届来ル。右請取置。

一悌三郎昼前帰去、ほど無又来ル。今晩止宿して太郎の看病被致。

一昼時過ゟ太郎所望の品々伝馬町江買物ニ行、留主ニハ悌三郎を頼置。右留主中、直記来ル。清右衛門様も御入来。清右衛門様、先月分薬売溜〆五百六十八文御持参、壱割百五十六文差上候。且、先日頼候ねり薬代二百文、今日御持参のくわし代四十八文、清右衛門様江返納ス。八月中納手拭残銭三十六文、受取済。鯉御持参被成候得ども、太郎毒忌ニ付、不用ニ成。然ども（四七オ）折角整候物故受取、水ニ入置。清右衛門様度々種々御頼申候間、今日ハ少々ニても酒を薦め、悌三郎と供ニ夕膳を果して、暮六時過御帰被成候。

一太郎容躰今日者甚不出来、水気弥相増、心配此上なし。朝

夕、粥一わんヅ、啜のミ。面部・惣身余ほど脬(ママ)腫致、腹満苦痛、且床づれ甚しくいたミ、煩悶ス。

〇十月朔日乙丑　晴

一昼時悌三郎帰去、又後刻可参由也〇右同刻、靏三来ル。且、先日持参被致候ロ中薬代壱匁、今日同人ニ渡。是亦後刻可参由ニて帰去。

一昼時矢野ゟ煮大根・はぜ、小重ニ入、被贈〇夕方、悌三郎来ル。今晩、又終夜看病せらる〇右同刻、林内義来ル。暫して帰去、夜ニ入又来ル。太郎江きす魚三尾被贈。右うつりとして、鯛大根煮つけ一皿遣ス。暫して帰去。

一八半時過、田村宗哲来診。太郎容躰を告、診脈畢。余ほど劇しき水気ニ候へバ、今一剤琥珀散御用無之候ハヾ経験あるべからず。明日又一ざい(濁ママ)上可申候。左候ハヾ経験あるべしと被申、煎薬三貼調合被致。せん茶・くわしを給させ、帰去(四七ウ)。

一太郎容躰、替ことなし。小水昼夜ニて八度、大便三度通ズ。朝粥少々、昼同、夕かたくりめん壱わん半食ス〇昼前、靏三来ル。暫して帰去。

一今八(ママ)時頃、田辺礒右衛門・川井亥三郎来ル。無尽掛銭の事也。則、同人ニ二匁渡ス。

〇二日丙寅　晴

一今朝、文蕾来ル。青梅糟づけ三ツ太郎被贈、暫物語致、帰去〇四時頃、清助来ル。ほど無帰去〇其後、靏三来ル。今ゟ上野江参り候由ニて、早々帰去〇悌三郎昼前帰去、日暮て又来ル。ぶどう二房被贈。今晩看病被致候事、女子も不及、老実の事也〇昼時おすミヲ以、飯田町江薬料の事申遣ス。然る所、薬科ハ不示、琥珀二匁成田屋ゟ取よせ、被贈。右ニ付、今日田村江琥珀散代料ニ差支候得ども、兎も角も致候ハんと存候。おすミ、八時過帰来ル。申所、右之如し。其後、田村江薬料金壱分二朱封入、おすみを取ニ遣ス。田村宗哲他行ニて知かね候由ニて、いたづらに帰来ル。おすみニ人足ちん百四十八文遣ス〇暮時田村ゟ僕ヲ以、先刻遣し置候薬被届、右請取置〇夜ニ入、林内義来ル。雑談数刻、丑ノ刻頃帰去〇太郎容躰、替ることなし。大便昼夜ニて五度、瀉ス。小水昼夜ニて八度通ズ。朝粥一椀、昼かたくりめん、夕飯粥少々食ス。其間、金平糖・ようかん・くわしを食ス。痰咳ニて声出ズ。両三日、水気惣身江充候故運動甚六ケ敷、難義(四八オ)、不便涯なし〇八時過、芝神明前いづミ屋次郎兵衛来ル。太郎見舞として柚花おこし一折、且明日売出しの由ニて五色石台四編四部持参被贈之、暫して帰去。

一夕方文蕾、たどん壱俵持参せらる。先刻約束致置候ゆへ也。代銭百文ニ付廿四のよし、被申。未ダ代銭ハ不遣、右うけ取置。
○三日丁卯　晴。夜ニ入急雨、ほど無止
一今朝、文蕾来ル。伝馬町江参り候間、買物ハなきやと被問候ニ付、かたくりめんの事頼置。後刻右かたくりめん被届、代銭済○昼時、山本半右衛門来ル。先日政之助被申候箪笥町ニよき売卜有之由太郎承り候ニ付、太郎自半右衛門を頼、卜問ニ被参候由也。半右衛門、暮時帰来ル。右売卜者の申候者、今日ゟ日数五日の間、甚危く大切の由申候由、半右衛門帰宅後告之○八時過、田村宗哲来診ス。太郎容躰を告、診脉せらる。右相済、煎茶・くわしを出ス。太郎痰咽喉ニつまり、甚悩ミ候趣申聞候得者、然バ竹歴《マヽ》姜汁を用ゆべしと申され、帰路玄関ニて、甚敷水気ニ候得者急症斗難と被申候て帰去。

一右同刻悌三郎を頼、梅村直記方へ竹二本無心ニ遣ス。早束承知被致、直記自僕ニかつがせ来ル。程よく伐せ、帰去。則、悌三郎右竹を刻、土盧《マヽ》ニて(四八ウ)水を差、太郎腹用ス○日暮て、直記・林内義来ル。其後、政之助も来ル。先刻半右衛門被申候者、太郎既ニ危く候へバ、飯田町江為知遣候様被申候ニ付、同人勘助方へ人足申付、飯田町江文遣ス。右使、九時頃帰来ル。返書ニ、明朝おつぎ可参由申来ル○今晩太郎看病人、悌三郎を始メ文蕾・直記・政之助・半右衛門・林内義、看病ス。内、半右衛門ハ終夜勝手ニて竹歴を取。天明前、右之人々に朝飲《マヽ》を薦め○太郎容躰甚不出来、夜ニ入煩悶致、食気なし。日々に衰候のミ、詮方なく候。おさち今晩夜不睡、奔走して夜を明ス。
○四日戊辰　晴
一早朝、半右衛門・直記・政之助帰去○五時前清右衛門様、おつぎ同道ニて御入来、太郎容躰を御覧被成。此せつ甚敷物入ニて、小遣無之故ニ、清右衛門様ゟ二百疋借用致置。四時、清右衛門様御帰被成候。お次ハ残居て看病ス○太郎、芝田町ニて売候汁粉所望候ニ付、早朝豆腐屋おすミを以、買取ニ遣ス。右序ニ、山田宗之介方へも遣ス。夏中此方へ参り居候大小さや一腰返之、且宗之介持料のぎんぎせる、太郎執心致居候ゆへ宗之介江内々申遣し当分借置、太郎へハ到来致候と申、悦せ置く○九時前、山田宗之介来ル。右買取ニ遣し候汁粉并ニ(四九オ)銀ぎせる、宗之介持参ス。暫物語致、昼飯振舞、九時過帰去○今朝半右衛門ヲ以、深田長次郎江頼、八九竹二本伐採、買。今日昼前、半右衛門竹歴をとらる。湯のミ茶わんニ二杯とれる。

一九時過、おすミ帰来ル○太郎容躰、今日も同様也。小水昼夜ニて六度、少々ヅ、通ズ。

一今晩、靏三・文蕾・林内義、太郎看病ニ被参。悌三郎ハ昨日ゟ止宿致され候。太郎、今晩痰咽喉ニつまり、煩悶苦痛。皆々看病、竹歴其外薬を用い、手当致候ヘバ、暫して納る。おつぎも終夜看病ス。
○五日己巳　晴
一今朝昨夜看病被致候人々に朝飯給させ、各帰去。悌三郎ハ昼時帰去。

一昼後山田宗之介ゟ使茂太郎ヲ以、煮染二重、看病人江とて被贈。赤尾ゟも宗之介ゟも手紙到来ス。謝礼、返書ニ申遣ス
○昼後文蕾来、暫して帰去。
一七時頃、渥見祖太郎来ル。ぶどう三房持参、被贈之。欠合の夕飯振舞、暮時前帰去○暮時、悌三郎来ル。其後、文蕾も来ル。右両人、おつぎ等と共ニ終夜看病被致候。林内義宵のほど被参、九時過帰去。太郎容躰、昨日と同じ。三度の食物、汁粉或者かたくりめんを食ス○今日直記・政之助両人ニて目黒不動尊江太郎の為ニ千垢離を被参、帰路水飴を買取被参、外ニ白玉あめ壱袋を(四九ウ)太郎江被贈。此せつ、看病ニ参候人々に夜食或者朝食給させ候ニ付、勝手昆《(ママ)》ざつかぎりなし○昼時過、田村宗哲来診。如例診脉畢、せんちや・くわしを薦め、太郎容躰、今日者少々見直し候由被申。太郎痰せき甚敷、難義ニ付、別薬を調剤を頼置、暫して帰去。

一今晩、文蕾・悌三郎・林内義、看病として来ル。終夜看病被致。
○六日庚午　晴
一今朝、文蕾・林内義帰去。悌三郎、昼時帰去○昼時過、芝田町山田宗之介ゟ看病人食物として、八つがしら・半ぺん・焼どうふ煮染二重、被贈之。返書ニ謝礼申遣ス。

一文蕾方ゟにんじん・里芋・ばかむきミ煮染壱重、看病人江とて被贈○暮時頃、半右衛門来ル。是亦竹歴をとられ、暫く物語被致。夕飯給させ、帰去。

一越後屋清助、姪同道ニて来ル。ほど無帰去○今日亦深田ゟ竹二本きり取、政之助持参被致○夜ニ入、悌三郎来ル。ほど無靏三も来ル。其後、大内隣之介来ル。せんべい・おこし一袋・焼芋持参せらる。右三人、終夜看病被致。右之人々にせん茶・くわしを出ス(五〇オ)。

七日辛未　晴
一早朝、靏三・隣之助帰去○昼時頃、文蕾来ル。暫して帰去

○昼時過、芝田町ゟ茂太郎ヲ以、そばまんぢゅう一重、被贈之。赤尾ゟも文到来。宗之介方へ返書ニ謝礼申遣ス。
一宗村お国、太郎見舞として来ル。ほど無帰去○暮時、山本半右衛門来ル。先日頼置擂盆買ん為也。則、金二朱渡し、頼置。日暮て、買取、持参せらる。代銭百廿八文の由也。暫して帰去○日暮て、林内義来ル。ほど無帰去。悌三郎ハ終日此方ニ居、看病せらる○夕七時頃、田村宗哲来診ス。太郎診脉被申候て、腹部の水気さバけかね候、今一剤琥珀散用候ハヾ大抵水気減じ候ハんと被申候ニ付、然者、明日此方ゟ琥珀上可申候間、余薬御調合被下べしと約束致置、暫して帰去○太郎容躰、昨日の如し。折ふし煩悶、一同看病ス。朝握飯餡つけ三ツ、昼飯しつぽくそば少々・汁粉一わん食ス。小水昼夜ニて五度、大便三度通ズ。今晩看病人、悌三郎・おつぎ・おさち、只夫のミ。
○八日壬申　晴
一今朝、勘助方へ人足申付遣ス。ほど無来ル。おつぎ事、去三日ゟ参り居候間、又飯田町やう子安事候間、今日先おつぎ、右人足召連、飯田町江帰去。右人足(五〇ウ)、帰路田村江薬取ニまハり、九時過帰来ル。田村江琥珀掛目一匁、外ニ余薬料金二朱為持遣ス。則、琥珀散一廻リ分・薬五貼来ル○昼後有住岩五郎、見舞として来ル。暫物語して帰去○土屋宣太郎、父桂助跡御番代被仰付候由ニて来ル○立石鉄三郎悴立石鑛太郎、むそく見習被仰付由ニて来ル○玉井鉄之助、御番代被仰付候由ニて是亦来ル○八時過大久保ゟ文蕾、書状ヲ以、太郎安否を被尋。則、返書ニ申遣ス○昼時、悌三郎帰去○おさち、伝馬町江鳥きみを買ニ行、ほど無帰宅ス○右同刻、林内義来ル。暫之内太郎の看病被致、暮時帰去○夕七時過芝三田家主藤兵衛、太郎病気見舞として来ル。暫雑談して、暮時帰去○右同刻大久保ゟ文蕾、手紙ヲ以、太郎安否を被問。則、返書ニ申遣ス○日暮て、悌三郎・直記・政之助来ル。ほど無林内義も来ル。九時過、直記帰去。政之助・悌三郎・林内義ハ今晩看病せらる○太郎容躰、今朝汁粉、夕方大こん煮鯖少々食ス。夜ニ入、あづきあんかけ・白粥少々食ス。今晩ハ兎角痰切かね、床づれ痛ミ候て苦痛ス。悌三郎・政之助・林内義、替る〲看病ス。当月三日以来太郎弥危胎(ママ)ニ付、愁傷大方ならず。故ニ血運(ママ)度々発り、或者夢中(五一オ)に成事もありて、人々の厄会ニなること度々也。
○九日癸酉　晴
一今朝五時過ゟ太郎煩悶甚敷、母・悌三郎・おさち等色々手当致候得ども其かひもなく、終に巳ノ上刻、息絶たり。時に享年廿二歳也。夫ゟ家内愁傷大かたならず、昆雑いふべくもあらず。右以前、林内義・文蕾来ル。皆々打寄、愁傷ス。扠あるべきにあらざれバ（濁ママ）、飯田町初、宗之助・あつミ覚重方へ為知遣ス。四時頃、おつぎ・清右衛門様・前夫々宗之助諸人来ル。是ゟ下色々こんざつ、伏見岩五郎・山本半右衛門・坂本靏三・岩井政之助・梅村直記等、山本悌三郎等、替る／＼世話被致候事、詳ニ記し度おもへども、九日以後愁傷腸を断心地して筆とることもいとハしく、後の為にと日記しるさんと筆とり候得バ胸のミふたがり、一字もかくことかなハず。其故ニ久敷打捨置し程に、九日以後人出入も多く、妻／＼（ママ）忘れしゆへニ省きて印（ママ）さず。心中察すべし。飯田町御姉様・お鍬様鉋五郎を携て、十日ニ御出。止宿して、翌十一日八時出棺後、御帰被成候。おつぎハ十二日夕方帰去。十日夜、太郎法名、文蕾ニ乞ふて付貰ふ。機善堂文誉嶺松琴靏居士と云。琴靏浴（ママ）休致被呉候（五二ウ）人々、坂本順庵・梅村直記・岩井政之助。右三人ニて湯くわん被致、月代ハ松村儀助被致、髪ハ七月以来櫛の歯を不入ニ付、とけかね候故、其儘に置候由也。衣類、茶八丈紋付・竜門上下・太織袷じゆばん・茶（ママ）はかた帯也。十一日、出棺八時也。清水山深光寺なる先栄中ニ安葬ス。人々、暮時帰来ル。廿二日迄、人々入替立替り、其外悔の人々、初七日の仏参并ニ逮夜贈ぜん・客来等の事ハ、右ニ記すごとく筆とることの厭ハしく存候故ニ、廿二日迄ハ不知（ママ）。併、数日捨置候も、蓑笠様是迄被遊候御心中ニ背候も不本意ニ存候ニ付、思かへして、又廿二日より涙ながらに記すもの、左之如し。

○廿二丙戌　半晴

一今日琴靏二七日ニ付、山本半右衛門を頼、おさち同道ニて深光寺へ墓参ス。諸墓水を手向、帰路石工勘助方へ立より、琴靏石碑の事申付、色々買物致、暮時前帰宅ス。悌三郎も、十一日ゟ以後毎夜／＼止宿ス。今朝石切橋迄参り候由ニて帰去、暮時又来而止宿ス。山本半右衛門ハ帰去○暮時、三嶋兼次郎・松村儀助・文蕾来ル。儀助ハ五時被帰去、文蕾ハ四時帰去。人々にせん茶・くわしを出ス。兼次郎は止宿ス。同人も先頃ゟ毎夜／＼止宿ス○下そふぢ忠七来ル。両厠汲取、帰去（五二オ）。

○廿三日丁亥　曇。折々雨

一今朝、兼次郎帰去。悌三郎ハ昼時帰去○長田章之丞来ル。右者、同人兄の倅十八才ニ成候者、此方へ聟養子の一義也。相応の挨拶致置く。此せつ所々右之一義人々申被入候得ども、中々耳うるさく、一入琴靏を慕ハれ、胸苦しき事也。

一暮時、栄助と云人問来ル。太郎死去の事申聞候へバ、うち驚き、しばらく物語して帰去。

一夕七半時過、山本悌三郎来ル。樽抜柿九ツ被贈。今晩も此方ニ止宿せらる。日暮て、梅村直記殿御入来。悌三郎殿と雑談中、五時過大内隣之助殿被参、窓の月一皿被贈。右三人雑談、せん茶・くわしを出ス。九時前、直記殿被帰去。隣之助殿ハ止宿せらる。右以前鈴木安次郎殿入来、太郎死去悔申被入、右序ヲ以、黒野喜太郎殿無尽、同人宅ニて来ル廿五日興行の由ニて廻状を持参せらる。右請取、暫物語して、五時前被帰去。

○廿四日戊子　晴

一今朝五時前、悌三郎殿被帰去。其後、隣之助殿も帰去る。昨夜黒野頼母子会触廻状、隣之助殿江も見せて、林内義ニ渡ス○四時前、林猪之助殿内義入来ス。右者、宗之介江約束被致候一義有之ニ付、同人宅を被問。芝田町五丁目山側の由(五二ウ)委敷教候へバ帰去○四時過酒井才次郎と申人、太郎江面談致度由ニて入来せらる。太郎去ル九日病死致候由申聞候得(マヽ)、帰去る。本郷の住居の由被申之。

一昼時頃悌三郎殿、水道町ゟ帰来ル。頼置候筆壱本買取、持参せらる。ほどなく昼飯ニ成候間、昼飯振舞、其後帰去らる○同刻林内義、菜びたし出来の由ニて持参被贈之、ほど無帰去る○夕七時頃、あやべ(濁マヽ)娘おふさ来ル。太郎病死の由申候へバうち驚き、暫く雑談して帰去る○日暮て、深田長次郎姉およし来ル。其後、悌三郎来ル。追々松村儀助・三嶋兼次郎来、雑談。四時過、儀助帰去。

一悌三郎・兼次郎・およしハ止宿ス。五時前、林内義来ル。およしニ按摩をとらせ、四時前帰去。

○廿五日己丑　晴

一今朝、政之助来ル。伝馬町江参り候由ニて、悌三郎殿同道ニて出被去。両人とも、九時前被帰。悌三郎殿ハ先江被帰去、政之助殿ハ九時、又後刻可参由被申候て被帰去○昼時頃、兼次郎殿被帰去○昼後政之助殿を留主居ニ頼、おさち同道ニて伝馬町江入湯ニ行。帰路買物致、八半時頃帰宅。右留主中、松村儀助・西原邦之助殿入来せらる。悌三郎殿も被参、政之助と共ニ座敷ニて書物を被致、留主せらる。兼次郎殿同断、邦之助・儀助ハ夕七時過帰去。政之助殿・兼次郎殿江夕飯振舞。日暮て半右衛門殿被参、ほど無被帰去(五三オ)。

一夜ニ入、十一月分御扶持渡る。取番留五郎殿差添、車力壱俵持込畢。

一日暮五時前坂本順庵殿被参、悌三郎殿・政之助殿等と夜話

被致、四時前政之助殿同道ニて被帰去。悌三郎殿・兼次郎殿ハ止宿被致。

○廿六日庚寅　晴。氷りはる

一今朝飯後悌三郎殿、石切橋江被参候由ニて出去ル。昼後又被参、今晩止宿せらる○兼次郎殿昼飯給、被帰去、夕方又被参、止宿せらる。

一昼後遠藤安兵衛殿被参、贈膳の謝礼被申演、帰去ル○夕方、米つき政吉来ル。明日御扶持舂可申由申、帰去○暮時隣家林内義、きんつば・すあま（ママ）一皿持参被贈之、ほど無帰去。

○廿七日辛卯　晴。寒冷

一四時過、政吉来ル。作州米三斗つかしむ。九時、つき畢。昼飯給させ、つきちん百四十八文遣ス○昼時前、越後屋清助来ル。芝辺江参り候由ニて、暫して帰去。

一昼時、悌三郎殿被帰去。兼次郎殿又両人とも、昼後被参。

一昼後、おさち入湯ニ行。入替りニ自分も入湯致、帰宅。

一日暮過松村儀助殿被参、今晩は止宿ス。悌三郎殿・兼次郎殿同断（五三ウ）。

○廿八日壬辰　晴

一今日唯称様御祥月御命日ニ付、朝料供、一汁三菜。但、香之物とも供之。且、琴靏三七日逮夜ニ付、留主ニハおさちを残し、悌三郎殿・儀助殿ニ頼、五時過ゟ深光寺江参詣ス。序ニ石工勘助方へ立より石碑の事申付候へバ、然者御一緒ニ深光寺へ参り、積とり候由申ニ付、其意ニ任、則勘助同道ス。深光寺ニ到り、琴靏石碑戒名彫入つもりをとらせ、諸墓花水を供し、拝し畢、飯田町江行。手みやげ、みかん十五持参。暫物語致、昼飯を被振、夕七時過帰宅ス○右留主中、高畑武左衛門来ル。夕方帰去。儀助殿も夕七時帰去。

一日暮て兼次郎殿被参、今日堀之内ゟ雑司ヶ谷江参詣被致候由ニて粟煎餅二袋・粟餅一包持参、被贈之○五時過、文蕾殿被参。悌三郎殿・兼次郎皆夜話致、文蕾殿四時過帰去。如例之せん茶・あわせんべい・あわもちを出候。悌三郎殿・兼次郎殿ハ止宿被致。皆々九時過、枕ニ就く。

○廿九日癸巳　晴

一今早朝、悌三郎殿宅ゟ同人妹手紙持参ス。右ニ付、悌三郎殿江右手紙を見せ、直ニ起出、石切橋仲間江被参候由ニて、直ニ出被去。

一兼次郎殿ハ朝飯後、当番の由ニて被帰去（五四オ）。

一今朝勘助方へ人足申付、飯田町江昨日約束致置候つゞら一ツ・重箱一組・神女湯廿包、外ニ琴靏遺物拂物品々、為持遣ス。昼時過、右使帰来ル。返書到来。

一下そふぢ忠七来ル。里芋壱升余持参ス。両厠そふぢ致、帰去。

一昼時過、悌三郎殿、水道町ゟ帰来らる。終日したゝめ物被致、止宿せらる。今晩外人不来、寂莫たり○しなの屋重兵衛炭二俵持参、さし置、帰去。
○卅日甲午　曇。夕方ゟ雨
一昼時悌三郎殿姉御、同人ニ用事有之由ニて被参、悌三郎と物語被致、八時過被帰去○日暮て竈三殿被参。去ル廿五日頼置候ぢよ《(濁ママ)》たんの函出来、持持《(ママ)》参せらる。雑談中五時過悌三郎殿被参、大みかん十五持参、被贈之。五時頃ゟ大雨、雷数声。竈三殿・悌三郎其外家内、雨止雷止て、丑ノ刻過、枕ニ就く
○荷持代、給米取ニ来ル。則、十月分四升遣ス。

○十一月朔日乙未　晴。温暖
一早朝、飯田町清右衛門様御入来。昨日の拂物書付并ニ十月分家ちん金壱分二朱ト二百七十八文、賣薬せん壱〆五百四十八文御持参、薬一わん《(ママ)》百五十六文遣之。外ニ、新暦壱本・茶漬茶碗・平皿・汁椀各二人前、被贈之(ウ五四)。今日小形暦賣出しの由ニて、早々帰去。

一今朝竈三殿、自分初、悌三郎・兼次郎殿・おさち江灸点を被致、昼時前被帰去○其後、悌三郎殿も伝馬町江被参候由ニて、被帰去。

一八時過勘助聟熊蔵、日雇ちん迄ニ来ル。九月分金二朱ト十二文、十月分金二朱ト百六十文、二口合金壱分ト百七十二文渡し遣ス。請取書、省之○右同刻、大久保矢野ゟ敵討の読本借用ニ来ル。喪中見舞として、牛肥壱さほ被贈。則、月氷奇縁五冊・常夏さうし六冊、使江渡し、借遣ス○信濃屋重兵衛、炭薪代乞ニ来ル。金三分の由ニ付、三分渡、つり銭七十二文請之。此分昨晦日の部江可記之所、漏たれバ、こゝにしるす○今朝、建石鐄吉御扶持増かゝり十二文の由申来り候間、則渡し遣ス○八時過、悌三郎殿帰来らる。暮時過、兼次郎どの・大内隣之助殿来ル。右三人止宿ス。
○二日丙申　晴
一早朝、悌三郎殿出去ル。其後、隣之助殿も被帰去。

一昼後自分初、おさち、兼次郎殿灸治ス。其後、悌三郎殿も入来せられて(オ五五)灸治被致。右畢、七時前也○右灸治中、文蕾君入来ス。ほど無被帰去。今晩、悌三郎殿・兼次郎殿止宿せらる。
○三日丁酉　晴
一早朝、江坂卜庵入来せらる。右者聟養子の一義也。相應の

挨拶致候得者、被帰去○昼後、飯田町ゟ御姉様御文ヲ以、蓑笠様御一周忌志之重之内十七入壱重、被贈。且、頼置候真香(ママ)三袋、被贈之。右御礼、返書したゝめ、且牛肥壱さほ進上ス

○昼時、清助来ル。暫物語して帰去。

一夕方、しなのや重兵衛ゟ薪十六束贈来ル。右請取置○七時過、政之助殿入来せらる。ほど無帰去。琴靍霊前江たんざく一枚、被手向。

一日暮て、林内義来ル。其後順庵殿も被来、煎ちゃ・餅ぐわし・まめいりを出し、九時過皆帰さらる。悌三郎殿ハ終日此方ニ被居、ぢよたんを張、其外手伝せらる。兼次郎殿も同断、終日被居、止宿ス。

○四日戊戌　晴

一今朝、悌三郎殿起出、被帰去○五半時頃、岩井政之介殿入来せらる(五五ウ)。

一今日、蓑笠様御志之牡丹もち製作致、十四軒江人足二人ヲ以為持遣ス。詳ニハ贈答歴(ママ)ニ記之。内、山田宗之介江ハ生鯉壱尾為持遣ス。先日宗之介ニ約束致候故也。右使、勘助方ゟ四時頃来ル。則、芝田町・西丸下・飯田町江為持遣ス。使、七時帰来ル。右二人ニ夕飯給させ遣ス。

一七時頃、儀助来ル。琴靍江いたミの歌被手向。儀助家内江ぼたんもち一重遣ス○其後、岩五郎殿入来せらる。暫して帰去ル○悌三郎殿昼前被参、夕七時、石切橋江被参候由ニて、出被去。

一今日、蓑笠様御一周忌御志のぼたんもち製作致候。手伝、岩井政之介どの・山本悌三郎殿・おさち也○夜ニ入、順庵どの入来せらる。則、せん茶・ぼたん餅を振舞○日暮て、政之介殿被参。雑談中、悌三郎殿被参候内、兼次郎殿被参。右四人雑談数刻、政之介殿・順庵どの九時過被帰去、兼次郎殿・悌三郎殿ハ止宿せらる。太郎没後、皆うちより自をなぐさめられ候事、去十月九日ゟ間断なし。然ども、少しも心なく、只亡(ママ)然たる事也。八時過、枕ニつく。

○五日己亥　晴

一今日蓑笠様御一周忌御逮夜ニ付、一汁三菜御料供ニ備、近隣江贈ぜん(五六オ)、且人々に振ふ○今朝山本半右衛門殿被参、林内義も被参。林内義朝飯ふるまひ、其後帰去。右以前半右衛門殿、番町江被参候由申され、帰去ル○悌三郎殿青山江被参候由ニて帰去、夕七時頃又被参、止宿せらる○右以前岩五郎殿被参、蓑笠様御霊前江干海苔十枚被贈、雑談後帰去ル○夕七時頃、芝山田ゟ使茂太郎ヲ以、香料金五拾疋并ニ喪中見舞として白砂糖壱斤入壱折・手紙被贈、外ニ深光寺江明日参

詣の香料弐匁、被贈。右品々請取、返書ニ謝礼申遣ス。茂太郎ニ料供残給させ遣ス。

一日暮て、政之介殿被参。政之助殿・悌三郎殿江夕飯振舞、家内も一同に食之。折から豆腐屋松五郎妻来り候間、夕膳を給さしむ。其内半右衛門どの・松村儀助殿被参、右両人ニも夕膳振舞。儀助殿、みかん廿被贈之。夕膳畢、五時前、半右衛門・儀助殿・政之助殿・松五郎妻退散ス○五時頃坂本順庵殿被参、今晩止宿せらる。一同、九時過枕ニ就く、

○六日庚子　晴

一今朝順庵殿、四時被帰去○今日蓑笠様御一周忌御当日ニ付、九時よりおさち同道ニて、供人召連、深光寺へ参詣、九半時過寺に至る。飯田町ゟ一同(五六ウ)・田口栄太郎・おいね・渥見鉈五郎参詣、各香奠しん上、本堂ニおゐて読経、諸事畢。今日琴靎四七日、祖孫打続きかゝる歎きもあることやと、一入うれひやる方もなく、しばし涙ニむせかへりつる事、察べし。読経畢、せん茶・餅ぐわしを被出。飯田町ゟ餅菓子一包、参詣の人々に被贈。夫ゟ皆退散、日暮て帰宅ス。供人ニ夕飯給させ、帰し遣ス○今日留主居ニハ伏見岩五郎殿・悌三郎殿に委置、帰宅後両人ニ酒飯を振ひ、岩五郎もちぐわし一包を贈る。五時過、岩五郎殿帰去。悌三郎殿ハ止宿せらる○右留主中、林より赤飯・肴被贈。是亦両人ニ振ふ。今晩九時枕ニ就くといへども、琴靎の事のミ胸ニたへず、落涙止時なく、実其身も忘るゝほどの事也。

○七日辛丑　晴

一四時前悌三郎殿宅ゟ手紙被差越、右ニ付、四時過帰去ル。

一九時前大久保矢野ゟ先日貸進の読本二部十二冊被返、右請取、四天王前後十冊貸遣ス○昼時、麹町辺ニ出火有之。後ニ聞、麹町駄店ゟ出火して、壱町四角延焼スと云。八時過、火鎮る。

一暮時前悌三郎殿被参、止宿ス○八時頃、林内義来ル。雑談数刻、夕七時過帰去○夕七時、深田長次郎殿姉およし来ル。此方母子両人を慰ん(マヽ)(五七オ)、被参候由也○日暮て松村儀助殿被参、先日貸進之先哲叢談年表一冊被返、所望ニ付、言葉の玉の緒二・三、三冊貸遣ス。五時過、帰去○日暮て、順庵殿被参、只今ゟ八丁堀江被参候由ニて、早々帰去。およし、今晩止宿ス。一同に子ノ刻枕ニ就く。

○八日壬寅　晴

一朝飯後、およし帰去。悌三郎殿ハ八時半頃、人ニ被招、出去ル。暮時亦被参候て、止宿せらる○八時頃、清右衛門様御入来。先頃払物代金二両壱分二朱ト百拾文持参、被贈之。右

請取、先日の真香代百文渡之、且琴靏位牌の事頼置。今ゟ下町辺江御出の由ニて、早々帰去ル○暮時、深田およし又来ル。今晩止宿せらる○日暮て政之助殿被参、悌三郎殿と雑談時をうつして、四時帰去○夕七時過ゟ伝馬町江買物ニ行、来ル十三日琴靏三十五日答礼の品整、其外色々買取、帰宅ス。九時過、枕ニつく。

○九日癸卯　曇。昼時頃ゟ雨、暮時雨止、晴

一今朝、およし帰去。其後、朝飯後悌三郎殿帰去ル。白麻切頼置(五七ウ)。

一五時過、板坂卜庵殿縁者、榎店住居の人大橋次郎作と云人被参。右者、聟養子の一義也。相談可然由被申候へども、当人廿二才ニて候得者、此方心ニ不叶候へども、先相應の挨拶致、其後帰去。

一昼時過、悌三郎殿先刻頼置候麻切弐尺買取、持参せらる。

一夜ニ入五時過、大内隣之助殿被参。悌三郎殿其外打寄、夜話。隣之助殿・悌三郎殿止宿被致。九時、一同枕ニ就く。

○十日甲辰　晴

一隣之助起出、被帰去。其後悌三郎殿、右京町江被参候由ニて、朝飯後被帰去。尤、後刻可被参由被申、四時又帰来ル。止宿ス。

一昼時前政之助殿被参、今日配物手伝、悌三郎殿と供ニ被致。昼飯振舞、夕方帰去、夜ニ入、又来ル。

一来ル十三日琴靏三十五日相当ニ付、処々ゟ備物謝礼として志之重内・餅菓子、中村屋ゟ誂候品、九時来ル。先仏前江供し、飯田町ゟ小伝町(ママ)・西丸下其外近隣所々贈遣処十二軒、勘助方人足ヲ以、為持遣ス。詳ニハ贈答暦に記之。右使、昼飯・夕飯給させ遣ス(五八オ)。夜ニ入、五時前帰来ル○夕七時過、梅村直記殿来ル。先刻重之内并ニ遣物の謝礼被申、暫物語して、暮時帰去ル○昼時頃ふし見岩五郎殿被参、又晩ほど被参候由被申、暫して帰去ル○昼前、おさち交友おはな、遊ニ来ル。餅菓子・みかん振舞、暮時前帰去○昼前林内義被参、おさち江ちりめん切被参。所望ニ付、太郎絽肩衣・袷肩衣・麻三尺帯一筋遣ス。右三品、兼次郎の用処也と云。暫雑談して帰去。

一日暮て靏三殿被参、其後林内義も被参。悌三郎殿・政之助殿・靏三殿・林内義、何れも団居して夜話。林内義者四時過被帰。其後四半時頃岩五郎殿被参、暫雑談、九時頃政之助殿・靏三帰さらる。岩五郎殿・悌三郎殿ハ止宿せらる。九時半過、一同枕ニ就く。靏三殿焼さつま芋持参、被贈之。

○十一日乙巳　晴

一早朝、岩五郎殿帰去ル。朝飯後悌三郎殿被帰去、後刻被参

候由被申之、昼時又来ル。今日も餅菓子、近辺・田町江配り出し候（五八ウ）手伝被致、止宿せらる。

一今朝、勘介方ゟ人足来ル。右人足ニ申付、有住岩五郎・松村儀助・山本半右衛門・深田長次郎・岩井政之助・高畑武左衛門・坂本順庵・山本悌三郎姉の方へ、各一重為持遣ス。夫ゟ芝田町宗之助方赤尾久次郎・三田丸屋藤兵衛方へも為持遣。右序ニ、佐藤春畊方へ煮染物壱重為持遣ス。処々ゟ請取書持来ス。右使、暮六時帰来ル。則、夕飯給させ、帰し遣ス○日暮て、深田およし・順庵殿入来。配物の謝礼被申、今晩止宿被致。各夜話、九時過枕ニつく。

○十二日丙午　晴

一今昼時前、江坂卜庵殿被参。右者、聟養子の一義也。手みやげ、大みかん十七被贈。何れ此方ゟ大橋迄挨拶可致申置、ほどなく被帰去○およし起立、帰去○昼時、順庵どの被帰夕方又政之助殿同道被致、被参（五九オ）。林内義被参、みかん十八・鰑三枚被贈○夕七半時頃半右衛門殿、昨日贈物の謝礼として被参、暫して帰去。

一今日琴靏三十五日逮夜ニ付、一汁二菜料供を備、今日入来の人々に振ふ○夕七時頃悌三郎殿、青山江被参候由ニて出被去、其後不来。

一靏三殿、今晩止宿被致○夜五時過政之助被参、雑談して、丑ノ時前被帰。其後、一同枕ニつく。

○十三日丁巳　晴

一朝飯後、深光寺へ墓参ス。今日琴靏三十五日に依也。昼時、帰宅。

一今朝、悌三郎殿・政之助殿・靏三殿留主を被致。政之助殿昼時被帰去、悌三郎殿・靏三殿ハ今晩止宿せらる○夜ニ入、梅むら直記殿被参。せん茶・くわしを出し、雑談後四時過被帰去。所望ニ付、化くらべ壱冊貸遣ス○留主中矢野ゟ四天王十冊被帰（ママ）、所望ニ付、旬殿実々記十冊貸遣し候由、帰宅後告之○今晩九時、一同枕ニ就（五九ウ）。

○十四日戊申　晴。厳寒、硯水・ともし油氷ル

一今朝四時頃、靏三殿被帰○四時過、植木屋富蔵来ル。右者、先日垣根申付候ニ付、明日ゟ仕事可参旨申之。栗丸太買取候由申ニ付、代金二朱渡遣ス。ほど無帰去○昼前林内義煮豆一器被贈之、暫し（ママ）被帰去。

一昼後、伝馬町江買物ニ行。右留主を林内義ニ頼置、暫して帰宅ス。

一同刻悌三郎殿石切橋江被参候由ニて被出去、夜ニ入五時過被来、蕎麦粉一袋被贈之。今晩止宿せらる○暮時頃、松村儀

助殿来ル。雑談数刻、先日貸進の玉の緒二・二（ママ）二冊被贈（ママ）。所望ニ付、漢字三音考壱冊・古今夷曲集二冊・吾吟我集二冊合五冊、琴靍遺物ニ付、遣之。五時前帰去。右同刻、政之助殿来ル。雑談後帰去○暮時過、三嶋兼次郎殿来ル。今日此方へ止宿せらる。五時過、靍三殿来ル。雑談して、九時頃帰去○夕七時前おさちヲ以、伏見江切餅壱重為持遣ス。文蕾殿内義安産の見舞也。今晩、九時過枕ニ就く。

○十五日己酉　晴

一今朝、富蔵来ル。則、垣根下こしらへニ掛る。夕七時過帰去。

一岡（アキママ）　当日祝儀として来ル○五時過、政之助殿来ル。暫して帰去(六〇オ)。

一四時頃悌三郎殿、青山江参り候由ニて出去ル。夕七時前被来、今晩止宿。

一今晩、林内義来ル。終夜遊、九時過帰去○夜ニ入四時頃順庵殿鳥の町ゟ帰路の由ニて被参、九時帰去ル。九半時過、一同枕ニ就く。

○十六日庚戌　晴

一今朝、富蔵来ル。終日垣根下こしらへ致、終日也。夕方帰去。

一昼時頃、下掃除忠七来ル。両厠掃除致、帰去○八時頃悌三郎殿青山江被参候由ニて被出去、暮時此方被参、暮六時過又六軒町江被参候由ニて被参、五時過又来ル。止宿被致。

一暮時過、深田長次郎殿来ル。其後政之助殿被参、ほど無長次郎殿帰去。政之助殿、焼さつま芋持参、被贈。其後、靍三殿被贈（ママ）。一同夜話、九時頃靍三殿・政之助殿帰去ル。九半時頃、一同枕ニ就く。

○十七日辛亥　晴

一今朝、植木屋富蔵来ル。今日も終日竹をこしらへ、夕方帰去。

一昼時過、深田長次郎殿養母被参。先日贈物の謝礼也。ほど無帰去ル。

一右同刻悌三郎殿姉御被参、悌三郎殿と物語被致、被帰去(六〇ウ)。

一夕七時過靍三殿被参、欠合の夕膳振舞。如例悌三郎殿一同夜話して、今晩止宿被致。悌三郎殿ハ終日此方に被居。九時過、一同枕ニ就。

○今日観音祭、如例之如し。

○十八日壬子　晴

一五時頃、富蔵来ル。南垣根取こハし半分出来、未果。暮時帰去。

一右同刻靏三殿、八丁堀江被参候由ニて被帰去。引續き悌三郎殿、神田辺江被参候由ニて被出去、夕七時前帰被来。暮時前、青山江被参候由ニて、又出去ル。夜ニ入五時過被参、止宿被致。

一四時頃、清右衛門様御入来。先日頼置候払物代金壱分ト百三十六文御持参。内金弐朱ハ、新キ位牌の料ニ前金ニ渡し置。且、袖菊小紋袷、太郎遺物ニ候へバおつぎ江遣ス為、清右衛門様江御渡申候。奇應丸小包無之由ニ付、小包十包渡申候。去九日誂候餅代金三分ト百八文、是亦今日清右衛門様江御渡申置候。雑談して、四半時頃被帰去。

一右同刻、深田長次郎殿老婆被来。右者、養子一義の事也。当人廿三才の由ニ候へバ、歳不宜候ニ付、断ニ及。尚又相應の人物も候ハヾ(六二オ)御世話頼申候と挨拶致、昼時前帰去○夕七時前政之助殿被来、醤(ママ)由無之候哉、若有之候ハヾ少々貰受度由被申候へども、折悪払底ニ付断申、かたくり粉少々有之候間遣之。雑談後帰被去○隣家林内義、白米二升借受度由被申候ニ付、則二升貸遣ス○右以前大久保矢野ゟ使ヲ以、去十二日貸遣し候旬殿実々記十冊被返。右請取、所望ニ付、秋七草六冊貸遣ス○夜ニ入政之助殿・順庵殿被参、何れも九時過帰去ル。其後枕ニ就く。

○十九日癸丑　曇。四時過南風、雨、夕七時頃雨止、晴、戌ノ時過地震

一今朝、富蔵来ル。庭の垣根取かゝり、昼時雨降出候ニ付、昼後帰去。半人也。

一昼時前おさち同道ニて入湯ニ行、昼時過帰宅ス○夕七時過政之助殿被参、所望ニ付、玉あられ壱冊貸遣ス。夕方帰去○夜ニ入順庵殿被参、夜話して四時帰被去。悌三郎殿、今日者終日此方ニ被居○夕七時過隣家林内義被参、ちり紙二百枚ほど被贈。暫して帰去。

○廿日甲寅　晴。風(六二ウ)

一今朝、富蔵来ル。今日、垣根出来畢。門かむり松・赤松こしらへ、終日也。

一四時前悌三郎殿青山江被参候由ニて、出去ル。昼時来らる。止宿也。

一今日琴靏六七日ニ付、昼時ゟ深光寺へ墓参致、八半時頃帰宅○右留主中伏見岩五郎殿被参候由、帰宅後おさち告之○夜ニ入、政之助殿被参。如例夜話、四時過帰被去。九時頃、枕ニ就く。

○廿一日乙卯　晴。風

一今朝、富蔵来ル。戸損じ其外所々損候所、拵。（次一行分空白）

一四時過、悌三郎殿、神田辺ゟ日本橋其外赤坂江被参候由ニて、出被帰。

一右同刻政之助殿被来、ほど無帰去〇九時前、大内隣之助殿被参。右者、居風呂桶、盥ニ致度由ニ付、千駄ヶ谷桶屋を同道被致。右ニて、たらい・番手桶其外小だらい拵候由、申談じ置、夕方取に可参由桶屋申、帰去。引つゞき隣之助殿も被帰去〇其後岩五郎殿被参、雑談後琴靍石碑の事頼候所、右受引、先日悌三郎殿認被置候下書持参して被帰去〇九時前、大久保矢野ゟ先日(六二オ)貸進の秋の七草被返。右請取、皿々郷談合候て三冊・石言遺響五冊、貸遣ス。

一夕七時頃梅村直記殿入来、暫雑談して帰去ル〇富蔵今日仕事致畢候ニ付、十五日ゟ今日迄六人半代金壱分ト四百八十四文、拂遣ス。暮時頃帰去。

一夜ニ入五時前悌三郎殿帰被来、焼さつま芋持参、被贈。四時過、一同枕ニつく。

〇廿二日丙辰　晴

一四時頃、宗之助来ル。手みやげ大和柿一折数九入、被贈。今日者深光寺ゟ隣(ママ)祥院江参詣致候由ニて、せん茶・くわしをのミ出し、早々帰去。

一昼時、悌三郎殿青山ゟ外江被参候由ニて、被出去。夕七時前被来、止宿。

一昨日申付置候千駄ヶ谷桶屋、居風呂桶取ニ来ル。則、渡し遣ス。

一夕七時過、白井勝次郎殿被参。聟養子之義也。外壱人媒人同道。則、対面。委細書付差置候ニ付、何れとも親類共江申聞候上、御相談に及候旨挨拶致、両人帰去〇夜ニ入長次郎殿・政之助殿被参、雑談数刻、四時過被帰去。其後、一同枕ニ就く。長次郎殿江頼、無尽掛銭二百十六文渡之。

〇廿三日丁巳　晴(六二ウ)

一今朝、玉井鉄之助殿・建石鑛太郎殿・岡勇次郎、寒中見舞として来ル。

一夜入政之助殿被参、暫して帰去〇其後順庵殿被参、雑談夜話、四四(ママ)過帰去〇暮時、東之方ニ出火有之。飯田町辺と承りうち驚候所、両国辺也と申ニ付、安心致候。悌三郎殿、今日者終日此方ニ被居候。九時、一同枕ニ就く。

〇廿四日戊午　曇。夜ニ入晴

一今朝林内義菜づけ持参被贈、雑談数刻、昼時被帰去。

一四時過西原邦之助殿・大内隣之助殿、寒中見舞として被参、早〳〵帰去〇四時過悌三郎殿義妹、右人を迎ニ来ル。則直ニ

帰去、八時頃又被参。暮時又永井様江被参候由ニて被出去、夜ニ入五時前被参、止宿。

一夜ニ入五時頃政之助殿・順庵殿被参、如例夜話。九時頃政之助殿被帰去、順庵殿ハ止宿被致○夕七時頃今戸慶養寺ゟ使僧ヲ以、納豆一曲被贈之○夜ニ入、御扶持渡ル。取番玉井鉄之助差添、車力壱俵持込畢。九時頃、一同枕ニ就く。
○廿五日己未　晴。風、厳寒（六三オ）
一四時頃、順庵殿被帰去○小林佐七郎殿・木原計三郎殿・深田長次郎殿・板倉安次郎殿・白井勝次郎殿、寒中見舞として来ル。

一昼時過深田長次郎殿姉およし来、雑談数刻、暮時帰去。

一夕七時前悌三郎殿髪月代被致、其外四谷辺江用事有之由被申、被出ル。夜ニ入、帰来らる。止宿○五時頃政之助殿被参、如例夜話、九時頃被帰去。其後枕ニ就く。
○廿六日庚申　晴
一今日琴靍四十九日逮夜ニ付、夕料供備候ニ付、山本半右衛門殿・伏見岩五郎殿・林猪之助殿・岩井政之助殿江贈膳遣之○昼時前、おつぎ来ル。くわし一包・鮭切身五片持参、今晩止宿ス○夕七時頃坂本順庵殿被参、白砂糖壱斤入一袋被贈之。暮時前、政之助殿被参。右両人ニ夕膳振舞、雑談数刻、九時頃両人被帰去○悌三郎殿、朝之内料手伝《（ママ）》被致、昼後八時過ゟ青山江被参、夜ニ入又此方入来、止宿せらる。

一今朝、米つき政吉来ル。則、玄米三斗つかしむ。昼時過、舂畢。つきちん百四十八文遣ス○九時過、一同枕ニ就く（六三ウ）。
○廿七日辛酉　晴
一昼時頃、勘助方ゟ昨日申付候供人足来ル。右供人召連、おつぎ、おさち同道ニて、深光寺江墓参ス。深光寺江四十九日餅壱重数四十九納、焼香致、尚又施餓鬼袋・十夜袋二袋、今日納之。夫ゟ牛込横寺町江竜門寺・円福寺江墓参致、牛込御門ニておつぎニ別れ、おつぎハ飯田町江帰去。おさち同道ニて夕七半時過帰宅。右供人ニ夕膳給させ、帰し遣ス○右留主中、矢野鎮太郎殿、先日贈り物之謝礼并ニ寒中見舞として被参候由也○今日留主、悌三郎殿・政之助殿を頼。

一夕方順庵殿・文蕾殿被参、各雑談。夜ニ入九時前、退散せらる。其後、一同枕ニ就く。
○廿八日壬戌　晴
一今朝、白井勝次郎殿被参。右者、聟養子の一義也。ほど無被帰去。

一其後水谷嘉平次殿、聟養子壱義ニて被参候得ども、当人年若故ニ相應の挨拶致置。是亦ほど無被帰去。

一昼九時過悌三郎殿、青山其外江被参候由ニて出被去、暮時被帰来。

一日暮て直記殿、同人女児同道ニて被参、先日貸進之化くらべ(六四オ)壱冊被返。右請取、所望ニ付、女郎花五色石台初集上下四冊貸遣ス。其後小林およね・長次郎殿・政之助殿・儀助殿被参、一同夜話。せん茶・あめを出し、一同四時過帰去。儀助殿所望ニ付、雑記壱冊貸遣ス。政之助殿ハ少々跡ゟ被帰去。其後九時過、枕ニ就く。

○廿九日癸亥　晴

一今朝悌三郎殿、石切橋江被参候由ニて被出去、八時過帰被来。

一四時頃大久保矢野ゟ先日貸進之石言遺響五冊・(アキママ)被返、右謝礼としてみかん三十被贈之。尚亦所望ニ付、墨田川合二冊・(アキママ)五冊貸遣ス○右同刻伏見岩五郎殿被参、雑談数刻、九時過帰去ル○昼時前おさち入湯ニ行、九時過帰宅○おさち帰宅後自入湯ニ行、ほど無帰宅。

一八時過、田口栄太郎方ゟ使札到来。右者、来ル七日、無量院三回忌相当ニ付、壱分饅頭十五入壱重到来、おいねゟ文到来。右請取、返書ニ謝礼申遣し、此方ゟせん茶半斤入壱袋遣ス(六四ウ)。

一夜ニ入靏三殿被参、四時過帰去ル。九時過、一同枕ニ就く。

○十一(ママ)月朔日甲子　晴

一昼後ゟ自飯田町江寒中見舞ニて罷越、蕎麦切振舞レ、先日誂置候位牌壱本・庖丁・剃刀参り居候ニ付、持参ス。位牌代金ハ先日前金ニ渡し置候間、庖丁代百文・剃刀代二匁、〆三百十六文渡、勘定済、夕七半時過帰宅ス。右留主中、有住忠三郎殿被参候由、帰宅後告之○悌三郎殿、今日者終日此方ニ被居○昼前順庵殿寒中見舞として被参、ほど無被帰去○夜ニ入順庵殿被参、今晩止宿被致。九時頃、一同枕ニ就く。

○二日乙丑　晴

一今朝高橋留之助養父甚兵衛殿寒中見舞として被参、早々帰去。

一林猪之助殿内義昨日貸遣し候火鉢持参被返之、ほど無帰去ル。

一右同刻、悌三郎殿青山ゟ赤坂其外用事有之由ニて被出帰。

一八時頃千駄ケ谷桶屋ゟ先日申付候盥二つ・雑巾桶出来、小厮持参ス。兼てハ今二ツ三ツも出来候様談じ置候所、右之如く中だらい・小盥・中手桶(六五オ)のミ出来ル。右手間賃三百四十八文の由ニ付、直ニ渡し遣ス。

一右同刻深光寺ゟ納所ヲ以、納豆一曲被贈之○夕七時頃尾張屋勘助、日雇賃乞ニ来ル。金二朱ト五百四文之由ニ付、金壱分渡し、つり銭三百八文取之。同人養女去九月下旬病死致、夫のミならず聟熊蔵不埒ニて種々不仕合の由物語、暫して帰去○暮時前伊勢外宮岡村又太夫ゟ如例大麻・暦其外贈来り候所、此方未服有之ニ付、右の趣申示、来春ニ相成候ハヾ持参可致旨申、其儘返し遣ス。

一八時頃白銀町ちゞみ屋新助と云者、悌三郎殿に用事有之由ニて尋来ル。今日者此方に不居候由申聞候得者、帰去。

一暮時頃悌三郎殿被参、止宿○五時前、順庵殿・政之助被参。順庵殿焼さつま芋持参被贈、一同食之。如例雑談、四時過政之助どの壱人被帰去、順庵殿ハ止宿被致、其後一同枕ニ就く。

○三日丙寅　晴。美日

一五時過、富蔵来。今日煤払致候ニ付、手伝申付候故也。朝飯後、土蔵を始め台所・座敷、悌三郎殿・順庵殿手伝せられ、右(六五ウ)夕七時過掃除畢。皆々に蕎麦切・酒食を振ひ、富蔵ニハ三百文賃銭遣し、五時前帰去。其後四時頃、順庵殿被帰去。夫ゟ枕ニつく。

一夕方、清助来ル。ほど無帰去○右同刻飯田町ゟ三五郎ヲ以、御姉様御文差添、庖丁・梅干一包を被贈下。去ル朔日借用之小重・ふた物御返申上様被仰候ニ付、則右二品請取、重箱・ふたものは三五郎ニ渡之。尤取込ニ付、御返事上不申、口状ニて申遣ス。

○四日丁卯　晴。風

一今朝白井勝次郎殿被参、ほど無帰去○其後政之助殿御入来、雑談後被帰去○右同刻、荷持来ル。十一月分給米二升渡し遣ス。

一四時過、悌三郎殿青山江被参候由ニて、出去ル。夫ゟほど無悌三郎殿相識錯吉殿とか被申候人、悌三郎殿江用事有候由ニて被参候へども、此方ニ不被居候趣申候へバ、口状申被置、被帰去。先日ゟ度々被参候人也。

一八時過祖太郎殿御入来、浅草のり壱帖持参、被贈。且又、先日麻斗目《ママ》表所望ニ付遣し候所、右謝礼としてかつをぶし三本被贈之。せん茶・くわしを出し、雑談数刻、夕七時前、千駄ヶ谷御下屋敷江(六六オ)被参候由ニて帰去。お鍬様ゟ文到来ス。

一夕七時前おさち入湯ニ行、夕七時過帰宅。其後自入湯ニ行、暮時前帰宅。

一夕七半時頃、悌三郎殿被帰来。此方、琴靏没後母女二人ニて、実ニ／＼徒然ニ絶《ママ》ズ。故ニ順庵殿・政之助殿折節被訪候といへども、日々の事ニあらず候。悌三郎殿ハ始メ琴靏没前ゟ被訪、老実ニ候へバ、御出勤被成候とも起臥は此方ニて被成下候様頼申置所、承知致され候也○夜ニ入、政之助殿・順庵殿被参。順庵殿ハ五半時頃被帰去、政之助殿ハ四時頃被帰去。其後、一同枕ニ就く。

○五日戊辰　曇。昼後ゟ晴

一五時頃、下掃除忠七来ル。納大根来ル十日頃ニ納候由、申之。間違無之やう申付遣ス。両厠掃除致、帰去○四時頃林猪之助殿御内義被参暫く雑談、昼時前被帰去○四半時頃松村儀助殿被参、去ル十一月廿八日貸進之雑記之一被返。所望ニ付、同書二ノ巻壱冊・武蔵鐙二冊貸遣ス。借書の謝礼として羊かん半さほ被贈之、雑談後昼時帰去○九時過、伏見岩五郎殿被参。せん茶を薦め雑談数刻、先日約束致置候ニ付、著作堂様御遺物書架壱ツ、贈之。自携、被帰去(六六ウ)。

一今朝林内義被参、雑談後昼時被帰去、其後暮時亦被参、おこし一盆持参、被贈之。雑談して、五時前被帰去○其後、順庵殿・兼次郎殿被参。兼次郎殿ハ四時過被帰去、順庵殿ハ止宿被致。

一暮時悌三郎殿青山江被参候由ニて、出去ル。夜ニ入五半時頃被帰来。九時過、一同枕ニ就く。

○六日己巳　晴

一早朝、順庵殿被帰去。其後四時過、悌三郎殿青山江被参候由ニて出去ル。暮時前、帰被来○八時過、芝神明前いづミや次郎吉来ル。先(ママ)飯田町ゟ琴靏死去致候由承り候とて右悔之為、山本山煎茶半斤入壱袋被贈之、ほど無帰去○夕七時過渡辺平五郎殿被参暫く雑談、夕七半時過被帰去○夜ニ入松村儀助殿被参、先日貸進の雑記二ノ巻壱冊・武蔵あぶミ二冊被返、尚又雑記三ノ巻壱冊貸遣ス。暫雑談、明日当番の由ニて五時過被帰去。其後、一同枕ニ就く。

○七日庚午　晴

一悌三郎今日ゟ出勤被致候ニ付朝飯後辰ノ時過ゟ罷被出(六七オ)、夜ニ入暮六半時被帰来○暮時政之助殿被参、雑談して四時過被帰去。

一夕七半時頃、豆腐屋松五郎妻おすミ来ル。右者、外ニて大小払物望候ニ付、琴靏所持の大小御払候やと申ニ付、則一腰渡遣ス。暮時帰去。右之外、使札来客なし。九時、一同枕ニ就く。

八日辛未　晴。風

一今朝、隣家林内儀来ル。先日頼置候燈油切手二枚参被贈之、ほど無帰去ル○四時過ゟ悌三郎殿評定所江被罷出ル。暮六時過被帰来○夕方政之助殿被参、早々帰去○八時過三嶋兼次郎

殿被参、煮豆小ふた物入持参被贈之、暫く物語被致、夕飯振舞。今晩止宿。

一日暮て順庵殿被参、ほど無被帰去。九時、一同枕ニ就く。

○九日壬申　晴

一今朝四時過悌三郎殿評定所江被罷出、夜ニ入六時過被帰来。

一四時過白井勝次郎殿、緑談の義ニて参。既ニ門前迄栗原氏被参居候ニ付、対面を被乞候ニ付、此方へ呼入、面談ス。白井氏差添、栗原氏(六七ウ)、外ニ町人様の者壱人差添来。面談畢、帰去○其後、深光寺へ参詣。今日琴靏命日なれバ也。帰路有住岩五郎殿宅江立より、養子延引の段申述ル。塩がまおこし一包持参贈之、夕七半時帰宅ス。

一兼次郎殿終日留主被致、夕七時半時頃帰去○夜ニ入梅村直記殿、児女同道ニて被参。其後靏三郎殿も被参、一同雑談。四時過、梅村・坂本帰去ル○暮時過(ママ)、鼠穴伊賀者勤候人近藤佐吉殿と被申候人被参。右者、養子一条也。面談候て、早々被帰去○大嶋春吉殿、宗村氏を被尋候ニ付、被参。おさちをし(ママ)候由、帰宅後告之○早朝、家根や伊三郎来ル。家根修復の事也。先當年ハ用事なしと申聞遣ス。

○十日癸酉　晴

一四時前、矢野ゟ手紙到来。且、先月中贈物の謝礼として、ひげ十醬油壱樽被贈。取込中ニ付返書ニ不及、謝礼、口状ニて申遣ス。

一右同刻、悌三郎殿当番ニ被罷出。兼次郎殿赤坂迄同道の由ニて、両人一緒ニ出宅被致○四時過隣家林内義被参、雑談数刻、八時頃被帰去○右同刻、状見ゟ壱分まんぢう・薄皮餅(六八オ)一重到来ス。謝礼申遣ス。其後、大久保矢野ゟ先日貸進の月永奇縁被返。右請取、糸桜十冊貸遣ス○悌三郎殿、六半時被帰来。

○十一日甲戌　晴

一今朝宗村お国殿被参、ほど無帰去。同刻、文蕾殿被参。からかね鍋借用致度由被申候ニ付、則貸遣ス○四時前ゟ悌三郎殿評定所江被罷出、暮六時被帰来ル○昼前半右衛門殿被参暫雑談、被帰去。

一昼時下掃除忠七、納大根百五十本持参ス。右請取、昼飯給させ、帰し遣ス○昼後自飯田町江用事有之候ニ付罷越、張返し長どう着、御姉様御召料上候。飯田町ニて蕎麦切振舞、用事整、暮時帰宅ス。今晩壱人も不来、九時過枕ニ就く。

一暮六時過、戌正月分御扶持渡ル。取番奈良留吉差添、車力一俵持込、受取置。

○十二日乙亥　天明後雨

一今朝、留蔵来ル。沢安漬手伝致、水汲入。昼飯給させ遣ス。古帷子一ツ、是亦遣ス。八時過、帰去(六八ウ)。

一四時過悌三郎殿虎ノ門御宅江被罷出、夜ニ入五時前帰被来。

一昼後ゟ沢庵二樽漬畢○昼後林内義お雪殿被参、木綿所望ニ付少々遣ス。暫して帰去、夜ニ入又来。雑談して、四半時頃帰去。其後、枕ニ就く○夕七時頃伏見氏ゟ精進本膳壱人前被贈之、謝礼申遣ス。

○十三日丙子　晴。美日

一今朝悌三郎殿四時過評定所江被罷出、夜ニ入六時頃帰来ル。

一昼後おろじ町江入湯ニ行、ほど無帰宅○昼後、虎の御門ゟ悌三郎殿借用のちょうちん取ニ来ル。則、二張渡し遣ス○夜ニ入松村儀助殿被参、先日貸進之雑記三ノ巻被返。右請取、同書四ノ巻貸遣ス。雑談後、五時過帰去○右同刻、深田およし来ル。今晩止宿ス。

一五時頃順庵殿入来、雑談して、四時頃被帰去○夕七時頃政之助殿被参、雑談後暮時被帰去。

○十四日丁丑　晴。暮時過ゟ大風終夜

一今朝およし、朝飯後帰去○其後、悌三郎殿当番ニ被出ル。三嶋氏(六九オ)同道被致、夜ニ入五半時頃被帰来。

一四時比伏見岩五郎殿被参、雑談数刻、昼時被帰去○昼後林内義被参、鳥目百六十四文入用の由ニて乞ふ。則、貸遣ス。ほど無帰去ル。林金之介殿髪を結ニ来ル。おさち則髪を結、雑談後夕七時被帰去。

一夕七半時過順庵殿御入来、此方へ止宿被致、一同九時頃枕ニ就く。

○十五日戊寅　晴。風

一今朝食後順庵殿、八丁堀江被参由ニて被帰去。悌三郎殿同道ニて御番ニ被出、夜ニ入五時頃被帰来。

一四時頃林内義昨日貸進の鳥目百六十四文持参、被返候。右請取、雑談数刻、昼時頃被帰去○夕方しなの屋重兵衛注文の薪炭持参、右差置、帰去○日暮て久野様御内梅村ゟ、悌三郎殿ニ用事有之由ニて尋来ル。然ども、不在の由申示、かへり去しむ。右同刻悌三郎殿相識常吉と申人、是亦悌三郎殿ニ用事有之由ニ候へども、右ニ記如く不在の由申示候得バ、則帰去(六九ウ)。

一暮時、評定(ママ)ゟ悌三郎殿江手紙来ル。右請置、所望ニ付請取書遣之、悌三郎殿帰宅後手紙渡し候所、右者、明十六日神田橋御役宅松平河内守様江罷出候由達し也と云。四時過枕ニ就く。

○十六日己卯　曇。終日

一今朝、悌三郎殿義叔母被来ル。悌三郎殿と立談して被帰去。其後、神田橋御役宅（約二字分空白、以下四字自筆補記）河内守様罷出らる。夜ニ入五時頃、被帰来。

一四時過、飯田町ゟ使札到来。右者、先日約束之白米の事被（マヽ）越。則、白米五升、外ニ歌書二部・言葉の玉の緒七さつ・冠辞考十冊持せ、返書差添、奇應丸大包一ツ・中包二ツ、使江渡し、帰し遣ス。

一右同刻山本半右衛門殿被参、ほど無平五郎殿も被参、両人とも雑談数刻。平五郎殿先頼置候八犬士各痣の事知れ候分書抜、渡し遣ス。平五郎殿ハ先江帰去、半右衛門殿ハ昼後帰去。

一暮時前政之助殿御入来、雑談数刻、五時頃帰去。

一夜ニ入林内義被参、雑談中、順庵殿被参、入替りニ林内義（七〇オ）被帰去。順庵殿ハ四時過帰らさる。

〇十七日庚辰　晴。風

一今日貞教大姉様御祥月忌ニ付、朝料供一汁二菜、供之。今日、終日精進也〇今朝五時過、順庵殿御入来。悌三郎殿ハ評定江罷出ル。順庵殿と一緒ニ出宅せらる。

一昼前伏見岩五郎殿被参、雑談後、蔵書目録所望ニ付、二冊貸遣ス。昼時過、帰去ル〇夕方、荷持給米取ニ来ル。則、二升渡し遣ス。

一右同刻米つき政吉、明日御扶持春可申由ニて米うす持参、差添（マヽ）、帰去〇八時頃矢野ゟ先日貸進の常夏さうし五冊（マヽ）・其の雪五冊、所望ニ付、右うけ取、水滸画伝前後十冊貸遣ス。

一暮時兼次郎殿被参、暮時前悌三郎殿被帰被参。兼次郎殿ニも夕膳振舞、五時過帰去〇夜ニ入順庵殿被参、雑談後、五時過被帰去。其後、枕ニ就く。

〇十八日辛巳　曇。夕方ゟ雨、夜ニ入晴（七〇ウ）

一今朝、米つき政吉来ル。則、玄米三斗舂しむ。朝飯給させ、つきちん百四十八文遣ス。昼時舂畢〇伏見ゟ先日遣し置候小ふた物被返、沢あんづけ大根二本被贈。右請取、謝禮申遣ス〇昼時過西丸下お鍬様御入来、雑談数刻、せん茶・くわしを出し、其後玉子閉そばをすゝめ、夕七時過被帰去。折から雨降出候ニ付、雨がさ貸進ス〇悌三郎殿、今日非番ニ付、終日此方ニ被居。夜ニ入四時頃、枕ニ就く。

〇十九日壬午　五時過ゟ雪

一今朝、長次郎殿来ル。庖丁類研貰候ニ付、琴靏せつた一双遣ス。昼時前、被帰去〇四時過、清右衛門様御入来。先日頼置候払本代金壱分二朱ト五十二文并△小（マヽ）ゟ請取被参候金子二両、飾海老三ツ・代々三ツ買取、御持参。右請取、海老・代々銭百四十四文渡ス。其後帰去。

一悌三郎殿、当番ニ被出ル。五時前、順庵同道ニて被帰来。

一今日隣家林猪之助殿子息金之助殿元服被致候ニ付、鰡五尾祝遣ス。右答礼として赤飯壱重被贈之、鰡ひらき一尾添来ル。且亦、今日餅搗の由ニ付、阿部川餅壱重十三入、被贈之(七二オ)。

一昼後八時過ゟ、自入湯ニ行。出がけむさしや弥五郎江餅白米申付、尚又おすきや町もち屋江明後廿一日餅つきの事申付。夫ゟいせ屋長三郎其外ニて色々買物致、帰路入湯致、夕七時前帰宅。右留主中、むさしやゟ餅白米持参ス。則、金二分払遣ス○夕七時頃ゟおさち入湯ニ行、暮時帰宅。

一暮時長次郎殿入来、ほぼ無帰去○五時過順庵殿、悌三郎殿同道ニて被参、今日餅搗候由ニて神在餅壱重被贈之。雑談数刻、九時頃被帰去。其後、枕ニ就く○(コノ一項、行末細字二行書)今日浄頓様御祥月忌ニ付、朝料供を供し、家内一同精進也。
○廿日癸未　晴
一今日者悌三郎殿非番ニ付、昼前ゟ伝馬町ゟ麹町辺青山江被参候由ニて被出去。隣家林江被参、雑談、八時過林を出られ候由也。夫ゟ何れ江欤被参、暮時又此方へ被参候得ども直ニ枕ニ就かる。殊の外塞候由ニ相見うけ候。何の故なるを不知。

一八時過石井勘五郎殿、聟養子の義ニ付被参。雑談後、石井氏被申候者、明廿一日右之人を同道致候様被申候ニ付、其意ニ任置(七二ウ)。

一夕時頃おすき屋町稲毛屋ゟ餅白米取ニ来候間、則渡し遣ス。明廿一日間違無様、尚亦申示置○其後豆腐屋松五郎妻来、暫物語して帰去○昨日摺候神女湯能書を折立、外題を張置。同小切、同様十八包拵置。五時過、一同枕ニ就く。
○廿一日甲申　晴
一今朝四時過ゟ悌三郎殿評定所江被罷出、今晩此方へ不被来。其後林内義被参、雑談中、順庵殿被参。暫して、林内義被帰去。

一昼前勘五郎殿、昨日噂有之候人同道ニて被参。右ニ付、伏見氏を頼招きて應対致。雑談後勘五郎殿右之人同道ニて被帰去、伏見氏ハ昼時過被帰去○昼時、高畑武左衛門殿被参。右者、餅つきの義也。此方ニてハ当年ハ餅屋江頼候由申聞置、暫して帰去○其後、深田長次郎殿来ル。先日頼置候髪油、明日整被参候由申候ニ付、二百文渡、頼置候。八時過、順庵殿帰さらる。一昨夜の重箱、今日順庵殿江返、右うつりとしてみかん十遣之○昼後稲毛屋ゟ水餅桶ニ入、持参ス。右請取、直に餡をつけ、家廟江供し、両隣ふし見・林江壱重ゾヽおさちニ為持(七二オ)遣ス。折から林金之助殿被参候ニ付、右神在餅を振ふ。おさちニ髪を結貫、帰去。家内も祝食ス○ふし見岩五郎殿両三日中ニ新宿辺江被参候由ニ付、渡辺江薬礼金百疋届呉候様頼、渡し置。

一昼前、平五郎殿被参。是亦、聟養子の一義也。且、先日頼被置候八犬士痣の事・出処の事・委敷認置候間、同人ニ渡し遣ス。石井氏被参候ニ付、早々被帰去。此節色々混雑すといへども何事も自分壱人、商量敵手無之、壱人胸を痛め候のミ。実ニ歎息限なし。

一暮時政之助殿被参、雑談後神在餅を出し、四時被帰去○今晩悌三郎殿此方へ被参ず候ニ付、誠ニ心淋しく存候間、兼次郎殿を招き一宿を頼候所、承知被致、止宿ス○暮時、おすきや町餅屋ゟ餅つき、持参ス。五升取鏡壱ツ・三升取同壱ツ・五寸一備・少備(ママ)十二・のし餅七枚と少々持参、右請取置。
○廿二日乙酉　晴
一今朝食後、兼次郎殿被帰去○昼時前順庵殿被参、同刻林内義も被参。林内義ハ立談して帰去○昼時前悌三郎殿被参(七二ウ)、順庵殿雑談。順庵殿ハ昼時被帰去。悌三郎殿ハ昼飯を給、其後仮寐被致、夕七時頃起出、赤坂江被参候由ニて被帰去。

一暮時、政之助殿被参。此方年男ヲ頼、鬼打如例相済、雑談中、悌三郎殿・順庵殿同道ニて被参。右三人の人々に酒を薦め、九時頃迄夜話。順庵殿・政之助殿、被帰去○夕七時前伏見氏被参、ほど無被帰去○暮時、米春政吉来ル。右者、先日申付置候端米弐斗七升当年内ニ春可申由申ニ付、則玄米弐斗七升渡し遣ス○昼前林金之助殿、青山江序有之由ニ付、北見元又江薬礼金百疋頼遣ス。昼時被帰、請取書并屠蘇壱包持参せらる。屠蘇散ハ直ニ同人江遣ス○今朝三嶋兼次郎殿、今朝当番出がけニ麴町天神前通行の由ニ付、是亦田村宗哲江薬礼金三百疋頼遣ス○九時過、一同枕ニ就く。
○廿三日丙戌　晴
一今日節分ニ付、一汁三菜、祝食ス。門々江豆がら・柊を刺、夕方福茶如例之(七三オ)。

一今朝四時過ゟ悌三郎、虎ノ御門御役宅久津見河内守様江被罷出。

一四時過深田氏、一昨日頼候髪の油・白粉買取、持参せらる。右請とり、餅を振舞、昼前被帰去○右同刻山本半右衛門殿内義被参、ほど無被帰さらる。

一昼後、深田長次郎殿被参。頼母子講江鬮引ニ被参候由被申候ニ付、則金二朱渡し、此内二匁掛銭ニ出呉候様頼、渡し遣ス。ほど無帰去、夕方又来ル。鬮者今晩ニ候間今晩参り、鬮引可申由被申、暮時帰去○昼後、下掃除忠七来ル。両厠掃除致、帰去。

一八時過悌三郎伯父富田氏被参、悌三郎殿参り候ハヾ用事有之、対談致度ニ付、此方へ被参候ハヾ、右伝言致呉候様申置れて被帰去○昼後、勘助方ゟ人足来ル。則申付、飯田町江神女湯十五・白米壱斗・大和本草十冊、為持遣ス。帰路、深光寺へ歳暮供、備餅・花代為持遣ス。深光寺ゟ請取書来ル。飯田町より返書致来ス○夜ニ入悌三郎殿被参、ほど無順庵殿も（七三ウ）被参。雑談して、四時頃順庵殿被帰去。其後、枕ニ就く。

○廿四日丁亥　晴。風

一四時頃悌三郎殿被出去、夕七時又被参。ほど無小日向江被参候ニ付、今日遅刻可致候間、此方へハ不被参候由申、出去ル。日暮て亦被参、今晩石切橋へハ不行候間、参り候由ニて止宿。

一昼前高橋留之助跡江村茂左衛門、今日御番代被仰付候由ニて、土屋亘太郎差添、来ル○右同刻林金之助殿、髪結貰ニ来ル。おさち、則結遣ス。其後、金之助殿母義来ル。雑談数刻、八半時被帰去○右以前、深田およし殿来ル。雑談数刻、暮時ニ及候間、夕膳給させ、今晩止宿ス○暮時政之助殿被参、ほど無被帰去。右同刻長次郎殿被参、五時被帰去。

一暮時、米つき政吉来ル。一昨日申付候端米二斗七升、舂候て持参。右請取、つきちん百四拾文渡し遣ス○昼前、矢野氏ゟ先日貸進之稚枝の鳩・化くらべ壱冊被返。右請取、所望ニ付、三国一夜物語五冊貸遣ス○日暮て、悌三郎殿伯父富田某（七四オ）被参。折から悌三郎殿居合候ニ付、面談せられ、帰去ル。

一六半時頃順庵殿被参、物語被致、其後被帰去。今晩四時、枕ニ就く。

○廿五日戊子　晴

一今朝悌三郎殿起出、おすき屋町富田氏江被参候由ニて、早々朝飯前出去ル。四時頃此方へ被参、障子入用美濃紙を接がれ、昼飯後、本郷江被参候由ニて尚又出去れ、夕七時過此方へ又被参、おさち江畳附駒下駄壱双・絞ちりめん小切二つ被贈。辞れども不被聞。贈り返さんもさすがニて候間受納置といへども、此方ニてハ甚迷惑、心苦しき事也。

一今朝、無礼村源右衛門来ル。歳暮祝儀として、里芋壱升持参ス。切餅を焼、振舞、暫して帰去○しなの屋重兵衛ゟ歳暮祝儀として、牛房壱把十本贈来ル○昼後長次郎殿被参、研物、庖丁并ニ鋏二挺、研貰候ニ付、甚失礼之至リニ候へども鳥目百文贈之、夕七時過帰去。

一今朝順庵殿今日飯田町辺江参り候ニ付若用事ありやと被問候へ共、先用事無之由申候へ者、急候由ニて早々帰去。夕七時前帰被参、暫(七四ウ)して被帰去○右同刻半右衛門殿被参、雑談後煎茶を出し、先日約束ニ付半晒羽織壱ツ遣ス。夕七半時頃、帰去○日暮て鈴木安次郎どの被参、同人弟去十九日死去被致候由被告之。扨、此方養子の義被申候ニ付、委敷書付ニ致、認め置く。暫く雑談、其後被帰去。

一日暮て、順庵殿又被参。今晩悌三郎殿と天神市へ同道せん為也。悌三郎殿に買物を頼、金二朱渡ス。両人とも五時前ゟ麹町江被参、四時被帰来ル。暫して順庵殿被帰去。其後、枕ニ就く。

○廿六日己丑　晴

一今朝江村茂左衛門、明日見習之番被仰付候由ニて、来ル。

一四時頃、半右衛門殿被参。右者、此方聟養子の一義ニ付今ゟ西窪江被参候由被申出去、昼時又此方へ被参。先方やう子承り候所、渡辺氏被申候所大相違の由被申。餅并ニ昼飯振舞、被帰去○昼後悌三郎殿、下谷ゟ両国辺江被参候由ニて被出ル。両国江ハ不行して、暮時被帰参。

一八時過林内義被参、雑談数刻、屠蘇出し候入物ニ困り候由被申候ニ付、八千代焼土瓶壱つ貸遣ス。其後被帰去○暮時悌三郎殿、青山江被参候由ニて出去、五時頃被帰参。ほど無順庵殿被参、少々内談(七五オ)、四時過被帰去。

○廿七日庚寅　雨。終日

一今朝四時、悌三郎殿評定所江被出ル。五時頃、被帰参。

一昼前長次郎殿、門松四門買取、持参せらる。代廿文の由、則渡之。其後伝馬町江被参候由ニ付、買物頼遣ス。夕七時頃、右之品々買取、被参。今日者、銭相場七百十八文の由也。昨日者、七百五十二文也。長次郎殿ニ昼飯給させ遣ス。

一昼時、順庵殿被参。昨夜の内談残り、老実ニ被申候ニ付其意ニ任せ、雑談数刻にして夕七時過被帰去、又今晩被参候由被申之。

一七時頃、伏見ゟあべ川餅壱重被贈之、謝礼申遣ス○暮時、大内隣之助殿被参、かつをぶし七本被贈之。先月中贈物之謝礼なるべし。雑談後、六時頃被帰去○六半時頃順庵殿被参、ほど無悌三郎殿被参、雑談。今晩直ニ悌三郎殿、山岸町田氏江被帰可候所用事有之候ニ付、今晩ハ止宿ス。順庵殿も止宿被致。

○廿八日辛卯　曇。昼時頃ゟ晴

一今朝、悌三郎殿朝飯後被帰去。今日ゟ此方へハ不来(七五ウ)。

一四時過伏見岩五郎殿被参、過日卜筮を頼候ニ付、右吉凶を判断被致、昼時頃帰去○右以前林内義両度被参、雑談後、被帰去。

一順庵殿御宅ゟ迎之人参り、昼時被帰去○昼時飯田町清右衛門様御入来、当月分薬売溜金二朱ト弐〆三百九十二文、外ニ大和本草十冊払代十七匁、持参せらる。薬壱わり三百十五文、直ニ清右衛門様江渡ス。畳附駄下駄壱双・ちりがミ四帖、せいぼとして被贈之。欠合の肴ニて酒を薦め、九時過被帰去○昼後おさちヲ以、隣家林江炭壱俵贈遣ス。

一今朝荷持江歳暮祝儀として、切餅十五片・天保銭壱枚遣ス。

一夜ニ入梅村直記殿来訪、雑談数刻。せん茶・もちを出し、四時前帰去。

一五時過順庵殿来訪、雑談深夜ニ及。右ニ付、止宿せらる。

○廿九日壬辰　晴

一今朝政之助殿被参、かねて飾松の事頼置候ニ付、門并ニ玄関、其外ニ荒神棚江大根〆をつけられ、残る隈なく飾付被致、順庵殿同道ニて昼前被帰去○今朝猪之助殿内義被参、順庵殿と暫く物語被致、被帰去○昼後伏見岩五郎殿被参、先頼置し(七六オ)渡辺江薬礼届呉られ候由ニて請取書・屠蘇壱包持参せらる。屠蘇は直ニ同人江遣ス。尚又、今朝頼置候糯壱斤持参せらる。右、請取置く。早々帰去。

一八時頃、下掃除忠七来ル。里芋壱升・にんじん十五本持参ス。早々帰去。

一夕七時過、山本半右衛門殿被参。右縁談の義ニ付、明日鈴木氏世話被致候人、四時迄ニ山本氏迄被参、夫ゟ此方へ同道可被致由被申之、暫して被帰去。にんじん七本、贈之○豆腐屋松五郎妻、先日貸置候金子壱分ト四百文持参。右之内四百文ハ同人江歳暮として遣ス。今晩五時、母女二人枕ニ就く○おさち心得違有之候ニ付、厳敷警置。

○卅日癸巳　晴

一今朝山本半右衛門殿被参、昨日約し候縁談の義ニ付、只今川井亥三郎殿右之人同道被致候由申さる。其内亥三郎殿同道ニて縁新郎被参、座敷ニて一同面談、暫して開ニ成○昼前信濃屋重兵衛、薪炭代乞ニ来ル。則、金二分二朱ト三百文払遣ス。請取書取之○右以前、おすき屋町稲毛屋留吉ゟ餅つきちん乞ニ来ル。則、四百廿文渡遣ス。

一今朝林内義被参、暫物語して帰去。右同刻同人子息髪月代致呉候様(七六ウ)被申候ニ付、おさち則致遣ス○昼後おさち入湯ニ行、八時頃帰宅。

一八時過半右衛門殿内義被参、ほど無被帰去○其後順庵殿入来、暫く雑談数刻にして、南伝馬町江被参候由ニて被帰去。

一夕七時頃、長次郎殿入来。是亦ほど無帰去り、夜ニ入又被参。今ゟ伝馬町江参り候間、用事ハなきやと被問候ニ付、鶏卯買取呉候やう頼、鳥目四十八文渡置、直ニ被帰去。四時被参、右頼候玉子買取、持参ス。

一悌三郎殿相識之人柴田鐺吉と申人、悌三郎殿を尋被参。然ども、此方へハ一向不来候由申候へバ、被帰去。

一今朝板倉安次郎殿、願之通り御番代被仰付候由ニて被来。今日新参の人々、此方へ歳末ニハ不被参。太郎不在の故なるべし。

一夕方、古味林（ママ）壱升、伏見氏江為持遣ス。

一五時頃順庵殿被参、雑談後、九時帰去ル○五時過、悌三郎殿伯父三浦某被参。悌三郎殿を被尋候へども、此方ニて不在、行先一向ニ存不申候趣申候得者、当惑之面色ニて被帰去。

一今日、昼節一汁二菜・膾、母女二人祝食し、夕方福茶、都て(七七オ)先例之如く祝納ム。祝ながらも、母女二人之外敢外に人なし。心苦しき事限なし○昼後、松村氏ゟ使札ヲ以、先日中貸置候雑記四の巻被返。右請取、返書、口状ニて申遣ス。九時、母女枕ニ就く(七七ウ)。

嘉永三年庚戌

嘉永三庚戌年正月元日甲午　晴。家内安全の諸事、吉例の如し、無事迎新年之
○今朝雑煮、昼節一汁二菜・膾祝食、夕方福茶、例之如し。
一今日、礼者三十五人。内十四人内江入、祝義被申入。有住忠三郎殿ハ雑談数刻。内廿壱人ハ門礼也。詳ニハ贈答暦ニ記之。

一昼時伏見岩郎（ママ）殿、昨日贈物の謝礼として被参、ほど無被帰去。

一八時頃江村茂左衛門殿、明日初御番被仰付候由ニて来ル。

一今日昼後ゟ帳めん口とり書之、張入置。

一今日月帯そく三分、七時壱分也。寛政八丁巳年以来、五十五年目也○夜ニ入五時前順庵殿被参、其後深田長次郎殿・岩井政之助殿被参。右三人ニ屠蘇酒・かん酒を薦め、四時過皆退散。九時、枕ニ就く。
○二日乙未　晴。風
一今朝雑煮を祝ひ、昼節・夕方福茶等、都昨日の如し。

一今朝矢野信太郎殿、年礼として入来。祝義并ニ旧冬贈物之謝礼申被述、ようかん半棹被贈之、其後被帰去(七八オ)。

一昼前悌三郎殿来訪、東煎餅一折持参、被贈之。煎茶・ようかんを薦め、八時頃被帰去○昼時歌住左内殿も年礼として被参、雑談時を移して被帰去○昼時過林内義被参、雑談数刻にして夕七時前被帰去。

一今日礼者十七人、内五人ハ門礼也○日暮て梅村氏・岩井氏・加藤氏被参、只今ゟ忍原の寄江被参候ニて早々被帰去。加藤氏ハ初来也。
○三日丙申　曇。四時前ゟ晴、風
一今朝深田氏被参、伝馬町江参り候間、用事ハなきやと被問候ニ付、麻の類頼、代銭百文渡ス。琴靏古紙入・きせるヅ、遣之。

一おさち、おすきや町江入湯ニ行、昼時帰宅○昼後飯田町清

右衛門様、年礼礼（ママ）として御入来。御年玉、駿河半切百枚・水引（アキママ）　被贈之。且又、酉ノ十二月上家ちん金壱分二朱ト二百五十六文持参、請取置。先例之如く座敷ニて屠蘇酒の礼畢、かん酒を薦め、夕膳をも振舞、夕方被帰去○今日礼者十二人、内六人ハ出入商人也○昼後阿やべ氏女おふさ、遊ニ来ル。所望ニ付、金瓶梅三集上下四冊・水滸伝初編四冊、貸遣ス。八時頃帰去（七八ウ）。

一右同刻梅村直記殿女おさだ（濁ママ）遊ニ来、今晩止宿ス。

一日暮て、梅村氏・加藤氏・中西氏、加藤氏に従住被致候和太殿被参。中西氏、切鮓壱包持参せらる。其後、順庵殿・政之助殿被参。一同三百人首を初、時を移し、梅村氏女おさだ踊を初候ニ付、二、三番皆見物致。其後各雑談、興を催し、八時ニ及。此方ニても煎茶・くわしを出ス。深田氏も今日者終日此方ニ遊被居。今晩八半時頃、枕ニ就く○今日、朝雑煮・昼節・福茶等、都て昨日の如し。

○四日丁酉　風。ほど無止

一昼時山田宗之介、年礼として来ル。せん茶・くわしを薦め、其後屠蘇酒を出し、其後かん酒・吸物・とり肴・刺身・鍋。右畢、蕎麦切を主僕に振ふ。宗之介参り候ニ付、山本半右衛門殿を酒食の敵手に頼。且、走使ニハ深田氏を頼候所、早束受引、御向坂むさしや江鍋・刺身あつらへ、稲毛屋ニて酒買取、持参被致。折から松村氏も年礼として被参、同人ニも酒食を振ふ。年玉として、乾海苔壱帖被贈。何れも雑談、宗之介ハ先江帰去。且、旧冬ゟ厚く世話被致候謝礼として、宗之介、山本氏并ニ伏見氏江礼ニ行。半右衛門殿、夕飯給、被帰去。其後、儀助被帰。所望ニ、雑記五ノ巻壱冊貸遣ス○政之助殿入来、所望ニ付、八犬伝四集四冊貸遣す（七九オ）。

一夕七時頃、順庵殿入来。自、両三日以前ゟ感冒の気味ニて悪寒致候ニ付、順庵殿ニ診脉乞候ニ付、煎茶五貼調剤被致、持参せらる。雑談後、夕方帰去。

一右同刻、松五郎妻来。みかん九つ持参、旧冬貸置候飯鉢を返ス。右請取、暮時帰去○今日、礼者六人也○今日悪寒甚しく致候ニ付、暮時より枕ニ就く○今朝、下掃除忠七来ル。両厠そふぢ致、帰去。

○五日戊戌　晴。風、夜ニ入風止、余寒

一今朝、武蔵屋ゟ昨日のうつわ物取ニ来ル。代五百四十八文の由、則渡し遣ス。

一八時過丸屋藤兵衛、年礼として来ル。塩がまおこし一包持参。せん茶・くわしを出し、ほど無帰去○右同刻、伏見岩五郎殿被参。是（ママ）煎茶・くわしをすゝめ、雑談後被帰去○昼時、長次郎殿被参。其後同人姉およし殿被参、年玉として串柿壱包被贈。おさちと暫し遊、夕七半時過被帰去○暮時、深田氏被参。五時前順庵殿被参、自診脉を乞ふ。診脉畢、久野内梅村氏江被参候由ニて被帰去。深田氏ハ五時過被帰去。其後、母女枕ニ就く。

○六日己亥　晴。風、亥ノ刻半頃ゟ雪、終夜

一今朝岩井氏、当番出がけの由ニて被立寄、ほど無被帰去○其後、深田氏(七九ウ)被参。昼飯給させ、伝馬町江被参候由ニ付、買物頼遣ス。夕方帰被来。

一四時頃おさち入湯ニ行、昼時帰宅○今朝田辺礒右衛門殿、年礼として被参。荒井幸三郎殿同断。今日礼者、只二人のミ。

一八時頃、豆腐屋与太郎来ル。右者、今日所々江年玉配り候ニ、金子無之、難義ニ付、金壱分拝借致度由申ニ付、無拠金壱分貸遣ス。

一日暮て長次郎殿被参、四時迄遊、被帰去。夕七半時頃順庵どの被参、雑談。暮時七種を祝はやし貰、其後被帰去。

一日暮て梅村氏家内ニ、忍原町寄江被参候由ニて、おさちを被誘引。先今晩ハ延引可致申聞候得ども、おさち不聞して行。とゞむれども不聞、其意ニ任せ、皆同道ニて遣ス。母親の意ニ背候本姓(ママ)、都て如此し。歎息限りなし。四半時帰宅ス。夫ゟ枕ニ就く。

一今日六日、年越。当年ハ琴靍遠行致ニ付、三ヶ日の外都て何事も略し、只母女二人、何事も張合なく其日を送るのミ。哀なること、人々察すべし。只、福茶ハせんじ(濁ママ)、家廟江供ス(八〇オ)。

○七日庚子　雪。四時過雪止、晴、凡八寸余積る

一今朝七くさ粥、家廟江供し、母女二人祝食ス。

一今朝順庵殿、昨日頼置候薬調合被致、持参せらる。只今ゟ初会に被参候由ニて被帰去。八時過、帰路の由ニて被参。雑談中夕七時頃、悌三郎殿も被参。是亦雑談、せん茶・くわしをすゝめ、暮時、悌三郎殿被帰去。

一八半時長田氏并ニおよし殿被参、何れも雑談、暮時帰去。長次郎殿ハ日暮て亦来。其後、清次郎殿・加藤氏被参。ほど無順庵殿ハ被帰去。加藤氏・中西氏江せん茶・くわしを出し、種々雑談、子ノ刻ニ及、皆帰被去。其後、母女枕ニ就く○梅村氏ゟ合巻借ニおさだ参り候間、殺生石初編二冊貸遣ス。

○八日辛丑　晴。今暁卯ノ時九分、雨水之節に成

一伏見氏被参、雑談後被帰去○昼前長次郎殿被参、伝馬町江被参候由被申候ニ付、買物三種頼、天保銭壱枚渡遣ス。八時過、買取、持参せらる。代銭六十八文之由ニ付、廿八文被返、

ほど無被帰去、暮時又被参(八〇ウ)。

一四時過坂本順庵殿被参、自診脉被致、今ゟ八丁堀江被参候由ニ付、早々被帰去〇八時過深田およし殿被参、暫物語被致、被帰去。

一夕七時過政之助殿被参、長歌本借用致度由被申候ニ付、則合本壱冊貸遣ス。又後刻可被参由被申、帰去。

一八時過梅村ゟ女ヲ以、三百人首致候間、おさちも参り候様被招候へども、断申し遣ス〇日暮て長次郎殿被参、其後政之助殿・直記殿・同人むすめおさだ・加藤氏被参。加藤氏万金丹五包持参、被贈之。五時頃、順庵殿被参。右之人々ハ、明九日松岡氏ニ狂言茶ばん有之候ニ付、各々題ニ依、稽古の為被参候間、各々ニ教遣ス。皆々ニせん茶・阿部川もちを薦め、九時頃皆退散せらる。其後、枕ニ就く。

〇九日壬寅　晴。四時頃ゟ曇、夕七時頃ゟ雪、但多不降、夜ニ入五時、雪止
一今朝、長田およし殿被参。右以前、林金之助殿・同人舎弟辰三郎殿来。両人ニ髪月代致遣ス。およし殿も結呉候様被申候ニ付、手序に結遣ス。およし殿、終日此方ニ被居、今晩止宿ス〇昼後、順庵殿被参。悌三郎殿(八一オ)門前通行ニ付、呼入候へバ被参、雑談数刻。順庵殿、今日松岡茶ばん景物買ニ四谷伝馬丁江被参、暮時又来ル。日暮て、政之助殿・清次郎殿・長次郎殿被参。四時前ゟ順庵殿・清次郎殿・政之助殿右三人、松岡江被参、長次郎殿ハ被帰去。順庵殿ハ余り深夜ニ及候間、此方へ止宿のつもりニて出被去。折から雪逕りニ候出候ニ付、悌三郎殿も止宿被致、一同九時過枕ニ就く。明七時順庵殿被帰参、此方へ先約之如く止宿被致〇夕方、林氏ゟしん沢あん二本被贈之。謝礼申遣ス。

〇十日癸卯　晴。余寒
一今朝長次郎殿・政之助殿被参、長次郎殿昼時帰去。

一昨晩止宿被致候山本氏・坂本氏・およしどの右三人江朝飯を出し、夫ゟ雑談数刻にして、右三人・政之助被帰去〇四時過伏見氏被参、是亦雑談、昼時被帰去。昼後又被参、先日頼置候茶ばん(濁ママ)に遣候品々并ニ趣向を口伝せられて被帰去〇昼後、長次郎殿被参。色々用事頼候ニ付、琴靏所持の小もん・股引遣之。悦て謝礼被申。日暮て亦被参(八一ウ)、九時前被帰去〇夕七時前あやべ女おふさ殿被参、去三日貸進の金瓶梅三集上下四冊・水滸伝上下四冊被返之。尚亦所望ニ付、右同書四集四冊・水滸伝二編・三編八冊貸遣ス。おさちと雑談、夕方帰去〇其後山本半右衛門殿被参、旧冬晦日被参候縁郎、何欤さし合有之由被申、色々雑談数刻。有合之夕飯を振舞、日暮て被

帰去○暮時宗村お国殿被参、年玉として乾海苔壱帖持参。せん茶・くわしを振舞、亥ノ時被帰去。お国殿主人久保田氏所望ニ付、八犬伝初輯五冊・朝夷嶋めぐり六輯五冊貸遣ス○五時前織衛殿被参、其後順庵殿被参。夜興如例、九時前皆被帰去。其後、母女枕ニ就く。

○十一日甲辰　晴

一今朝順庵殿入来、只今ゟ花房様江被参候由ニて、ほどなく被帰去。右以前長次郎殿被参、昼時帰去、又来ル○八時過、植木屋富蔵来ル。雑談して帰去○八半時頃順庵殿、花房様ゟ帰路の由ニて被参。今晩直記殿方稽古物茶番有之ニ付、おさちをも被招候ニ付、順庵殿ニも夕膳を振舞。日暮て政之助殿迎ニ被参候ニ付(八二オ)、順庵殿・政之助殿并ニ長次郎殿同道ニて、おさち、梅村江行。手みやげとして、干海苔壱帖為持遣ス。明七時帰宅。林内義・長次郎同道ス。

○十二日乙巳　晴

一今朝順庵殿、昨夜深夜ニ及候ニ付、政之助殿方へ止宿被致候、只今帰路由ニて被参。雑談、昼時前被帰去○昼後、深田およし殿被参。右者、清元雨乞小町習覚度由ひたすら所望ニ付、無拠其意ニ任、教遣ス。八時過帰去。

一右同刻、梅村おさだどの遊ニ来ル。夕七時頃帰去○夕七半時頃岩井氏被参、雑談して暮時被帰去○暮時前田口栄太郎、年礼として来ル。急候由ニて早々帰去。

○十三日丙午　晴。風

一今朝長次郎殿被参、伝馬町江被参候由被申候ニ付、買物三種頼遣ス。昼時帰被来。同刻、政之助殿雑談。八時前、長次郎殿・政之助殿被帰去。其後又政之助被参、夕七時被帰去○八半時頃山本半右衛門殿、小児を携て被参。雑談中石井勘五郎殿、先日鳥渡話し被致候縁郎(八二ウ)同道ニて被参候付、自并ニ半右衛門殿・おさちも対面。初たいめんの口誼畢、ほど無縁郎壱人先江被帰去。石井氏ハ跡江残、種々雑談して帰去。其後、山本氏も被帰去○同刻、坂本順庵殿母公来ル。初たいめん也。急候由ニて早々被帰去。其後順庵殿被参、ほど無又参り候由被申、被帰去。日暮て被参○暮時、深田氏被参。暮六時過加藤新五右衛門殿・和太殿被参、夜話数刻ニ及。せん茶・くわしを出ス。四時過、岩井氏・中西氏、梅村女おさだ来ル。何れも遊、九時過一同退散。そのゝち、枕ニ就く○和太殿所望ニ付、八犬伝九集十五冊貸遣ス。

○十四日丁未　晴

一今朝如例、内飾・鏡餅を徹す。例年の如し。削かけをつける。今日諸神江神酒を供し、夜ニ入、神燈。一昨年申ノ後、今日初て也。

一昼節・夕方福茶、昨年の如し。

一今朝、おもん来ル。先日飯田丁ニて太郎病死之趣聞候由ニて、干のり壱帖持参。先暫く話候やう止むれど不聞して、立談久しくして早々帰去○右同刻、長次郎殿被参。種々用事頼候ニ付(八三オ)、昼飯給させ、其後帰去。夕方又被参、諸神江神燈を上、九時帰去。

一昼時梅村氏被参、暫物語して被帰去○八時頃伏見氏ゟ鮓一皿被贈、謝礼申遣ス○夕七時頃あやべ娘おふさ・お花両人、昨日鬼神(マヽ)へ被参候帰路の由ニて立寄、暫雑談。所望ニ付、金瓶梅五集六集八冊・水滸伝四編四冊貸遣ス○昼後おさち、青山江入湯ニ行、八時頃帰宅。

一暮時林氏内義被参、早々帰去ル○暮六時過順庵殿被参、五時過被帰去○五時過松岡氏・中西氏・加藤氏・岩井氏・和太殿被参、何れも夜話、九時過皆退散。梅むら直記殿女おさだも来ル。梅村氏ゟ岩井氏ヲ以、おさだ江踊教呉候様被申候ニ付、断も申難、其意ニ任、然らバ明日ゟ教候やう申遣ス。

○十五日戊申　晴

一今朝政之助殿被参、暫く雑談して被帰去○其後、深田氏被参。

一昼後宗村お国殿、主人使ニ来ル。先日貸進之俠客伝初編五冊被返、所望ニ付、二編五冊貸遣ス。暫物語候。おさち、のり鮓を拵、お国殿(八三ウ)江すゝめ、其後帰去○長次郎殿姉およし来ル。夕七時過帰去○八半時過政之助どの被参、汁紛を振舞。又後刻可被参由被申、帰去○高畑助左衛門殿被参、暫物語して帰去○暮時前、順庵殿被参。今日かねて約束あれバなり。大みかん十持参、被贈之。汁紛を振舞ふ○夜ニ入、深田氏・中西氏幷ニ加藤氏被参。其後梅村氏、女同道ニて被参。夫ゟおくれて政之助被参。五時過、織衛殿も被参。皆々にみかんを出ス。夜話昨夜の如く、四半時頃梅村・坂本・加藤・中西右四人被帰去、岩井・松岡・深田ハ九時頃被帰。其後、枕ニ就○今日朝あづき粥家廟江供し、母女祝食ス。例年鏡開十八日ニ可致所、当正月十八日ハ琴靏百ケ日相当ニ付、今日ニ致、膾・きりぼし・刻鯣をこしらへ、是亦家廟江供し、其後祝食。深田氏・岩井氏・坂本氏江振ふ。毎年鏡開ニハ吸物・取肴其外種々丁理致、飯田町初皆々招き候へども、当年ハ主人無之故ニ、何事も略して如此ス。

一床間ニ蓑笠様・琴嶺様幷ニ福寿二言の掛物奉掛、神酒(八四オ)・備餅を供ス。夕方取納畢。右之掛物取出し候ニ付ても胸のミふたがり、哀れ限りなし○夜ニ入(マヽ)

○十六日己酉　晴
一今暁七時前、東の方ニ出火有之。後ニ聞く、四谷天王横町ニて町家一棟焼たりと云○四時過ゟ媼神江参詣。帰路入湯致、買物整、九時過帰宅。夫ゟ青山六道おすき屋町稲毛屋江来ル十九日琴靍百ヶ日逮夜入用黄剛飯、誂ニ行。明後十八日四時頃ニ右之品無相違出来致候様申付、帰路山本江立より、養子一義談じ、帰宅ス○一昨日十四日政之助殿ヲ以被頼候梅村氏おさだ、昼後来候ニ付、今日より教始む。をしえを受けて被帰去。

一夕七時頃、深田およし殿来ル。暮時前被帰去○おさち、夕七時頃ゟ頭痛・悪寒致候由ニて打臥ス。日暮て、深田氏被参。其後岩井氏・梅村氏・同人娘おさだ、今ば（濁マヽ）ん新宿ゑんまへ参詣致候ニ付、おさちを誘引。然ども風邪ニて打臥候趣申といへども、少々の事ニ候ハヾ保養乍参り候様被申候ニ付、おさち起出、衣服を着替候内、梅村氏内義被参。初対面也。夫ゟ梅村氏・御内室并ニ同人娘おさだ・岩井氏、おさち同道ニて行。右留主中、加藤氏、少々後レて和太殿被参。加藤うぢ、煎餅一袋被贈之。四時前直記殿初、新宿ゟ被帰参。右の人々に
（八四ウ）煎茶・くわしを出ス。ほど無悌三郎殿も被参、皆一同ニ騒遊、九時過皆被帰去ル。
一五時前順庵殿被参、ほど無被帰去。中西清次郎殿も同様。順庵殿初、政之助殿・清次郎殿ハ荒井氏江被参候由也。其後、母女枕ニ就く。

○十七日庚戌　晴。夜ニ入雨、但多不降
一今朝長次郎殿被参、四時頃悌三郎殿も被参。雑談後、昼時頃両人被帰去○昼時前伏見氏被参、ほど無被帰去○昼後山本半右衛門殿内義被参、煎茶・もちを出して薦む。暫く雑談、夕七時前被帰去○昼後おさだ・およし右両人、昨日の如く教を受て帰去○夕七時過順庵殿被参、ほどなく被帰去○暮時前長次郎殿被参、今ゟ伝馬町江参り候間、買物者なきやと被申候ニ付、明日入用の品、買取呉候様頼、鳥目二百文渡、頼置。

一八半時頃、赤坂鈴降稲荷殿別当願性院、年礼として来ル。如例年玉、守札一枚・暦壱枚持参ス。早々帰去○日暮て、長次郎殿来ル。雑談、四時帰去。其外、来客なし。今晩四時、枕ニ就く。

○十八日辛亥　小雨。或者止、或降
一今朝稲毛屋ゟ一昨日注文の黄剛飯一桶持参、さし置帰去
（八五オ）。
一勘助方ゟ先刻申付候人足来。則、黄剛飯壱重、にしめ添、外ニ白米五升為持遣ス○昼前、清右衛門様御入来。折から黄

剛飯出来ニ付、是を薦め、其後赤坂江被参候由ニて被帰去○今朝林内義被参、新たくあんづけ大根二本持参被贈之、雑談時をうつして帰去○今朝長次郎殿被参、昼時被帰去。

一今日琴靎百ヶ日逮夜ニ付、黄剛飯申付、煮染添、飯田町・ふし見・はやし・山本江壱重ヅ、遣之○昼後悌三郎殿被参、白砂糖壱斤入壱折、仏前江被贈。折から三嶋兼次郎殿も参り合候ニ付、悌三郎殿・兼次郎殿・長次郎殿江煎茶・黄剛飯、煮染添、振舞、雑談。皆暮時被帰去。

一暮時政之助殿被参、黄剛飯ふるまひ、夜ニ入帰、又五時過被参。日暮て、兼次郎殿・中西氏・深田氏・松岡氏・梅村氏被参。加藤氏先被参、煮豆一曲被贈之。和太も被参。如例夜話、四時過被帰去。梅村女ハ止宿ス○昼後おさち入湯ニ行、八時前帰宅○八半時過、飯田町江遣し候人足帰来ル。飯田町ゟ返書到来、外ニろうそく一袋・九年母三ツ到来ス。

○十九日壬子　曇。昼時ゟ雨、夕七時前ゟ晴

一今朝五時過政之助殿被参、此方ニ終日留主せられ、暮時帰去(八五ウ)。

一梅村女おさだ朝飯後帰去、又来ル。所望に付、長歌の本壱冊貸遣ス。

一昼時、山田宗之介来ル。右者、昨日琴靎百ヶ日相当ニ付、深光寺江参詣せん為也。年玉として、黒繻子半ゑり二掛被贈。外ニ、銘茶一折、琴靎霊前江備らる。右主僕ニ黄剛飯・煮染振舞、おさち同道ニて深光寺江参詣。出がけ、伝馬町ニて傘・下駄を買取、深光寺江参詣、香でん百文しん上。諸墓、花水を供し、改代町迄宗之介同道す。右ニて相別れ、夕七半時過帰宅ス。

一今日留主を被致候人々ハ山本半右衛門殿・加藤新吾右衛門殿・政之助殿を頼置。半右衛門殿初跡両人、暮時前帰去○暮時悌三郎殿被参、ほど無帰去。同人、今日順庵殿同道ニて深光寺へ参詣被致候由也○宗村お国殿来ル。先日貸進の侠客伝二集被返之、尚又三集・四集十冊貸遣ス。ほど無帰去。暮時、加藤氏・岩井氏来ル。おさだも暮時ゟ来ル。手製の由ニて、五もく鮓壱重被贈。右同刻中西氏も被参、干のり(濁マヽ)一帖被贈之。五時過直記殿・織衛殿も被参、色々雑談。酒きげんニて立騒被致、甚迷惑限りなし。

一五時過順庵殿も被参、一同四時過被帰去。梅村女ハ止宿ス。

一加藤氏江燕石雑志一・二ノ巻二冊、貸遣ス(八六オ)。

○廿日癸丑　晴

一梅村女おさだ起出、直ニ被帰去○四時頃坂本氏被参、うゐろう壱包被贈之、雑談数刻。昼時前、伏見氏被参。右者、縁

談并ニ石牌筆工の事被申、雑談後、坂本氏と一緒ニ昼時過被帰去○昼後、深田兄弟来ル。八時過、両人とも帰去○同刻あや部おふさどの、去十四日貸進の合巻二通十六冊被返、尚又所望ニ付、金瓶梅七・八ノ巻八冊・水滸伝五・六編八冊、貸遣ス。ほど無帰去○八時過、花房様御内小の氏の女、遊ニ来ル。おさちと雑談、夕七半時過帰去。手製のり鮓をすゝむ○暮時、松村儀助殿来訪。去ル十四日貸進の雑記五ノ巻壱冊貸（マヽ）遣ス。尚又所望ニ付、同書六ノ巻壱冊・玄同放言七冊、貸遣ス。雑談後、五時帰去○暮六時頃直記殿内義、女おさだ同道ニて来ル。右者、来ル廿四日親類方へ被参、おさだへ雨乞小町おどらせ候ニ付、さみせん存不申候故、右雨乞小町の三味線を覚度よしニて被参。則、教遣ス。せん茶・くわしを出し、四時頃帰去○長次郎どの暮時参り、梅村内義同道ニて帰去。其後、枕ニ就。

○廿一日甲寅　晴或者曇。夜ニ入晴（八六ウ）

一昼後半右衛門殿被参、今日寄合有之由ニてほど無被帰去○其後おさだ殿・およし殿被参、暫して被帰去○夕七時岩井氏被参、暫して被帰去。

一暮時前伏見氏被参、其後深田氏被参、雑談中、中西氏も被参候。内、伏見氏被帰、打つゞき中西氏も被帰去○日暮て、おさだ又来ル。五時頃中西氏遅々来て、帰去。其後、深田も被帰。右ニ付、おさちハ既ニ枕ニ就く。大門鎖せんとする折から、加藤氏・岩井氏、深田氏も又来ル。此方ニ而ハ直ニ夜具を片付、種々夜興、九時ニ及ぶ。右両人酩酊のやう子也。其後、母子枕ニ就く。

○廿二日乙卯　曇。八時過ゟ雨

一八半時頃深田およし殿・兼次郎殿被参、雑談後、暮時両人帰去。兼次郎殿又来ル。日暮て、おさだ来ル。如例教を受、遊候内、同人母御被参、是亦雨乞小町教を受る。煎餅一袋持参、被贈之。五時過、織衛殿被参。梅村母子ハ四時過帰去、松岡氏・三嶋氏ハ四半時頃被帰去。

○廿三日丙辰　晴

一今朝、政之助殿も来ル。雑談後帰去。その後およし殿被参、髪結呉候様（八七オ）被申候ニ付、則結遣ス○四半時頃入湯ニ行、九時帰宅ス○八時過半右衛門殿被参、暫物語被致、被帰去。同刻およし殿も被参、暮時被帰去。

一暮時前順庵殿被参、ほど無岩井氏江被参候由ニて被帰去。

一暮六時頃おさだ殿被参、引つゞき加藤氏被参。右以前深田氏被参、如例雑談、何れも四時過被帰去。其後坂本氏、岩井氏ゟ帰路のよしニて被参、尚又物語致、九時頃帰去○日暮て、二月分御扶持渡ル。取番鈴木安次郎差添、車力壱俵持込候を受取置○夕七時頃、土屋宜太郎殿、明日稲葉宅ニて毎月の頼母子有之由、申入らる。

○廿四日丁巳　晴。夕方ゟ曇

一今朝四時頃林猪之助殿内義被参、其後順庵殿も被参。如例之長談、右両人ニ昼飯を薦め、両人とも夕七時過被帰去○八時過江坂卜庵殿、門前通行の由ニて被立寄、早々帰去○夕七時過岩井氏、先日貸進の殺生石初編二冊、被返之。右請取、ほど無被帰去。

一夕七時頃、深田姉弟両人来ル。長次郎殿、物置を取片付、掃除(八七ウ)致被呉。其後、今晩稲葉氏ニ頼母子講有之候ニ付、此方代鬮ニ被参候由被申候ニ付、則掛銭二匁渡、頼遣ス。四時帰来ル。定(カ)八当りの由也○暮時過加藤氏・中西氏被参、其後おさだ・同人両親・政之助殿・松岡氏被参。何れも九時頃被帰去。

○廿五日戊午　半晴。八時過小雨、ほど無止

一昼後おさち入湯ニ行、八時頃帰宅○昼前およし殿被参、昼後梅村おさだ来ル。如例教受、早々帰去○夜ニ入三嶋氏・坂本氏被参、雑談中、加藤氏酩酊のやう子ニて被参。夫ゟ松岡氏、梅村娘おさだ其外子供二人同道ニて被参。梅村内義・直記殿・同人兄増田鉄兵衛殿・中西庄三郎被参。増田氏、切鮓一包被贈之。何れも酒興の上のよし。内、中西氏・増田氏ハ初来也。中西氏ハ酒肴被申付、此方へ持参せらる。何れも酒興の上とハ申乍、主人無之女子暮なる所江推参せられ候ハ甚以疎忽の至り、非礼、甚迷惑限りなし。右持参の酒をひらき、人々に薦む。坂本氏ハ四時頃帰去、又九時頃(八八オ)被参。皆八時過被帰去、夫ゟ暫して又被参、止宿被致。今晩暁七時、母女枕ニ就く○米つき政吉、明日御扶持舂可申由ニ来ル。

○廿六日己未　晴

一五時過、順庵殿被帰去○四時前山本悌三郎殿被参、雑談数刻、所望ニ付万金丹二包贈之、九時前被帰去○四時過林御内義被参、里芋壱升被贈之。雑談して、九時過被帰去○九時過、政之助殿・およし殿被参。右以前長次郎殿被参、昼時被帰去。およし殿ハ夕七時前被帰去、政之助殿夕七時過被帰去○昼時過、米つき政吉来ル。則、玄米三斗舂しむ。夕七時前つき畢、つきちん百四十八文渡し遣ス○夕七時頃三嶋氏被参、暮時帰去。

一暮時、長次郎殿入来。其後六時頃山本悌三郎殿も被参、旧冬ゟ預り置候袴一具・汗衫、ふろ敷の儘同人江返渡ス。雑談して、五時頃帰去。

一暮六半時頃加藤新五右衛門殿・中西清次郎殿被参、五時頃岩井氏も(八八ウ)被参、何れも雑談、四時皆帰去。夫ゟ枕ニ就く。
○廿七日庚申　晴
一四時頃坂本順庵殿被参、雑談数刻、昼時ニ及、欠合の昼飯振舞。神女湯小切百数本、順庵殿被摺、八時前被帰去。

一八時頃、深田およし来。夕七時頃岩井氏被参、ほど無被帰去。およし、暮時帰去○暮時頃、関鉄蔵殿被参。太郎死去の由御物語致候得者うち驚かれ、ほど無被帰去。

一今日、庚申尊像床の間ニかけ奉り、神酒・備餅・七色菓子、供之。夜ニ入神燈、五時過納置○昼時頃、あや部母女来ル。先日貸進の金瓶梅七・八集八冊被返、則九集・十集貸遣ス。

一暮時伏見氏、侠客伝初集借ニ被参候ニ付、則貸遣ス。今晩、五時頃枕ニ就く。
○廿八日辛酉　今暁八時頃雨。昼四時頃ゟ雪、夕七時止、晴、余寒
一今朝、長次郎殿来ル。四谷伝馬町江被参候由ニ付、買物ニ種頼遣ス(八九オ)。昼時帰去、夕七時買物整来ル。直ニ帰去。

一昼後林内義被参、かねて約束致置候頼ニ付、清元上るり教遣ス。其後、およし来ル。両人とも、暮時前帰去○右同刻、政之助殿入来。右者、今日客来有之ニ付、三味線借用致度由被申候ニ付、則貸遣ス○其後、順庵殿被参。折から昨夜ゟ悪寒致候ゆへ、診脈を乞ふ。則、血軍ニ時候当りの由被申、明日薬調進致スべしと被申、今晩岩井氏江被参候由ニて被帰去
○夜ニ入五時頃、林内義又被参。雑談中四時頃、順庵殿、岩井氏ゟ帰路の由ニて又被参、雑談九時ニ及。両人、九時帰去。其後、枕ニ就く。
○廿九日壬戌　晴
一四時頃、坂本氏・岩井氏被参。岩井氏ハ昨日貸進之三味線持参、被返之。坂本氏も昨日頼置候煎薬五貼持参、被贈之。右両人雑談、昼時被帰○同刻深田氏被参、昼時被帰去。

一昼後林御内義被参、暮時前被帰去。其後半右衛門殿被参、雑談(八九ウ)数刻、暮時被帰去○暮時深田およし殿被参、かけ合の夕飯振舞。今晩止宿ス○日暮て長次郎殿被参、五時過松岡氏被参。其後中西氏も被参、四時被帰去。松岡氏・深田氏ハ九時前被帰去○夕七時過荷持久太郎、給米乞ニ来。則、二升渡遣ス。
○卅日癸亥　晴
一今朝五時頃西方ニ出火有之、火元大番町鍵屋と申質屋のうらニて、二軒焼たりと云○およし殿起出、直ニ被帰去○昨廿九日、讃州高松木村翁ゟ年始状并ニ年玉料金五十疋到来ス。

正月四日出之状也○昼時前林内義被参、長次郎殿も被参、色々用事被致、台所裏迄そぶち被致。昼時ニ成候ニ付、林内義・長次郎殿共侶ニ昼飯振舞。林内義ハ番所町媼神江参詣被致候由ニ付、おさちも頼遣ス。則、同道ニて参詣被致、夕七時前被帰参。

一昼時兼次郎殿被参、勘定致貰ふ。夕方帰去○八半時頃渥美祖太郎殿年礼として被参、半斤入白砂糖一曲持参。是ゟ下屋敷江被参候由ニてほど無被帰去(九〇オ)。

一夕七半時頃梅村直記殿、女おさだ同道ニて被参、鶏卵壱重数十一、被贈之。せん茶・くわしを薦む○夜ニ入、三嶋氏被参。五時頃加藤氏被参、去十九日貸進之燕石雑志壱・二ノ巻二冊被返、尚又所望ニ付、三・四ノ巻二冊貸遣ス。五半時頃、岩井・中西両人来ル。深田も暮時被参候て、此方ニアリ。梅村氏江鶏卵うつりとして、銘茶小半斤弱遣之。深田氏杏梅ぼし小器入壱つ被贈、尚又此方ゟしそ巻梅ぼし、うつりとして遣ス。何れも四半時頃退散ス。
○二月朔日甲子　晴
一今朝、政之助殿来ル。雑談昼時ニ及折から、おさだどの迎ニ被参候ニ付、被帰去。

一昼時過坂本氏被参、是亦雑談、八時過被帰去○深田氏、今朝被参。御番所ニて太郎名代之者用候ぞふり、買取呉候様頼置候ニ付、昼前伝馬町江被参、買取被参、其後帰去。昼後亦来ル。

一昼前伊勢外宮岡村又太夫代、太麻・暦一本持参。則、御初穂百文遣し、請取書取之。今日甲子ニ付、大黒天江神酒・備餅・七色菓子を供ス(九〇ウ)。夜ニ入、神燈○昼後松村氏ゟ手紙を以、先日貸進致候雑記六ノ巻一冊・玄同放言七冊被返。右請取、尚又雑記七ノ巻一冊貸遣ス。取込中ニ付、返書ニ不及、口上ニて申遣ス。

一昼後深田氏被参、其後同人姉被参、雑談して暮時帰去。

一夕七半時過、林内義被参。雑談中中西氏被参、同人同道ニて被帰去。

一暮時深田氏被参、四時被帰去○今晩甲子ニ付、大黒天床の間ニ祭、神酒・七色菓子・備餅を供し、夜ニ入神燈。
○二日乙丑　日曇。終日
一昼前おさち入湯ニ行、昼時過帰宅○昼時過岩井氏被参、其後半右衛門殿小児両人携て被参、煎茶、餅を焼、薦候内、飯田町清右衛門様御入来。先月分売溜壱〆弐百八十二文、外ニ正月分上家ちん金壱分二朱ト二百七十八文御持参。内壱わり百五十二文渡し、上家ちんの内金二朱ハ当正月月ゟハつミ金ニ致候様申談、あづけニ成。清右衛門様や半右衛門殿・政之助殿江肴二種ニて酒振舞。七時過清右衛門様被帰去、山本氏・岩井氏ハ夕飯後(九一オ)被帰去、半右衛門殿所望ニ付、蓑笠様御きせるを進ズ。

一七夕(ママ)時頃、林猪之助殿来ル。右者、縁談の義也。来ル十二日先方ゟ可被参筈の所、此方急候趣可申候得者、然者来ル九日朝先方ゟ被参候様猪之助殿被申、早々被帰去○夜ニ入山本悌三郎殿被参、暫雑談、五時被帰去。

一五時頃順庵殿被参、雑談数刻、四時過被帰去○暮時前、およし殿来ル。今晩止宿ス。

○三日丙寅　晴

一およし殿、朝飯後被帰去。其後深田氏被参、昼時帰去○昼後およし殿被参、暮時帰去。あづきだんご一包、被贈之○八時頃、有住岩五郎殿来ル。右者、聟養子一時も早く取極め候様催促被致、せん茶・菓子を振舞、八半時頃帰去。其後、林内義も来ル。暮時被帰去。

一昼時、鷲巣伊蔵左衛門様御内植村嘉門太と被申候、入来。是また養子の一義也。右者、本郷春木町近藤石見守様御内広岡桑三郎殿二男、歳廿ニ相成候者。可然哉、何れ来ル七日同道可致旨被申候ニ付、其意ニ任、時日をちぎり、帰去(九一ウ)。

一暮時順庵殿被参、先日話被致候養子、今日先方本舟町江被参候て被聞候所、当人廿一才の由。然者、四ッ目ニ当り候ニ付、徒ニ帰宅スと被申、ほど無被帰去○夜ニ入深田被参、其後越後屋清助来ル。雑談後、五時頃帰去。六半時頃梅村氏・加藤氏・岩井被参、五時頃おさだ・和太来ル。和太所望ニ付、八犬伝九集の十一、五冊貸遣ス。各江煎茶・くわしを薦む。四時頃中西氏被参、ほど無帰去。何れも九時前帰去。

一夕七時頃三嶋氏被参、暫して帰去。

○四日丁卯　晴。折々曇

一今朝長次郎、此方障子を張んと来ル。則、障(ママ)をはがし、此方母子手伝、座敷障子四枚・四畳二枚・玄関勝手四枚、其外西窓・北窓・南窓不残張替、神棚・仏檀(ママ)障、右同断皆張替、夕七時過張畢。行燈壱ッ同断。雪隠せうじ・金燈籠ハ未果。

一夕七時頃、加藤氏其外両三人来ル。今ゟ新宿梅屋敷江被参候由ニ付、中西氏被申候者、おさちをも同道可致由被申候得ども、辞して不遣ズ(九二オ)。皆一同出去○七半時頃、伏見氏被参。右者、此方縁談之義ニ付、既ニ先方ゟ同道致、伏見氏ニ被参居候由被申。右之縁郎ハ水野様御家来高野瀬勇八殿二男高野瀬軍次と被申、廿二才也と云。伏見氏直ニ帰宅被致、ほど無右当人同道ニて被参。折から半右衛門殿被参居候間、座敷ニて一同対面致。ほど無右畢、各被帰去。

一暮時林内義被参、つまみ物小皿入壱ツ御持参被贈之、暫して暮時帰去○暮時山本悌三郎入来、暫物語致、被帰去○暮時前深田氏被参候所、伏見氏ニ招れ、被帰去○暮六時頃加藤氏被参、煎餅二袋持参、被贈之。三嶋氏同道ス。其後、中西氏・和太殿被参。和太殿も菓子一袋を贈らる。如例夜話、四時頃皆帰去。

一夜ニ入、石井氏被参。同人相識ニ縁郎有之、何れ明日同道可致由被申、雑談して被帰去。

○五日戊辰　晴。風

一今朝、植木屋富蔵来ル。右者、悌三郎殿借家の義ニ付、同人江伝言(九二ウ)申置、ほど無帰去○四時頃深田氏被参、出火ニ付、帰去。

一八時頃、林内義来ル。ほど無およし被参、夕七半時過帰去。

一巳ノ刻、麹(マヽ)五丁めまき屋の裏ゟ出火致、愛宕下ノ辺・芝神明前の辺迄延焼致候由風聞ニ付、勘介方へ人足申付、則田町五丁目宗之介方へ見舞ニ遣ス。右使、五時帰来ル。田町風下といへども、本芝壱丁目ニて火鎮り候ニ付、無難也と申。今晩四時頃、下火也と云○五時過悌三郎殿、田町辺風下ニ付、見舞之人出し候哉と被尋、先刻出し候由申示候へバ、承知被致、被帰去。其後岩井氏被参、ほど無帰去。今晩五半時頃、枕ニつく。

○六日己巳　曇。夕方雨少々

一今朝自身、石井氏江一昨日被申入候縁辺の事ニ付、罷越候所、先方類焼ニ付、四、五日延引之由被申。夫ゟ深光寺江参詣。今日(アキマヽ)蓑笠様御忌日、且到岸様御祥月御逮夜ニよりて也。帰路大日様ニて縁辺吉凶伺候所、石井氏の方上吉、四十二ばん也(九三オ)(マヽ)。林氏ニて世話被致候廿八才之男、三十七番の半吉也。植田嘉門太殿之方、七十一番の凶也と被申。九時過帰去○右留主中山本悌三郎殿・坂本順庵被参候由、帰宅後おさち告之。

一今日到岸様御祥月御逮夜ニ付、茶飯・一汁二菜手製致、蓑笠様并ニ到岸様霊前江供之、坂本氏・深田およし・林田内義江振ふ。林氏江ハふた物入二人前遣之。林内義、蓮の根二本被贈之○八時過坂本氏被参、日暮て帰去。五時又被参、四時帰去。およしも同断。

一日暮て悌三郎殿被参、ほど無帰去○六半時頃、岩井氏・おさだ来ル。其後梅村氏内義・長次郎殿・清次郎殿一同夜話、四時帰去。其後、母女枕ニつく。

○七日庚午　晴
一今朝、深田氏被参。明八日彼岸中日、琴嶺様御忌日且琴靄逮夜ニ付、だんご手製致候半と存、白米二升挽。深田氏手伝、昼時挽畢。

一昼前おさち入湯ニ行、昼時帰宅。深田氏、昼飯給、八時帰去、夕七時又来ル(九三ウ)。

一昼後、梅村おさだ・およし・林内義来ル。夕七半時過、被帰去。

一夕七時過、去三日被参候午殿横町植田嘉門太(マヽ)、縁郎広岡春三郎殿二男同道ニて来ル。年廿才と先日被申候得共、当年戌廿二才よし被申。母女二人対面、七半時頃退散○日暮て加藤氏、おさだ同道ニて被参、去六日貸進の燕石雑志三・四ノ巻二冊被返。所望ニ付、五・六ノ巻二冊貸進ス。五時頃岩井氏・坂本氏被参、何れも四時前被帰去。
○八日辛未　晴。夕七時頃ゟ風、夜ニ入同断
一今朝、富蔵来ル。ほど無帰去○右以前林内義被参、雑談後帰去。

一四時頃伏見氏被参、暫して被帰去○今朝、彼岸。琴嶺様御当日中日、且琴靄逮夜ニ付、だんご(濁マヽ)こしらへ、家廟江供し、伏見・林・岩井・山本・梅村、右五軒江おさちを以、為持遣ス。加藤氏江ハ深田氏ヲ以、為持遣ス。梅むら氏ゟ沢庵大根二本、うつりとして贈来ル○昼時頃山本半右衛門殿内義、小児を携て被参。せん茶・だんご・昼飯を振ふ。雑談後、八時頃被帰去。

一八時前大内隣之助殿・およし殿被参、其後山本半右衛門殿・岩井氏被参(九四オ)。右之人々に煎茶・だんごを出し、振ふ。人々、入相前帰去○長次郎殿、かりんとう一包持参、被贈之○八半時頃おさち入湯ニ行、夕七時過帰宅○長次郎殿、五時帰去。
○九日壬申　晴。風
一今朝山本悌三郎殿入来、当番出がけの由ニて暫して帰去○右以前、山本半右衛門殿被参。ほど無林猪之助殿、縁郎壱人同道ニて被参、半右衛門殿も座敷ニて対面被致、暫して皆退散○四時頃、長次郎殿来ル。其後順庵殿も被参・雑談後、昼時皆帰去○昼後、林内義・深田およし来ル。如例雑談、八半時被帰去、其後岩井氏被参。其後おさだ殿被参、稽古畢、岩井うぢ同道ニて被帰去○暮時深田被参、日暮て石井氏被参。右者、縁郎来ル十一日同道可致由被申、ほど無帰去○昼後、中村藤十郎殿と申人、長友揮(マヽ)指の由ニて、同人子息十九才に相成候者、此方へ養子ニ相談致度由ニて来ル。相応成挨拶致

遣ス○宗村お国来ル。先月中貸遣し候侠客伝三集・四集十冊、被返。右謝礼として袷半切・たばこ入細工(マヽ)たる袖、久保田氏ゟ被贈、此方土蔵江入置候衣類取出し(九四ウ)、携て帰去○昼後、おふさ殿来ル。水滸伝九編借用致度由、則八冊貸遣ス○昼前、下そぶち忠七来ル。両厠掃除致、帰去。

○十日癸酉　終日曇。夜ニ入雨、深夜雪交り

一五時過深田来、ほど無岩井氏も被参、雑談、四時過、半右衛門殿・順庵殿被参、ほど無帰去。岩井・深田・半右衛門殿ハおさちニ髪月代致貫、帰去。岩井ハ昼飯給させ、昼後、高松木村亘殿江書状壱通・年始状通(マヽ)、代筆を頼、せん茶・くわしを薦め、雑談後、暮時帰去。

一今朝伏見氏被参、雑談、ほど無被帰去○八時頃おさち入湯ニ行、暫くして帰宅○夕七半時頃山本半右衛門殿、小児を携て来ル。暮時被帰去○暮時、長次郎殿来ル○暮時過、おさだ・和太来ル。今晩おさだ母義・政之助殿、其外和太・おさだ、皆上るりよせ被参候ニ付、おさちを被誘引。何とも迷惑乍、先今晩ハ遣ス。四半時前帰たくス。

一暮六時過加藤氏被参、去四日貸進之燕石雑志五・六ノ巻二冊、被返。右請取、納置。其後松岡氏被参、五時過被帰去(九五オ)。

一五時前、中西氏被参。何れ如(マヽ)例夜話、四時過被帰去。

○十一日甲戌　雨雪交り。八時頃ゟ雨止、不晴

一今朝深田氏被参、林内義同断。暫して両人帰去○八時過石井勘五郎殿、一昨日約し候縁郎、先方ゟ被参候由ニて同道被致。外壱人、世話人の由ニて同道被致。母女両人とも対面、暫して被帰去。石井氏ハ少々後レて帰去。両三日中ニ挨拶致候様被申、帰去。

一四時過、清助来ル。右者、福井小十郎殿方ニ従住之人、先一応対面致度由申来との事ニ付、其意ニ任置、其後帰去○八時半頃山本半右衛門殿被参、ほど無順庵殿も被参、雑談。煎茶・かたもちを振ふ。右以前林内義・深田およし被参、此方ニ在り、何れも暮時帰去○日暮て、深田氏来ル。五時過帰去。深田帰宅後、順庵殿来ル。同人、外ニて被聞候事有之候ニ付、内談之、九時ニ及ぶ。九時頃帰去○今夕林内義、縁郎之義ニ付、清助方へ被参呉候由被申候ニ付、頼、明日ニも縁郎同道致候様申入置。日暮て帰被参。委細承知の由也。其後帰去。

○十二日乙亥　晴。風

一八時過山本半右衛門殿内義の父石川滝右衛門殿、養子一義ニ来訪せらる(九五ウ)。対面、せん茶・くわしを出ス。ほど無帰去。山本内義同道せらる○右同刻兼次郎殿被参、暮時被帰去

○八半時過清助、上野伝次郎と申縁郎同道、たいめんす。何れ此方ゟ挨拶致候由申遣ス○右同刻岩井氏被参、ほど無、おさだ参り居候ニ付、両人侶共に帰去○四半時頃、伝馬町江入湯ニ行。出がけ清助方へ立より、帰路天王様ニて縁談御鬮を受候所、三十八番半吉也。昼時過帰宅ス○夜ニ入、三嶋氏来ル。其後、およし殿も来ル。五時帰去。少々おくれて三嶋帰去。

○十三日丙子　晴

一今朝、長友代太郎殿被参。右者、縁郎良人有之ニ付、世話被致候為也。右挨拶致、四時頃被帰去○昼時頃山本半右衛門殿内義被参、先日話有之候白井氏被申入候縁郎、日本橋榑正町住居被致候松平阿波守様御医師被役、月俸廿人扶持承りし殿木竜谿殿三男順三殿と被申候仁、今日日本橋ゟ被参候由被申候ニ付、則招入。半右衛門殿同道被致候ニ付、母女対面ス。右畢、半右衛門殿方へ退散。山本氏ハ跡ゟ被帰去。何れ御鬮次第ニ挨拶致候つもりニ山本氏江(九六オ)申示置○今朝政之助殿被参、昼飯振舞。昼後ゟ留主を被致、終日此方ニ被居○昼後おさち同道ニて天王様御鬮を受ニ行、且番所町媼神江参詣致、暮時帰宅ス。折から林内義も媼神江参詣被致候由被申候ニ付、同道ス○右留主中、半右衛門被参。右ニ付、御鬮之趣山本氏江話申候所、右之一義白井氏江被申候由申、帰去。

一暮時松村儀助殿被参、先日貸進の金魚伝初編四冊被返。右請取、二へん三編八冊・著作堂様御自評壱冊、貸遣ス○六時過加藤うぢ、おさだ殿同道ニて被参。少々跡ゟ和太殿被参、去廿三日貸進之八犬伝九集四十六ゟ五十迄五冊被返。右請取、是亦所望ニ付、五十ゟ五十五(ママ)迄五冊貸遣ス。加藤氏も所望被致候ニ付、雨夜ノ月五冊貸進ス。加藤氏江兼約致候ニ付、薄茶を薦め、其外何れニも一、二服ヅヽ薦、くわしを出し、雑談数刻、四時過皆一同被帰去。

○十四日丁丑　曇。四時頃ゟ晴、夕七時前ゟ曇、七半時頃雨

一今朝林内義被参、暫物語して帰去○八時頃岩井氏被参、其後順庵殿。岩井氏所望ニ付、旬殿実々記上編五冊貸遣ス。八半時頃、順庵殿被帰去(九六ウ)。

一八半時頃半右衛門内義、小児お携て来ル。せん茶・くわしをすゝむ。雑談、夕七半時過帰去○今朝伏見岩五郎殿被参、暫物語致、被帰去。

一日暮て政之助殿、おさだ・花房家中娘おふさ同道ニて、今ゟ忍町よせ江被参候由ニて来ル。早々帰去○暮六時過、山本半右衛門殿被参。右者、縁郎一義ニて、日本橋世話人方へ御鬮宜敷、且明十五日此方ゟ内談ニ可参由被申入候事、石井世話の縁郎断の義、種々欠合中、白井氏被参。今日半右衛門殿

被申候一義、世話人ヲ以先方へ被申入候由被申、暫して被帰去。五時前半右衛門宅ゟ迎参り候て被帰去○暮時前深田氏参り、ほど無伏見江被招、六半時頃又来ル○六半時過、梅むら氏・加藤氏被参。薄茶一服を立、上せんべいをすゝむ。雑談中五半時過、政之助殿初、忍原町ゟ被帰参。一同夜話、四半時頃一同帰去。中西氏も被参。

○十五日戊寅　南風。雨折々止、夜入風烈、雨、五半時頃雨止

一今朝、山本半右衛門殿被参。右、養子一義也。昼飯を振舞、被帰去(九七オ)。八半時過又被参、今ゟ日本橋殿木方へ被参候由也。右以前同人妻被参、雑談して夕方帰去。きらず・あミ魚一器遣之。

一八半時過山本悌三郎殿被参、其後富蔵来ル。暫して富蔵帰去ル。夕七時過林内義被参、おさだ・おせち同断。煎茶・かきもちを人々にすゝめ、悌三郎殿暮時被帰去。各、其後帰去

○今朝長次郎殿被参、昼時帰去、夕方又来ル○夕七時頃山本半右衛門殿、日本橋殿木竜谿殿方へ被参。先方へ参り、竜谿殿并ニ順蔵殿江面談被致、委細物語数刻にして、蕎麦切を被出候と云。灯ちん・傘借用、五半時頃帰被参。則、夕飯を振舞、雑談後、四半時頃被帰去○六時過松岡氏被参、雑談して、山本氏・深田氏と帰去。

○十六日己卯　晴

一今朝伏見氏被参、縁郎書付持参せらる○ほど無、半右衛門殿・政之助殿被参。山本氏、昨日先方の様子物語被致、何れ四、五日中ニ先方へ被参候由被申之。其外雑談して、昼時皆帰去○四半時頃坂本順庵殿被参、暫して被帰去○昼時、大久保矢野氏ゟ侠客伝三集・四集借(九七ウ)用致度由申来ル。則、三・四集十冊貸遣ス○加藤金之助、明日初御番被仰付候由ニて来ル○昼後山本半右衛門殿内義父石川滝右衛門殿、先日被申入候縁郎柳生播磨守様御用人筆頭関五郎助殿三男関錠之助殿同道ニて被参候由被申候ニ付、則此方へ招、母女対面、ほど無被帰去。其後夕七時、半右衛門、右之様子承り度由ニて被参。日本橋の方破談ニ候ハヾ、相談も可致由申置候○右同刻林内義・およし殿被参、暫して被帰去○八時過、おさだ来ル。教を受て帰去○夕方順庵殿被参、今晩上るりよせ江誘引候由被申、入相頃帰去○日暮て、山本悌三郎殿入来。雑談中稲荷前庄太郎殿被参、五時過悌三郎殿被帰去○四時頃梅村夫婦・女おさだ・政之助殿・順庵殿、よせゟ帰路の由ニて被立寄。右以前、深田・中西来ル。何れも九時頃被帰去○今晩、悌三郎殿江油切手二枚渡之。林氏ゟ被頼候故也。

○十七日庚辰　晴。昼後ゟ曇、夜ニ入雨、但多不降
一今朝松五郎に申付、浅草新堀森村屋長十郎方へ、二月渡り御切米取ニ遣ス。帰路飯田町江立より、木村行紙包并ニ手紙壱通為持遣ス。夕七時過、松五郎帰来ル。御切米金二両ト七百四十四文請取来ル(九八オ)。飯田町ゟ返書壱通・鱈切身五片、被贈之○昼、生形綾太郎殿来ル。右者、縁郎一義也。右縁郎ハ既ニ当月十三日申入、対面致候人ニ候間、二ノ町ニ而候由申置、せん茶・かきもちを出し、雑談後帰去○右同刻、おふさ来ル。先日貸進之水滸伝十編・十一編八冊被返、尚亦所望ニ付、十二編上下帙・十三編上帙〆六冊貸遣ス。雑談、帰去○同刻、およし・おさだ来ル。如例教を受て帰去○暮六時頃加藤新五右衛門殿来訪、餅菓子一袋被贈之、煎茶・あげ餅を薦む。雑談数刻、雨降出候ニ付、和太殿傘持参、此方へ来。折から稲荷前鈴木庄太郎殿・須川小太郎殿、岩井政之助殿を尋被来。然ども此方ニ者《(ママ)》被居候趣申示。五時過中西氏被参、加藤氏侶共雑談して、四半時頃皆被帰去○今日観音祭、如例之。
○十八日辛巳　曇
一今朝長次郎殿、一昨日頼置候晩茶買取、持参せらる。右請取、是ゟ伝馬町江被参候由ニ付、元結油買取呉候様頼、鳥目渡し置。

一右同刻岩井政之助殿母義被参、雑談後被帰去○四時頃今戸(九八ウ)慶養寺ゟ役僧ヲ以、来ル廿八日、開山道元大禅師六百年忌ニ付、説法興行の由ニて右袋二ツ持参、請取置く○昼後山本半右衛門殿内義被参、ほど無被帰。

一右同刻順庵殿被参、雑談数刻、夜ニ入五時頃被帰去。夕七時過、おさだ・およし、如例之○昼後おさち入湯ニ行、八時前帰宅○日暮て松村ゟ荷持由兵衛ヲ以、先日貸進之雑記八ノ巻・評書壱冊・金魚伝二・三編、被返之。右所望ニ付、雑記九ノ巻壱冊貸進ス○暮六時頃加藤氏被参、五時前庄太郎殿来ル。昨夜貸置候傘持参被返之、右請取置。

一四時過、伏見氏被参。右者、石碑筆工出来候由ニて持参せらる。ほど無帰去。其後、一同帰去。
○十九日壬午　雨。昼後ゟ晴
一昼後伝馬町江入湯ニ行、帰路買物致、八時頃帰宅○夕七時過順庵殿被参、雑談。暮時悌三郎被参、ほど無順庵殿同道ニて被帰去。

一昼後、矢場稲荷二ノ午ノ日ニ付、如例稲荷祭御守札・赤剛飯一包、荷持持参ス。右請取置く○八時過おさだ・およし、如例之(九九オ)。

一今日二ノ午ニ付、稲荷尊像床の間ニ掛たてまつり、神酒・備もち・七いろ菓子を供ス。夜ニ入神燈○悌三郎夜ニ入又来ル。順庵殿と同服ニて被参候也。暫物語して被帰去。

○廿日癸未　晴

一今朝五時過、深光寺へ参詣。一昨日夜出来の石碑筆持参して、石工勘助江誂申付。代金二分ト拾匁之由、来三月十日頃ニ出来候由申之。昼時帰宅○昼時、政之助来ル。暫して帰去○八半時過あや部氏女おふさ被参、先日貸進之傾城水滸伝十二・十三編六冊、被返之。尚亦所望ニ付、美少年録初集五冊貸遣ス。暫物語被致、被帰去。

一夕七時頃、殿木竜谿殿御二男某御入来。右者、縁辺之義御屋敷届の事、又世話人の事、物語被致。暫して半右衛門殿被参、則対面。煎茶・くわしを薦め、半右衛門殿談じ申候所、何明後廿二日、殿木殿ゟ挨拶被致由被申候て、帰去。半右衛門殿ニ夕飯給させ、暮時被帰去。

一日暮て、おさだ来ル。則、教を受、おさちと遊候内、中西氏来ル。其後六半時頃加藤氏被参、糸わかめ六把持参、被贈之。薄茶を菓子を(マヽ)(九九ウ)、雑談数刻。中西氏、手作青菜壱把・菓子壱包持参、被贈之。長次郎殿五時過被参、何れも四時過被帰去。おさだハ、迎ニ金兵衛参り候ニ付、先江被帰去。

○廿一日甲申　晴。風烈

一今朝伏見岩五郎殿・半右衛門殿入来、暫して有住岩五郎殿被参。右之人々に薄茶を薦め、雑談数刻。伏見氏ハ先江被帰、有住・山本ハ昼時被帰去○昼後、およし・おさだ来ル。暫して帰去。

一八半時頃、順庵殿来ル。ほど無帰去○今晩客来無、五時枕ニ就く。

○廿二日乙酉　風烈。昼後曇、夕七半時頃ゟ雨

一今朝暁六時頃森本ゟ失火して、かわらけ町四辻迄やけたりと云。巳ノ刻、火鎮ル○昼後おさちヲ以、隣家伏見氏江金五十疋、目録に致、為持遣ス。右者、石碑筆工謝礼として、筆者江届呉候やう頼遣ス。然る処、岩五郎殿他行の由ニ付、内義江渡し置候由、おさち帰宅後告之(一〇〇オ)。

一八半時、鈴木安次郎殿被参。右者、一昨廿日途中ニて話被致縁談ニて、御本丸御賄陸尺本橋重三郎殿弟金之助と申縁郎同道被致。則、母女対面致。右縁郎金之助殿者、当時上野ニ罷在候由也。何れ両三日中ニ御答申候やう申置、其後退散せらる。

一同刻、大内隣之助殿被参。右者、旧冬中話置候鉄炮、申受たき由被申候ニ付、則渡し、代金壱両二分請取、此方ゟ金子

請取書遣之。雑談数刻、夕七時過帰去○八半時頃半右衛門殿被参、只今日本橋殿木ゟ書面ヲ以、縁談断の手紙候処、右文談の内、此方ニ而少々勘弁致候ハヾ相談致可申由の文談も相見へ候ニ付、使之僕江内意聞合候所、思ふニ違ハぬ事も有之候故、今ゟ順蔵殿姉様方へ罷越候由被申候ニ付、殿木僕并ニ半右衛門殿江夕飯給させ、其後殿木僕同道ニて日本橋江被参。今晩深夜ニ及候ハヾ、一宿被致候由被申。

一夕七時頃岩井政之助殿被参、入相頃帰去○暮時、半右衛門殿内義来ル。先日菜づけ遣し候重箱持参せらる。右うつりとして、小椎茸一包被贈。暮時ニ付、早々帰去○夜ニ入清次郎殿被参、ほど無被帰去（一〇〇ウ）。

一半右衛門殿、九半時頃帰来ル。

○廿三日丙戌　雨終日。夜中同断

一今朝、山本半右衛門殿来ル。昨日日本橋江被参候一五一十を物語被致。昼飯を振舞、八時頃被帰去○昼後順庵殿被参、ほど無帰去。帰路又立被寄、是又早々被帰去○同刻林娘おれんヲ以、中西氏ゟ桃花一折被賜○今朝林内義、白米二升借受度由ニて来ル。則、二升借遣（マヽ）ス○今朝長次郎殿被参、伝馬町江被参候由ニ付、きぬ糸買取呉候様申頼、代銭渡ス。則出去。昼後、右きぬ（マヽ）買取、持参せらる。右受取、直ニ帰去○夕方、おさだ・およし来ル。両人、暮時帰去○昼前岡野おはるゟおさち江文ヲ以、合巻借用申来ル。則、青砥さうし六冊貸遣ス。返書ニ不及○暮時、兼次郎殿来ル。其後、政之助殿被参。暮六時長次郎殿頼母子講江被参候由ニ付、則二口分四百廿四文渡遣ス。四時頃帰被参。渡辺平五郎姉、小出当りくじ也と云○六時過、加藤氏・中西氏被参。加藤氏、去ル十八日貸遣し候しゆんくわん合二冊被返。尚又所望ニ付、旬殿実々記前編二冊貸遣ス。政之助殿も先貸進之旬殿実々記（一〇一オ）前編五冊被返。則、後編五冊貸遣ス。五時過政之助殿・中西氏被帰去、加藤氏・兼次郎殿ハ四時被帰去。五時過順庵殿被参、白柿五ツ一包被贈之、雑談、加藤氏等と被帰去。

○廿四日丁亥　小雨

一今朝伏見氏被参、一昨日贈物の謝礼被申入、雑談後昼時帰去○右同刻、山本半右衛門殿内義被参。右者、殿木殿ゟ被申入候順蔵殿里方ニ被成候人御掃除組頭小田平八郎殿同道被致候ニ付、母女対（マヽ）、相識ニ成。右小田平八郎ハ順蔵殿の伯父分ニて、平八郎殿甥ニ成、弥之助殿と被申候甥ニ被致、願被出候由也。小田殿持参被致、被見せ。又此方ゟも親類書一冊、右平八郎殿江渡置く。何れ来ル七日、山本氏当番ニ被出候。小田殿も当番ニて、行合、対談可致被申。時分時ニ付、麁飯を薦め、煎茶并ニ茶菓子出し、九時過退散せらる。山本氏ハ八時頃被帰去。

一八時頃、政之助殿来ル。雑談後、梅村女おさだ迎ニ被参候ニ付、被帰去。

一夕七時頃伏見氏ゟ到来の由ニ而、切鮓一皿、小児ヲ以被贈之。謝礼申遣ス（一〇一ウ）。

一昼時深田氏被参、夕七時過被帰去〇八時頃、おさだ・およし昨日の如し。

一夜ニ入鈴木安次郎殿被参、縁談一義候所、既ニ此方ニて熟縁ニ付、其義ニ不及。煎茶・くわしを薦め、雑談、五時頃被帰去〇五時頃順庵殿被参、ほど無被帰去〇林内義昨日用立候白米二升持参被返之、右請取置。

〇廿五日戊子　昨今寒冷

一今朝伏見氏・半右衛門殿内義・順庵殿・深田氏被参、何れも昼時被帰去。

一昼後、長次郎殿被参。同人を頼、留主に置、おさち同道ニて飯田町江行。手みやげ三種持参。折からあつミお鍬様御出合候ニ付、縁談一義委しく物語致。飯田町ニて切鮓・煎茶・てんぷら（半濁ママ）蕎麦を出さる。帰路、夕飯をも地駐（ママ）ニ合、暮時帰宅ス。右留主中、おふさ殿先日貸進の美少年録初集五冊被返、右請取置候由、長次郎殿、帰宅後被告之〇半右衛門殿も被参居候間、長次郎侶共夕飯を薦め、五時過半右衛門殿被帰去、長次郎殿ハ其後四時前被帰去。

〇廿六日己丑　晴

一今朝伏見氏被参、大文字筆借用致度由被申候ニ付、則貸進ス（一〇二オ）。

一四時頃半右衛門殿被参、只今ゟ榑正町殿木殿江被参候て取極被致候由被申候ニ付、委細此方欠合候事申置、昼時前日本橋江出被帰。伏見氏も雑談数刻、昼時被帰去〇長次郎殿四時過被参、伝馬町江序有之候由ニ付、則買物頼、三百文渡置。

一昼時、三月分御扶持渡る。取番清之助差添、車力壱俵持込候を受取置〇昼後半右衛門殿内義、小児を携被参〇夕七半時頃、あや部おふさ殿、美少年録二集所望ニ付、貸遣ス。暮時被帰去。

一暮時半右衛門殿、被帰候由ニて被参。此方ニて申候一義、不被聞入由也。然共、納采日限取極候由半右衛門殿被申、明廿七日封被致候ニ付、先方ゟ両人被参候と云。右ニ付、明日清右衛門殿も呼迎候様被申。半右衛門殿ニ夕飯を薦む〇五時前加藤氏・岩井氏被参、其後長次郎殿・清次郎殿被参、雑談数刻。加藤氏ハ迎の人参り候ニ付、四時頃被帰去。おさだハ宵ゟ此方ニ在り、清次郎同道ニて四時過被帰去。山本氏・岩井氏・深田氏ハ九時被帰去(一〇二ウ)。
○廿七日庚寅　晴。美日
一明廿八日封金に日本橋殿木氏ゟ両人被参候ニ付、清右衛門様をも一座被致候様、昨日山本氏被申置候ニ付、則五時頃ゟ飯田町江行、右之趣申入、納采・かつをぶしの事を頼、四半時過帰宅ス○隣家林内義被参、ほど無被帰去○昼後、半右衛門殿来ル。雑談数刻、夕七時帰去。

一夕七時過、岩井政之助殿来ル。右者、縁郎願一条ニ付、少々手間取レ候様被申、外ニ浮人(ママ)有之候ハゞ、右を願出し可然、先方小田ニて被申候へども、此方浮人壱人も無之候ニ付、尚亦富坂小田江欠合可申候。ほど無又半右衛門殿を呼よせ、右之段申聞候所、半右衛門殿被申候者、尚又右之趣殿木氏江申入、殿木殿ゟ小田氏江欠合候様可致候と被申。政之助ハ暫して帰去。半右衛門殿ハ夕飯給させ、夜話○暮時ゟ加藤氏、おさだ同道ニて被参。五時頃、梅村氏・岩井氏被参。長次郎殿宵ゟ此方ニあり、何れも夜話数刻にして亥ノ刻過一同退散ス。

一夕七時過、松村儀助殿来ル。先日貸進之雑記九ノ巻壱さつ被返。右請取、所望ニ付、雑記十ノ巻壱冊・島廻記(ママ)二集五冊貸遣ス(一〇三オ)。雑談後、暮時被帰去。右同刻林内義被参、京なづけ二株被贈、暫して被帰去。
○廿八日辛卯　晴。昼後薄曇
一今朝四時過入湯ニ行、帰路、勘助方へ立より、昼後ゟ芝田町五丁目迄日顧(ママ)人足遣し候様申付置、昼時前帰宅ス○四半時頃、岩井氏来ル。ほど無被帰去。

一昼時前半右衛門殿被参、今朝有住・石井・鈴木安次郎殿方へも被参候由告之。昼飯を振舞。九半時頃、清右衛門様御入来。かねて今日封金ニ付、立合之為被参候所、願一条少々差支候ニ付、今日封金延引ス。雑談中、殿木氏御兄・舎弟、山本氏迄被参候由ニて、深田氏義母、半右衛門殿を迎ニ被参候ニ付、直ニ帰去。殿木氏両人江今日封金延引の由被申、種々商量被致、封金延引ニ候得者、殿木氏此方へ被参候ニ不及事乍、幸清右衛門様御出合并ニ殿木竜仲殿初来ニ候へバ、自分・おさちたいめん可致、且順蔵殿義清右衛門様ニ引合申度由半右衛門殿被申候ニ付、則此方へ山本氏同道被致、清右衛門様初一同面談ス。ほど無両人退散せらる。清右衛門様江有合之肴ニて酒(一〇三ウ)を薦め、夕七時被帰去。昨年ゟ此方ニ預り置候毛氈二枚持参、被帰去。山吹・桜・椿手折りてしんズ○荷持、二月分給米乞ニ来ル。則、玄米二升渡し遣ス○昼後米つき政吉御扶持春可申由ニ付、則玄米三斗つかしむ。夕七時春畢、つきちん百四十八文遣ス。

一夕七時前順庵殿被参、暫して被帰去○おさだ、今日両度来ルといへども、客来ニて其義ニ不及。加藤氏ゟ異形の者、此度馬喰丁旅人宿江参り居候書付一冊貸さる○夕七半時頃、渥見祖太郎殿被参。右者、縁辺一義よく／＼人物鑿穿《（ママ）》すべき由被申。雑談後夕飯を振舞、せん茶・くわしを出ス。暮時被帰去○長次郎殿今日も終日此方ニ被居、暮時伝馬町江被参候由ニ付、買頼《（ママ）》遣ス。六半時、買物整被参。

一昼後、勘助方ゟ先刻申付候人足来ル。則、田町宗之介方へ日向半切百枚・奇応丸大包一・白砂糖壱斤、宗之介・おふミ両名江遣ス。又、赤尾氏へハ東せんべい一折・女郎花五色石台三集ノ下・同書四集上帙右二部四冊、おまち江文遣ス。右使、暮時帰来ル。宗之介ハ出宅ニて返書（一〇四オ）不来。おまちゟ返書、此方ゟ申遣し候衣類・手道具迄大ふろしきニ包、被差越。佐藤ゟも、二月十二日したゝめ置候文、田町ゟ被届候。

一祖太郎殿所望ニ付、小説ひよくもん二冊貸遣ス。庭前の桜手折、進ズ。

一日暮て順庵殿被参、其後中西氏被参。ほど無中西氏帰去、順庵殿九時頃被帰去。
○廿九日壬辰　晴
一今朝、如例床間江雛を建る○今朝、長次郎殿来ル。雛建候を手伝被致。昼飯給させ、八時頃帰去○昼時半右衛門殿被参、ほど無被帰去。

一昼後政之助殿被参、所望ニ付、雨夜月六冊貸遣ス。雑談数刻にして被帰去○昼後おさち入湯ニ行、八時頃帰宅○八半時頃、およし来ル。入相頃帰去○夕七時過、伏見岩五郎殿、小児を携て被参。先日筆工謝礼として肴代金五十疋差贈り候所、先方ニて不被受候由ニて持参せらる。此方ニて甚迷惑ニ候へども、彼是申候も如何と存、先其儘預り置候。追而又せん術あるべし○暮時半右衛門殿内義、小児両人携て被参、暫して被帰去○八半時、伏見氏ゟ豆煎小重入壱重被贈。謝礼申遣ス（一〇四ウ）。


（第一冊終）

○三月朔日癸巳　曇。四時前ゟ雨終日、夜中同断
一今朝如例之豆煎をこしらへ、家廟并ニ雛江供し、両隣ふし見・林江小重入遣之○昼前順庵殿入来、小川町江被参候由ニて帰去、八時頃御帰路の由ニて立よらる。折から政之助殿も被参、両人江まめいりを振ふ。順庵殿ハほど無帰去○夕七時頃、およし来ル。暫して山本悌三郎殿入来、尚又豆煎を振ふ。

雑談後悌三郎殿・政之介殿帰去、引つゞきおよしも暮時被帰去〇夜ニ入加藤うぢ被参、先日貸進之旬殿実々記前編五冊返却せらる。所望ニ付、巡（ママ）廻記初編五冊貸進ス。尚又旧冬中ゟ所望被致候ニ付、短冊壱枚しん上ス。右者、著作堂様御手跡也。せん茶を薦め、五時過雑談中、五時過長次郎殿、少々おくれて清次郎殿来ル。何れも夜話、四半時頃一同帰去。

〇二日甲午　南風。雨終日

一今朝、長次郎殿入来。昼飯を給させ、昼後ゟ伝馬町江被参候由ニ付、白酒・樟脳、其外さとう類頼、代金二朱渡、頼遣ス。夕七時過帰来ル。買物代三百四十八文の由ニて四百廿四文被返、夕方帰去(一オ)。

一昼後、勘介聟熊蔵、日雇ちん乞ニ来ル。代六百四十八文の由ニ付、金二朱渡し、つり銭百廿四文取〇其後信濃屋重兵衛、薪代乞ニ来ル。則、金二朱渡し遣ス〇夜ニ入、三嶋兼次郎殿・深田長次郎殿・中西清次郎殿入来。五時頃、山本半右衛門殿来ル。何れも四時過帰去。

〇三日乙未　晴

一昼時前木村和太殿入来、白酒・煮染を薦め、其後順庵殿・伏見氏被参。伏見氏ハほど無帰去〇八時頃加藤氏・中西氏・岩井氏被参、今ゟ新宿媼神江参詣被致候由ニて、何れも被帰去〇林内義・およし来ル。林内義ハほど無被帰去、およし殿ハ止宿ス〇暮時、加藤氏初岩井・中西、媼神ゟ帰路の由ニて来ル。各手みやげ持参。其後順庵殿も参り、各四時頃松岡氏江被参候由ニて被帰去〇夜ニ入和太殿被参、四時半右衛門も被参。半右衛門殿・和太殿、九時被帰去。

〇四日丙申　晴

一今朝、雛を取納ム。四時前長次郎殿・順庵殿被参、其後半右衛門殿も来ル。

一昼時順庵殿・半右衛門殿・長次郎殿被帰去、昼後半右衛門殿・長次郎殿来ル。長次郎殿玄関前をこしらへ、半右衛門殿手伝、内庭掃除被致(一ウ)、何れも暮時被帰去〇八半時頃、岩井氏来ル。ほど無帰去。

一夕七半時頃、中西氏・三嶋氏来ル。暮時前、悌三郎殿来ル。六時頃、加藤氏・山本氏来ル。雑談。悌三郎殿、五時前被帰去。悌三郎帰去の後、順庵帰来ル。是亦夜話、何れも亥ノ刻頃被帰去〇今日日本橋竜伯殿、山本氏江被参候由、山本氏被申。右者、明五日封金可致、且里方ニ相成候人も明日被参候（ママ）ニ付、其心得有べしと伝達せらる〇加藤氏、先日貸進之

〇五日丁酉　晴。八時頃ゟ雨、九時過地震

一今朝、伏見岩五郎殿被参。今日封金致候間、後刻御出可被

下と頼置、四時過被帰去○昼時前、下掃除忠七来ル。両厠掃除致、帰去。

一今朝、長次郎殿来ル。昼時帰去○昼前、おさち交友両人来ル。内壱人ハおふさ也。先貸進之美少年録二集五冊被返。右請取、三集五冊貸進ス。両人、昼時被帰去○昼時、清右衛門様御入来。先月分上家ちん金壱分ト二百六十八文・売薬溜七百六十二文御持参。則、壱わり七十六文渡之。今日者封金致候ニ付、袴御持参。ほど無油谷五郎兵衛殿・殿木順蔵殿・筆(カ)商人直吉・僕壱人、山本氏迄被参候由、山本氏ゟ案内有之候ニ付、則右人々を此方へ迎入。先清右衛門様初、皆油谷并ニ直吉江初対面之口誼を演、座敷ニて(二オ)封金請取相済、尚又跡金證文皆先方一覧畢。皆々江酒飯を薦め、伏見氏も出席せらる。半右衛門殿、順蔵殿同道ニて有住江被参、岩五郎殿江引合、直ニ日本橋江直吉侶共帰去。油谷氏ハ少々後レて本郷江帰宅せらる。其後清右衛門様・伏見氏帰去。飯田町ニて所望ニ付、木地重箱二ッ貸進ス。

一八時過儀女殿被参、焼さつま芋一包持参、被贈。客来中ニ付、ほど無被帰去。

一今朝三嶋氏、夢想兵衛所望被致候ニ付、初編五冊貸遣ス○八時頃、山田宗之介方ゟ使札ヲ以、煉羊羹一折被贈之。赤尾ゟ文到来。然ども、今日客来取込中ニ付、宗之介江請取返書、赤尾江返書ニ不及、使帰し遣ス。

一夜ニ入、清次郎殿来ル。暫して帰去。其後山本半右衛門殿・伏見氏被参、祝儀一義商量致、九時過被帰去。長次郎殿ハ今日終日此方ニて奔走致、深夜ニ及候故止宿ス。

○六日戊戌　雨。折々止

一昼前、長次郎殿被帰去○昼時過半右衛門殿被参、明後八日当番ニ上処、此方結納ニ付、番入江頼候由ニて、ほど無帰去○昼後八時過、おさち同道ニておすきや町江入湯ニ行、夕七時前帰宅ス(二ウ)。

一昼前伏見氏被参、暫して帰去○右同刻順庵殿被参、ほどなく被帰去○暮時三嶋氏・岩井氏被参、雑談中、加藤氏被参。五時過、深田氏被参。四時頃、三嶋氏ハ明日当番の由ニて帰去。右以前、中西氏来ル。ほど無帰去。加藤氏・岩井氏・深田氏ハ四半時頃被帰去。

一昼後、およし殿来ル。暮時被帰去。

○七日己亥　雨。昼時前地震

一今朝加藤氏ゟ僕才蔵ヲ以、いせの国産羊栖菜大袋入壱ッ、被贈之。右うつりとして、煉羊かん壱折遣之。

一昼前ゟ長次郎殿来ル。八時頃帰去。其後、およし来ル。暮時被帰去○夕七時過、岩井氏来ル。同人ニ頼、明八日油谷江遣べき納釆目録したゝめ貰ふ。

一暮時、おさだ来ル。同刻半右衛門殿も被参、六時頃帰去○暮六時過、和太殿・加藤氏被参。加藤氏所望ニ付、あさひな二編五冊貸遣ス。何れも四時過帰去。長次郎殿ハ止宿ス。

○八日庚子　晴。昼後曇

一昼前、おふさ殿来ル。先日貸進之美少年録三集五冊被返、尚又童(オ三)子訓初板五冊貸遣ス。おさち髪結貰、昼時帰去。

一四時前伏見氏被参、少々おくれて山本悌三郎被参。雑談数刻、昼時帰去○昼時過大内隣之助殿被参、八犬伝初集借覧致度由被申候ニ付、則五冊貸遣ス。右雑談中伏見氏被参、是亦美少年録初集所望被致候ニ付、貸遣ス。雑談後、両人八時頃帰去○八半時頃大久保矢野ゟ使ヲ以、侠客伝三部、其外二部返却せらる。右、請取置○昼前おさち入湯ニ行、八時過帰宅。右者、あや部おふさ殿方へ立より、遊居候故ニ遅刻したる也。

一今日吉祥日ニ付、順蔵仮親油谷五郎兵衛殿方へ、山本半右衛門殿ヲ以、社祚一具代金二百疋・鰹節料金百疋、目録ニ記、長麻(ママ)斗を添、為持遣ス。夕七半時過帰宅せらる。此方へ立より、酒飯を薦め、暮時退散せらる。

一夜ニ入五時前、順庵殿来診せらる。暫して帰去○暮時長次郎殿被参候間、酒少々斗余分有之候ニ付、同人ニ薦む。伝馬町江参り候由ニて被帰去。

○九日辛丑　曇。昼後ゟ晴、夕方アメ

一今朝伏見氏被参、暫して被帰去○昼後飯田町御姉様、おつぎ同道ニて御入来。手みやげ、かつをぶし五本入壱袋、おさち江手拭一筋(ウ三)・糖袋二ツ・緋しぼり小切二つ被贈。煎茶・餅ぐわしを出し、夕飯を薦め、夕七半時過被帰去○昼前、山本半右衛門殿内義被参。右者、白井氏ゟ先方世話人書付ヲ以謝礼金乞ニ来候由被申候ニ付、金三両半右衛門殿内義へ渡し、請取書ヲ納置く。

一昼後あや部娘おふさ、昨日貸進之玉石童子訓初板五冊被返、尚又二板五冊貸遣ス。はな紙二帖・緋紋小切一ツ、おさち江被贈、ほと無被返○暮時前、清助来ル。右者、越後十日町の十一面観世音勧化の由ニて、御影持参ス。此方へ参り候人々江、遣し、寄進被致候様頼、雑談後帰去○長次郎殿、今朝ゟ此方ニ裏そぶち被致、或者買物整被呉。昼飯・夕飯ふる舞、暮時被帰去。

一夜ニ入、伏見岩五郎殿来ル。六時過、加藤氏・兼次郎殿来ル。五時前岩井氏、おさだ同道ニて被参。五時頃、長次郎・清次郎来ル。何れも雑談、せん茶・煎餅を薦む。伏見氏ハ清

次郎ニ按摩を取らせ居候也。皆々四半時過被帰去。伏見・深
田之両人ハ九時被帰去（四オ）。
○十日壬寅　晴。昼後ゟ曇
一今朝、有住岩五郎殿来ル。右、今日養嗣并ニ番代願下書被
出候由ニて見せらる。ほど無帰去○昼後おさち入湯ニ行、八
時前帰宅○八時過、おさだ来ル。教を受て帰去。其後、およ
し来ル。おさちと雑談して帰去○八半時前半右衛門殿被参、
暫して帰去○夜ニ入、おさださらいニ来ル。四ッ五ッさらひ
候内、同人母義癪気の由、門番人嘉七迎ニ参り候ニ付、早々
帰去○長次郎殿今朝被参、昼時帰、昼後又来ル。夕方帰去、
今晩不来。五時、母女枕ニつく。
○十一日癸卯　雨終日。夜中同断、五時頃小地震
一今朝兼次郎殿、当番出がけの由ニて、窓ゟ被呼。右者、昨
日堀之内妙法寺江参詣みやげの由ニて、新品漬一曲、被贈之
○昼時過、半右衛門殿被参。右者、今朝順蔵、山本氏参り、
昨日油谷氏ゟ養子御届書被出候よしを申入候由。右ニ付、其
趣此方小屋頭江申達候様被申、半右衛門殿有住氏江直ニ被参
○昼後飯田町ゟ使札ヲ以、今日吉祥日ニ付、おつぎ元服の由
ニて、赤剛飯壱重被贈。右謝礼返書したゝめ、使を帰し遣ス。
一夕七時過、おさだ来ル。教を受、赤剛飯振舞、夕方帰去（四ウ）
○今朝長次郎殿被参、昼時帰去、夕七時過又来ル。赤剛飯を
薦む。
一日暮て、半右衛門殿来ル。先刻有住江右趣申入候由、被申
之。赤剛飯を賑ふ。五時頃被帰去、長次郎殿ハ止宿ス。
○十二日甲辰　雨。終日
一今朝、山本半右衛門殿来ル。沢庵漬大根持参被贈之、ほど
なく被帰去。
一昼後伏見氏、小児を携て来ル。暫して帰去○右同刻、高畑
来ル。雑談、暫く時をうつして帰去○おさち、昨十一日ゟ感
冒ニて打ふし、今日も熱気醒かね候ニ付、坂本順庵殿江長次
郎殿ヲ以来診頼入候処、艮（ママ）刻来診せらる。則、おさち診脉せ
らる。流行の風ニて、熱気醒候ハヾ子委（ママ）あるまじく被申、暫
して帰去。其後又、長次郎殿薬取ニ被参。則、薬五帖調進せ
らる。今晩二服を煎用ス○暮時前、林内義来ル。不沙汰の由
を詫らる。且、先日中より借用のさミせん取ニ参候由ニ付、
則渡、返之。三味線携、被帰去。
一夕七時過、岩井氏来ル。雑談後帰去○長次郎殿昼時被帰、
昼後又来ル。夕方坂本氏江薬取ニ被参、右薬持参、さし置、
伝馬町江被参候由ニて出去、五時又来ル。直ニ帰去○暮六時
過、山本悌三郎殿（五オ）、順庵殿此方ニ被居候やと被問。此方ニ

ハ不被居候由申聞候へバ、ほど無帰去。
○十三日乙巳　曇。昼後ゟ晴、九時過小地震
一今朝、荷持久太郎来ル。右者、西丸下あつミ江使申付故也。則、笋三本、手紙差添、為持遣ス○今朝あや部娘おふさ殿、去九日貸進の童子訓二板被返。右請受、三板五冊貸遣ス。暫く雑談数刻、昼時帰去○およし殿、四時頃来ル。是亦昼時帰去○伏見氏も四時頃被参、雑談数刻。先日ゟ所望被致候蓑笠様御自筆たんざく壱枚進ズ。雑談数刻、昼時過帰去○昼後山本半右衛門殿内義、小児を携て被参、雑談して夕七時前被帰去○夕七時頃順庵殿被参、少々おくれて悌三郎・およし殿来ル。およし殿、おさち江柏餅壱包被贈。右之人々江(カ)煎茶・せんべいを出ス。雑談時をうつして、暮時皆帰去。頓服順庵持参被致、何れ明日此方ゟ人上候由、申示置く○日暮て、およし殿来ル。今晩此方へ止宿ス。

一暮六時頃順庵殿薬調合被致、自持参被致○五時前中西うぢ(濁マヽ)(五ウ)、おさだ同道ニて来ル。五時過加藤氏・木村氏被参、先月十三日貸進致候八犬伝結局編五冊・去七日貸進之嶋巡記二編五冊持参、被返之。右請取、嶋廻記三編五冊貸遣ス。四時前、岩井氏来ル。何れも夜話、四時過被帰去○おさち今日も不起出、終日平臥。三度之食、少々づヽ食之。順快也。
○十四日丙午　雨。折々止、昼後半晴
一昨日申付候あつミ江届物、今朝返書、久太郎持参ス。右請取、代三十二文遣ス。

一四時頃、長次郎殿来ル。昨日頼候飯田町江肴代金五十疋、手紙差添、今朝届被呉候由ニて返書持参被参。且、飯田町ゟおさち江紅六尺余汗衫半襟一掛、長次郎殿幸便ニ被差越之○朝飯後、およしどの被帰去。昼時過、伏見氏被参。右者、美少年録第二集借覧致度由ニ付、則貸遣ス。ほど無帰去○八半時頃深田長次郎殿養母被参、雑談暫して被帰去○夕七時頃、大内隣之助殿来ル。先日貸進之八犬伝第壱輯五冊被返、右請取、尚又二輯五冊貸遣ス。ほどなく帰去(六オ)。

一夕七半時過、おさだ来ル。暮時帰去、日暮て又来ル。五時、迎え人参り候て帰去。

一暮六時過岩井氏被参、先日貸進之島廻記初編五冊・三勝半七六冊被返、所望ニ付、月氷奇縁五冊貸遣ス○五時過、長次郎来ル。両人とも夜話四時過ニ及、四時過帰去。
○十五日丁未　雨。昼後ゟ雨止、半晴
一今朝、長次郎殿被参。其後四時過、山本半右衛門殿来ル。白井勝次郎殿養母死去被致候由ニて被申入。右ニ付、長次郎殿帰去、白井江行。

一昼前、伏見氏被参。右以前、順庵殿来ル。両人雑談、昼時被帰去。伏見氏ゟほそね大根づけ一器持参、被贈之〇昼後八時頃、山田宗之介来ル。雑談。煎茶・かのこもちを振ふ。夕膳をすゝめ、夕七時頃帰去。此方縁辺、弥廿日迎入候由、申示置之〇夕七時過、おふさ来ル。一昨日貸進之童子訓三板被返、尚又所望ニ付、童子訓四板五冊貸遣ス〇右同刻、宗村お国来ル。此方婚姻いつ頃ニ候や、其節参り可申由被申之。此方ニては廿日祝儀ニ候間、十九日ゟ被参呉候由申示、雑談して帰去〇夜ニ入、おさだ・加藤氏来ル。五時頃中西・順庵殿被参、何れも雑談、四時帰去〇おさち、今日者順快、起出候間、髪かけす。

〇十六日戊申　雨終日。夜中同断（ウ六）

一今朝、長次郎殿来ル。昨夜不睡の由、此方土蔵ニ入、仮寐被致、入相頃起出、今晩止宿ス〇四時頃加藤氏ゟ使札ヲ以、小菊紙十帖・短冊掛壱ツ、被贈之。請取、返書謝礼申遣ス〇昼後、およし来ル。雑談数刻、先日約束致候ニ付、紫檀鍼箱一ツ・銀鍼壱本遣ス。暮時帰去。夕七時半時頃、岩井氏来ル。

一昨日貸進之月氷奇縁五冊被返、尚又所望ニ付、新累五冊貸遣ス。暮時帰去〇日暮時、おさだ来ル。稽古致居候内、順庵殿被参。其後加藤氏・木村氏被参、昨日貸遣候島廻記三編四冊、被返之。右請取、四編四冊貸遣ス。雑談数刻、四時帰去。

〇十七日己酉　晴。昼時過又曇

一四時前半右衛門殿被参、来ル廿日料理献立被致、右を伏見氏ニ見せ候上、よろしく相談致候由被申、被帰去〇四時前、矢野氏ゟ美少年録二輯五冊被返。右請取、三集五冊使江渡し、貸遣ス〇右同刻、おふさ来ル。先日貸進之童子訓十六ゟ廿迄被返、尚亦所望ニ付、廿一ゟ三十迄二部十冊貸遣ス。おさちと遊、昼時過帰去〇昼後半右衛門殿内義、小児を携て被参。せん茶・かき餅を薦め、夕七時頃帰去（七オ）。

一昼前政之助殿被参、昨日貸進之解脱物語五冊被返。右請取、納おく。尚又所望ニ付、四天王前後十冊貸遣ス〇およし殿被参、暫して帰去。

一暮時頃加藤氏被参、夜ニ入三嶋氏・中西氏被参、ほど無長次郎殿被参。雑談数刻、四半時頃皆退散。長次郎殿ハ止宿被致。

〇十八日庚戌　五時過ゟ雨。終日終夜

一昼前伏見氏被参、明日の献立種々商量致。煎茶・餅ぐわしを出し、八半時被帰去〇長次郎殿昼前帰去、昼後又来ル。おさち頼候由ニて、台所江小棚をつり、終日此方ニ在り、夜ニ入四時過帰去〇八時頃おさち同道ニて入湯ニ行、八半時前帰宅○夜ニ入、兼次郎殿来ル。其後、おさだ・同人父直記・順庵殿被参。暫して木村氏・加藤氏被参、ほど無中西氏被参。如例夜話、時をうつして四時過帰去○兼次郎殿ハ止宿被致。

○十九日辛亥　風雨

一今朝五時、半右衛門殿来ル。昨日願下書下り、来ル廿一日本書差出し候由被申。夫ゟ伏見氏と商量致、明廿日料理品々買取ニ行。金壱分二朱、渡之(七ウ)。長次郎殿同道被致、四時過買物被致来ル。岩五郎殿・半右衛門殿両人にて丁理被致、夕七時頃下拵出来。長次郎殿手伝被致。

一夕七時前日本橋ゟ順蔵、荷持人足四人ヲ以被贈越。右請取、人足四人江酒代天保一枚ヅ、遣之、直ニ人足退散。今日、半右衛門殿宅まで順蔵被参、半右衛門殿同道ニて有住氏江参り、暮時前帰候由也。半右衛門殿夕膳振舞、日暮て帰去○暮時、政之助殿来ル。雑談後、五時過帰去。長次郎殿、五時過帰去。其後、母女枕ニ就く。

○廿日壬子　曇。昼後ゟ半晴

一今朝、山本氏・伏見氏・長次郎殿来ル○五時過悌三郎殿、当番出がけの由ニて被参、ほど無帰去○今朝、林猪之助殿内義被参。其後深田長次郎殿養母被参、今日順蔵迎取候祝儀として、酒壱升切手被贈之。謝礼申延、ほど無帰去○昼前、生形綾太郎殿ゟ右同様祝儀の由ニて滝水酒壱升被贈之、謝礼申遣ス○今日順蔵迎取候祝、祝饗応の酒食之料理、伏見氏・山本氏、其外手伝長次郎殿・とうふ屋松五郎妻・宗村お国殿也○昼後飯田町御姉様、お次同道ニて被参。暫して渥美祖太郎殿被参、鰹節袋入五本(八オ)祝義として被贈之○夕七時過油谷五郎兵衛殿并ニ殿木竜仲殿・当人順蔵、媒人山本氏江被参候由、山本氏内義被告候ニ付、半右衛門殿直に帰宅被致、土産金取引畢。暮時、右三人、半右衛門殿同道被致。此方ニてハおさち初一同礼服。先方・媒人、尤礼服也。半右衛門殿夫婦被取持レ、礼酒・取肴・のしこんぶ・鯣・蛤吸物・歯がため・芹菜。右婚姻祝儀畢、一同一座敷ニて親類盃、初対面ロ誼目出度相整、かん酒・吸物・取肴・焼肴・酢物五種各江薦め、其後、本膳。夫婦ハ高もり。焼物、鰡篭入、各江牽。一同、四半時頃開ニ成。酌者豆腐屋松五郎悴・娘両人江申付る。殿木氏供人・飯田町供人・あつミ供、右三僕江夕飯を薦、酒代百文ヅ、遣之。留・まき江も同断。松五郎妻も手伝之為、昼後ゟ来ル。九時頃祝儀畢、新婦・新郎臥房ニ入。其後又勝手ニて半右衛門殿夫婦・伏見氏・深田氏一同酒食を致。半右衛門殿内義先江被帰去、半右衛門殿ハ八時頃退散、伏見氏も同断。松五郎妻・娘帰り候ニ付、深夜ニ及候間、長次郎殿送り行。長次郎殿ハ止宿ス。其後、枕ニ就。
○廿一日癸丑　晴。今日八十八や也（ウ八）
一今朝、山本半右衛門殿来ル。長次郎殿初皆々手伝、昨日仕候器物片付、所々ニて借用の品々、夫々江返ス。長次郎殿持運せらる。昼時過、有まし片付る。伏見氏を招、昨日之残物ニて酒飯を薦む○今日順蔵、番代願書取次之小屋頭山本半右衛門殿・岡左十郎殿を待受罷在し所、昼後組合小屋頭有住岩五郎被参、引つゞき組合長友代太郎殿・松尾瓠一殿、少々後レて取次小屋頭岡左十郎・月番小屋頭半右衛門殿、其後松宮兼太郎殿被参、八畳座敷ニおゐて会合、順蔵罷出、挨拶ニ及。口取、餅菓子を出之。太郎願書并ニ組合小屋頭願書、右二通屢読返し、取次小屋頭・月番小屋頭両組頭鈴木橘平殿・成田一太夫殿方へ持参。夕七時頃右両人此方へ立帰り、滞無之由被申入。煎茶・餅菓子一包ヅヽ、率之。組合小屋頭取次小屋頭左十郎・月番小屋頭山本半右衛門殿両組頭、鈴木・成田組合小屋頭江ハ七つ入、外ニ膳代として三百文ヅヽ、遣之。組合長友代太郎・松尾瓠一・松宮兼太郎、両隣家林氏・深田氏・伏見氏江ハ五つ入、膳代二百銅也。昼後飯田町清右衛門様、歓《（ママ）》として御入来。右ニ付、人々江対面、伏見氏を被参。皆々退散後、有住氏壱人残り、順蔵同道被致、両組頭江謝礼として罷越、ほど無帰去ス（九オ）。

一其後清右衛門様江酒飯をすゝめ、吸物・取肴。伏見氏・深田氏も同断。暮時頃帰去。餅菓子一包、進上之。暮時、山本氏・深田氏被帰去○日暮て、林猪之助来ル。祝儀被申入、暫して帰去。順蔵、初対面之ロ誼を演、今晩ハ四時頃一同枕ニ就く○高畑武左衛門、順蔵参り候挨拶として来ル。早々帰去。

一夕方、米つき政吉、昨日申付候端米壱斗六升つきて持参ス。つきちん七十二文遣ス。つきべり二升也○来ル廿三日快晴ニ候ハヾ、本郷ゟ日本橋江帰寧の飯田町江咄《（ママ）》置。
○廿二日甲寅　晴
一今朝順蔵起出、髪月代・入湯をして帰宅ス。朝飯後、名簿書之。今日四時月番与力安田半平対面被致候由ニ付、四時頃礼服ニて罷出ル。与力安田江対面致、昼時頃帰宅。昼後、本郷油谷氏江右同人印形持参、返之。去廿日貸進之ちようちん・ふろしきを被返、夕七時前帰宅○昼後長次郎殿同道して、見附前江明廿三日帰寧みやげ物品々買取ニ行、扇子・しら賀、其外色々買取、夕七時前帰家。右留主中、熊胆屋金右衛門来ル。久敷待居候由也。則、熊胆半分掛目四匁五双之ロ・掛目壱匁九分八双之ロ買取、ほど無帰去○右以前、坂町菊屋ゟ壱分餅買入候払取ニ来ル。書付持参、代金二朱ト二百六十四文の由。則、払遣ス○昼後山本氏被参、暫して帰去(九ウ)。長次郎殿来ル。終日此方ニ在、夜ニ入五時頃帰去。

○廿三日乙卯　晴

一今朝、勘助方ゟ昨日申付置候供人足来ル。右人足ニ土産物并ニ着替の衣類背おハせ、豆腐屋松五郎妻すミ召連、半右衛門殿・此方順蔵初、五時過一同出宅。先本郷二丁目組屋敷油谷氏江罷越、各江土産を進ズ。同所ニて煎茶・くわしを被出、家内江初対面致。夫ゟ日本橋殿木氏江罷越、竜谿様初其外御親類御一同江初対面相済、祝儀盃整、各江手みやげしら賀・末広しん上。色々御饗応、酒食もてなし相済、暮六時頃帰宅ス。右留主中、高野山宝積院ゟ使僧ヲ以、守護札・小ふろ敷持参。右、請取置。今日留主居、長次郎殿・お国殿也。

○廿四日丙辰　晴

一今朝山本半右衛門殿・伏見氏被参、ほど無帰去○四時頃、中西清次郎殿祝儀歓として来ル。ほど無帰去○朝飯後順蔵髪月代致、入湯致、帰宅。帰宅後早昼飯ニて、伊皿子広岳院・木(カ)安寺・泉岳寺江順蔵同道ニて参詣致、諸墓水花を供し、広岳院江香奠しん上。右畢、芝田町五丁目山田宗之介方へ罷越、順蔵土産としてしら賀一包・扇子一対・かつをぶし三本入壱包、外ニ笋二本贈之。宗之介他行の由ニて、おなか殿・おまち殿・おふミ殿初たいめん致。田町ニて(一〇オ)酒・吸物・取肴二種、夕飯を振舞レ、夕七半時過帰宅。帰路丸屋藤兵衛江立より、かつをぶし三本・くわし一折を遣ス。田町ニて供待候内、佐藤春畊方へ文ヲ以、笋二本・羊栖菜壱貸遣ス○右留主中、梅村直記殿・加藤新五右衛門殿、祝儀として来り候由也

○夕方、四月分御扶持渡ル。取番武左衛門差添、車力一俵持込候を請取置と云。福嶋米也○下掃除忠七来ル。両厠掃除致、帰去。今朝出がけ、坂本順庵殿方へ立より、順蔵相識ニ相成、且先日中煎薬貰候薬礼として、金五拾疋持参、遣之。初の方へ記べきを、漏たれバ是ニ記ス。

○廿五日丁巳　晴。今暁六時九分立夏之節ニ成

一今朝お国殿、久保田氏江行。右者、今日久保田氏ニて客来有之候手伝の為也。

一四時頃坂本順庵殿被参、鶏卵三十五・女扇子壱対、被贈之。暫雑談、昼時帰去。

一其後伏見氏被参、暫物語被致、帰去○今朝、半右衛門殿来ル。早々帰去○今朝小林佐七殿、歓として来ル。早々帰去○昼前、米つき政吉来ル。則、玄米三斗舂シム。八時前舂畢。つきべり二升二合。糖(ママ)四升五合也。代銭百四十八文、外ニ飯米之代白米五合遣ス。

一八時頃、無礼村定吉来ル。両三日中六道辺江住居致候由申之、ほど無帰去。

一夜ニ入加藤氏被参、先日貸進之嶋巡記五編四冊被返。其後、中西氏被参。長次郎殿同断。煎茶を薦め雑談、四時前皆被帰去。其後、枕ニ就く。

一今日成正様御祥月忌逮夜ニ付、御画像床間ニ奉掛り、神酒・備餅・七色ぐわし(ウ一〇)供。夜ニ入神燈、如例之。
○廿六日戊午　晴
一今朝、五半時過ゟ順蔵同道ニて深光寺へ墓参。お国殿大塚兄藤蔵方へ罷越由ニ付、深光寺江参詣被致。出がけ石屋勘介方へ立より、石牌立候やと尋候所、未出来候得ども、既ニ彫候斗ニ候間、当月中ニ出来致候由申ニ付、代金弐分二朱ト二百五十六文渡置。夫ゟ深光寺へ参り、諸墓掃除致、水花を手向、拝し畢。深光寺和尚へたいせん(マヽ)、香でん天保二枚をしんず。今日丸屋法事有之、昆雑致候ニ付、焼香ニ不及、直ニお国殿ニ別、八時頃帰宅。右留主中半右衛門殿、小児両人を携て被参居。おふさ殿同様、先日貸しんの童子訓末十冊被返。右請取、侠客伝初集五冊貸遣ス。ほど無帰去。

一八半時頃ゟ山本半右衛門殿同道ニて、順蔵赤坂鈴降稲荷江参詣、別当願性院ニ対面致、帰路丹後坂武士受江坂卜庵殿方へ罷越、手みやげ小菊紙三貼贈之。江坂氏他行之由ニて、内義ニのミたいめん、夫ゟ処々、善光寺へ参詣、夕七半時過帰宅。半右衛門殿ニ夕飯を振舞、暮時山本氏被帰去○今朝、およし殿来ル。終日此方ニ遊暮し、昼飯を薦め、夕七半時頃帰去。長次郎殿、昼前来ル。昼後帰去。暮時又(オ一一)来ル。五時被帰去○暮時頃久保田氏ゟ奴僕ヲ以、お国殿此方ニ被居候ハヾ、久保田氏江被参呉候様申来ル。然る処、お国殿今日者兄藤蔵方へ被参、今晩先方江止宿被致、明廿七日深川菩提処へ墓参致、当晩此方へ被参候義難斗。若被参候ハヾ、早々久保田氏江被参候様可致由、申示遣ス。
○廿七日己未　晴
一今朝順蔵、髪月代・入湯ニ行。右序ニ、勘助方へ供人足申付ニ遣ス。四時頃帰宅。其後、勘助方ゟ申付候供人来ル。右ニ付、昼飯給、供人ニも給させ、四時過ゟ順蔵同道ニて飯田町江行。礼服也。順蔵手みやげとして、真綿壱包・鶏卵壱重進之。飯田町ニて酒食の地走をうけ、清右衛門様御同道ニて渥見氏江行。自ハひとり跡ゟ夕七時頃帰宅。順蔵、渥見氏ニて酒を被出候由、帰宅後告之。供人ハ飯田町ニて昼飯を薦めらる。渥見氏ニて清右衛門様ニ別れ、夕七半時頃帰宅、直ニ供人ハ帰し遣ス。去廿日貸進之ちようちん・重箱を被返○右留主中順庵殿被参候由、おさち告之。

一今朝長次郎殿被参、ほど無帰去、又七半時頃来ル。暫して帰去。
○廿八日庚申　曇。四時頃ゟ風雨、折々止、夜ニ入雨(一二ウ)
一昼前伏見氏被参、其後順庵殿被参、雑談後、昼時被帰去○昼後おさち入湯ニ行、八時帰宅○四時頃、熊胆屋金右衛門来ル。右者、加藤氏熊胆買入度由被申候ニ付参り候ニ付、加藤氏江沙汰致候所他行の由申ニ付、金右衛門徒ニ帰去。又当冬出府之せつ、罷可出由申之○八時頃、深田およし来ル。ほど無加藤氏、山本半右衛門殿内義小児を携来ル。煎茶・かき餅を薦め、山本氏内義沢庵漬大根持参、被贈之、暫して帰去○夕七時頃坂本順庵殿被参、座敷ニて種々巻物取出し、加藤氏・坂本氏・順蔵共侶一覧致、其後右三人ニて四谷天王江参詣。順蔵初参ニて不案内ニ付、案内之為也。ほど無帰宅。其後鹿飯を右両人并ニおよしへも振舞。雑談中、暮時前大内隣之助殿被参、先貸進之八犬伝二輯五冊被返。尚又所望ニ付、同書三輯五冊貸進ス○日暮て五時前岩井氏被参、其後中西和太・おさだ来ル。何れも雑談。和太殿、嶋巡記六編五冊被返之。岩井氏所望ニ付、秋の七草六冊貸進ス。隣之助殿ハ先江被帰去、四時前皆退散ス。およし殿ハ止宿。

一今日、庚申尊像床之間ニ掛たてまつり、神酒・備餅・七色ぐわしを供ス。夜ニ入、神燈如例之(一二オ)。
○廿九日辛酉　雨終日。四時頃ゟ晴
一昼前半右衛門被参、暫して帰去。其後、同人内義ゟ白木綿糸一紈を被贈。小児者此方ニ而遊、昼飯給させ、帰去○昼前、長次郎殿来ル。昼後帰去て又来ル。昼後八時頃ゟ順蔵、長次郎殿同道ニて四谷伝馬町ゟ近辺漫歩して、帰路入湯致、夕七時過帰宅ス○右留主中長次郎殿養母、山本小児を携て来ル。雑談数刻、煎茶をすゝめ、順蔵帰宅後帰去。およし殿昨夜ゟ止宿して、今夕帰去○日暮て順庵殿被参、五時前長次郎殿同断。雑談夜話、両人四時帰去。
○卅日壬戌　晴
一四時過長次郎殿、およし殿昼時帰去○昼時前おすきや町江入湯ニ行、昼時帰宅○昼後伏見氏被参、先日貸進之美少年録三輯五冊被返。右請取、童子訓初集五冊貸進ス。雑談後、時をうつして帰去。

一八半時過ゟおさち同道、番所町媼神江参詣、両人ニて百度を上、夕七半時過帰宅。右留主中、長次郎殿手伝、鉄炮玉を鑄、数七十四出来たりと云。長次郎殿江夕飯振舞、其後被帰去○宗村おくに殿、去ル廿七日ゟ今日迄藤蔵方へ止宿被致、今日深川江参り、所々懇意の(一二《ウ》)方へ立より、暮六時過此方へ被参。おさちへ皮色《(ママ)》花ゑり一掛・紫絞ちりめん小切被贈、此方へ止宿○暮時順蔵、山本氏江用事有之由ニて罷越候所、今朝の儘未ダ帰宅無之由ニて徒ニ帰宅ス。右序ニ深田氏江立より、およし殿を招。お国殿遠方歩行致、疲労候ニ付、療治を頼ん為也。ほどなくおよし殿来ル。則、土蔵ニて療治をうけ、およし殿今晩止宿ス○伏見氏先刻被参候せつ、此方藪中ニ樫・ケヤキ枝をおろし候ハヾ樹も宜敷相成、且は薪も出来致候半。おろし候ハヾ、伏見ニ罷在候樵匠ニ申付候半と被申候。其意ニ任、然者何れとも宜敷様と申、頼置○五時前長次郎被参、四時帰去。

○四月朔日癸亥　晴

一今朝およし殿起出、被帰去。其後長次郎殿被参、暫して帰去。

一五半時頃順蔵髪月代ニ行、四半時帰宅。昼後日本橋榑正町江行、榑正町ニて暫物語致、夫ゟ処々江立より、夕七半時過帰宅。おみやげ、切鮓一包壱匣、右被贈之。帰宅後夕飯を果し、日暮て山本半右衛門殿方へ行、無程帰宅○お国殿、今朝入湯致、久保田江鳥渡立より、昼時此方へ来り、昼飯後念仏坂岡田氏江被参、暮時前又此方へ参り、暮時頃ゟ(一三《オ》)久保田江被参。久保田ニて下女無之故、当分手伝之為也○昼八時頃、山本半右衛門殿内義、小児を携て被参。煎茶を薦め、雑談数刻、夕七時過被帰去。

一夕七半時頃、およし殿来ル。如例教を受たき由ニ付、則教遣ス。暮時帰去。

一夜ニ入、深田氏被参。切鮓を薦め夜話、四時帰去○昨卅日荷持久太郎、給米取ニ来ル。媼神江参り候留《(ママ)》中故、玄米二升、順蔵渡遣スと云。帰宅後、告之。

二日甲子　晴

一昨朔日長州藤浦殿ゟ年始文到来、飯田町清右衛門様御持参被成。早束《(ママ)》披見致候所、年始状壱通、年玉串鼡・中形紫ちりめん服紗切細工物等也。二月五日認之状、同十九日出の文也

○今朝、伏見氏来ル。雑談して帰去。

一夕七時過熊蔵、日雇ちん乞ニ来ル。則、五百七十二文払遣し、請取書を取○昼後おさち入湯行、八時前帰宅○八時過、およし遊ニ来ル。夕飯給させ、帰去○暮時前順蔵、伝馬町江半紙半切等買ニ行、六時頃帰宅ス○右以前三嶋兼次郎殿被参、其後およし殿来ル。雑談中加藤氏被参、是亦雑談夜話。五時頃深田氏被参、明三日当番の由ニ付、としまや注文書頼遣ス。

何れも四時過帰さる。兼次郎殿ハ長次郎殿不来前帰去〇今日甲子大黒祭、神酒・七色ぐわし・備餅、夜ニ入神燈を供〇暮時頃半右衛門殿被参、早々帰去(一三ウ)。

〇三日乙丑　晴。薄暑

一一昨日談事参之樵夫竹蔵外壱人来ル。則、藪中之ケヤキ二本・樫壱本、枝を下させ、右伐取候枝を挽わらせ、夕七時過両人帰去。尚又明日一日参り、あらこなし致様申付置〇順蔵、今日終日竹蔵揮《(マヽ)》指致、夕飯後暮時過入湯ニ行、五時前帰宅。右留主中、順庵殿来ル。其後、梅村直記来ル。先日貸進之夢惣兵衛前後十冊・岩井氏江貸進之秋の七草六冊持参、被返之。右請取、青砥前編五冊貸遣ス。順庵殿ハ先江被帰去、直記殿四時帰去。其後、一同枕ニ就く〇およし殿、昨日止宿致、今朝昼時前被帰去。

〇四日丙寅　晴。昨日の如し

一今朝、山本半右衛門殿内義被参。右者、有住氏ゟ山本氏江手紙ヲ以、順蔵御番代願本書、明後六日被仰付候内意申来候由ニ付、右書面此方へ見せらる。右、順蔵ニ一覧為致、謝礼申述、手紙者直ニ山本氏江返ス。山本内義者雑談時をうつして帰去〇長次郎殿、四時頃来ル。昼時被帰、又昼後夜分迄出入、如例〇昼後樵夫竹蔵来、此方伐取候樹、今日ハ仕事不掛、明日挽わり可申。且、職料少々増呉候様申ニ付、委細ふし見氏江頼置候間、伏見江(一四オ)参り、承り候様申聞、其後順蔵ヲ以、右ニ申候越申告ゲ候所、承知被致、其趣ヲ以竹蔵江被申候由、昼後伏見氏被参、被申之。煎茶を薦め、其後帰去。

一夕七半時頃順庵殿被参、暫物語して、入相頃被帰去〇昼後、下掃除忠七来ル。両厠掃除致、帰去〇昼時過荒井幸三郎殿歓として被参、口誼を述、帰去。

〇五日丁卯　晴。薄暑

一今朝、樵夫竹蔵、外ニ手伝壱人来ル。則、一昨日致かけ置候薪、鋸ニて挽、大わりを致、夕七半時頃致畢。賃銭金二朱ト四百文遣ス〇今朝四時前有住岩五郎殿被参、明日御番代被仰付候ニ付、今日組頭并ニ師匠番谷五郎方へ同道可致旨被申候ニ付、則支度為致、岩五郎同道ニて彼方へ罷越、師匠番谷五郎方へハ肴代金五拾疋為持遣ス。四時過帰宅〇昼時前、高野山宝積院使僧来ル。対面致、去三月中旬被参候処、他行致候ニ付、布施寄進不致候ニ付、今日当百二枚布施ス。今日養笠様御忌日逮夜ニ付、仏前ニ回向被致、且高野山絵図面二通り持参被致、被見之。順蔵共侶一覧致畢候折から、伏見氏被参、右之図一覧致度由被申候ニ付、則使僧ニ乞ふて一覧被致。伏見氏ハ一覧後、被帰去。使僧如意珠主僕ニ昼飯を振舞、九時過帰去。

一八時前半右衛門殿被参、雑談数刻、煎茶・揚餅を薦め、夕七時頃被帰去。

一右同刻、およし殿被参。長次郎殿同断。何れもせん茶・揚餅を給させ、およし殿者(一四ウ)とき物を被致、暮時被帰去○日暮て順蔵、長次郎殿同道ニて伝馬町江買物ニ行、六半時頃順蔵帰宅、長次郎殿ハ外ニ被参、五時前此方へ来ル。ほど無帰去。右留主中和太殿・中西氏被参、早々被帰去。
○六日戊辰　晴。今朝初杜鵑を聲(ママ)く、立夏後十二日目也
一今朝六半時過順蔵起出、直ニ髪月代ニ行、帰路入湯致、五時前帰宅。其後食事致、礼服ニて組成(ママ)田一太夫殿方へ行。昨日有住氏被申示候組頭初定式謝礼金包、今朝順蔵持参、有住氏江渡之。今日、番代被　仰付候故也。則、四時頃ゟ組頭成田一太夫殿・与力安田半平殿・太郎名代長友代太郎殿、重次郎同道ニて御頭佐々木近江守殿御宅江罷出、御番代被　仰付、ほど無相済、次之間江退き、別間ニ於、用人ヲ以改名、重次(ママ)郎事小太郎と願之通り被申渡。右無滞相済、退散して、松宮兼太郎案内として当組与力中・組中江廻勤致、昼時、小太郎壱人・供人忠七帰宅ス○昼後ゟ大内隣之助殿紹介として、当組与力斎藤雲八郎殿方へ入門致、松魚節三本進之、八半時頃帰宅。今日供人矢場荷持忠七江人足ちん并ニ祝儀とも三百文遣之、昼飯後帰去○昼前ゟ山本半右衛門殿・長次郎殿被参、今日廻勤案内松宮兼太郎殿・長友代太郎殿両人江酒食之儲被致候所、両人とも不被参(一五オ)。

一右両人江振ふ為、酒肴整ニ長次郎殿被参、昼時帰宅。長次郎殿・半右衛門殿ニ昼飯を振ふ○八時頃岩井政之助殿被参、雑談後、所望ニ付、三国一夜物語五冊・八丈奇談五冊貸遣ス
○八半時頃おさち同道、おすきや町江入湯ニ行、夕七時前帰宅。右留主中、政之助殿被帰去。昼後山本氏、隣家林氏江被参、夕七時過又此方へ被参。折から伏見氏被参候ニ付、整置候酒肴を開。長次郎殿同断○暮時頃ゟ林内義来ル。則、酒食もてなし、三絃取出し玩候内、およしも来ル。林子(ママ)共両人、太田の子供同断。何れも四時被帰去。
○七日己巳　曇。夕七半時頃ゟ雨、終夜
一天明頃起出、小太郎ニ支度為致、湯づけ飯ニて、山本氏・深田氏を誘行、矢場行。鉄炮稽古見習の為也。四時前帰宅。其後谷五郎殿同道被致、与力中・組中廻勤。谷五郎殿、帰路此方へ被立寄、ほど無帰去。小太郎、矢場ニて鉄炮稽古致。玉井氏の薬玉等借用致候由也○昼前長次郎殿・およし殿被参、昼時およし殿帰去、長次郎殿ハ終日此方ニ在、昼後仮寐被致、

夕七時被帰去○四時過半右衛門殿、鉄炮鑄形借ニ被参。則、貸遣ス。八時過右鑄形持参被致、被返之。右請取、納置く○小太郎、明八日見習御番被 仰付。右ニ付、組中廻勤、且一昨夕誘引深田・山本・高畑江行○暮時頃小太郎(一五ウ)入湯ニ行、帰路草鞋二双買取、六時過帰宅。右留主中、お国来ル。右者、同人縁辺之義也。当人も迎度様子ニて、相談致度由被申。右畢、五時過帰去。其後、一同枕ニ就く。

一夕七時過山本悌三郎殿被参、暫して松岡織衛殿被参。煎茶を薦め、雑談数刻、暮時前被帰去。

○八日庚午　雨

一小太郎見習番ニ付、正六時前ゟ起出、支度致、天明前、小太郎并ニおさちを呼起し、支度為致、朝誘引高畑江参候所、未門不開ニ付、敲といへども答無之故ニ徒ニ帰去。其後又参り候所、先江被参候由被申候ニ付、直ニ山本氏江参りて、山本氏と御番所江罷出ル。夕七時頃帰宅、夫ゟ組中廻勤ス。長次郎殿、案内之為、同道ス。夕七半時過、長次郎共侶帰宅、長次郎殿ニも夕膳を振ふ。

一昼前山本内義被参、雑談して帰去○右同刻およし殿被参、とき物を被致。昼飯を薦め、昼後花房様御家中ゟ呼れ候て帰去○八時過、おふさ殿来ル。去ル八日貸進之俠客伝二集五冊被返。右請取、同書三集五冊貸遣ス。おさちと遊、時をうつして帰去○豆腐屋妻おすみ来ル。右者、お国どの縁辺、明九日、新川久右衛門殿此方へ被参候ニ付、お国殿をも招置候様致(一六オ)、両人対面致候約束ニ申示置。

○九日辛未　晴

一小太郎、五半時前ゟ矢場江行、昼時帰宅。昼飯を果して又矢場ニ行、夕七半時前帰宅○山本氏、四時前来ル。雑談後帰去○四時頃自深光寺江参詣、琴靏石碑建候やと存候所、未不建候間、帰路石工勘助方へ立より、右申付ル。深光寺ニて諸墓掃除致、水花を供し、拝畢、八時頃帰宅ス○留主中、山本氏内義来ル。おさちと雑談数刻、昼時帰去と云○四時前、長次郎殿来ル。長座昼時ニ及候ニ付、小太郎と一緒ニ昼飯給させ、同道ニて矢場江参候由也。

一昼後伏見氏内義被参、鰹節一袋持参、被贈之候由、帰宅後告之。

一右同刻三嶋兼次郎殿被参、雑談稍久しくして、夕七時前被帰。所望ニ付、夢惣兵衛後編四冊貸遣ス○八半時頃伏見岩五郎殿被参、先刻贈物の謝礼を述、此方内祝客来献立并ニ丁理頼候ニ付、献立被致、夕方帰去。

一昼時過、お国来ル。右者、明日此方ニて客来致候手伝之為也。然ども此方ニて客来延引ニ付、不用ニ成候ども、今夕お国縁辺鮫ヶ橋住居一橋（アキマヽ）新川久右衛門殿と申仁被参候ニ付、右を待合。夕七半時頃右久右衛門殿、おすミ案内為致、来ル。則(一六ウ)、座敷ニてお国殿対面致、先方ニても相談致度由ニて、お国殿ニも相談可致被申候ニ付、先熟談候つもり○夕方伏見氏被参、暫（ママ）被帰去○夕七半時過小太郎髪月代ニ行、帰路入湯致、暮時帰宅。食後伝馬町江火縄買ニ行、右買取、五時前帰宅○お国殿、暮時ゟ荘蔵殿方へ行、五時過此方へ被参、ほど無久保田氏江被帰去。其後、枕ニ就く。

○十日壬申　曇。昼時後雨、ほど無止

一天明後小太郎、弁当持参、矢場江行、四時過帰宅。昼飯後、又矢場江稽古ニ行。

一今朝、おもん来ル。雑談数刻、菜園三葉・芹、其外蕗等摘取、昼飯給させ、帰し遣ス。かつをぶし一本遣之○四半時頃、長次郎来ル。如例遊居○昼前半右衛門殿被参、ヒル飯振舞。明十一日客来致候支度、買物被致候ニ付、代金二分渡。直ニ出去、昼時買物整被参、終日明日の下拵被致、昼夕とも此方ニて給らる。長次郎殿同断○昼後勘助方へ人足申付、ほど無来ル。則、芝田町山田宗之介江明十一日昼後ゟ招き候案内、且去廿四日馳走ニ相成候謝礼、おふミ・おまち江申遣ス。右使、八半時頃帰来ル。おまちゟ返書到来。宗之介、明日者幸手透ニ候間、参り候由、おまち返書ニ申来ル。おふミゟ返書(一七オ)不来○小太郎夕七時過帰宅、其後鉄炮を洗拵ス○夕七時頃、長次郎殿ヲ頼、近辺の人々江明十一日昼後ゟ被参呉候様申遣ス。何れも承知の由申来ル○夕方順庵殿被参、雑談後被帰去○暮六時過、豆腐や松五郎妻来ル。右者、お国縁辺之一義也。ほど無帰去。半右衛門殿・長次郎殿、日暮て帰去。

○十一日癸酉　雨。折々止、夜ニ入晴

一今朝小太郎、有住・石井江行。右者、先日中ゟ世話被致候謝礼として、有住江肴代金百疋、石井江鰹節三本為持遣ス。且、今昼麁飯薦度由申入、帰路渡辺平五郎殿方へ立より、同人所望被致候由ニて、琴靏所持之拾玉早籠持参、贈之。尚又、伝馬町ニて買物種々致、四時過帰宅。昼後斎藤江鉄炮稽古ニ行、八時頃帰宅ス。

一昼時久野様御内梅むら直記殿・中西清次郎殿・赤坂岩井政之助殿三名ニて黒鯛壱尾・鯵十七尾被贈之、謝礼申遣ス○同刻山本氏内義、肴一籠持参、被贈之。右者、黒鯛二尾・烏賊三ツ也。右受取、謝礼申述、ほど無被帰去○五時前山本氏・伏見氏・長次郎殿被参、直ニ丁理被致候内、お国殿手伝の為被参(一七ウ)。

一八時頃、山田宗之介来ル。今日祝儀饗応致候ニ付、昨日被参候様申遣し候故也。肴代金百疋・紫紋ちりめん中巾五尺、じゆばん半ゑりニとて被贈。赤尾ゟ小菊紙七帖・扇子一対、被贈祝之。右ニ付、有住・石井其外江時分使を出し候所、有住・石井ハ無拠用事有之由ニて不来。夕七時頃ゟ追々松岡織衛・加藤新五右衛門・岩井政之介・坂本順庵・梅村直記来、五時過山本悌三郎も来ル。右人々江酒食・取肴・鉢肴・吸物・酢之もの、本膳一汁四菜、但香の物どもを薦め、一同九時退散せらる。岩井氏・梅むら氏、先日貸遣候読本被返。右受取、納置く。伏見・山本・深田、隣家林・高畑・産形（ママ）・中西、右七軒江贈膳、酒一てうし・吸物・取肴四種添、遣之。右畢、山本・伏見・深田、丑ノ刻頃帰去。お国ハ止宿被致。赤尾并ニおふミ方へ肴少々ヅヽ、贈遣ス。宗之介江僕江酒代百文遣之

○昼時、梅村直記・岩井政之助・中西清次郎右三人、連名ニて黒だい三尾・鯵十七尾贈来ル。山本氏ゟも黒鯛二尾・烏賊三ツ、被贈之。隣家林ゟ酒壱升贈来ル。

○十二日甲戌　晴

一昼後、長次郎殿来ル。兼頼置候助惣焼、明十三日御番所江持参致、人々江可遣品誂被呉候由ニ付、代金二朱渡、頼置、八半時頃帰来ル。三十四人分、一人前数九ツヽ、三十四包ニ致候て、代銭六百十八文の由、つり銭百五十四文持参、被返之(一八オ)。

一夕七時頃、高畑武左衛門殿、昨日贈物の謝礼ニ来ル。早々帰去○暮時前小太郎、高畑・深田・山本江如例宵誘引ニ行、夫ゟ髪月代・入湯致、暮六時過帰宅。

一右留主中大内隣之助殿昨日の謝礼として（ママ）、ほど無被帰去○今朝坂本順庵殿、少々後れて加藤新五右衛門殿、昨夜之謝礼として被参、雑談数刻、昼時帰去。伏見氏同断○山本氏・深田氏、四時過被参。昼飯振舞、ほどなく被帰去○お国殿、昨日取ちらし候品々片付手伝被致、昼時過久保田氏江帰去○夕七時過加藤氏ゟ和多殿ヲ以、四天王前後十冊被返之、尚又所望ニ付、青砥模稜案前後十冊貸進ス。

○十三日乙亥　晴

一今朝六時頃起出、支度致、天明頃小太郎・おさちを呼起し、早朝飯後、山本・深田を誘引、御番所江罷出ル。五時過荷持久太郎莨籠取ニ来候ニ付、出がけ麹町助惣江立より、助惣焼受取、御番所江持参致候様申付、書付入物笔筹（ママ）のふた渡し遣ス○昼前山本半右衛門殿内義被参、ほどなく帰去。

一昼前おさち入湯ニ行、九時前帰宅。其後、おふさ殿来ル。先日貸進之俠客伝三集四冊被返、内、五之巻一冊不足。尚又

所望ニ付、五集五冊貸遣ス(一八ウ)。同人山江蕗出来致候由ニて持参被贈之、おさちと遊、八時頃被帰去。

一昼前、伏見氏被参。小児携候ゆへ、ほど無被帰去○昼後八時頃順庵殿被参、雑談時をうつして帰去○昼後生形内義、小児を携て来ル。暫して帰去○日暮てお国来ル。縁辺一義也。ほど無帰去。今晩、暮六時過ゟ母女枕ニ就く。

○十四日丙子　晴

一今朝明番ゟ帰路、組中廻勤。右者、初番無滞相勤、并ニはき物用捨礼廻也。四時頃帰宅、昼飯後矢場江行。帳前なれバ也。夕七時前帰宅。暮時前ゟ長次郎殿同道ニて入湯ニ行、暮時過帰宅。

一今朝、長次郎殿来ル。昼時帰去、夕方又来ル。およし殿、七時前来ル。此方ニて夕飯給させ、暮時帰去○四時過、半右衛門殿来ル。一昨日肴や払二百四十八文不足の由被申候ニ付、則今日山本氏ニ二百四十八文渡し、勘定済○五時前、順庵殿来ル。昨日頼置候金ぴらのり一包買取、持参せらる。則、代銭十六文渡之、ほど無帰去(一九オ)。

○十五日丁丑　晴。南風

一今朝帳前ニ付、早飯後矢場江行、四時過帰宅。昼後矢場江古稽(ママ)打ニ行、八時過帰宅○昼前伏見氏ゟ二男宮参内祝の由ニ付赤剛飯壱重被贈之、謝礼申遣ス。尚又所望ニ付、糸桜十冊貸遣ス○昼後、山本氏鉄炮玉鑄形借用致度由被申候ニ付、貸遣ス。同人子供江赤飯一盆・煮あらめ一器遣之。八半時過右鑄形持参、被返之。右請取、納置。

一夕七時頃、豆ふや松五郎妻来ル。今日吉祥日ニ付、お国殿納采、目録ニて持参ス、右請取、小太郎請取書したゝめ、遣之○今朝長次郎殿被参、昼時帰去、夕方又来ル。ほど無出去○昼前小太郎、鉄炮玉を鑄。

一昼時、有住岩五郎殿被参。去十一日肴代金二朱、其頃薦め候所、辞して決而不被受候ニ付、小太郎強てさし置候所、又候今日持参、被返之。色々申候へども辞して不被受、無拠此方へ預り置候。追而又せん術あらんと存候故ニ納置、ほど無帰去○明後十七日　御成ニ付、小太郎初てのつけ人ニ候間、小屋頭平五郎殿・書役浦上清之助方へ申合ニ行。明日五時之出の由也。夕方髪月代ニ行、暮時過帰宅○暮六時頃加藤氏被参、雑談数刻(一九ウ)。五時頃長次郎殿被参、是亦雑談後、四時頃加藤・深田被帰去。

○十六日戊寅　晴。風

一今朝五時頃ゟ長次郎殿・小屋頭平五郎殿・書役浦上清之助殿等と同道、御城江罷出ル。明十七日　紅葉山　御成、当組当番の由ニて、右之趣届て、八半時頃帰宅。其後暮時入湯致、六時頃ゟ小太郎枕ニ就く。

一昼後半右衛門殿被参、起番帳此方へ被贈。小太郎役点七度相済候迄ハ預り置。ほど無帰去〇夕七時頃栗原邦之助殿被参、明十七日八時起し、七時出之由被申、暫物語被致、被帰去〇八半時頃、米つき政吉来ル。端米舂合有之候ニ付、舂可申由、同人娘ヲ以申越ニ付、則端米九升渡し遣ス。夕七半時過つき畢、持参。つきちん三十六文遣ス。則、四十文つき也。つきべり七合也。

一夕七半時頃岩井氏被参、雑談後帰去〇右同刻荷持、御鉄炮・弁当・草履集ニ来ル。則、渡し遣ス。暮時、梅村直記殿被参。雑談中順庵殿被参、雑談して、梅村氏弓張月初へん所望ニ付、貸遣ス。順庵殿は(二〇オ)八犬伝二集所望ニ付、是亦貸遣ス〇五半時頃、本荷持、弁当集ニ来ル。則、渡し遣ス。八時頃、右弁当がら持参ス〇四半時過大内隣之助殿被参、先日貸進之八犬伝三集被返。右請取、同書四集四冊貸遣ス。

〇十七日己卯　雨。但多不降

一今日　紅葉山　御宮御成ニ付、小太郎起番、八時起し、七時出ニて、山本・深田同道ニて、御場所罷出、巳ノ刻前帰宅。其後四畳ニ入仮寐致、八半時前起出ル。夕七時前伏見氏被参、兼て約束致置候幸助肖像蓑笠様御染筆壱枚贈之、暫して持参被帰去。其後半右衛門殿被参、ほど無被帰去〇右同刻およし殿被参、如例戯言申ちらし、入相頃帰去〇昼時荷持、御鉄炮・御どうらん・弁当がら皆取揃、持参ス。右受取置〇昼後おさち入湯ニ行、暫して帰宅〇八時頃、お国殿来ル。右者、同人縁辺之義ニ付、林荘蔵殿江伝言申置、帰去〇明十八日当番ニ付、五時頃ゟ枕ニ就く。

〇十八日庚辰　晴。四時頃ゟ曇(二〇ウ)

一今日当番ニ付、明六時ゟ起出、支度致、天明ニ小太郎・おさち呼起し、支度為致、例刻ゟ半右衛門殿等と御番所江罷出ル。今日も助惣焼一包配分ス。

一昼前、悌三郎殿・清次郎殿、先日の謝礼として来ル。中西氏、石竹一鉢被贈之、雑談。清次郎殿先江被帰去、悌三郎殿ハ跡より被帰去〇其後半右衛門殿内義被参、ほど無被帰去〇昼時前より長次郎殿、此方薪を被割〇昼時過渥見御夫婦、鉈五郎殿同道ニて被参、手みやげ鯣廿五枚被贈之。幸長次郎殿被居候ニ付、同人ニ頼、酒肴を買整、御夫婦・鉈五郎江酒飯を薦め、其後煎茶・くわしを出ス。お鍬様御所望ニ付、蓑笠様御自筆たんざく壱枚進之。右畢、夕七半時頃被帰去〇長次郎殿江昼夕飯両度ふるまひ〇暮時前、悌三郎殿来ル。直ニ被帰去〇昼前、触役立石鉄三郎殿来ル。明十九日、小太郎居残相成ニ付、壱ッ弁当出候由被申、早々帰去○下掃除忠七来ル。両厠汲取、帰去。夜ニ入加藤氏被参、御沙汰書壱冊持参、被貸之。同人所望ニ付、画本水滸伝前編五冊貸遣ス。其後和多殿・中西氏被参、雑談。中西氏所望ニ付、皿々郷談合三冊貸遣ス○五時前、およし殿(ニ《ォ》一)来ル。今晩止宿ス。何れも亥ノ時頃被帰去。

一去ル廿日後、林内義立腹之余り、此方を罵り騒候事度々。殊ニ、今晩は窓下江参り、讒言巳時なく、亓が上江人々江悪口被致候事実ニ潜難候処、かねて蓑笠様御教訓有之候ニ付、そを守り候ニ付、此方ニてハ一言半句も不申出。実ニ歎息の事也。

○十九日辛巳　晴

一今朝、荷持久太郎葛籠下ゲ持参ス。則、右之者江壱弁当渡遣ス。今日小太郎、明廿日　御成聞番ニ付、居残りなれバ也○四時頃、清右衛門様御入来。先日頼置候武鑑壱冊買取、御持参被成候ニ付、右請取。代銭百八文の由、則御同人江渡之。尚又、しん物鰹節之事を頼、金百疋、是又渡之置。神女湯無之由ニ付十一包・奇応丸中包二つ渡之、暫して帰去○右同刻半右衛門殿、伝馬町江被参候由ニて被立寄、雑談後被帰去○昼時前渡辺平五郎殿被参、雑談数刻して被帰去○昼後梅村氏手製柏餅壱重被贈之、右うつりとして鰑五枚遣之○八時頃、丸屋藤兵衛来ル。酒壱升、切手ニて持参ス。右者、縁辺整候祝義也。煎茶・柏餅を薦め、雑談数刻、夕(ニ《ゥ》一)飯を振舞、夕七半時頃帰去○小太郎、八半時頃帰宅。明日(改行)御成、当組非番の由也。昨日当番不睡、疲労候ニ付、小太郎暮時ゟ枕ニ就く○昼後入湯ニ行、暫して帰去○暮六時過順庵殿被参候而、先日貸進之八犬伝三輯五冊被返。右請取、雑談後、五時被帰去。其後、母女枕ニ就く。

○廿日壬午　曇。四時過ゟ晴、南風、薄暑

一今朝五時頃長次郎殿被参、一昨日わり掛候薪割ニ来ル。昼飯給させ、夕七半時過帰去○小太郎、昼前仮寐致、昼後ゟ苅込掃除致、終日也。夕飯後、両組頭江御扶持の事聞合ニ行、帰路伝馬町江廻り、暮時帰宅○暮時過悌三郎殿来、順庵殿ハ被居候哉と尋候ニ付、此方ニハ不被居由申候ヘバ、則帰去○五時前、長次郎殿来ル。雑談、ほど無帰去。

○廿一日癸未　晴

一今日帳前ニ付、小太郎早飯後矢場江行。長次郎殿誘引、未食前故ニ、少々先ニ被行。小太郎昼時前帰宅、昼飯後又矢場江稽古打ニ(ニ《ォ》一)行、帰路斎藤氏ニて稽古致、夕七半時帰宅。組頭江御扶持聞ニ参り、夫ゟ伝馬町薬店江罷越、神女湯剤薬種注文申付候所、例ゟハ余程高料ニ候間、見合、帰宅、右之趣を告。然者、唐品ハ余リ高料ニ候間、大黄・桂枝而已上品ニ致、其余ハ皆和物致候由申、又右之薬店江。然候所、又候六ヶ敷申、小厮ニ為持可遣旨致難抔申候ニ付、小太郎もイラチ、其儘捨置、帰宅致候由。何れ明日又外薬店江罷越、買整候由申之○昼後、林荘蔵殿被参。右者、お国殿久保田江暇願出候一義也。ほど無帰去○四時過ゟ長次郎殿薪割ニ来る。暮時前迄薪をわり、帰去○昼後、順庵殿・伏見氏・三嶋氏来ル。何れも雑談数刻、八時頃順庵殿帰去。伏見氏江東達記(ママ)行二冊、其外異談二冊貸遣ス。八半時過帰去○三嶋氏、夕七時過帰帰(ママ)。夕七時過、およし来ル。今晩止宿ス○夕七半時過、あや部おふさ、侠客伝五集持参、被返之。右請取、暫して帰去○五時前、長次郎殿又来ル。暫して帰去。

一小太郎帰宅之節、二月ゟ三月迄、太郎弁当料書付持参、七度分(二三ウ)銀廿一匁之由。明日為持遣べし○暮時前半右衛門殿被参、暫物語致、被帰去。同人小児江鯣三枚為持遣ス。

○廿二日甲申　晴。昼後急雨、無程止、不晴

一今朝五時過およし、朝飯後帰去○小太郎谷五郎方へ行序、昨日被申越弁当料廿壱匁候此金、壱分ト六百廿四文為持遣ス。夫ゟ伝馬町薬店江罷越、神女湯剤薬種十五味買取、昼時帰宅。代金壱分二朱ト百廿文の由告之。昼後小太郎、右薬製方ニ取掛り、五、六味出来。夕方髪月代ニ行、夕飯後組頭江御扶持聞ニ行、ほど無帰宅○今朝、高畑又左衛門雇下女来ル。右者、右之手怪我致、難義ニ付、暇を乞候所、同人所持之品被返ず、難義ニ付、右之品取呉候様申といへども、其義此方取斗致かね候ニ付、せわ人方へ罷越候やう申遣ス。右下女、昨夜ゟ食事不致候由歎候ニ付、朝飯給させ遣ス。其後、夕方又来ル。今朝之趣を頼候へども、前文記如ニて、此方ニて詫候事出来かね候ニ付、余人を頼候ハゞ可然と申候へバ、出去。今晩、此方へ不来。

一昼後、長次郎殿・およし殿来ル。雑談、戯如例。夕方帰去。兼次郎殿同断(二三オ)。

一夜ニ入、清次郎殿来ル。先日貸進之皿々郷談合三冊被返。暫して加藤氏・梅村氏被参。是又両人とも、貸進之本、加藤氏ハ水滸画伝前五冊、梅むら氏ハ弓張月前編六冊持参、被返之。右請取、弓張月後へん六冊梅村氏江、水滸画伝後編五冊加藤氏江貸進ス。中西氏ハ如例五時頃被帰去、梅むら・加藤は四時帰去○昼前おさち入湯ニ行、九時前帰宅。

○廿三日乙酉　曇。昼後ゟ半晴

一今朝六半時過、高畑雇下女来ル。昨夜高畑江参り止宿致、今朝世話人方へ罷越候由、来ル。昨夜不睡之上、昨夜ゟ又食

事不致候由悲乞ニ付、又朝飯給させ、其後世話人方へ罷越、其身の落着致候やう、申付置遣ス。

一小太郎当(マヽ)ニ付、天明頃起出、支度為致、朝飯後、山本氏と御番所江罷出ル。

一高畑雇下女、昼前又来ル。昨夜不睡ニて殊之外つかれ候由申、此方ニて昼後迄仮寐致、八時前起出候間、昼飯給させ候所、入湯ニ罷越候由申、出去。暫して赤坂世話人参候由ニ付、同人高畑江参り、雇下女之ふろしき包、世話人持参して下女江渡候て、世話人帰去。其後も此方ニ居継・居不継成者此方ニ(二三ウ)さし置候も甚心配ニ候間、何方也とも参り候様申示候得バ、夕七半時頃帰去。

一夕七時頃、およし殿来ル。雑談して、暮時帰去。右之外、使札・来客なし。

一今朝、政之助殿来ル。雑談数刻、四時過帰去○神女湯剤、今日製畢。
○廿四日丙戌　晴
一四時頃、宮下荒太郎殿来ル。右者、叔父忌明ニ付、今日ゟ出勤候よし也。右荒太郎殿叔父ハ田村検校にて、自両親ニ厚恩受し者也。且、琴之師匠ニ候得者、今更愁傷被致候ニ付、記置。右田村ハ京師江登り一番ニ升進被致、両三年以前江戸江被参、隠居被致、金沢町ニ住居被致、当月十三日死去被致候由也。歳七十二才。今日、荒太郎殿の話也○小太郎、今朝明番ゟ直ニ御扶持渡り候由ニて御番所ゟ水谷・江村同道ニて森村屋江行、御扶持受取、夕七時前帰宅。食後御鉄炮を磨、こしらへ置。明日見分なれバ也。其後六道江髪月代ニ行、五時前帰宅。

一今朝、長次郎殿来ル。昼前帰去、暮時又来ル。直ニ帰去○小太郎帰宅後、自伝馬町薬店江細辛買取ニ行、右序ニ色々買物致、暮時余ほ(マヽ)前帰宅(二四オ)。

一八半時頃、五月分御扶持渡る。福嶋米四斗壱升壱合入、端米六合。右請取、車力帰去○暮時、和多・清次郎来ル。ほど無帰去。其後長次郎被参、四時前帰去。夫ゟ家内一同枕ニ就く。
○廿五日丁亥　曇。終日
一今朝天明頃起出、支度致、小太郎早飯後、弁当携、矢場江行。今日御目附衆御頭、鉄炮見分ニ依て也。昼九時、弁当不用候て帰宅。小太郎、今日早二ツの由也○昼前順庵殿被参、雑談後、昼時過帰去○小太郎出宅後、昨日酒ニ漫(マヽ)置候神女湯剤、煎之。おさち手伝、昼時煎畢。斗立候所、二百卅壱杯ニ成○今朝、米つき政吉代栄蔵来ル。朝飯給させ、玄米三斗壱升つかしむ。九時前春畢。つきべり五升五合、糖三升五合也。春ちん百四十九文渡し遣ス○昼後、長次郎殿来ル。台所戸棚の前江仮寐致候ニ付、枕・かいまきを授く。暫して起出ル○夕七時頃田辺礒右衛門殿被参、ほど無帰去○暮時前、お国来ル。右者、同人縁辺、廿八日先方へ参可申候所、廿八日さし合有之ニ付、廿九日ニ致度旨申、暫して帰去(二四ウ)。

一日暮て加藤氏被参、如例雑談数刻、せん茶・唐松煎餅を出し候内、長次郎来ル。是亦雑談、四時頃両人被帰去。

一小太郎六半時頃ゟ伝馬町江写物料半紙買ニ行、帰路入湯致、五時頃帰宅ス。

○廿六日戊子　曇。四時頃ゟ雨、夕方雨止、不晴

一四時頃、長次郎殿来ル。物置ニて薪わる。昼飯給させ、夕七半時頃帰去。

一右同刻、大内氏来ル。先日貸進之八犬伝四集四冊被返。右請取、五輯六冊貸遣ス。雑談後帰去○四時前おさち入湯ニ行、昼時帰宅○夕七時前、およし来ル。雑談後暮時帰去、暮六時頃又来ル。今晩此方へ止宿ス○小太郎、朝飯後ゟ加藤氏ゟ借用の辺警紀聞を謄写ス○夕七時頃、江村茂左衛門殿来ル。右者、御頭佐々木様ゟ去廿五日鉄炮見分御褒美差合(カ)百七十文被下候由ニ而持参、小太郎江被渡、帰去。

○廿七日己丑　晴

一五時過、長次郎殿来ル。薪を被割(二五オ)。

一四時前、およし帰去○四時前ゟ小太郎、富坂小田平八郎殿方ゟ油谷五郎兵衛殿方へ行、夫ゟ日本橋殿木氏、八半時過帰宅。食後、暮時ゟ髪月代ゟ入湯致候由ニて罷出ル。五時過帰宅、其後食事致。明日日本橋殿木氏江可遣手紙認置。

一八半時頃ゟ自、番所町媼神江参詣、帰路入湯致、薬種其外色々買取、夕七半時過帰宅。食後日暮て、明日小太郎弁当菜整ニ忍原江行、五時前帰宅○夕七時過、およし殿来ル。おさちと遊、暮時帰去○夕七時過、植木や富蔵来ル。此方畑拵候様申付候所、来節句迄ニ参り可申由申候て帰去。

一下掃除忠七来ル。両厠掃除致、帰去。

○廿八日庚寅　晴

一今朝天明頃起出、小太郎も同様起出。今日者半刻前出候所、少々遅刻致候ニ付、湯づけ飯給させ、番所江罷出ル○昼後、長次郎殿来ル。土蔵ニ入、仮寐いたし、夕七時過起出、被帰去○八半時頃長次郎殿養母山本氏、小児両人を携て来ル。暫物語被致、被帰去○昼後勘助方へ人足申付候所、ほど無来ル。右人足ニ申付、薪十三把、手紙さし添、飯田町江遣ス。右使、八半時頃帰来ル。飯田町より返書到来。且、先日頼置候かつを

ぶし十本、五色石台四集上帙壱部(二五ウ)、外ニ人足ちん二百文、被贈之。

○八半時頃、お国殿来ル。右者、今晩新川久右衛門方へ引移りニ依而也。日暮て、自同道、豆腐屋松五郎妻召連、新川氏江行。新川氏ニて煎茶・切鮓を被出。右畢、帰去。

○廿九日辛卯　曇。四時頃ゟ雨終日

一今朝五時前小太郎早交代ニて帰宅、其後仮寐致、八時頃起出。

一四前、長次郎殿来ル。如例薪を割、物置を片付、今日ニて薪の出来畢。枝の方ハ未其儘藪中ニあり○四時頃お国、新川氏ゟ来ル。右者、新川うちニて被申候者、お国殿金子少々も可致哉と被申候所、少も持参不致申候得者、さ候へバ金壱両も手段出来候ハヾ都合宜敷由被申候由、お国殿被申候へども、此方ニて一向左様ノ欠合不存候由、お国殿江申聞置。夫ゟ林荘蔵方へ被参、昼時又此方へ被参、長次郎等と共ニ昼飯為給、土蔵ニ入仮寐被致、夕飯後又新川江行。

一日暮て、順庵殿来ル。所望ニ付、八犬伝六輯六冊貸遣ス。ほどなく帰去。

一五時頃、源七来ル。雑談後四時帰去○荷持久太郎、給米乞ニ来ル。則、二升遣ス。

○五月朔日壬辰　雨

一五時前、おくに来ル。今朝久保田氏江被参候由ニて、暫物語して帰去(二六オ)。

一四時前半右衛門殿・伏見氏被参、雑談数刻にて帰去○今朝小太郎、当日祝儀として組中廻勤。右畢、四時過帰宅ス○昼後加藤新五右衛門殿、僕ヲ以、先日貸進之水滸画伝後編五冊・青砥後編合二冊被返之。右請取、納置。其後加藤氏被参、明二日日光江参詣被致候由ニて、暇乞ニ来ル。煎茶・くわしを薦め、雑談後、八時過被帰去○小太郎、昼後鉄炮携、矢場江稽古ニ行。今日斎藤氏稽古日ニ付、帰路斎藤氏江罷越、稽古相済、夕七半時頃帰宅。

一七時前、およし殿来ル。昼時頃帰去○小太郎帰宅後加藤氏江行、梅が枝でんぶ一曲持参、贈之。明日日光山江出立致候故也。ほど無帰宅。

一夕方、信濃屋重兵衛来ル。薪代金壱分払遣ス。

○二日癸巳　半晴

一四時頃清右衛門様御入来、先月分薬売溜并ニ上家ちん御持参。薬一わり四百八十四文、外ニ五色石台四集上帙壱部代八百八文・真香代百文、今日清右衛門様江渡ス。神女湯無之由ニ付、廿包渡之。且、四月八日出高松木村書状、金子五十疋入、

御持参、被届之。右開封ニ及候所、琴靇霊前江香料五十疋封入、且禽鏡の一義被申越。近日返書を出スべし(二六ウ)。雑談後被帰去○昼前、長次郎殿来ル。昼飯給させ、終日此方ニ被居、夕方帰去○小太郎、今日者終日在宿。昼前起、番帳を写認め、昼後ゟ土蔵下檀の小せうじ(濁ママ)損じ候を繕、張替畢。終日也。

○三日甲午　終日曇

一昼前、長次郎来ル。昼時帰去○昼後、有住岩五郎殿来ル。右者、此たび小太郎親類書差出し候ニ付、小太郎方親類巨細ニ印、有住氏江持参致候やう被申之。右畢、帰去。今日小太郎、鎗掛を造、今日より新にす。夕飯後髪月代ニ行、暮時頃帰宅。其後、渡辺平五郎方へ鉄炮修復出来やと問ニ行。幸出来居候ニ付、持参。帰路半右衛門殿方へ立より、五時帰宅。其後、枕ニ就く○昼後矢野氏・岩五郎殿被参、雑談数刻、八半時頃帰去○長次郎殿、去十八日ゟ薪割候賃せん金二朱、今日欲き(ママ)由被申候間、則金二朱渡之○今日、奇応丸壱匁三分、金伯四枚を掛ル。

一林内義、此せつ此方義ニ付、去四月廿後(ママ)ゟ立腹被致、罵り、狂気如く大声ニて被騒候事、去四月十八日の如く同子供両人此方垣根ニのぼり(濁ママ)(二七オ)、北窓ゟ除こ(ママ)ミ、何やら申、其ふるまひ言語同断。此方へ参り候人々ニハ堅止め、必隣家滝沢へハ行べからずと被申由風聞有之といえども、此ニてハ反幸也と思、少し(ママ)憂候事無之候。一笑致候。思ふニ、此方へ参り候人々の内、なき事をもある如く林内義江讒言致候者有なるべし。

○四日乙未　雨

一今日小太郎助番ニ付、天明頃起出、支度致、小太郎早朝給(ママ)候内、深田被誘引。右長次郎同道、御番処江罷出ル○伏見氏、昼後・昼前、両度来ル。先日中貸進之童子訓初板五冊被返、尚又所望ニ付、八丈奇談五冊貸進ス。暫して、被帰去○昼後三嶋氏被参、其後およし殿来ル。雑談時をうつして、入相頃帰去○夕七時過、岩井政之助殿来ル。ほど無帰去○夜ニ入、順庵どの来ル。去ル四月廿九日貸進之八犬伝六輯六冊被返、尚又七輯上下帙七冊貸進ス。立話ニて早々帰去○暮時、およし殿又来ル。今晩止宿ス。五時頃、枕ニ就く。今日、如例年、門外・玄関・勝手江菖蒲を葺。

○五日丙申　曇。昼後ゟ晴

一今朝早交代ニて、小太郎六半時過帰宅。其後朝飯を食し、礼服ニて(二七ウ)、御頭を初、組中江端午祝儀として廻勤ス○およし殿起出帰去。四時頃又来ル。おさちニ髪結貫、おさち同道ニて入湯ニ行。およし殿、のり入半切状ぶくろ十枚、被贈之○小太郎帰宅後、長次郎殿来ル。昼前帰去。

一小太郎昼前帰宅、直ニ四畳ニて仮寐致、疲労を休め、八半時頃起出ル○伏見氏被参、暫して帰去○加藤金之助、端午祝儀として来ル○八時頃、およし来ル。暫遊、夕飯為給、六時過帰去。

一今日端午祝儀、さゝげ飯・一汁一菜、家内一同祝食ス。諸神江神酒、夜ニ入神燈、如例。終日開門。

○六日丁酉　晴。夜中雨

一昼前伏見氏、小児を携て来ル。暫して被帰去○今朝、長次郎殿来ル。昼前帰去、夜ニ入又来ル。早々帰去○小太郎、今日者昼前鉄炮玉を鑄直し、或者新鉛弐百を鑄、一束出来候由也。昼後ゟ写物致、夕方明日御場所受取申合ニ行、ほど無帰宅○昼時頃触役川井亥三郎殿、明日御場所受ニ上野江罷出候様被申、帰去。申合候人々、小屋頭平五郎殿・玉井鉄之助殿、其外両人○八半時頃ゟ自、おすき屋町江入湯ニ行。右之外、使札来客なし○宗村お国殿兄大嶋藤蔵来ル。久保田江被参候由ニて、口上被申、早々被帰去(二八オ)。

○七日戊戌　晴。昼時頃ゟ曇、雨、遠雷、八時過ゟ大雨、雷数声、暮時雨、雷止

一明八日　上野　御成ニ付、今日御場所受取、五半時頃ゟ平五郎殿・玉井鉄之助殿等と上野御場所江罷出ル。壱ツ弁当遣ス。小太郎夕七時前、帰路御頭江立寄。折から雷雨ニ候間、雨がさ拝借して帰宅。衣類・袴皆濡る。帰宅食後、髪月代・入湯ニ行、暮六時帰宅。明八日御成、当組当番被相成候由也。小太郎、六時ゟ枕ニ就く。

一夕七半時頃、触役土屋宜太郎来ル。明八日、九ッ時起し、八時出之由被触。当町山本氏・深田氏ハ休ニ候間、小太郎壱人也。右ニ付、起番ニ候ども、起し候所無之ニ付、九半時頃小(マヽ)太郎を呼起し、支度為致、茶漬を為給、八時少々早めニ仲殿田同役の衆と供ニ上野御場所江罷出ル。

一暮時、外荷持、御鉄炮・弁当集ニ来ル。如例、御鉄炮・弁当・雨皮ぞうり為持遣ス○八半時頃、お国殿来ル。雑談して帰去○暮時梅村ゟ使札ヲ以、弓張月残編六冊被返。右受取、所望ニ付、拾遣五冊、右使ニ渡遣ス。暮時ニ付返書ニ不及、口上ニて申遣ス○今日琴嶺様御祥月忌御逮夜ニ付、茶飯・一汁二菜、御料供を備。御料供残、伏見・深田・山本江二人前づゝ為持遣ス。長次郎被参候ニ付、振之。夕七半時長次郎殿被帰、日暮て又来ル(二八ウ)。四時迄雑談、帰去○琴嶺様御画像、床の間ニ奉掛、如例備餅・七色菓子・神酒、夜ニ入神燈。何度も拝し、祭畢○小太郎、正八時罷出候跡江触役川井亥三郎殿被参、上野　御成御延行ニ相成候由被触。右ニ付、小太

郎鮫ヶ橋迄参り候所、土屋氏ニて御延行の趣を承り候て、帰宅して又枕ニ就く○暮時、悌三郎殿来ル。宮様御門前江住居被致候由被申之。

○八日己亥　晴

一今朝深田長次郎殿養母、昨日の謝礼として来ル。雑談後、被帰去。同人帰去の後、長次郎殿并ニおよし殿被参。同刻、伏見氏・山本氏内義小児を携て、右同様ニて来ル。雑談後、昼前何れも帰去。

一昼後ゟ自、おさち同道ニて深光寺江墓参。諸墓江水花を供し、夕七時頃帰宅。右留主中半右衛門殿、小児両人を携て来候由也。

一夕七時過触役亥三郎殿被参、明九日当番、八時起し、七時出の由。右者、御法事済、御能有之故也と云。今晩も小太郎起番を勤ム○夕七時過小太郎、伝馬町江煙草其外買物ニ行、ほど無帰宅。其後、枕ニ就く(二九オ)。

一今日も御画像床の間に奉掛、昨日の如し。深光寺ゟ帰宅後、取入、納置。今晩小太郎起番ニ付、自壱人通夜ス○今晩、六半時ゟ東之方ニ失火有之。火元不詳。後ニ聞、日本橋青物町ゟ失火致、明六時頃火鎮る。

○九日庚子　晴

一今暁八時小太郎を呼起し、おさちも起出、支度致、高畑・山本・深田を呼起し、早七ツに茶漬飯を給させ、正七ッ時、当町山本・深田等と御番所江罷出ル。出宅後弁当支度、葛籠こしらへ、其後少々まどろむ。ほど無天明ニ及、荷持来ル。

一昨日御頭ニて拝借の傘為持、返参ス○昼後ゟ自飯田町江行、去二日高松ゟ書状之返書今日持参、飯田町江頼置く。奇応丸大包壱ツ・小包十持参。飯田町ニて煎茶・蕎麦切を被出、暮時帰去。おさち、およし殿を招、両人ニて留主す○昼前、政之助殿被参、先日払半氏(ママ)十帖之内三帖余分ニ有之由ニて、此方へ壱帖余持参。辞レども不聞して差被置、雑談して帰去。およし殿、今晩止宿ス○夜ニ入お国殿、新川江参り候由ニて来ル。既ニ枕ニ就候ニ付、早々帰去。

○十日辛丑　晴(二九ウ)

一五半時頃、小太郎明番ニて帰宅。昨日御使加ゞ屋敷江可参の所、森野氏とさしかへ、蠣(カ)町江参り候ニ付、殿木氏江失火見舞ニ立寄候所、向側迄延焼候得ども殿木氏ハ無難の由、帰宅後告之。食事致、仮寐致、八半時過起出○今朝、深田氏来ル。同人風邪ニて悪寒致候由ニ付、桂枝湯五貼調合致、遣之。其後右薬煎用致由ニて、早々帰去。同人姉およし殿、昨日夜ゟ止宿して終日此方ニ遊被居、暮時前帰去○今朝加藤新五右衛門殿ゟ僕広蔵ヲ以、手紙、小太郎江被越差。右者、昨夕日光山ゟ帰着の由ニ付、土産として日光絵図一枚・角組盆二枚・日光唐がらし小箱入壱ツ、被贈之。小太郎ゟ謝礼返書遣ス〇八半時過、梅村氏来ル。去ル七日貸進之弓張月拾遺五冊被返、尚又残編六冊貸進ス。雑談時を移して帰去〇昼後おさち入湯ニ行、同所ニて山本氏内義ニ行逢、物語致候所、此方ニて山本氏幷ニ近辺の人々を譏候ニ付、一同立腹被致候由ニて、色々おさち江被申。然ども手前ニて人々を譏候心少しも無之候得者、右者林内義之讒言成べし。去四月下旬ゟ都かくの如し。笑ふべし。憎むべ《(濁マヽ)》し(三〇オ)。

〇十一日壬寅　晴

一昼前、山本半右衛門殿内義被参。右者、林猪之助内義讒言一義也。暫物語して、昼時被帰。其後、木村和多殿来ル。所望ニ付、弓張月前編後編二部十冊貸進ス。日光山之話説被致、被帰去〇昼後、長次郎殿来ル。暫遊、夕方被帰去〇今朝、藤田江おさちヲ以、漬梅の事申遣ス。直ニ嘉三郎殿被落、おさち拾候て持参、壱斗壱升有之候由也。代料ハ未知由なり。

一右漬梅七升、飯田町江松五郎ヲ以為持遣。兼約束なれバ也。右序ニ、薪三把、先日残し置候ニ付、手紙差添、是又遣ス。右使、夕七時過帰来ル。賃銭百文遣ス〇小太郎昼前ゟ矢場江鉄炮稽古ニ行、帰路斎藤氏江立寄、稽古致、八時過帰宅。矢場荷持忠七、今日小太郎参り候頃死去致候由也。帰宅《(ママ)》、梅を落し、長次郎殿手伝、七時過落畢。斗立候所、二斗七升有之。当年ハ近年ニ無之沢山ニ実を結候也。

一夕七時過、綾部娘おふさ殿来ル。おさちと長話。所望ニ付、女郎花五色石台校合本初編ゟ四集之上帙迄、外ニ殺生石後日の怪談初編ゟ五編迄貸遣ス。暮前帰去〇宗村お国殿、夕七時頃来ル。早々帰去(三〇ウ)。

一暮六時頃、順庵殿来ル。是亦林内義讒言一義。右ニ付、山本半右衛門殿はじめ直記殿・政之助殿迄殊の外立腹致居候由、讒言一五一十を物語被致。右ニ付、当分順庵殿と絶交同様ニ可致候間、必不悪存候やう被申之。此方ニても絶交之方願敷存居候折からなれバ、一義ニ不及承知之趣答之。妒婦之讒言浅智、歎息の外無。今晩小林佐七郎姪およねを敵手ニ致、罵ること、去三日日記ニしるすが如し。

〇十二日癸卯　雨終日。夜中同断

一昼前、宗村お国殿来ル。今ゟ荘蔵殿方へ被参候由ニて帰去。

一夕方、およし殿来ル。暫して帰去〇暮時前大内隣之助殿被参、先頃貸進之八犬伝五輯五冊被返、尚又六輯六冊貸進す。ほど無帰去。

一右同刻、長次郎殿来ル。柏餅壱包持参、被贈之。雑談如例、四時頃帰去○夕方自、山本氏江日光唐がらし持参、贈之。一昨日約束致候故也。然所、深田氏老母ニ引留られ、少々物語して帰宅○小太郎、今日者終日在宿ス○昼前小太郎手伝、漬梅弐斗七升を漬畢。塩六升ニて、内五合ほど残ル。弐斗七升之内、二斗三升ハ樹木也(三二オ)。

○十三日甲辰　雨。昼前ゟ晴、今晩六時夏至之節ニ成

一昼前、深田来ル。昼時帰去○小太郎昼後、有住江組定帳并ニ親類書下書持参、帰路矢場ニて鉄炮稽古致候由ニて出宅。出がけ、お国殿借用被致候傘、荘蔵殿方迄小太郎持参、返之、夕七半時頃帰宅。

一八半時頃、大久保矢野氏ゟ樹木梅子五升程、口上書差添、被贈之。謝礼、口上ニて申遣ス○今朝小太郎長友江行、所々役あて致、帰路髪月代致、昼時前帰宅○夕七時頃、加藤新五右衛門殿来ル。雑談数刻、煎茶・菓子を出ス。同刻、高畑助左衛門殿来ル。右者、来ル十五日、養子弘振舞被致候ニ付、親類江饗応の儲致候間、何とぞ膳・椀・刺身ざら・膾皿・猪口、右之品借用致度由被申。煎茶を出し、暫して被帰去。加藤氏ハ暮時前被帰去○夜ニ入、長次郎殿来ル。此方明十四日当番ニ付、早々枕ニ就候ニ付、五時帰去。

○十四日乙巳　曇。折々雨、夜中大雨

一今日小太郎、深田さしかへ番ニ付、天明前ゟ起出、支度致、天明頃小太郎・おさちを呼起し、早飯給させ、其後御番所江罷出ル(三二ウ)。

一今朝山本氏江組定帳持参、返之○昼前伏見氏被参、雑談後、昼時頃被帰去○昼後、綾部おふさ殿、遊ニ来ル。おさちと暫遊、夕七時前帰去。

一暮時前、およし殿来ル。今晩止宿被致○同刻、植木屋金太郎来ル。右者、奇人談之様ナル物著述被致候者ゟ被頼候由ニて、蓑(ママ)立様御著述之内、奇なる者貰受度申来ル。今日者小太郎当番ニ付、明日帰宅後、同人江申聞可申由申。然バ、其内可罷出候旨申候て帰去。

一今日長次郎不来、暮時前入湯江被参候出がけの由ニて被立寄、早々帰去。

○十五日丙午　晴

一今朝五時過小太郎明番、半刻早ニて帰宅。食後、枕ニ就く。

一昼後自入湯ニ行、八時前帰宅。其後おさち入湯ニ行、帰路あや部江立より候由ニて、夕七時前帰宅○およし殿、昨夜ゟ止宿致、昼時前帰去。

一八半時頃芝田町山田宗之介ゟ使札ヲ以、焼まんぢう壱重。

右者、元立院様御十三回忌御相当の由ニ付、被贈之。外ニ鯛薄じほ壱尾、是亦被贈之。来十八日広岳院ニおゐて御法事被致候由、十八日四時ゟ参詣可致旨申来ル。且亦、赤尾ゟ手紙致来(三二オ)、宗之介ゟ小太郎江書翰、則返書遣ス。赤尾ゟきおふ丸大包二つ差越候様申来ル。則、二包右使ニ為持遣ス。

一小太郎八時過起出、食後有住ゟ長友江行、ほど無帰宅。夫ゟ御鉄炮を磨抔ス。夕方入湯ニ行、是亦無程帰宅ス○夕七時過、山本氏内義被参、立話して帰去○夕七半時頃、高畑助左衛門殿ゟ荷持太蔵ヲ以、本膳・酒・吸物・焼肴、取肴三種添、被贈之。右者、今日養嗣弘被致候振舞の由也。太蔵江謝礼申遣ス○今朝高畑助左衛門殿并養子吉蔵殿、同道ニて来ル、去十三日約束致候膳部・皿・猪口・硯蓋等借用致度由被申、則小太郎取おろし、貸遣ス。夕方亦玉子焼鍋・太平等入用の由申来候間、貸遣ス○暮時、長次郎殿来ル。今ゟ四谷江参候間、胡瓜可買取由被申候ニ付、余り望ましからず候へども、其意ニ任、銭四十八文渡、頼置く。
○十六日丁未　雨。昼後ゟ雨止、夜ニ入四時頃ゟ雨
一今朝高畑助左衛門殿ゟ昨日貸遣し候膳・皿・猪(ママ)、其外色々被返之、右謝礼として焼イサキ二尾、助左衛門殿持参、被贈之(三二ウ)。

一昼後、政之助殿被参。右者、林内義此方種々悪口、殊の外立腹被致候故ニ、政之助殿あつかい、和睦可致由被申候ニ付、此方ニてハ素より存知無之所、余り所々江悪言吐ちらし、梅村初山本氏・岩井氏・坂本氏抔も右ゆへに殊の外〳〵立腹被致由聞え候てハ、此方何分ニも右人々江相不済義ニ存候。夫々江宜敷氷解被成候やう致度被存候のミ。和睦の心無之候へども、政之助殿江対し、其意ニ任置候。煎茶・菓子を振舞、八時頃帰去。未壮年成人、奇特の事と感服するのミ○夕方、長次郎殿来ル。ほど無帰去○小太郎、昨夕方ゟ立腹致居候様子也。何の故なるをしらず(濁ママ)。今朝四時頃起出、朝飯を果して鉄炮携、矢場江稽古ニ行、八半時過帰宅。食後又仮寐ス。暮時呼起し、夜食給させ、直ニ枕ニ就く○暮六時頃、加藤新五右衛門殿入来ル。去ル十三日貸進之弓張月前後十二冊被返、雑談数刻、四時頃被帰去。所望ニ付、同所四・五(ママ)輯十一冊貸進ス○おさち、小太郎ニ立腹之趣承り候所、此方何分人出入多く、中々ニ以続不申。右ニ付、日本橋殿木氏江帰参り度由、母江申呉候様申之候由、おさち告之。何分夜中、せん方なし。明朝兎も角も可致存、其儘枕ニ就く(三三オ)。
○十七日戊申　雨
一今朝起出、食後自小太郎ニ、昨夜おさちゟ承り候事心得が

たく、何故ニ立腹するやと承り候所、立腹ハ致不申候へども、迚も近辺之交六ヶ敷、何分其身ニとりて難儀ニ候。さ候ハヾ、御役ニも立間敷候など申、外ニ存寄無之候との事なれども、夫婦母子無言ニて一日たりとも打過候事心苦敷候間、外ニ委才（ママ）無之候ハヾ、平日の如く可致。又心ニ称ヌ事あらバ示教可致申といへども不聞入、扨々心苦しき限り也。

一今朝勘介方へ日雇人足申付、帰路干菓子買整、昼時帰宅。八時過、勘助方ゟ先刻申付候人足来ル。則申付、田町宗之介方へ香料、外ニ菓子壱折、手紙差添、為持遣ス。今日元立院様御十三回忌御逮夜ニ付、参り候様被招居候間、兼て参るべしと存居所、昨夜ゟ立腹の故ニ延引ス。残念限りなし。

一今朝山本氏被参、暫物語して帰去○昼後八時過、伏見岩五郎殿被参。雑談数刻、到来の品々ニて夕飯、并ニ一昨日高畑ゟ貰受候酒有之ニ付、是をも振ふ。夜ニ入、四時頃帰去○暮時前、長次郎殿来ル。先刻頼置候白銀壱ツ、外ニ買物二種頼、代銭五百文渡之。五時過又来ル。右之品々買取、代銭五(三三ウ)百文之内八十三文残、受取置○夜ニ入、順庵殿来ル。是亦夜話。長次郎・岩五郎殿等と一緒ニ帰去。

○十八日己酉　小雨。五時過ゟ雨止晴、夕七時過ゟ雨、終夜

一今朝、勘助方ゟ供人足来ル。右人足召連、広岳院江参詣。今日元立院様御十三回忌御法事有之故也。広岳院江香でんしん上。法事畢、芝田町宗之介方へ行、同処ニて終日馳走ヲ受、暮時帰宅○右留主中矢野氏より柏餅壱重到来、謝礼申遣し候と云○夕方、触役亥三郎殿被参。右者、尾州様御国元ニて御誓（ママ）去ニ付、普請三日・鳴物七日停止の由、被贈（ママ）之。

一今朝、おふさ来ル。先日貸進之五色石台校合四集の上迄被返之、右受取、早々帰去。

○十九日庚戌　終日雨

一今朝天明前起出、支度致、天明後おさち・小太郎を呼起し、小太郎早飯後、御番所江罷出ル。高畑氏、窓ゟ被誘引○今朝、植木屋富蔵妻来ル。今日御うら御掃除可致旨申候得ども、雨天ニてハ掃除出来(三四オ)かね候半。何れ天気次第参り、掃除可致申付置。

一四時過、触役川井亥三郎《土屋宣太郎》殿来ル。明廿日小太郎附人ニ付、居残りニ相成、壱度弁当可出旨申之。相手ハ深田氏・玉井氏・松宮氏而已と云。おさち承り置○昼時前岩五郎殿、小児を携て来ル。雑談後被帰去。

一夕七時前三嶋氏、御前御菓子壱包被贈之、ほど無帰去。

○廿日辛亥　雨。夕七時前雨止、不晴、今日ゟ八せん

一今朝荷持千吉、小太郎弁当集ニ来ル。おさち、渡遣ス。然

る所　(改行)御成御延引ニ付、荷持徒ニ持参ス○今朝伏見氏被参、先頃貸進の秋の七草五冊持参、被返之。尚又所望ニ付、旬殿実々記前後十冊、外ニ古本三部、同人江貸進ス。雑談後、昼前被帰去○長次郎殿、昼前来ル。今日　御成御延引の由也○昼時過小太郎帰宅、食後仮寐致、夕七半時頃起出、両組頭江御扶持聞ニ行、所々江立より、暮六時頃帰たく。

一夕七時過、政之助殿来ル。立話して帰去。

○廿一日壬子　曇。昼後ゟ晴、夕七時過ゟ亦雨、夜ニ入雨止、不晴、八せんの初メ

一昼後ゟ小太郎髪ヲ結、本郷油谷氏江行。親類書の義也。今日炮術(三四ウ)稽古日ニ付出かけ、斎藤氏江立寄、稽古致、夫ゟ本郷江行、帰路油・元結等買取、夕七時前帰宅。其後食事致、親類下書認、有住江持参ス。両組頭江御扶持の事聞候所、御扶持落候由、明廿二日五時過ゟ川井江罷出候様、谷五郎殿被申候と云。暮時帰宅。折から雨降出候ニ付、長友ゟ傘壱本借用致、暮時過帰宅ス○夕七時頃、伏見氏被参、ほど無帰去○日暮て長次郎殿老母来ル。長次郎此方ニありやと被尋候所、今日者一度も不被参候由申候得バ、早々帰去。

○廿二日癸丑　曇。昼後ゟ晴、夕方ゟ曇、夜ニ入雨

一今朝小太郎、御扶持取番ニ付、朝飯後相手亥三郎方へ行。今日上役、取番亥三郎殿江肴代四百文遣し候定例ニ付、四百文為持遣ス。せん方ニて御扶持落候ハヾ、右四百文、亥三郎殿江渡し候由也。外ニ小遣四百文足せり。序乍、五月渡り御切米受取参り候由ニ付、印形小太郎持参ス○五時過、長次郎殿来ル。今ゟ同人伯父の方ニ参り候由ニて、早々帰去○昼前、新川久右衛門方ゟお国殿夜具ふとん、此方へ向、手紙差添、被贈越。右包請取、返書遣ス○昼後八時過、お国殿来ル。今朝新川ゟ夜具包参り居候よし申聞、夕飯給させ、帰し遣ス○夕七時頃、およし殿来ル。右者、おさち江(三五オ)髪結呉候様被申之。即刻髪結遣ス。其後帰去。

一夕七半時過、御扶持渡ル。小太郎差添来ル。丹後米也。小太郎、御切米請取、持参ス。諸入用差引、金三両弐朱ト五百五十五文持参ス。帰宅後食事いたし、折から長次郎殿被参居候ニ付、同道ニて入湯ニ行、五時前帰宅○暮時、順庵殿来ル。玄同放言借用致度由被申候ニ付、則貸遣ス。ほど無帰。

一夕方伏見岩五郎殿花落胡瓜十五本持参、被贈之。且、大内鉄太郎叔父平吉殿此せつ狂気やう子ニて、種々狂言被申候由被申之。

○廿三日甲寅　晴

一今朝伏見氏被参、珍奇書二冊持参、被貸之。且、三月中平

吉殿江頼置候笄出来居候ニ付、伏見氏江相頼、金壱分二朱、平吉殿江差贈り、右笄貰申度由頼、金子渡置○今朝小太郎起出、諸番当ニ行、四時前帰たく。

一夕方、深田来ル。四谷江被参候由ニ付、買物ハなきやと被問候ニ付、白ざとう半斤買取呉候様頼遣。五時頃右買取、被参、雑談時を移して帰去○小太郎、今日終日在宿也○日暮て、平吉殿来ル。右者、去ル三月中頼置候かうがい出来候ニ付、持参せらる。ほど無帰去。右笄請取、納置○夕方おさち、小太郎髪月代ヲ致ス。

○廿四日乙卯　天明前雨。忽止、不晴、終日曇(三五ウ)

一今日小太郎捨り深田助番ニ付、正六時頃ゟ起出、支度致、天明ニ小太郎・おさちヲ呼起し、早飯給させ、御番所江罷出ル○昼時、高畑武右衛門殿養子吉蔵殿来ル。同人所持之箪笥、此方土蔵江預り呉候様被申候へども、此方土蔵も狭く、置候所も無之。然ども、小太郎帰宅次第申聞候て挨拶可致旨申置。馴染も無之昨今の人、何と被申候とも受引くべきにあらず候へども、直ニ断申候もさすがニて候間、右之如く申置。追而断申べし(濁ママ)○昼前、長次郎殿来ル。ほど無帰去○今朝、政吉代米つき富(ママ)来ル。則、玄米三斗舂シム。昼時前つき畢、つきちん百四十八文遣ス。

一昼後自入湯ニ行、八時前帰宅○今朝、お国殿来ル。今日者林氏より仲殿町所々江無沙汰申訳ニ参候由ニて、早々帰去、夕方又来ル。雑談して、暮時前被帰去○日暮て、兼次郎殿・加藤氏来ル。雑談暫して帰去。加藤氏、先日貸進之弓張月十二冊の内六冊持参、被返之。

一夕方およし殿、山本氏小児を背おふて来ル。暫遊、帰去。

○廿五日丙辰　雨。終日

一今朝荷持久太郎、小太郎雨傘・合羽・下駄等取ニ来ル。且、昨日西丸下江使申付、返書・ふろしき持参ス。右代銭三十二文并ニ雨具一式渡遣ス(三六オ)。

一小太郎四時前明番ニて帰宅、食後仮寐致、夕七時前起出ル。

一今朝、およし来ル。おさちニ被頼候由ニて、袷を二ツとき、雑談数刻、昼飯為給、其後帰去○高畑吉蔵殿来ル。右者、昨日頼まれ候預り物の義也。此方ニても所々ゟ預り物多有之候ニ付、断ニ及○昼後、長次郎殿来ル。早々帰去○昼後、綾部お房殿来ル。先日貸進之合巻殺生石全部被返、尚所望ニ付、金魚伝全部貸遣ス。おさちと雑談して被帰去○荷持久太郎、給米取ニ来ル。当月分四升渡遣ス。

○廿六日丁巳　半晴

一今朝伏見氏被参、暫して被帰去○昼後赤尾久次郎祖母寿栄

殿被参、年玉として皮色じゆばん半襟一掛・窓の月壱重、被贈之。一同対面、酒食を薦め、雑談暫く。其間、煎茶・くわしを出ス。夕七半時頃帰去○八半時頃、うへ木や金太郎来ル。右者、先日申入候蓑笠様御一条、何ぞ書入候品申受度申来ル。客来中ニ付、早々帰去。

一昼後小太郎、矢場江鉄炮稽古ニ罷越候所、今日者外ゟ大勢稽(三六ウ)古ニ被参候由ニて徒ニ帰宅ス。

○廿七日戊午　曇。昼後ゟ晴、薄暑

一今朝、伏見氏来ル。昨日頼置候赤剛飯、鈴木と申餅屋江誂被呉候由被申、暫して被帰去○昼前、高畑武左衛門殿来ル。右者、お国殿を頼、仕事致貰度由被申。然ども、今日者此方へ不来。若被参候ハヾ、右之趣申示候と申置、暫して帰去。武左衛門帰宅後、同人養嗣吉蔵殿来ル。只今参り候由。右者、お国殿、私事方江御出、并ニ荷物も手前江御持参被成候由ニ付、そふぢ《(濁マヽ)》致置候と申。夫ハ大きニきゝ相違致候。参り候とも参らじとも、先方へ話説致不申、咄し候ても参り候や難斗。よしや参るとも、荷物ハ持参可致事ニハあらず候と答、其後帰去○昼後ゟ小太郎、明日所々江祝儀配物、手紙認之。自も文四通認置候○夕方おさちヲ以、明廿八日配物人足両人、五時過ゟ参り候様申付置。今夕、胡麻塩包拵おく。

一暮時、長次郎殿来ル。早々帰去○暮時、お国殿来ル。弥明日暇をとり、下宿致候由被申、ほど無帰去。其後小太郎伝馬町江買物ニ行、五時頃帰宅ス○小太郎出宅後坂本順庵殿来、雑談して(三七オ)五時過帰去。

○廿八日己未　曇。今夜五時小暑也

一今朝五ツ時前、四ツやしほ町鈴木いづミゟ昨日あつらへ候あかこハひ持参す。さし置、帰去。五時過、勘助方ゟ昨日申付候人足両人来ル。則、両人ニ申付、近処林・ふし見・大内・生形・松岡・有住・お国・坂本・久野内梅むら・中西・加藤・山本・深田、夫ゟ壱人ハ田町ゟ三田古川江遣ス。壱人ハ西丸下ゟ飯田町江赤飯為持遣ス。右之内、伏見江肴代金百疋、酒切手壱枚、手紙さし添遣ス。山本氏江も手紙差添、金二百疋遣ス。深田氏江煙草壱斤、有住氏かつほぶし壱袋十本、是亦手紙差添遣ス。田町・飯田町・西丸下ゟ返書到来ス。右使両人、八時前帰来ル、則、茶漬飯為給遣ス○昼前、順庵殿右贈物之謝礼として来ル。早々帰去○昼時頃、鈴木栄助殿来ル。玄治殿ゟ帰路の由、色々物語致、有合の赤剛飯・煮染・煎茶を薦、暫して被帰去○昼後、伏見氏来ル是亦《(ママ)》謝礼として被参。且、先刻此方ゟ贈候肴代金百疋持持参、被返之。然ども、此方ニても節角の志ニ候所、被返候も不本意ニ存候ニ付、いろ

〳〵と解すゝめ候へども、決而不被受候所、彼是申なだ(濁ママ)め、やうやく受(三七ウ)納候様致。暫して、夕七時被帰。其後、野菜物白うり・胡瓜・冬瓜・鰯・そら豆壱升持参、被贈之。厚謝礼申述る○夕方、お国殿、久保田氏を下り、たんす・小道具持参、此方ニ預リ置。此方ニ止宿也○昼前小太郎、髪月代致、矢場江鋏炮古稽(ママ)ニ行。帰路、斎藤氏江参り候て稽古致、夕七時頃帰宅ス。

○廿九日庚申　南大風。曇、折々雨

一今朝六時起出、支度致、天明頃小太郎・おさちを呼起し、小太郎早飯後、御番所江罷出ル○四時前、触役宜太郎殿来ル。明後二日(改行)紅葉山　御成ニ付、小太郎居残りニ付、壱度弁当出候由、被触之。

一右同刻山本半右衛門殿、昨日贈物の謝礼として来ル。ほど無帰去。

一昼前、大内隣之助殿来ル。過日貸進之八犬伝六輯六冊被返之。且、借書の謝礼としてうちわ三本被贈之、暫して被帰去○お国殿、昼前何れへか出、夕方帰来ル○およし殿、八時頃来ル。其後同人養母、是亦昨日贈物の謝礼として来ル。雑談数刻、同人江さるとたき(カ)壱ツ贈之、夕七時過帰去。

一帰去の後、長次郎殿来ル。およし直ニ帰去。長次郎殿暫して帰去(三八オ)。

一おさち昼後綾部へ行、おふさどの江うちわ一本持参、贈之。八半時過帰宅ス。

一しなのや重兵衛、炭壱俵持参。先日中の炭五俵代、今日壱分渡、払済。今日の壱俵分ハ未也。

○六月朔日辛酉　終日雨

一今日小太郎居り番ニ付、壱度弁当遣ス。然ども、明二日紅葉山　御成御沙汰止ニ付、弁当ハ其儘荷持此方へ持参ス。小太郎昨日誂置候晩茶(ママ)買取、榑正町江立寄、昼時帰宅。今日者仮寐不致、日記帳を綴、表紙をかけ拵、上書も出来ス○お国殿昼前入湯被致、夕七時頃ゟ懇意方へ参り候由ニて被出去、今晩此方へ不来。何れへ欤止宿したるなるべし○八時過、高畑武左衛門殿来ル。お国殿針仕事ニ頼度由被申候へども只今ハ出行、此方へ不居。若明日ニも参り候ハヾ其許江参り候様申聞置、暫して帰去○夕方、長次郎殿来ル。入湯ニ被参候由ニて、早々帰去。

○二日壬戌　雨止。曇

一今朝四時頃、清右衛門様御入来。先月分薬売溜壱〆二百廿八文、外ニ上家ちん金壱分ト二百三十八文御持参被成。右請

取、壱わり百廿四文進之。且又、先月中頼置候抹香三袋買取、持参せらる。黒丸子無之由ニ付(三八ウ)、五包渡之。暫して御帰被成候○右同刻、長次郎殿来ル。昼前被帰去。

一九時前おふさ殿、先日貸進之合巻金魚伝・女西行持参被返之、尚又所望ニ付、猪もんじう六さつ・代夜まち二冊、貸進之ス。ほどなく被帰去。

一昼前、下掃除忠七来ル。両厠そふぢ致、帰去。温飩の粉壱重持参ス。

一昼後、建石鉄三郎殿来ル。右者、並木又五郎殿先日亡命之聞有之所、昨日組合小屋頭江又五郎殿被参候ニ付、組合小屋頭平五郎殿方へ留置、組中ニて番人、三時ヅヽ、替る〴〵病気見届の為、相守候由被申候ニ付、退刻(ママ)小太郎茶漬飯を給、渡辺平五郎殿方へ行、暮六時過帰たく。

一其後、長次郎殿来ル。暫物語して、五時過被帰去。
○三日癸亥　曇。終日也
一今朝伏見氏被参、雑談後帰去。長次郎殿同断○今日小太郎、終日在宿。但今朝、先日伏見氏ゟおこされ候詩題和詩持参ス。其外ぢよたん色々小細工致ス。夕方ゟおさち時候あたりニて頭痛致、且吐之気味有之ニ付、小太郎葛根湯調合致、用之○暮時前、梅村直記来ル。先月上旬貸進之弓張月残編六冊、被返之。右請取、小太郎対面。せん茶(三九オ)を薦、雑談数刻、四時前帰去。其後、長次郎殿来ル。暫して四時帰去。
○四日甲子　晴。南風
一今朝小太郎、如例番わりニ罷越、暫して帰去。右留主中、高畑吉蔵来ル。お国殿ハ被参候哉と被尋候所、一昨日罷被出候後、此方へハ未被参候由申候へバ帰去。長次郎殿帰路、久野内加藤氏江先日ゟ借受候本類品々、返呉候様頼遣ス○四時ゟ自伝馬町江入湯ニ行、帰路せん茶・薬種等買取、昼時前帰宅○昼後、長次郎殿来ル。暫く遊、夕飯為給、暮時帰去。

一小太郎、今日終日在宿○今日甲子祭、如例供物・神酒、夜ニ入神燈、五時納畢。
○五日乙丑　晴。南風、今夜五時頃地震
一今朝正六時前起出、支度致、天明頃小太郎・おさちを呼起し、早飯後、小太郎壱人御番所江罷出ル。今日ハ並木氏の代番之由也。

一昼後、長次郎殿来ル。終日遊、夕方帰去○昼前岩井氏、先日送物の謝礼として来ル。同人所望ニ付、しりうごと三冊貸遣ス。雑談数刻、昼時帰去○八時過、倉林斧三郎殿来ル。右者、先日(三九ウ)ゟ勤番被致候所、今日帰番之由被申、帰去○昼前、山本悌三郎殿ゟ助太郎ヲ以、先日頼置候敵討怨葛葉読本

五冊、貸本屋ゟ借受候由ニて、手紙差添、被越差、右受取置
○暮時加藤新五右衛門殿被参、五時前三嶋氏・坂本氏被参、
何れも雑談、五時過帰去。
○六日丙寅　今朝五時過地震
一今朝自深光寺へ参詣、諸墓掃除致、花水を供し、拝畢、昼
時帰宅。
一昼時前、鉄三郎殿来ル。明七日昼時ゟ暮六時迄渡辺氏江出
番由、被申候由也。
一小太郎、明番ニて帰宅ス。今日、終日在宿ス○昼時、長次
郎殿来ル。終日遊、夕方帰去○夕七時過、およし殿来ル。お
さち、麻襷壱反およしへ遣ス。尤、古物也。
一暮時順庵殿方ゟ先日貸進之玄同放言六冊・昨夜貸遣し候ち
ようちん、使ヲ以被返之、右請取置く。
○七日丁卯　晴。暑し、夕方雨、忽止、遠雷少々
一今朝四時前ゟ自、有住氏を初白井勝次郎殿・石井勘五郎殿
江先日中ゟ世話被致候謝礼として参り候所、何れも留主宅也。
白井氏小児江うちわ二本遣ス。有住氏ニてハせん茶を出さる。
暫雑談し、帰路松むら儀助殿方へ立より、昼時帰宅○昼後ゟ
小太郎、渡辺氏江並木一件ニて行(四〇オ)、夕七時過食事ニ帰宅
致、直ニ罷越、暮六時前帰宅。
一今朝悌三郎殿ゟ、一昨日借受候葛葉読本取ニ人参り候由。
右ニ付、昼後長次郎殿ヲ以、手紙差添、読本壱部見料差添、
為持遣し候所、悌三郎殿在宿被致、右本を渡し、見料未知由
ニて、此方ゟ遣し候見料被返。何れ悌三郎殿被参候由被申、
長次郎殿夕方帰被来ル。
一昼時過、およし殿来ル。夕方迄遊びて被帰去○夕七時過、
宗村お国殿被参。昨夜有住江一宿被致候由也。今晩此方へ止
宿ス。
○八日戊辰　晴
一今朝小太郎髪月代を致、食後五時過ゟ御番所江御成聞ニ罷
出ル。玉井・江村・加藤等一緒也と云。壱度弁当遣ス。小太
郎、八時過帰宅。御成、当組当番の由也。其後御鉄炮をみが
き、羅沙袋江入置く。暮時ゟ枕ニつく。
一夕七時過、触役邦之助来ル。明九日　御成、八時起し、七
時出之由被申、帰去。
一昼前、お国殿を留主居として、おさち同道入湯ニ行、昼時
帰宅。
一暮時ゟ長次郎殿同道し、伝馬町湯屋横町薬師江参詣、帰路
堀端近辺をめぐり歩、蕎麦《(マヽ)》ニて長次郎殿江蕎麦を振舞、四時
帰宅。右留主《(マヽ)》(四〇ウ)、順庵殿其外両三人来ルと云。留主居、お

国殿也。
○九日己巳　曇。昼後ゟ晴、暑し
一今暁八時小太郎山本氏を起しニ参り、支度致、七時ゟ　紅葉山御場所江罷出ル。御成相済、並木一件ニ付、蔵前森村屋江参り、尚亦日本橋殿木氏江罷越、昼飯馳走ニ相成、九時帰宅。

一今朝五時頃自おさち同道、白銀高野山江行、琴靏居士月牌料並ニ同人前髪持参、納之、受取書をとり、夫ゟ広岳院・保安寺・泉岳寺・薬王寺江参詣、諸墓江水花を供し、拝し畢。且、泉岳寺ニて暫木像を見物致、途中ニて支度致、九半時頃帰宅。留主居ハお国殿也○九時前荷持、御鋏炮・弁当がら、其外持参致候由也。

一八半時頃、伏見氏来ル。暫し、帰去。
○十日　庚午
一今朝天明頃一同起出、支度致、小太郎、山本氏を誘引、御番所江罷出ル。

一四時頃ゟお国殿、京橋辺江祭礼手伝旁々被参○昼前伏見氏被参、沢庵づけ大こん三本・唐もろこし二本持参、被贈之。

雑談後(四二オ)、昼時頃被帰去○昼後おさち入湯ニ行、八時前帰宅。

一八半時過おふさ殿、先日貸遣し候合巻二部持参被返之、伝馬町江買物ニ被参候由ニて、早々被帰去○八半時過、岩井政之助殿来ル。是亦過日貸置候しりうごと三冊被返、尚又所望ニ付、たけ取ものがたり二冊・新野問答二冊貸遣ス。雑談後、入相頃被帰去○右同刻、深田氏来ル。暫して帰去○暮六時過、触役西原邦之助殿来ル。明十一日小太郎居残ニ付、壱度弁当差出候様被申候て帰去○昼前林荘蔵殿、此度御寄場出役被仰付候由ニて来ル。
○十一日辛未　晴
一今日、明十二日御成ニ付、小太郎居残ニ付、壱度弁当荷持江渡遣ス。然る所、右弁当ハ不給して荷持江遣し候由、被告之。外四人の人々も右同様の由也。八時過帰宅、其後食事致、休足。暮時起出、亥ノ刻前又枕ニ就く○八半時頃、高畑吉蔵殿来ル。先日ゟ度々此方へ被参候謝礼として、小菊紙五帖持参、被賜之。辞れども不聞候ニ付、先納置く。ほど無帰去○夕方、建石鉄三郎殿来ル。明十二日八時起し、七時前の由被触之。并ニ、並木一件も今晩ニて落着ニ候間、右之趣、高畑江申通じ候様被申候ニ付、即刻申告ぐ(カ)(四二ウ)。

一夕七時前和多殿、先貸進之諏吉便覧二冊・弓張月残編六冊被返之。右受取、納置く○夕七時頃、およし殿来ル。暫遊、暮時帰去○日暮て、深田氏養母来ル。雑談数刻して帰去○今朝長次郎殿被参、裏有(ママ)之候雑木をこなし、自手伝、薪六把出来。内壱把、たきつけニ被致候とて、深田江遣ス。

一昼後長次郎殿帰去、又来ル。夜ニ入九時来ル。右薪壱把携、帰去。

一今晩起番ニ付、明七時迄(ママ)一通夜如例○荷持久太郎、道具・弁当集来ル。如例渡遣ス。

○十二日壬申　今暁八時八分土用ニ入ル

一今暁八時小太郎・おさちを呼起し、山本氏を起しニ参り、帰宅。食事致、七時、山本氏同道ニて増上寺御場所江罷出ル。巳ノ刻過帰宅。食後休足、四畳ニて仮寐ス。小太郎、中暑の気味ニて終日平臥、夕方長次郎殿江按摩を頼ム。

一今朝五時過定吉、裏并ニ竹藪そふぢニ来ル。草かり鎌無之、埒明かね候ニ付、松岡ニて借用致ス。右借受、定吉、裏ゟ藪の草木不残苅畢。昼飯給させ、せんちや・茶ぐわしを出ス。夕方帰去。所望ニ付、薪二把遣ス。

一昼後、岡左十郎父子、暑中見舞として来ル○日暮て長次郎殿伝馬町江被参候ニ付、林荘蔵殿内義江頼置候木綿糸持参致呉候様頼、綿代百文・とりちん五十六文、長次郎殿江渡、頼置く(四二オ)。

○十三日癸酉　晴。甚暑

一今朝四時前ゟ小太郎、御頭ゟ組中江暑中見舞として廻勤、帰路薬店ニて五苓散買取帰宅、煎用ス○今朝長次郎殿、暑中見舞并ニ伯父忌明之由ニて被参。其後、森野市十郎殿・玉井銕之助殿・田辺礒右衛門殿・稲葉友之丞殿・白井勝次郎殿、暑中見舞として被参○夕方、長次郎殿来ル。右ニ付、伝馬町迄参り候間、留主頼候所、暮時過ニ相成候てハ迷惑致候由申ニ付、右断、伏見氏ニ相頼、小太郎・おさち同道ニて嫗神江参詣、夫ゟ四谷見附方へめぐり、伝馬町新店ニて鮓を食事。且、伏見氏子共(ママ)江くわし一袋買取、四時帰宅。右留主中順庵殿被参、伏見氏と物語被致。右両人ニくわしを薦め、四半時頃両人ニて帰去。伏見氏子供江くわし一袋遣之○昨今両日漬梅を乾畢、壺江納置く。

○十四日甲戌　晴。甚暑

一今朝五時頃小太郎番当ニ行、ほど無帰宅。其後、矢場江銕炮稽古ニ行。

一今日ゟ蔵書類曙(ママ)暑を始む(四二ウ)。

一今朝有住忠三郎殿・川井亥三郎殿・浦上清之助殿・小出定八殿・水谷嘉平次殿・板倉安次郎殿・松宮兼太郎殿、暑中見舞として来ル。内三人ハ座敷ニ通り、茶・たばこ盆を出ス。

暫して帰去。

一今朝小太郎、小林佐七殿・荒井幸三郎殿江暑中見舞として罷越ス。

一今朝宗村お国殿、下町ゟ来ル。余り乱髪ニ付、髪を結。おさちを祭見物ニ同道可致由申ニ付、夕方かゝり湯致、茶漬飯給させ、お国殿、おさち同道ニて京橋辺江行、今晩先方へ止宿ス。

一小太郎、八時前帰宅。食後休足致、夕方髪月代を致、夕飯後、曙暑致候書物取入置く○岩井政之助殿、暑中見舞として来ル。先日貸進之竹とり物語・新野問答被返之、右受取。所望ニ付、梅桜日記壱冊貸遣ス。暫して帰去○昼前、下掃除忠七来ル。両厠そふぢ致、帰去○夕方豆腐や松五郎妻おすミ、明十五日祭手伝の為親分方へ罷越候。右ニ付帷無之候ニ付帷拝借致度由申ニ付、ふだん帷を貸遣ス。
○十五日乙亥　甚暑。絶難《マヽ》し(四三オ)
一今朝小太郎捨り助番ニ付、天明前起出、支度致、天明後小太郎を呼起し、早飯給させ、御番所江罷出ル。尤、今日者並木の代番之由也。

一今朝小林佐七殿、暑中見舞として被参○昼前伏見氏、先日中ゟ約束致置候巴旦杏三つ持参、被贈之。且、次男勝三又々熱気有之候ニ付、奇応丸壱包所望ニ付、渡之。早々被帰去○おふさ殿来ル。今日おさちと約束致候由の所、おさち祭礼ニ罷越、留主中ニ付、自雑談、さとうづけをすゝめ、昼後迄遊。所望ニ付、青砥模稜案前後十冊貸遣ス○昼時頃、およし殿遊ニ来ル。此方ニ終日衣とき物等被致、今晩かゝり湯致、止宿ス○右同刻長次郎どの入来、ほど無帰去。夕方伝馬町江被参候由ニ付、薬種頼遣ス。右買取、五時前持参せらる○暮六時過おさち、お国殿同道ニて帰宅ス。市太郎殿方一宿致、世話ニ成候由、うちわ二本到来ス。自、今昼時過ゟ中暑の気味、夕方ゟ悪寒致候ニ付、早く枕ニ就く○今日も秘蔵類を曙暑ス。
○十六日丙子　半晴。甚暑
一暑中見舞として、西原邦之助殿・渡辺平五郎殿・宮下荒太郎殿来ル。

一およし殿、昨日ゟ遊、昼時被帰去○お国殿、今朝有住氏江行。右者、此度(四三ウ)有住氏ニて御会被致候森野氏一件、何分ニも貧窮ニて、且厄介多く、甚暮方六ヶ敷由承り候て、人々余りすゝみ不申候ニ付、相談旁々、然ども断も申がたく、何れニも有住氏江参り、時宜ニよるべしと罷出、有住氏江行○自兎角気分不宜、且食気無之、胸痛致。小太郎、帰宅後、五苓散を調合致、進之。且、通気無之故ニ、三黄瀉心湯振出し候て、是をも薦。一杯用候所、ほど無蚘壱つを吐、其後少々づゝ順快也〇小太郎、今日御加祥ニ付、早交代、五時前帰宅。其後如例簷先江蔵書出し、昼後休足ス〇今日者おさちも中暑の気味ニて、腹痛止時無之由、半起半臥也〇暮時加藤新五右衛門殿、暑中見舞被申入、早々帰去。

〇十七日丁丑　半晴

一今朝建石鉄三郎殿、秘仏御成御場所上野江罷出候様申被入。

一高畑武左衛門殿、暑中見舞として来ル〇右同刻お国殿、有住氏江昨夜止宿致、相談致候所、兎も角も雇下女同様之心得ニ被参候。若心ニ不称候ハヾ、帰参り候様被申候ニ付、先今晩参り候べしと申、此方ニ有之候夏もの類洗度（ママ）被致、夕七時過持参の品々取揃有住氏江参り、夫ゟ有住氏御内室同同（ママ）道ニて森野氏江被行候由ニて出去。持参の品々、後刻荷持取おこすべしと申候ニ付、預り置く。日暮て荷持ヲ以、風呂敷包三ツ・小だんす壱ツ・はき物二足(四四オ)、書付ヲ以取ニ被差越候ニ付、右書付の如く渡遣ス〇八時過殿木竜仲様御入来、白砂糖壱斤御持参、被贈之。小太郎幸ニ在宿ニ付、飩酒・さしみ・取肴・さうめんを薦、暮時前、物語被致、御帰被成候。

一昼時頃ゟ定吉、先日致かけ置候仕事片付ニ来ル。終日草むしり致、内外掃除居候所、客来ニ付、鮫ケ橋辺ゟ所々千駄ケ谷稲毛屋江使致候ニ付、先日の賃銭として五百文遣候て、夕飯給させ、帰遣ス〇小太郎夕七時過、石井氏江申合ニ行、ほど無帰宅。

一今日も蔵書類、昨日の如し〇自・おさちとも、腹痛・胸痛とも順快也。

〇十八日戊寅　半晴

一今朝五時前小太郎、髪月代致、長次郎殿同道ニて上野御場所江罷出る。其後荷持由兵衛、壱度弁当集ニ来ル。則、渡遣ス〇小太郎出宅前、高畑吉蔵殿来ル。暫く雑談、小太郎出宅後帰去〇五時過お国殿昨夜森野氏江被参候由ニ付、市十郎殿子息十一才ニ相成候子供同道ニて来ル。昨日此方へ差置候せんだく物・ねござ等取集、子供ニ為持、自分も携て帰去〇小太郎八時前上野ゟ帰宅、明十九日　御法事済、御固当組非番の由也。直ニ組頭江御扶持取番書出し候よし申之。

一夕方およし殿兄弟被参、暮時被帰去〇昼前伏見氏被参、ほど無被帰去。

一暮時頃岩井氏被参、先日貸進之梅桜日記壱冊被返。右受取、自撰自集(四四ウ)所望被致候ニ付貸進せんと存候所、一向見ゑ不申。右ニ付、追而可貸旨申置、其後被帰去〇一昨日ゟ稿本を曝暑、今日も同断乾之。

○十九日己卯　晴
一今朝長次郎殿、伏見如例小児を携被参、暫遊、帰去。

一四時頃、長友谷五郎殿被参。右者、御扶持取番長次郎殿・小太郎、両人取番ニてハ不宜由被申候ニ付被参。小太郎面談ニて聞之、食後組頭江行、昼時過帰宅。食後仮寐致、夕七時前組頭江御扶持壱件ニて行、夕方帰宅。其其（ママ）夜食を果し、四谷天王仮家江参詣。たばこ・かんざらし等買取、入湯いたし、五半時頃帰宅。今晩起番ニ付、枕ニ不就して、九時山本氏を初深田・高畑を起し、支度致、八時ゟ右之人々と御番所江罷出ル。

一昼時下掃除忠七、納茄子二束持参。昼飯給させ遣ス○昼前伏見氏被参、昼時帰去。長次郎同断○昼後、坂本順庵殿来ル。暫物語致、自幷ニおさち容躰を告、診脉を乞候所、有合の枇杷葉湯二貼を被恵、早束（ママ）煎用、一同用之。上野江被参候由ニて被帰去○夕方、建石鉄三郎殿来ル。明廿日、九時過起し、八時過之出ニ候間、左様承知致様被触。

一下掃除忠七来ル。納茄子二束持参。右請取、昼飯為給遣ス（四五オ）。
○廿日庚辰　晴。夕七時過雷雨
一四時頃お次、暑中見舞として来ル。乾魚壱包・晒嶋襷、もえ黄真田紐添、持参ス。今晩止宿ス。右ニ付、夕七時過かゝり湯為致、自、お次・おさち同道ニて番所町媼神江参詣。拝礼畢、天王江参詣。所々飾物等見物為致、千代里江立より一同鮓を給、四時帰宅。留主居ハ伏見氏を相頼置○昼後ふし見氏、ちぐさの根ざし入用の由ニて所望被致候間、貸進ス。ほど無帰去。
○廿一日辛巳　雨。四時頃雨止、不晴
一今朝五半時頃、おつぎ帰去。神女湯無之由ニ付、七包為持遣ス。おさち伝馬町迄送行○同刻、長次郎殿来ル。今日七月分御扶持渡候由ニ付、受取ニ牛込まで罷出候所、今日ハ雨天ニて御蔵江参り候ても無益ニ付、直ニ帰宅致候。右ニ付、明日の取番小太郎ニ組頭迄書出し候様被申、帰去○四時頃伏見氏被参、先日大久保矢野氏江貸進之旬殿実々記十冊、外ニ古本三部、被返之。右請とり、尚又所望ニ付、雨夜月六冊、古本四緘貸進ス○四時過和多殿、加藤氏使として来り、しりうごと所望付、則三冊貸遣ス。早々帰去。

一昼前山本悌三郎殿入来、雑談後被帰去○四半時頃西原邦之助殿（四五ウ）、林荘蔵殿跡役小屋頭被　仰付候由ニて来ル○今朝明番ゟ小太郎、あつミへ暑中見舞として参り、うちわ三本持参贈之、四時頃帰宅。食後仮寐致、八時頃起出、組頭江御扶持書出し持参、帰宅ス。

一伏見氏剃刀入用の由ニ付、貸遣ス。昼後持参、被返之。其せつ又巴旦杏壱ツ持参、被贈之。兼所望致候故也。ほど無帰去○八時頃、羽賀女姉妹遊ニ来ル。暫おさちと遊。しら玉もちを振舞、八半時過帰去○高畑吉蔵来ル。何の用事なるを不知。ほど無帰去○八時過、芝田町宗之介方おまちゟ手紙到来。右者、おせつ産後おり物加、終死去致候よし為知来ル。うちおどろかれ、使清七江問所を不知、暫して口上ニて承知の趣申遣ス。出生ハ女子ニて、恙なしと云。憐むべき事限なし。

○廿二日壬午　晴

一今朝自起出、勘助方供人足申付、帰宅。右供人、五時過来ル。直ニ召連、芝田町宗之介方へ行。今日可帰候所、おせつ送葬明廿三日辰刻の由、今晩ハ宗之介初おふミ・おまちも今晩久保氏江(四六オ)参り通夜致。さ候ハゞ、留主居寿栄殿而已ニて、おさみしく被存候間、止宿致候様皆々止め候ニ付、宗之介方へ止宿ス。供人ハ帰し遣ス。

一七月分御扶持渡、壱俵受置。越後米也○今晩およし殿、夕七時過ゟ来て止宿ス○夜ニ入小太郎、安次郎方へ頼母子講会ニ行。穀醞当りの由ニて、人々のすゝめニより、小太郎・鈴木其外之人せり候所、鈴木氏当りの由也。

○廿三日癸未　終日半晴。夕七時過ゟ雨、無程止

一九時頃自、田町ゟ帰宅。供人ハ田町ニて雇候ゆへ、ちんせん二百文遣し、帰之。

一今朝、つき屋政吉来ル。玄米三斗つかせ、飯米ニて白米五合、つきちん百四十八文遣ス○およし殿、八時頃帰去○小太郎暮時前ゟ入湯ニ行、帰路中茶屋ニて小母人草買取、帰宅ス。

○廿四日甲申　曇

一今朝五時頃、小太郎番当ニ行、ほど無帰宅○林猪之助殿、暑中見舞として来ル。早々帰去○半右衛門殿被参、おせつ死去の悔被申入、帰去。

一小太郎朝飯後、番当帰宅後髪月代致、江坂氏ゟ岩井氏・坂本氏(四六ウ)江暑中見舞申入、帰路大内氏江暑中見舞申入、昼時前帰宅ス。昼飯後飯田町ゟ富坂小田氏・本郷油谷氏江暑中見舞入、夫ゟ日本橋殿木氏両家、乾物町・呉服町江是亦暑中見舞入、殿木氏江羊羹壱さほ持参、飯田町江白さとう壱斤持参ス。外ニ神女湯八包為持遣ス。暮時過帰宅ス。

一昼前政吉、端米春合有之候ニ付、春可申由ニて来ル。則、端米壱斗五升有之候所、三升余分ニ付、三升残置、壱斗二升持参ス○夕七半時頃、組頭成田一太夫殿来ル。右者、明廿五日惣出仕有之ニ付、今朝の番当替相違候ニ付、宛直し致候由

被申候所、小太郎他行中ニ付右趣申候へバ、然者帰宅之せつ、早々成田氏迄罷出候様被申帰去。右ニ付、小太郎、帰宅後成田氏江行。然所、朝に臥房致候由ニ付、右之趣、林荘蔵殿内義江申置、帰宅ス。

一暮時前三嶋氏四月中貸置候八犬伝初輯五冊被返、右謝礼として汗手拭壱筋・手遊物一種、被贈之。雑談中暮時、加藤新五右衛門殿来ル。去廿一日貸進之しりうごと三冊、被返。右両人ニ煎茶・白玉もちを薦め、雑談後四時帰去○触役銕三郎殿来ル。右者　御簾中様御誓(ママ)去被遊候ニ付、普請・鳴物等停止可為旨被触之、御免の義ハ追而御沙汰有之と也(四七オ)。

一夕七時過定吉、小児を携て来ル。門内外そふぢ致、帰去。小児江手遊・くわし遣ス。暫して帰去。○伏見氏今朝・今夕両度、遊ニ被参○六時過、長次郎殿被参。小太郎他行ニ付、右名代として所々番宛被致由ニて来ル。今ゟ髪月代致候由ニて帰去。

一昼後、おさち入湯ニ行。出がけ、あや部江立より、新累貸進致、八時頃帰宅ス。
○廿五日乙酉　曇。廿日雷雨後冷気不順也、夕方ゟ雨
一今朝捨り番ニ付、天明頃起出、支度致、小太郎茶漬を給、深田・山本を誘引、一同御番所江罷出ル○昼前、米つき政吉来ル。昨日の端米舂候て持参ス。則、つきちん四十八文遣ス。壱斗二升の内壱升二合つき減、壱斗八合白米ニ取。糖九升払遣ス。代百廿六文請取○下掃除忠七来ル。両厠そふぢ致、帰去○昼後八時過、おふさどの来ル。太柄うちわ二本おさちへ被贈、暫遊、帰去。所望ニ付、八犬伝初輯五冊貸遣ス○同刻、およし来ル。是亦暫して帰去。

一日暮て兼次郎殿来ル。先月分金銭出入勘定致貫、五時頃帰去。

一暮時前荷持久太郎、傘・下駄取集ニ来ル。右相渡し、給米二升をも渡ス。

一伏見岩五郎殿、小児を携て被参。右小児江紅うら腹掛壱ツ遣ス。
○廿六日丙戌　雨。四時頃ゟ雨止、不晴
一今朝、長次郎殿来ル。同人時候あたりニて腹痛致候由ニ付、黒丸子為給遣ス(四七ウ)。握飯を給、帰去○四時過、江坂卜庵殿暑中見舞ニ来ル。小太郎初対面之口誼を演、暫して被帰去○今朝加藤氏ゟ和多殿ヲ以、書籍何也とも借用致度由被申候ニ付、近世奇跡考五冊・簑笠雨談三冊貸遣ス。

一今朝荷持久太郎ヲ以、森野氏江釜(濁ママ)壱ツ・鍋壱ツ、但蓋とも・瓶大小二ツ、ふろしき包壱ツ・ござ壱枚為持遣ス。右者、

昨日お国殿被参、渡呉候様被申候故也。

一小太郎、五時過明番ニて帰宅。食後仮寐致、八時頃起出。

一八時頃、定吉来ル。そだ(濁ママ)をこなし、暮時帰去。同人小児江腹掛壱ツ遣ス。且又、薪大わり一把遣ス。今日の分十五把、外ニわり候分三把出来ス。

一今日恵正様御祥月忌御逮夜ニ付、御画像床の間ニ掛たてまつり、神酒・七色ぐわしを供ス。夕方取入、納置○夜ニ入、順庵殿来ル。暫して被帰去。
○廿七日丁亥　晴
一今朝五時過、おもん来ル。苧麻掛目十匁買取呉候様申ニ付、代六十八文遣し、買取置。自深光寺へ参詣致と申候へバ、一緒ニ参度由申ニ付、直ニ支度致、同道ス。深光寺ニて諸墓そふぢ致、水華を供し、拝畢。おもんハ新白銀町江帰去。自九時頃帰宅ス○恵正様御画像、昨日の如し。夕方納畢。

一八時前、高畑吉蔵殿来ル。門触ニて長田章之丞内義死去被致候由被申、直ニ深田・山本江小太郎申告○八半時過小太郎、長田氏江悔ニ行(四八オ)、ほど無帰宅。送葬ハ明廿八日八半時之由也。
○廿八日戊子　雨。昼時頃ゟ雨止、半晴
一今朝小太郎、当日礼廻ニ行、暫して帰宅。其後髪月代致、八半時頃ゟ長田へ行、夫ゟ赤坂某寺へ送葬。組中一同見送り、夕七半時過帰宅。帰路、盆挑燈買取置○夕七時過深田長次郎殿、明後当番の所、両三日不快ニ付出勤致難候ニ付、何とぞ仲間江頼呉候様小太郎江被頼。右ニ付、小太郎帰宅後早々玉井氏江参、頼入候所、同人も不承知の由ニ候所小太郎強て頼候所、承知被致、明後晦当番差替え可罷出旨ニ付、其趣長次郎江申示おく。

一今朝矢野信太郎殿被参、窓の月一折持参被贈之、早々帰去ル。

一右同刻山本氏内義、小児を携て来ル。暫遊、被帰去○昼前お房殿、先日貸進之八犬伝初輯五冊被返。右請取、同書二・三輯十冊貸遣ス。折からおさち入湯ニ出かけ候間、同道ニて帰去。おさち、八時過帰宅○昼後、梅むら直記殿来ル。小太郎対面、暫して帰去。
○廿九日己丑　終日曇。夕七時過ゟ雨、日暮て止、晴
一今朝、お国殿来ル。此方へさし置候銕醬壺其外品々持参候て帰去。昼飯為給しム。

一今朝小太郎、昨日買取候盆挑燈、天地を張、紐を付、戒名両霊分書入、拵置(四八ウ)。

一伏見氏小児を携て被参、暫して被帰去○今朝深田氏被参、

不快同様の由被申、ほど無被帰去○夕七時頃おさち、およねと誘引、入湯ニ行。折から雨降出候ニ付、自傘を携、右両人の迎ニ行。直ニ両人帰宅ス○夜ニ入政之助殿、久野御屋敷迄被参候由ニて立被寄、暫して帰去。今晩五時頃枕ニ就く。

○廿日庚寅　晴

一今日当番ニ付、正六時頃ゟ起出、支度致、天明ニ小太郎・おさちを呼起し、早飯為給、御番所江罷出。其後荷持、葛籠取ニ来ル。然所、荷持久太郎亡命致候由ニて、見不知荷物来ル。則、渡遣ス○四時頃、清右衛門様御入来、六月分薬買溜金二朱ト壱〆五十文御持参、一わり百八十四文進之。外ニ、先日おつぎ江貸遣し候浴衣・帯一筋御持参。右受取、おつぎ帷子・帯・こま下駄渡之。且又、まるづけ瓜九、御姉様ゟ被贈之。雑談して、昼時前被帰去。

一昼前、長次郎殿来ル。同人不快、順快の由也。暫して被帰去。○今晩ゟ盆挑燈、檐先江出之。是ゟ戌七月一日日記帳江うつる(四九オ)。

(第二冊終)

(以下第三冊。表紙ニ「秋／庚戌日記／七月ゟ辛亥六月迄」と三行に自書)

○七月朔日辛卯　雨。折々止、立秋、日帯食(ママ)

一今朝自、伝馬町江売薬入用粘入等買ニ行、暫して帰宅ス○小太郎、五時過明番ニて帰宅ス。食後仮寐致、夕七時起出、何やら不機嫌のやう子ニて、日暮、壱人西四畳江枕ニ就く。何の故なるを不知○今朝玉井銕之助殿、三日礼廻り用捨の由ニて来ル○昼前田辺礒右衛門殿、邦之助跡役小屋頭被仰付候由ニて来ル。右同道ニて、稲葉友之丞殿、礒右衛門殿跡役定番被　仰付候由ニて来ル。

一今朝、長次郎殿来ル。暫して帰去○昼前順庵被参、雑談して被帰去。

一昼後ゟ神女湯能書・奇応丸小包袋・同外題少々摺之、則こしらへ置。

○二日壬辰　曇。八時過ゟ晴

一今朝小太郎起出、銕炮玉を鋳。右序ニ、高畑・深田右両人の玉をも鋳遣し候由也。昼後山本氏江参り、暫して帰宅。其後、仲殿町辺江参り候由ニて罷出ル。夕七半時過帰宅ス。

一今朝、長次郎殿来ル。暫遊、昼飯を為給、其後帰去而、又来ル。夕七時過帰去(一オ)○右同刻、およし殿来ル。ほど無帰去○今朝、伏見氏来ル。子供両人参り、折から小児睡ニつき候ゆへ、月代剃遣ス。昼時帰去。

○三日癸巳　晴。冷気
一今朝、長次郎殿来ル。暫して被帰去○四半時過大内隣之助殿、先日貸進之秤持参、被返之。此方ニて一昨日借用致候鋳鍋返之、暫して帰去らる。

一昼九時前江村茂左衛門殿、今日昼後ゟ玉井氏ニ寄合有之由ニ付、出席致候様被触。右ニ付、小太郎、昼時少々前ゟ玉井氏江行。出がけ森野氏江参り候ニ付、先日ゟお国殿江約束致置候金子、壱分判ニて金壱両、小太郎ヲ以、為持遣ス。

一夫ゟ寄合江罷越候由ニて、暮時前帰宅○昼前伏見氏被参、無程被帰去。

一暮時前、長次郎殿被参。今朝髪月代被致候故か、昼後ハ不出来の由也。無程被帰去○今日も蔵書類曝暑ス。是迄曝候蔵書類、今日本箱江取入、納置。
○四日甲午　晴
一今朝食後小太郎御番所江行、ほど無帰宅。其後矢場江鋳炮稽古ニ行（ウ）候由ニて、鋳炮其外道具類携、罷出ル。昼時帰宅。十八匁玉うち候由也。

一高畑吉蔵殿来ル。何も用事なし。ほど無被帰去○山本氏内義、昨夜鼠を取おさへられ候由ニて持参、此方猫ニ被贈、雑談して被帰去。


一稲毛屋由（カ）五郎ゟ如例七夕祝儀として、素麪小十五把贈来ル○八時過、三嶋兼次郎来ル。今日小石川へ転宅被致候由ニて暇乞被申、帰去。

一夕七時頃生形内義、接木巴旦杏一笊、被贈之。右うつりとして、ひじき一包遣之○夕七時頃小太郎髪月代致、夕飯後暮時ゟ四谷伝馬町江参り候由ニて罷出ル。

一今日、蔵書類曝暑ス。夕方、小太郎取入畢。
○五日乙未　晴
一今朝天明頃一同起出、小太郎湯漬を給、支度致、壱人ニて御番所江罷出ル。其後久太郎代荷持竹蔵葛籠取ニ来、則渡遣ス。

一昼前あや部おふさ殿、先日貸進致候八犬伝三集持参、被返。おふさ殿遊被居候ニ付、母女替々入湯ニ行、昼飯を振ふ。夕七時頃迄遊、帰去。八犬伝（オ）四・五輯十冊貸遣ス○昼後、おさち・おふさ殿を留主居として、自、飯田町江行。神女湯無之由ニ付、十三包持参ス。且、かんざらし粉一袋贈。雑談して夕飯を被振舞、暮時帰宅○右留主中、政之助殿・およし殿来ル。暫遊、帰去ルと云○松岡織衛殿ゟ旧年春中貸進致置候千蔭手本、先日中ゟ国元信州江貸置候由。右ニ付、此せつ着致候間、被返候様手紙差添、被返之。両人、留主中ニ付返書ニ不及、右受取置〇日暮てふし見氏被参、雑談数刻、子ノ刻被帰去〇今日小葛籠の内二ツ、虫干致畢。

〇六日丙申　雨。昼後ゟ雨止

一今戸慶養寺ゟ施餓餽袋、納所配来ル〇短ざく竹を出ス。

一五時過小太郎明番ニて帰宅、食後枕ニ就き、夕七時起出、其後食事致、入湯ニ行、暫して帰宅。

一伏見氏、小児を携て両度来ル。両度共ほど無被帰去。

一夜ニ入、お国殿来ル。此方土蔵江預り置候火のし其外色々取出（二ウ）、携被帰去。

〇七日丁酉　晴。残暑

一今朝江村茂左衛門殿・岡勇五郎殿・玉井銕之助殿・建石元三郎殿・江村茂左衛門殿、七夕祝儀として来ル〇小太郎髪月代致、礼服ニて番町御頭其外組中江七夕祝儀申入、昼時前帰宅〇昼前伏見氏被参、昼時被帰去〇八時頃大内隣之助殿被参、暫雑談。千駄ヶ谷辺江被参候由ニ付、むせ歯《（マヽ）》まじない流被呉候様頼遣ス〇昼後、羽賀女おりかどの遊ニ来ル。暫遊、被帰去〇今日七夕祝儀、昼さゝげ飯一汁二菜、家内一同祝食ス。諸神江神酒、夜ニ入神燈、如例之〇夕七時過、政之助殿来ル。雑談暫して被帰去。

一政之助殿、江州琴彦《（カ）》ゟ太郎方へ手紙到来の由ニて持参せらる。今更心苦敷候得ども、其儘受取置。二月七日出の状也。

一小太郎、当月一日ゟおさちと枕席を供ニせず、壱人西四畳ニ臥候所、何思ひけん、今晩ゟ又座敷臥候と申候を、おさち申候者、夫見給へ、母様の留給ふ、聞かせいね《（マヽ）》乍、今更よし給ふ事かと申候を、立腹いたし、面色血を沃ぐが如く、おさち《（マヽ）》ニ迎、此家ハ我小太郎の家也。出ていね抔、三・四言申（三オ）。

〇八日戊戌　今朝天明前急雨両三度。其後半晴

一今日小太郎、終日在宿〇夕七時過芝田町山田宗之介方ゟ手札ヲ以、干ぐわし一折・銘茶角袋入小半斤被贈。右者、おせつ事観量院、来ル廿四日、三十五日相当ニ付、志の由ニて被贈之。謝礼返書遣ス。赤尾ゟ文到来致候得共、暮時ニ及、返書不遣。追而遣スべし〇小太郎、昼後山本ゟ深田江見舞ニ行、ほど無帰宅。今晩五時過、一同枕ニ就く。

〇九日己亥　曇。昼後ゟ晴

一今朝、山本半右衛門殿内義来ル。右者、深田長次郎殿不快ニ付、今日ゟ神文状差出し度候間、組合小屋頭板倉英太郎殿江頼呉候様被申、印鑑并紙代持参せらる。紙代ハ不用ニ付、直ニ返ス。此方ニミの紙半紙有之候ニ付て也。山本氏内義印鑑さし置、被帰去。夫ゟ直ニ小太郎、印鑑・紙携て深田組合

小屋頭板倉英太郎殿宅江罷越、右申入、印鑑を押、帰宅。帰路深田へ立より、印鑑を返ス○昼前伏見氏被参、ほど無帰去。○昼後、順蔵殿来ル。せん茶・くわしを出ス。暫雑談、四谷伝馬町江被参候由ニて早々帰去○暮時ゟ小太郎、鮫ヶ橋材木屋江中抜買ニ行、夫ゟ伝馬町江罷越、釘買取、暮六時過帰宅(三ウ)。

○十日庚子　曇。昼時ゟ晴、残暑甚し

一今朝、お国殿来ル。何やら取出し、被帰去○今朝五半時頃ゟ自、今戸けい養寺へ参詣。先出がけ湯嶋隣（ママ）祥院江参、水花を供し、花づゝ取かへ、赤尾氏の墓同断拝し畢。広徳寺前西照寺へ右同断参詣致、浅草寺観音菩薩へ拝礼し、夫ゟ慶養寺へ参詣、赤尾氏二ヶ所の墓江水花を供し、拝し畢。白米壱升・鳥目四十八銅・施餓餽仏餉一袋、如例年寄進ス。途中ニて支度致、暮時前帰宅○右留主中おふさ殿去ル五日貸進之八犬伝四・五輯十冊被返、所望ニ付、六輯六冊貸遣し候由也。おふさ殿きうり十本被贈之、天田ゟきうり・いんげん被贈候由也○宮口屋庄蔵ゟ如例年素麪小十五、被贈之○順庵殿被参候由、是亦帰宅後告之○暮時前おさちヲ以、深田氏江梅びしほ一曲為持遣ス。長次郎病気見舞として遣之候也。

一暮時ゟおよね殿ニ被誘引、梅桐院くわんおん江行、五時過帰宅。

○十一日辛丑　晴。残暑

一今朝伏見氏ゟ沢庵づけ大こん三本持参、被贈之○小太郎明番ゟ帰宅、食事致、仮寐致、八時過起出、暮時前ゟ伝馬町ゟ鮫ヶ橋辺江買(四オ)物ニ行、釘・材木等買取、六時過帰宅ス○昼後順庵殿、小川町迄参り候ニ付、飯田町江用事無之やと被問、暫して被帰去○今日も読本類を曝暑ス。

○十二日壬寅　晴。残暑

一今日帳前ニ付、小太郎起出、湯漬を給、矢場江行、四時過帰宅。

一昼前ゟ白米壱升を挽、小太郎手伝。昼後、みがき物同断○今朝勘助方へ、夕七時前ゟ深光寺へ供人足を申付置○小太郎昼後、霊棚燈籠、紅ニて紋を摺、張之置○夕七時前ゟ勘助方ゟ参り候供人召連、夜食供人ニも給させ、深光寺へ墓参りス。深光寺へ如例年、白米二升・鳥目二百四十八文寄進ス。諸墓花ヅヽ、取替、水花を供し、帰路色々買物致、五時帰宅。帰宅後かゝり湯致、枕ニ就く○八半時頃おさちヲ以、山本氏・深田氏江白玉餅小ふた物入、一器ヅヽ、遣之。山本氏ゟ唐なす壱ツ、被贈之。おさち帰宅のせつ、およし殿来ル。暫遊、夕飯為給、夜ニ入五時帰去。

一今日も読本類を曝暑、夕方取入置(四ウ)。
○十三日癸卯　晴。残暑昨日の如し
一今日付人可罷出候所、腹痛致、出勤致かね候由申ニ付、頼合致度候ども、此節仲間無人ニ付、神文状ニても差出候半と申ニ付、半右衛門殿江頼候所、早束山本氏被参、印鑑持参被致、暫して被帰来、神文状被出候由、被申之。

一今朝久野様方加藤氏ゟ先月中貸進之蔵書二部僕広蔵ヲ以被返之、右謝礼として籠入里芋二升、被贈之。右請取、謝礼申遣ス。手紙到来ス。小太郎不快中ニ付、返書ニ不及○昼前、御霊棚をこしらへ、其後餡だんご製作致、霊棚江供し、家内も食、ふし見氏江一器遣之。

一伏見氏、小児を携て被参。あづきだんごを薦、暫して被帰。鯖ひもの十五枚、被贈之○大内氏手作ずいき三株持参被贈之、早々被帰去。

一昼後おふさ殿去十日貸進之八犬伝六輯六冊被返之、暫雑《ママ》だんごを薦め、所望ニ付、八犬伝七輯七冊貸遣ス○八時過玉井鉄之助殿、明日紅葉山　御成、当組当番の由被触。退刻山本氏江申告ぐ。

一暮時、御迎火をたく○今晩伏見氏被参、霊棚江拝礼被致、今ゟ(五オ)大久保江参り候ニ付、何ぞ買物ハ無之やと被申候ニ付、もり物梨子・桃を頼置く。

一暮時過、高畑吉蔵殿被参。させる用事なし。ほど無被帰去。今晩五時過、一同枕ニ就く。
○十四日残暑《ママ》甲辰　晴。夕七時頃雷雨、夜ニ入四時頃雨止、不晴
一小太郎、今朝ゟ五苓散を煎用ス。半起半臥也。

一霊棚、今日朝料供、汁唐なす、平里芋・あぶらげ、香の物なす。昼、皿ずいきあへ、汁白みそ、香の物白瓜。八時、煮あんころもち。夕飯、なす・さつまいも・あげもの・煮ばな、香の物鉈豆。夜ニ入、上酒・みりん・ひやし豆腐を供ス。

一夕七時頃、芝田町山田宗之介ゟ使礼到来、赤尾ゟ琴靏居士新盆ニ付、小蠟燭一袋、おまち殿ゟ文を被差越。宗之介ゟも右同様、琴靏霊前江銘茶一袋、被贈之。右謝礼、宗之介・おまち殿江返書ニ申遣ス。有合せ候ニ付、ズイキ三株為持遣ス○八時頃、伏見氏ゟ白沙糖《ママ》壱斤・百合の根七ツ・紫蘇の実、岩五郎殿被贈之、暫して帰去。

一昨夜小太郎、本郷油谷江文通致度由ニ付、今朝勘介方へ人足申付候所(五ウ)、折悪敷無人ニ候得ども、所々尋、昼後ニて宜敷候ハヾ差上可申由ニ付、其意ニ任、申付置。右人足、昼後八時前来ル。小太郎、油谷氏江手紙認、為持遣ス。右人足

ニ申付、帰路晩茶半斤買取候様申付、代銭百文為持遣ス。七時前、人足帰来ル。申付候晩茶買取来ル。油谷氏ゟ返書到来ス。人足ハ直ニ帰去。

一夕七時頃、山本氏内義被参。小太郎、用事有之候ニ付、おさちヲ以招候由ニて被参。則、座敷ニて小太郎と内談致、暫して被帰去○昼後自、伝馬町江一昨日誂置候あんころ餅取ニ行。其外種々買物致、八時頃帰宅。

一およし殿来ル。先刻白みそ汁遣し候鍋持参被返之、早々帰去○夜ニ入小太郎山本氏江罷越、亥ノ刻頃帰宅ス。

○十五日乙巳　曇。秋冷

一今朝四時過順庵殿、八丁堀江被参候由ニて被立寄、ほど無被帰去。

一八時過深光寺納所、棚経ニ来ル。如例、経勤畢、布施四十八文遣ス。施餓餽袋持参、受取置○今日霊棚料供、朝、ごま汁・茄子さしみ、香の物丸づけとうがらし入。昼、冷さうめん、八時、蓮の飯・葉生が・煮ばな・西瓜。夕方、きなこだんご・にばな、香の物雷ぼし、供之(六オ)。

一夜ニ入久野様御内加藤氏被参、少々後レテ和多殿来ル。せん茶・くわし・だんごを薦め、雑談数刻にして九時前帰去ル。所望ニ付、続江戸砂子・江戸砂子〆十二冊貸進ス○今日、蔵書合巻・稿本類・暦等曝暑ス。

○十六日丙午　半晴。冷気、今夜五時九分処暑ニ成

一今朝料供、茄子・十六さゝげごまあへ、汁いも・もみ大こん、香の物もミ大根を供し、其後如例冷水ニて挽茶を供し畢、御を微《(ママ)》す。夜ニ入、御送火を焼、霊前江拝礼ス○昼前、お国殿来ル。暫物語致、昼飯を薦め、九時過被帰去。八時過ゟ自、おさち同道ニて赤坂一木威徳寺不動明王へ参詣、心願を念じ、観量院墓参り致、帰宅ス。

一夕七時過、山本悌三郎殿来ル。暫物語被致、煎茶・くわしを出ス。所望ニより、亨《(ママ)》雑記二冊貸遣ス。右之外、客来なし。

○十七日丁未　晴

一昼時前、殿木氏旧僕来ル。小太郎対面、暫物語して、昼時候間(六ウ)昼飯薦れども不聞して帰去○右同刻、丸屋藤兵衛来ル。雑談数刻、昼飯を薦め、九半時比帰去○夕七時過、竹藪ニ有之候そだ《(濁ママ)》薪を、小太郎手伝、こなし、八把、暮時迄ニ出来ス○夕方おふさ殿先日貸進之八犬伝七輯七冊被返、おさち受取、同書八輯上下十冊貸進ス。

一昼時前、下掃除忠七来ル。麦こがし一袋持参ス。両厠そふぢ致、帰去。

一日暮て定吉来ル。暫雑談、此度甲賀組荷持明跡へ参候由申

之、五時前帰去○今日、合巻類を曝暑ス○夕方小太郎、明日出勤致候由ニて、組頭・与力へ届ニ行、暮時前帰宅○右留主中、越後屋清助、女同道ニて来ル。且、先日中参り候十一面観音御初穂百文、外ニ余り候さいせん二つ渡遣ス

○今日、古合巻類曝暑ス。小本類同断。

（右十七日記終條「今日、古合巻類曝暑ス」とある上欄外に「○十八日戊申　晴」とのみありて、十八当日記文なし）

○十九日戊申　晴己《(ママ)》

一今日、歌書類を曝暑ス。昨今、夜具・ふとんを干。

一今朝、高畑吉蔵来ル。右者、昨日土屋宜太郎殿内義産後の脳《(ママ)》ニて終ニ死去被致候由被申、帰去。退刻山本氏江申告ぐ(七オ)。

一今朝小太郎、朝飯後髪月代致、組中廻勤。右者、今日ゟ出勤致候ニ依而也。御頭江同断参上。帰路土屋宜太郎殿江悔申入、送礼之刻限承り候所、申ノ刻、寺ハ四谷しほ干観音隣家寺の由也。昼時帰宅ス。

一昼時前、宗之介来ル。木の葉せんべい壱折持参被贈之、雑談数刻、昼飯を薦む。赤尾氏ゟ文致来、美少年録三・四輯所望ニ付、則貸進ス。返書認め遣ス。八時前帰去○今朝、ふし見氏ゟ手作茄子十・胡瓜三本、被贈之○小太郎夕七時、宜太郎内義出棺見送りニ行、暮時前帰宅。其後食事致、四谷伝馬町ニて入湯致、且買物致候由ニて罷出ル。五時過、みそづけ大根買取、帰宅ス。深田氏ゟ頼まれ候ゆり二つかいとり、帰宅。

一夕七時頃、米つき政吉来ル。右者、先残有之候玄米端米三升つき合ニ致度存候ニ付、願候由申候ニ付、則渡遣ス。何れ明後廿一日持参可致旨申、持去。

○廿日庚戌　雨。昼時過晴、残暑

一今暁七時起出、支度致候所、未ダ天明ニ不及、暫して天明ニ及ぶ(七ウ)。右ニ付、小太郎呼起し、早飯給させ、山本氏同道ニて御番所へ罷出ル。

一朝飯後自深光寺へ参詣、出がけ小日向馬場赤岩氏江参り、おさち吉凶を問。夫ゟ深光寺へ参り、諸墓江水花を供し拝し畢、飯田町江行。飯田町ニて昼飯を被振舞れ、折からあつミお鍬様御入来ニ付、尚亦物語致、夕七時頃帰宅ス○右留主中、渥見祖太郎殿来ル。手みやげ、銘茶小半斤入一袋、被贈之。自留主中ニ付、早々被帰去、とおさち告ぐ○夕方、およし殿来ル。暫物語致○夜ニ入、伏見氏に被誘引、狸火見物ニ行。然所、狸火無之由ニ付、伝馬町江買物旁々被参候て、寄ニて

人形芝居見物致、四時頃帰宅○暮六時過、順庵殿来ル。雑談数刻、煎茶・ぼたん餅を薦め、四時過被帰去。
○廿一日辛亥　雨。無程止、半晴、八時頃ゟ雨
一今朝荷持、雨具取ニ来ル。則、下駄・傘渡遣ス○小太郎、明番ゟひもの丁江廻り候て、昼時帰宅。食後仮寐致、夕七時起出、夜食後両組頭江御扶持落候やと聞ニ行、暮時帰宅（八オ）。

一暮時、米つき政吉来ル。一昨日遣し候つき合端米三升、白らげ候て持参。右請取、代銭十六文遣ス○昼前伏見氏被参、暫して帰去○昼時頃、高畑吉蔵殿来ル。右者、養父武左衛門殿、上まき丁渡辺順三ニ療治を受度候ニ付、居宅聞ニ被参候へども、右医師ハ手軽く不廻見、殊ニ物入多きを話説致候所、承知致、被帰去。
○廿二日壬子　風雨
一今暁六時頃小太郎を呼起し、今日長前有之や否を聞ニ遣ス。今日小太郎矢場番ニ付て也。風雨ニ付、有之間敷と存候得ども、矢場番故ニ右之如く有住迄聞ニ行、天明頃帰宅。今日ハ休の由被申候ニ付、帰宅して又枕に就く○八半時頃大内隣之助殿、昨日鎌くらゟ被帰候由ニて、亀の甲煎餅壱袋持参被贈之、暫く雑談、其後被帰去○夕七時頃、おふさ殿来ル。去ル廿八日貸進致候八犬伝八輯十冊被返之、尚又所望ニ付、八犬伝九輯の巻二十五冊貸遣ス。如例おさちと遊、帰去○夕方、伏見氏来ル。奇応丸中包壱ツ買被取候。代銭百五十六文持参被贈之、右請取置。早々被帰去。

一小太郎昼九時頃起出、終日在宿。夕方組頭江御扶持聞ニ罷越ニ付（八ウ）、組頭鈴木氏無尽掛銭余人ニ頼遣し候所、何れも留主宅の由ニて帰宅。暮時過ゟ又鈴木氏江行、掛銭二百八文為持遣ス。五時過帰宅。当りからニて、せり鬮成田氏せり取候由也○およし殿、夕七半時過来ル。五時頃迄遊、帰宅候ニ付、送遣ス。
○廿三日癸丑　晴。折々曇、四時過少々雨、忽止
一四時前ゟ小太郎髪月代致、日本橋殿木氏江参り候由ニて出宅、八時頃帰宅。後ニ聞、実ハ本郷油谷氏江参り候由也○今朝自山本氏江参り、半右衛門殿ニ面談致、深田氏江病気見舞参り、暫物語致、昼時帰宅。昼後小屋頭有住氏江行、太柄団扇二本贈之。岩五郎殿在宿ニ付、面談数刻、八時前帰宅○高畑武左衛門殿今朝ゟ病差こはり候由ニ付、見舞ニ行、ほど無帰宅○高畑吉蔵殿来ル。右者、上槇町渡辺順三殿に診脉を頼度由高畑武左衛門殿被申候ニ付、名前認め遣ス。

一夕七時過小太郎御扶持聞ニ行、帰路高畑江見舞ニ行（九オ）。

一夕七時頃、お国殿来ル。暫物語致、欠合ニて夕膳を薦め、

七半時過被帰去。

一右同刻、岸井政之助殿来ル。雑談数刻、七半時過被帰去○夕方、深田およし殿来ル。唐茄子壱ツ持参被贈之、早々被帰去○今日、机・引出し、其外曝暑ス○田辺礒右衛門殿高畑江参候由ニて被参、暫物語して被帰去。

○廿四日甲寅　半晴。残暑

一五時前小太郎起出、番当ニ行、暫して帰宅○四時前飯田町清右衛門様、堀の内千部経ニ被参候由ニて御入来。過日御頼申置候粘入二帖御持参被成候ニ付、受取、納置。休足被致、山本半右衛門殿方へ小太郎一義ニ付被参、暫して帰被来ル。せん茶・昼飯を振舞、其後堀の内江被参候由ニて被帰去。

一昨日小太郎帰宅後、印鑑を入用ニ付渡呉候様申ニ付、其内渡し候様申置候処、又候今朝右印鑑渡候やう催促致候ニ付、右印鑑ハ委細有之、我一存ニハ渡かね候ニ付、半右衛門殿迄参り候様申聞候所、甚以不承知、怒、彼是申候ニ付、山本氏を招ニ行候所、山本氏不被参、山本氏江小太郎参候様被申候ニ付、帰宅して其趣申候へバ、又一層の怒をうつし、彼是巳時なく候ニ付、其儘捨置く（九ウ）。

一夕七時過小太郎、御扶持聞ニ行候所、明廿五日御扶持落候由。然所、明日小太郎当番ニ付、小太郎名代忠三郎殿被参候由也。暮時帰宅。夜食後半右衛門殿方へ行、四時過帰宅。小太郎申候者、先刻印行の義ニ付、半右衛門殿江申候所、半右衛門殿被申候者、印行所持致候事勿論なれども、今更申出所時分悪、術よく申候て受取候やう被申候由、今晩申之○今日文庫類を干畢○米つき政吉来ル。御扶持参り候やと申ニ付、未ダ不参、明廿五日御扶持参可申候間、廿六日ニ米つきニ可参由申付置。

○廿五日乙卯　曇。今日二百十日

一今日当番ニ付、六時頃起出、支度致、天明後小太郎・おさちを呼起し、小太郎早飯後、御番所江罷出ル○四時頃、岩井政之助殿来ル。雑談数刻、昼時被帰去。所望ニ付、俊寛嶋物語合巻二冊貸進ス○昼後大内氏被参、手作枝豆持参、被贈之。少々おくれて伏見氏見へらる。先日貸進之古本三とぢ持参被返之、右請取。大内氏所望ニ付、八犬でん七輯上下七冊貸進ス。せん茶・くわしを薦め、雑談数刻、大内氏・伏見氏被帰去。

一其後、お国殿来ル。右者、白米少々借用致度由申といへども、手前ニても残少く、余分無之ニ付、伏見氏江無心申入、白米三升借受、お国殿江渡し、間を合おく（一〇オ）。明日此方ニて玄米舂候ハヾ、伏見氏江返し置候間、ゆる〳〵遣候様申示、帰し遣ス。

一夕方、八月分御扶持渡ル。取番忠三郎殿差添、車力壱俵持込候を請取置。丹後米也○夕方ゟおよし殿来ル。今晩止宿被致。
○廿六日丙辰　半晴。夜ニ入曇
一今朝四時前小太郎明番ゟ帰宅、其後仮寐致候所、山本氏ゟ迎ニ子息ヲ以被参候ニ付、呼起し、山本氏江行、暫して油谷氏同道ニて帰宅。油谷氏被参候一義者、小太郎一条也。小太郎五月以来の行状并ニ此方取扱候所申出候所、油谷氏ハ和睦致候様被薦、去七月廿三日、小太郎、油谷氏江参りて種々申候事ハ秘し不被申、只々此方の胸中を被問候而已。然ども、即答致候事も出来かね候ニ付、何れ親類共江申聞候上ニて御返答申候様申置。せん茶・くわしを薦、昼時山本氏江被帰去。少々後レて小太郎も山本氏江行、暫して帰宅、其後枕ニ就く
○昼時、米つき政吉来ル。則、玄米三斗つかせ、昼飯給させ、七時前つき畢、帰去。つきべり四升、糖六升出ル。
一夕七時過、小太郎を呼起し、其後髪月代致遣し、夜食後入湯ニ行(ウ一〇)、建石氏江参り候由ニて罷出ル。五時頃帰宅。折から高畑吉蔵殿来、養父武左衛門不快、やう子悪敷候ニ付、参り呉候様小太郎江被頼候所、小太郎然者使ニ参るべしとて、仲殿町田辺氏并ニ荷持太蔵方へ小太郎被頼て行、暫して帰宅。明廿七日十打有之候ニ付、枕ニ就候所、又候田辺氏ニ窓ゟ呼起され、田辺氏被申候者、高畑武左衛門養生不相叶、死去被致候ニ付、高畑組合江右之趣達候様被申候ニ付、即刻起出、又仲殿丁・鮫ケ橋岸・松村・長谷川其外江右達ニ罷出、帰宅して又高畑宅江行、暫して九時帰宅。其後、枕ニ就く。
○廿七日丁巳　南風烈。折々止、忽止
一今朝十打ニ付、小太郎鉄炮携て矢場江行、昼時前帰宅。昼後、建石氏江参り候由ニて罷出、暫して帰宅。右者、小太郎大小一腰と建石木柄脇差と交易致候て帰宅の所、ほど無又建石子息ヲ以、又右小太郎大小柄糸取ほぐし、其儘被返、此方持参の小刀を取ニおこさる。小太郎、右大小受取、小刀渡遣ス○夕方、礒右衛門殿来ル。只今迄高畑江参り候所、鳥渡帰宅致、出直し候ニ付、小太郎ニ参り居候様被申、早々帰去。

一小太郎暮時ゟ高畑江行、亥ノ刻頃帰宅ス(オ一一)。

一八時過、半右衛門殿来ル。小太郎一義、何事も此方我儘成事ニ存候ニ付、勘弁の上、和睦致候様被申、去十七日殿木氏旧僕山本氏江参り、小太郎行状不宜由物語ニて聞被及候に、後難をも顧、和睦を被薦候事、心得難し。別ニ委細有べし。

一八半時過、およし殿来ル。暫遊、夕飯為給、夜ニ入五時過

帰去、小太郎送り遣ス。

○廿八日戊午　半晴

一五時過小太郎起出、食後組中江三日礼廻りニ行、四時過帰宅。

一八時過大内隣之助殿入来、手作茄子・隠元・きうり、笊ニ入持参、被贈之。暫物語致、帰被去○右同刻田辺礒右衛門殿高畑江参り居候所、退屈被致候由ニて遊ニ来ル。右ニ付、せん茶・せんべいを薦、小太郎睡民(ママ)中ニ付、不面、大内氏と雑談して被帰去○今夕七半時過高畑助左衛門殿送葬ニ付、玉井・江村・田辺・岡・加藤・建石一同此方ニて待合。夕七半時出棺ニ付、小太郎礼服ニて右之人々と共侶ニ永心寺へ送之、暮六時帰宅。其後入湯ニ行、四時前帰宅○暮時前悌三郎殿御入来、雑談久しく、せんちや・せんべいを薦め、所望ニ付、夢惣兵衛胡蝶物語前後五冊貸進ス。去ル十六日(一二ウ)貸進之亨雑記二冊被返之、右請取、納置。四時頃被帰去○夜五時頃文蓄主先日貸進之雲の絶間五冊・枕席夜話合壱冊持参被返之、早々被帰去。

○廿九日己未　晴

一今朝、高畑吉蔵殿来ル。右者、無拠義ニ付、小太郎ヲ仲殿町田辺氏并ニ黒野氏江参被呉候様被頼候ニ付、小太郎未起出候ニ付、目覚候を待居候所、又々吉蔵殿被参、右様一刻も早く願度被申候間、右申聞候所、不承知ニて不行と申候ニ付、其段高畑江申断る。誠ニ気の毒の事也○八時頃、小太郎ヲ以、高畑武左衛門霊前江煎茶一袋為持遣ス。帰宅後仲殿町江行、夕七半時頃帰たくス。

一夕七時頃、山田宗之介来ル。右者、小太郎一義ニ付、招候に依也。宗之介有住氏江参り、此方へ来ル。帰路半右衛門殿方へ立より、暮六時頃帰去。

一夕七時前礒女老女被参、あべ川もち一包、被贈之。せん茶・くわしを薦め、雑談数刻にして被帰去○右同刻触役川井亥三郎殿、明日当番八時起し、七時出の由、被届之○昼時頃、定吉来ル。何とか申草、うち身薬ニ成候由ニて貰ニ来ル。右掘とり、帰去。梅ぼし一包、遣之(一二オ)。

一暮時小太郎髪月代致、夜食後建石江参り候由ニて出去、暫して帰たく、直ニ枕ニ就く○盆ちやうちん今晩迄ニて、納置く○今日、珍物・珍石を曝暑ス。

○八月朔日庚申　晴。南風、残暑甚し

一今暁八時小太郎を呼起し、半右衛門殿を起させ、夫ゟ支度致、湯漬為給させ、七時半右衛門同道ニて御番所江出ル○四時前清右衛門様御入来、七月分薬売溜壱〆六十二文・上家ちん金壱分ト二百六十八文持参被成候。薬一わり百六文・過日頼置候粘入二帖代二百六十四文、清右衛門様へ渡、勘定済、小太郎一義を商量致、昼時前被帰去○伏見氏被参、色々異石其外奇物を一覧被致、帰去。蔵書目録二冊之内下の巻一冊・近世流行商人一冊被帰（ママ）。右請取、納置く○八半時頃坂本氏被参雑談、ほど無被帰去。今ゟ八丁堀江被参候由也○今日、文庫類・葛籠・笼笴（ママ）の類を曝暑ス。

一昼後おさち入湯ニ行、暫して帰宅○今日諸神江神酒、夜ニ入神燈を供ス。庚申画像、床の間ニ奉掛、神酒・七色ぐわしを供ス(一二ウ)。

一暮時ゟおよし殿来ル。今晩、此方へ止宿被致。

○二日辛酉　晴。残（ママ）昨日の如し

一今朝およし殿起出、帰去。其後同人方ゟ唐茄子壱、自参候ニ付、被贈之。

一五半時頃小太郎帰宅、食後西四畳ニ入、仮寐ス○昼前、下掃除忠七来ル。両厠掃除致、帰去○八時過、高畑吉蔵殿来ル。させる用事なし。暫して被帰去○夕七半時頃、高畑氏ゟ吉蔵殿ヲ以、武左衛門殿初七日逮夜料供残本膳壱人前、酒・取肴添、被贈之。謝礼申遣ス○小太郎夕七時過起出、食後、建石氏江参り候由ニて出去。然所、建石氏江ハ不行して山本氏江参り、五時頃帰宅ス○夕方、建石子息元次郎殿来ル。右ニ付、小太郎呼起し候也。小太郎起出、対面致、帰し遣ス○今日もぶんこ（濁ママ）の書物を曝暑ス。

○三日壬戌　晴。南小風、今日巳ノ刻二分白露之せつニ入

一今朝、芝田町山田宗之介ゟ使札到来。小太郎へ書状中、今日ニても手透ニ候ハヾ相談致度一義有之ニ付、参り呉候様申来ル。小太郎、返書遣ス(一三オ)。何れ今日中可参由申遣と云。則、使を帰し、直ニ小太郎山本氏江参り、暫して帰宅。宗之介ゟ被招候為知なるべし。右ニ付、髪月代致、芝田町山田宗之介方へ行。四時頃也○昼前自伝馬町江買物ニ行、ほど無帰たくス。

一四時頃、おふさ殿来ル。如例おさちと遊、稍久して、昼時帰去。同人所望ニ付、八犬でん（濁ママ）九輯の三、五冊貸遣ス○深田長次郎殿老母買物ニ被出候由、手前門前ニて行合候ニ付、門内江呼入、かねて長次郎殿・およし殿江約束致置候さるこどふぎ（濁ママ）、此節出来致候ニ付、右老母江渡し、各壱ツヾ、遣之。厚く謝礼被申演、被帰去。

一九時過小太郎、田町ゟ帰宅。帰たく後山本氏江罷越、暮時帰宅、食事致、又山本氏江行、五時過帰宅○暮時前梅村直記

殿被参、其後加藤新吾右衛門殿来ル。雑談中、梅村氏ハ隣家林氏江被参候由ニて、被帰去。加藤氏ハ雑談数刻にして、五時頃被帰去○今日小太郎帰宅之せつ、明四日自、おさち同道ニて参り候由申来ル○今日、絵手本類其外曝ス。

○四日癸亥　晴。残暑、風なし

一今朝五時過ゟおさち同道ニて、勘助方人足召連、宗之介方へ行。昨日(一三ウ)小太郎江伝言にて被招候故也。手みやげ窓の月壱重、下女江梨子十持参、遣之。宗之介方ニて昼飯・夕飯とも地走ニ逢、暮時帰宅ス。弓張ちようちん借用して帰宅ス。供人足ハ直ニ帰遣ス。帰宅後小太郎、山本氏ゟ鮫ヶ橋・谷町江参り、暫して帰宅。

一夜ニ入、大内隣之助殿来ル。暫物語して被帰去。

○五日甲子　雨。今日二百廿日也、昼後ゟ暴雨

一今朝五時前小太郎起出、番当へ行。小太郎、明六日恵十郎殿江本介の由也。帰路、大黒天供物七色菓子・備餅等買取、帰宅。其後山本氏江罷越由ニて出去、昼時帰宅。其後四畳ニて仮寐致、ほど無起出、髪月代を致、終日在宿。

一暮時、政之介殿来ル。先日貸進のしゆんくわん嶋物語合二冊被帰。右請取、所望ニ付、墨田川梅柳新書合二冊貸進ス。暫して被帰去。

一荷持太蔵代外荷持、給米取ニ来ル。則、玄米二升渡し遣ス。

○六日乙丑　半晴。今日二百廿日也

一今朝明六時頃ゟ起出、支度致、天明前小太郎を呼起し、早飯為給候て、御番所江罷出ル○五時過自、赤坂不動尊ゟ虎の御門金ぴら(一四オ)大権現江参詣、四時過帰宅○昼前、山本悌三郎殿来ル。其後順庵殿被参、両人暫物語被致。山本氏所望ニ付、なんか夢大かしわ六・赤水余稿壱冊貸進ス。先日貸進之夢惣兵衛五冊被返之、右請取置○昼後、山田宗之介より使来ル。右者、今日此方へ可参の所、無拠用事出来ニ付、延引の由申来ル。則、承知致旨返書ニ申遣ス。且、一昨四日約束致候夢惣兵衛前後九冊、赤尾氏江貸進ス。尚又、借用の弓張ちやうちん、今日の使ニ返之○暮時久野様御内加藤氏被参、引つゞき大内隣之助殿被参、両人雑談中順庵殿被参、加藤氏を被呼出。加藤氏罷出られ、暫して又被参。大内氏被帰去て伏見うぢ被参、加藤氏と雑談数刻。薄茶を両人ニ薦め、子ノ刻過、両人被帰去。

○七日丙寅　晴。南風、夜急雨両三度

一今朝四時前小太郎、明番ニて帰宅、食後山本氏江行、昼時過帰たく。

一今朝大内氏手作茄子廿七持参被贈之、早々被帰去○昼後小

太郎鮫ヶ橋辺江遊ニ行、夕七時過帰宅。夜ニ入、又同所江行、五時過帰宅。

一今日、小太郎簞笥の内、夏冬衣類を干（一四ウ）。
○八日丁卯　曇。折々急雨、南風、夜ニ入雷数聲、大雨大雷、夜中同断
一五時頃小太郎起出、鮫ヶ橋江罷越候由ニて出宅、九時頃帰宅。食後仮寐致、夕七半時頃起出、夜ニ入又山本氏江行、五時過帰宅ス○昼後、あや部おふさ殿来ル。先日貸進致置候八犬伝九輯ノ二・三、十二冊持参被返之、右謝礼として菓子壱折、被贈之。如例おさちと遊、八時過帰去。尚又、同書九輯ノ四、五冊貸遣ス○八時過、芝田町宗之介ゟ使札到来。且焼どうふ壱重被贈之、一義ニ付、今日可参の所、少々差支有之候ニ付、両三日中飯田町江参り候様申越。返書ニ謝礼申遣し、菓子壱折うつりとして遣之○夕七時前お国殿被参、雑談数刻、夕飯振舞、被帰去○日暮て、定吉来ル。十一日より手透相成可申候間、裏のそ（濁ママ）だこなし候様申之。折ふし雷雨甚敷候間、暫見合、五時過帰去。
○九日戊辰　半晴
一食後小太郎山本氏江行、九時前帰宅。裏ニ有之候枝、薪ニ拵候様申ニ付、暑さの折からニ候間、延引致、既ニ昨夜定吉参り、薪の事申付候まゝ、此度ハ已べし（濁ママ）といへども不聞。夫を不致候ヘバやかましき等申、存外之申分候間、其意ニ（一五オ）任候ヘバ、壱人藪ニ入、薪致、夕拵畢。未あらごなし也。其後、かゝり湯致ス。

一今朝、宗村お国殿来ル。昨日きらず遣し候ふた物持参、右うつりとして焼さつま芋一器、被贈之。尚又、此方ゟ小重ニ入、煮染遣ス。ほど無被帰去。

一日暮て山本氏江行、四時前帰宅。
○十日己巳　雨。四時頃ゟ雨止、半晴
一朝飯後小太郎髪月代致、昼後山本氏江行、早々帰宅。其後少々休息、枕ニ就。ほど無起出、おろじ町江入湯ニ行、又山本氏江行、暮時前帰宅、日暮て枕に就く○昼時、およし殿帰来ル。しそのミ入きらずいり一器持参、被贈之。永井江参り候間、帰路立より、ふた物持参可致旨被申、早々帰去。暮時前、只今帰がけの由ニて、則先刻のふた物返遣ス。ひじき（濁ママ）、うつりとしてふた物の内へ入置く○右以前、伏見ゟ子息鐄太郎殿ヲ以、沢あんづけ三本贈来り、謝礼申遣ス○暮時、田辺礒右衛門殿来ル。明十一日当番、半刻早出ニ相成候由被贈（ママ）、帰去○昼前、高畑吉蔵殿来ル。させる用事なし。雑談後帰去。

一去春中、大内氏江譲り候太郎所持の拾匁筒、此せつ小太郎

取戻し(一五ウ)度由ニて、大内氏江申入候所、大内氏も手放しかね候由被申候ニ付、小太郎大ニ怒り憤といへども、大内氏被申候も理の当然ニ候間、せん方なし。
○十一日庚午　曇。昼時頃ゟ晴
一正六時起出、支度致、天明頃小太郎起出、早飯後半右衛門殿を誘引、御番所江罷出ル○引続自、飯田町宅江行。かねて今日宗之介飯田町滝沢参り、彼方ニて内談可致為也。四時頃、宗之介飯田町へ来ル。則、清右衛門様何れも内談数刻。飯田町ニて煎茶・乾菓子を被出、昼飯宗之介并ニ僕へも被薦らる。自も昼飯の馳走ニ相成ル。宗之介ハ八時頃帰去。自も直ニ深光寺へ参詣致、帰路種々買物致、夕七時頃帰宅。右留主中、伏見氏・大内氏被参。深田氏も先月上旬ゟ不快の所、全快後初て被参。三十八日め也。何れも雑談時を移して被帰去○自帰宅後食事致、かゝり湯をつかい、有住氏江行。岩五郎殿他行の由ニ付、早々帰宅ス○今日羅文様御祥当月ニ付、床間へハ画像奉掛、神酒・備餅を供ス。夕方、取入置(一六オ)。

一昼時、深田長次郎殿老母来ル。とうなす煮つけ一器被贈之、長次郎殿小袖仕立呉候様被頼、雑談後五時頃被帰去。およし殿も来ル。今晩ハ此方へ止宿なり。
○十二日辛未　晴
一今朝四時前小太郎帰宅、食後枕ニ就く○およし殿、朝飯後帰去。

一同刻、おもんばかり来ル。雑談後帰去○今朝長次郎殿昼前迄遊、昼時頃帰去。ずいきあへ少々小ふた物ニ入、同人母御へ贈之○昼前自有住氏江罷越候所、留主宅ニて徒ニ帰宅。昼後又有住氏江行、又候留主宅の所、隣家江被参候由ニ付、有住氏内義迎ニ被行、暫して帰宅被致、面談数刻。帰路森野氏江立より、帰宅。其後山本氏江行、半右衛門殿江面談、暫して帰宅○八時過、お国殿来ル。右者、森野氏息女奉公の一義也。暫して帰去。

一右同刻、山本悌三郎殿来ル。ほど無帰去○小太郎八時過起出、入湯ニ参候由ニて罷出、夕七時過帰宅。暮時頃ゟ深田氏江行、五時帰宅。

一今日羅文様御祥月忌ニ付、朝料供一汁二菜供之、御画像へは御もり物・備餅・御神酒を供、夕方納置。家内終日精進也(一六ウ)。

一夕暮ニおよし殿来ル。今晩此方へ止宿ス。
○十三日壬申　半晴。夜ニ入雨、忽止、又雨、忽止
一今朝伏見氏ヲ以宗之介方へ、昨日有住并ニ山本氏被申候一条申遣し候所、折よく宗之介在宿ニて、伏見氏ゟ宗之介江委

敷被申聞候ヘバ、宗之介早束承知致、即刻榑正町殿木氏江罷越候所、竜谿殿宗之介江面談被致。此ほどの一条申演、ひたすら熟談の上、離別頼入候所、殿木氏も被驚、今一応勘弁致候様被申候由、宗之介鮫ヶ橋餅あき人の家に篭轎を止、此方ゟ伏見氏迄口上書ヲ以被申越候所、伏見氏留主宅ニ付、自ヘ伏見氏ゟ被申越候ニ付、即刻支度致、彼餅あき人の家ニ到り、宗之介ニ面談致、右之やう子承り、何れ両三日中ニ又殿木氏江参り、尚又離別の一義申入候様可致と申、内談畢。宗之介ハ直ニ品川三文字や方へ参る由ニて、左右ニ別、帰去。右餅あき人江の手引ハ伏見氏の計也。

一小太郎四時頃起出、昼時前鮫ヶ橋辺江参り候由ニて出去、八時頃帰宅(一七オ)。帰宅後食事致、夕七時迄仮寐致、夜食後山本氏江行、夜五時過帰宅。

一昼時、長次郎殿来ル。夕七時過迄遊、帰去。夜ニ入又来ル。五時過帰去。

一四時頃宗村お国殿、義女を同道にて来ル。右者、西川氏江め見へニ連参り候帰路の由。又夕刻西川江娘同道致候由被申、暫して帰去。夕七半時過、娘西川江送届候帰路の由ニて被立寄、暫して帰去。枝豆少々遣之。

一暮時、政吉、端米つき可申由ニて来ル。然ども端米纔八升余ニて、不足ニ付、先此度ハ定吉ニ申付置〇日暮て定吉来ル。此方玄米ト白米と交易致、上可申由申来ル。其意ニ任、申付置。暫して帰去。

〇十四日癸酉　晴

一今朝五時過小太郎起出、朝飯後髪を結遣し、其後油谷江参り候由ニて出宅。油谷ゟ殿木へまハり、暮時帰宅。其後又山本江行、ほど無帰たく。

一今朝、長次郎殿来ル。如例遊、だんご白米被手伝、昼飯を振、其後被帰去。

一昼時頃伏見氏被参、昼飯を薦め、其後昨日の一条を巨細ニ咄し置(一七ウ)。樹木柿五ツ、被贈之〇日暮て、山本悌三郎殿来ル。先日貸進之大かし(ママ)ハ五・赤水余稿壱冊持参、被返之。右請取、尚又所望ニ付、質屋庫五冊貸進ス。暫物語して被帰去。同人兎角耳痛、同様の由也。

一暮時、長次郎来ル。暫遊、四時頃被帰去〇小太郎日本橋ゟ帰路半右衛門宅江立より、油谷ニて被申候事、又殿木氏ニて有し事申、小太郎、半右衛門江怨言を吐候所、半右衛門も又□種々不法の事ども利ニ走り候由ニ伝達之ありて知之。尤、今日小太郎日本橋江参る一義ハ此方へ内々の由ニて、此方へハ沙汰なし。五時、先江枕ニつく。

○十五日甲戌　晴。夕七時頃ゟ雨、但多不降

一小太郎五時前起出、髪月代を致遣し、其後当日祝儀として組中廻勤、四時頃帰宅、終日在宿ス○昼時前伏見氏ゟ如例だんご、枝豆・栗・柿・いも添、被贈之。此方ゟも如例餡だんご、枝豆・いも添、壱重贈之○今朝、月見祝儀、家例之如くあづきだんご製作致、家廟江供し、家内一同祝食ス。

一昼前、長次郎殿来ル。同人姉およし殿同断、暫遊、両人被帰去。長次郎殿ハ(一八オ)、暮時前来ル。早々帰去○暮時過、定吉来ル。申付候白米壱斗持参、だんごを為給、暫して帰去○夕七時過、豆腐屋おすみ来ル。是亦あづきだんご、枝豆・いも添、為給、留吉方へ為持遣ス○今日、八幡宮神像床間ニ奉掛、如例神酒・備餅を供す。

○十六日乙亥　雨。ほど無止、不晴、夜ニ入小雨

一今日当番ニ付、正六時ゟ起出、支度致、天明後小太郎起出、早飯後壱人ニて御番所江罷出ル○昼後おさち入湯ニ行、帰路おふさ殿同道ニて帰宅。其後右両人ニて番所町嫗神江参詣、夕七時帰宅。おふさ殿ハ今晩止宿被致。同人先日貸進之八犬伝九輯四・五、十冊持参被返之、尚又、同書六・七、十冊貸進ス○長次郎殿、四時頃来ル。昼時、定吉来ル。右者、今日手透ニ候間、裏掃除可致由申ニ付、則隣家林境垣為致、半分ほどそふぢ致ス。昼飯・夕飯両度為給、暮時帰去。長次郎も昼飯・夕飯為給、昼後ゟ去ル九日小太郎あらこなし致置候薪、大内氏手伝被致、皆こわし畢。そだがら(濁ママ)凡六十把余出来ス○夕方、清助来ル。雑談後帰去(一八ウ)。

一夕七半時頃、政之助殿来ル。先日貸進之墨田川梅柳新書合二冊被返之、所望ニ付、稚枝鳩五冊・常夏さうし五冊貸遣ス。夜ニ入、大内・深田被参。何れも雑談数刻、岩井氏・深田氏・大内氏、せん茶・くわしを篤め、四時過被帰去。一同也。

一今朝豆腐屋女おまきヲ以、浴衣拝借致度申来ル。則、浴衣貸遣ス。

○十七日丙子　晴。今日秋暑甚し

一今朝食後、おふさ殿帰去○五時頃、長次郎殿来ル。暫遊、四時過被帰去。

一五半時過小太郎明番ゟ帰宅、食後直ニ枕ニ就く。夕七時起出、夜食後かゝり湯致、夜ニ入、長次郎殿同道ニて梅桐院観音へ参詣、五時前帰たく。

一昼後、長次郎来ル。夕方迄遊、かゝり湯致、被帰去。夜ニ入又被参、五時過被帰去。

一夕七時前、大内氏来ル。過日貸進之八犬伝八集上帙五冊被返。右請取、同下帙五冊貸進ス。暫雑(ママ)して被帰去○夜ニ入、

悌三郎殿来ル。先日貸進之質庫五冊被返。尚又、月氷奇縁借用致度被申候ニ付、則貸進。雑談時をうつして被帰去○同刻、お国殿来ル。右ハ、娘主人西川氏まで(一九オ)被参候ニ付、立よらる。是亦雑談して、五時前被帰去。

○十八日丁丑　半晴。暮六時三分秋分のせつニ入

一今朝、長次郎殿来ル。昼時帰去○四時頃、定吉来ル。今日草むしり・そふぢ致候様申候所、先今日ハ見合来月ニ延行致候様申ニ付、今日ハ菜畑少々こしらへ、昼飯為給、帰し遣ス

○昼後、小太郎巴旦杏其外柘榴枝をおろし、其外苅込を致ス。巴旦杏ハ毛虫多く生じ候故ニ多く伐取置。夕方迄ニて果し畢

○昼後、高畑吉蔵殿遊ニ来ル。暫して帰去、夜ニ入、又来ル。暫く雑談、深田も来ル。何れも四時前被帰去○小太郎、暮時ゟ入湯ニ行、五時前帰たく。

○十九日戊寅　晴。折々曇

一今朝小太郎、組頭江御扶持番之人書付持参ス。右序ニ、南寺町竜泉寺ニて今日越後の国十一面観世音施餓鬼有之候ニ付、かねてくわんぜ音御影二枚申受候ニ付、右御影の下江戒名印遣し候様清助申付、今日小太郎ヲ以、戒名印候御影二枚、御初穂取添、届置。昼時前帰宅。

一今朝長次郎殿、今日ゟ出勤被致候由ニて来ル(一九ウ)。

一昼後、大内氏・高畑氏来ル。させる用事なし。暫して被帰去○其後、伏見氏来ル。先日貸進之秋の寐ざめ小本二冊、被返之。右請取、尚又所望ニ付、稿本歳時記壱冊貸進ス。早々帰去○八時過ゟ小太郎、昨日苅込候木、鋸ニて挽、薪こしらへ、尚又昨日定吉致かけ候うらのさうぢ致、夕方仕舞畢。

一八時頃、およし殿来ル。暫して被帰去○暮時、お国殿来ル。是亦早々被帰去。

○廿日己卯　雨。昼後ゟ雨止、晴

一今朝小太郎、組頭江行。御扶持一義也。ほど無帰宅。夕方亦御扶持聞ニ行、暫して帰宅。明廿一日御扶持渡り候由也。

一今朝、長次郎殿来ル。昼時迄遊、被帰去○八時過、吉蔵殿遊ニ来ル。栗を為給、夕七時頃帰去○昼後、裏の栗、小太郎・おさち両人ニて候所、壱升余有之候を、直ニ湯で(ママ)、家廟へ供し、家内皆食之。

○廿一日庚辰　晴

一今朝、伏見氏被参。小太郎一条ニ付、田町ゟ久々沙汰無之候ニ付、今日者幸便有之候間、手紙認め候旨被申候ニ付、即刻宗之介方并ニ(二〇オ)赤尾氏江文遣ス。然る所、行遠ニ宗之介方ゟ僕ヲ以、手紙被差越。右一条也。何れ明日赤坂久保方迄参り候間、其節面談いたし、いさゐ咄し致可申旨申来ル。則

返書ニ、承知之趣申遣ス。ほど無此方ゟ遣し候使の者帰来ル。宗之介留主宅の由ニて、おまち殿ゟ請取返書到来ス○昼後、伏見氏留主被致候ニ付、おさち同道ニて入湯ニ行、帰路米つき政吉方へ立より、八時前帰宅。伏見氏ハ直ニ被帰去○夕方、九月分御扶持渡ル。取番友之丞殿差添、車力壱俵持込、請之取置○夜ニ入およし殿・大内氏被参、煎茶・くりを薦、雑談中、順庵殿来ル。是亦雑談、大内氏ハ五時頃被帰、順庵殿ハ五時過被帰。およし殿ハ止宿被致○伏見氏所望ニ付、帰(ママ)旅漫録壱冊貸進ス○今日、返魂余紙・巻物類を曝暑ス。

○廿二日辛巳　晴

一今朝、清右衛門様御入来。右者、高松木村亘殿ゟ禽鏡の一条ニ付、両三日中ニ禽鏡飯田町迄為持遣し候へバ、則清右衛門様高松御屋敷北村平三郎殿迄御持参被成候て、金子と引替ニ可致旨申(二〇ウ)被参。且又、神女湯・黒丸子無之由被申候ニ付、則神女湯十一包・黒丸子五包渡之。樹木柿十五持参被贈之、此方ゟも樹木栗五合余進之、其外用談畢、被帰去○右同刻、長次郎殿来ル。昼前帰去。

一小太郎四時前、明番ニて帰宅。其後食事致、裏ニておさち両人ニて栗落、昼飯後枕ニ就く。夕七時過起出、夜ニ入成田氏江頼母子会ニ行、掛せん二百十二文為持遣ス。木本健三郎殿セリあて候由、五時過帰宅。

一夕七時前覚重様入来、手みやげかつをぶし二本持参、被贈之。せん茶・くりを茶菓子としすゝめ、且禽鏡一・二の巻借用致度由ニ付、意ニ任、二巻貸進ス。尤、用事済次第、飯田町江届被呉候様申、頼置く。今ゟ飯田町江被参候由ニて早々被帰去。今日覚重様話説ニ承リ候へバ、楠本雪渓サマ中風の症ニて六月五日死去被致候由、実ニ驚歎の外なし。琴靏師弟の義を結、老実に被致候所、去酉冬十月九日不幸短命にして遠行し、又其師雪渓主ハ今玆庚戌六月五日死去被致候事、実ニ歎くに余りあり。雪渓主、当戌七十四歳の由也○昨廿一日、巻物類乾畢(二一オ)。

一暮時前、定吉来ル。過日白米壱斗借用致置候ニ付、則玄米壱斗壱升五合返し遣ス。早々帰去○夕七時頃、例之鮫ヶ橋もちや迄宗之介参り候由ニて、僕為知候ニ付、即刻罷出、面談。去十六日竜谿殿宗之介宅江被参候て、尚又勘弁致、和睦を乞れ候へども、既ニ此方決心の上なれバ、迚も和熟六ヶ敷由申、先一応仰の趣青山江可申聞の上、廿三、四日頃迄ニ返答可致旨申置候ニ付、弥明後廿四日宗之介殿木江参り、離縁申出し候よし対談致置。餅屋へ度々参り候ニ付、せん茶・栗少々遣之、暮時前帰宅。

一夕七時前、長次郎殿来ル。暮時迄遊、夕飯為給、被帰去○日暮て、およし殿来ル。難経方(カ)占読。其内、長次郎被参候ニ付、同道ニて四時頃被帰。

○廿三日壬午　半晴

一今朝小太郎、石井氏江神明万人講出銭御初穂百廿四文ス。今日石井、芝神明代々江参詣被致候ニ付、頼遣ス。帰路長友并ニ森野氏江も参り候由ニて、五時過罷出ル。昼時帰宅。昼飯後長友江行、ほど無帰宅。其後髪月代致、又長友へ行、帰路山本江立より、八時過帰宅(二ウ)。

一四時前、松宮兼太郎殿被参。右者、長友代太郎殿小児死去被致候由ニての為知也。早々帰去○四時頃奈良留吉殿口状ニて、何人やら、小太郎ハ在宿候やと被問。只今罷出候由申聞候へバ則帰去○夕方、吉蔵殿・およし殿来ル。吉蔵殿ハほど無被帰去。およし殿ハ夕飯振舞、夜ニ入四時過、長次郎殿同道ニて帰去○夕七時過、あやべおふさ殿来ル。先日貸進之八犬伝九輯六・七、十冊被返、尚又八・九、十冊貸遣ス。暫して帰去○夕方、森野おくに殿来ル。右者、明日荷持被遣候ニ付、右之者江同人夜具ふとん・水瓶四斗樽・袷じゆばん渡呉候様被申候て被帰去○日暮て小太郎、長友代太郎殿小児死去ニ付、組合一同通夜致候由ニて、長友氏江行○日暮て、およし殿来ル。今ばん(濁ママ)此方へ止宿。

○廿四日癸未　晴

一およし殿、朝飯後おさちニ髪結貰、帰去○同刻、伏見氏・長次郎殿来ル。ほどなく被帰去○五半時頃小太郎、昨夜通夜致、今朝送葬の供致、帰宅。其後朝飯給、枕ニ就く。夕七時起出○昼前、米つき政吉来ル。則、玄米三(二オ)斗つかせ、昼飯給させ、八時過つき畢。つきちん百四十八文遣ス。つきべり四升、糠五升八合、糠ハ直ニ政吉江払遣ス。代銭七十六文取、白米二斗六升取○昼後、前野留五郎殿、久々不快の所、此せつ順快ニ付、出勤の由ニて被参○夕七時過、長友代太郎殿来ル。右者、同人小児死去ニ付、小太郎通夜并ニ今朝送葬見送り候謝礼被申入、帰去○夜ニ入、定吉来ル。一昨日申付置候明朝飯田町江使の義、弥参り可申哉と承り候ニ付、天気ニ候ハヾ参り候様申付置く○今晩五時前、一同枕ニ就く。

○廿五日甲申　晴。秋冷、夕七時過地震

一早朝、定吉来ル。昨日申付置飯田町江使、手紙さし添、禽鏡一箱、外ニ簑笠様御画像一ツ・雨夜月六冊為持遣ス。右序ニ、きぬ糸・おり釘等買取候やう申付遣ス○五時前長次郎殿、明日助番誰のニて候とて聞ニ来ル。則、小太郎挨拶致。伊賀町江参り候由ニて早々帰去。

一小太郎例ゟ早く起出、番わりニ罷出、暫して帰宅。其後髪月代致遣ス。終日在宿ス○今朝森野ゟ荷持由兵衛ヲ以、一昨日お国殿(ウ二二)被頼置候水瓶四斗樽一ツ・醤油樽壱・夜具ヅゝみ一つ・袷じゆばん、取ニ被越差。則、右品々取揃、由兵衛へ渡遣ス○八時過、定吉帰来ル。浅くさへ廻り候由ニて延引ス。飯田町ゟ請取返書来ル○昼前・昼後両度、長次郎殿来ル。同人縁談整候て、明廿六日結納贈りニて、廿八日婚礼の由。右ニ付、多用也と云○当組火之番高橋真太郎殿・白井勝次郎、此せつ貧窮致。右ニ付、頼母子講相催度候間、組中へ申出、一ケ年ニ四会、掛金二朱ニ候。何とぞ一口講入致候様、小太郎江被申候由ニ候へども、此方ニても打続キ物入多く、中々人々の跡助候所ニ候故、何とも難義ニ候へども、無下ニ断候も如何ニ付、先初会ニハ金二朱掛可申候間、跡々ハ断申候様小太郎江申聞置候へども、小太郎不承知の様子ニて、無下ニ断可申と申居候也。甚不本意ニ候へども、長き事掛金続く間敷被思候ゆへニ左様ニ申置候也○今晩ハ小太郎、五時頃枕ニ就く○夕七時頃梅村直記殿被参、政之助殿ゟ此方へ手紙を以先日同人江頼置候錦絵壱枚被贈之、さし置、被帰去(二三オ)。

一今朝深田長次郎殿ヲ以、久野様御内加藤新五右衛門殿江盆前約束致置候女郎花五色石台初編ゟ四編の上帙迄十四冊、口状書差添、贈之遣ス。

○廿六日乙酉　曇。夕七半時過ゟ雨、終夜

一今朝小太郎、恵十郎殿江本助番ニ付、正六時起出、支度致、如例之天明頃おさち・小太郎を呼起し、早飯為給、其後長次郎殿同道ニて御番所江罷出ル。

一五時過ゟ自飯田町江行、禽鏡一義ニ付参り候所、未ダあつミゟ二巻不参と被申候所、ほど無覚重様右画巻物御持参被成候ニ付、直ニ請取、返書したゝめ、飯田町江差置、明日持参致、金子請取、持参可致旨被申。昼飯被振舞、八時帰宅ス。其後半右衛門殿方へ罷越、小太郎一条尚又申入候所、只々小太郎強情ニて、迚もすら〳〵とハ参るべからず等被申。心得がたし。

一昼後大内氏・伏見氏被参、大内氏、手作茄子被贈之。暫して両人被帰去。

一八時過、およし殿来ル。難経を読味して帰去。夜ニ入、又来ル。今晩止宿ス。

一暮時、加藤新五右衛門来ル。ある平・巻煎餅片折壱ツ持参、被贈之(二三ウ)。其後木村和多殿・大内氏・坂本氏被参、皆一同雑談、せん茶・柿・菓子を薦め、時をうつして四半時過被帰去。

○廿七日丙戌　小雨。五時過ゟ雨止、五時前地震、昼後雨

一今朝長次郎殿老母被参、先日仕立致遣し候謝礼、并ニ此度長次郎縁女相談相整、来ル廿八日婚姻為致候由被申、暫して被帰去。およし殿ハ朝飯後被帰去○小太郎、明番ゟ榑正町江廻り候由ニて、九時前帰宅。昼後ゟ枕ニ就き、夕七時頃起出、食事致、暮時前山本氏ゟ入湯ニ行、暮時帰宅○昼後、長次郎殿来ル。右者、明廿八日縁女引取ニ付、膳・わん・硯ぶた并ニ猪口・てうし・掛物等貸(ママ)ニ来ル。日暮て品々取ニ来ル。則、右之品貸遣ス。

一昼後自、赤坂一木不動へ参詣。則、手拭を納、祈念を凝し、百度を踏畢、八時前帰宅○八時頃大内隣之助殿過日貸進之八犬伝九集の下五冊被返、右請取、九輯の一、六冊貸進ス。早々帰去○昼時、森野市十郎殿・玉井鉄之助殿来ル。小太郎仮寐中ニ付、其段申聞候得者、帰去(二四オ)。

一昼後、およし殿来ル。夕方迄遊、帰去○夕七時過荷持、給米を乞ニ来ル。則、玄米二升渡遣ス○夜ニ入、悌三郎殿来ル。暫雑談、所望之四天王五冊貸進ス。五時頃帰去。

○廿八日丁亥　晴

一今朝五時過小太郎、御頭ヲ初、組中江当日祝儀として廻勤。但、今日迄ハ三日ニても御頭江ハ不参所、今ゟ廻勤致候事、心得がたし。四時過帰宅。

一同刻自伝馬町江買物ニ行、暫して帰宅○昼前大内氏手作芋一笊持参、被贈之○小太郎石井氏ゟ被差越候由ニて、芝神明大麻并ニ洗米一包持参ス○今晩長次郎殿江嫁引移り候ニ付、切溜借用致度由ニ付、則貸遣ス。右ニ付、夕七時過松五郎妻ヲ以、酒壱升柄樽ニ入、祝遣ス○今日不動尊の神影奉掛、神酒・七色菓子・備餅を供ス。

○廿九日戊子　晴

一今朝小太郎、小田平八郎殿ゟ油谷并ニ殿木其外所々下谷辺までまハり候由申ニ付、朝飯後髪月代致遣し、其後支度致、出去、夕七半(二四ウ)時過帰宅○昼前、下掃除忠七来ル。東の方厠のミ掃除致、又々近日可参由ニて、帰去○昼後伏見氏田町宗之介方へ被参候所留主ニ付、寿栄殿ニ対面を被乞候て面談被致候内、宗之介出先江迎の人出し候所、折よく居合候由ニて、宗之介帰宅致候て、伏見氏面談、此方ニて有りし事色々物語致。去ル廿四日宗之介殿木江参り候半と存居候所、種々取込ニて未殿木へハ不参由。右ニ付、明日者殿木江参り、明後九月一日ニハ此方へ参り可申由、伏見氏帰宅後被申之○昼時長次郎老母被参、昨日ゟ種々道具借用致候謝礼申被述、鰡五尾持参被贈之、ほど無被帰去。

一夕七時過、田辺儀右衛門来ル。今日隣家の奥生形に頼母子講有之候ニ付被参候所、未人不集候ニ付、遊ニ被参候由也。暫雑談して帰去○夜ニ入長次郎殿、昨日貸進の品々持参、被返之。右請取置く。掛物ハ未ダ不返。

○卅日己丑　晴

一今朝五時過、定吉来ル。今日塵捨穴を掘、そふぢ可致旨申来ル。此方今日者不進候へども、参り候事故其意ニ任、栗の大枝をおろさせ、右枝を薪ニ(二五オ)伐せ、東之方へ大穴を為掘、右土所々江置つちニ致、且掃除いたし、終日也。昼飯・夕飯為拾遣ス○昼後長次郎殿養母、長次郎殿妻おさく殿相識の為、同道ニて来ル。則、一同初対の口誼を演。只今里開ニ参り候出がけの由ニて、早々帰去○今朝、水谷嘉平次殿来ル。久々家内病気ニ付(ママ)、此せつ順快ニ付、出勤の由ニて、暫物語被致、昼前被帰去。

一今朝小太郎、深田江祝儀歓を申入るゝ○夕方、小太郎髪ヲ結遣ス。

○九月朔日庚寅　晴。八時過少々雨、惣止

一今日小太郎当番、半刻早出ニ付、正六時起出、支度致、天明前小太郎・おさちを呼越し、小太郎ニ早飯為給、御番所江出し遣ス。

一昼後、芝田町山田宗之介方ゟ使札到来、且先月六日僕江貸遣し候傘持参ス。右者、小太郎一条ニ付、自対面致度候所、無拠用事出来、何分今日者他出致候間、此者同道ニて参り候様申来ル。右ニ付、即刻支度いたし、宗之介僕清七同道ニて宗之介方へ行。先方ニて内談畢、暮時前定吉迎ニ来ル。夕飯地走ニ逢候て、帰宅之せつ、田町ゟも送り之人壱人附て被送之(二五ウ)。戌ノ刻帰宅ス。田町ゟ送り之者、直ニ帰し遣ス。定吉も同断。

一暮時ゟ大内氏・坂本氏・加藤氏・およしどの、遊ニ来ル。皆々江煎茶・菓子を、栗を薦め雑談、各四時過被帰去。順庵殿・およし殿ハ止宿ス。

○二日辛卯　曇。暮時前ゟ雨

一今朝順庵殿・およし殿起出、早々被帰去○四時前小太郎明番ニて帰宅、食後如例四畳ニ而仮寐ス。暮時前起出、食事致、夜ニ入六半時頃枕ニつく。

一今朝伏見氏被参、暫して被帰去、昼時納豆汁一器持参、被贈之。此方より右うつりとして、菜漬遣之○四時過悌三郎殿被参、先日貸進之三国一夜物語五冊被返。右請取、暫く雑談、九時過被帰去。

○三日壬辰　風烈。風雨、遠雷少々、夕方雨止、風烈
一今朝小太郎、皆々と一緒ニ起出。三月廿日ゟ以来、当番之外、一緒ニ起出候事、百六十三日ニ成といへども、今朝初て也。昨二日終日終夜枕ニ就候故なるべし。終日在宿○夕七時頃、長次郎殿来ル。ほど無帰去(二六オ)。
○四日癸巳　晴。今暁九時五分寒露のセツ（二六丁オ上欄ニ横細書）
一今日風烈。東裏境の垣根をうち砕き仆し、土蔵屋根を吹めくり、其儘閣(ママ)がたく候ニ付、大内氏江相談致置く。

一昼前、定吉来ル。今日神明前近ぺん江罷越候ニ付、かねて御誂の品買取可参由申ニ付、則代金二朱渡し、且亦定吉江払遣し候分金二朱遣之。昼後定吉、誂候品々買取、帰宅致。定吉持参可致候所・又々直ニ下町江参り候ニ付、私事持参致候由ニて、定吉妻ニ右買取候髪の油・びん付・すき代二百文、御ム(ママ)代百文、高ほうき代三十六文のよし、書付持参。尚又、定吉江払候金二朱之内、百廿四文返之。定吉江払候分六百六十四文也。右買物つりせんも返之。定吉小児おかね江洗返し綿入表一ッ遣之。暫遊、帰去○勘助嫁、日雇ちん乞ニ来ル。つり銭無之由申ニ付、後刻此方ゟ持参可致旨申、是亦暫物語して帰去○昼後並木又五郎殿、今日ゟ出勤の由ニて来ル○昼前、長次郎来ル。させる用事なし。早々帰去。

一昼後小太郎、買物ニ行。せつた・足袋・煙草等也。金壱分為持遣ス。外ニ、金壱分両替致候様申付遣ス。夕七半時頃帰宅。申付候両替致参り候ニ付、小太郎ヲ以、六百文払遣ス。ほど無帰宅。夜食後山本半右衛門方へ参り(二六ウ)、六時過帰宅ス。

一今夕三河屋安右衛門廻り男へ、先月廿八日買取候酒壱升代三百廿四文・醤(ママ)壱升代二百文、払遣ス○夕方、大内氏ゟ芋茰壱株被贈之。夕方伏見氏被参候て、雑談譪(マヽ)にして帰去。
○五日甲午　晴
一今朝小太郎起出、外廻りそぶち致、終日在宿ス。朝五時番当ニ行、ほど無帰宅○夕七時頃坂本順庵殿被参、吉原十二時壱冊借用致度由被申候ニ付、則貸遣ス。ほど無被帰去○今朝、長次郎来ル。早々被帰去。

一昼前、およし殿来ル。暫して昼時前帰去○夜ニ入、生形おりよう殿遊ニ来ル。五時頃帰去。
○六日乙未　晴
一今朝小太郎当番ニ付、正六時起出、支度致、如例天明前小太郎呼起し、早飯後、御番所江罷出ル○昼前、おさち入湯ニ行、昼時帰宅。

一昼後自入湯ニ行、帰宅後飯田町江行。久々便無之故也。然る処、去八月廿四日ゟ清右衛門様軽き疫の病ニて病臥、并ニ御姉様ニも(二七オ)御不快。然ども、昨今ハ少々ハ快よく御座候由。且、先月売薬売溜金壱分ト壱〆百廿八文、上家ちん金壱分ト二百六十文請取、薬一わり二百六十四文、外ニ女郎花合巻初編ゟ四編の上帙迄十四冊代六百八文渡之、勘定済。禽鏡代金八両も今日請取。飯田町ニて夕飯振舞、暮時帰宅○留主中おふさ殿被参、先日貸進の八犬伝九輯の十・十一、十冊被返之、暫遊。所望ニ付、八犬伝結局編五冊貸進致候由、帰宅後おさち告之○昼後ゟ定吉、東境垣根掃候由ニて来ル。粟五(ママ)合許持参、贈之。則、申付垣根半分ニて終日也。夕飯為給候て、綿入半てん壱つ遣之。其後帰去○夜ニ入、岩井政之助殿来ル。過日貸進致候稚枝鳩五冊・常夏さうし五冊被返之、尚亦所望ニ付、松浦佐用媛前後十冊貸進ス。粟を薦め、四時被帰去○暮六時、久野様御内加藤氏ゟ家僕広蔵ヲ以、今晩可被参の所、今日大師河原江被参、殊の外疲労候ニ付、今晩不被参候由被申入、大師土産として糀花漬一曲、被贈之。

一夕方田辺礒右衛門殿、明日小太郎居残りニ付、壱度弁当出し候様被申候て帰去(二七ウ)。

○七日丙申　曇。四時過ゟ晴

一今朝、壱度弁当遣ス。昼時、弁当がら、荷持持参ス○五時過ゟ自、飯田町江行。右者、薬売切候由昨日被申候ニ付、神女湯十五包・奇応丸中包三ッ・同小包十五包・黒丸子五包持参。清右衛門様御不快見舞として、粟水飴一器・土用柚・糸瓜水進之。おつぎ江中ざし一本遣之。飯田町を早々ニ出、夫ゟ深光寺へ墓参、水花を供し、拝し畢、八時頃帰宅○今朝、定吉妻来ル。今日定吉可参処、無拠用事有之、右ニ付、今朝上りかね候由申之○小太郎夕七半時頃帰宅、其後髪月代致遣し、入湯ニ行、帰宅後枕ニ就く○暮時触役亥三郎、明八日九時起し、八時出の由被触○暮時過五時頃荷持、御鉄炮・弁当集ニ来ル。則、御鉄炮・雨皮・弁当・ぞうり、渡し遣ス。

○八日丁酉　曇

一今朝、長次郎殿来ル。先日貸進致置候紋付・ちゞみ帷子・黒絽羽織・雛掛物持参、被返之。右請取、ほど無被帰去(二八オ)。

一今朝大内氏、手作芋・茄子持参、被贈之。且、八犬伝九輯の一、六冊、是亦被返。尚又、同書二、九冊、貸進ス○四時頃、豊嶋屋ゟ昨日注文致候ひげ十醬油壱樽、書付添、軽子持参ス。右請取、金二朱ト四百十六文、外ニ駄ちん四十八文払遣ス○昼前伏見氏江おさちを以、醬油五合ほど・半ぺん七つ、贈之。先頃中ゟ度々物被贈候謝礼也○夕方お吉殿被参、暮時

被帰去〇山本悌三郎殿被参、雑談後、被帰去。

一昼時過小太郎、上野ゟ御成相済候て帰宅。其後食事いたし、おさち江何やら申。如例過言のことども申ちらし、枕ニ就。其後起不出、明九日朝迄通し寐也。

一昼後荷持、御鉄炮・御どうらん・弁当がら持参ス。草履ハ切候由ニて、持参せず。

一今朝長次郎殿を頼、加藤氏江雨夜月六冊貸進之ス。暮時又長次郎殿、伝馬町江被参候由ニ付、半切紙・元結等買物頼遣ス。

〇九日戊戌　晴

一今朝長次郎、昨夜頼置候半切・元結持参被致、さし置、早々被帰去(二八ウ)。

一朝飯後小太郎、礼服ニて御頭佐々木様并ニ組中江廻勤、昼時帰宅。昼飯後、江坂卜庵方へ武士請印鑑頼候由ニ付、肴代金五十疋為持遣ス。然る所、卜庵他行の由ニて、徒ニ帰宅。其後何れへか出去、夕七時過帰宅。夜食後、又江坂卜庵方へ行、帰路有住江まハり、五時頃帰宅、直ニ枕ニつく。

一重陽祝儀として、玉井鉄之助殿・江村茂左衛門殿・岡勇五郎殿・加藤金之介・林金之助来ル〇昼後、礒田平庵殿来ル。手みやげ、玉子せんべい壱斤持参。右者、本居宣長五十回忌ニ付、手向歌被致、来廿八日、麹町某寺ニて興行致。右ニ付、宣長肖像并ニ同人手跡の手紙二ぢく借用致度由ニて、被申之。右ニ付ても、太郎短命遺感(ママ)遣方もなく、落涙止めあへず。察スべし。かくてあるべきあらざれ(ママ)バ、所望の趣いさゐ承知致、何れも用立可申由申置候。暫雑談して被帰去。

一八時過植木や富蔵、小児を携て来ル。暫して帰去〇昼前、吉蔵来ル(二九オ)。ほど無く帰去、夕七時頃又来ル。雑談数刻、夕飯を為給、暮時帰去。

一伏見氏、朝晩両度被参。何れも小児を抱へ被参。

〇十日己亥　曇。八時過ゟ雨、暮時雨止

一今朝小太郎、深光寺へ寺印乞ニ行。今朝自仏参致度間、別段ニ参ニ不及申といへども、不聞して行。何欤子細あるべし。昼時帰たく。食後、仲殿丁江参り候由ニて出去、ほど無帰宅。

一昼後おさち、隣家伏見廉太郎同道ニて、虎の御門金ぴらへ参詣。且、威徳寺不動尊并ニ観量院墓参り致、江坂氏江少々用事有之候ニ付、立より候所、卜庵夫婦留主宅ニ付、直ニ帰去。又々帰路可参由、留主致居候老媼江申置、持参致候くわし壱折遣し置、金ぴらへ参詣。帰路、雨降出候間、途中ニて傘壱本買取、辛くして江坂氏迄参り候所、卜庵殿ハ当番之由、内義ハ金ぴら権現江参詣、雨降出候ニ付、迎の人出候まゝ、ほどなく帰るべしと(二九ウ)、江坂隣家之内義被申、いろ〳〵世話被致候ニ付、暫待合候所、帰たく無之候ニ付、同処ニて傘一本買取、夕七時帰宅。其後、小太郎ニ髪月代致遣ス。

一暮時、吉蔵殿帰来ル。暫物語して帰去○昼後出がけ、深田長次郎殿江歓ニ行。かねて今日留主頼置候処、今日ハ長次郎継母留主宅ニ付参りかね候由被申。八月下旬ゟ頼置候所同人も承知のよし被申候ニ付其心得ニて待居候所、出先ニ相成、断候者頼がいなき人物也。其心得ニて交るべし。

一暮時、長次郎老母来ル。今朝ゟ長次郎殿風気の由、若風薬持合有之候哉と被問候所、折悪此方ニて薬切ニ相成候間、其段申断候へバ、早々被帰去○今日常光院様御祥月忌ニ付、朝料供一汁二菜供之、家内終日精進也。

○十一日庚子　晴。風、四時頃風止

一小太郎当番ニ付、正六時ゟ起出、支度致、天明ニ小太郎呼覚し、食後御番所江罷出ル○今日昼前、白米壱升五合、月見入用(三〇オ)におさち手伝、挽之、昼時挽畢○昼後おさち入湯ニ行、八時前帰宅。

一宗之介方ゟ当月朔日以来便無之ニ付、彼方へ可参心支度致居候折から、宗之介方ゟ使札到来、山田ニてもおふミ弥離談申願出候ニ付、宗之介勘当の上、去ル九月七日離別状遣し、今日道具送りニ付、昆雑。右ニ付、無沙汰致候由申来ル。且又、此方やう子承り度由申来ル。其故ニ田町江参り候事ハ延引致、くわしく小太郎不埒の様子申遣ス。赤尾老母去九日春日明神祭礼ニ罷越候所、途中ニて人ニ突被当、後ざまニ仆レ、帰路歩行不出来故ニ、召連候僕ニ背れ帰宅被致、今日も平臥の由、宗之介家来告之○夕七時頃ゟ自だんご坂下江坂卜庵殿方へ行、小太郎一義ニ付参り候所、江坂氏此方へ向被参候由内義被申候間、内義ニ崖略を咄し候て帰宅ス○帰宅後、卜庵殿被参、小太郎一義最初ゟ委く物語致、此せつ殆困り候由咄し候へバ、卜庵殿も気の毒ニ被思、夫ハ嘸かし御心配可成候。然者、我等鈴木橘平殿と懇意ニ候間、委細咄し置可申候。宜ニより候ハヾ、御頭佐々木殿へも我等懇意ニ致候間、時是亦咄し置可申候間、心安く致べしと被申、久々物語、せん茶(三〇ウ)・菓子を薦め、暮時被帰去○暮時過、あや部おふさ殿遊ニ来ル。其後、およし殿も来。右両人今晩此方へ止宿ス

○右同刻加藤氏・岸井氏被参、是亦雑談数刻、大内氏も来ル。岩井氏・加藤氏、明早朝ゟ国台江被参候ニ付、四時前帰去。其後、大内氏を始皆打寄、雑談後、大内氏被帰去、皆々枕ニ就く。

一夕七時、吉蔵殿来ル。樹木柚の実二つ持参。被贈之。

一昼後おさち、深田江参り候所、深田老母被申候一義あり。右者、小太郎義今朝当番出がけ、深田氏を誘引合候所、長次郎殿支度中待合居候内、深田老母、おさち不快被尋候所、小太郎答候ハ、否おさちハ何とも不致候。返て我等少々不快也。おさち事ハ死ねバよろしく、どふ(濁ママ)がな致、死ぬようニと存候。い(濁ママ)ざと申せバ彼等追出しやらん抔被申候間、油断すべ(濁ママ)からずと被申候由、おさち帰宅後告之。誠ニ惜むべき白物也。

○十二日辛丑　晴
一早朝、定吉妻来ル。昨日申入候白米五升持参、さし置帰去。定吉先日内ゟ(三一オ)田舎江参り、昨夜帰宅の由告之。

一今朝大内氏、手作里芋一笊持参被贈之、直ニ帰宅。

一朝飯後、おふさ・およし帰去○其後、長次郎殿来ル。先日ゟ借置候雷除掛物、今日返之。昼時迄遊、帰去○右同刻、伏見氏来ル。ほどなく被帰去。

一四時頃江坂卜庵殿被参、此方組中名簿認呉候様被申候ニ付、小太郎認、江坂氏江渡ス。卜庵殿、家内安全・諸願成就致候祈禱有之、各御札一枚を被授。右札の下へ、願有之候当人名まへ并ニ心ざす所の神也仏したゝめ、一日に百篇唱べしと被申。右者、経ニても念仏ニてもよろしく候。右各印付、江坂氏江渡ス。札三、四枚預り置。田町并ニ飯田町江可遣為也。江坂氏、昼時被帰去○四時頃小太郎、明番ニ而帰宅。昼後仲殿町江行、夕七時前帰宅。其後入湯ニ参リ候由ニテ出去り、山本氏江行、暫く内談、暮時帰宅○日暮て定吉来ル。白米壱斗持参ス。右受取、暫物語して帰去。明日、山本氏手引ニ御頼、切仕たん坂迄参り(三一ウ)候由ニ付、きぬ糸・わかぎ糸等買取呉候様申付遣ス。

○十三日壬寅　曇。夕方ゟ雨、終夜
一今日十三夜ニ付、だんご製作致、枝豆・くり・柿・いも添、家廟へ供し、家内一同祝食ス○伏見氏ゟ唐きなこだんご、品々添、被贈之。此方ゟ如例之餡だんご、品々添、遣之○夕方、吉蔵殿来ル。だんごふるまひ、暫して被帰去。

一八時過、江坂氏ゟ大橋氏迄手紙参り候由ニて、壱封被届之。則開封の所、今昼前欤、左もなくバ来十五日昼後、江坂氏迄参り候様申来ル。返書遣し候ハヾ、大橋氏迄出し候様被申候ニ付、後刻返書認め、定吉を以大橋氏江、何れ十五日ニ可参申由、返書為持遣ス。大橋氏江添手紙遣ス。

一四時前小太郎起出、下駄ニ水かゝり居候由ニて立腹いたし、過言申候ニ付、自も余りたへかね、二、三言申候所、ます〳〵いかり、罵り、大声ニて、世間江聞江不宜候ニ付、残念乍打捨置○昼後山本氏江行、昼時帰宅。其後夕飯を給、暮六時前枕ニつく○暮六時頃、荷持千吉来ル。小太郎対めん致候所、荷持久太郎の一義ニ付、組頭より沙汰有之候ハヾよろしく(三二オ)とりなし呉候様頼、帰去。

一五時前順庵殿・新五衛門(ママ)殿、四谷江被参候帰路の由ニて被参、日本橋きり椒壱袋持参、被贈之。煎茶を薦候内、五時頃長次郎殿来ル。一同雑談中、小太郎大声を発し、おさちを呼、いまだ寐ぬや。もはや四つ也。用事あらバ翌(ママ)参るべし。茶やごやニてハ無之。夜る夜中どこのべら坊やら不知抔申。甚敷過言に、加藤氏も坂本氏も并ニ深田氏一同、おさち・自に至るまで只呆れはて、顔を見合候のミ。右加藤・坂本の両人、大きに失礼也。夜中ニ罷出、恐入。何れ明日御詫ニ可罷出抔被申、両人帰去。誠ニ昨今の聟養子可為者、語言(ママ)同断、失敬無礼いわん方なし。長次郎殿のミ跡へ残り居候所、小太郎起出参り、自を白眼つけ、又枕ニつく。くれ〲も憎むべき奴也。四時頃、深田氏帰去。其後、母女枕ニつく。

○十四日癸卯　曇

一今朝小太郎、四時頃ゟ殿木氏江参り候由ニて出去。山本氏江立より、日本橋江(三二ウ)行、夕七時帰宅。食後又山本江行、暮六時まくらニつく。暮時前髪月代致遣ス○今朝四時頃、大内氏来ル。小太郎先頃中ゟ過言のことども物語致候内、岩井氏来ル。是亦小太郎一義也。右者、昨日当番之せつ、御　城江小田平八郎被参、面談の所、小太郎義、去四月廿七日小田氏江参り候以来、此方母女甚敷不埒者の由ニ小田氏江小太郎申触候ニ付、小田氏も此方母女弐人甚憎ミ被居候由、岩井氏ニ咄し候由ニ付、岩井氏うち聞て驚き、岩井氏被申候者、并ハ大ニ違候也。右者如此云云也と、小太郎不埒過言の事ども遺なく物語被致候ヘバ、小田氏大ニおどろき、然らバ小太郎の申所大〳〵ニたがへり。憎きキ(ママ)奴かなと被申候処、小田氏も、然らバ悴五郎兵衛へも右之始末咄し置可申候。是迄滝沢母女甚敷悪者也と憎ミ思ふ所、誠ニ誤ち也と申候間、遠からず油谷氏江も相知れ可申候と、岩井氏の物語也。右ニ付、半右衛門殿へも可然頼候と申置。欠合の茶飯を薦め、八時頃被帰去。長次郎も其後被帰去(三三オ)。

一夕七時前、定吉来ル。右者、袴拝借致度由申ニ付、則貸遣ス。

一昼時頃、順庵殿来ル。暫く雑談、被帰去。昨夜小太郎失敬之段詫致置。八時頃、大内氏・坂本氏被帰去○小太郎、夕七時頃帰宅。其後山本江行、ほど無帰宅。夫ゟ暮時ニ及、髪月代致遣ス。八時過、定吉袴

○十五日甲辰　曇

一今朝小太郎、三日礼廻り、組中勤畢、昼時帰宅。食後、御頭佐々木殿江参上、八時帰宅。暮時並木江行、六時帰宅、直ニ枕ニつく。

一昼後自、江坂氏江行。卜庵殿未帰宅無之故ニ、内義ニ面談いたし、暫し帰宅。何れ来十一日ニ罷出候様申示おく。右留主中、長次郎殿・吉蔵殿来ル。吉蔵殿手作芋萸三株・柚の実壱つ持参、被贈之。小太郎、長次郎殿と口論致候由也。長次郎殿ニ昼飯ふるまい、八時過帰去○日暮て、長次郎殿又来ル。又亦小太郎と口論いたし、小太郎の過言、是ニても想像すべ(濁マヽ)し○日暮て定吉来ル。昨日貸遣し候袴持参、返之。右請取、明日昼前、田町江自を迎の(三三ウ)事申付置。五時帰去。

一板倉栄五郎殿養子、今日御番代被　仰付候由ニて、小出定八殿さし添、来ル○五時前、荒太郎殿来ル。右者、明日小太郎助番の所、明後十七日紅葉山　御成ニ付、明十六日小太郎御場処受取の由被当。右ニ付、明十六日、小太郎御成附人也。

○十六日乙巳　曇。折々小雨

一今朝五時ゟ明十七日御成附人ニ罷出ル。壱度弁当遣ス。引つゞき自、芝田町山田宗之介方へ行。今日供人定吉当番つゞら上ゲニ付、早朝よりハ供致かね候由ニ付、四時過迄ニ田町江迎ニ参候様申付。其せつ小川屋そば切持参致候様申付、出宅。三田三丁目にて宗之介ニ行逢。宗之介此方へ参りがけなり。則、宗之介宅江同道ニて参り、小太郎一義内談致。宗之介方にて昼飯を給、土器町迄宗之介同道致、九半時頃帰宅。定吉四時過迎ニ参り候ニ付、帰路寒づくりみそを整させ候也。宗之介方ゟ梅びしほ一器・ひらめ煮染壱切、被贈之。定吉ハ直ニ帰去○右留主中、順庵殿・伏見氏被参候由也(三四オ)。

一小太郎、八半時頃帰宅。日暮て枕ニつく○八半時過大内氏被参、隠元少々持参被贈之、暫雑談して帰去ル○右同刻加藤領助殿、見習御番無滞相済申候由ニて来ル○暮六時過岩井政之助殿被参、先日貸進致候松浦佐用媛前後十冊被返之。尚又所望ニ付、馭戎慨言四冊貸進ス。政之助殿一昨十四日山本氏江被参候て、小太郎一義ニ付、色々被談候所、山本氏も発明致され候由。山本氏ハ当年四十六歳、政之助殿ハ当廿二歳ニ候所、山本氏の取斗甚不宜候所、岩井氏説和候事、実ニ前後成事、山本氏の奸佞利慾ニ耽り候事、此せつあらハれ、実ニ〱呆れ候ほど愚人也。岩井氏ハ廿二才の若者なる(マヽ)、取斗尤才子也と人々もいへり。自も此恩忘れじと思ふ也。後の人、よく〱此心を思ふべし。

一夕方、吉蔵来ル。させる相事なし。暫雑談後、暮時帰去。

○十七日丙午　半晴。寒冷、夕七時頃ゟ雨
一今朝五時頃起出、食後髪結呉候様申ニ付、則髪結遣ス。其後油谷より日本橋所々江参り候由ニて支度致、四時頃ゟ罷出ル(三四ウ)。

一今朝、長次郎殿来ル。同人只今ゟ白山辺江参候由ニ付、苧麻買取呉候様頼候て、代銭四十八文渡置、早々帰去。

一昼時前、萱屋師伊三郎方ゟ弟子壱人来ル。先当分の凌ニ土蔵屋根へ米俵を多くハこび、俵不足ニ付、大内氏ゟ四俵ほど借用ス。昼時繕畢、帰去。何れ当月季欤来月早々、かゝり可申由申付遣ス。

一昼時、下そうぢ忠七来ル。両厠掃除為致、昼飯為給、帰し遣ス。しめじ茸・隠元・鮎籠入持参ス○昼時頃、政之助殿来ル。去ル十一日頼置候さらさがミ・金紙買取、持参せらる。百文の内、廿文被返候。且亦、小太郎一義、半右衛門殿江被申入候始末并ニ半右衛門被申候条々、物語被致。煎茶・くわしを薦め、八時過被帰去。

一右帰宅前、悌三郎殿姉御、同人娘を携来ル。右者、かねて悌三郎ゟ御噂承り候也。何卒是なるむすめかね江をしえ給ハるべしと被申。尤、此せつハ御取込御心配の節も可有之由承り候へバ、当年ハ兎も角も、来春ゟハ願度候と被頼。右ニ付、さすがにつれもなく申さんもさすがにて候へバ、夫ハ最安き事ニ候へども、只今仰のごとく此せつ内乱有之、右落着だ(濁マヽ)に致候ハヾ、おぼえし事候間、古めかしきを厭ハれずバ、指南致すべしと答て、煎茶・くわしを薦め、雑談数刻にして、夕七時頃被帰去。折から雨降出候ニ付、傘壱本貸進ス(三五オ)。

一小太郎、夕七時前帰宅。其後鮫ヶ橋江参り、暮時前帰宅。食後暮六時頃ゟ枕ニつく○日暮て、定吉来ル。先日申付置候晩茶半斤買取、持参ス。代銭百文渡遣ス。暫雑談して、五時帰去○昼後、おさち入湯ニ行。出がけ、定吉方へ立より、十六日立替置候蕎麦代二百文・日雇ちん百三十二文払遣ス。途中ニてあや部おふさ殿ニ行逢候所、おふさ殿おさちに被申候者、およし殿十四日ニ手前江へりやうじニ被参候せつ、そなた様の噂出候所、そなた様の事甚敷讒言被致候。是ゟハ足を遠くいたし候抔被申、そなたで御しんせつに世話被成候所、ざ(濁マヽ)んげ(同上)ん致候事、わが身聞くだ(濁マヽ)に腹だゝしく候也。かさねてよせつけ給ふなとおふさ殿も供々立腹被致候由、帰宅後母ニ告。母聞て、心得候也。かさねて近敷致間敷と申置。扨々盲女の心乍、秋中も、寒さニ迎、難義可成存候ニ付、とき(カ)〳〵乍さるどう着こしらへとらせ、其外色々難義を払候へども、恩を仇もて返さんとする瞽女の心術憎むべし○夕七時過、およし雨降候ニ付、被参、いつものごとく雑談致、おさち深田門前迄傘さしかけ、送り遣ス。おさち、柿三つ被贈候由也。扨々烏滸者、おそるべし○今日、如例観音祭、七色菓子を供ス。

○十八日丁未　雨(三五ウ)

一四時前、長次郎殿来ル。昨日頼置候苧買取候由ニて持参せらる。十匁八十文の由ニて八文持参、被返之。今朝納豆汁出来候間、深田氏ニも薦め、是ゟかゞ屋敷江参候由ニて被帰去○昼時前、大内隣之助殿被参、過日貸進之八犬伝九集七ゟ十二ノ下迄七冊持参、被返之。右請取、同書九集十三ゟ十八迄五冊貸進ス。ほど無被帰去。其後、手作茄子廿六持参、被贈之○八時過坂本氏被参、奇書類借用被致度由ニ付、八丈島筆記并ニ京和のはやり神の類六、七冊貸進ス。早々被帰去○夕七時頃、芝神明前いづミや市兵衛ゟ使札到来ス。神明祭礼ニ付、あま酒壱重贈来ル。且、女郎花四集の上帙やうやく此せつ画出来の由ニて、稿本さし添、被見せ之。一覧致候所、至極よろしく、次第返書ニしたゝめ、謝礼申遣ス○夜ニ入、長次郎殿来ル。右者、昨今急ニ金壱分入用出来致候ニ付、老母殊の外〳〵心配致居、右ニ付、一両日の間、金壱分借用致度由被申。然ども、此方にても遊金壱銭も無之候へども、常々世話ニ成候仁ニ候間、其意ニ任、金壱分貸進ス。且、昨日同人伯父所望ニ付、忠義水滸伝一冊貸進ス。小太郎今日、終日在宿ス○夕方順庵殿被参、早々被帰去(三六オ)。

○十九日戊申　晴。今暁八時八分霜降之せつニ成。夕方ゟ曇

一今朝、長次郎殿被参。同人伯父方ニてけいせい水滸伝見たき由申ニ付、初へん四冊貸遣ス○昼後、定吉来ル。去ル六日板かけ置候垣根こしらへニ来ル。則、終日こしらへ、帰去○夕七時宗之介、伏見氏江来ル。右者、今日小太郎離縁の一条を山本氏江申入候所、何れ先方ゟ挨拶致候由半右衛門申候由申、早々帰去。何れ一両日中ニ使札を山本氏江為持可遣旨宗之介申、今日者此方へ不来候也。

一小太郎今朝、組頭江御扶持之義ニ行、四時頃帰宅。夕方田辺江参り候由ニて出去、夕方帰宅ス。

○廿日己酉　雨。昼時雨止、不晴

一今朝加藤領助殿、明日初番被仰付候由ニて被参○夕方小太郎、御扶持聞ニ行、帰路入湯致、暮時帰宅。右以前、髪月代致遣ス。

一夕七時過深田長次郎殿被参、一昨日貸進之金壱分持参、被返之。右受取、納置。右之外、使札・来客なし(三六ウ)。

○廿一日庚戌　晴

一正六時過起出、支度致、如例天明頃小太郎起出、早飯後、

御番所江罷出ル。

一四時頃ゟ江坂卜庵殿方へ行、手みやげ菓子壱折持参、贈之。則、卜庵殿と対面候所、卜庵殿被申候者、組頭鈴木氏江咄し置候所、鈴木氏被申候者、先々和睦致候様被申候由被申候のミ。そハ世間一同の詞也。右ニ付、尚又用事もあらバ承るべしと被申。江坂氏ニて昼飯被振舞、九時過帰宅。其後飯田町江行。手みやげ醴一器持参、贈之。小太郎一義并ニ琴靍一周忌法事の事の相談致。せん茶・柿・剛飯の馳走ニあづかけ(ママ)、暮時前帰宅。おさち方へ樹木柿十一、被贈之○昼時、おふさ殿来ル。先日貸進之八犬伝結局編五冊持参、被返。右受取、熊野権現祭礼ニ付、早々帰去○昼後順庵殿被参候由、帰宅後おさち告之○夕方、大内氏来ル。すアまもちおさちへ被贈、早々被帰去○右同刻、加藤氏ゟ僕広蔵ヲ以、七月中貸進(三七オ)致候江戸砂子・続江戸砂子十二冊、外ニ去ル八日貸置候雨夜の月六冊返之。右受取置○暮六時頃、岩井氏・加藤新五右衛門殿・坂本氏被参。加藤氏、栗一包被贈之。一同江煎茶・くわしを出ス。到来の柿を薦め、雑談数刻、四時帰去。加藤氏帰宅のせつ、手続壱通さし被置候ニ付、封を切て一覧の所、八月中同人ゟ被頼候五色石台の代料也。右者、此方ゟ進物と致、贈候所。彼人代料被贈候事ニ候間、異日返スべし。

○廿二日辛亥　晴
一今朝伏見氏被参、暫して被帰去○四時前、長次郎殿来ル。早々帰去。

一小太郎、明番ゟ何れへかまハり、昼九時帰宅。食後枕ニつき、夕七時前起出、御扶持聞ニ行、暫して帰宅。明廿三日御扶持落候由ニて、髪を結、夜食後、渡辺氏江頼母子講ニ行。掛せん二百八文為持遣ス。

一昼後、自入湯ニ行、八時頃帰宅○夕七時頃、おふさどの来ル。おさちと雑談、所望ニ付、石魂録上帙三冊貸遣ス。暫して帰去(三七ウ)。

一暮時、長次郎殿来ル。長安寺門前江参り候由ニて早々帰去。五時、帰路の由ニて被参、焼さつま芋一包被贈。今朝頼置候久野様御内加藤氏江一昨夜の返書并ニ五色石台代料封入して返之。五時過被帰去。

一小太郎、五時帰宅。頼母子糶銀八匁ニ糶とり、金壱両二朱ト五百八十四文、内金壱分ハ銭ニて持参、母江渡ス。右請取、寄金未ダ九匁ほど不足の由也。何れ明日石井氏集被呉候様申之。来十月廿二日頼母子会手前ニて可致所、此方手放レ居候ニ付、右茶代銭四百文、石井氏江向候て頼候由、小太郎告之。
○廿三日壬子　晴

一今朝御扶持取番ニ付、正六時過ゟ起出、支度致、其後小太郎天明後起出、早飯為給、出かけ候所、見習取番加藤領助殿被参、暫手前ニて待合候所、深田氏不被参候ニ付、小太郎、領助殿同道ニて深田迄罷出ル。

一おさち今朝、おふさ殿方へ行。今日、媼神江同道ニて参詣可致約束あれバ也。おふさ殿、おさちニ髪結被呉候由ニて、四時過帰宅○昼後ゟおふさ殿に(三八オ)誘引、番所町媼神江参詣、八半時頃帰宅○八時頃順庵殿被参、暫く雑談して被帰去○八半時頃、お国殿来ル。やきいも壱包持参、被贈之。暫く物語被致、夕膳を薦、其後帰去。此方へ預り置候どふ着取出し、持参。

一夕七時前、御扶持渡る。取番小太郎差添、来ル。車力壱俵持込、請取おく。越後米也。小太郎帰宅後、組頭江参り、ほど無帰宅。食後入湯ニ行、暮時前帰宅○今朝定吉妻白米五升持参、請取置。

○廿四日癸丑　晴

一今朝山本氏子息喜三郎殿、太田娘おてい殿同道ニて遊ニ来ル。久しく遊居候所、右喜三郎母迎ニ来、帰去○昼時、芝田町山田宗之介ゟ使札到来。右者、今日小太郎一義ニ付、山本氏江見舞として肴一折、宗之介手紙差添、遣し候序ニ、此方へハおまち殿ゟ文を以焼どうふ壱重被贈越。則、返書認め、先日の器二つ、重箱ノ内へかつを切身七片遣ス。時分ニ候間、使清七江昼飯為給遣ス○右同刻、およし殿来ル。少々物語致、帰去。

一今朝、小太郎髪月代致遣ス。早昼飯給、何れへ欤罷出、その行(三八ウ)所を不知。夕七時頃帰宅。夜食後、谷五郎方へ参り候由ニて出去、日暮て帰宅。

一夕七時頃、定吉御扶持可舂申由ニて来ル。則、四斗四合入壱俵・端米六升五合渡し遣ス○暮時、長次郎殿来ル。入湯ニ参り候由ニて、早々被帰去。

一八時前、伏見氏来ル。暫物語して被帰去。

○廿五日甲寅　晴

一今日妙岸様御祥月忌ニ付、朝料供一汁二菜、供之。昼後せん茶・もり物・くわしを供、家内終日精進也。今日深光寺墓参可致の所、今日ハ飯田町ゟ御参詣被成候由ニ付、延引ス○今朝小太郎、食後あて番ニ行、四時頃帰宅、夕七時頃山本氏江行、ほど無帰宅。日暮て枕ニつく。

一四時頃、礒田平庵殿来ル。右者、かねて約束致置候本居宣長肖像掛物并ニ同人手簡掛物右二幅、来ル廿八日法事会致候ニ付、借用致由被申候ニ付、則貸遣ス。当月晦日宣長五十回忌相当ニ付、右法莚、礒田被致候。廿八日ニ取越、右之法莚、鞠町九丁目心法寺と申寺院ニて被致候間、出席致候様被申之。是等の事も琴靏存命候ハヾ(三九オ)嘸かし悦、岩井氏・伏見氏其外琴靏交友達被参候ニ、掛物貸進いたし候張合も無、遺憾やるかたもなく、落涙を濡すになん。

一昼時頃、深田氏老母被参、暫く雑談、昼時被帰去〇夕七時過、定吉昨日持参候玄米四斗七升舂上ゲ持参。つき上り四斗二升四合、内弐斗ハ先日中ゟ定吉ゟ借受候ヲ返し、差引白米弐斗二升請取、つきちん八十文遣ス。糖ハ定吉飯米ニ遣ス。手作の青菜壱からげ持参ス。さし置、早々帰去。

〇廿六日乙卯　晴。温暖

一今朝小太郎、助番ニ付、正六時起出、支度致、天明後小太郎起出、早飯後、長次郎同道ニて御番所江罷出ル〇昼時過、自入湯ニ行、伏見子供二人同道ス。暫して帰宅。其後おさち入湯ニ行、帰路久保町ニて買物致、八時過帰宅。

一八時頃岩井氏被参、暫雑談、加藤氏江手紙被認、持参して被帰去。

一入湯出がけ、六道ニて江坂氏ニ行逢候所、先日頼置候祈禱融通之札持参被致候由にて、途中ニて請取、持参ス。江坂氏ハ直ニ番所町江被参候(三九ウ)ニて別去〇右後帰宅して、飯田町江三枚、こんぶ巻売三五郎江頼、手紙さし添、今日届之。其後、深田氏江二つ、右守参り候ニ付持参、贈之。序ニ山本氏江も札持参致、見せ候所、右者名前書入、南無阿弥陀仏印呉候様被申候ニ付、右夫婦二人前印持参、帰宅〇夜ニ入、山本悌三郎殿来ル。其後、加藤氏・和多殿来ル。加藤氏、今日浅草江被参候由ニて、金竜山餅壱包・道化武者絵壱枚持参、被贈之。其後大内氏も招よせ、暫して順庵殿来ル。何れもうちより、せん茶・くわしを出し、加藤氏みやげのあん餅を薦め、雑談後四時頃帰去。悌三郎殿、右融通守壱枚江自分名簿被印被置〇夕方曇候故ニ、荷持、下駄・傘を取ニ来ル。則、渡し遣ス。

〇廿七日丙辰　曇。夜ニ入雨

一小太郎明番ニて、四時帰宅。食後仲殿町江行、昼時帰宅。又食事致、枕ニ就キ、夕七時起出〇八半時過、おふさ殿来ル。石魂録上帙三冊被返之、尚又所望ニ付、後集四冊貸遣ス。早々被帰去〇今朝小太郎帰宅前、加藤新五右衛門殿被参。右者、礒田氏江被参候所、平庵殿ゟ手前頼置候(四〇オ)裏見葛の葉読本壱部手ニ入候由ニて、加藤氏を頼、被届之。且、明廿八日宣長五十回忌法事是非罷出候様申達、早々被帰去。

一日暮て、長次郎殿来ル。伝馬町江買物ニ被参候由ニ而、早々被帰去。

○廿八日丁巳　雨終日。夜中同断

一今朝食後、小太郎三日礼廻り、御頭を初与力其外江行、昼時帰宅。

一右同刻自、一ッ木不動尊へ参詣して、昼前帰宅○今朝、深田氏老母来ル。長次郎殿縁談祝義内祝の由ニて、赤剛飯壱重持参被贈之、早々帰去○今朝加藤領助殿、当日祝儀として来ル○昼時伏見氏被参、後刻心法寺へ被参候ニ付、礒田江伝言頼置、くずのは読本五冊貸進ス。ほど無帰去○今早朝、長次郎殿来ル。早々被帰去。

○廿九日戊午　雨。昼後雨止、晴

一今日小太郎、終日在宿、只夕方山本江参り候のミ。昼後、髪月代致遣ス。

一今朝大内氏自手作茄子九つ持参、被贈之。廿九日に依而也(四〇ウ)。

一昼時、泉やゟ小もの使ヲ以、五色石台四集下帙の下画十丁出来、稿本、手紙差添、被見セ。右一覧の上、稿本さし添、返し遣ス。返書ニ不及、口状ニて申遣ス。

○十月朔日己未　曇。四時頃ゟ雨、夕七時雨止、不晴、夜中雨

一小太郎五時頃ゟ三日礼廻り、御頭ゟ与力組中江とて出去。何れへ参り候や、夕七時帰宅。其後入湯致、食後六時頃ゟ枕ニつく。

一昼前政之助殿被参、一昨廿八日宣長五十回忌悼の歌会、雨天の故ニ四十余人出会致候由也。雑談数刻、昼飯を振舞、九半時頃被帰去。

一昼時過、飯田町ゟ使札到来ス。右者、清右衛門様御不快の所、追々御順快ニ付、今日御床あげ内祝被成候由ニて、赤剛飯壱重・かつをぶし一本被贈之。且、先日上置候守(カ)山ぼんふた物、被返之。木地重箱御入用の由被仰越候ニ付、則一組四重貸進ス。謝礼、返書ニ申上る○右以前、泉市ゟ女郎花四集下筆工出来ニ付、校合を被乞。稿本無之候ニ付、序ニ稿本さし越候やう、返書ニ申遣ス○八半時過順庵殿被参、暫雑談。赤剛飯薦め、小太郎帰宅の節、早々被帰去(四一オ)。

一飯田町ゟ九月分売溜百六十二文、被差越之。右請取、一わり銭ハ未ダ上ず。

○二日庚申　雨。天明ゟ雨止、晴

一今日小太郎当番ニ付、正六時前起出、支度致。小太郎も六時過自起出、早飯を給、御番所江罷出ル。出がけ、長次郎殿

誘引合候所、長次郎殿未食事前ニ付、尚又小太郎、宅ニ待合候所、埒明ざる故ニ先江行。

一五時前ゟ自、深光寺へ参詣。右者、来ル九日琴靍居士一周忌ニ相当致候ニ付、回向料金弐百疋持参、恵明和尚ニ対面、進上之。来ル九日昼後ゟ親族一同参詣可致候間、御回向被下候様頼入。焼香致、諸墓花水を手向、昼時帰宅。右出がけ、小(ママ)向日馬場なる赤岩と申売卜江立より、我身の卜筮を問候所、天雷とか申候卦出候。此卦ニあたり候者必げつぱくニて、親類ニ縁薄かり。併乍、他人ニ余(ママ)ほひゐき有之。右ニ付、何事も他人ニうち任候方万事宜敷、来ル亥二月ニ至りなバ、必御安心可被成候。左様ニ被召(ママ)候様、赤岩氏被申。則、卜料百文さし置、帰たく(四二ウ)。

一昼後おさち入湯ニ行、八時過帰宅。

一八半時頃、順庵殿来ル。暫物語致、又後刻可被参由ニて帰去○暮時前おさち、綾部江おふさ殿迎ニ行、暮時同道ニて帰宅。おふさどの、今晩此方へ止宿ス○夕七時頃、泉市ゟ女郎花稿本持参ス。右受取、明日夕方歟明後四日、校合取ニ参り候様申遣ス○日暮て、順庵殿来ル。其後和多殿も被参候内、梅村氏・加藤氏同道ニて被参。何れも夜話、せんちや・くわしを出ス。五時前大内氏被参、焼さつま芋一盆持参、被贈之。皆々に薦め、雑談中、加藤氏・梅村氏空腹の由ニ付、右両人江欠合の茶漬飯をふるまひ、順庵殿ハ九時頃被帰去、跡四人ハ九時過帰去○今日庚申ニ付、神像床間ニ奉掛、神酒・備餅・七色菓子を供、夜ニ入、神燈ヲ供ス。

○三日辛酉　終日曇

一小太郎早交代ニて五時過帰宅、食後仮寐致、夕七時起出。

一昼時前、順庵殿来ル。雑談して、ほど無帰去○八半時頃、政之助殿来ル。只今ゟ礒田氏江被参候由ニ付、去ル廿七日被差越候読本葛葉代金二朱、政之助殿江頼、礒田氏江被遣被下候様とて渡し置、早々帰去(四二オ)。

一夕七時前、長次郎殿来ル。過日貸進致候けいせい水滸伝初へん四冊、かへさる。尚又、八犬伝初輯所望被致候ニ付、則貸進ス。外ニ、金二朱入用出来致候ニ付、借用致度由被申候ニ付、是亦貸遣ス○其後およし殿、山本半右衛門殿小児を携て来ル。暮時迄遊、帰去○昼後、下そふぢ忠七来ル。東の方の厠そうぢ致、帰去○昼時伏見氏被参、煮鯵一皿持参、被贈之。内義入湯ニ被参候留主の由ニて、早々被帰去○夕七時頃、定吉来ル。門前ゟ内の方そふぢ致、たきつけそだ(濁ママ)持参、帰去。来ル七日配物の事、申付置。

一今朝自、左内阪餅屋江行。右者、琴靍一周忌志の餅菓子誂

として書付持参、委しく申付、九時頃帰宅○夜ニ入、小太郎、御番所羽織無之候間、こしらへ候様申といへども、両三年の物入ニて、出来かね候ニ付、先有合の羽織ニて間ニ合候様申聞候へども、羽織なくバさむく凌かね候抔、種々過言を申候事、九月十三日の如し。

○四日壬戌　曇。昼時頃ゟ雨、忽止

一今朝礒田平庵殿被参、去ル九月廿六日貸進の宣長肖像掛もの一幅・手簡掛物一幅持参、被返之。右謝礼として加増まんぢう(四二ウ)一折被恵、所々江参候由ニて、早々被帰去。

一右同刻岩井氏被参、過日約束致置候琴靍一周忌手向詠草被贈之、尚又駁《アキママ》慨言被返之。先日中加藤氏所望被致候ニ付、右岩井氏江頼、加藤氏江貸進ス。岩井、雑談後帰去○四時頃、伏見氏被参。右者、来ル八日ニ琴かく一周忌逮夜料供献立并ニ買物書付持参せらる。早々帰去○昼後、森野市十郎殿来ル。小太郎、山本氏ニて碁盤借用いたし、森野氏と碁を勝負致。夕七時過ニ及候ニ付、森野氏ニ夕膳を薦、其後被帰去。小太郎も相伴致、其後入湯ニ行、碁盤山本氏江持参、返之○早朝、泉市ゟ女郎花四集下帙板下校合を乞ニ来ル。則、渡遣ス。一小太郎、暮時過帰宅。其後鮫ヶ橋江参り候由ニて出去、四時帰宅。森野氏ニて焼さつまいも被贈候由ニて持参ス○夜ニ入、長次郎殿来ル。暫雑談、小太郎帰宅後、帰去○今日樟脳を包、まき物・掛物、其外秘蔵成書物類江入置く。

○五日癸亥(四三オ)　雨。今暁七時頃小地震。八時五分立冬の節ニ成

一昼時、吉蔵来ル。小太郎と雑談して帰去。

一昼後小太郎山本江行、暫して八時過帰宅。其後、鮫ヶ橋江参り候由申、出去といへども、又山本行候由也。暮時前帰宅。

一夜ニ入長次郎殿、同人姉およしを尋来ル。此方ニハ不居由ニ付、早々帰去。

○六日甲子　晴

一五時過長次郎、明日番あて聞ニ来ル。右ニ付、小太郎起出、番当ニ罷出ル。

一四時頃帰宅。右留主中、江村氏来ル。番点順の義ニ付被参候間、小太郎帰宅を待居候所、ほど無帰宅、面談して帰去○小太郎昼後たばこ買行候ニ付、金二朱渡し、内三百八十文鈴木橋平殿江つり銭ニ遣し、鈴木氏ゟ二朱請取、たばこ・糸其外買物致、八半時頃帰宅ス○夕七時前順庵殿被参、暫して帰去○昼後、伏見氏被参。右ハ、明後八日料供入用買物ニ被参候由ニ付、金壱分、伏見氏江渡ス。則、夕方品々取買《ママ》、夜ニ入又味噌整ニ被参候由ニテ被立寄。右序ニ、しなの屋江炭《ママ》の

申付呉候様頼置(四三ウ)。

一昼後自入湯ニ行、ほど無帰宅○夜ニ入、長次郎殿来ル。四ッ谷伝馬町江被参候由ニ付、買物ハなきやと被問。先よろしき由申候へバ、早々被帰去。

一今日甲子ニ付、大黒天を祭、神酒・備餅・七色菓子、夜ニ入神燈ヲ供ス。
○七日乙丑　晴。温暖
一今朝小太郎助番ニ付、正六時頃ゟ起出、支度致。天明ニ小太郎起出、早飯後長次郎殿を誘引、御番所江罷出ル○五時過、定吉来ル。今日配物人足ニ申付候故也○四半時頃、左内坂上桔梗屋ゟ申付候まんぢう・薄皮餅持参ス。右請取、先仏前江供し、其後山本氏・隣家氏江十七入壱重づゝ遣し、伏見・大内へ九つ入壱重づゝ遣之。定吉ニ昼飯為給、飯田町滝沢清右衛門様・西丸下あつミ覚重様江、手紙差添、贈之。飯田丁おつぎ方ゟおさち江返書到来。且、先日貸進之重箱、被返之。定吉、八時帰宅。其後、芝田町五丁目山田宗之介・赤尾氏江各壱重、数十九入、手紙差添、遣之。定吉、暮時帰宅ス。申付候寒づくりみそ二百文分、買取来ル。夜食為給、返し遣ス○今日早朝ゟ伏見氏・大内氏来ル。明八日逮夜料供下拵被致、終日両人とも此方ニ支度被致、夜ニ入(四四オ)被帰去。

一夜ニ入加藤氏・坂本氏被参、其後大内氏も被参。せん茶・餅菓子をすゝめ、四時過皆被帰去。坂本氏ハ琴靍霊前江手向壱枚持参、被備之○八時過、山本半右衛門殿内義被参。右者、琴靍霊前江白砂糖壱斤入壱袋持参、被備之、早々にして被帰去。
○八日丙寅　曇。朝小雨、ほど無止、昼後ゟ半晴
一今日琴靍逮夜ニ付、伏見・大内早朝ゟ料供拵ニ被参、五時過定吉も来ル○四時前、小太郎明番ニて帰宅。おし続き長次郎殿も来ル。一同手伝○昼前、林内義来ル。四月六日参り候儘、百八十余日め也。昨日志の重の内答礼としてあらこ落がん片折壱つ被贈之、暫物語して帰去○今朝深田長次郎殿老母、琴かく霊前江備候とて、菊花一折持参せらる。取込中ニ付、早々帰去○昼後飯田町御姉様、おつぎ同道ニて御出、霊前江香料金五十疋・小ろふそく廿五・柿十、被贈之。外に、かつをぶし一本、被贈之○昼後、芝田町宗之介ゟ使札到来。右者、今日琴靍逮夜ニ付招候所、無拠用事有之、右ニ付、参りかね候由申来ル。香料として金五十疋、被贈之。赤尾氏ゟハ白ざとう壱斤入壱袋、おまち殿より(四四ウ)文を以、被贈越。右ニ付、料供残、宗之介江壱人前・赤尾氏江二人前、右使清七ニ為持遣ス。清七ニハ此方ニて為給遣ス○昼前、加藤新五

右衛門殿ゟ使広蔵ヲ以、手向詠草短冊壱枚・練ようかん半さほ一箱、被贈之。謝礼、口上ニて申遣ス。

一昼後、梅村氏ゟも煎茶半斤一袋、被贈之。是亦口状ニて謝礼申遣、使を返ス。

一八半時過料供出来候ニ付、先琴靄霊前江備。其後両隣家伏見・はやし、山本半右衛門・深田長次郎殿宅江本膳壱人前、酒・とり肴添、定吉ヲ以為持遣ス○昼後、お国殿も来ル。大さつま芋七本、被贈之○夕七時前あつミ祖太郎殿被参、霊前江かん瓢・椎茸壱包、被贈之。ほどなく梅むら氏被参。則、座敷ニて吸物・取肴三種、各江薦め、飯田町御姉様・おつぎへハ本膳を薦め、暮時定吉ヲ以為送、清右衛門様へ壱人前贈之。右両人、暮時被帰去。右同刻、坂本氏来ル。少々後れて加藤氏・岩井氏被参。右人々江吸もの、一同本膳を薦め、各四時頃退散。尚又跡ニて、伏見氏・深田氏・大内氏・お国殿一同酒飯を薦め、四半時頃お国殿帰去。雑物まんちん(ママ)為持遣ス。定(四五オ)吉送行、ほど無定吉帰来ル。定吉、九時前帰去。是亦種々為持遣ス。伏見・大内・深田、八時前被帰去。小太郎、今日明番ニて疲労有之故ニ、皆退散後、四時枕ニ就く。

○今朝四時頃、伝馬町もちや鈴木より牽物廿人前持参ス○其後、左内坂きゝやうやゟまんぢう五十持参、是亦請取置。桔梗屋、金壱分ト五百五十文払遣ス。

○九日丁卯　晴。美日、八時頃地震

一今朝山本半右衛門殿、七月廿七日ニ被参候儘、今日七十二日めニて被参。右者、昨日贈膳の謝礼也。煎茶・くわしをすゝめ、昼時帰去。小児江くわし為持遣ス。

一今朝小太郎、髪月代致遣ス○昼時ゟ自、小太郎・おさち同道ニて、定吉召つれ、深光寺へ参詣。長次郎殿も参詣被致。出がけ、桔梗やニて昨日誂置候壱分まんぢう・薄皮もち、定吉ニ為持、八時頃深光寺へ参詣。宗之介ハ逸早く先へ参り、其後飯田町ゟ御姉様、おつぎ・鉈五郎同道ニて御参詣。一同本堂ニて読経、稍姑且して(四五ウ)各焼香。読経畢、墓参致、参詣の人江餅菓子五つゝゝ牽之。清右衛門様・お鍬様へハ為持候て進之。夕七時過帰宅。定吉ニ夕ぜん為給、帰し遣ス○今朝加藤氏・坂本氏、深光寺へ参詣被致候由ニ付、餅菓子壱包づゝ、定吉ヲ以為持遣ス。木村広蔵へも遣之。今日留主居、伏見氏を頼置く。留主中、加藤氏・坂もと氏、昨夜の謝礼として被参候由也○今朝、もちや鈴木ゟ牽物代乞ニ来ル。則、金二朱渡し、つり銭弐百六十八文取○今日、御切米御玉落候由也。

○十日戊辰　晴。五時頃小地震

一今朝自、おさち同道ニて、虎の御門金ぴらへ参詣。出がけ、あや部氏江参り候所、煎茶・くわしを被出ル。あらこらくがん壱折、手みやげとして遣ス。然る所、あや部氏も金ぴらへ参詣被致候由ニて、同道ニて虎の御門江参り、あや部氏の紹介ニより内拝礼致、夫ゟあやべ氏江別、百度をあげ、手拭を納。帰路、江坂氏江立より、昼時帰宅ス○日暮て順庵殿被参、手みやげ、紅梅やき(四六オ)一袋、被贈之。暫く雑談、当《(ママ)》扇興被致、四時頃被帰去。

○十一日己巳　雨。昼後ゟ止、不晴、夜ニ入大風雨

一今朝弁当料所々江配分ニ小太郎罷出、昼時帰宅。小太郎分ハ十二匁、四度分手取候由ニ候へども、母江ハ不見せ、無沙汰ニ候間、詳なることをしらず。

一今朝長次郎殿、弁当料を持参せらる。

一四時頃、高畑養子吉蔵来ル。右者、同人簞笥、両三日預り呉候やう被申候ニ付、両三日位ニ候ハゞ随分預り可申候へども、小太郎何と申候哉も難斗候ニ付、小太郎帰宅之せつ申聞、小太郎だに預り候半と申候ハゞ御持可被成候と聞候へバ、歓て帰去。其後夕七時又来り候所、右たんす預り候義、小太郎堅く断候へバ、本意なげニ早々帰去。

一今朝大内氏、さといも笊に入、持参、被贈之、雑談して被帰去。

一夕方およし殿、山本小児両人を携て来ル。しバらく遊、夕方帰去(四六ウ)。

一夕方、桔梗屋ゟ一昨日の餅代取ニ来ル。則、金二朱ト丁五十文払遣ス。

一日暮て、伊勢や安右衛門廻り男、酒代を乞。則、金壱分渡し、つりせん四百七十二文請取○今朝、あやべ氏ゟむさしや嫁ヲ以、過日貸進之しんかさね五冊、被返之。尚又所望ニ付、金毘羅船初へん・二へん八冊貸遣ス。おさち方へ文到来ス。返書不遣ズ、口上ニて申遣ス○暮時、赤坂鈴降稲荷弁《(ママ)》当願性院来ル。則、白米五合・鳥目十二文遣之。早々帰去。

○十二日庚午　雨。四時前雨止、半晴、温暖

一今朝小太郎当番ニ付、正六時過起出、支度致、天明後小太郎呼起し、早飯後御番所江罷出ル○四時頃、触役宜太郎殿来ル。右、明十三日小太郎御番所居残ニ相成候ニ付、壱度弁当出し候様被触○四半時頃、順庵殿被参。其後大内隣之助殿被参、過日貸進之八犬伝九集十九ノ巻ゟ廿三迄五冊、被返之。右請取、同書廿四ノ巻ゟ廿八巻迄五冊、貸進ス。雑談数刻、九時帰去○坂本氏ニハ昼飯を薦め、八時前被帰去○九時頃、越後屋清助来ル。右者、昨春中頼置候ふらそこ、此せつ払物

出候間、買取候やと申ニ付、買取可申由申、暫して帰去(四七オ)。
一八時頃ゟおさち入湯ニ行、おふさ殿方へ立より候由ニ付、
一昨日の謝礼したゝめ、おふさどの方へ遣ス。尚又、定吉方へ白米の事申付遣ス。七時前帰宅○八時過定吉妻およ、小児を背来《(マヽ)》ル。暫物語して帰去。奇応丸五十粒入壱包遣ス。尚又夕方同人、白米五升持参、さし置、帰去○暮時頃、加藤新五右衛門殿来ル。雑談中政之助殿・順庵殿・直記殿被参、其後伏見氏も被参。一同へ煎茶・菓子を薦め、皆々投扇興被致、四半時一同退散ス。
○十三日辛未　晴。風
一今朝、梅村氏来ル。右者、昨夜きせる・烟草入置忘候ニ付、則返之、ほどなく帰去。

一四時頃順庵殿、荒井江病用ニ被参候由ニて被来、暫雑談。貰合候赤剛飯・にしめを薦め、昼時前被帰去○今朝伏見氏ゟ祖師御命講ニ付、赤剛飯、にしめ添、一重被贈之。其後伏見氏被参、暫雑談、昼時過被帰去。同人江本箱壱つ贈之。

一今日小太郎、御城居残ニ付、壱度弁当遣ス。八時過小太郎帰宅、食後入湯ニ罷出候て暫して帰去、其後髪月代致、暮時ゟ枕ニつく。

一夕七半時過荷持、御鉄炮・弁当集ニ来ル。則、如例御鉄炮・雨皮弁当(四七ウ)渡遣ス○暮時長次郎殿、明暁起番の《(マヽ)》被申之、早々帰去。

一夕七時過、触役礒右衛門殿来ル。明十四日八時起し七時のよし被触、帰去。

一右同刻、木村和多殿来ル。煎餅壱袋持参被贈之、早々被帰去。
○十四日壬申　晴
一今日増上寺　御成ニ付、起番長次郎殿、八時窓ゟ呼起さる。即刻起出、支度致候て、小太郎もほど無起出。茶漬飯為給、ちようちん携候て、長次郎同道、御場所江罷出ル。御成相済、昼時前帰宅、食後ニ枕就く。八時頃、岡勇五郎来ル。右ニ付、小太郎起出、暫して岡帰去。

一右同刻、順庵殿被参。其後、水谷嘉平次来ル。門前通行の由也。ほど無帰去。順庵殿もほど無被帰去。順庵殿、琉球聘使略壱枚、被贈之。

一夕七時頃、あや部氏内義被参、樽柿七つ持参、被贈之。金ぴらぶね三編ゟ四へん迄持参、被返之。右請取、尚又五へんゟ八へん迄貸進ス。早々被帰去(四八オ)。
○十五日癸酉　半晴
一今朝、お国殿来ル。先日の重箱被返、大坂づけ少々・鰑二

枚、被贈之。暫して帰去、四時頃又来ル。先者荘蔵殿江預ケ金利足書付、此方へ預り置候ヲ渡ス。其後帰去○四時頃、家根屋伊三郎来ル。此方土蔵家根并ニ物置家根朽損候間、右を申付候所、母屋方繕ハ別ニて、金壱両三分ニて出来の由申ニ付、大内氏ニ聞合。則、大内氏伊三郎へ委敷被申付候也。則、手付金壱分二朱乞候ニ付、渡し遣ス。明日ゟ取掛り候由ニ付、夕方同人弟子足場を掛ニ来ル○今朝小太郎、佐々木様ゟ組内少々当日祝儀罷出、昼時帰去。昼後、森村殿江御切米請取ニ参り候由ニて罷出ル○右同刻、自飯田町江行、先日借用の皿九人前持参、返之。ある平一袋持参、しん上ス。暫物語致、夕七時前帰宅○右留主中、岡勇五郎来ル。小太郎へ頼候一義有之由也。

一夕七時頃、森野市十郎差添、永野儀三郎来ル。右者、加藤恵十郎跡、遠縁御番代被　仰付候由也○小太郎、夕七時過帰宅。御切米諸入用差引、金七両壱分ト四百四文持参ス。食後鮫ケ橋江参り、帰路(四八ウ)入湯致、暮時帰宅○夜ニ入、長次郎殿来ル。暫遊、五時過帰去。

○十六日甲戌　曇

一今朝、茅五十把、人足持参。右請取、ほど無家屋(ママ)や伊三郎・同人弟子来ル。直ニ土蔵屋根江取掛ル○四時頃、泉市聟次郎吉来ル。煉ようかん一さほ持参ス。右者、五色石台五集、外作者続出し度由申。右承知の由、申遣ス。

一家根屋伊三郎、夕七半時頃帰去。尚又、内金拝借願候ニ付、金二分、今夕渡し遣ス。茅百五十把持参ス○小太郎、今日番宛ニ罷出、四時前帰宅。岡勇五郎又被頼候由ニて終日竹具足拵、未果ズ。勇五郎、両度来ル。小太郎、暮時前髪月代致遣ス。明日助番に依也。

一深田氏、今朝・夕方両度来ル。何れも早々被帰去○帰時前岩井氏老母、窓ゟ被声掛、自たいめん。先日の謝礼申入られ、早々被帰去。

一永野儀三郎、明日見習御番被仰付候由ニて来ル(四九オ)。

○十七日乙亥　半晴

一今日小太郎谷五郎殿助番ニ付、六時過ゟ起出、支度致、天明後小太郎呼起し、早飯為給、御番所江罷出ル○今朝定吉ヲ以、田町宗之介方へ、今日参呉候やう申遣ス。四時頃定吉帰来ル。返書不来、何れ後刻参り候様申来ル。且、過日八日此方ゟ遣し候五寸重四重、被返之。右重箱、定吉妻持参、請取置。

一四時前ゟ自、伝馬町江買物ニ行。諸買物相済、入湯致、九時帰宅○右留主中、宗之介参居候由也。せん茶・菓子を薦。

昼飯後山本氏江参り候所、山本在宿ニて面談致、小太郎一義申入候所、眼病未全快不致、何れ出勤次第、油谷江参り、欠合可申候由、其外種々被申候由、宗之介帰来、告之。八時過、宗之介帰去○右同刻、矢野氏〆、伏見氏手紙さし添、二ノ玄猪牡丹餅壱重、被贈之。客来中ニ付、返書不遣、謝礼口上ニて申遣ス。

一昼時、黒野彦太郎殿来ル、右者、高畑弥株(カ)売レ候ニ付、明十八日打渡し候ニ付、四時立合ニ罷出候由被申候由、おさち告之。

一夕七時過永野儀三郎、見習御番無滞相済候由ニて来ル(四九ウ)。

一右同刻、順庵殿来ル。雑中(ママ)、大内氏被参。然者有住岩五郎と申仁も山本半右衛門同様之者ニて、小太郎・半右衛門・岩五郎相並、此方母女を譏候ニ付、組合与力安田氏も右同様心得候ニ付、先は有住方へ贈り物致候て可然被申候由、大内氏被告之。有住氏ハ是迄老実成者と心得居候所、左にあらず、半右衛門と同腹の由、実ニ歎息限なし。暮時前、両人被帰去

○八時過〆おさち入湯ニ行、夕七時過帰宅○暮六時過順庵殿・政之助殿被参、雑談数刻。岩井氏江ハ、今朝宗之介山本江参り候一義を咄し、何分山本氏挨拶少しも早く承り度由頼置、到来のぼたんもち・せんべい等すゝめ、五時過ニ到り、梅村氏来ル。右三人一諸ニ被帰去○五時前、定吉白米壱斗持参ス。且又、一昨日払遣し候日雇代之内金壱分渡し候所、四百文余分の由ニて持参、被返之。右請取、牡丹餅為給、ほど無帰去

○今日雨天ニて、亥三郎不来。

一今日、如例観世音ニ供物供之○今日、家根や不来。

○十八日丙子　昼後小雨。夕方晴

一今朝、家根屋伊三郎外壱人来ル。内金三分二朱請取書持参、請取置(五〇オ)。

一昨夕方しなのや重兵衛、炭二俵持参、書付持参、〆五俵代金壱分払遣ス。内壱俵ハ切炭ニ付、代三百文。右ニ付、つり銭十二文持参ス。

一伊三郎、今日者昼後迄ニて帰去。南の方出来候のミ。今日、茅百把、人足持参ス。傘壱本貸遣ス○小太郎、四時過帰宅。食後、今日高畑封金ニ付、立合ニ行、餅菓子壱包持参、ほど無帰宅○松村儀助、今日高畑江立合ニ参り候由ニて来ル。二月以来疎遠也。雑記借用致度由ニ付、十三巻貸遣ス。昼時帰去。右同刻、岡勇五郎来ル。小太郎へ竹具足頼候由ニて、昼飯為給、暮時帰去○昼時下そふぢ(ママ)忠七来、両厠掃除致、帰去。

一夕方、お国殿来ル。印形入来候ニ付、此方へ預ヶ置候たんす・つゞら等尋候へども無之ニ付、徒ニ帰去○小太郎、昼後

ゟ竹具足扱かけ、終日。夜ニ入、夜職致候へども不果○今日、荷持江ござ代四十八文渡し遣ス。

○十九日丁丑　晴

一昼後おさち同道ニて入湯ニ行、帰路買物致、帰宅。夕七時過、岡勇五郎殿、竹ぐ(濁ママ)そく出来候やと被問。未出来不致候ニ付、暮後帰去(五〇ウ)。

一夜ニ入、順庵殿来ル。暫小太郎と問答、五時帰去。如例坂本氏江対し以外失礼過言、かたはらいたき事多し。長次郎殿も被参、早々帰去○小太郎今日終日、夜ニ入四時頃、右竹具足出来畢○家根屋伊三郎不来。

○廿日戊寅　雨。夕方雨止、不晴○今日ゟ安火を用ゆ

一今朝、森野氏被参。右者、弁当料の義ニ付、玉井鉄之助対面致度由被申候由伝言被申入、早々帰去○昼後小太郎、鮫ヶ橋玉井・森野江行、夕七時帰宅。其後、夏羽織近々拵候様申といへども、此方手廻かね候間、今暫く待居候よし申候へども一向不聞入、過言。此家ハわが家也。我自由ニ致候。此間手取候切米も皆わがもの也。其外、種々有間敷こと共罵り、聞ニ不絶(ママ)候ニ付、自隣家伏見氏江参、だん(か)量致候所、暫茲ニ居給ふべしと被申候ニ付、おさち共侶伏見ニて夕膳被振舞レ、五時帰宅、枕ニつく○小太郎留主中岡勇五郎、竹具足出来ニ付、取ニ来ル。則、渡し遣し、残り候皮切ども渡ス。昨日三十二文糸代立替候分、持参せらる。右受取置。

一今日も伊三郎不来○今日小太郎、加藤氏弁当料十二匁受取候由候所、一向沙汰なし。母江ハ秘し置。心得がたし(五一オ)。

○廿一日己卯　晴

一今朝小太郎、髪月代ニ行。出がけ、山本氏江立より候由、昼時前帰宅。

一昼時過、家根屋伊三郎来ル。然る所、小太郎、家根葺候事相成不申候と申過言故ニ、伊三郎帰去○右ニ付、家根葺かけ候所、誠ニ難義ニ付、文蕾主ニ相頼、小太郎教演致呉候様申。文蕾主も示談致かけ候へども、小太郎反怒罵り、高声、如例過言の次第。右ニ付、文蕾主も讃(ママ)り胸ニ充けん、是亦大声被致候所、小太郎ます〳〵いかり、其上鉄炮坂江参り候由ニて罷出、夕方帰宅。夕飯後、又何れへ欤罷出ル。後ニ聞く、山本江参り候由也。五時前帰宅。小太郎、過言不埒致候ても一向不知由申ニ付、証人として深田氏をも招候て、一座せらる。誠ニ鳥滸の白物也○小太郎怒り候ニ付、半右衛門殿を招候所、今日ハ他行の由。大内氏も被参、種々なだむるといへども、一向不聞。夕七半時過、山本氏帰宅のせつ、窓ゟ呼入、右一条一五一十を山本氏ニも話説いたし置。

一明日、小太郎一条付ニ、田町江参り候ニ付、供人足定吉明日参り候様、深田氏ヲ以申入置(五一ウ)。

一小太郎、五時帰宅後母ニ申候ハ、伏見食客野郎と交るべに(ママ)非ず。若此方へ参候ても我出合、許さず。おさちも参り候ハゞ、小太郎の家ニ置事叶ふべからず、直ニ追出し候抔罵りて、枕ニつく。尤憎むべし。

○廿二日庚辰　晴。風烈、夕方風少々納ル。今朝初て水盤に氷はる

一小太郎当番ニ付、正六時過起出、支度致、如例天明前小太郎呼起し、早飯為給、今日初新門の由ニ付、四百文為持遣ス。尚又出がけ、伏見食客やらう参り候ハゞ、足骨を敲おれ抔悪口致、罷出ル。

一引つゞき自、芝田町宗之介方へ行。小太郎一義也。宗之介江小太郎昨日の始末詳咄し、明廿三日参り呉候様頼候所、宗之介申候ハ、明日私事参り候てもせんなきわざ也。右ニ付、山本氏をせめ立、油谷氏江欠合早々致呉候様頼候方宜敷、若又眼気未不宜候ハゞ、山本指揮ニより、我等并ニ祖太郎殿ニても同道ニて油谷江参可申候。何れニても、山本江右之趣御申入可然。若又私事、参り候様相成候ハゞ、鳥渡御為知被下様申之。田町ニて昼飯(五二オ)給候内、定吉迎ニ来ル。宗之介方へ練羊かん箱入壱つ遣之。定吉事も田町ニて昼飯馳走ニ相成、九時田町を出去。薬研坂岩井政之介方へ立より、白砂糖壱斤遣之。岩井氏他行ニ付、直ニ帰宅。

一帰宅後、山本氏江右談事候所、宗之介参り候てハ反埒明かね候。何れ一両日中に我等参り可申候と被申候ニ付、其儘帰宅。尚又宗之介方へ申入候ニ不及、定吉を帰し遣ス○夕七時頃、岩井氏参る。是又小太郎一義ニ付、山本江被参候由。種々商量致候内、伏見・大内被参候ニ付、今日の事、山本被申候一義も物語致候所、然バ今ゟ成田氏江参り、一条咄し置候様一同被申候ニ付、直ニ暮時前成田一太夫殿方へ行。手みやげ、樽抜柿十持参ス。一太夫殿ハ他行の由ニて、内義・子息江たいめん、委細咄し候内、一太夫殿帰宅被致候ニ付、小太郎一条物語致、願出候事も有之候ハゞ宜敷取斗呉候様頼置。折から日暮候所、坂本氏てうちん携、迎ニ参被呉候ニ付、心づよく帰宅。坂本氏の老実成事、壮年の人ニハ珍らしき者也。

一右留主中、和多殿被参。其後、加藤氏・大内氏被参。岩井氏江ハ夕飯を薦め、何れも四時頃被帰去(五二ウ)。

○廿三日辛巳　晴。寒気

一四時過、小太郎明番ニて帰宅。夕方入湯ニ参り、帰路山本江立より、暮時頃帰宅。今晩無尽ニ付、掛銭二口分四百十六

文為持遣ス。五時過帰宅。今日の頼母子会、此方ニて可致所、此方手遠ニ付、石井氏宅ニて被致呉由ニ付、則茶代四百文ハ石井氏江ゆづり候也○昼後自、有住岩五郎方へ、小太郎一条ニ付、参り候所、有住在宿ニ付、たいめん。樽柿十持参ス。右一儀申述、何分宜敷取斗頼候と申候所、有住氏被申候ハ、何分ニも当人勤人の事、且は何れニも理有之候間、当方もよろしき取斗候様致候心得候間、手前出候てハ何分事六ヶ敷相成候ニ付、只今迄逃居候也。然る所、隣家主人抔と口論致、伏見氏ゟ此方へ被届候上ハ捨置難候ニ付、北隣家林猪之介殿江も聞合候上、尚又半右衛門殿とも相談の上、取斗可申候と被申。内談中、長次郎殿ヲ以、迎ニ来ル。即刻帰宅致候所、留主中岡左十郎殿来ル。手みやげ、大ふく餅一袋持参。右者、小太郎竹具足拵遣し候謝礼成べし。是亦、小太郎と和熟致候様被申、稍久しく帰去。左十郎の愚なる事、いふかぎりなし。

一一(マヽ)昨廿二日、熊胆屋、三月中買入候熊胆代乞ニ来ル。則、金二分ト三百十四文払遣ス(五三オ)。

○廿四日壬午　晴。向寒、今朝者余程厚氷

一小太郎、四時頃ゟ下町辺江参り候由ニて罷出、暮時前帰宅ス。

一右同刻自、組頭鈴木橋平方へ行。右者、小太郎一条ニ付参り候所、橋平対面致、小太郎始末崖略咄し候所、理ニ逮候挨拶ニ付、又候右一条ニ付、願出候義も可有之候。其節ハ宜敷頼候由申入、直ニ飯田町江行。意ふニ、有住岩五郎・鈴木橋平・半右衛門等、小太郎折節賄賂致置候利ニ誘れ、右三人同腹中なるべし。此外ニも尚又有やらん、心得難し。飯田町江罷越、小太郎一義咄し、何れ来ル廿七日ニハ西丸下江参り可申由物語致、昼飯を給、来十二月六日蓑笠様御三回忌御法事、此方ニて可致候所、此方小太郎一義ニて取込居候ニ付、当年も飯田町ニて被致候由ニ付、然らバ此方ニてハはぎの花もちニてもこしらへ、御逮夜ニハ何ぞこしらへ、人々江振舞可申旨約束致、八時帰宅。長州藤浦殿ゟ四月十七日出の文到来。

一右留主中、おふさ殿来ル。先日貸進の朝夷嶋めぐり初編五冊被返之、尚又二・三編十冊貸進ス。おさちと物語致、夕七半時頃被帰去(五三ウ)。

一暮時大内氏、先日同処ゟ借用致居候鋸・鉈未ダ返ざるにゟ、とりニ来ル。則、右二品返之○夜ニ入五時前、深田長次郎殿、林猪之助殿同道ニて来ル。右者、小太郎一義ニ付、伏見氏と争論致候、同前ニ勘弁致候様小太郎江も示教せらる。暫して深田氏同道ニて帰去○藤浦殿書状開封の所、夏四月廿八日出の文ニて、右の返書、年始文并ニ太郎死去悔申来ル。并ニ、くわし料として金五十疋、被備之○夕方、家根屋伊三郎来ル。此方致かけ候家根、如何致候やと申候所、先此方家根ハ閣、外江仕事有之候ハヾ参り候申遣ス。小太郎、家根葺せざる故也。

○廿五日癸未　晴

一今早朝、猪之助殿方へ自、昨夜の謝礼ニ行。并ニ、小太郎不埒不孝の故ニ、何卒離別致度旨、猪之助殿江話説置、帰宅○小太郎四時起出、八時過鮫ヶ橋江罷越候由申ニ付、今日黒野無尽、有住ニて有之候間、立より候様申付おく。暮時帰宅、有住江参り候や否、返事なし○今朝大内氏ゟ手作里芋壱升、伏見小児ヲ以、被贈之○昼後岡左十郎、小太郎一義ニ付、又来ル(五四オ)。右者、此方并ニ小太郎何れの好歹をも不弁、只々勘弁致候様被薦候は誠ニ心得難し。此方ニても再三再四考候上、媒人山本氏并ニ組合小屋頭へも離別の一義申入候所、何れも和睦致候様被申候間、先々其儘打捨置候所、追々母江過言不孝、且近隣の人々江も口論致間、此ほどハ別而〳〵不埒ニ付、既ニ両組頭江も申入候程の始末ニ候所、此節ニ致り、岡左十郎隔日の如く参り、熟談を薦め候者いかにぞ(濁マヽ)や。六十才ニ近き者の取斗とハ心得ず。意ふニ、山本・有住・鈴木等の間諜児なるべ(濁マヽ)し○夕七時前およし殿被参、暫雑談、暮時帰去○日暮て長次郎殿来ル。小やつがしら十一持参、被贈之。入湯ニ参候由ニて、早々帰去○右同刻山本氏内義、小児を背ふて来ル。小太郎ニ対面致度由ニて、小太郎を呼出し、何やら咡き帰去○暮時岩井氏、門口迄来ル。右者、山本氏ニて、自ニてもおさちニても鳥渡参り候様申入られ、早々帰去。右ニ付、おさち山本氏江行、暫して帰宅。右者、今日山本氏油谷江被参候由を告ル(五四ウ)。

○廿六日甲申　晴

一今朝、小出定八殿被参。右者、明廿七日小太郎休番ニ付、定八殿代番頼度由、小太郎江被申。小太郎承知致、即刻組頭江代番の趣届ニ行。右留主中、永野儀三郎殿、師匠番荒太郎殿さし添、来ル。小太郎明日者捨りのはな心得候由也。早々帰去○小太郎ニ帰宅後告之。

一今朝お国殿、荷持由兵衛同道ニて来ル。右者、当三月中ゟ預り置候たんす等取ニ被参。則、箪笥壱つ・柳骨立壱つ・さみせん箱壱つ、此方ゟ持被出、由兵衛江渡。跡雑物ハ伏見平吉殿江あづけ置候品も、今日為持被参候由也。早々帰去○昼前おさち入湯ニ行、暫して帰宅。入替りて自入湯ニ行。伏見子供両人同道ス。八半時過帰宅○小太郎、四時過髪月代致遣し、早昼飯ニて本郷油谷五郎兵衛方へ参り候由ニて出去、暮時帰宅。

○廿七日乙酉　晴

一今日小太郎定八殿代番に付、正六時起出、支度致、天明後小太郎呼起し、早飯給させ、其後御番所江罷出ル(五五オ)。一四時頃ゟ自、定吉を召連、西丸下あつミ氏江行。大こん・八頭・むつ魚旨煮八寸重壱重・樽抜柿十、手みやげとして持参。覚重様・祖太郎在宿ニてたいめん致、小太郎一義相談致。何れニも早き方可然被申。右ニ付、祖太郎殿、来十一月二日山本氏江被参、事穏密《(ママ)》ニ参り候様ニ欠合可申旨被申候ニ付、右之趣頼入。あつミにて昼飯、供人共ニ地走ニあづかり、九時過出去。夫ゟ飯田町宅江立より、先日約束致候重箱持参、貸進致。飯田町江も大こん・むつ魚旨煮壱重持参ス。直ニ飯田町を出去、深光寺へ墓参致、暮時前帰宅。明廿八日　唯称居士御祥月忌ニ付、今日深光寺へ参り候也。右留主中、深田老母・おふさ殿参候由也。夜ニ入、加藤氏被参、投扇興持参、被貸之。其後山本悌三郎殿・坂本氏、余ほど跡ゟ梅村氏被参。何れも雑談、四時過被帰去。内悌三郎殿ハ先月廿六日被参候儘、卅日めにて被参、坂本氏・岩井氏に代りて被申候一義あり。右者、小太郎一義、何分山本氏を只管頼候方可然候。伏見氏と口論の一条ハ二ノ次ニ致候方宜敷由、申入らる(五五ウ)。時帰宅。

○廿八日丙戌　晴

一早朝、定吉来ル。おさち田町宗之介方へ参り候供人足の為也。即刻おさち支度致、き替の小袖・寐まき等取揃、定吉ニ背駝、山田宗之介方へ行。手みやげとして窓の月壱折、為持遣ス○小太郎、明番ゟ富坂小田平八郎殿内義不快ニ付見舞ニ参り候由ニて、昼時帰宅。夕方入湯ニ参り候由ニて罷出、暮時帰宅。

一夕方、長次郎殿来ル。ほど無帰去、夜ニ入六半時過又来ル。窓の月一包持参、被贈之。暫遊、四時前帰去○夕七時過、家根屋伊三郎来ル。此方家根、未ダ掛り候義出来かね候や。致かけ候義、甚難義ニ候間、何とぞ早々致度由申といへども、此方ニても何とも申付難候ニ付、何れ両三日中ニ此方ゟ挨拶可致申付遣候所、右伊三郎、隣家伏見へ参り、急々ニも掛り度由願候由ニ付、伏見ニて山本氏江伊三郎を遣し候由ニて、山本氏ゟ小太郎を呼ニおこされ候ニ付、小太郎即刻山本江参る。家根壱義也。右ニ付、山本暮時前来ル。右者、家根普請致かけ、半分にして伊三郎手を留め居候事、甚難義至極ニ付、何卒明日ゟ跡出来候様致度願参り候間、何れも意気無《(マヽ)》候間、明日ゟ家根普請致候やう被申(五六オ)候間、承知之趣申答、山本氏早々帰去○日暮て、林猪之助殿被参。是亦、家根普請の事也。明日ゟ早々取掛り出来候様被申。且又小太郎、伏見江対し和睦致、互ニ怨無之様致候方宜敷旨、小太郎江示教被致、暫して帰去○五時過、定吉来ル。昨日申付置候買物品々買取、持参ス。金二朱渡置候所、内廿文残、返之。右請、暫して長次郎殿と一緒ニ帰去。

○廿九日丁亥　晴。九時頃地震、余ほど震ふ

一昼時前、昨廿八日渡り候御扶持車力壱俵持込候を請取置。取番加藤領助・永野儀三郎差添、来ル。作州米三斗壱升二合入、端米ハ壱斗五合、内壱升切、九升五合アリ○昼前小太郎髪月代を致遣し、昼後霜除板を布、其後鮫ヶ橋森野氏江参る由ニて罷出、暮時前帰宅。森野内義江兼て頼置候明卅日留主居の事ニ参候所、(ママ)明廿八日小石川江参り、未帰宅不致候間、帰宅次第早々申聞候由、市十郎殿被申之。同人鍵持参、小太郎渡之(五六ウ)。

一夕七時頃、およしどの来ル。雑談後夕飯を為給、暮時帰去

○暮時頃、大内うぢ(濁マヽ)被参。右者、明卅日琉球人江戸入見物致度候ニ付、小太郎紹介致呉候様被申候間、然者早朝ゟ御出被成候やう約束致、六時過帰去。右同刻、長次郎殿来ル。伝馬町江被参候由ニて、早々帰去○昼時、おふさ殿来ル。是亦琉球人見物致度存候所、行先無之候間、明日自参り候ハヾ同道致、見物為致呉候様被申候間、是亦承知致。何れ明早朝出がけ、誘引可申候間、支度被致、待居候様約束致、雑談後帰去

○夕方、定吉来ル。右者、御扶持つき可申由申ニ付、荷持給米四升残し置、跡不残持帰る。

○卅日戊子　五時頃ゟ風雨。夜ニ入同断

一今日琉球人江戸入ニ付、自田町宗之介方へ行。雨天ニ付、小太郎ハ延引す。右留主居として、昨日頼置候ニ付、早朝宗村お国殿被参。出がけ、あや部おふさ殿誘引候所、是亦雨天ニて延引。右ニ付、自壱人ニて宗之介方へ行。昼時、大内隣之助殿、長次郎殿同道ニて来ル。此両人ニ田町ニて酒飯のちそふ致、暮時ニ及候ニ付、帰宅致さんとする所、長次郎殿ハ酩酊致、一歩も運かね候ニ付、大内氏のミ(五七オ)帰去。長次郎殿方へハ大内氏ニ伝言頼、今晩止宿由申入。然る所、長次郎、宗之介方玄関ニ打臥、暫し食事候物吐し、宗之介家僕清七介抱致、四時過起出、少々醒候様子ニて又々四畳ニて酒盛致、宗之介方に止宿ス。今晩、お国殿ハ信濃殿町の家ニ止宿ス。

○十一月朔日己丑　雨

一今朝食(ママ)、長次郎同道ニて帰宅。其後、お国殿を帰し遣ス。到来の品々為持遣ス。

一小太郎、三日礼廻りニ出候由也。昼後髪月代致遣し、其後入湯ニ罷出候て、夕七時帰宅。夜ニ入、隣家林氏ニ行、五時帰宅、枕ニ就く。

一夕方、長次郎金子二百疋入用ニ付、借用致由被申。誠ニ度々の事ニてうるさく候へども、殊の外〳〵困り候やう子ニ付、其意ニ任、貸遣ス。

一暮時、定吉来ル。右者、小太郎ニ打わら頼まれ候由ニて持参、さし置、帰去。

一来六日蓑笠様御大祥忌御相当ニ付、牡丹餅製作致候ニ付、あづき買取度存候所、留主居無之ニ付、大内氏を頼候所、大内氏被参呉候様被申(五七)(ウ)候へども、余り失礼ニ存候故辞し候へども、強ニ被参候由ニ付、其意ニあまへ、同人江頼申、代金二朱渡候得バ、ほど無買取被参。壱升ニ付百文也と被申。此せつ、我身壱人、助無之候所、かゝる老実成人ニ助られ、実難得心術也。其おん忘るべからず。且又、先日貸進の八犬伝九輯廿九より三十二迄五冊、被返之。尚又、同書三十三より三十五の下迄五冊貸進ス。

○二日庚寅　雨。昼後雨止

一今日小太郎当番ニ付、天明起出、支度致、小太郎に早飯為給、御番所江罷出ル。

一早朝、定吉来ル。おさち迎の為也○昼後、おふさ殿来ル。先日貸進致候朝夷三編五冊被返。暫雑談して、おさちの帰宅待居候得ども、延引ニ付、夕七時前帰去。尚又、朝夷四編五冊貸遣ス○右同刻、松村儀助来ル。雑記十一巻被返之、跡十二の巻壱冊貸遣ス。雑談中伏見氏被参、両人暫物語して帰去○夕七時前、渥見祖太郎来ル。右者、かねて談じ置候小太郎一義、離別取斗呉候様、山本半右衛門江頼入候為来ル。則、山本氏江祖太郎被参、小太郎一義申談事、夕方此方へ(五八)(オ)祖太郎帰来ル。談事候趣、左之通り。何分ニも小太郎離別術よく御取斗の義、偏ニ頼申入候所、兎角当人勤向ニ宜敷候由、何分勘弁致呉候様山本氏申候ニ付、祖太郎又申候者、勤先致候者勿論の事、勤向宜敷とも、家内不熟ニてハ家事不取締ニ付、何分離別の一義、此度の番ニハ引込せ、早々油谷江預ケ候様取斗可被致候と申候へバ、何れニも今四、五日の内ニハ聢と致候様挨拶可致候間、夫迄御待可被下と山本氏申ニ付、然バ頼候と申、帰宅の由、祖太郎被申候。祖太郎ニ夕飯為給、暮時帰去○夕七半時頃、岩井氏被参。同刻、清助来ル。先日清助より持参致候ふら底、今日清助江返ス。尚又所望ニ付、しゆんくわん嶋物語合二冊貸遣ス。奇応丸小包二つ、是亦渡ス。代料ハ未ダ也○岩井氏も小太郎一義ニ付被参候得ども、清助等居合候ニ付、暮時帰去○おさち、夕七時過帰宅。今日、田町江童子訓七ノ巻ゟ三十ノ巻迄廿五冊為持遣ス○夜ニ入、順庵殿被参。暫して加藤氏被参、ほど無和多殿・大内氏被参。大内氏、大福餅一包持参、被贈之。加藤うぢ(濁ママ)、八才の力士にしき絵壱枚、被贈之。せん茶・せんべいを出し雑談中、伏見氏も参り、雑談九時、一同帰去○皆帰宅後、自文四通をしたゝめ候得者(五八ウ)、丑ノ刻ニ及。明日所々江使を出さん為也。夫ゟ枕ニつく。

○三日辛卯　曇

一今朝牡丹餅を製作致、先蓑笠様御牌前江供し奉り、其外諸霊江同断。各廿入、飯田町・あつミ○宗之介○赤尾○伏見○隣家林○十五入壱重、山本半右衛門・同大内○十一入壱重○梅村○深田○加藤○岩井○定吉○豆腐屋。生形小児江一盆遣ス。右、定吉ヲ以遣之○昼後、飯田町ゟ使ヲ以、蓑笠様大祥忌来ル六日ニ付、志の重の内壱分饅頭・薄皮餅十七入、被贈之。外ニ、亥年新暦壱さつ・柱《カ》壱枚、被贈之。万吉方ゟ出来の由ニて、蓑笠様御肖像一幅出来、被届之。仕立代十八匁の由。尚又、先月分上家壱分弐百六十八文・薬売溜壱分ト壱〆十二文、是亦被届之。右請取、謝礼返書進之。

一定吉、暮六時帰来ル。赤尾ゟ返書・干茄子到来。其外ハ返書不来。

一小太郎、明番ゟ下町江廻り候由ニて、昼九時帰宅。暮時ゟ又入湯ニ罷出、日暮て帰宅、其後枕ニ就く○今日家根屋伊三郎外壱人来、土蔵家根葺畢、夕方帰去○夕方、順庵殿来ル。暫雑談、薄皮餅を薦め、其後被帰去(五九オ)。

一昼後自、おさち同道入湯ニ行、暫して帰宅。伏見簾太郎・生形おりよう同道ス。

一来ル六日蓑笠様御大祥忌御相当ニ付、飯田町ニてハ餅菓子を所々江配り、此方ニてハ牡丹餅製作、諸親其外所々、前ニ印が如く配り、志を致ス。右ニ付、大内氏手伝被致○暮時、長次郎殿来ル。小蓮五本持参、被贈之。

○四日壬辰　晴

一今日、家根屋亥《ママ》三郎外壱人来ル○早朝、半右衛門殿窓ゟ小太郎を呼る。右者、昼後ゟ油谷へ参り候様被申、医師江被参候由ニて、早々伝馬町の方へ被参。

一右ニ付、小太郎に髪を結遣し、朝飯後下町ゟ油谷江参り候由ニて、五半時頃罷出ル○伏見氏被参、蓑笠様御霊前江せん茶一袋持参、被贈之。暫して帰去。

一家根屋伊三郎、尚又金子借用致度申ニ付、内金二分渡し遣ス。夕七ツ半時過帰宅○夕方大内氏被参、ほど無帰去○右同刻、およし殿来ル。暮時帰去○暮時過山本半右衛門、医師ゟ油谷五郎兵衛方へ参り、小太郎・五郎兵衛一座ニて離別一義談じ候所、何れも殿木江かけ合の上挨拶可致旨、今ハ聢と致候挨拶出来かね候由、半右衛門被申之(五九ウ)。右之趣、祖太郎江申聞呉候様被申之、帰去。

一小太郎、五時前帰宅。小太郎申候者、今日油谷・山本両人江私事心腹の所申置候まゝ、御聞可被成と申之。帰宅後食事致、枕ニ就く。

（日立ての下に「○昼時、触役儀右衛門殿来ル。右者、玉薬持参の人々、勝手次第稽古致候由」と一行に補記）

○五日癸巳　晴

一小太郎、今朝下町辺江参り候由ニて、朝飯後出去。足袋切候間、整申度由申ニ付、三百文余渡し遣ス○昼時頃、大内氏ゟ白砂糖壱斤入壱袋、被贈之○今日蓑笠様御大祥忌御逮夜ニ付、一汁三菜料供を備、料供残、伏見・山本・深田・林・生形・大内、右六軒江各一膳づゝ贈之。山本氏ゟさつま芋七本、被贈之○八半時頃、田町宗之介方ゟ使札到来。右者、明六日深光寺へ参詣可致の所、無拠用事有之、参詣致かね、右ニ付、香料五十疋を霊前江備、香奠二百銅を被贈越。赤尾ゟ葛粉小重入壱重、被贈之。右謝礼、返書遣ス。料供残、重箱ニ入、遣之。清七ニ夕膳為給遣ス○右同刻、松村儀助殿来ル。蓑笠様御霊前江竜門銘茶半斤入壱袋手向、短冊二枚被備之。則、夕膳を薦め、残し(六〇オ)置候品々江もり添、同人家内へみやげとして遣ス。同人小児虫気の由ニ付、奇応丸小包分二つ遣之。暮時帰去○暮時大内氏、贈膳謝礼として被参、早々帰去。

一家根屋伊三郎、外壱人来ル。今日土蔵家根皆出来、母屋の漏候所を繕半分ニ相成候由ニて、物置へハ不掛して、夕七時、両人帰去。

一小太郎、暮時帰宅。今朝出がけ、山本氏江立より、手紙したゝめ帰り候由、山本小児申之。帰宅食後、山本氏江又行、暫して帰宅、枕ニ就く。

一今日、蓑笠様御逮夜ニ付、御画像床間ニ奉掛、神酒・もり物・あま干柿を供ス。夜ニ入御燈、五時納畢○土蔵したミ、伊三郎ニハ出来かね候由申ニ付、松五郎ニ頼、鮫ヶ橋大工亀(アキママ)ニ申付置。明朝参り候由也。

○六日甲午　晴

一今朝、伊三郎外壱人来ル。物置の家根ニ取かゝり、夕方帰去。

一今日深光寺ニて蓑笠様御大祥忌御法事興行ニ付、四時過ゟ支度致(六〇ウ)、家内三人深光寺へ参詣。留主居、長次郎殿を頼置く。

一深光寺へ参詣之者、飯田町清右衛門様・御姉様幷ニおつぎ、あつミゟお鍬様・鉈五郎殿被参詣。田辺鎮吉も今日参詣。宗之介ハ今日無拠用事有之ニ付、参詣せず。各香料進上ス。本堂ニおゐて恵明和尚・僧四人読経畢、各焼香、墓参、花水を手向。飯田町ニて壱分饅頭・薄皮餅各五つゞゝ牽之。読経畢る頃、田口栄太郎母おいね参詣せらる。夕七時各退散、七半時頃帰宅○右留主中、隣家林氏ゟ窓の月本形小重入十三、被贈之。荷持給米を乞ニ来候由ニて、長次郎殿玄米四升渡し候由、帰宅後被告之。

一今朝、儀三郎殿来ル。番当、小太郎ハ捨りの端の由也○帰宅後、長次郎殿被帰去。餅菓子壱包遣之○今朝蓑笠様御料供、一汁三菜供之、もり物みかんを供ス。御画像へハ神酒・備餅・みかんを供、帰宅後納置。

一今日、深光寺ニてお鍬殿被申候ハ、昨日小太郎参り、祖太郎江種々申候由。右ニ付、問合度儀も有之候ニ付、都合次第飯田町江参り候由被申候ニ付、然らバ来ル十二日昼後飯田町江参可申候間、御足労乍祖太郎様御出のほど(六一オ)相待候と約束致置。小太郎渥見江参り候事、半右衛門の揮(マヽ)指なんる(マヽ)べし。
○七日乙未　晴
一早朝、荒太郎来ル。右者、今日小太郎捨りの端ニ候所、儀三郎殿内義、今朝ゟ俄ニ産の気ニて、何分当番ニ出かね候ニ付、今ゟ支度致、右代番ニ可出由被申候ニ付、湯づけ飯給、御番所江罷出ル。俄の事ニて、弁当菜手宛、右之故ニ菜代を渡し遣ス。百合みそあへをこしらへ遣ス。

一今朝、昨日頼置候大工亀次郎来ル。材木入用ニ付、金二朱渡し、材木代四匁・釘代三十六文也と云。直ニ取掛り、家根羽目出来畢候ニ付、表黒板塀をつくろハせ、尚又材木不足ニ付、杉中巻・釘等買とゝのへ、つくろい畢。夕七時過帰去。大工手間五匁、飯米壱匁五分の由。右ニ付、昼飯此方ニて為給、五匁五分払遣ス○伊三郎、今日出来上り候由ニて、残金壱分二朱渡し遣ス。伊三郎積違、余分ニ掛り候間、増金願度申ニ付、金二朱可遣旨申、帰遣ス○昼後自、金ぴら様ゟ一つ木不動尊江参詣(六一ウ)、帰路入湯致、夕七時帰宅○其後おさち、おふさ殿方へ行、暮時おふさどの同道ニて帰宅。同人菜園菜づけ壱重持参、被贈之。おふさ殿、今ばん(濁マヽ)止宿被致○夜ニ入、岩井氏・加藤氏被参。加藤氏、同人姉聟何某伊せ国ニ被居御神職手跡短冊壱枚持参、被賜之。如例夜話致候内、梅村氏五時頃参られ、焼さつまいも一盆持参、被贈之。一同雑談、四時過右三人帰去。

○八日丙申　晴

一早朝家根屋伊三郎、請受書并ニつもり書持参候て、増金を乞ふ。つもり違致候者伊三郎の疎忽ニ候へども、何分難儀申立候ニ付、増金二朱渡遣し候得ども、此後家根普請せつハ申付難候由申聞置○其後、生形綾太郎妹おりよう来ル。麻壱包持参、被贈之。先日品々贈り候謝礼成べし。

一おふさ殿、朝飯後四時前帰去○小太郎、四時明番より帰宅。今日寄合有之候所、小太郎初寄合ニ付、加藤領助殿宅借用致候ニ付、餅ぐわし代金三朱・炭代と金壱分為持遣ス。信濃町ハ手遠成(六二オ)故、かくハ計候也。今日の寄合、並木又五郎当番ニて、御断無不出候ニ付、点削候由也。今日初寄合、小太郎初加藤領助・加藤金之助・永野儀三郎、右四人之初寄合一緒ニ致。各くわし料三朱づゝ出金、右四人ニて三分二朱（ママ）ニて、定例ハ餅菓子壱包づゝ各江牽べき所、今日者かつをしを被牽候由也。小太郎、夕七時帰宅。金壱分之内、二百五十二文持参ス○建石元三郎来ル。右者、同人父、願之通り退役被仰付候由ニて来ル○明日小太郎増上寺御場所請取の由、長次郎夕方被参、被告之○夕七時前、定吉妻およ、先日貸遣し候糸車持参、返之。木綿糸少々取候間、上可申由ニて持参ス。且又、飯米不足ニ付、頼置候所、是亦八升持参致候間、請取置く。

一生形おりやう来ル。只今ゟ香の物買取ニ参り候由ニ付、古たくわん大こん六本遣之○夕七時小太郎髪月代致遣し、食後鮫ヶ橋江参候由ニて罷出候所、山本江行候也。五時前帰宅。

一夕方、定吉来ル。先日同人家根葺候ニ付、足場の竹貸遣し候ニ付、今日返しニ来ル。暫して帰去○今日、神女湯能書并ニ外題・黒丸子(六二ウ)能書・奇応丸小包袋、摺之。

○九日丁酉　晴

一明十日増上寺　御成ニ付、小太郎御場受取ニ五時過ゟ増上寺江罷出ル。邦之助・清之助・領助等同道也。御城附者長次郎・又五郎・鉄之助・儀三郎也。壱度弁当遣之。夕七半時過帰宅。食後、暮六時頃ゟ枕ニつく。

一四時頃大内氏被参、暫して被帰去○四時過おさち、生形おりやう同道ニて入湯ニ行、九時過帰宅○右同刻、下掃除忠七来ル。両厠掃除致、帰去。

一今朝、黒野喜太郎殿被参。右者、今日高畑武左衛門跡番代之者信濃殿町江引移り候ニ付、何分頼候由、是亦来ル十三日明番之せつ、本書出候間、其せつ立合ニ可罷出旨被告申、帰去○八半時過、定吉来ル。先日申付置候火入猫買取、持参ス。先日中使候人足ちん金二朱、今日渡遣ス。尚又、勘定致置候やう申付置○右同刻、およし殿来ル。暫物語して帰去○夕七半時頃、深田長次郎殿養母被参。出来合候由ニて黄飯・煮染一器持参候て被贈之、急候由ニて早々帰去○暮時、触役亥三郎殿来ル。明十日八時起し、七時出の(ママ)被触。且亦、明後十一日　右大将様増上寺江御成ニ付、明日も亦(六三オ)小太郎居残り成間、又壱度弁当出し候様被申之○家根や伊三郎弟子参り、足場の竹持去○御城附人長次郎殿、七時過来ル。明日　御成、当組当番の由ニて早々帰去、夜ニ入又来ル。入湯ニ参り候由ニて、早々帰去。

○十日戊戌　曇。夜中風烈

一今暁八時小太郎を呼起し、起番ニ付、深田氏を呼為起、食事為致、七時ゟ深田氏同道ニて増上寺御場所江罷出ル。明十一日(改行)右大将様同所江御成ニ付、小太郎今日も居残りニ相成、壱度弁当遣ス。夕七時帰宅。夕飯後入湯ニ罷出候由ニて出宅、暮六時頃鶏骨・ねぎ買取、帰宅。五時枕ニつく○八半時頃荷持、御どうらん・御鉄炮其外弁当がら・ぞふり等持参、請取置○昼後おさち、久保町江買物ニ行、帰路入湯致、帰宅八時過ニ成○昨九日、こんまき売三五郎、飯田町御姉様ゟの文幷ニ先日御肖像を包、さし上候服砂(ママ)、被届之。右御文者、来ル十二日祖太郎殿被参、小太郎一条ニ付用談有之候間、おさちをも同道致、参り候様被仰候。御返事ハ上不申候(六三ウ)。

○十一日己亥　半晴

一今暁七時前、東之方ニ失火有之。火元不詳。夜明後聞候所、田安長屋壱丁余焼失の由也○昼後、おさち同道ニて自入湯ニ行、暫して帰宅。

一右留主中、お国殿来ル。焼さつま芋持参被贈之、暫して被帰去○昼時過、岡勇五郎来ル。夕方迄遊、帰去○夕七時過、順庵殿来ル。小太郎在宿ニ付、早々被帰去○小太郎、巳ノ刻頃起出、終日在宿ス。昼後ゟ竹具足をこしらへ候由、夜ニ入同断。

○十二日庚子　雨。終日

一今朝小太郎当番ニ付、五つ時起出支度致、天明頃小太郎呼起し、早飯為給、御番所江罷出ル○四時頃、伏見氏ゟ二男初誕生の由ニて、赤小豆飯・一汁二菜二人前、被贈之○右同刻自、おさち同道ニて飯田町江行。右留主居、伏見氏を頼置。今日祖太郎殿飯田町江被参候由ニ付、小太郎一条、うちより相談の為也。昼時飯田町江参り、鶏卵七つ、おさちゟおつぎ江桃色小切・かんざし等贈之(六四オ)。然る所、琴嶺居士姉君田辺鎮吉母義、此方へハ天保亥年以来中絶の所、飯田町へハ内々出入被致候ニ付、去ル十一日出火ニ付、見舞として被参候問、不存寄十四年目ニて対面、物語致候内、祖太郎殿被参。右ニ付、座敷ニおゐて清右衛門様・祖太郎皆打寄、去ル五日渥見氏江小太郎参り、種々悪口申述、なき事をも有しごとく、小太郎而已善人の如く、自、小太郎を箸のあげおろしニこゞと申抔と申ちらし、何分和睦候様頼候と申ニ付、然バ自の旨をも問候とて、今日飯田町江寄合。いかに、勘弁被成候や、と祖太郎被申候ニ付、小太郎如何様ニ申候とも、今更和睦勘弁抔とハ不存寄事也と申候へバ、離縁甚六ヶ敷候ニ付、達而離別被成度思しめし候ハヾ、少々物入ニも可成候。其物入だに御厭無之バ、右も左も可致候と申ニ付、過分の事ハ出来かね候得ども、一、二枚の事候ハヾ厭しからず。然ども、物入を厭ふのゆへニ只今勘弁和睦ハ致難候間、何れも可然御取斗頼候と申。祖太郎殿被申候者、然らバ明十三日欤十五日両日の内ニ山本氏江参り可申候と約束致。飯田町ニておさち共侶夕飯を馳走ニ相成、暮六時帰宅ス。其後、伏見氏五時帰去(六四ウ)。

一帰宅前ゟ順庵殿被参、六時過ニ成て加藤氏被参。せん茶・名所せんべいを薦メ、雑談、子ノ時両人被帰去。

○十三日辛丑　晴。風

一今朝、政之助殿来ル。先日貸進の自選自集上ノ巻壱冊持参、返之。右請取、同書中ノ巻壱冊・琴靏歌集壱冊貸進ス。尚亦、毛引板所望被致候間、幸此方不用の毛引板有之付、進之。暫して帰去○右同刻、長次郎殿来ル。ほど無帰去○小太郎、四時明番ニて帰宅。食後、高畑本書出候ニ付、立合ニ行、八時過帰宅。餅菓子一包・膳代二百文、高畑ゟ請取来候由。右者不沙汰也。

一八時頃、大内氏先日貸進の八犬伝九集三十三ゟ三十五の下迄五冊、被返之。尚又所望ニ付、同書九集三十六ゟ四十迄貸進、暫して被帰去。

一夜ニ入、定吉来ル。白米七升持参ス。右請取置○夕七時頃おさちヲ以、定吉方へ米代金二分二朱為持遣ス。定吉へ渡之。

一小太郎夜ニ入竹具足拵候ニ付、自ハ宵ゟ枕ニつく(六五オ)。

○十四日壬寅　終日曇

一今朝長次郎殿被参、組頭江参り候由ニて、早々帰去○昼後自、おさち同道ニて入湯ニ行。出がけ、山本氏江油谷挨拶聞ニ参候所、未ダ挨拶無之由被申。夕七時帰宅。

一小太郎四時起出、終日在宿。夜ニ入たばこ買取ニ行、五時前帰宅。代二百文渡遣ス○暮時、およし殿来ル。今晩止宿被致。

一夜ニ入長次郎殿被参、早々帰去○夕七時頃、松むら儀助殿被参。且、先日貸進の重箱・ふろしき・雑記十二ノ巻壱冊、被返之。右請取、雑記十三ノ巻壱冊貸遣ス。雑談後帰去。

○十五日癸卯　晴

一およし殿、今朝起出、帰去○小太郎五時起出、朝飯後御頭江当日祝儀ニ罷出。四時過帰宅、終日在宿○八時過岩井政之助殿被参、先日貸進之自選自集壱冊・琴靏歌集壱冊持参、被返之。尚又所望ニ付、金魚伝初編ゟ終迄貸進ス。暫して被帰去。

一夕七時頃渥見祖太郎、小太郎一条ニ付、山本半右衛門方へ罷越、委細欠合(六五ウ)候由ニ候へども、今日小太郎在宿の故ニ此方へハ不立寄。永井番所の辺ニて祖太郎殿、おさちを呼て、右之様子被申候由、おさち告之○暮時信濃屋重兵衛申付候炭二俵持参、差置帰去○伏見氏ゟ里芋一笊被贈之。

○十六日甲辰　晴。薄氷はる

一今朝、小太郎髪月代致遣ス。其後何れ江欤罷出。行先告ざれバ、其行所を不知。出がけ、如例山本江立より候由也○五時過、永野儀三郎殿来ル。右者、明日小太郎捨りの端心得之由被申、帰去○四時過、伏見子供両人に髪月代致遣ス。生鯖二尾、伏見江遣ス。先日赤小豆飯到来の謝礼なり。

一今朝、長次郎殿来ル。ほど無帰去。同人妻、おさちニ髪結遣し候由被申、昨日ゟ度々老実ニ被申越候ニ付、小太郎出宅後四半時頃ゟ油・元結持参、同人方へ髪結ニ行。煮里芋一器持参、贈之。右うつりとして、鮭壱切被贈之。おさち、八時前帰宅○昨十五日、深光寺ゟ納所以、納豆一曲贈来ル。

一昼後自、伏見小児両人同道、入湯ニ行。出がけ、阿や部江立より、おさち方ゟおふさ殿江文を遣し、入湯致、八時過帰宅(六六オ)。

一小太郎、暮六時帰宅。榑正町江参候由也。小太郎中兄竜仲殿、父竜谿殿と口論の上、家出被致候由。右同人妻子をも引連候と云。何の故なるを不知。右ニ付、此せつハ阿州家江ハ先引籠の由、右竜仲殿跡(カ)江伯兄竜伯殿被参居候と小太郎の話也。

○十七日巳　晴

一今朝小太郎五時過起出、食後何れへ欤罷出ル。行所を不知。

一昨日しなのや重兵衛、先日頼置候傘壱本買取、持参ス。代銭六百四十八文の由、さし置帰去。代料ハ未ダ也○如例観世音尊像取出し、七色ぐわし・備餅を供ス○今日、使札・客来なし。

○十八日丙午　晴

一今朝、荒太郎殿来ル。右者、長谷川幸太郎跡役定番被仰付候由なり。

一昼後、長次郎殿来ル。長安寺門前江被参候由ニ付、同所こんや江染物誂置候を請取被呉候様申頼、代三百四十八文渡し、尚又苧十匁染させ度由頼、是亦頼遣ス。同人、八半時頃帰来ル。頼置候染物請取、持参せらる。右受取、食籠借用致度申ニ付、貸遣ス(六六ウ)。

一おさち、昼後入湯ニ行、八時頃帰宅ス。

一小太郎、今日終日在宿。但、夕七時頃入湯ニ参り候由ニて出宅、山本江行、暮時前山本氏を出去、入湯して、暮六時帰宅○暮時山本半右衛門、油谷五郎兵衛同道ニて来ル。右者、小太郎一条也。油谷被申候者、是迄段々小太郎一義ニ付詫候ども御承知なく、いよ〱離別被成度候ハヾ、当人も甚不便也。右ニ付、仲間振合ヲ以、当人行立候様致貰度候。何分当人心つよく、離縁致さるゝおぼえなし抔と申といへども、当人身分振合付候様被成下候ハヾ、当人の所、兎も角も小太郎ニなり替、取斗可申候と被申候ニ付、右者親類とも相談の上、油谷まで挨拶可致申示置。今日油谷五郎兵衛、渥見江参り候由被申。日暮候ニ付、手ちょうちん貸遣ス。くれ〱も憎むべき白物奴也。

一夕七時、豆腐や松五郎妻すミ、此せつ元手高く候所、人々の世話ニて久二郎の豆買取度候ニ、金子不足ニて、甚困り候也。何とも申上かね候へども、金子一両拝借願度と願候へども、此方ニても此せつ甚難義也と申候へども、人難義を救ハずバ我難義をも救ふべからずと思ふの故ニ、我衣小紋ちりめん袷一・上田じま袷壱つ・黒羽二重もん付小袖壱つ・紅かけ重付もん付絽壱つ、貸(六七オ)遣ス。暮時、右持参帰去。

○十九日丁未　曇。巳ノ刻小雪、忽止、晴、昼九時四分冬至之節ニ入

一今朝小太郎、油谷五郎兵衛方へ罷越候間、髪結呉候様申ニ付、則結遣ス。其後罷出ル。小遣乞候間、二百文遣ス。出がけ、山本氏江立より、夫ゟ油谷江行、暮六時帰宅。今日油谷ニて雪踏奪去れ候由ニて、油谷ニて藁ぞふりかり候て日本橋江参り、日本橋ニてせつた借用して帰宅の由申之候へども、信じがたし。有ろん也(ママ)○今朝四時過ゟ自、渥見江行。右者、小太郎一条ニ付、昨夜油谷参り候て談じ候一義申述。油谷昨十八日八時頃渥見江参り、種々ねだりがましき事・有まじき事、小太郎望ニ付、金子廿両受取申度抔申。何れとも親類相談の上、挨拶承り度由申候、と祖太郎の話也。右ニも左ニももがりニ等しき事、呆レ候事也。

一夕七時前、およし殿来ル。夕飯為給、今晩此方へ止宿○右同刻定吉、白米壱斗二升持参。つきちん残り百文遣ス。暫し

て帰去。
一昼後順庵殿被参、暫物語して被帰去○琉球人、今日両御《(ママ)》丸へ登城也(六七ウ)。
○廿日戊申　晴
一朝飯後、およし殿帰去○昼前、岡勇五郎来ル。暫して帰去○昼後小太郎山本江行、夫ゟ何れへ欤行、夕七時過帰宅。四谷伝馬町辺を勇五郎同道ニてぶらつき居候由、見たる者の話也○昼後およし、入湯参り候やと被誘引。右ニ付、自同道ニて、入湯ニ行。今日、柚湯也。暫して帰宅○右留主中、お国殿ゟ荷持由兵衛ヲ以、此方ニ預り置候、神棚・三斗樽壱つ、取ニ参り候由ニ付、則右二品渡し候と、帰宅後告之○おふさ殿来ル。先日貸進之朝夷嶋めぐり五編・六編二部、被返之。おさちと物語、稍暫して、迎ニ人参り候ニ付、帰去○夕七時頃、松村儀助来ル。過日貸進の雑記十三ノ巻壱冊、被返之。尚又、十四ノ巻壱冊貸進ス。琴靍追善ニ手向の歌、冊ニ致候由咄し置候処、松村右冊江序文綴り候間、緘込候様被申、差置。右者未ダ其儘有之候まゝ、何れ出来次第緘入候様申置候○夕七時過大内隣之助殿被参、過日貸進之八犬伝三十六ゟ四十迄五冊、被返之。且又、借書之謝礼として(六八オ)、かつをぶし五本、被恵之。然ども、右之品受候事心苦敷候ニ付、辞し候得ども不聞候故ニ、其儘預り置。尚又、同書四十一ゟ六迄五冊貸進ス。暫して被帰去。

一暮時頃自伏見江行、大内氏ゟ被恵候かつをぶし持参。右者、岩五郎殿江自意衷を申演。中々以右之品申受候所存無之、只々母女二人ふつゝか成事ども、偏ニ御助を願ふのミ。夫何よりの賜也と申断、右かつをぶしを伏見江さし置、帰宅ス○右同刻、長次郎殿来ル。ほど無帰去。帰路の由ニて、五時頃立より、ほど無帰去○伊勢外宮大麻・列《(ママ)》箸・のし・新暦壱本、如例贈来ル。
○廿一日己酉　晴
一昼後、小太郎髪月代致遣ス。其後、何れへ欤出去。暫して玉井鉄之助殿来ル。右者、只今ゟ前野氏ニて、寄合有之候。今方小太郎殿ニ行逢候て、右之趣申達し候間、帰宅延引可致候様被申、帰去○八時頃伏見氏、昨夜返し遣し候堅魚甫《(ママ)》、亦持参せらる。右昨夜被仰候趣、隣之助殿へも申聞候所、右ハ是非々々御受納可被下由。左なくてハ、以来借用(六八ウ)致難候間、受納候様、伏見氏種々被申候ニ付、そを辞ん事さすがにて、其意ニ任、受納置、厚く謝礼申述、早々帰去。伏見氏簾太郎殿・お源殿髪月代致遣ス○夕七半時頃、触役長谷川幸太郎殿、明廿二日当番、琉球人御暇ニ付、八時起し、七時出の由、被触之○小太郎、暮六時帰宅。今日の寄合、蔵宿替の一義也。二番以下借金有之候人々江ハ、此度改之、金三両づゝ貸候由也。右宿ハ坂倉屋万蔵と欤申候由也。

一暮六時頃、長次郎殿来ル。今晩起番の由被申入、帰去○夕七時前、およし殿暫物語して帰去。所望ニ付、半紙壱帖遣ス○六時過、定吉妻来ル。右者、昨日申付置候田町江供申付候所、明日ハ延引ニ成候由申遣ス。

○廿二日庚戌　晴

一今暁八時長次郎殿、窓ゟ呼起ル。即刻起出候内、鮫ヵ橋豆腐屋松五郎先建具屋ゟ出火、表長屋四、五軒・裏長屋七、八軒焼失ス。右ニ付、岩井政之助殿為見舞被参、七時前被帰去○今暁八時起し、七時出ニ付(六九オ)、小太郎八時起出、支度致、七時長次郎殿同道ニて、御番所江罷出ル。

一今朝矢野殿、門前通行の由ニて被立寄、早々帰去○昼前おさち入湯ニ行、九時過帰宅○四時過大内氏被参、昨日浅草鳥の町江参詣被致候由ニて、雷おこし壱袋持参、被贈之、ほど無被帰去○九時過ゟ自、飯田町江行。出がけ、成田一太夫殿方へ罷越、小太郎一条、并ニ油谷申入候条、半右衛門心得の事申示、魚饅・芹小重入壱重、遣之。夫ゟ飯田町江行。是亦小太郎一条、油谷もがりニ等しき事物語致、飯田町ニて夕飯馳走ニ預り、暮六時帰宅。粟水飴一器持参進上、飯田町ゟみかん五つ被贈之○右留主中久野様御内、加藤氏ゟ遠来の由ニて、糟漬蕪・京菜漬、僕広蔵ヲ以被贈之。手紙参り候由の所、自他行中ニ付、返書ニ不及、謝礼口上ニて申進じ候由、帰宅後おさち告之。

一昼後松村氏被参候所、自他行中ニ付、おさちと物語被致、又明日被参候由被申、被帰去。所望ニ付、金瓶梅初編・二編貸進致候と、是亦おさち告之。

一夜ニ入、政之助殿来ル。焼さつま芋一盆持参、被贈之。且、先貸進之金魚伝全部返之。尚又、殺生石全部貸遣ス。夫ゟほど無梅村・加藤両氏被参、如例煎茶(六九ウ)・みかん・おこしを薦む。少々後れて和多殿来ル。五時頃、順庵殿被参。何れも雑談、四時過帰去。梅村氏、先日貸進之巡嶋記初編五冊返之。尚又、二編五冊貸遣ス。

○廿三日辛亥　晴

一今朝伏見氏被参、昨日同人田町江被呉参候筈の所、無拠用事出来ニ付、今日に延引致、只今ゟ山田氏江参候由被申候ニ付、則一翰を頼、委細御直談被下候やう頼置く。早々被帰去○同刻、おさちヲ以、同人方へ糟漬蕪二つ為持参ス。右うつりとして、乾魚被贈之○四時頃松村氏明番ノ後来ル。両人種々物語被致候内、小太郎九時過帰宅。今年明番ゟ搏正町江廻り候由也。松村・深田、九時過帰去○小太郎、食後八時頃ゟ近処江罷越候由ニて罷出、暮時帰宅。

一夕七時頃おふさ殿、岡野江被参候帰路の由ニて立より、ほど無帰去。

一昨夜梅村氏、紙入此方井ノ辺江落置候ニ付、今朝見出し、四時前おさちヲ以、為持遣ス○夜ニ入、深田氏来ル。暫雑談して帰去。手製なめ物一器、遣之(七〇オ)。
○廿四日壬子　晴。今日ゟ八せん
一今朝長次郎殿、寒菊手折て持参、被贈之。ほど無帰去。

一四時頃、伏見氏来ル。昨日宗之介方へ被参、小太郎一条咄申され候由。折よく宗之介ニ面談被致候由被申○昼前おさち入湯ニ行、帰宅後、自入替て入湯ニ行。出がけ、定吉方へ明日西丸下迄手紙使申付、書面壱封渡し置○昼前、つきむし薬袋・奇応丸小包袋、摺之。つき虫薬ハ夕方包拵置。

一小太郎、四時頃ゟ出宅、何れへ参り候や、如例行所を不知、暮時帰宅。

一夜ニ入、生形綾太郎妹おりやう遊ニ来ル。五時頃、長次郎殿来ル。ほど無帰去。おりやう、四時前帰去。今朝、おさち髪結遣ス。

○廿五日癸丑　晴。寒気甚し、九時頃地震
一昼前、下掃除忠七、切干大こん百五十本持参。右請取、昼飯為給遣ス。

一右同刻、十二月分御扶持渡る。取番永野差添、車力壱俵持込(七〇ウ)、請取置○八時過、松村儀助殿来ル。過日貸進之雑記十四ノ巻壱冊・金瓶梅初へん二編八冊、返之。右請取、雑記十五ノ巻壱冊・金瓶梅三四編八冊、貸進ス。暫して帰去○小太郎、昼後何れへ欤罷出ル。夕七時帰宅。
○廿六日甲寅　晴。寒気昨日の如し
一今朝黒野喜太郎殿来ル。右者、高畑武左衛門跡御番代被仰付候ニ付、膳代金二朱持参、被贈之。小太郎請取。直ニ小太郎江遣ス。

一四時前、並木又五郎、明日当番、小太郎江番代致呉候様被頼。右弁当料三百文、並木ゟ請取候由ニ候へども、此方へハ小太郎沙汰なしニ付、しらぬ面色致置。小太郎請引、直ニ組頭江相届、帰宅ス。都て小太郎の行ふ所、如此○昼後高畑久次、今日御番代被仰付候由ニて、組合長谷川幸太郎差添、来ル○昼後、小太郎ニ髪月代致遣ス。其後、鮫ヶ橋江罷越候由ニて出宅。松村江参り、糸瓜水并ニ糸瓜がら二つ(七一オ)貰受て帰宅ス○八時頃大内氏被参、暫して帰去○右同刻、およし殿来ル。是又暫遊、焼さつま芋為給、夕方帰去○今朝定吉妻おとよ、昨日申付置候糖(ママ)六升持参、さし置、帰去○夕七時過ゟ沢庵を漬る。辛づけ一たる七十五本入・あまづけ(濁マヽ)醤油樽江一たる五十本余、つけ畢。押の石ハおさち戴(ママ)之、小太郎手伝ニ不及○夕七半時過ゟおさち同道ニて、自おすきや町江入湯ニ行、暮時帰宅○暮時定吉、御扶持春可申由ニて来ル。四斗壱升九合入壱俵・端壱升三合、其儘渡し遣ス。

一昼後、今戸慶養寺ゟ使僧ヲ以、如例辛納豆一器贈来ル。

○廿七日乙卯　晴。寒気甚し

一今日小太郎並木代番ニ付、正六時頃起出、支度致、天明ニ小太郎起出、早飯を為給候内、高畑誘引ニ来。則、同道ニて罷出ル。

一五時頃ゟ自あつミへ行、小太郎一条ニ付、油谷江被参候や否聞ニ参り候所、未不参、今日油谷ゟ此方へ被参候由ニ付、自即刻帰宅(七一ウ)。

一八時頃ゟおさち、おふさ殿・生形妹おりやう殿同道ニて、赤坂一つ木不動尊へ参詣。御供米一袋持参、納之。且、観量院墓参り、水花を手向て、夕七時帰宅ス。生形綾太郎妹へ飴一袋買取、遣ス。

一夕七時過祖太郎殿被参、今日油谷江被参候所、五郎兵衛他行ニ付、小太郎一義ニ不及。何れ来ル廿九日・来朔日両日の内、罷越候由、内義申置候由也。尚又大内氏も被参、祖太郎殿と商量致。両人ニ夕飯を薦め、祖太郎ハ山本江罷越候所、以之外之挨拶、山本如例僻言をのミ申、只々其身ハ逸れ候やぅ取斗候由、祖太郎殿又此方へ被参、申之。何れも廿九日・朔日両日の内、油谷江参り可申被申、帰去。弓張てうちん貸進ス。右同刻大内・岩井両氏被参、種々だんかふ致候所、何れニても山本之所ハ岩井氏ニ頼。暫して両人被帰去。山本・油谷憎むべき者奴也。

一暮時高畑久次殿、見習之番無滞相済候由ニて来ル。

○廿八日丙辰　晴。今日琉球人御老中廻りの由也(七二オ)

一高畑久治殿、当日祝儀として来ル○小太郎四時過明番ニて帰宅、食後日本橋ゟ和泉橋江参り候由ニて出宅、暮六時前帰宅。風邪の由ニて、鍋ゆづけ四、五杯給て枕ニつく○昼後おさち入湯ニ行、八時過帰宅。其後、自入湯ニ行、暫して帰宅○夕七時頃、およし殿遊ニ来ル。暮時前被帰去。

○廿九日丁巳　晴

一今暁七時頃ゟ東の方ニ出火有之。夜明て聞。日本橋の由ニ付、小太郎四時過起出、支度致、九時頃ゟ殿木其外江見舞ニ行、暮時帰宅。何れも無難の由也。帰路、湯で烏賊二つ買取、煮つけ候様申ニ付、則煮つけ、壱人ニて夜食を給。殿木ニて桂枝湯買取来候ニ付、今晩二貼煎用ス。其志の賤き事かたはらいたく、実ニ呆はて候也○今日伏見氏ゟ被頼候小立の衣をたち、おさちと両人ニて仕立始む○昼後定吉妻、先日申付候御扶持、しらげ候て持参。つきべり四升二合、白米三斗七升持参ス。右受取置○昼時頃おさち、生形妹ニ髪結遣ス○夕方、おふさ殿来。先日平蔵江頼候べつこうかんざし取ニ参候由也。しばらく物語致(七二ウ)、帰去○夕方深田氏被参、沢庵大こんの押を取替貰、其後帰去。

○十二月朔日戊午　晴。美日、風なし

一今朝高畑久治殿、当日祝儀として来ル○朝飯後小太郎、髪を結、夫ゟ御頭江当日祝儀ニ行、昼時帰宅。食後如例行先を不告して出去、暮六時帰宅。食事致、山本江行、五半時頃帰宅。今日も桂枝湯煎用ス○四時頃松村儀助殿被参、先日貸進之雑記十五ノ巻・金瓶梅三集四集八冊被返。右受取、雑記十六ノ巻壱冊・金瓶梅五へん六へん八冊貸進ス。昼時被帰去。

一今朝伏見氏ゟ子息簾太郎殿ヲ以、焼まんぢう九つ入壱重、被贈之。

一夕七時頃、岩井氏被参。右者、小太郎一条、先日油谷、渥見へ参り、二十金或者十両金出し候抔と申候事ハ決而無之、五両金も被出候ハヾ兎も角も取斗□□(ムシ)由申候由。右ニ付、此方ゟ(七三オ)山本江五両金ニて取斗候ハヾ出し遣し□□(ムシ)申入可然候。左候ハヾ、落着早々可致候抔被申。有合のまんぢうを薦め、暮時被帰去。

一暮時過深田氏被参、焼さつまいも一盆持参、被贈之。おりやう参り候間、深田氏持参のさつま芋を振舞。両人、五半時過帰去。

○二日己未　曇。風

一今日琉球人御三家江参り候由ニて、人々群集致候由也。

一小太郎、四時頃ゟ油谷江参り候由ニて罷出、八時頃帰宅。食後山本江行、七時頃帰宅。夜食後、枕ニつく○今朝高畑文治殿、明三日初御番被仰付候由ニて来ル。夕方、又夕誘引ニ来ル○江村茂左衛門殿来ル。右者、同人不快ニ付引込居候所、順快ニ付、出勤之由也○今朝おさちヲ以、伏見江銘茶箱入壱つ為持遣ス。昨日焼まんぢうの答礼也○今朝およし殿来ル。弟長次郎殿と口論致候所、長次郎殿方外成事ども(七三ウ)申候由ニて、およし殿立腹被致候得ども、両方ともに論にたへたる者奴に候間、先なだめ置、昼時帰去。然る所、夕七時頃又被参、およし殿落涙致候て物語被致候趣、是迄の所ハ不知候へども、昨今の争甚長次郎殿過言の聞(ママ)及候ニ付、何れ長次郎殿被参折もあらバ申置候由、申なだめ置。夕方被帰去○夜ニ入、長次郎殿被参候ニ付、先刻およし殿被申候趣、実ニ被申候やと承り候所、実ニ申候。余り世話やかれ、うるさきまゝに過言致候由ニ付、過言と申候内ニも甚人聞歹き過言ニ候付、以来ハ決而〳〵無用可為申置。暫物語して、五時帰去。鉄瓶取替可申旨被申候ニ付、則渡、頼置。

○三日庚申　曇。昼前ゟ晴、南風、暮六時小地震

一早朝高畑久次殿、朝誘引ニ来ル○小太郎当番ニ付、正六時過ゟ起出、支度致、天明ニ小太郎を呼起し、早飯為給、深田・高畑等と一緒ニ御番所江罷出ル(七四オ)。

一四時過、江坂卜庵殿被参。先日融通□□(ムシ)一人分持参せらる。小太郎一義も詳ニ物語致、せん茶を薦め、昼時被帰去○四時頃、およし殿来ル。暫遊居候ニ付、留主を頼置。右者、おさち先月中旬頃ゟ腮の下に小さき凝出来、少しづゝ痛有之候ニ付、何ニて候や分かね候ニ付、花井玄道殿ニ見せ可申存候て、おさち同道ニて花井氏江行。折から在宿ニて、やうを見せ候所、右ハ気凝ニて、先瘤の類ニ候間、疾ニハ治しがたく、口明候ても不宜候ニ付、先ちらし候方宜敷候ニ付、布薬上可申候へども、只今ハ出来合無之候間、後刻上可申由被申候ニ付、帰宅。帰路信濃屋重兵衛方へ炭注文申付、前金ニ炭代金壱分、外ニ先月買取呉候様望の内、傘壱本代六百四十文、重兵衛妻江渡し置、払済○昼前、和泉屋市兵衛方ゟ使札以、五色石台四集下帙摺立、校合ニ被越差。右請取、明後五日ニ可参旨、使江申置○帰宅後、伏見ゟ精進本膳壱人前・取肴二種、牽物キセイ豆ふ、柚みそ添、到来ス(七四ウ)。

一夕方松村氏被参、一昨日貸進の雑記壱冊・金瓶梅八冊持参、被返之。暫雑談、到来の品々有之候ニ付、夕飯を薦め、雑記十八の巻壱さつ・金瓶梅七・八編八冊貸進、手製なめ物一器遣之。同人、琉球人江被下候品々又献上の品々御沙汰書持参、被貸之○昼後、入湯ニ行。右出がけ、定吉方へ立より、米つきちん六十四文・糖代百文〆百六十四文渡遣ス。

一夕方、伏見ゟおさちへ夕膳薦め候由被申、度々迎ニ被参候ニ付、則おさち参り、夕膳馳走ニ成、帰宅ス。

一今日庚申ニ付、則神像床の間ニ奉掛、神酒・七色菓子、夜ニ入神燈を供し、祭之○五時過、牛込辺ニ出火有之。

○四日辛未(ママ)　晴。風

一今朝高畑文治殿、昨日初御番無滞相済候由ニて来ル。

一四時、小太郎帰宅。食後自身池田炭を出し、安火江入んと致候ニ付(七五オ)、池田ハ安火江遣候てハ悪候。池田ハ使ふべか

らずと母様被申候也とおさち申候へバ、池田遣候ても不悪。効候へバこそ池田も買候也。お袋やおのれニ扶持・切米ハ不被下候也。何も皆小太郎の物也と申。過言憎むニ堪たり。

一高畑氏酒代百廿八文づゝ小太郎受納致由の所、是等ニ一向ニ沙汰なし。賤しき限り也○夕七時前山本江参り候由ニて出去、暮時頃帰宅○夕七時過岩井氏被参、暫して被帰去。

○五日壬戌　晴。風、今暁七時七分寒ニ入ル

一今朝小太郎、食後髪を結、御頭ゟ組中江かん中見舞として廻勤、昼時帰宅○昼後岡勇五郎、かん中見舞として来ル。

一昼前、定吉ヲ以、渥見へ手紙遣ル。昼時過帰来ル。返書到来。右者、去ル廿九日油谷江祖太郎被参候所、油谷兎角六ヶ敷申候由申来ル。半右衛門并ニ小太郎を油谷江遣し候様、是亦申来ル。

一昼前おさち入湯ニ行、九時過帰宅○右同刻大内氏、たくあん(七五ウ)づけ大こん三本持参、被贈之○夕七時頃深田長次郎殿老母被参、暫雑談して、夕七半時過帰去。右帰宅前、およし殿来ル。ほど無入相前帰去。

一昨四日信濃屋重兵衛方ゟ注文の炭四俵、持参ス。内壱俵ハ深田氏買取候分ニて、深田氏江為持遣ス。残三俵ハ此方買入候分ニて受取、納おく。此代一昨日前金ニ渡置、代済也。

○六日癸亥　曇。四時過ゟ雪終日、夜ニ入雨

一今朝高畑文次・松宮兼太郎、かん中見舞として来ル。昼後建石元三郎・玉井鉄之助・永野儀太郎・加藤領助・加藤金之助・稲葉友之丞・金次郎、是亦かん中見舞として来ル。

一夕方、泉市ゟ五色石台四集の下帙校合取ニ来ル。則、渡遣ス。

一小太郎、今日終日在宿ス。

○七日甲子　雨終日。夕方雨止、晴(七六オ)

一今朝長次郎殿、伝馬町江被参候由被申候ニ付、仮屋横町花井氏江薬取頼候所、承知被致、薬紙持参、薬調合中被待居、煎薬拾貼到来ス。九時過持参、此方へ被参、早々被帰参○右之外、使札・来客なし。小太郎、終日在宿ス○昼後伏見氏、小太郎一義ニ付、渥見江参り被呉、去廿九日祖太郎、油谷江参候所、兎角今少し待呉候やう候由ニ付、此方の様子委敷物語被致。さ候ハゞ、今日直ニ殿木江祖太郎参り候由也○夕方大内氏、先日貸進之八犬伝九集被返之、尚又跡五冊貸進ス。暫して被帰去○伏見氏ゟ被頼候衣類、今日仕立畢。

一今日甲子ニ付、大黒天江神酒・供物、夜ニ入神燈ヲ供ス。

○八日乙丑　晴。美日、亥ノ刻頃地震

一今日寒中見舞、江村茂左衛門殿・土屋宜太郎殿・川井亥三

郎殿(七六ウ)・森田市十郎殿・小林伝七郎殿、かん中見舞として来ル。

一昼前、およし殿来ル。暫遊、昼飯為給、帰去○昼後おさち同道ニて、入湯ニ行。生形小児・およし・おりやう同道、暫して帰去○夕方小太郎、山本江行、暮時前帰宅○夕七半時頃、岩井氏来ル。先月中貸進之合巻殺生石全部持参、被返之。右請取、暫雑談して暮時前帰去。

一暮時前、おふさ殿来ル。岡野娘おはる殿産後大病の由ニ付、見舞ニ被参候帰路也と云。早々帰去○暮六時前、おりやう来ル。五時過帰去。
○九日丙寅　晴。風
一早朝、泉市ゟ使ヲ以、五色石台四集下帙初校直し出来、見せらる。先預り置、使を帰ス○昼前、伏見ゟ壱分焼饅頭十三入壱重、被贈之。右者、勝右衛門殿来ル十三日一周忌志の由也。謝礼申遣ス。右同人所望ニ付、薬刻台貸遣ス。尚又、同所ゟ頼まれ候一つ身(七七オ)二つ出来、おさちヲ以為持遣ス。外ニ下着□□(ムシ)、是又持せ、此方ゟしんもつ也。

一暮時前、松村氏来ル。三日ニ貸進致候雑記・金瓶梅、被返之。右請取、雑記十九之巻・金瓶梅九へん十ぺん八冊貸進ス。礼ニ半紙やうの物二帖ほど被贈之、暫して被帰去○今日、寒中見舞として、林猪之助殿・西原邦之助殿・長谷川幸太郎殿・前野留五郎殿来ル○四時過、高畑文治殿来ル。右者、奈良留吉ゟ伝言有之由ニて、小太郎ニ何やら咡き帰去。

一夕七時前、およし殿来ル。干魚五枚持参、被贈之。暫く雑談して、七時過帰去。

一昼後ゟ五色石台二番校合致○小太郎、今日も終日在宿。但し、夜ニ入山本江行、五時頃帰宅、直ニ枕ニつく。

一四時頃花井玄道殿、来診せらる。おさち凝を見て、其後被帰去。
○十日丁卯　晴。昼後ゟ曇。今暁卯ノ刻過地震(七七ウ)
一今朝小太郎髪を結、其後油谷江参候由ニて出去。夕七半時頃山本江立より、暮時帰宅。去ル十八日油谷江貸遣し候てうちん受取、帰宅ス。

一小太郎出宅後、自西丸下あつミ江行、寒中見舞として白砂糖壱斤持参、贈之。祖太郎当番ニて候所、迎ニ遣し候間、待居候所、暫して帰宅。対(ママ)致候所、祖太郎去八日殿木江被参、竜谿ニ面談ニて一五一十物語致候へバ、竜谿被申候者、兼て御存のごとく成者故、暫糺明為致置候所、山本氏被参、一義ニ及候間、再三御願申候所、是非ニ申受度、申受候ハねバ滝沢家へ済不申抔被申候ニ付、然らバ小太郎義ハ捨可申候間、宜敷取斗可被下と申、三十金ニて小太郎義ハ油谷・山本江任申候間、我等少しも構不申候ニ付、何れとも宜敷様御取斗可被成候ても、我等等一切存寄不申候。既ニ小太郎義ハ三十金ニて山本・油谷江任せ候上ハ、此度滝沢氏より(七八オ)土産金十五両御返しニ相成候ことも未ダ滝沢家へハ遣し不申候。残金十五両も取添へ、皆小太郎ニ遣し可申候へバ、我等等外ニ存寄無之と申候由。又去八日、油谷江祖太郎参り候へバ、油谷五郎兵衛申候者、外ニ何も申候事無之候。当人小太郎、三十金申受候ハねバ退去不致、と申居候由。只夫のミ申候。油谷内義罷出、種々申候由。殊の外祖太郎残念ニ存、帰宅の由被申。先もがりニ等しき人々ニ候へバ、迚も内済ニてハ手間取レ可申候間、此度殿木・油谷・山本へも相届候て、御頭江願出、可申対談致、八時過帰宅ス。油谷・山本を始、皆偽をもて欠合候故ニ、面談毎ニ申分相違致、山本・油谷・殿木・小太郎、右四人の申ロ四色ニて、其偽知べき也。

一昼後、芝田町山田宗之介ゟ使札到来。かん中見舞として魚饅十一・焼とうふ十、おまちゟ文到来。右者、来ル十二日朝四時琉球人帰国ニ付、参可申迎の文也。自留主中ニ付、返書ニ不及、謝礼ロ上ニて(七八ウ)申遣し候由也。宗之介僕清七、鳥目百文拝借願候ニ付、おさち百文貸遣し候由、帰宅後告之〇昼後、おさちを以、ふし見氏江酒一升一徳利為持遣ス。右者、勝右衛門大祥忌相当ニ付、遣ス。尚又、到来の魚饅壱重七ッ入、是をも遣ス。

〇十一日戊辰　半晴

一昼時、泉市ゟ五色石台四輯下帙二番校合取ニ来ル。則渡し遣ス。

一小太郎、今日終日在宿。但、今朝山本江行、暫して帰たくス。

一八半時過、政之助殿来ル。暫雑談、夕方帰去ル〇夜ニ入伏見氏、昨日魚饅贈り候うつりとして、干魚十枚持参、おさちへ被贈之。右序ニ、此度小太郎一義願出候稿本持参、是亦見せらる。差置、内へハ不入して早々被帰去。

〇十二日己巳　晴(七九オ)

一今朝小太郎、髪月代致、昼時前罷出。如例行先を不告、暮時帰宅。殿木江立寄候由ニて、柴桂湯十貼持参ス。

一昼後自、伏見氏小児同道ニて入湯ニ行、暫して帰宅〇八時過、芝泉市ゟ五色石台弐番校合直し出来、小廝持参ス。一覧の所、大抵直り候ニ付、校合済候由申遣ス〇右同刻、伏見ゟ精進本膳、取肴添、壱人前、被贈之。且又、おさちを被招候ニ付、即刻おさち罷越、馳走ニ預り、帰宅。大内隣之助殿感冒のニ(ママ)て打臥被居候由ニ付、せんじ合有之、柴桂湯二貼分為持遣ス。尚又跡ゟ又々二貼調合致、煎じ、是をも贈遣ス○夕方豆腐や松五郎妻来。四斗樽明居候ハヾ拝借致度と願候ニ付、先当分ハ不用ニ候間、申ニ任せ貸遣し候旨、申聞置。ほど無松五郎、右四斗だる取ニ来ル。則、貸遣ス○夕方、高畑文次来ル。明日当番ニ付、宵誘引也。右者、今日切ニて宵誘引用捨ニ付、此後ハ不行出由被申(七九ウ)。

○十三日庚午　晴。風

一今日小太郎当番ニ付、六時過に起出、支度致、天明頃、小太郎を呼起し、早飯為給候内、高畑誘引、暫して御番所江罷出ル○四時前ゟ自身、小屋頭有住岩五郎方へ行候所、他行ニ付、不面。直ニ組頭鈴木橋平方へ罷越候所、在宿ニて対面致、小太郎一義申述。小太郎并ニ仮親油谷五郎兵衛、不法之義而已申候ニ付、中々以力不及候ニ付、親類一同相談の上、弥御頭江夫々ニ願出可申存候旨話し候ても、半右衛門同様分らぬ事のミ申居候へども、先其段申届置。帰路、成田一太夫方へも立寄候所、当番、留主宅ニ候間、内義と物語稍久しくして、九時帰宅。昼飯後、飯田町江かん中見舞として罷越、白砂糖壱斤入壱袋、寒中見舞として持参、進之。且、つき虫薬三包持参、渡之。飯田町ニて夕飯馳走ニ預り、且十一月分薬売溜金二朱ト五百三十二文、外ニ上家ちん金壱分ト二百六十文請受、暮時前帰宅。御上りむしぐわし壱包、被贈之○右留主中松村氏被参、貸進之雑記十八の巻壱冊、被返之。右受取、十九巻壱冊貸進致候由、帰宅後、おさち告之(八〇オ)。

一暮六時頃、木村和多殿来ル。右同人ヲ以、加藤氏、白砂糖一曲、被贈之。ほど無新五右衛門殿被参、種々雑談申。五時頃、梅村直記殿被参。煎茶をせんじ(濁ママ)、茶ぐわしとして鹿煎餅を薦め、一同雑談。梅村氏所望ニ付、朝夷嶋めぐり三編五冊貸進ス。尚又、加藤氏母義江五色石台四集の下二冊進之。一同、亥ノ刻過退散ス○今日留主中、芝泉市ゟ明十四日五色石台四集の下帙売出し候由ニて、製本四通り贈来ル。

○十四日辛未　晴。風

一昼時前、豊嶋屋ゟ注文之醤油壱樽・味林(ママ)五合、軽子持参ス。醤油壱樽代十一匁五分、味林五合代百八十九文、外ニ駄ちん四十八文。右江金壱分渡し、つり銭百四文返し、樽代七十二文受取○右以前、坂本順庵殿御入来、暫物語致候て、九時頃帰宅○九時前小太郎、明番、帰宅。今日当日礼廻り用捨ニ成候よし候へども、帰宅後沙汰なし。右之趣、深田氏の話ニて知之。小太郎の行状都如此し。昼後山本江行、暫して帰宅○おさち入湯ニ行、暫して帰宅。

一暮時前、亥正月分御扶持渡る。見習取番高畑文次さし添、来ル。車力壱俵ト端米持込候を請取置。岩城米也(八〇ウ)。

一夜ニ入、松村氏ゟ荷持ヲ以、手紙差添、雑記十九ノ巻返之。尚又、新ニ廿の巻借用致度由申来ル。則、貸進ス。返書ニ不及。

一今晩、おりやう遊ニ来ル。おさちと戯遊、五時過帰去。
○十五日壬申　晴。風なし、美日
一今朝長次郎殿被参、先日頼置候たばこ一匁持参せらる。代銭百四十八文の由ニ付、直ニ渡、勘定済。庖丁キレ不申候ニ付、同人江庖丁壱丁・小刀アジ切一丁・鋏研呉候様頼、為持遣ス。昼後、研候て持参せらる。右、請取。異日謝礼致すべし○昼後、伏見氏より赤剛飯壱盆、被贈之。其後、かしわ・ねぎ・焼どうふ平鍋ニ入、大内氏持参、被贈之○八半時頃、松村氏・大内氏来ル。しバらく雑談、暮時前両人被帰去○今日美日ニ付、おさち手伝、母女二人ニて西四畳・座敷・中四畳大掃除致、雪隠両方とも右同断。土蔵・勝手ハ又々追而致すべし。小太郎一条内乱、心配大(八一オ)かたならず候ニ付、都て略し、如此。

一小太郎、四時頃何れへ歟罷出ル。夕七半時過帰宅。夜食後、山本江行。右留主中、奈良留吉、小太郎ニ面談致度由ニて来候間、山本江参り居候と申候へバ、然バ山本江自身参り候由被申、帰去。小太郎ハ五時過帰宅。
○十六日癸酉　半晴。夕方ゟ小雨、夜ニ入雨止
一昼後おさち、入湯ニ行。右序ニ、定吉方へ晩茶半斤買取呉候やう申付、代銭百文為持遣ス○小太郎、今日終日在宿○今朝永野儀三郎、当日祝儀として来ル○夜ニ入長次郎殿被参、暫して被帰去○暮六時頃、小太郎枕ニつく。
○十七日甲戌　晴。美日、水不氷、あたゝか也、中春の如く成時候也
一昼前およし殿、山本小児喜太郎同道ニて来ル。暫して帰去。

一昼後おさち、花井氏江行。他行留主宅の由ニて、徒ニ帰宅ス(八一ウ)。

一今朝定吉方へ御扶持舂可申候由申入候所、同人妻血軍(ママ)ニて打臥、難儀の由ニ付、神女湯二貼遣之。

一八時頃小太郎、母ニ訴て云。右者、同人所持の塗文庫常々夜具風呂敷ニ包有之候。文庫江少々疵つき候。過日も机ニ掛置候毛氈ニ二、三ヶ所鋏疵あり。中ほどに大疵アリ。誠ニ乞(ママ)食非人ニて、手前所持せざる故ニ羨敷思ふの心もて、能とて疵つけたりと申ニ付、自答云、手前所持致さゞる故、羨敷存候ニ付、我々母女之内疵つけたりといわるゝや。我等如何斗

美事成品御ざ候ても、人之物ハほしからず。決而おぼえなし。いよ〳〵家内の者の所為とおもハるゝやと申候へバ、小太郎答云、尤他所ゟ来て理不仁(ママ)ニ人の内の道具ニ疵つけ候者ハ無之候と申。然者、家内之者之疵つけ候所を見たるや(八二オ)と申候へバ、小太郎疵つけ候所を見候へバゆるし難抔罵り、此方ニ春ゟ預り置候広盆壱枚并ニ服砂壱つ、小太郎渡呉候様申ニ付、今日同人ニ渡之。是迄机之上ニ置候花毛氈、自文庫江納置。都て哄騙ニ等しき申掛候事、是迄数度也。誠ニ烏滸の白物ナリ。

一八半時過、祖太郎来ル。寒中為見舞、羽衣煎餅壱袋持参、被贈之。且亦、小太郎江面談。此間油谷ゟかけ合候一義、いよ〳〵三十金無之候でハ退居せざる、如何ニ、と祖太郎尋候所、実ニ我等望者三十金也と小太郎申之。其外種々掛合、祖太郎帰去て伏見氏江参り候ニ付、跡ゟ自も参り候所、去ル十四日殿木江参り、掛合、愈少々の金子ニてハ承知無之候ハヾ、不本意乍、其筋江願可申と存候也と祖太郎申候へバ、瓢谿申候者、至極御尤。我等少しも存寄無之候。昨夜も怜と噂候也。迚も和熟せざるならバ、少しも早きがよろしく(八二ウ)、当人も定めし難義可成候。可相成ハ内済ニ致度願候也。山本・油谷とも我等方へ一向不参候間、何卒油谷・山本同道ニて我等方へ参り候様致度候と申ニ付、其意ニ任候間、早々山本江其旨御申可成と祖太郎申。山本・油谷、殿木江参り候ハヾ、早束私事方へ御為知可成候と約束致、帰去○小太郎夜食後、近所江罷出候由ニて出宅、暮六時帰宅。後ニ聞、山本江内談の由也。

一昼後、下掃除忠七来ル。両厠そふぢ致、帰去。

一暮時前、高野山宝積院ゟ使ヲ以、当六月九日琴靍居士月牌料寄進致候請取并ニ支證・戒名贈来。請取遣ス○今日貞教様御祥月忌ニ付、朝料供一汁二菜、供之。料供畢、もり物みかんを供ス。家内終日精進也。

一今日観音祭、如例備餅・七色ぐわしを供ス。

一今日美日ニ付、土蔵大掃除、おさち壱人ニて致畢(八三オ)。

○十八日乙亥　晴。時候昨日の如し

一早朝、自山本江行。右者、昨日祖太郎申聞候様、山本・油谷同道ニて殿木江被参候様申入、帰宅○小太郎四時前起出、髪結呉候様申ニ付、則結遣ス。其後、昼時前ゟ出宅、行先を不知、暮時帰宅ス。小太郎持参の小きびしよ(濁ママ)、是迄勝手戸棚江入置候所、小太郎自身取出し、自身手箱江紙ニ包、納畢。其心術の賤き事、言語同断、沙汰の限り也。笑ふべし。

一小太郎出宅後、引つゞき自深光寺へ参詣、明十九日清誉相覚浄頓居士祥月忌ニ付、参詣。諸墓江花水を手向、そふぢ致、拝し畢、八時帰宅。かねて十八・十九日両日の内、小太郎他行ニ候ハヾ、参詣致度と存候所、今日小太郎他行致候ニ付、折こそよけれと心ひそかによろこび(濁ママ)、早束支度致、浄頓居士祥月今日に(八三ウ)参詣して水花を供し、志しを果し候こと、数年先祖累世を敬給ふ蓑笠居士の引合ならんと難有、尚又一入拝礼致、帰宅。誠ニ歓ぶべし(濁ママ)○夕方伊勢御師代、御初尾集ニ来ル。則、百文渡し、請取書取之○八時頃ゟおよし殿来ル。暫遊、夕飯を為給、入相頃帰去○此節の時候、春二月頃の時候、綿入二つニて八日中ハ歩行致候て少し汗バミ(濁ママ)候程也。寒中ニハ似げなしと、人々申之。昨今浅草市大当り、人々群集致候由也○昼後伏見氏江行、岩五郎殿へ面談、一昨日頼置候小太郎内願書、御同人□□江持参被致候所、少々不都合之義有之候ニ付、先方ニて書被加、持参被致候由被申。祖太郎ニても市ケ谷辺ニ参り候せつ、滝沢家一条何分宜敷頼候と申候様旨(ママ)之、承知之旨答、謝礼申述、帰たく。右一義ハ秘べき事也(八四オ)。

○十九日丙子　晴。今晩亥ノ六分、大寒ニ入

一今朝小太郎、四時頃起出、早昼飯ニて油谷江行、夕七時帰宅。夜食後、山本江罷越、日暮て帰宅、直ニ枕ニつく○小太郎出宅後、此方母女二人ニて勝手・四畳煤払を致ス。夕七時前、煤取畢。伏見氏ゟ煎茶・くわしを被贈之。右畢、母女替〳〵入湯ニ行。帰路、くわしや江餅つきの事申入、餅米代金二分渡し置、来ル廿三日ニ搗候様申付置○昼時長次郎殿被参、過日用立候金二分持参、被返之。右請取置○永野儀三郎殿被参。右者、板倉安次郎地面内江借地致候由ニて来ル○夕七時、歌住左内殿来ル。暫く雑談して帰去。同人内儀、当秋中死去(ママ)の被申之。

一今朝稲毛や由五郎ゟ歳暮為祝儀、午房七本結壱把贈来ル○夕七時過鈴木昇太郎殿、門前通行のよしニて被立寄、早々帰去(八四ウ)。

一暮時、定吉来ル。十五日申付候晩茶半斤、買取持参ス。御扶持春可申由申ニ付、三斗二升五合入壱俵、端米八升ほど為持遣ス。同人妻血軍順快ニハ候得ども、未ダ兎角しか〳〵と不致由ニ付、猶又神女湯二貼遣之○今日浄頓様御祥月忌ニ付、朝料供一汁二菜、供之。家内終日精進也。昼後、せん茶・もり物・くわしを供之。

○廿日丁丑　雨

一早朝、長次郎殿被参。炭遣切、困り候間、壱俵借用致度由被申候間、其意ニ任、貸進ス○今朝小太郎、山本江行、昼時

前帰宅。九時前ゟ隣家林江行。猪之介殿ハ留主宅、内義と内談時をうつして、八時過帰宅。其後食事致、仲殿町江参り候由ニて罷出、暮時帰たく。

一夕七時頃松村氏被参、過日貸進之雑記廿一の巻一冊、合巻美少年録二冊、被返之。右請取、尚又雑記廿二ノ巻壱冊貸遣ス。雑談後被帰去○□□時おさちヲ以山本江、去ル十八日朝頼置候一義如何、と聞ニ遣ス。然る所、内義挨拶被致候者、殿木氏江参り候隙(八五オ)ハなし。殿木氏ニて半右衛門ニ参り候様被申候事ハあらず。其やうなるばか〳〵しき事、この節季殊多ニ出歩行候隙ハ無之。殊ニ半右衛門ハ風邪ニて引篭居候也と被申候由、おさち帰宅後告之。右ニ付、即刻自参り候所、半右衛門風邪の由ニ候所、臥房へ通り対面。半右衛門申候者、殿木氏、油谷同道ニて我等罷出候様被申候由、甚心得不申。先方ゟ油谷江也とも参り候て可申所、我等呼付候抔とハ、我等甚不承知也。度々祖太郎殿被参、御欠合ニ及候得ども、我等江当り口状のミ被申候故ニ、今ニ相談不整。□□もなく三十金の望ニ候ハヾ、其半分をとりて八両金出し候ハヾ欠合可申。迚も四両や五両ニてハ取拵致かね候。高畑吉蔵すら勤不申候へども、五両金ニて離別ニ相成候。ましてや勤候家督人ニ候へバ、五両ニてハ相談六ケ敷と申之候ニ付、自答て、五両金ニて承知無之候ハヾ、此方ニてハ其余の事ハ一切出来不申候と申断、帰宅ス(八五ウ)。

一尾張屋百介ゟ歳暮祝儀として、棕梠箒壱本贈之。

一宮口や庄蔵方ゟも右同様祝儀として、七本結午房壱把贈之。

○廿一日戊寅　晴。風

一今朝小太郎、下町江罷出候由ニて出宅、九時過帰宅○四時頃、自山本氏江行。右者、小太郎一条五両金遣し候間、和談ニて取拵呉候様頼候所、五両金ニてハ取拵出来かね候。組頭鈴木も左可申候。土産金十五金を三十金ニ致遣し候者余り余分ニもあらず。其位ニ候ハヾ遣し候て、落着ニ候ハヾ宜敷と被申候。迚も五両金ニてハ埒明申間敷候、と半右衛門被申候。其儘帰去ス○今月伏見煤払ニ候間、煎茶一土瓶・地大こん・海老・八つがしら煮つけ一皿、為持遣ス。子供両人ニ昼飯を振ふ。

一小太郎帰宅、昼飯を給、隣家林猪之介方へ行、夕七時前帰宅(八六オ)。

一昼後、荷持給米を乞ニ来ル。則、玄米二升渡遣ス○今朝母女、髪を洗う。

一小太郎、日暮て山本江行。自も深田江用事有之候ニ付、未罷出候所、小太郎大声ニて母子を譏り居候事、心ともなく竊聞ス。深田江参り、ほど無帰宅ス〇六時過大内氏、先日貸進之八犬伝九輯末五冊、被返之。右請取、雑談数刻、五時前長次郎殿も被来ル。此せつ小太郎隣家林江折々参り、内談数々ニ付、隣家内義、小太郎をひゐき致、此方母女を仲間の者江讒り、小太郎宜敷ものと触ちらし候由。且、仲間の者ども申候ハ、小太郎引籠ニ相成候ハヾ、仲間一同推寄候て、小太郎壮健成者を御番引籠候也。決而助番不致候と申候由。其発当人ハ有住忠三郎・長田章之丞成由、深田之話也。誠ニ理非を弁ぬ、此方母女二人と侮り、歹人なる小太郎ニ荷担致候事、母女の厄難とハ申乍、寃屈の罪ニ落候心地、残念限りなく、只々歎息、一時も早く厄解よかしと思ふ而已(八六ウ)。おさち等、今の苦辛を忘るゝことなく、口と行状を慎むべき事、第一とすべき也。

〇廿二日己卯　晴

一今朝深田氏被参、先日貸進の炭壱俵代三百文持参、被返之候得ども、右の代ハ不用ニ候間、是ニて正月持のきせる買取候て、正月持候へとて、右三百文深田江しん上ス。暫して帰去〇四時過、加藤領助殿・永野儀三郎殿、扶持場せいぼ八十四文集ニ来ル。則、渡之。

一今朝、小太郎髪月代致遣ス。其後何れ江罷出候や出宅、如例其行所を知らず〇九時前ゟ自不動尊并ニ虎の御門金毘羅権現江参詣。夫ゟ西丸下あつミ江罷出、小太郎一義先山本江申入候所、山本殿木江不行事・金子之事、祖太郎父子ニ咄し候て、夕七時前帰宅。其後おさち入湯ニ行、七半時過帰宅〇小太郎、暮時帰宅。

一暮六時過、伏見氏内義被参。右者、昨廿一日弥歎書壱通(八七オ)差出し候所、御頭御覧御ざ候て、此連名之内ニて、明日組合与力へ差出候様、今日御下知あり。右ニ付、歎書一冊認め、明日組合与力江出し可申と申候ニ付、直ニ認め、九時認畢。明日西丸下江致すべ(濁ママ)し。

〇廿三日庚辰　晴。九時頃ゟ雨

一今朝小太郎当番ニ付、六時過起出、支度致、天明頃小太郎起出、早飯後、山本・深田・高畑等と御番所江罷出ル〇其後、自昨夜したゝめ候歎書壱冊ニ緘、且伏見氏ゟ村上氏江之書状壱通、共ニ持参。出がけ、鉄炮坂下村上氏江右壱通差出し、西丸下渥見江行。則、渥見祖太郎を頼、今日組合与力安田半平殿迄此壱冊持参被下様申入候所、今日昼後ハ難出。今ゟ同道可申申候ニ付、則祖太郎同道ニて鉄炮坂上安田氏江祖太郎参り、右願書壱冊、何とぞ(八七ウ)此壱冊、御頭様へ願度と相頼候所、安田氏受取、此一義者過日有住江宜敷可取斗申候所、其後一向沙汰無之候ニ付、熟縁いたし候事と心得居候所、扨ハ未かゝる始末ニ候や。然れども、有住江申聞、為取斗可申と被申候由。夫ゟ祖太郎、鈴木橋平方へ立より、橋平ニ面談致、委細申入、有住江参り候所、有住ハ当番ニて留主宅ニ付、早々出去。尚又山本氏江参り、内義ニ対面致、先日殿木ゟ被申入候如く、油谷同道ニて日本橋殿木江参被呉候やと祖太郎申候得バ、内義答、否、半右衛門義、殿木江参り候委細無之と被申候ニ付、尚又押返し、左様ニ候とも、媒人の事、何かとて実家江不参と申事無之。最初取結候せつハ、風雨も不被厭被参候所、此節離縁相談ニ相成候迚、実家不為参候ハ如何、と祖太郎申候得共(八八オ)、否、何事欤不知候へども、半右衛門参り候筋無之と申候ニ付、祖太郎呆、何事を申ともいふかひなき白人と存、其儘帰宅、此方へ鳥渡立より、早々帰去○昼時松村氏被参、過日貸進の雑記廿二ノ巻被返之。尚又、廿三ノ巻壱冊貸進ス。暫して帰去○自、昼時西丸下ゟ帰宅、其後勘介方へ供人足申付、芝田町山田宗之介方へ供人足召連候て、九時過頃、寒中見舞として、白砂糖一曲・神在餅壱重贈之。宗之介・赤尾老母江小太郎一義物語致。且、宗之介江金子之一義相頼、夕飯馳走ニ預り、暮六時頃帰宅。宗之介方ゟあづき五合・みかん七つ、被贈之○今朝おすきや町餅屋ゟ過日申付置候餅つき候て持参ス。五升取一餅・三升取一餅・五寸一備・小備十四・のし餅八枚・水餅二升余持参ス。今日早朝ゟ自他行ニ付、おさち一人ニて神在もち製作致、金ぴら権現・不動尊両神像江(八八ウ)奉備、且如例之家廟諸霊位江供し、隣家はやし・伏見其外江壱重づゝ贈之○隣家林氏ゟも今日歌ちん煉候由ニ而、あべ川餅九つ入壱つ、被贈之○昼後、およし殿来ル。暫遊、神在餅を薦め、夕方帰去○暮時頃、岩井政之助来ル。六時頃加藤氏被参、青海苔壱包、被贈之。岩井氏江神在餅を薦む。五時頃梅村氏被参、過日貸進之朝夷三編五冊、被返之。尚又、四編五冊貸遣ス。岩井氏幷ニ梅村氏・加藤氏江煎茶・みかん・蕎麦がきを薦め候得ども、何れも多く不被給。雑談後、四時過被帰去○今日留主中、無礼村源右衛門来ル。里芋壱升持参ス○五時過大内隣之助殿、大久保江被参候帰路の由ニて、今日のやう子問んとて被立寄。今朝祖太郎、安田氏江参りし事、且組頭鈴木橋平江参りし事物語致、暫して被帰去。

○廿四日辛巳　晴。美日、暖かし、近年不然ナル寒中也(八九オ)

一伏見氏ゟ子息簾太郎殿綿入衣仕立候様被申候ニ付、受取置。今日ゟ仕立始○今朝荷持、小太郎傘・下駄取ニ来ル。則、渡遣ス。

一小太郎、明番ゟ昼時帰宅。帰路林氏江立より、暫時を移して帰宅。食後、組合歳暮銭集り候ニ付、天保銭四枚紙ニ包、水引を掛、有住江持参の由ニて罷出ル。昼時帰宅。昼飯後山本江行、時を移して夕七時過帰宅、暮六時ゟ枕ニつく○前野留五郎殿・真太郎殿、勤番中仮火の番被仰付候由ニて被参○昼後、飯田町ゟ使ヲ以、寒中為見舞、かつをぶし三本入壱袋、今日餅つきの由ニて神在餅一器、被贈之。御姉様ゟ御文到来、且売薬無之由ニ付、奇応丸大包壱つ・同小包十、返書差添、使江渡遣ス○夜ニ入長次郎殿殿《マヽ》被参、過日約束致候みそ一器遣之(八九ウ)。

○廿五日壬午　晴。風寒し

一今朝小太郎、何れへ欤罷出。雪踏代金二朱渡ス。帰路山本江立より、時を移して暮時帰宅○小太郎出宅後、おさちヲ以、勘介方へ使人足申付遣ス。即刻来ル。右人足ニ申付、深光寺へ如例鳥目二百四十八文・白米二升・備餅一ケ、外ニ施餓鬼袋壱升余入壱つ・十夜袋壱升余入壱つ、為持遣ス。先市ヶ谷・田町迄自僕召連、夫ゟ深光寺へ遣ス。自ハ田町岩五郎殿実兄安西鐘三郎殿江先日頼候一義謝礼として参り、鰹節三本入壱袋遣之。夫ゟ飯田町江行、小太郎一義物語致、飯田町ニて煎茶・歌ちんを被振舞、且おさち方へ切餅廿片余、被贈之。夕七時、帰宅○右留主中、伏見氏ゟ歌ちん煉ニ付、阿部川餅壱重被贈候由也。

一おさち夕七時頃ゟ入湯ニ参り候序ニ、定吉小児江切もち(九〇オ)壱包十余片為持遣ス。七半時過帰宅○豆腐や松五郎妻江右同断、切餅を遣ス○四時過、高畑久次殿内義、小児両人同道ニて来ル。右者、相識之為、初来也。早々帰去。

一今日平川天神市ニ付、色々買物有之ニ付、長次郎被参候由ニ候間、同人ニ頼候所、おさち参り度由申ニ付、生形妹おりやう同道ニて平川市江行。諸買物代金二朱渡し遣ス。五時過帰宅。買物代三百四十文也。三百四十四文残る。右両人ニ餅を振舞、四時前帰去。

○廿六日癸未　半晴。寒気甚し

一今日小太郎、昼時前起出、終日安火ニかゝり、在宿。夜ニ入、山本江行。

一おさち、風邪ニ付、桂枝湯を煎用ス。今日、使札・来客なし。

○廿七日甲申　晴

一早朝、高畑久次来ル。右者、明日小太郎加人也と被申(九〇ウ)。

一今朝、小太郎ニ髪月代致遣ス。八時頃ゟ近所江罷出、夕方帰宅。日暮て枕ニ就く。おさち、昨今風邪ニて平臥。壱人手まハりかね候へども、自分安然と火鉢がゝり、何事も不致○昼後隣之介殿被参、福寿草一鉢持参、被贈之。暫雑談して、被帰去○同刻およし殿被参、かつをぶし一本持参、被贈之。おさち頭痛致候ニ付、少々およし殿ニ安摩致貰。代銭十六文遣ス。暫して帰去○同刻、長次郎来ル。頼置候まつ六門持参せらる。四十八文の由ニ付、則四十八文渡之。且、過日みそ贈り候うつりとして、むき身一器持参、被贈之○夕七時頃定吉妻、御扶持畚候て持参ス。三斗六升七合二勺持参。且亦(マヽ)、先日頼置候庖丁壱丁買取、持参ス。代銭ハ未ダ也。尚亦金伯買取呉候やう頼、代銭百文渡し置○おさち、今日ハ順快ニて候得ども、床をあげず、平臥也。柴桂湯を煎用ス(九二オ)。

○廿八日乙酉　半晴。暮時ゟ雨、夜中雪、但多不降

一今日小太郎半時早出加人ニ付、正六時前ゟ起出、支度致。天明前ニ小太郎起出、早飯為給、高畑・深田・山本等と同道、御番所江罷出ル。帰路、日本橋江立より、古上下持参、夕七時過帰宅○昼後ゟ伝馬町江買物ニ行、八時頃帰宅、夫ゟ勘介方へ日雇人足ちん三百文払遣し、おすきや町餅屋江餅つきちん四百八文持参、払遣し、帰宅○昼前、障子切張致、神棚せうじ・燈籠・仏檀せうじ同断、あんどんをも張替畢。

一今朝、荷持江歳暮として、切餅十一片・天保銭壱枚遣之。

一昼時頃加藤新五右衛門殿、九月中貸進之蔵書目録壱冊持参、被返之。浅草辺迄被参候由ニて、早々被帰去。

一昼前、有住岩五郎来ル。右者、去ル廿六日祖太郎安田氏江持参の書面の義也。右ニ付、安田氏江有住被招、罷出候所、以外之事ニて(九二ウ)、左様の書面被出候てハ反て家名断絶致可申。如何被心得候や。且又、仲間の名簿も出居候。右之書面、皆一同ニ被知候てハ不宜。則、右書面ハ預り置候間、祖太郎ヲ以早々下ゲ可申由、被申之。暫種々申候て帰去。実ニ手前勝手成取斗、歎息之外なし。

一八半時頃、大内氏被参。有住只今被参被申候趣物語致候所、右書面安田氏ゟ見せられ候ハヾ立腹致、参り候半と思ひしに遠ハず。余りニ安田氏不取斗、有住ニ右書面見せ候事ハ無之筈、誠ニおろか也。併、有住何様被申候ても驚べからずと被申、今壱度安西(マヽ)江申候て、御頭江願候ハヾ宜敷と被申候間、然バ何分頼候様申、頼置。暫して帰去。

一おさち今日ハ順快、半起半臥也。

一昼時頃ふし見氏、襌壱掛・さとう壱斤持参、被贈之。有住被参居候折からなれバ、早々被帰去(九二オ)。

○廿九日丙戌　晴。八時頃雨、雷鳴二、三声、夕七時頃ゟ雨止、晴

一昼前小太郎山本江行、ほど無帰宅。昼後ゟ油谷江罷越、夕七半時頃帰宅。同人、食つミ一つ・雑木五枚買取、帰宅。

一今日諸神江備餅を供、飾を致、其後仏器を磨、如例祝儀一式を致畢○伏見氏ゟ被頼候綿入拵畢、おさち持参致ス。屠蘇一服遣ス。

一夕七時頃、定吉来ル。歳暮祝儀として里芋二升ほど持参、且外飾松を敷きたて、内外掃除致。夕飯を為給、暮時帰去。大ば(濁ママ)んちり紙二帖遣之。一昨日申付候金伯五枚買取、持参ス。代銭ハ一昨日遣ス。

一夕七時過坂本氏被参、如例屠蘇壱貼被贈之、ほど無被帰去。

一大内氏被参、暫して帰去○夜ニ入深田氏被参、暫遊。所望ニ付、年始礼帳壱冊上書致、遣之○今夕方、豆ふや松五郎・与太郎両人ニて四斗樽ニ入、焼どうふ持参ス。明日売ん為ニ預り置(九二ウ)。
○卅日丁亥　半晴
一昼時、下掃除忠七来ル。歳暮祝儀として、里芋壱升持参ス。早々帰去。来正月二日ニ参り候由申之○昼後、萱家(ママ)師伊三郎来ル。是亦歳暮祝儀として、土大こん五本持参ス。早々帰去。

一小太郎下駄歯入直し度由ニ付、代銭百文渡し遣ス。出がけ、長友殿江無尽残金催促致候へども不被遣、時分柄甚難渋ニ及。昼時帰去○今日如例諸神江神酒、家廟江もかざり致し、昼節一汁三菜、家内一同祝食。夜ニ入、神燈・福茶、荒神棚江水を供ス。都先例の如く○昼時およし殿、入湯ニ被参候哉と誘引。暫為待、八時過ゟ右同道ニて入湯ニ行、夕七時頃帰宅。右以前、小太郎ニ髪月代致遣し、序ニおさちニも結遣ス(九三オ)。

一夜食後小太郎、与力中・組中江歳末しうぎとして廻勤、日暮て帰宅。足袋買取候由申ニ付、三百文渡遣ス。買取、帰宅ス。然る処、足袋ニ疵有之候ニ付、四時過ゟ又仮屋横町迄引替ニ行、暫して帰宅ス。

一夜ニ入、およし殿・おりよう殿遊ニ来ル。何れも雑談、四時過帰去。

一日暮て、宗村お国殿来ル。右者、娘方へ綿入衣持参致候由ニて、暫物語して帰去○四時過、長次郎殿来ル。四谷江参り候帰路の由也。およし殿同道ニて帰去○夕方歳末為祝儀、建石元三郎・岡勇五郎殿・高畑久次殿・永野儀三郎殿・加藤金之助殿・加藤領助殿被参○日暮て、梅村直記殿被参。過日貸進の朝夷嶋めぐり四へん五冊被返之、右謝礼として白砂糖壱斤被贈之、早々帰去。

一早朝豆腐屋松五郎妻、昨日預り置候焼どうふ所々売あるき、七時売仕舞○伏見氏ゟおさちへ髪の油・元結、被贈之。右

(九三ウ)謝礼として、中形絹じゆばん半ゑり一掛、おさちを以贈之。

一夕方伏見氏被参、秋中貸進之吾仏の記五冊、其外裏見葛の葉五冊・東達記考(マヽ)持参、被返。右請取、納置(九四オ)。

嘉永四年辛亥

○嘉永四辛亥年正月元日戊子　晴
家内安全、諸事如吉例之
一今朝小太郎、朝節雑煮餅を祝、其後礼服ニて御頭佐々木様初、組中江年始祝儀として廻勤、昼時帰宅。
一今日礼者三十人、内十八人ハ内江入ル。十二人ハ門礼也。
一矢野信太郎殿、為年玉ようかん一さほ持参、被贈之。礼者姓名ハ贈答暦ニ記之○八時過ゟ哥かる(マヽ)を初ム。右ニ付、深田長次郎殿内義を招。章之丞殿・市十郎殿・長次郎殿内義(九四オ)・おさく殿・おさち・小太郎、皆同席也。せん茶・くわしを薦む。およし殿昼時ゟ遊、一同暮時前帰去。おりよう殿ハ夜ニ入、又来ル。五時過帰去○今日、朝節雑煮餅、昼節、夕方福茶、諸神江神酒、夜ニ入神燈、都て先例之如し。
○二日己丑　晴。風
一今日礼者廿三人、内十一人ハ門礼也。姓名ハ別帳ニ記之。

一昼後、おふさ殿来ル。みかん廿、為年玉持参、被贈之。所望ニ付、女郎花五色石台初編ゟ四編迄十六冊・皿々郷談合三冊、貸遣ス。夕方帰去。

一松村氏、干のり壱帖年玉として持参せらる○今日、小太郎終日在宿。但、昼後、哥かるた致由ニて、仲殿町江行。並木・松村同道ニて、八半時頃帰宅。右人々并ニ邦之助殿年始ニ被参候ニ付、一同うたかるたいたし、各暮時退散。内、並木・松村ニ夕膳ふるまい、両人六時過帰去(九四ウ)。

一夕方触役長谷川幸太郎殿、明日当番八時起し、七時出のよし、被触○暮時高畑久次殿、明暁起番の由被届之。

一今日、朝雑煮もち、昼節一汁三菜、夕方福茶。夜ニ入、御神燈昨日の如し○夜ニ入、長次郎殿来ル。小太郎ニ何やら被申、帰去。酒酔の様子也。
○三日庚寅　晴。甚寒
一今暁八時久次殿呼被起、即刻起出、雑煮餅を拵、ほどなく小太郎を呼起し、雑煮餅為祝、暁七時ゟ高畑・山本・深田等と共ニ御番所江罷出ル○昼前おさち入湯ニ行、暫して帰宅。

一八半時頃大内氏被参、ほどなく被帰去○其後山本悌三郎殿被参、暮時被帰去○夕七時過加藤新吾衛門殿、大酔ニて被参。右ニ付、大内氏幷ニ木村氏介抱被致、先西四畳江休ましむ。右ハ、悌三郎殿方ニて大盃ニて数盃被薦候由也○日暮て清次郎殿・直記殿(九五オ)同道ニて被参。おりよう殿も也。木村氏ハ暮時前ゟ此方ニ加藤氏ニ付添被居。一同座敷ニてうたかるた数度致。せんちや・くしがき・みかんを出ス。四時過ニ及。然ども、加藤氏は帰宅致候事を不得。右ニ付、今晩此方へ止宿被致。女子のミニて、壮年の人一宿被致候事、此せつ別而〳〵うしろめたく候ニ付、生形妹おりやう殿をも今晩とゞめおく。

一今日節ニ付、鬼やらひ、木村和多殿を頼。祝儀相済、如例吹竹を四辻江捨る。当年おさち十九才ニ付、厄落し、下の帯・鳥目捨之○荒神棚江水を供ス○渡辺平五郎殿・塚本清三郎どの・成田宣之丞殿、年礼として来ル。油売松蔵、油落し二袋持参ス。

一今日朝節・昼節・夕方ふく茶、昨日の如し○奇応丸ニ伯(ママ)を掛ル。
○四日辛卯　晴。風、今申ノ八刻、立春の節
一加藤氏今朝起出、早々被帰去。おりやう殿ハ朝飯後被帰去(九五ウ)。

一四時過、下掃除忠七来ル。為年玉、干大こん一盆持参ス。両厠汲とり、昼飯為給、帰遣ス○梅村直記殿・岩井政之助殿・鈴木善三郎殿・田辺儀右衛門殿・奈良留吉殿、年礼として入来。外ニ門礼四人也○昼後、おふさ来ル。同人母義、只今血軍(ママ)発候由ニ付、神女湯一服・奇応丸小包一遣之、早々被帰去○生形小児へも奇応丸小包一遣ス○夕七時頃、松村氏来ル。旧冬袋(ママ)進之雑記廿四持参、被返之。尚又所望ニ付、雑記廿五ノ巻壱冊・俠客伝二集五冊貸進ス。暮時前帰去○昼後、長次郎殿来ル。旧冬中同人伯父田中多平殿江貸置候八犬伝初集五冊持参、被返之。右謝礼として、煎茶小袋入壱ツ被贈之○小太郎明番ゟ四時帰宅、其後食事致、仮寐致、暮時起出、又食事致、六半時頃枕ニつく。明五親類方へ年礼ニ参り候由申ニ付、供人足定吉申つくる。かねて松過ニ参り候様申といへども、聞不入候ニ付(九六オ)、其意ニ任置。万事かくのごとし。
○五日壬辰　晴。夕方みぞれ、夜ニ入薄雪
一今朝四時、定吉来ル。此時やうやく小太郎起出候ニ付、朝飯を果し、髪を結、其後定吉を召連、小石川・飯田町・本郷・日本橋所々、西丸下ゟ芝田町宗之介方へ罷越、暮六時帰宅。

田町ニて夜食被振舞候由ニ付、餅を為給、帰し遣ス。且、旧秋さがミや江貸遣し候美少年録初編ゟ三ぺん十五冊、定吉ニ為持、被返之。右謝礼として、相模屋よりかつをぶし七本入一袋、是をも被贈越○今日、礼者三人也。右者、長友代太郎殿・しなのや重兵衛・宗之介、昼時来ル。為年玉、黒繻子半襟二掛・白砂糖一袋被贈。赤尾ゟ干海苔二帖・手拭一掛、被贈之。折ふし、岩井氏被参候ニ付、宗之介両人江屠蘇酒をすゝめ、祝儀畢、かん酒・つまみ肴・なべ、終而昼飯を薦。供人足清七へも(九六ウ)酒・飯・餅を振ふ。七時前帰去○同刻おふさ殿外壱人、同道ニて来ル。尚又座敷ニて、岩井・深田四、五人ニてうたかるたを致、各暮時帰去。

一夜ニ入、深田氏、右同様歌かるた致候由ニて、小太郎・おさちを被招。然ども、小太郎留主宅ニ付、不行。ほど無およし殿又迎ニ被参候所、夜ニ付、不行。

一昼前おさち、入湯ニ行。

○六日癸巳　晴

一小太郎四時頃隣家林江行、八時ニ及といへども不帰候内、八時過並木留吉・谷五郎・章之丞来ル。右ニ付、並木氏小太郎を呼れ候ニ付、小太郎帰宅。一同座敷ニてうたかるた致。せん茶・海苔鮨を薦め、暮時前一同帰去○右同刻、筆屋直吉来ル。小太郎と話説致、暮時帰去。小太郎も同道ニて出去、戌ノ刻過帰宅。食事致、種々不埒成事ども申ちらし、枕ニつく。林内義、此方母女を飽まで憎、なき事をもあるが如く小太郎讒言致、弥小太郎罵り狂ふ事、ま事に歎息かぎりなし(九七オ)。

一夜ニ入、およし殿来ル。夕飯為給、五半時帰去。

一同刻、大内ニて歌かるた致候由ニ付、おりよう殿迎ニ来ル。おさち直ニ行、五時過帰宅。

一今日、昼節、福茶、神燈、荒神棚江水を供ス。都先例之如し。七種をうち囃ス。神燈都て母子二人ニて致、小太郎一向不構。

一高畑久次殿、年礼として来ル。

○七日甲午　晴

一今朝綾部次右衛門殿年礼として被参、白砂糖壱斤入壱袋持参被贈之、早々帰去○其後松岡織衛殿被参、是亦早々帰去○四時前久次殿、明八日小太郎捨りの端心得候様被申入○小太郎林氏江参り、暫く内義と内談、帰宅後本郷江参り候由ニて罷出、夜ニ入五時前帰宅、直ニ枕ニつく。小太郎日々隣家林江入込候の故ニ、林内義(九七ウ)前ニ記せる如く、なき事をもあるが如く小太郎へ申聞。右ニ付、小太郎帰宅後罵り候ハ此故也。誠ニ語言（マヽ）ニたへたる悪物也。怕れおもふて、おさち等、此後とても交ることなかるべし○右悪物の悪言ニて、荒井幸三郎殿内義此せつ立腹被致候由ニ付、是全く林悪婆の口ゟ出たる事ニ候間、坂本順庵殿荒井氏と懇意ニ付、右同人を相頼、荒井氏江申入呉候様、今日頼候半と存、おさちヲ以、坂本氏江手紙差越候所、留主宅の由ニ付、いたづらに帰宅の所、折よく久野様御門前ニて順庵殿ニ行逢ニ付、おさち右之趣物語して、順庵殿同道ニて帰宅ス。右一条、順庵殿ニ頼、何とぞ此一儀、荒井氏江申入遣。右ハ毎度の事ニて、打捨置候てハます／＼悪口つのり、此度ハ懲し候半と存候也と物語して帰去。

一八時過勘助方へ人足申付、飯田町江薬売溜せん取ニ遣ス。嘗もの一器為持、手紙遣ス。夕七時過帰宅。飯田町ゟ返書、并ニ薬うり溜（九八オ）金二朱ト八百六十四文、上家ちん壱分ト二百七十二文来ル。外ニ、鱈切身九片被贈之○今日七くさ、爪をとる○今日七くさ粥、家内一同祝食ス。

○八日乙未　晴

一早朝定吉ヲ以、宗之介方へ明九日参り呉候様、手紙遣ス。且又所望ニ付、石魂録前後十冊貸遣ス。定吉五半時頃帰来ル。請取書来ル。何れ明九日参り候由也○四時頃長次郎殿、先日頼候てうちんこしらへ、持参せらる。且、伝馬町江被参候由ニ付、浅くさ紙半紙・刻こんぶ等買取呉候やう頼、代銭百廿四文、頼遣ス。暫して帰去。夕方、買取、持参せらる。

一四ッ時前小太郎、隣家林江行、内義と内談、昼飯林ニて被振舞、八時帰宅。其後、髪月代致遣ス。何方へ歟出去、夕七時過帰宅○夕七時過小太郎相識之者、年礼として来ル。何れ之人なるを不知。年玉、手拭・扇子持参致候由ニ候得ども、小太郎押かくして見せず。其（九八ウ）心術の賤き事、都て如此し○夜ニ入、およし殿来ル。暫らく遊、五時過帰去。門前迄送り遣ス○今朝、触役儀右衛門殿来ル。小太郎明日御城附人ニ罷出候由被入申○安田幸平殿子息、年礼として来ル。

○九日丙申　晴

一今朝五時過ゟ小太郎、明日上野（アキマヽ）御成御城附人ニ付、江村・深田等と御番所江罷出ル。八半時帰宅。食後枕ニつく○夕方触役長谷川幸太郎、明日九時起し、八時出の由被触○松岡庫一郎殿、年礼として来ル○昼時、およし殿来ル。干魚十枚持参被贈之、早々帰去。

一昼後、おふさ殿来ル。先日貸進之皿々郷談三冊、被返之。右請取、弓張月初編五冊貸遣ス。暮時迄遊。帰去。

一夕方、松村儀助殿来ル。是亦、雑記廿五ノ巻・侠客伝二集

五冊、被返之。右請取、雑記廿六ノ巻・侠客伝三集五冊貸遣ス(九九オ)。暮時前被帰去○昼時前、山田宗之介来ル。右者、小太郎一儀なり。扨、旧冬廿三日与力迄差出し候願書、有住の手ニ入、未ダ御頭江不出候間、右早々差出し呉候様申入呉候様、宗之介江頼候所、宗之介其意ニ不随、先山本氏江参り候上ニて右も左も致可申と申、直ニ山本半右衛門方へ宗之介罷越。如例六ヶ敷、兎角一銭ニても余分ニ貪り候事のミ旨と致。宗之介斗候て、先七両金出し可申候。右ニて宜敷取斗之由申入候由、八時過此方へ帰り来、告之。然者、此方望と不同。此方ニてハ、与力へ願書出し置候を御頭江差出し呉候様申入候所、大違ニて、反て山本半右衛門に恩ニ被掛、扨も残念。半右衛門等恣なる事を致候事ニて、此方申分一分も不立。余り成事也。何れにも、明十日宗之介方へ参り候様、宗之介申候ニ付、然バ明十日早朝参り候由約束致、主僕ニ昼飯為給、両人帰去。

一昨八日宗之介旧僕豊蔵、小児両人を携て来ル。くわしを為給(九九ウ)、其後もちを薦め、娘江手継小切遣ス。夕方帰去。

一暮時荷持、御鉄炮其外弁当集ニ来ル。如例御道具・そふ(カ)ろ弁当渡し遣ス。今晩九時起しニ付、不寐也。

○十日丁酉　晴

一今暁九時高畑久次起当番ニ付被起、ほど無小太郎を呼起し、茶づけ飯為給、八時ゟ山本・高畑等と上野御場所江罷来ル。

一朝飯後勘介方へ供人足申付、食後供人召連、芝田町宗之介方へ行。右、昨日宗之介参候様申候ニ依也。出がけ、綾部氏江年始祝儀申入、年玉煉羊羹箱入壱・きおふ丸中包一つ、贈之。綾部氏ニてせん茶・屠蘇酒を薦らる。ほど無帰去、宗之介方へ行。是亦宗之介江年玉三種、赤尾江年玉三種贈。昨日山本江申候一義、委細宗之介物語。何れニも、今壱度自山本江参、頼候由申之(一〇〇オ)。山本江自参り候事、何分心苦しく候得ども、宗之介申候条黙しがたく候ニ付、其意ニ任、帰宅致候ハヾ早々参り候様、宗之介江申示置。宗之介方ニて昼飯を振舞レ、八時過帰宅。宗之介方ニて干のり壱帖・切元結を贈○夕七時頃、おさち入湯ニ行。

一小太郎夕七時頃帰宅、其後入湯ニ罷越候由ニて出去、日暮て帰宅ス。直ニ枕ニつく○夜ニ入、おりよう来ル。五時前、長次郎殿も来ル。両人ともうたかるた致、四時前帰去。

○十一日戊戌　晴。夜ニ入曇

一今朝小太郎何れへ欤出去、日暮て山本迄帰来ル、六時過帰宅。

一昼後深田氏ニて今日鏡もち開被致候ニ付、おさちを被招。

即刻おさち罷越、浅くさ海苔壱帖持参、贈之。尚又おさち入替り、自ニも参り候様被申候へども、折ふし客来を待て得不行所、長次郎殿養母汁粉一鍋持参、被贈之。謝礼申し、養母早々被帰去(一〇〇ウ)。

一日暮ておりよう・深田氏被参、暫して並木又五郎殿・松尾瓠一殿・松むら儀助殿来ル。一同座敷ニて哥骨牌を致、四半時過一同帰去。

一夕七半時頃、自山本半右衛門江行。右者、宗之介参り候様申候ニ依て也。半右衛門ニ面談致候所、如例祖太郎申条ニ付、甚立腹致、種々被申、此方親類共一同承知ニ候ハヾ、先油谷ニて可申聞。左なくバ申難。小太郎迚も秋中之勢ニ候ハヾ何事を致候や難斗候所、やうやく此せつ宥候てしづかに成候抔、都ての事恩ニ着。且又、隣家林内義此方を讒言致候事一々取上り。左候ハヾ小太郎立腹いたし候方無理ならず抔申。誠ニ憎ても憎ミ飽ぬ悪物也〇暮時、山本悌三郎殿来ル。右者、外ニて聞候事有之ニ付、右を申度由被申候所、見うけ候所、酒酔のやうニ候間、今晩者承り難候間、両三日中出直し被参候やう申、早々帰去申候也。

〇十二日己亥　曇。小雪、忽止、昼後ゟ晴

一四時過小太郎起出、髪月代致遣ス。其後山本江行、夕七半時頃(一〇一オ)帰宅。食後又山本江行、五時過帰宅。

一昼後、およし殿来ル。暫遊、暮時帰去〇八時過、あや部おふさ殿来ル。先日貸進之女郎花五色石台初編ゟ四集迄十六冊、被返之。ほどなく長次郎殿来ル。同人宅ニて歌骨牌被致候由ニて、おさち同道ニておふさどの深田江行、夕七半時頃皆帰去〇夕七時頃伏見ゟ自ニ用事有之由ニて被招候間、直ニ行。然る所、松村氏被参居、小太郎一義追願書之事、隣家林内義所々江罷出、此方母子を讒言致、其身ハ飽までよき者と申立。右ニ付、小太郎離縁一条長引候事を書加申度申示、昨夜内々持参被致候書面を返ス。暫く密談、暮時帰宅。

一今朝おさち入湯ニ行、昼時帰宅〇右同刻、おりようどの髪結呉候様被申越候ニ付、結遣ス。右終テ帰去。

〇十三日庚子　晴。風、昼後風止(一〇一ウ)。

一今日小太郎当番ニ付、天明前起出、支度候内、高畑久次殿誘引、食後高畑・山本等と御番所江罷出ル。

一昼後おさち入湯ニ行、ほど無帰宅。其後自、およし殿同道ニて入湯ニ行、八半時頃帰宅〇右同刻松村氏被参、過日貸進之雑記廿六一冊・俠客伝三輯五冊被返。尚又、雑記廿七壱冊・俠客伝四輯五冊貸遣ス。夜食を振舞、暮時帰去〇夕七時頃おふさ殿被参、弓張月五冊、被返之。今晩者此方へ一宿也〇夜ニ入、長次郎殿来ル。暫して帰去○夕方鈴木昇太郎殿、岩井氏を尋て来ル。暫物語して被居候へども、岩井氏不被参候ニ付、帰去○今晩おさち・おふさ殿、其外大内氏・おりよう・加藤氏・木村氏其外十余人ニておし(マヽ)ハらよせに行、四時頃皆帰宅。夫ゟ大内氏江寄合、骨牌あそび、丑ノ刻中ニ及。おふさ殿・おさち、暁七時前枕ニつく。

○十四日辛丑　雪。八時ゟ雨、夜ニ入同断(一〇二オ)

一五時頃おふさ殿方ゟ雨具為持、迎ニ来ル。即刻帰り候由申し、使を帰ス。食後、お房殿帰去。弓張月後編六冊貸遣ス。

一小太郎、四時明番ニて帰宅。食後山本江行、八時頃帰宅○右同刻、森野市十郎来ル。小太郎と雑談、せん茶を薦む。夕七時頃帰去。

一今日内餝を徹(マヽ)し、諸神江神酒、削掛を掛る。昼節、夕方ふく茶、夜ニ入荒神棚江水を供し、神燈、諸神・仏檀を帰除ス。

一夜ニ入、深田来ル。雑談、五時帰去。

○十五日壬寅　雪。風、夕方雪止、不晴

一今日、あづき粥祝食ス。諸神江神酒、夜ニ入神燈。

一小太郎昼前ゟ山本江行、暮時帰宅○夜ニ入、おりやう・長次郎・およし来ル。歌骨牌を致。深田・生形ハ四時頃帰去、およしハ止宿ス。

○十六日癸卯　曇(一〇二ウ)

一今朝食後小太郎、本郷江罷越候由ニて出去。昼時過迄山本ニて遊、本郷江不行して、八時前帰宅。昼飯給、仮寐、夕方起出。

一およし殿、昼飯後帰去○四時頃、山本半右衛門内義来ル。右者、小太郎一条ニ付、宗之介江対面致度由ニ付、田町江人遣候様被申。但、十八日当(マヽ)ニ付、其外日限為知呉候様被申之、帰去。即、おさちヲ以、勘介方へ人足申付遣ス。おさちハ入湯致、昼時帰宅。人足ハ即刻来ル。即、手紙認め、田町五丁め山田宗之介方へ遣ス。八時過帰来ル。返書到来ス。但、両三日無拠用事有之候ニ付、参り難候。来ル廿日ニハ参上可致申来ル。追而山本江申入べし○八時過、おふさ殿来ル。隣家娘おふミと歟申人も来ル。暫遊、帰去○夜ニ入、深田氏来ル。五時帰去○おさち交友岡野氏娘、旧冬安産被致候所、産後の脳(マヽ)ニて昨十五日夜死去被致候由、今日綾部ニて聞之。痛ましき事かぎりなし(一〇三オ)。

○十七日甲辰　雪。昼後ゟ雪止

一今朝久次殿、小太郎捨りの端の由被申之○土屋宜太郎殿今日忌明ニ付、出勤の由ニて来ル○小太郎朝飯後髪月代致、山本江行、昼時過帰宅。八時頃ゟ山本江行、夕方帰宅。夜ニ入又山本江行、五時前帰宅して枕ニつく○夕七時頃、松村氏来ル。雑記一冊・俠客伝四集持参、被返之。尚又、雑記廿八ノ巻壱冊貸遣ス。早々帰去○今朝生形妹お鐐、髪結呉候様被申候ニ付、即結遣ス○夜ニ入、深田氏・お鐐来ル。又々うたかるた致、四時過帰去。

○十八日乙巳　晴

一今朝小太郎、本郷油谷江罷越候由ニて罷出ル。夕七時過帰宅。夜ニ入山本江行、無程帰宅、枕ニ就く○今日如例年鏡餅開致候ニ付、諸神江神酒、家廟江汁粉餅を供し、床の間江羅文様・蓑笠様・琴嶺様御画像奉掛、神酒・七色菓子供之(一〇三ウ)。

一鏡開祝儀、昼時汁粉餅を製作、家内祝食後、伏見庫太郎・おつぐ・大内隣之助殿・深田長次郎殿・其姉およし殿・綾部おふさ殿・生形妹お鐐殿・伏見氏江汁粉餅を招きて薦む。其外、伏見内義・山本氏・深田長次郎殿内義ニハ鍋ニ入、膾添、為持遣ス。都て十五人前也。

一夜ニ入、長次郎殿・お鐐遊ニ来ル。程なく和多殿、隣之助殿ハ不居と尋参。此方ニて被居ず申聞候へバ、暫して帰去。深田氏・お鐐殿ハ四時頃被帰去。

一夕方山本氏江行、宗之介来ル廿日参候て、山本江参り候由、内義江申示置。

○十九日丙午　晴。今日午ノ八刻、雨水の節ニ成

一小太郎朝飯後山本江行、昼前帰宅。食後鮫ヶ橋江遊ニ行、夕七時頃帰宅○昼後おさち、深田ニて髪結呉候様被申候ニ付、則油・元結持参、罷出ル。暫して帰宅○昼前山本内義、昨日汁粉もち遣し候謝礼として来ル。早々帰去○夕七時前、およし殿来ル。是又暫遊、暮時前帰去(一〇四オ)。

一七時過、貸本屋来ル。先日申付候葛の葉読本五冊持参。則、借置。見料三十二文の由。右者、此方ニ有之候所、三ノ巻十四丁め落丁ニ付、写し取ん為也○夜ニ入、深田・生形お鐐来ル。如例骨牌致、四時帰去。

一今日小太郎一条追歎願書、昼後ゟ認め、暮時伏見氏江持参ス。明廿日、安西氏江持参被致候故也。

○廿日丁未　晴

一小太郎四時過ゟ何方へ欤参り候ニ付、髪結呉候様申ニ付、即刻結遣ス。其後、下町辺江行。出がけ、山本江立より、内義と囁(ママ)き、罷出ル。帰宅後山本江行、六時過帰宅○八時頃、芝田町山田宗之介ゟ使札到来ス。右者、今日一条ニ付、山本江可参候所、在所ゟ客来ニ付、今日参りかね候よし申来ル。山本江も手紙ニて断申遣し候由也。山本江ハ宗之介ゟ木葉煎

餅一折・干のり一帖、進物ニ致候由也。おまち殿ゟも文到来ス（一〇四ウ）。旧冬相模屋江貸遣し候童子訓一ゟ廿迄十五冊、被返之。尚又所望ニ付、青砥藤綱合七冊貸遣ス。宗之介・おまち殿江返書認、使清七を帰ス。

一夕七時頃自入湯ニ行、暫して帰宅。右留主中、松村氏被参候由候所、留主中ニ付、早々帰去〇今朝定吉妻、糖《（ママ）》持参ス。しんたくあん四本遣ス〇四時過、大内氏被参。暫して被帰去。伏見子供両人髪月代致遣ス〇夕七時前深田氏養母被参、暫雑談して帰去。

一夜ニ入、定吉来ル。旧冬ゟの人足ちん并ニ米つきちん・庖丁代、金二朱渡し遣ス〇夜ニ入、およし殿来ル。今ゟ歌骨牌致候ニ付、おさちを被招候間、お鐐殿同道ニて深田江行。およし殿ハ此方ニ遊被居。四時ニ及候ニ付、およし殿今晩此方へ止宿ス。おさち四時過帰宅、長次郎殿送り被来。

一昼前、伏見氏被参。一昨日の奇応丸代料壱匁五分、此銭百五十六文持参被返之、ほど無帰去〇今朝小太郎、こん足袋買取候やう申ニ付（一〇五オ）、三百十六文渡し遣ス。

〇廿一日戊申　雨。昼時雨止

一今朝およし殿起出、帰去〇昼時触役長谷川幸太郎殿来ル。右者、急ニ御場所受取附人出候ニ付、早々御城江罷出候由被申入。即刻小太郎食事致、久次殿・長次郎殿同道ニて御城江罷出ル。右者、去ル十七日紅葉山（アキママ）御成の延也。夕七時、小太郎帰宅。明日御成、当組当番之由也〇八半時過宗之介、山本江来ル。帰路此方へ立より、山本半右衛門ハ他行留主宅之由。内義ゟ被申聞候義者、小太郎返名勤《（カ）》金七両差遣し候由、対談の所、今二両さし加え廿五両ニ致呉候様油谷并ニ小太郎申候由ニ候へども、七両金すら六ヶ敷勘弁ヲ以出し候所、尚又二両之増金ハ出し難候由、宗之介申断、弥廿三両にて承知ニ候ハヾ親類一同集合可申と申置候ニ付（一〇五ウ）、明日ニも西丸下渥見・飯田丁滝沢江右申入、御出の日限定り候ハヾ弥之所取極可申候と宗之介申置候ニ付、右承知之趣申入。尚又、山本より一札を乞候得共、右者親類一同承知の上ならでハ出し難由申、宗之介右一札を持参ス。右一札、左之如し。

一去ル戊年二月中ゟ小太郎病気ニ付、養子取極メ一条之節、万端世話被成下、御奉公相勤罷在候所、此度ニ至り、家内不熟ニ付、私親類共一同相談の上ニて、御同役中者及不申、恐入候得ども離縁致度段申入、何卒宜敷御取拵被下候様頼入候所、実正ニ御座候。此後離縁候上ハ、私ども親類ニ到る迄、御取拵《（ママ）》之儀ニ付、不足ヶ間敷儀一切申間敷候。為後日、一札仍如件

嘉永四亥年正月　　滝沢小太郎養母
山田宗之介
(一〇六オ)
山本半右衛門殿

右之通り之一札、山本江出し候由申候ニ付、書付宗之介持参、預り置。宗之介ハ急候由ニ付、早々帰去○夜ニ入、長次郎殿来ル。暫して帰去○暮時過荷持、御鉄炮・御道具・弁当集ニ来ル。則、如例渡遣ス。五時頃、母子枕ニつく。小太郎ハ暮時ゟ枕ニつく。

○廿二日己酉　晴。暁八時前ゟ風

一今暁八時、起番高畑久次殿起、即刻起出、支度致、小太郎をも呼起し、食事為致、七時ゟ御場所江罷出ル。九時帰宅。食後仮寐致、夕七時過起出、其後入湯ニ罷出、暮時帰宅。夜食後暮六時過、枕ニつく○昼前、深田氏来ル。ほど無帰去、夕方又来ル。頼置候のり入買取、持参せらる。暫して帰去○昼後おさち入湯ニ行、暫しておふさ殿同道ニて帰宅○おさち帰宅後、およし殿来ル。かたもちを焼、おふさ殿・およし殿江振ふ。折りから富蔵参り候ニ付、是ニも薦め、皆々夕方帰去。おふさ殿所望ニ付、しんたくあんづけ大こん(一〇六ウ)五本しんず。右移りとして、葛粉壱包被贈之。

一暮時過大内隣之助殿被参、過日貸進之八犬伝結局編五冊、被返之。右請取、納置く。暫雑談、五時頃帰去。お鐐殿同断。

一夕方、二月分御扶持渡ル。取番宜太郎殿さし添、車力壱俵持込候を請取置。端米高畑・此方両家ニて五升四合、則半分二升七合、高畑江小太郎持参ス。

○廿三日庚戌　晴

一今朝、小太郎当番ニ付、正六時過おさちを呼起し、支度為致、天明頃小太郎起出、早飯後御番所江罷出ル。

一五時過ゟ自一ツ木不動尊江参詣、夫ゟ象頭山江参詣致畢。西丸下渥見氏江年始ニ罷越、年玉白砂糖壱斤・黒丸子二、進之。小太郎一条具ニ物語致、来ル廿六・廿七両日之内(一〇七オ)、親類内寄、弥離縁一段決着致候ニ付、右両日の内、御繰合出来候ハヾ御出可被申候所、廿七日差合無之候ニ付、罷出候由被申。渥見ニて雑煮餅・霰酒を振舞、九時罷出、飯田町江行。是亦年玉、白砂糖壱斤・手拭一筋・黒丸子二包・五色石台四集下帙、進之。尚又、飯田町御夫婦江も一条を物語、半右衛門殿ゟ差越候書付一札、一覧ニ入。彼方ニて屠蘇酒・吸物・取肴・玉子緘《とぢ》・そば切を振舞ル。木村氏江紙包持参致候所、折よく高松ゟ年始書状さし被出候ニ付、直様引替ニ為持遣ス。夕七時過帰宅。

一右留主中、大内氏・松井氏・岩井氏被参候由。岩井氏ハ紫

ちりめん半襟一掛、おさち江被贈候由、おさち帰宅後告之。
一同留主中祖太郎殿、年始として被参。とし玉、染さらさ
（一〇七ウ）小ふろしき一・絵（カ）半紙持参、被贈。留主中ニ付、早々
被帰去。
一夕七時過定吉、御扶持春可申由ニて来ル。則、一俵と八合
渡し遣ス。
一右同刻、おふさ殿来ル。今晩止宿也○夜ニ入、木村和多ど
の・お鐐殿来ル。暫して加藤殿・坂本氏被参。おさち・おふ
さ殿・和多殿ハ大内江行。暫坂本・加藤ハ雑談、四時頃是亦
大内氏江行。
一飯田町清右衛門様去秋八月下旬ゟ御不快の所、此せつ漸々
に衰疾つよく、聲不出、食事進ミかね、折々盗汗も有之。是
迄医師両三人も転薬被致候へども功なく、今日千住ニて名売
ト有之由ニて、清右衛門様舎弟八十吉殿、右売卜江参候所、
酒痰ニて、薬餌功なし。右ニ付、痰せき怠り候薬方を示し候
由。右薬方ハ、干地黄三匁・桂枝三匁・桔梗三匁・黄芩三匁・茯苓三匁・大黄三匁（一〇八オ）
・石膏六匁、右七味せんじ、一日ニ二帖づゝ用ひなバ、少々
ハよろしからん。迚も急ニハ全快致難由也。何分大病、全快
無心許、歎之一つ也。
一おふさ殿・おさち、大内江行、九時両人帰宅、枕ニつく。

一今ばん荷持、明日御成ニ付、御道具・弁当集ニ来ル。則、
渡し遣ス。
○廿四日辛亥　晴
一今日増上寺江御成ニ付、小太郎御番所ゟ御場所江罷出、昼
時過帰宅。食後仮寐致、暮時呼起し、夜食為給、直ニ又枕ニ
就く。
一昼前信濃屋重兵衛、注文之炭六俵持参ス。差置、帰去。
一右同刻、飯田町ゟ使来ル。沢あん一本・菜づけ、みそ越（ママ）ニ
入、其儘被贈之。外ニ、ろふそく大小十四・利久箸五膳、是
をも被贈之。御姉様より御文到来、昨日御約束申上候絹かい
まき・羽根ふとん・三布ふとん借用致由被申越候ニ付、則三
品貸進ス。外ニ、葛粉一包・干のり壱帖進之（一〇八ウ）。返書認
め、使帰し遣ス。
一昼後おさち入湯ニ行、暫して帰宅○おふさ殿、朝飯後帰去。
一植木や富蔵ゟ沢庵漬貫ニ来ル。則、おさち三本遣ス○野菜
売多吉、木綿羽織続張呉候様外ゟ被頼候由ニて、持参ス。然
ども、裏不足ニ付、未取かゝらず、又参り候せつ申遣べし。
○廿五日壬子　晴。八せん之初
一今朝食後小太郎山本江行、昼時帰宅○其後、自ら宗之介申
置候口状ヲ以山本江行、半右衛門江面談、宗之介ゟの口上申

入、何れ廿七日宗之介幷ニ祖太郎参り候ニ付、其趣、油谷江も通達被致候様申置、早々帰宅。

一昼前、およし殿来ル。右同人江鼠ちりめん中形じゆばん半ゑり・たとふ紙壱つ遣之○小太郎おさち江申聞候者、先代太郎火事羽織夏冬とも、紙入之類幷ニ其外諸品可有之候。出し候様申候由。其後、母ニ迎(ママ)、小紋股引損じ候ニ付、太郎用候品可有之候間、貰申度由申候ニ付、太郎(一〇九オ)股引ハ無之。人ニ譲候間、手元無之と申候ヘバ、左候ハヾ拵可申と申ニ付、只今ハ拵がたく候間、古きを用候由申候所、寄場有之候てハさしつかへ候と申。よせバ有之候ハヾ、借用致候ても間ニ合せ可申候と答候ヘバ、又小太郎火事ハ日々有之候。人の物を借候てハ出難ク候。右早々拵可申申之。只今七両出せ、九両出せ抔申居候所、如何成人非人ニ候や。然る口上ハ出間敷候所、よく/\なる切(ママ)者、一つも貪り出んとす。心術推て知るべし(濁ママ)○長次郎殿来ル。夜話如例○夜ニ入小太郎火鉢江火を起し、安火江入候所、跡火鉢ニ火壱つ無之次第、長次郎殿見かね、消炭をもて来て起さんとするに、火種なし。右ニ付、安火之火を一つ出して、おさち火鉢江火を起。誠ニ一同呆れはて、諸事如此○夕七時過政之助殿、ほど無帰去○右暫して松村氏被参、雑記三十一貸遣ス。早々被帰去。

○廿六日癸丑　晴　(一〇九ウ)

一小太郎髪を揃候様申ニ付、則結遣ス。其後、何れへ欤罷出ル。梅花遣し度由ニて手折、持参ス。夕七半時頃帰宅、食後鮫河橋江参り候由ニて罷出、帰路山本江罷越、暮時帰宅○昼後自深光寺へ墓参致、諸墓掃除致、水花を手向、拝し畢。大日様江参り。清右衛門様御病気の為ニ御鬮をとり候所、七十五番ノ吉ニて、病長し。売卜或者売薬抔用候て甚歹し。只医師ニ任せ置候方宜敷由。然ども、急々ニてハ全快致難由也。夕七時前帰宅。右留主中、芝田町ゟ使札到来ス。留主中ニ付、為待置候ニ付、早々返書認め遣ス。右者、明廿七日宗之介参り候ニ付、金子持参可致や否申参るニ付、右金子持参ニ不及由申遣ス。

一留主中政之助殿被参、燕石雑誌五冊所望ニ付、おさち貸遣スと云。

一今朝松村氏被参、昨日貸進之雑記三十一ノ巻一向ニ分り不申候ニ付、同書三十二ノ巻壱冊貸進ス。暫雑談、昼時帰去(一一〇オ)。

一夕七時頃、宗村お国殿来ル。手みやげせんべい一袋持参、被贈之。煎茶・くわしを薦め、夕飯を振舞、暮時前帰去○日暮て、およし殿来ル。右者、帖めん江可記事有之、記呉候様被申候ニ付、記遣ス。
○廿七日甲寅　晴。春暖
一四時頃、宗之介来ル。かねて今日一条落着ニ相成候ニ付て也。然る所、又候山本不筋申聞、是迄小太郎へ貸置候衣類遣可申候得ども、大小者先祖相伝ニ候間、家督致者ニ無之候てハ遣し難かねて申置候へども、右両刀是非貰受候由、小太郎・半右衛門申ニ付、宗之介当惑、自ニ申聞候へども、元来可遣筋無之間、辞退するといへども、宗之介甚迷惑ニ見受候間、然らバ兎も角も斗候へと申聞。勿論祖太郎も参り候約束ニ(一一〇ウ)候間、是等の事相談致候ハんとて暫く待合候得ども、余り遅刻ニ付、右之段山本江申入、八時過帰去○右帰宅後、祖太郎来ル。右一条、両刀の事申聞候所、甚憤り、右ニも左ニも右両刀ハ又と難得き品ニ候間、右料少々遣せ、両刀取戻し度由申、内談致。夕膳を薦め、七半時過、帰路山本江行、右両刀の一義申入候所、尤不承知也。何れ相談の上、又可参由申。尚又、組頭鈴木橘平・有住岩五郎江一条崖略取極り候ニ付、存寄無之義、又跡式の事頼候由、祖太郎申入、帰宅ス。山本今日も不筋種々並立候へども、宗之介・祖太郎とも取合不申候由也。

一高畑久次殿、明廿八日小太郎加人番由、当らる。

一今朝小太郎、髪月代致遣ス。其後煙草買取度由申ニ付(一一一オ)、二百文渡し遣ス。直ニ山本江行、八時帰宅。食後又山本江行、暫して帰宅。其後、又山本江行。今日小太郎山本参り候事、五度なり。

一定吉申付置候様煉(カ)香三袋持参ス。右受取置。

一旧冬誂置候傘やうやく今日出来致候ニ付、三百四十八文代銭遣ス。

一日暮て、おりやう来ル。暫遊、五時過帰去。
○廿八日乙卯　雨。四時頃ゟ雨止、晴
一今日小太郎加入、半時早出ニ付、正六時前ゟ起出、支度致、天明後早飯を為給、御番所江罷出ル○引続自一条ニ付、田町宗之介方へ行、両刀一義、宗之介江相談致、両刀替として金二百疋可遣積ニ掛合候手紙壱通、宗之介ゟ半右衛門へ遣を壱通認め(一一一ウ)、差越ニ付、帰宅後山本江おさちヲ以遣之。昼飯田町ニて被振舞、九時過帰宅○右留主中、順庵殿被参候由也○八時頃ゟおさち入湯ニ行、八半時頃帰宅○小太郎七時頃帰宅、夜ニ入隣家林江行、暫して帰宅。其後山本江行、山本ゟ帰宅後不法の事申罵り候ニ付、おさち事立腹致、二、三言も申候ニ付、誡置○昼後林内義山本江参候由、暮時帰来ル。此方を罵ること、窓下ニて左之如し。

今迄半右衛門江参り居候。此度誤り証文を出し候。ざまを（濁ママ）見やアがれ。今ニ見ろ。ひどいめにあわせ遣し候也。今度ハ是非〳〵仆しくれん。其外筆紙ニ記がたく悪口甚しく、思ふに今日林内義山本江参り、又々此方讒言致候ニ付、右如く成べし。

一昼後荷持給米を乞ニ来ル。則、二升渡し遣ス。

○廿九日丙辰　晴。風、八時頃ゟ風止（一二オ）

一小太郎朝飯後山本江行。右以前、林内義此方へ来り、小太郎と罵き、帰去○隣林猪之助妻、今朝起出早々此方窓下ニて昨日の如く罵り、悪口致、其後此方へ来ル。小太郎と罵き、小太郎同道ニて山本江行、昼時後帰宅、悪口罵ること今朝の如し、夕方ニ到る迄悪口已ズ。小太郎帰時相待、是又何れへ欤行、暮時帰宅○暮時前、願性院来ル。御供米五合・鳥目十二文、遣之。

○卅日丁巳　晴

一四時前小太郎起出、髪結呉候様申ニ付、則結遣ス。其後何れ江罷出候や出宅、夕七時前帰宅。其後山本江行、日暮て帰宅。

一八時過、祖太郎来ル。かねて今日参り候約定なれバ也。宗之介同断。宗之介ハ山本江先ニ行、夫ゟ此方へ来ル。祖太郎両人相談致、大小料金壱両遣し、其外遣し候品々、当人ねだ（濁ママ）り候由也ニ付、遣し候積也（一二ウ）。小太郎初山本恣なる事のミ、残念かぎりなし。

一四時頃ゟ猪之介妻、昨日の如く罵り、悪口、八時迄やむ時なく、折から大内氏・順庵殿参り合候ニ付、右両人も罵り、悪口致候を被聞。此方母女畜類の如く申、遣恨遣方もなき次第也。右妻鎮り候て、両人帰去○夕方、大内氏・長次郎来ル。宗之介・祖太郎ゟ蕎麦切・茶づけ出し候ニ付、おさち壱人手廻り不申候間、大内うぢ手伝、帰去。長次郎ハ蕎麦切振舞。

一七時頃、松村氏来ル。雑記三十二壱冊持参、被返之。右請取、同書三十二ノ下貸遣ス。客来中ニ付、早々帰去○昼後、あや部ゟ弥五郎娘を使として、弓張月十冊被返之。おふさ殿ゟおさち江文到来ス。右請取、所望ニ付、三勝半七六冊貸遣ス（一三オ）。

○二月朔日戊午　晴

一朝飯後小太郎、何れへ欤出去。袋ニ入、赤つち持参して行、夕七時頃帰宅。夕七時過帰宅（ママ）。夫ゟ髪結候様申ニ付、結遣ス。食後入湯ニ罷出候由ニて出去、暮時帰宅○夕七半時頃ゟ自松村江行。右者、小太郎一義ニ付、蔵宿森村屋長十郎方迄、小太郎離縁ニ付、此後御切米其外金子等借用ニ参り候とも、老母手紙無之候ハヾ不渡様申断置呉候様頼申入、支度代二百文持参致候所、心よく承引れ候間、其儘帰宅○今日稲荷午祭ニ付、妻恋稲荷神像・世継稲荷神像・鈴降稲荷、床間ニ奉掛、神酒・備もち・七色菓子を供之。夜ニ入、神燈。今日家内終日茶を不煮、素湯也。家例ニ依て也。五時、神像納畢。

○二日己未　晴。夕七時前ゟ小雨、但多不降

一小太郎起出、食後山本江行、昼時過帰宅。食後、又山本江行(一一三ウ)。

一四時頃、祖太郎来ル。弥今日小太郎親里江内々預ケ候ニ依也。祖太郎殿被申候者、今日の一条、有住岩五郎江届可申。但、旧冬さし出し置候歎願書下ゲ被参可申被申候ニ付、其意ニ任、即刻有住方へ祖太郎殿被参候。岩五郎江面談、今日小太郎義、先内分里親江預可申候と被申候得者、有住聞てうち驚き、そはけしからぬ事也。小太郎里方へ預ケ候とも、先神文状出して当人御番を引籠候て後ニこそ里方へ預ケ可申。只今神文状出し候ても、仲間平番之者、小太郎本病ニも無之、小太郎助番ハ不致と申候ハヾ如何被成候哉。今日の事ニハ埒明申間敷と有住被申。祖太郎殿其跡(カ)の事ニハ心づかず候ニ付、当惑致、然バ又相談候上ニて何分宜敷頼候由申入、旧冬の願書請取、帰来られ候て、右被申候ニ付、右先月中ゟ其事心ニかゝり居候所、さてハ山本半右衛門并ニ小太郎奸計ニてだしぬき候つもり成べしと物語之内、宗之介来ル。右、宗之介へも相談の上、山本江右一五一十有住ニ而被申候条々、半右衛門江申入候方宜敷候とて、両人食後半右衛門方へ参り、半右衛門江右有住被申候条々、半右衛門江申聞せ候所、半右衛門申候者、夫ハさしこし也。今日の取引ハ極内々なるに、有住江被申入候事かハと被申、然者、只今ゟ我等有住江申談じ参るべし。暫為待候へとて、半右衛門ハ有住方へ行、山田・渥見、此方へ帰来ル。半右衛門(一一四オ)挨拶を待居候所、八時過半右衛門来ル。只今の条々、有住江申入候所、有住申候者、今日神文状出がたく候ニ付、明日の当番ハ仲間明手の人ニ差かへ頼入候方可然候。せつ角打寄候事故、今日小太郎并ニ当人荷持遣し可申候。右ニ付、即刻長次郎ヲ以平番仲間手明之方へ頼被入候所、手明之人板倉安次郎壱人ニ候ニ付、同人ニ頼入候所、不承引、さし合有之由ニ断候ニ付、長次郎殿帰宅の上、半右衛門江右申聞候所、半右衛門、差かへ人無之候ハヾ、有住へ参り可申と申候ニ付、長次郎殿有住江参り、何と頼候やと承り候所、それハ勝手可為、けんもほろゝニ付、長次郎又有住江行、有住口状ヲ以、板倉安次郎江又々頼入候折

から、自も跡ゟ安次郎方へ行、明三日の当番、ひたすら頼入候所、辞して不承引候所、種々歎き候て頼入候所、然者有住江参り、承り候上ニて代番可致候。暫待候由申候ニ付、暫相待候所、帰宅致、明日の代番承知の由被申ニ付、長次郎殿同道ニて鈴木橘平江届申入、板倉江厚く謝礼申述、長次郎同道ニて五時帰宅。右以前、七時過ニ成、宗之介・祖太郎殿・半右衛門・小太郎・油谷五郎兵衛忰・自、立合ニて小太郎持参の衣類・諸道ぐ、此方ゟ遣し候品々相改、書付と引合せ、荷駄こしらへ置(一一四ウ)、証文・印鑑請取、宗之介金子取出し、金十六両・小太郎土産金七両・勤金壱両・大小引替料〆金廿四両、小太郎江渡し、金子請取、諸道具引取書をとり、油谷忰并ニ半右衛門・小太郎へ夕膳薦候内、人足来り候所、小太郎・半右衛門しきりニ帰宅を急候ニ付、暫く留置、代番ニ出候人無之内ハ当人并ニ荷物等遣し難、留候へどもしきりとせり立候。内心ハ金子請取相済、并ニ荷物・小太郎を手放し候へバ代番也とも神文状出し候も出来かね候ニ付、此方飽迄罪ニ陥んと半右衛門・小太郎の奸悪ニて、既ニ其奸計ニかゝらんとせし所、祖太郎有住江今朝屈候ニ付、其奸計をまぬがれし事、神仏の冥助ならんと返〳〵も難有事也。然ども、未神文状を不出、何れ明後四日山田・渥見両人ニて参り呉候上、又兎も角も取斗候様申之。定吉方ゟ人足参り候者、夕七時の事也。小太郎・油谷忰、荷物持出し候者五時過也○夕七時豊蔵、宗之介雨具持参、迎ニ来ル。祖太郎・宗之介ニ酒食を薦め、亥ノ時前両人帰去。

一夜ニ入、松村・伏見・深田、酒食ヲ薦め、種々商量、四半時迄皆々帰去(一一五オ)。

〇三日庚申　雨。夕方雨止

一今朝起出、朝飯後宗之介ゟ金子借用証文差越候ニ付、右壱通西の内江したゝめ、持参して、飯田町江行。熊胆掛目八匁・糸瓜水一徳り進之。小太郎一条を物語致、請取一札を見せ、且又借用証文江印鑑押貰、正月分売溜八百廿四文、外ニ上家ちん金壱分ト二百六十四文請取、昼飯を振舞レ、八時前帰宅。清右衛門様御不快追々ニ重り候様ニ見受候へども、家内ニては左ほどニも思ハざる様子ニ候間、先帰宅ス。かねてハ夜分ニても折々参り、看病之助ニもならんと心掛候所、御姉様ニハ左様の事も煩しく思し申候やう見受候ニ付、度々ハ不参。病人ハ人なつかしく思ひ候由、人参り候へバよろこバれ候由、病人物語也○夕七時頃、大内氏被参。其後松村氏も被参、暫雑談、暮時両人被帰去○暮時前、定吉来ル。昨夜小太郎荷物送り、九時頃帰宅の由也。てうちん・細引持参ス。小太郎、鑓ハ高畑江金壱分二朱ニ売払候由也。五時、母女枕ニつく。
一今日庚申ニ付、神像を床の間ニ掛奉、神酒・供物、夜ニ入神燈供之。
○四日辛酉　晴。昼時迄霰少々、今日午ノ刻一分啓蟄之節ニ入（一一五ウ）
一四時頃、山田宗之介来ル。今日祖太郎も参り候約束ニ付、宗之介・祖太郎・自三人同道ニて有住江可参積ニて、暫く待居候へども（ママ）被参候ニ付、昼飯後宗之介・自両人ニて有住宅江参り候所、岩五郎他行ニ付、不面、後刻可参由申入、徒に帰宅ス。其後宗之介自由ニ候へども、少々急候用事有之候ニ付、今日者此儘帰宅致度との事。且又、西丸下江ハ人被遣、今日ニも明朝ニも祖太郎を招よせ可被成候。若祖太郎様御出無之候ハヾ、今晩ニも御人被下候ハヾ、我等明朝参上可致と申候ニ付、其意ニ任、即刻西丸下迄人足申付、手紙認め、為持遣ス。宗之介者右申置、帰去○宗之介帰宅後、祖太郎来ル。宗之介申候条、且今朝宗之介同道ニて有住江参り候事、其外物語致、夕七時頃ゟ祖太郎同道ニて有住江参り候所、取次之者申候者、岩五郎儀先刻帰宅致候所、今日者そなた様一条ニ付、所々江罷出候ニ付、御めニ掛かね候と申候ニ付、然バ明朝又参上致候間、御帰り有之候ハヾ宜敷申上候様申、罷出。祖太郎ハ直ニ帰宅、自ハ板倉安次郎方へ去ル三日小太郎代番之謝礼申入、且かつをぶし二本被贈（ママ）之、帰宅ス。其後おさちヲ以、勘介方へ人足申付。右人足ほど無来ル。則、手紙（一一六オ）したゝめ、芝田町山田宗之介方へ明早朝参り呉候様申遣ス。右人足ハ定吉也。定吉、五時過帰来ル。宗之介ゟ返書来ル。明日参り候様申来ル。

一八時過松村氏被参、雑記三十三壱冊返之。尚又、三十四ノ巻壱冊貸進ス。暫雑談して被帰去○夜ニ入、深田氏来ル。雑談、五時過帰去。
○五日壬戌　晴。寒し、八せんの終
一今朝四時過、宗之介来ル。則、自同道ニて有住方へ参り候所、取次罷出候て申聞候者、岩五郎只今頃迄御待申候へども、御出無之故ニ、只今罷出候。帰宅知れかね候と申ニ付、又候後刻可参旨申置、いたづらに帰宅、宗之介と商量致。有住留主宅ニハあらず、此方を困らせんの為なるべし。何ニもせよ山本江参り、承り候ハん方宜しからんとの事ニ付、尚又宗之介同道ニて山本江行。半左衛門在宿ニて面談。且、神文状の事申入候所、右者有住へ承り取斗べしと答、一向取あハず。其奸計知るべし（一一六ウ）。昼時帰宅、宗之介ニ昼飯を薦め、宗之介八時前帰去。

一夕七時前自壱人ニて有住江参り候半と出かけ、鉄炮坂ニて有住氏ニ行逢。夫ゟ有住同道ニて有住宅江罷越、小太郎一条申入、神文状の事頼入候所、種々被申、神文状の事ハ組合長友江可頼。七日ニ差出し可申候間、明日持参致スべしと被申候ニ付、其意ニ任、何分頼入候様申入、帰宅。帰路長友氏江ミの紙半紙持参致候所、代太郎殿留主宅ニ付、内義江神文状頼入、何れ明朝又可参由申入、帰宅○暮時ごろ伏見氏被参、右神文状一義話説致、暫して帰去。

一今日宗之介江金子借用証文、清右衛門様印鑑致、渡し置。

一有住ゟ帰路、森野氏江立より、お国殿江めんだん、煎茶を被振舞。且又、預り置候金子二朱、今日渡ス。○昼時、江坂氏窓より安否を被尋。遠足の帰路の由也(一一七オ)。

一夜ニ入、お鐐来ル。度々髪結遣し候謝礼として小切一・鼻紙壱帖持参、被贈之。辞すれども不聞。何れ明日返スべし。暫く遊、五時帰去。

○六日癸亥　晴。今朝ハ水氷リ、余ほど霜降り、寒し

一今朝起出早々、長友氏江昨日頼置候神文状受取ニ参り候所、谷五郎殿出迎、渡之。右請取、山本江印鑑持参致候へバ、山本印鑑開封致、神文江印候て、尚又印鑑封候て被渡之。右請取帰宅、朝飯を給。右神文状、有住江持参致、岩五郎殿江渡し、帰宅○今日到岸大姉様御祥当月御逮夜入、茶飯・一汁三菜丁理致、御牌前著作堂様并ニ到岸様江供奉り、料供残、伏見氏・大内氏并ニ子供両人を招、振舞之。折から無礼村源右衛門参り候ニ付、是をも留置、振舞遣ス。其後帰去。定吉妻来リ候ニ付、料供残為給遣ス。去ル二日、殿木ゟ小太郎荷物受取、半右衛門名宛ニて定吉妻持参致候ニ付、請取置、昼後持参、山本氏妻江渡し遣ス(一一七ウ)。

一八半時頃ゟ自入湯ニ行。先月廿日ニ入湯致候まゝ、十七日め也。暫して帰宅。其後、おさち入湯ニ行○夜ニ入、およし殿来ル。茶飯を為給、其儘此方へ止宿被致○夜ニ入、定吉来ル。是又茶飯為給、雑談。五時過同人妻迎ニ参へ候ニ付、帰去。其後枕ニにく。

○七日甲子　雨。四時過ゟ雨止、昼時ゟ晴

一朝飯後およし殿帰去、夜ニ入又来ル。今晩も止宿ス。

一昼後ゟ自深光寺へ参詣、諸墓掃除致、水花を供し、帰路買物致、八半時過帰宅ス。

一右留主中、大内隣之助殿、窓の月一折持参、被贈之。右之外客来なし。

○八日乙丑　晴。夜ニ入小雨

一今朝食後、およし殿帰去○五時頃、定吉妻来ル。右者、今

日浅草江定吉参り候間、飯田町様江御使可致申来ル。然バ、手紙したゝめ可申間、定吉出がけニ立より候様申遣ス。右ニ付、奇応丸大包壱つ・中包三つ包こしらへ、手紙したゝめ候内、定吉来ル。然る所、飯田町ゟ使来ル。右者、清右衛門様今朝御死去被成候由為知来ル。即刻参り候由申遣し、使を返ス。則、定吉江申付、里芋・にんじん・焼豆ふ(一一八オ)等買取せ、右三品煮染ニ致、外ニ白米壱斗、定吉ヲ以飯田町江為持遣ス。自ハ即刻飯田町江行、同所ニて昼飯を給、深光寺へ参り、清右衛門様死去の届申入、和尚恵明ニ対面致、清右衛門死去ニ付、明九日八時送葬、且枕廻向・通夜僧并ニ迎僧、土瓶・茶わん、且清右衛門安葬之事申談事(ママ)、四谷江帰宅。又食事致、おさち壱人ニ付、今晩の所伏見氏江頼、およし殿も止宿を頼、其後飯田町江行。飯田町ニて今晩通夜ス。○飯田町ニてハ鱗形屋小兵衛夫婦、其外深川成お祐様・西丸下お鍬様・清右衛門様舎弟八十吉、其外入来之客数人也。夜ニ入、鱗形屋夫婦ハ帰去。其余者八十吉・御成道絵草紙屋榎本某、其外壱人止宿ス。夕方通夜僧来ル。清右衛門様法号、光誉明廓信士と云。今晩五時過浴沐(ママ)。榎本某・鎮吉・八十吉・新助と云者、右四人清右衛門様剃髪、ゆかたの上ニ継帷子のミ也。右畢、人々枕ニつく。御姉様・お祐・お鍬・おつぎ・自、通夜ス○今晩四谷宅ニてハおよし殿・生形妹お鐐殿止宿被致候也。

○九日丙寅　小雨。昼後ゟ雨止、半晴

一今日未ノ刻明廓居士、深光寺へ送葬。昼時過おさち、四谷ゟ定吉召連(一一八ウ)、飯田町江来ル。船橋屋窓の月一折持参、進(ママ)之上。昼時皆々集り、未ノ刻出棺。定吉ハ深光寺江送り行、此方母女ハ出棺畢、帰宅。定吉ハ跡ゟ帰来ル。今晩ハおゆう様御逗留の由也。四谷の宅ニてハ伏見氏被居、帰宅之節ハおよし殿・お鐐殿被居、其後お鐐ハ帰去、およし殿ハ止宿ス。夕方、長次郎殿来ル。ほど無帰去。

○十日丁卯　晴。夜ニ入曇、夜中雪

一およし殿今朝起出、被帰去○夕方松村氏被参、雑記三十五ノ巻被返之。尚又、三十六ノ巻貸進ス。暫して帰去○夕七時頃、長次郎殿来ル。暫雑談。今日順蔵、山本江参り候由、長次郎殿ノ話也。暮時前帰去○夜ニ入、坂本順庵殿被参。岩井政之助・坂本氏江被参候て、此方の事并ニ加藤氏抔の事、甚譏り被申候ニ付、加藤氏并ニ此方へ順庵殿被参候事難成、右ニ付、無沙汰致候由被申之。男子ニ有間敷事也。畢竟ハ妬ゟ事起りし事の由、人々申之。順庵殿ニあんかけもちを薦め、五時過帰去。

○十一日戊辰　雨。夕七時頃ゟ雨止
一昼後、およし殿来ル。おさちニ髪結貰、夕方帰去。八時過、定吉来ル。暫雑談。伏見氏被参、是亦雑談。一同かたもちを振舞、暮時皆被帰去。今晩八時、母女枕ニ就く（一一九オ）。
○十二日己巳　晴
一昼前おさち入湯ニ行、九時過帰宅○七時頃、松村氏来ル。雑記三十五ノ巻持参、被返之。右請取、三十六ノ巻貸遣ス○八時過、およし殿来ル。山本小児も来ル。山本小児江飴（カ）整遣ス。暫して母義迎ニ来ル。帰去。ほどなく長次郎殿来ル。暮時前一同帰去○夜ニ入、長次郎殿被参。右者、今日二月分御切米玉落候間、印行持参致候様山本被申候伝言の由被申之。右ニ付、一筆したゝめ、印行取添、山本江持参、頼置○右同刻、加藤領助殿来ル。雨降出候間、傘拝借致候由被申、暫く雑談、五時頃帰去。折から雨止候ニ付、傘貸進ニ不及。およし殿も暮時過来ル。今晩止宿ス。
○十三日庚午　晴。夕方ゟ霰降、寒し
一今朝食後、およし殿帰去○昼後自入湯ニ行、暫して帰宅。其後おさち入湯ニ罷越、ほどなく帰宅○昼後定吉ヲ以、飯田町滝沢江香料百疋、手紙さし添、為持遣ス。今日清右衛門殿事明廓信士初七日逮夜ニ依て也（一一九ウ）。

一定吉、夕七半時過帰来ル。飯田町ゟ本膳・牽物・□菓子・山本山角袋入、定吉幸便ニ被贈之。且亦、香料百疋を返さる。定吉ニ頼遣し候白粉百文分、買取来ル。代銭百文遣之○暮時、おふさ殿来ル。今晩此方へ止宿被致。
○十四日辛未　晴。風
一今朝食後、おさち殿帰去○五時過、松村氏被参。今日母女留主ニ付、留主居せん為也○四時前、長次郎殿来ル。山本ゟ伝言被申入。右者、御切米請取参り候ニ付、印行并ニ金子請取ニ参り候様被申。則、即刻自山本江行、印行并ニ御切米諸入用差引、金三両二朱ト六百七十七文請取、帰宅ス。折から政之助殿来ル。過日大内氏ゟ被届候鳥目四十八文、岩井氏ニ今日渡ス。
一四時頃、定吉来ル。則、食事為致、礼服ニて母女二人、定吉召連、深光寺へ行、昼時過寺ニ到る。飯田町ゟ者先達面被参居。今日参詣之人々、
飯田町御姉様・お鍬様・お次・此方母女二人・田口栄太郎母おいねどの・鱗方屋小兵衛・渥美鉈五郎・田辺鎮吉・清右衛門様弟八十吉、右十人（一二〇オ）
各香奠進上、本堂ニおゐて読経、恵明和尚・僧四人也。法事畢、深光寺ニて前茶・餅菓子を被出。飯田町ニて斉を薦。小

兵衛・八十吉へハ酒を薦め、右食事畢、各五つ宛壱分まんぢう・薄皮もちを被牽。各夕七時頃退散ス。帰路横寺町竜門寺・円福寺江墓参り致、七半時頃帰宅ス。其後、松村氏終日留主被致、帰去○右同刻、大内氏・梅村氏来ル。大内氏ハ早々帰去、梅村氏ハ縁談一義被申入、朝夷嶋めぐり五編貸進ス。夕方帰去。

一夜ニ入、定吉来ル。日雇人足ちん金壱分二朱払遣ス。

○十五日壬申　雪終日。夕方雪止、不晴

一昼後自入湯ニ行、ほど無帰宅。其後おさち入湯ニ行、行戻ともおさふ殿方へ立より、夕七時過おふさ殿同道ニて帰宅。おふさ殿、暮時前帰去。此せつ、小太郎離別後、慎ミ可居所、おさち其心得無、入湯ニ行ども夕方迄あや部氏ニ遊居候者如何心得居候や、甚不埒之事、憎むべき奴也○夕七時頃、およし殿来ル。暮時帰去○今朝、長次郎殿来ル。暫く雑談して帰去(一二〇ウ)。

一夕方、松村氏来ル。雑記三十七持参、被返之。尚又所望ニ付、同書三十八(ママ)・四十二冊、外ニ自撰自集壱冊貸遣ス。折から伏見氏被参雑談、暫して両人暮時被帰去○下掃除忠七事病身者ニて、掃除さし支候ニ付、是迄度々困り候ニ付、去ル六日忠七舅源右衛門参り候節、掃除の義断り遣し候間、深田長次郎殿方へ掃除初参り候下高井戸初五郎と申者ニ申付候ニ付、右初五郎初て来ル。両厠そふぢ致、帰去。今日ゟ此者ニ掃除致さしむ○夜ニ入、加藤新五右衛門殿被参。去ル廿二日貸進之八丈奇談五冊持参、被返之。尚又所望ニ付、裏見葛の葉五冊・常世物語五冊貸進ス。煎茶を薦め、暫雑談、四時帰去らる。

○十六日癸酉　晴。今日彼岸入

一昼時前、六軒町建部氏地借居候芦野与兵衛と申人来ル。右者、此方養子一義也。杉山嘉兵衛様次男、廿才ニ相成候由。此方へ申入呉候様被頼候由ニて来ル。然ども、杉山氏の二男相識ありて風聞承り候所、風聞不宜候ニ付、其儘聞捨、其内挨拶其致旨申聞、被帰去(一二一オ)。

一昼後森野市十郎殿、近所通行之由ニて被尋。暫して帰去○其後自、不動尊ゟ象頭山江参詣致候半と存、出宅。紀州様青(カ)西御門前罷行候所、芝田町山田宗之介使、此方へ参り候ニ行逢、直ニ夫ゟ帰宅、宗之介・おまち殿ゟ手紙来ル。干大こん少々被贈之。且、相模屋ゟ童子訓二部十冊、被返之。尚又所望ニ付、弓張月全部廿九冊、外ニ三勝櫛狂言本七冊、貸進ス。小太郎一条神文状出し候や否被問、則返書二通認、神文状の事・飯田町不幸之事申遣ス。使豊蔵わかめ五把持参、贈之。

其後帰去て、又自象頭山ゟ不動尊江参詣、御供米壱袋備之。且、小太郎一条ニ付、心願御礼として百度を踏、暮時過帰宅○同刻高畑氏、深田を尋て来ル。小太郎高畑ニて去ル二日金壱分二朱借用、其代として鑓一筋預ヶ置候。鑓、今日小太郎取ニ参り候由。其後伝馬町骨董店江売却候や、彼方ニ有之候ニ付、高畑氏被聞候所、代金壱分二朱ト五百文の由、高畑氏の話也。

一暮六時長次郎殿・伏見氏迎、四時頃迄雑談、両人とも被帰去(ウ一二)。

一今朝、定吉妻来ル。糖持参ス。暫して帰去。おさち、ざるとふ蒸遣ス。

一助炭一昨酉年張替候まゝにて、甚しく破れ候ニ付、今日沙羅沙紙ヲ以張替置く。

○十七日甲戌　小雨。昼時止、南風

一今朝五時過ゟ象頭山江参詣、帰路買物致、昼時前帰宅○今朝おさち、だんごの粉壱升挽、昼後入湯ニ行、暫して帰宅。

一昼時およし殿、山本喜三郎同道ニて遊ニ来ル。ロロ鰯めざし二把持参、被贈之。暫して帰去。昨日小太郎山本江参り、弁当料金壱分二朱、小太郎江渡し候由也。

一昼後、松村氏ゟ荷持由兵衛ヲ以、大机差越。右者、預り呉候様過日儀助殿より被頼候ニ付、其儘請取置○夜ニ入、およし殿来ル。今日止宿ス○今日観世音、供物を備、祭之。

○十八日乙亥　曇。昼後ゟ晴、暖和

一今朝起出、朝飯前、象頭山江参詣、四時頃帰宅○今日彼岸中ニ付、だんごを製(オ一三)致、家廟江供ス○昼前、おつぎ来ル。供人召連、過日貸進之ふとん被返之。右謝礼として、ろふそく三十挺・ちりがミ三十枚、被贈之。外ニ年玉として、半ゑり一掛・小杉原壱束・切元結七把・鰤切身七片・せん香玉袖壱包、被贈之。神女湯無之由ニ付、十包供人ニ為持、先江返ス。折からお国殿来ル。両人ニ昼飯給させ、昼後だんご製作致、せんべい等を薦め、八時過お国殿帰去。だんご壱重為持遣ス。おつぎ江夕飯を薦め、夕七時過帰去。津の守坂迄送行。是亦、だんご為持遣ス。且又、おつぎ珊瑚珠壱つ持参、右ニてうしろざしかんざし拵度由、平吉殿江談じ候所、まがひニて金壱分くらい(マヽ)、生物ニてハ金二分位ニて出来の由被申。右ニ付、自所望の櫛壱枚遣し候ハヾ、右ニてこしらへ候方宜敷、こしらへちん六匁の由被申候ニ付、右櫛おつぎ江遣し、こしらへ平吉殿江頼置。売払候ハヾ三分位の由也○夕七時、鈴木安次郎殿来ル。右者、養子一義也。雑談して帰去○夜ニ入、お鐐来ル。暫遊、五時頃帰去○右同刻、木村和多来ル。

雑談、餡だんごを薦め、四時帰去。
○十九日丙子　晴。昼九時一分春分の節ニ入ル
一昼前大内氏被参、ほそね大こん持参、被贈之。およし殿髪結貰度由被申候ニ付、おさち結遣ス。廉太郎殿同断。昼時帰去(一三ウ)。

一昼前おさちを以、伏見氏江鰤魚切身三片・切元結二把、進之。

一伏見氏、昼時被参。今日江坂江被参候ハヾ、何卒威徳寺裏門前生花の師一鶯と被申候方へ手紙届呉候様、被申之。右、請取置。

一昼後自、旧冬ゟの謝礼として岩井政之助方へ行、かつをぶし二本贈之。岩井氏老母、せん茶・水餅を被出。夫ゟ江坂氏江参、謝礼申入、手拭一筋をおくる。早々立出、伏見氏ニ被頼候手紙、一鶯方へ届、不動尊を拝し、夫ゟ象頭山江参詣。帰路、一昨日誂置候不動尊江納てうちん出来候ニ付、受取、夕七半時頃帰宅。

一夜ニ入、次郎殿来ル。暫して帰去○大内氏江あづきだんご壱重、遣之。

一今晩、伏見廉太郎殿止宿ス。
○廿日丁丑　晴。風
一今日上野　御成。当組ハ非番由也。今日の御成、最壽院様廿五年回御法事の由也。

一暁七時頃、東の方ニ出火有之。後ニ聞く、榎町の由也○昼前、自象頭山江参詣。出がけ、一ツ木威徳寺不動尊江参詣、てうちん奉納。帰路入湯致、昼時帰宅。

一昼後大内氏被参、吉原せんべい一包持参、被贈之。おふさ殿も来ル。右両人ニ煎茶・かた(一三オ)餅を薦め、夕七半時頃帰去○右同刻松村氏被参、過日貸進之雑記・自撰自集〆三冊、被返之。且、借書之謝礼としてようかん一棹持参、被贈之。尚又、自撰自集中ノ巻貸進ス。暮時前帰宅○昼前、およし殿来ル。暫遊、帰去○昼後おさち入湯ニ行、帰路綾部に立より、時を移して帰宅。此せつ別而慎ミ第一ニ候所、如斯なる事度々有之。甚心配也。世の人口ハ防難候所、其心得なきハ、壮年とハ申乍、尤愚事甚し○夜ニ入、お鐐殿来ル。ほど無帰去
○廉太郎殿、今晩も止宿ス。
一夕七時頃、森野子息来ル。過日だんご入遣し候うつりとして、いもがら二把被贈之。且、重箱を被返る。さし置、早々帰去。
○廿一日戊寅　雨終日。未ノ刻地震、余程震ふ
一四時頃ゟ自象頭山江参詣、九時過帰宅○昼後、およし殿来

ル。夕方帰去。

一右同刻、伏見氏ゟあべ川餅出来の由ニて、被贈之。およし殿ニも振ふ。

一廉太郎殿、今晩も止宿ス。
○廿二日己卯　雨。折々止
一今朝、加藤領助殿来ル。先日約束候美少年録初集、所望ニ付、借(ママ)遣ス。明廿三日、小太郎代番ハ加藤氏也と云(一二三ウ)。

一四時頃伏見氏被参、其後ほど無岩井政之助来ル。先月中貸置候燕石雑志持参被返之、珠数袋壱つ被贈。雑談数刻、昼時伏見氏帰去。政之助殿ニハ昼飯を振ひ、八時帰去○其後、象頭山江参詣。出がけ、定吉方へ立より、飯米無之候間、持参致候様申入、夕七時過帰宅○右留主中松村氏被参、一昨日貸進之自撰自集壱冊返之。尚又所望ニ付、兎園集壱冊貸進致候由、帰宅後おさち告之○昼後、長次郎殿来ル。伝馬町江被参候由ニ付、おさち口紅を頼、買取貰ふ。夕方、買取被参候由也○日暮て、およし殿来ル。今晩止宿。
○廿三日己辰　雨。終日寒し
一昼後、おふさ殿来ル。隠元豆煮つけ小重入壱重持参、被贈之。雨天ニ付、止宿ス○昼後自象頭山江参詣。夕七時過帰宅
○およし殿朝飯・昼飯為給、夕七時帰宅。傘貸遣ス○暮時前、大内氏来ル。夕飯を給させ、四時前帰去○夕方定吉妻、白米二升持参ス。右請取おく。
一昼前伏見氏・大内氏被参、ほど無帰去(一二四オ)。
○廿四日庚巳　晴
一今朝、おふさ殿被帰去。昨日の重箱江うつりとして、さゝげ少々遣ス。尚又所望ニ付、お染久松読本六冊・化くらべ丑三ノ鐘壱冊、貸進ス○右同刻伏見氏・大内氏被参、暫雑談、昼時被帰去○今朝、長次郎来ル。右者、小太郎初矢場ニ付、金二朱出金可出。外ニ、二ノ祭稲荷祭神楽わり合銀四匁出し候様被申候ニ付、則金壱分同人江渡ス。後刻右四匁へ此銭四百廿文さし引、銭三百六十文持参、被渡之。右請取おく。

一昼後、順庵殿来ル。雑談暫。岩井政之助事、此方を譏り、順庵殿母義申越し、且、山本悌三郎殿・加藤新五右衛門殿右両人をも甚敷譏り被申候ニ付、順庵殿迷惑被致候由被申。男子ニ有間敷事と、只々嘆息の事也○昼八時頃、諏訪新左衛門殿義祖母儀女老人来ル。手みやげもの持参由、被贈之。

此老人も実子無之故ニいたハり候者も無、甚いたましく被思、幸此方ニも無人ニ付、暫逗留被致候やう申薦め(一二四ウ)、留め置き、おさち等随分いたハり候様申付く。

一八時過自象頭山江参詣。夕七時帰宅○右留主中、おふさ殿

母義被参候由也。

一夕方、大内氏来ル。暫して被帰去○夜ニ入、およし殿来ル。今晩止宿ス。

一夕方信濃屋重兵衛、炭壱俵持参。先頃中ゟ五俵之炭代金壱分、払遣ス。

○廿五日辛午　雨。八時過ゟ雨止、夜ニ入晴

一およし殿起出、帰去○昼後、大内氏被参。かねて昨日廿四日、壱丁目中村座江芝居見物ニおさち・おふさどの誘引候所、雨天ニ付、延引。明廿六日晴天ニ候ハヾ、参り可申候。雨天ニ候ハヾ又延引可為被申候所、八時頃ゟ雨止候ニ付、右之趣あや部江申入ニ行。おふさ殿ニ髪結貰、彼方ニて食事致、其後湯ニ入、七時頃おふさ殿同道ニて帰宅。右ニ付、おふさ殿今晩此方ニ止宿ス。大内氏ハ暫して被帰去○夕方、大内氏又来ル。明日道のぬかり甚敷候得共、日和下駄ニて宜敷候半。帰路道疑(カ)可申候間、其心得ニて支度致候由被申入、帰去。

一夕七時過松村氏被参、過日貸進之兎園別集壱冊、被返之(一二五オ)。尚又所望ニ付、異聞雑稿壱冊・惜字雑式四冊貸進ス。暮時被帰去。

一夜ニ入、おふさ殿継母来ル。明日路甚しくぬかり候ニ付、駕ニて参り候やう被申入候得ども、夫ニハ及間敷、心安事無之様申候へバ、帰去。其後又同人弟紋次郎殿ヲ以、迚も駕ニ無之候てハ往来六ヶ敷候ニ付、行戻りとも駕ニて参可申候由又被申候ニ付、おふさ殿一度又弟と同道ニて帰去り、暫して来ル。父申ニ任、片道駕ニて参り可申候間、明六時駕者参り候由被申之。何れとも此方ニ存寄無之○夜ニ入順庵殿被参、過日貸進之美少年録三集持参被返之、色々雑談、四時頃帰去。所望ニ付、童子訓初輯五冊貸進ス○八時過ゟ自、虎ノ御門象頭山江参詣。路のぬかり甚しく難儀致、夕七時頃帰宅。おさち不居故、承り候所、入湯ニ参り、其序あや部江参、髪を結、帰宅の由、儀女殿被申。おさち甚心得違ひ、親の難儀をもかへり見ず、帰宅の頃ニハ湯ニてもわかし、足の穢候をあらハせ候筈の所、反てわが身の遊ニ髪結、入湯抔とハあまり大胆無敵のふるまひ、尤も憎むべき奴ナレドモ、儀女どの薦めニよりて(一二五ウ)参りと申候ニ付、今日ハ深くハ不咎、其儘さしおく。

一今日雨天ニ付、矢場稲荷神楽ハ延引也と云。

○廿六日壬未　晴。南風、夕方ゟ曇

一今暁七時、おさち・おふさ殿を呼起ス。即刻両人起出、たきつけ、湯をわかし、湯づけ給、手水をつかひ、身ごしらへ致し候内、大内氏を初、今日の連中花房家中少女二人来り候

所、未だおふさ殿を乗候駕の者不来。右ニ付、大内氏迎ニ被参、暫して来ル。則、おふさどの駕にのり、六時過ゟ一同出宅ス。

一昼前、丸屋藤兵衛来ル。鶯餅壱包持参、贈之。昼飯を薦め、雑談時を移して、八時過帰去○其後自象頭山江参詣、暮時前帰宅。右留主居ハ儀女老人也○暮時、鈴木栄助と云者来ル。右者、伏見氏江参り候媒人也と云。今日伏見氏留主ニ付、此方へ参り、明昼後縁郎同道可致候間、其思しめしニて御逢被下候由申ニ付、然らバ、兎もかくも対面致候て後ニこそと申聞、被帰去○今晩九時前、おふさ等一同帰宅。おふさ殿送り候(一二六オ)駕の者壱人留置、帰宅之せつ召連、右人足ニ衣類を背おハせ、直ニ帰去ル。枕ニ就しハ子ノ刻也。

○廿七日癸申　晴

一四時頃ゟ自、四谷伝馬町江買物ニ行。右ハ、有住・渥見江謝物として遣し候反物也。品々買取、九時帰宅○今朝定吉妻、青菜壱包持参して被贈之。暫して帰去○昼時前、およし殿来ル。雑談、昼時帰去。

一昼後、昨日参り候鈴木栄助と申者来ル。右者、昨日被申入候養子ハ間違ニて、今日被参候者、牛込南御徒町御徒槇五郎太郎殿舎弟槇鉄之助と申人、昼後ゟ参候間、対面被下候由申入、帰去。

一昼八時頃、右槇五郎太郎殿来ル。座敷江通し、対面被致、追々様子承り候所、五郎太郎殿の弟鉄之助と被申候を此方縁郎也。兄弟多ニて支度等も行届不申。且、土産金抔も余分ニハ出来不申。且亦、追々相談被致と被申候へども、当人ハ病身の様ニも聞え候ニ付、相応之挨拶致候て帰去しむ。

一右以前、おさふ殿来ル。芝居入用、わり合金子壱分持参せらる。おさち(一二六ウ)請取置、暫して帰去。

一夜ニ入、順庵殿・和多殿来ル。順庵殿所望ニ付、八丈筆記写本壱冊貸進ス。ほど無順庵殿帰去。和多殿ハ四時頃迄八犬伝を被読ル。かた餅を薦。和気殿所望ニ付、燕石雑誌六冊貸遣ス。亥の時帰去。

○廿八日甲酉　晴。

一今朝伏見氏被参、芝居見物わり合、壱人金二朱ト三百廿文づゝの由ニて、金壱分の内四百六十文被返。暫雑談、九時被帰去○昼後おさち以、おふさ殿方へ、昨日金壱分被渡候雑劇入用さし引銭四百六十文、手紙さし添、且先日ゟ借用致候中本端物七冊返之、夕七時過帰去。

○廿九日乙戌　曇。昼頃ゟ雨、夕方止

一今朝四時過ゟ礒女殿・おさち入湯ニ行、九時過帰宅。

一今朝、およし殿・大内氏来ル。暫雑談、昼時帰去○五時頃、長次郎来ル。猫仁助江めざしいわし二把持参、被恵。尚又、金二朱入用ニ候ニ付、内々貸呉候様被申候ニ付、貸遣ス。外ニ、鳥の箱是亦借用致度被申候(一二七オ)ニ付、貸遣ス。

一昼前伏見氏・岩井氏被参、暫物語。伏見氏ハ昼時過被帰去。政之助殿江ハかけ合之昼飯を薦め、其後大内氏又来ル。皆々江煎茶・あげもちを振ひ、夕七時前岩井・大内帰去○右同刻、松村氏来ル。過日貸進之異聞雑稿壱冊・惜字雑式四冊、被返之。右請取、尚又外本四冊貸進ス。昨廿八日於御番所、有住・山本・岡右三人之話ニ、兎角此方養子一義妨せんとてもくろミ居候由、同人之話也。

一早朝、並木又五郎来ル。右者、石子様御家中ニ縁郎有之候ニ付、外ゟ被頼、申入候様被申候得ども、実者間諜見ニ被参候様子也。相応成挨拶いたし、雑談後四時前帰去。

○卅日丙亥　晴。温暖

一今朝伏見氏被参、くわゐ・蓮根を被贈、暫して被帰去。

一昼前おさち手伝、雛(ママ)を建る○昼後お鍬殿、鉈五郎同道ニて御出。手みやげ、小かつをぶし二本・塩がまおこし御持参、被贈之。種々物語、煎茶・鮓を出し、且夕膳を薦め、弓張月拾遺稿本六冊進上ス。夕七時過、被帰去(一二七ウ)。

一右同刻おふさ殿来ル。おさち髪結遣ス。其後被帰去。

一八時過松村氏被参、礒女殿と物語して被帰去○夕七時過、三月分御扶持渡ル。取番高畑・深田差添、車力壱俵持込畢。高畑、其後又来ル。右者、縁郎一義、且土屋桂助殿今朝死去被致候由、被告之○昼後自入湯ニ行、暫して帰宅。

○三月朔日丁子　晴

一今朝五時過、礒女老嫗被帰去。廿四日ゟ今日迄、八日の間留也。

一伏見小児廉太郎、昨日此方へ止宿して、今朝食後帰去○四時前、加藤領助殿来ル。去ル廿三(カ)日、貸進之美少年録初集五冊持参、被返之。所望ニ付、同書二輯五冊貸進ス。窓の月一袋借書の為謝礼被贈之、雑談久しくして九時帰去○高畑久次殿来ル、桂助殿送葬ハ明二日九時の由ニ候間、其心得、且此方小太郎引籠中ニ付、宜敷申可置由被申候ニ付、悔・送葬・見送り之義頼置く。早々帰去○昼後自有住岩五郎方へ行、小太郎一義ニ付、謝礼として栈留袴地壱反持参。岩五郎留主中ニ付、取次の女子江渡し、口上申置く。尚又、橘平方へ参り、謝礼申述、是亦橘平他行ニ付、内義江(一二八オ)謝礼申入、銘茶山本山角袋入壱つ贈之、早々立出。森野氏江立より、豆いり一袋、小児江遣ス。お国殿と雑談して、夫ゟ岡左十郎方へ参り、旧冬両度小太郎一条ニ付被参候謝礼申述候所、左十郎ハ対面せず、内義江口上申置。夫より寺町成田一太夫方へ罷越候所、内義ハ留主宅ニ候得ども、一太夫在宿ニ付、対面して謝礼述、銘茶角袋入壱つ進之、夕七半時頃帰宅○右留主中、知久様御内松岡氏ゟお鐐殿度々おさち迎ニ被参候ニ付、おさち七半時頃ゟ松岡氏江行、四時頃帰宅○暮時前大内氏被参、雑談後暮時雨戸建られ、諸神江神燈を備られ、且所望ニ付、侠客伝初集五冊貸進ス。暮六時過被帰去。

一今朝、およし殿来ル。如例雑談、昼時帰去、暮時前又来ル。今晩此方へ止宿ス。

一今朝雛江備候豆煎をいる。煎畢、家廟江供し、雛江備ふ。小重ニ入、壱重伏見江進ズ。およし殿其外皆々江振ふ○右以前、伏見氏ゟ豆煎小重入、被贈之。

一大内氏鉢うゑ桜持参、被贈之(一二八ウ)。

○二日戊丑　雨。終日

一今朝伏見氏小児を携て被参、百合三ツわかさき一把、被贈之。右為移、蕗壱把進ズ。

一昼時、下掃除初五郎来ル。上巳為祝儀、青菜二把持参ス。早々帰去。

一四時頃、鈴木三右衛門と云者来ル。右者、牛込南おかち町槇五郎太郎の使ニて、縁郎やう子如何ニ候や、相談致度由申来ル。然ども、此方ニても只今吟味致候事出来かね、何れ其内沙汰可致旨申渡し遣ス○昼後、おさち入湯ニ行。右留主中松岡お鐶殿被参候所、おさち不在ニ付、早々被帰去。おさち、あや部へ立より暫く時を移し、夕七時過帰宅。折からお鐶殿又被参、おさち帰宅を待被居候ニ付、雑談暫して帰去。

一夕七時頃順庵殿被参、過日貸進之八丈筆記持参、被返之○夕七半時頃大内氏被参候ニ付、順庵殿両人ニ白酒・煮染を薦む。暮時前順庵殿被帰去、大内氏は暮時被帰去○おさち出がけ、定吉方へ立より、豆煮小重入壱重遣ス。

一暮時お鐶殿赤坂宅江被帰候由ニて、窓より声を被掛、帰去。宗仲殿も同道の由也○政之助殿此方へハ一切被不参候由被申候と順庵殿江被申候由、順庵殿の話也。政之助妒気偏執の心ありや。坂本氏被参候て、此方事(一二九オ)并ニ山本悌三郎殿・加藤新五右衛門抔を譏り被申、又悌三郎殿・梅村抔江被参候てハ順庵殿を譏り、或者松村を譏り候事聞え、世ニ云内股と歟いふ者ニて、政之助殿方ゟ被不参成ハ幸甚しき事也。

○三日己寅　晴。

一今朝上巳祝儀、さゝげ飯・一汁三菜雛江供し、重詰・煮染を製作して雛へ供ス。

一昼後おさちあや部氏江行、八時頃おふさ殿同道ニて帰宅、暫して又おふさ殿方へ行、暮時前おさち帰宅○八時過順庵殿被参、ほど無和多殿被参。煎茶・豆いりを薦め、夕方帰去○夕七時過自伝馬町江樟脳買取ニ行、ほど無帰宅○夜ニ入、おふさ殿来ル。今晩止宿ス○夜ニ入伏見氏、自ニ白酒を薦んとて迎ニ被参候所、おさち・おふさ殿両人ニて大内氏江参り、自只壱人ニ候間、参上致難有ニ付、此方ニて雑談中、大内氏同道ニておふさ殿・おさち帰宅。五時頃ニ成、和多殿来ル。白酒・煮染を一同ニ薦め、四時過帰去。

一五時過順庵殿、梅村氏ニて発句運座被致候所、てうちん借用致度由被申候ニ付、小てうちん貸進ス○今晩、雛江そばを供ス（一二九ウ）。

一御扶持増か〻り十六文、高畑氏立替被置候由ニ付、今日おさちを以為持遣ス。久次殿当番ニ付、内義江渡置と云○大内氏鉢植桜を持参、被贈之。
○四日庚卯　曇。寒し、申ノ七刻清明の節ニ入
一今朝雛を取納畢○大内氏被参、ほど無帰去○昼後順庵どの、昨夜貸進之てうちんかへさる。右受取、早々被帰去。

一八時過、鈴木三右衛門と云者又来ル。右者、鈴木栄助事槇五郎太郎殿方へ参り、縁郎一義ニ付、土産金三十金出来致候や否と申参り候ニ付、槇氏ニて立腹致、右やう子承り度由申ニ付、参り候也と云。此方ニてハいまだ糺不申候ニ付、何とも申不遣、間違なるべしと申遣ス。然る所、媒人只得いそぎ、栄助を除、自分壱人の株ニ可致思ふの故也と見候付、此方ニてハ親類取込居候間、何れ其内挨拶可致候間、以後参ニ不及と申遣ス。早々帰去。

一夕七時頃、およし殿来ル。暫遊、入相頃帰去。日暮て又来ル。止宿の心得ニて参候ニ付、迷惑乍留置○暮時大内氏被参、ほど無帰去（一三〇オ）。

一日暮て加藤新五右衛門殿被参、先月十五日貸進之その〻雪五冊・葛の葉五持参、被返之。煎茶・干ぐわしを薦候得ども、菓子ハ一つも不給、雑談暫く、四時頃被帰去。所望ニ付、稚枝の鳩五冊・く〻り頭巾五冊貸遣ス。
○五日辛辰　晴。風
一およし殿、朝飯後四時帰去○四時前おふさ殿、小児を携て来ル。子供両人江くわし餅を為給、四時過帰去○四時過、市ケ谷生花の師と申者妻来ル。右者、縁郎一義也。折から伏見氏被参居候ニ付、物語被致、委細右妻江被聞申候也。暫して、一峨妻帰去。其後、伏見氏も被帰去。

一昼前定吉妻、菜園からし菜凡十把ほど持参。且、高箒持参、代銭廿四文の由ニ付、則渡し遣ス。大ばんちりがミ壱帖遣ス。暫して帰去。

一夕七時前、おふさ殿来ル。過日貸進之ひよくもん合巻二冊・化くらべ壱冊・秋の七草六冊、被返之。暫雑談、あげもちを薦め、其後被帰去。

一夕七時過、有住岩五郎来ル。右者、去ル一日袴地壱反贈り候所、右袴地(一三〇ウ)持参、被返之。薦むれども、不被聞。右ニ付、先受納置。異日又贈るべし。且又、養子一義急がれ、ほど無被帰去○其後松岡お靏殿、今日も雛仕舞ニて里方へ被参候由ニて被参。暫遊、暮時前被帰去○夜ニ入、長次郎来ル。雑談数刻、四時頃帰去。高畑助左衛門養子吉蔵、高畑退身の後、新宿辺江養子ニ参り候所、此ほど又離別ニ相成、衣類・諸道ぐ・持参金廿両も皆先方被引上、其身壱つニ成候由、深田氏の話也、虚実不詳。

○六日壬巳　半晴。昼後雨少々、忽止、不晴

一今朝四時頃伏見氏小児を同道、入湯ニ行、昼時帰宅。食後、西丸下渥見ゟ飯田町滝沢江行。あつミ氏江ハ紋木綿壱反、旧冬の謝礼として進之。煎茶を被出候。早々立出、飯田町江行。ようかん一棹進上。同所ニて夕飯を被振舞、牛肥・らく雁を小重ニ入、被贈之。夕半六時過帰宅。右留主中伏見氏被参、書物被致候由也○日暮て、おりやう・林銀三郎遊ニ来ル。五時前帰去。

○七日甲午　晴

一今朝お鎌、小米桜・彼岸桜手折て被贈。其後大内氏、桃花手折、壱把(一三一オ)ほど被贈、早々帰去○四時前、生形氏小児を携て来ル。先日被申入候弥兵衛良縁二吹(カ)外江相談出来候由。外ニ、下谷御徒町辺ニ壱人有之候由ニて、書付持参せらる。

一昼後おさち入湯ニ行、八時過帰宅。右序ヲ以、勘助方へ日雇人足ちん六百文為持遣、請取書取之○八半時頃、松村氏被参。右同人ニ頼候て、算帳致貰ふ。暮時ニ及、夕飯を薦め候内、領助殿去ル二日貸進候美少年録二輯五冊被返、尚又三輯五冊貸進ス。松村氏江ハ後ハ昔物語壱冊、貸進ス。領助殿と同道ニて被帰去○八時過、長次郎どの養母来ル。白木綿糸一紈、土器巻苧二つ持参、被贈之。煎茶・干菓子を薦、雑談稍久敷して、夕七時前被帰去○其後およし殿被参、無程帰らる○暮時、定吉来ル。玄米舂あげ、三斗五升八合二勺、内壱斗五升引、二斗八合二勺持参。つきちん六十四文渡し遣ス。尚又、明日飯田町江序有之候ハヾ参り候様申付、晩茶代百文渡し置。

一昼後、神女湯能書外題・奇応丸能書・神女湯小切、摺之(一三一ウ)。

○八日乙未　晴

一夕七時前、定吉妻来ル。右者、定吉今夕大門通り江参り可申候間、飯田町江御使可致候と申候ニ付、手紙認め、重箱二組・同台・ふくさ・奇応丸大包壱、定吉ニ為持遣ス。右之外、今日来客なし○今日終日、売薬包紙品々拵置。

○九日丙申　晴。風

一今朝、定吉来ル。昨日飯田町ゟの返書・晩茶等持参。飯田町ゟくわし一包被贈之、暫して帰去○同刻ふし見氏被参、是亦雑談して被帰去。

一昼前、礒女老人来ル。手みやげ、あげもの壱包持参。先暫此方に逗留せらる。

一昼後おさち同道入湯ニ行、八時過帰宅○昼後定吉ヲ以、礒女きがえつゝみ、権田原諏訪氏江取ニ遣ス。暫して同人妻、右ふろしき包持参、礒女殿ニ受取置。

一伏見氏被参、縁郎一本松顕宗寺ニ寄宿致候人、相談致度由先方ニて被申候由、被申。此方ニて内糺致候上、同道致候様、先方へ伏見氏申入被置候、と被申。煎茶・くわしを薦め、暫して被帰去○暮時、長次郎来ル。無程被帰去。

一日暮て大内氏被参、過日貸進之侠客伝初集五冊、被返之。尚又、侠客伝二集五冊(一三二オ)貸進ス。暫く雑談、亥ノ剋被帰去。

十日丁酉　晴。暖和

一今朝清助方ゟ女ヲ以、旧冬十二月上旬貸遣し候しゆんくわん嶋物語前後二冊返之。謝礼として、塩がまおこし壱包、被贈之。右使女遊び参り候由ニ付、此方母女二人象頭山江参詣、出かけ候付、則同道して四時前ゟ虎の御門象頭山江参詣、昼時帰宅。清介女ニハ手遊物とゝのへ、昼飯為給、おさち、清助方迄送り帰し遣ス○右留主中、縁郎一条ニ付、一本松浄土宗顕宗寺ニ罷在候吉次郎姉聟万平と申人、伏見氏江被参候ニて、自たいめん致度由被申候ニ付、自帰宅を暫く待被居、帰宅後、万平・伏見氏同道ニて被参候間、対面致候所、来ル十六日昼後、右縁郎同道ニて可参旨、且雨天ニ候ハヾ十九日・廿日両日の内参り可申約束致、帰去○八時過松村氏被参、後者昔物語壱冊持参、被返之。所望ニ付、慶長年録一冊貸進ス。暮時帰去○昼後飯田町ゟ使札到来。右者、来ル十二日明廓信士様五七日ニ相当被致候ニ付、志之重之内壱重、御姉妹様ゟ御文さし添、被贈之。則、返書ニ御礼申上、使を返ス。

一昼後伏見氏ゟ手製切鮓一皿、被贈之。右以前、餅菓子壱包

（一三ウ）、おさちを以贈之○夜ニ入順庵殿被参、童子訓三板五冊、被返之。

一右同刻、大内氏・およし殿来ル。一同ニせん茶・菓子を振ふ。坂本氏・大内氏、四時被帰去。およし殿ハ止宿ス○今日象頭山江神酒五合持参、備之。象頭山ゟ御備餅三備受之、帰宅ス。

○十一戊戌　晴。

一今朝起出、およし殿帰去。四時頃又来ル。おさちほき（ママ）物頼候ニ付、衣をとき、昼飯を振舞、昼後おさちニ髪貫（ママ）、帰去○昼前順庵殿被参、八犬伝四集三ノ巻壱巻を被読。所望ニ付、童子訓三板十一ゟ十五迄五冊貸進ス。昼前、被帰去○昼後礒女老嫗、おさち同道ニて入湯ニ行、暫して帰宅。おさち江あげ物被贈○八半時頃大内氏被参、暫雑談して被帰去○夜ニ入順庵殿被参、暫雑談中、加藤新五右衛門殿被参、信州の産氷蕎麦切・氷餅持参、被贈之。是亦雑談、煎茶・くわしを薦、四時過帰去○今朝起出、象頭山江参詣、四時頃帰宅。昼後ゟ多吉ゟ被頼候仕立物木綿袷、仕立之。客来ニ付、未果。

一おさち、洗だく・張物を致ス（一三オ）。

○十二日己亥　晴

一今朝起出、象頭山江参詣、帰宅後食事致畢。

一昼後ゟおさち同道、深光寺へ参詣。今日明廓様三十五日ニ付、参詣ス也。然る所、生形妹おりよう、寺町竜門寺江返し物有之ニ付、同道致度由申ニ付、横寺町竜門寺・円福寺開帳江参詣、夫ゟ深光寺へ参り、諸墓江水花を手向、拝畢、本堂江参り、焼香畢。直ニ帰宅可致存候所、おりよう所望ニ付、上野江廻り候ニ付、宗之介香華院鱗（ママ）祥院なる安禅院・長松院其外諸墓江水花を手向、上野江行。帰路本郷ニて支度致、暮時帰宅。おりよう江手みやげ為遣ス。

一右留主中、飯田町ゟ使札到来、留主中ニ付、御受取被遣候由也。右者、過日貸進之重箱并ニおつぎ祝儀衣類仕立の事、又明廓信士遺物被贈候也○留主中、松村氏・領助殿両人被参。松村氏ハ慶長年録を被返之、加藤領助殿ハ美少年録三集返之、尚又童子訓初板五冊貸進ス。松村氏ハ慶長年録貸進ス。両人とも（一三ウ）、夜ニ入五時被帰去○夜ニ入、八犬伝五集壱冊、松村氏被読。右ニ付、大内氏被参。右以前和多殿被参、是亦八犬伝を被読、五時頃帰去。

一今日仏参留主居ハ礒女殿也○下掃除初五郎来ル。両厠そふぢ致、帰去と云。

○十三日庚子　雨風。八時頃ゟ雨止

一朝飯後象頭山江参詣、四半時帰宅。昼後、おつぎ祝儀裾模様を裁。今日吉日に依也○八時頃、大内氏・順庵殿被参。右両人とも八犬伝五輯三ノ巻を被読候内、松村氏被参。右の人々に煎茶・のり鮓を薦め、夕七半時頃被帰去。

一夜ニ入、和多殿来ル。松村氏ニ夕飯を薦め、尚又八犬伝を被読。両人、五時過被帰去○過日加藤成次殿ゟ被頼候ニ付、雑記七ノまき一冊、坂本氏帰路立より、右壱冊被届被呉候様頼遣ス。

○十四日辛丑　雨。終日

一昼後おさち同道ニて入湯ニ行、夫ゟ直ニ象頭山江参詣、おさちハ直ニ帰宅ス。然る所、赤坂ゟ雨降出候ニ付、傘一本買取、帰宅。おさちハ途中迄傘(一三四オ)携、迎ひニ出候所、路行違、不逢して徒ニ帰宅ス。右買取候傘ハ隣家伏見子息廉太郎殿江遣ス。子供傘ニ依て也○夕方、ふし見氏ゟ鮭二片被贈之。今日、使札客来なし。五時過、各枕ニ就く。

○十五日壬寅　曇。四時頃ゟ小雨終日、夜中同断、寒し

一朝飯後、象頭山江参詣。出がけ、不動尊江御供米持参、納之。拝畢候所、雨降出候ニ付、同所ニて雨傘借用、象頭山江参詣、昼時帰宅○右留主中、加藤領助殿過日貸進之童子訓初板五冊持参、被返之。右請取、同書二板五冊、おさち取出し、貸進ス。暫して帰去○四時過、伏見氏江此方縁郎・其親族世話人来ル。右者、此方へ咄し無之候間、不知候所、右書付ハ伏見氏ニ有之、今日見せらる。西丸御膳所六尺塩嶋又六弟、廿六才、塩嶋由郎と云男ニて、前原栄五郎と申候人、外ニ世話共四人被参、面談。尻(マヽ)列羽織、麁末成打扮也。伏見氏も被参候て、暫して皆退散ス(一三四ウ)。

一八時過、松村氏来ル。慶長年録二ノ巻持参、被返之。吾仏ノ記内見致由被申候ニ付、然者此方へ参り候て被内覧被致様申候ニ付、去十二日ゟ初、今日も右秘書被見。夕膳を薦、夜ニ入四時頃被帰去。暮時順庵殿来ル。是亦過日貸進之童子訓三板持参、被返之。尚又、四板・五板十冊貸進ス。夜ニ入投扇興を弄、四時頃帰去。松村氏江も慶長年録三ノ巻貸進ス。

一今朝信濃屋重兵衛ゟ申付候薪八把持参、其儘受取おく。

○十六日癸卯　風雨。夜中同断、寒し

一今朝起出、象頭山江参詣。今日ニて七日め也。昨日威徳寺ニて借用の傘持参、返却ス。四時帰宅○昼後、松村儀助殿来ル。ふかしさつまいも小重持参せらる。尚又、吾仏の記内覧被致、入相頃帰去。

一八時過、伏見氏被参。右者、去ル十日被参候万平殿縁郎吉次郎同道被致候由ニ付、則此方へ右両人を伏見氏紹介致、対面致畢。何れも廿日過迄ニ挨拶可致申談、両人退散せらる

(一三五オ)。其後伏見氏被参、雑談して夕方帰去○八時過大内氏被参、俠客伝二集返之。右請受(ママ)、煎茶出来致候ニ付、皆々江薦め、客来ニ付、大内氏早々被帰去○今晩ハ客来なし。五時一同枕ニ就く。

○十七日甲辰　晴

一今朝、松村氏被参。此方ニ而昼飯を薦め、夕七時頃被帰去。

一昼後自伝馬町江買物ニ行、暫して帰宅。其後、山本半右衛門方へ行。右者、半右衛門小児喜三郎、去ル十日夕方熱気有之、難痘の由承り候ニ付、右見舞として菓子壱袋持参、贈之。ほど無山本を立去、深田氏江参り、安否を問候所、深田氏ニて煎茶・水餅を被薦、馳走ニ預り、夕七時過帰宅○山本小児、最初ハ久野様御門番嘉七ニ見せ候所、嘉七見立、風也と云。面部江小瘡出来候者風邪故ニ発し候間、両三日過候ハヾ全快也とて、風薬様の物薬店土屋ニて買求め服薬致候内、追々面部・惣身江透間なく出来、疱瘡也と(一三五ウ)心付候者十五日の事ニて、既ニ初熱ゟ六日也。夫ゟ医師を招、見せ候所、手後レニ相成候間、甚六ヶ敷とて断候由。夫ゟ尚又薬店土屋之買薬の由也。今夕ハさしこミも有之、食事不給、甚敷難痘、心許なしと人々云。是迄疱瘡ニハ手懲致候人ニハ似げなく、左までニ療治等閑なりしハ愚といふも余り也○夜ニ入、加藤成次来ル。此度十問屋株御免之御触書持参、被借之(ママ)。煎茶を出し、雑談時を移して、亥ノ刻頃帰去。

○十八日乙巳　曇終日。暮方ゟ小雨、但多ハ不降

一昼前、順庵殿被参。八犬伝六集三ノ巻一回読被聞。昼時被帰、昼後又被参、右同書四ノ巻壱冊をも読。かけ合の夕飯を薦め、夜ニ入雑談暫して、戌ノ刻過被帰去○昼前おさち入湯ニ行、帰路久保町ニてまんぢう買取、帰宅○昼後饅頭小重ニ入、おさち山本江疱瘡見舞ニ行、ほど無帰宅○今朝深田氏老母、伝馬町江参り候ニ付、買取候物ハ(一三六オ)無之やと尋られ、早々帰去○今日、傘袋・重台ふくろ・餅くバりふくろ其外品々張物を致ス○坂本氏窓の月一折、借書の謝礼として持参、被贈之。

○十九日丙午　小雨。多不降、半晴、夕七時過ゟ又々雨、終夜

一今朝、長次郎殿来ル。山本疱瘡人、同編の由也○今朝多吉参り候ニ付、袷仕立候を為持遣ス。過日為持遣し候袷壱つ・浴衣壱つ、仕立代二百四十八文、請之畢○昼前、会津熊胆屋金右衛門来ル。如例絵蠟燭二挺持参、贈之。昼時ニ候間、昼飯を薦め候得ども、不給して帰去。

一八時頃、おふさ殿来ル。門前通行の由ニて立被寄、おさち

同道ニて帰去。おさち、七時頃帰宅。右以前およし殿、山本小児おとみを携て来ル。おとみニ飴を為給、暫して帰去○夕方、伏見氏被参。去ル十六日参り候万平、此方へ相談致度由被申候由也。暫して被帰去。

○廿日丁未　曇。四時頃ゟ半晴、今晩丑ノ二刻穀雨之節（一三六ウ）

一四時過飯田町ゟ清右衛門様舎弟八十吉ヲ以、御文到来。右者、おつぎ祝儀当月下旬ニ致候所、廿七日忌明ニ成候まゝ、廿八・廿九両日者日柄不宜敷候ニ付、来四月九日と相定メ候間、衣類袷ニ致度由、且又神女湯・黒丸子・奇応丸無之由被仰越候ニ付、神女湯十五・奇応丸小包七・黒丸子二、旧冬八犬伝落丁書入出来致候ニ付、是をも一緒ニ致、綿入小袖袷ニ致候事承知致候趣、返書認め、八十吉殿被帰去。

一昼後山本小児入湯為致由ニ付、およし殿、おさち同道ニておすき屋町江入湯ニ行、暫して帰宅致候所、お鍬様御出ニて被待居候。右者、過日贈り候紋木綿一反辞して不受入、返候ニ付、先受取置。追而又贈るべし。煎茶・菓子を出し、夕飯を薦め、所望ニ付、旬殿実々記前編五冊・しゆんくわん後編合壱冊貸進ス。五色石台四集下帙校本壱部を進ズ。夕七時頃被帰去。

一右同刻、加藤領助殿来ル。童子訓二板返之。尚又、三板五（一三七オ）冊貸進ス。暮時被帰去○木村和多殿、来ル廿二日出立の由ニて、暇乞として被参。ほど無被帰去○松村氏、夕七時前来ル。雑談後、八犬伝七集壱巻壱冊被読。夕飯を薦め、夜ニ入、同書二ノ巻を壱冊被読、被帰去。先日貸進之慶長年録壱冊持参、被返之。尚又、元和年録壱冊貸進ス○五時頃坂本氏被参候所、門を閉候ニ付、窓ゟ声を被掛、童子訓四板五冊被返、六板を被乞候間、則貸進ス。先日頼置候はやつぎの粉壱包買取、持参せらる。但、内にハ不被入、直ニ帰去。

○廿一日戊申　雨。四時頃ゟ晴、南、温暖

一深田老母山本小児を携、遊ニ来ル。雑談中、およし来ル。山本半右衛門貰子喜三郎、去ル十日夕方難痘ニ取かゝり候所、養生不相叶、九時頃死去致し候由也。今日十一日め也。直ニ深田老母、山本小児を携帰去。

一右ニ付、自昼後山本江悔ニ行、悔申入、帰宅。其後、にんじん・里いも（一三七ウ）・焼豆ふ煮染をこしらへ、重箱ニ入、おさちヲ以為持遣ス。

一明廿二日卯ノ刻送葬の由ニ付、定吉ヲ以為送候半、今晩定吉を遣候所、小児と申、且香華院遠方ニ付、堅く断候由被申候ニ付、其意ニ任、定吉を不遣○八時過、松村氏被参。アヒルたまご三つ持参、被贈之。髪刀・庖丁研貰ふ。夕方、領助殿来ル。雑談夜ニ入、松村儀助殿・領助殿江夕飯を出し、礒女殿所望ニ付、右両人ニ八犬伝七輯四・五ノ巻為読、各四半時過帰去。松村江からし菜づけ壱重遣之○夜ニ入、順庵殿来ル。右同人八犬伝を被聞、四時頃帰去○今日南、温暖、袷衣ニて暑し。

○廿二日己酉　晴。四時過ゟ曇、八時頃ゟ雨、終夜

一今朝礒女殿、左京様御家中某氏一昨日死去被致、今日送葬の由ニ付、朝飯後被参候ニ付、髪結遣ス。五半時頃彼方被参○深田老母、山本おとみを携て来ル。其後、およし来ル。暫して一同被帰去。

一昼前木村和多殿、今日昼後出立被致候由ニ付、暇乞ニ来ル。右ニ付、絹(一三八オ)地ニ画キ候大黒天壱枚・蓑笠様御染筆たにざく壱枚、餞別として贈之。暫して被帰去。其折から、伏見氏来ル。雑談暫して、昼後被帰去。

一夜ニ入順庵殿被参、八犬伝七集ノ下壱冊被読。雑談後、四時前被帰去。其外客来なし○礒女殿、八半時頃此方へ被帰来。

○廿三日庚戌　終日曇、夜ニ入晴、ほど無又曇

一昼後、伏見氏被参。今日縁郎世話人新兵衛参り、先方ニてハ相談致度由申し参り候間、何れニても篤と糺候上、相談可致と挨拶被致候由被申之、暫雑談。礒女殿所望ニ付、八犬伝八輯壱ノ巻被読、夕方被帰去○昼後松村氏被参、所望之吾仏の記を独読致。夕飯を薦め、夜ニ入又礒女殿所望ニ付、八犬伝二(カ)・三ノ巻被読候て帰去○日暮て御扶持渡ル。取番玉井氏差添、車力一俵持込畢。丸俵ハ高畑ニ有之由也。一夜ニ入、大内氏来ル。貸進之侠客伝三集持参、被返之。尚又(一三八ウ)、四輯五冊貸進ス。雑談後、四時過帰去。

○廿四日辛亥　終日曇、暮時ゟ雨、終日

一昼後、自飯田町江行。右者、お次祝儀衣類出来致候ニ付、白服と共ニ持参ス。外ニ、去ル十二日明廓信士様遺物としてこん嶋浴衣被贈候ニ付、三月十八日袷羽織被恵候間、二重ニ成候ニ付、今日持参、御返上申候所、決而被不受候ニ付、尚又受戴候也。筝・蕗・焼豆ふ煮染小重入持参ス。尚又、先月中渥見江贈り候じゆばん地壱反、当月廿日お鍬様御持参、此方被返候ニ付、尚又今日飯田町江持参して、宜敷渥見江御取なし、御受納被下様願候と申、飯田町江頼、預ケ置。折から深川お祐様・お鉄殿被参候ニ付、対面談、赤剛飯夕膳馳走ニ相成、暮時帰宅。三月中ゟ預り置候髪刀、今日持参、此方ゟ遣し置候髪刀ハ持返る。おつぎ江鼈甲髪ざし祝遣ス。

一四時頃、儀助殿来ル。昨日の如く吾仏の記自読被致。昼飯

を(一三九オ)薦、夕七時帰去之由也○昼時、おふさ殿来ル。過日貸進之雨夜の月六持参、被返之。尚又、八丈奇談五冊貸進スと云。おさちと暫遊、帰去。

一留主中順庵殿被参候由、雑談後被帰去○夕七時過、岩井政之助来ル。何らの風の吹候や、此方へハ不参候被申候ニ、今日参り候て、心得がたし。後ニ聞、おさち門前ニ居候所、政之助を見かけ候ニ付、無拠被参候様子也。生涯不参候とて不苦候ニ、参り候者無益之義也○今朝およしどの参り、此方膳・椀并ニ皿・猪口・小皿借用致度由、半右衛門伝言被申候ニ付、則承知之趣答遣ス○自留主中、定吉御扶持可春由申、取ニ参り候間、御扶持米渡し、且山本江所望之品々為持遣ス。

一暮時、長次郎来ル。過日貸進之金子、今少々待呉候やう被申之、暫して被帰去○今朝伏見氏被参、乾魚壱包持参、被贈之。且又、柄袋先日貸進候所、被返之。然ども、右者琴靍遣物ニ付、其儘被返候ニ不及と申候へども、被不受候ニ付、其儘受取置、後刻おさちヲ以(一三九ウ)進上ス。

○廿六日(ママ)壬子　雨。終日、今日ゟ八せん

一四時過、礒女殿宅新左衛門殿ゟ使来ル。右者、今日花見客来有之候ニ付、礒女殿即刻帰宅致候様申来ル。即刻支度致、被帰去。使ハ先江帰ス。

一今日成正様御詳月御逮夜ニ付、茶飯・一汁二菜こしらへ、家廟江供し、深田長次郎・其姉およしを呼、振ふ。長次郎殿老母・内義江器ニ入、長次郎帰宅之節、為持遣之○昼前おさちヲ以山本江、雁食豆壱重・干瓢・氷こんにやく・小椎茸壱重、台ニ致、為持遣ス。明廿六日逮夜ニ依而也○昼後、久野様御内加藤氏ゟ僕広蔵ヲ以、過日貸進之くゝり頭巾五冊・燕石雑志五冊・稚枝ノ嶋五冊、被返之。右請取、納置く。

一暮時前、順庵殿来ル○夜ニ入加藤新五右衛門殿被参、紀州産わかめ五枚持参、被贈之。両人雑談数刻、所望ニ付、秋の七草七冊・化くらべ丑三ノ鐘壱冊、加藤氏江貸進。坂本氏江ハ俠客伝初集五冊貸進ス(一四〇オ)。煎茶・くわしを薦め、四半時過被帰去。

○廿六日癸丑　小雨。四時頃ゟ晴

一今朝、礒女殿被参。昼飯此方ニて給、渋谷親類江被参候由ニて、八時過ゟ被帰去。

一四時前、松村儀助殿被参。今日此方縁郎一義ニ付、麻布辺江被呉参候由ニ付、昼飯を薦め、其後麻布江被参。夕方帰宅被致候由也。

一今日成正様御祥月忌御当日、且明廓信士四十九(ママ)ニ付、深光寺江昼後ゟ参詣致候所、おつぎ・八十吉・深川成お祐様、并

ニお鉄殿墓参りいたし被居。一同諸墓江水花を供し、直ニ立帰り可申心得ノ所、是非〳〵飯田町江廻り候様おつぎ申ニ付、其意ニ随、飯田町江行。出がけ、石屋勘介方へ立より、飯田町ゟの伝言申入、近日飯田町滝沢清右衛門宅江参り呉候様申頼置。飯田町ニて料供残之馳走ニ預り、暮時帰宅○右留主中、芝田町ゟ使札到来、切鮓壱重・焼豆ふ壱重、おまち殿ゟ文到来。且、二月中貸進之三勝櫛八冊、被返之。おむえゟ切元結、手紙さし添、宗之介方へ頼置候由ニて届来ル。おさち請取、返書遣し候由也(一四〇ウ)。

一同留主中、おふさ殿被参、五もく鮓小重入壱つ、被贈之候由也。

一山本半右衛門小児初七日逮夜ニおさち度々被招候所、自留主中ニ付、不参候所、暮時長次郎ヲ以、一汁三菜壱膳、被贈之。

一昨今成正様御画像床の間ニ奉掛、神酒・備餅・七色菓子を供ス。深光寺ゟ帰宅後、取収置。今晩六時過ゟ母女枕ニ就く○暮時定吉来ル。御扶持春候て持参ス。玄米四斗四合、つきべり四升、借米四升引、白米三斗六升三合持参ス。請取置。つきちん六十四文、未遣。

○廿七日甲寅　晴

一昼前、おさち入湯ニ行、出がけ、綾部氏江昨日被恵候五もくすし移りとして、焼豆ふ五つ入持参、被返之。昼時頃帰宅○昼後松村氏被参、昨日竜土組屋敷榎本台三郎殿近辺并ニ賢崇寺江も被参候て聞合被致候所、至極宜敷由被申之。尚又、吾仏の記校訂被致。明廿八日当番之由ニ付、髪月代致遣ス○昼後、おふさ殿来ル(一四一オ)。媼神江参詣被致候ニ付、おさちを被誘。則、おさちも参詣ス。夕七時前、当人帰たく○夕七時前、順庵殿来ル。暫遊、被帰去○同刻、加藤領助殿来ル。過日貸進之童子訓三板五冊被返之、尚又四板五冊貸進ス。松村同道ニて、領助殿暮時前帰去○成田氏読本借用致度由、長次郎ヲ以申越候ニ付、則長次郎江朝夷嶋めぐり初編五渡、貸進ス。

一夕方長次郎殿、山本使として膳・わん品々被返之。右謝礼として、笋三本被贈之。

○廿八日乙卯　晴。夜ニ入雨、終夜

一今朝礒女殿渋谷ゟ被参、暫休足被致、又明石様御屋敷へ被参候由ニて出去○暮時順庵殿被参、堀の内江被参候由ニて、栗煎餅壱袋被贈之。雑談中加藤氏被参、過日貸進之雑記七ノ巻持参、被返之、煎茶・栗せんべいを薦む。折から雨降出候ニ付、両人之衆江下駄・傘貸進、四時頃被帰去(一四一ウ)。

○廿九日丙辰　晴。夜ニ入雨

一今朝新五右衛門殿ゟ僕広蔵ヲ以、昨夜貸進之下駄・傘を被返。右受取置○五時過儀女殿被参、又此方へ当分止宿被致候由也。

一今朝四時頃、飯田町江行。今日おつぎ納釆ニ付、右目録伏見氏ニ頼、認め貰候まゝ、持参ス。飯田町ニて昼飯馳走ニ成、八時過納釆無滞目出たく相済、夕七時頃帰宅。白ちりめん幅砂(マヽ)切・黒丸子一包・わかめ三枚持参して贈之。来ル九日、縁郎弥兵衛迎取候ニ付、箱灯桃有之候ハヾ入用の由被申候ニ付、帰宅後早束取出し候所、殊の外損じ候ニ付、直させ可申存候へども、余り高料ニてハ無益ニ付、見合候所、松村氏明朝てうちん屋江持参致、可承被申候ニ付、松むら氏ニ頼遣ス○松村氏被参、夕飯を薦め、儀女殿所望ニ付、八犬伝八輯二冊被読、五時過被帰去○夜ニ入、順庵殿・おふさ殿被参。おふさ殿ハ止宿ス。坂本氏ハ四時過被帰去。坂本氏ハ昨夜貸進之下駄・灯桃持参、被返之。右請取置○今朝五時過、村田万平殿来ル。右者、吉次郎殿一義ニ付、伏見氏江被参候所、伏見氏留主宅ニ付、此方へ被参。則、自対面、宜挨拶承度由被申候所、未ダ宗之介方へ申不入候ニ付、彼方へ申聞候上ニて御左右(一四二オ)可致由申談じ、暫して被帰去。

○四月朔日丁巳　晴。夜中雨、但多不降

一今朝伏見氏ゟとゞろ(マヽ)汁一器、被贈之。其後伏見氏被参、暫して被帰去。

一四時頃儀女殿、植木や金太郎方へ仕立物取ニ被参、ほど無帰宅せらる。小袖受取、仕立らる○昼後、信濃屋重兵衛来ル。先日頼置候傘三本持参、右受取置。其後軽子ヲ以、炭二俵贈来ル。受取置く○昼後松村氏被参、鶏卵七ッ持参、被贈之。暫く校合被致、夕飯を薦、夜ニ入五時、被帰去○七時頃、おふさ殿来ル。おさち迎ニ参り候故也。ほど無被帰去○暮時前三毛由良太郎殿被参、たまごせんべい一折持参、被贈之。暫く物語被致、儀女殿相識ニ付、対面せらる。有住岩五郎方へ罷出候女子、由良太郎殿女の由也。初て知之。暮時帰去○同刻、長次郎殿来ル。松村一同遊候内、西北ノ方ニ出火有之、長次郎直ニ帰去。後ニ聞、四谷湯屋横町御家人火元ニて、両三軒焼失の由也。ほど無火鎮る○坂本氏出火見舞ニ被参候由ニて立寄、早々被帰。

一昨日順庵殿岩井政之助方へ被参候所、過日貸進之蓑笠雨談三冊、順庵殿江被頼、被返之。右受取畢(一四二ウ)。

○二日戊午　晴

一昼後おさち同道ニて、市ケ谷八幡前江買物ニ行、八幡前大和屋ニて懐中鏡袋壱ツ仕立誂。右裏地・仕立ちんとも、五匁の由也。右誂、外ニ壱ツ鏡袋買取。其外、伝馬町ニて鏡(カ)買物致、帰宅。其後、山本半右衛門江小児疱瘡見舞として干菓子壱折、おさちヲ以遣之。右請取。右留主中、加藤領助殿被参、童子訓四板持参返之。右請取。留主居礒女殿と長談被致、又後刻被参候由被申、帰去りし、と礒女殿被告之○暮時前、領助殿来ル。童子訓五板五冊貸進ス。雑談時をうつして、四時被帰去○日暮て、順庵殿来ル。ほど無被帰去。一伏見氏ゟ蓮二本・鶏卵十・くわゐ・おたま大こんみそづけ、被贈之。大内氏ゟ菜園大こん持参、被贈之。

○三日己未　晴。風

一今朝、清助来ル。右者、養子申込、此方へ同道可致由申ニ付、先此方ニて相談致かけ候儀有之ニ付、先延引の段申聞候所、左候ハヾ、手前宅江八時頃より御出可被下候。先方ゟ参り候筈ニ付、何分願候と申、帰去。誠ニ難義ニ候所、無拠(一四三オ)其意ニ任、後刻可参由申置、帰去○昼時頃、清助妻来ル。右養子同道ニて先方ゟ被参候間、鳥渡御出被下候と申候ニ付、昼飯過ニ可参申。折から茶飯出来ニ付、右同人并ニ清助女おきつ江茶飯為給畢候所、菱屋横町ゟ出火之由ニて、早々帰去。女ハ此方へ預り置○右以前、成田一太夫殿来ル。過日長次郎殿ヲ以貸進致候朝夷初編五冊持参被返之、干菓子一包被贈之。尚又、同書二編五冊貸遣ス。

一午ノ中刻、四谷菱屋横町より出火、北西烈しく、南寺町江火うつり、東西へ延焼、凡十五丁四方也と云。右ニ付、皆諸道具取片付、家書并ニ仏具二葛籠、并ニ蓑笠様御画像、久野様御内加藤氏江預ケ、ほど無久野様御内加藤氏家僕広蔵・同音吉両人手伝候内、宗之介僕二人召連、何れも片付。其外、飯田町ゟ者速く来り、拵。渥見祖太郎外二人、同道ニて来ル。荷物取出し、藪江皆運畢。既ニ永井信濃守様江火移り候ニ付、此方へ飛火二ケ処ニ付、危く見ゑ候間、礒女殿・自・おさち、礒女殿宅江立退、最早焼落候心得ニて帰宅致候所、辛くして火を逸れ候也。近所隣家太田殿ゟ余程南、元町荒井様江ハ八ケ所飛うつり候由也。其外見舞の人々姓名、別帳ニ記之。暮時迄ニ藪江取出候荷物運返し、荷物番人ハ清介方ゟ参り候(一四三ウ)老人を荷物番人とす。清介方類焼ニ付、たんす其外種々此方へ持込候故ニ、老人者此方江罷在候也。清介娘ハ此方へ預り置く。暮時前豊蔵煮染壱重持参、被贈之。宗之介方ゟも弁当を被贈。拵候人々江酒を振舞、亥ノ刻頃一同帰去。今晩甚ぶつさうニ付、新五右衛門殿僕広蔵、此方へ止宿ス。荷物片付呉候人々、都て九人也。子ノ刻火鎮り、安堵ス。伏見氏、今晩ハ終夜不睡ニて近辺を心被付、見張り被致○森野市十郎殿見舞ニ被参、お国殿ゟ預り置候葛籠壱ツ・夜具包壱、市十郎持帰り候由被申候ニ付、則右二品渡し返ス。

○四日庚申　曇。夕七時前ゟ雨、終夜

一四時頃、豊蔵来ル。昨日取出し候荷物、取片付手伝。豊蔵・広蔵・松村氏、礒女殿・おさち手伝、暮時前迄ニ取片付畢。昼後、広蔵帰去。又音吉来り候ニ付、豊蔵・音吉・松村ニ酒飯を薦め、夕七時豊蔵帰去。雨がさ貸遣ス。

一渥見氏ゟ出火見舞として煮染物壱重、お鍬様ゟ文さし添、被贈之。且又、約束致候ニ付、半障子二枚、右使江渡、謝礼口上ニて申述、使を返ス。

一丁子屋平兵衛ゟ手代使ヲ以、出火為見舞、手拭二筋・煮豆一曲被(一四四オ)贈之。是亦、謝礼申入置く○夕七時前長田章之丞、近火見舞として来ル。松村氏と雑談稍久敷して、帰去。其後、松村氏・礒女同道ニて久野様御屋敷居風呂江入湯ニ被参、加藤氏江立より、礒女殿ハ先江被帰参。松村氏ハ酒を被振舞、暮時過此方へ被参、暫して被帰去○岩井政之助殿、近火為見舞来ル。深田氏老母、同様早々被帰去○自去ル二日頃ゟ血軍(ママ)且感冒の気味ニ候所、近火ニ付、押て奔走候故、今日昼後ゟ悪寒甚しく、右ニ付、桂枝湯四貼調合致、煎用。夜ニ入、鶏雑水ニて汁を取。無程発熱ス○暮時過、新五右衛門殿并ニ同宿之仁森安三殿同道ニて被参、暫して跡ゟ中西清次郎来ル。清次郎ハ何等の故ニ来リ候や、其故を不知。隣家林の間諜児ニて、此方やう子を捜ん為成べし。怕るべき人物なり。森氏・加藤氏、煎茶を薦、四時被帰去。

○五日辛酉　雨終日。時候寒し

一今朝、清介来ル。無程帰去○右同刻伏見氏被参、暫して帰去。其後もちぐわし一皿を被贈○大内氏来ル。雑談して帰去○およし殿同道○おふさ殿被参、おさちと雑談久して帰去○加藤順助殿、火事見舞ニ来ル。ほど無被帰去(一四四ウ)。一夜ニ入、松村氏来ル。ほど無伏見氏鮓一皿持参、被贈之。松村、八犬伝九集を被読。余り雨止無候ニ付、松村氏ハ止宿被致、伏見氏ハ被帰去○昨四日あや部氏江預ケ置候御鉄炮・御どうらん、松村氏ヲ以取ニ遣、持参。請取、納置く。

○六日壬戌　晴。昼九時三分立夏ノ節ニ入、寒し

一今朝、松村氏起出、被帰去○昼後おさちヲ以、板倉栄蔵殿方へ類焼為見舞、煮豆一曲為持遣ス。帰宅後久保町江買物ニ遣し、八時頃買物候て帰宅。其後、紺足袋一双、久野内加藤新五右衛門殿僕広蔵江近火之せつ手伝候謝礼として為持遣ス。外ニ、同家中間音吉江も同様ニて、天保銭三枚為持遣ス○家

根屋亥三郎来ル。此方屋根を直し可申由申、帰去。

一昼時頃、大内氏被参、去ル三日家根むしり候所ゟ雨漏甚しく、難義致候所、大内氏つくろひ被呉、当分凌宜敷様、米俵ニて補ハれ、助を得たり。其外、土蔵目ぬり土、家根ニ有之候を皆取おろし、元の如く用心土入瓶江納、尚亦水を入、こねられ、こしらへ置かれ候也。寔ニ老実の若者也。一勘介、近火為見舞、今日来ル○荷物太蔵代、給米乞ニ来ル。二月分も(一四五オ)未遣さず候ニ付、二月・三月両月分四升渡し遣ス。

一新五右衛門殿僕広蔵来ル。ほど無帰去○森野市十郎殿来ル。お国殿より預り置候葛籠、近日取ニ可遣旨申之。委細承知の由答置。早々帰去。

一夕七時過、水谷嘉平次殿来ル。近火見舞也。是亦、早々被帰去。

一暮時前順蔵殿被参、過日貸進の童子訓六板五冊・侠客伝二集五冊、被返之。右請取、暫夜話、四時過被帰去。

○七日癸亥　曇。八せんの終、昼後ゟ雨、夜中同断

一今朝家根屋伊三郎弟子職人、家根つくろいニ来ル。昼飯、此方にて為給。昼後雨降出、仕事出来かね候由ニて仕舞、帰去。傘一本貸遣ス。

一飯田町ゟ八十吉蔵来ル。右者、過日おつぎ納菜被受候ニ付、為納分祝儀酒、正法院酒小徳(ママ)ニ入壱、其外しら賀一包・こん布・かつをぶし二本壱包、被贈之。外ニ、上家ちん金壱分ト二百七十二文、薬売溜金二朱と壱〆四百六十二文、内壱わりさし引、金二朱と壱〆二百四十二文・尾張切干大こん二掛を被贈。御姉様ゟ御文被下候得共、取込中ニ付、返書上不申、謝礼口状ニて(一四五ウ)申遣ス。是者昨六日のことなるに、漏したれバ、こゝにしるす。

一夕七時前、順庵殿来ル。夕飯を被振舞、暫く物語して、五時頃被帰去。侠客伝三集貸遣ス○夜ニ入、大内氏被参、去ル廿三日貸進の侠客伝四集五冊、被返之。暫雑談、四時過被帰去○順庵殿江今日服砂(ママ)を返し渡ス。太白散代料同断。

○八日甲子　晴

一今朝屋根屋弟子、昨日のつくろいかけ家根、拵ニ来ル。昼時出来畢、昼飯為給。昨日貸遣し候傘持参ス○昼時過音吉・広蔵、昨日贈物の礼ニ来ル。早々帰去。

一昼時、順庵殿来ル。今ゟ小川町江被参候由被申候ニ付、然らバ一緒ニ可参旨申、先(カ)ハ大番町迄被参、八時頃此方へ被参、夫ゟ飯田町迄同道ニて行。飯田町江鳥渡被立寄、直ニ小川町江被参。おつぎ江懐中鏡袋一・鶏卵持参ス。御姉様今日深光寺へ御仏参の御留主、暫待合候所、御帰りニ付、御めニ掛り、

夕方ニ及。少々悪寒致ニ付、羽織借用して帰宅。飯田町ゟ草だんご壱包、おさちへ被贈。暮時帰宅。

一右留主中、田辺鎮吉来ル。近火見舞として、窓の月一折持参せらる。折ふし留主ニて、おさち煎茶・くわしを薦め、且夕飯を出し、其後帰去候由也（一四六オ）。

一同清助妻おひさ、助惣焼壱重持参候由也。○松村同断。

一暮時、松岡お靏殿来ル。おさちへ真綿壱袋持参、被贈。今晩甲子ニ付、おさちを被招候ニ付、後刻可参旨、暫遊、帰去。其後、おさち松岡江行、助惣焼壱重持参、贈之。丑の刻帰去
○深田氏ゟあづきだんご一器、被贈之。
一夜ニ入順庵殿被参、八犬伝九集廿回被読、五時被帰去○今日甲子ニ付、大黒天江供物・神燈を供ス。
○九日乙丑　晴
一今朝、半右衛門ゟ赤剛飯壱重贈。今日、酒湯祝儀の由也。

一昼前ゟ礒女殿、近火見舞被参候由ニて出去、八時過帰来ル
○おつるどの被参、昨夜助惣焼おくり候移として五もく鮓壱重持参、被贈之。ほど無被帰去○右同刻、おふさ殿来ル。過日貸進之常世物語五冊、被返之。赤剛飯・五もく飯を薦め、夕方帰去○顧性院、近火見舞として来ル。
一深田氏ゟ草だんご一器被贈候移として、大こん切干少々遣ス。

一伏見氏ゟ煮豆一器、被贈之。右うつりとして、赤剛飯遣ス。（一四六ウ）。

一暮時前、加藤領助殿来ル。貸進之童子訓五板五冊被返之、尚又六板五冊貸進ス。同人実父三月廿九日病死致候ニ付、六日ゟ忌引の由也。暫く雑談して、四時帰去。深田長次郎同断
○六時過、加藤新五右衛門殿来ル。先日貸進致候秋の七草六冊・長助くじら二冊被返之、ほど無帰去。
○十日丙寅　晴
一今朝、清助方へ行。右者、一昨八日同人ゟ助惣焼壱重被贈候謝礼として也。右重箱江笋・蕗・にんじん煮つけ壱重持参遣之、謝礼申入。夫より、去廿九日誂置候箱ちうちん取ニ参り候所、出来ニ付、代銭五分、此銭五百廿文払遣ス。昼時帰宅○昼後、象頭山江参詣。出がけ入湯致、不動尊へ参詣、御供米壱袋寄進、拝畢。江坂卜庵方へ立より、近火見舞被参候謝礼申入、象頭山江参詣。帰路半右衛門江昨日赤剛飯被贈候謝礼申入、八半時頃帰宅ス。右留主中、綾部氏ゟ草だんご壱重、被贈之○日暮て、加藤新五右衛門殿来ル。如例夜遊。五時前、順庵殿被参。順庵殿ハ昼前・昼後両度被参、草だんごを薦め、早々被帰去。今晩被参候約束之故也。新五右衛門殿

・順庵殿両人、暫く(一四七オ)夜話、四時過被帰去○象頭山江神酒・備もちを供ス。夜ニ入、神燈同断。

○十一日丁卯　雨終日。風

一昼前おさち入湯ニ行、昼時帰宅○箱てうちん、此度飯田町ニて聟養子弥兵衛取引候当日、迎ニ出し者ニ為持候ニ付入用ニ候間、此方小箱てうちん過日張替ニ遣し、出来致候所、右棒紛失ニ付、久野様御内加藤氏・大久保矢野氏江聞合所、何れも大きく、間ニ合かね候ニ付、此方ニ有之候大箱てうちん棒を取出し、矢野氏・大内氏江相頼候所、右削こしらへ被呉候ニ付、今日の間をかゝず○今日飯田町おつぎ婚礼ニ付、昼飯後おさち同道ニて、礼服を携て行○暮六時過、世話人親分鱗形屋小兵衛・同人妻・聟弥兵衛・其両親入来。飯田町ゟ近辺迄迎の人出ル。媒人西丸下覚重殿御夫婦、座敷ニて祝儀盃目出度相済、一同二階ニのぼり、親類盃是まためで度相済。此方ゟ迎人足参り居候ニ付、本膳、索物添、馳走ニあづかり、八半帰宅。今日の留主居、礒女殿也。右留主中、松村儀助殿被参候て(一四七ウ)、礒女殿ニ八犬伝九輯を読被為聞、夕飯を薦め、亥ノ刻帰去候由也。

○十二日戊辰　晴。四時頃ゟ曇、昼時ゟ晴、遠雷

一昨夜不睡ニ付、四時頃ゟ一同仮寐す。八時過起出、夫ゟ食事後、礒女殿・自両人ニて入湯ニ行、ほど無帰宅成○七時過松村氏被参、暫して帰去。

一夜ニ入、長次郎殿来ル。是亦、ほど無帰去。

○十三日己巳　晴

一昨日定吉方へ申付候供人足来ル。右人足召連、広岳院江参詣。先出がけ、宮様御門前山本悌三郎殿方へ、近火見舞ニ被参候謝礼として罷越候所、留主宅の由ニ付、内義江謝礼申延、ちらし五もく鮓を贈り、堀様御内山村春畊方へ立より、手みやげめざし鰯十くゝり一袋・手遊物子供江遣ス。暫く雑記(マヽ)、おむめゟ切元結三把被贈。夫ゟ広岳院江参詣、諸墓江水花を供し、拝畢。保安寺へ参詣、鈴木氏の墓江水花を手向、宗之介方へ行。宗之介方へ蕎麦切・窓の月一折を遣ス。且、先月中預り置候宗之介袴(一四八オ)、返之。田町ニて切鮓、夕飯を馳走ニ預り、近火之せつ豊蔵ゟ煮染を贈り、且両日拵候謝礼として、金五十疋を遣し呉候様頼、宗之介江預ケ、暮時帰宅。田町ゟおさち江切鮓一包、被贈之。てうちん借用ス。

一今朝豊嶋屋ゟ注文の醤油壱樽持参、代金二朱ト二百三十文の所、返樽代差引、駄ちんとも金二朱ト百五十四文払遣ス。

○十四日庚午　晴

一昼後自伝馬町江買物ニ行、ほど無帰宅○同刻おさち入湯ニ

行、八時前帰たく。

一八時過ゟ儀女殿、火事見舞として柳町江被参、夕七時頃帰来ル○夕七時過、およし殿来ル。暫して帰去○右同刻、お久来ル。右者、過日参り候縁郎一義也。其儘ニ捨置候も不宜候ニ付、来ル十六日此方へ同道可致申候ニ付、此方ニてハ甚迷惑乍、其意ニ任置。久して帰去○夕方成田氏朝夷二編持参、被返之。尚又、三編五冊貸進ス○夜ニ入、加藤領助殿来ル。去ル九日貸進之童子訓六板五冊被返之、尚又皿々郷談合三冊貸進ス。雑談稍久敷、四時被帰去（一四八ウ）。
○十五日辛未　半晴
一今朝伏見氏被参、びん付油・すき油、被贈之。且又、竜土榎本彦三方へ罷越候て、否申入置候やと存候所、至極宜敷被申候ニ付、其意ニ任。暫して被帰去。

一昼後八時過ゟ定吉を召連、竜土御組屋敷榎本彦三郎殿方へ行候所、同人在宿ニて面談。先日ゟ度々被参候謝礼申延、且吉次郎殿一義申入。今日者同人母義他行ニ付、不面。暫して帰宅○帰宅後定吉、門外・門内そふぢ致、物置同断。夕飯為給。儀女殿今日欤明日本宅江帰宅被致候由ニ付、同人きがへ定吉江為持、諏訪氏江遣ス○日暮て、松村氏来ル。如例夜話、五時過被帰去○夕方坂本氏ゟ順庵殿ハ此方ニ在やと被尋候所、此方へハ十日以来不被参候ニ付、其由申遣ス。若被参候ハヾ早々帰宅致候様申候様被申、使帰去。
○十六日壬申　雨
一昼前、清助来ル。右者、過日同人妻ヲ以申入候縁郎、来ル十八日参り可申候間、其思しめしニて罷在候様申、暫く雑談して帰去○夕七時前松村氏被参、ほど無被帰去。

一暮時、加藤新五右衛門殿被参。如例夜話、四時過被帰去（一四九オ）。
○十七日癸酉　晴。昼後雷数声、八時過ゟ雨、暮雷止
一今朝象頭山江参詣、昼時帰宅○昼後、儀女殿本宅江帰去。二月廿四日参り、三月一日帰去。三月九日ゟ此方へ逗留、三十余日ニ及ぶ○今日伏見ゟあづき飯、煮染添、被贈之。此方ゟ切元結三把、遣之○昼前悌三郎殿被参、二月下旬貸進之亭（マヽ）雑記二冊被返之。右請取。自留主中ニ付、又後刻可参由被申、帰去候と云○昼後成田一太夫殿方へ、類焼見舞として手拭二筋持参、贈之。遠ゟ可遣所、住居不相知候ニ付、延引致候所、両三日以前鮫ヶ橋谷町江徙移（マヽ）被致候由承り候ニ付、今日尋行、贈之○今日観世音祭候事、如例。
○十八日甲戌　晴。寒し
一今朝象頭山江参詣、四時帰宅○昼時頃下掃除初五郎来ル。

先月十二日ニ来り候儘、今日三十六日めニて来ル。殊の外つかへ候ニ付、両厠少々づゝ汲取、帰去。

一八時過、松村氏被参。松尾瓠一殿小児難痘ニて没し、今日七時過送葬の由ニて帰去。組合ニ付、少々の物也とも備可申、松村氏ニ相談致候所、松村氏(一四九ウ)被申候者、幵ハ必無用可為候。被遣候てハ反て先方迷惑可為被申候ニ付、其意ニ任、松尾氏江御序之節、宜敷御噂可被下候と頼置。

一夕七時頃、伏見氏ゟ自を被招。右者、竜土御組榎本彦三郎殿・右同人姉聟村田万平殿両人ニて、伏見江参り候ニ付て也。即刻参、右両人江対面致候所、養子吉次郎義相談致度存候所、土産金三十両之内五両金を減じ、当金十五両、跡十両金ハ当冬さし上可申。只今御即答不被下候ハヾ、両三日中ニ挨拶致呉候様被申。右ニ付、此方ニても諸親江相談の上、可申上候と答て帰去○夕七半時過、成田定之丞殿来ル。去ル十四日貸進の島めぐり三編五冊被返、尚又所望ニ付、四編五冊貸進ス○今朝、ほとゝぎす初音を、両三声を聞く。立夏後十二日目也。然ども時候甚不順ニて、此せつ綿入衣ニ無之候てハ寒し。下高井戸辺ハ多く雹降、麦をあらし候よし、下掃除初五郎の話也○夕方、およし殿来ル。暫遊、夕方帰去。

一夜ニ入、おひさ来ル。右者、今日縁郎此方へ参候やと尋候へども、此方へハ不参(一五〇オ)由答候へバ、然者明(ママ)先方へ行き参り可申由甲、帰去。
○十九日乙亥　晴。時候也
一今朝起出象頭山江参詣、四時帰宅○右同刻加藤領助殿被参、過日貸進之皿々郷談合三冊、被返之。おさちへ懐中針、畳紙・鋏添、被贈之。如例之長話ニて、竜土辺江被参候由ニて、昼時被帰去。帰路立より候由ニて、ふくさ一ツ預り置○右同刻、村田万平殿伏見へ被参候由ニて、伏見ゟ被招。則、隣家へ参り、委細承り候所、先方ニて被申候者、土産金廿五両ニて相済候ハヾ不残持参可致。或者亦、三拾金ニて御相談致候ハヾ、当金廿両ニて、跡金ハ当冬十月、無相違納可申。何れニても御挨拶承り度由被申候へども、即答ニ挨拶出来かね候ニ付、両三日中田町江相談の上、委細可申上候置く(ママ)○昼後板倉栄蔵殿・成田一太夫殿、類焼見舞謝礼として被参○お久来ル。昨日縁郎一義不参ニ付、私事只今参り候所、先方ニて御入当番打つゞき、取込居候ニ付、何れ清助帰宅の上参り可申由申候由、雑談後帰去(一五〇ウ)。

一長次郎殿来ル。二月下旬貸進之金二朱持参、返之。右請取おく。

一日暮て、およし来ル。今晩止宿ス○右同刻、加藤領助殿竜土より帰路の由ニて、被参。五時前新五右衛門殿被参、女扇子壱対、被贈之。右両人ニ煎茶・菓子を薦め、四時頃被帰去。

○廿日丙子　晴。時候也

一およし殿、おさちニ灸治所々江致貫、朝飯・昼飯とも振舞、被帰去。

一四時過ゟ飯田丁江行。ある平一袋持参、進上。飯田丁ニて昼飯馳走ニ相成、夫ゟ西丸下渥見江行、玉子煎餅一折進上、西丸下江近火見舞謝礼申延、暫雑談。帰路象頭山江参詣、尚又一ッ木不動尊江参詣、彼神前ニて縁談御鬮を伺候所、九十二番の吉也。夕七時過帰宅。帰路定吉方へ立より、明廿一日飯田町江使申付置。

一右留主中、飯田町使来ル。重箱借用、且神女湯無之由ニて、御文さし添、来候所、留主中ニ付、返書ニ不及、使徒ニ帰去(一五一オ)。飯田町、箱てうちん被返、ろふそく大小十八挺、外ニ牽物篭五・かつ尾一尾、鱗方やゟ此方へ被贈候由ニて、被差越。

○廿一日丁丑　南風烈

一昼前松村氏被参、糸瓜種蒔候様被申、其意ニ任。菜園少々こしらへ、種を被蒔。昼飯を薦め、古浴衣壱ッ進之。昼後帰去。

一昼時お房殿被参、先日貸進之大柏狂言本持参、被返之。右請取、暫雑(マヽ)して被帰去○夕方成田氏被参、朝夷四編五冊被返之。尚又、五編四冊貸進ス○今朝定吉ヲ以、飯田町江重箱二組・神女湯十一包、文さし添、為持遣ス。下町江廻り候由ニ付、晩茶半斤買取呉候やう頼、代銭百文渡遣ス○夕七時過定吉帰り候由ニて、同人妻飯田町返書持参ス。且、買取晩茶半斤持参、飯田町昨日到来の由ニて、赤剛飯壱重、弥兵衛引移り之節手みやげとして芋一包(一五二ウ)・扇子一対被届之○昼後ゟ象頭山江参詣、八時帰宅。

○廿二日戊寅　大風雨。昼時ゟ小雨、昼後晴

一今朝大雨中象頭山江参詣、赤坂辺大水ニて難義致、昼時頃帰宅。

一昼後、おふさ殿方ゟおさちを被招。同人母義他行ニ付、留主中徒然ニ付て也。即刻おさち行、夕飯アヤ部氏ニて被振舞、暮時前おふさ殿同道ニて帰宅。おふさ殿江よミ本壱部貸進ス。早々帰去。

一夕方深田氏被参、暫して被帰去○暮六時過新五右衛門殿被参、暫く夜話、九時頃被帰去。

○廿三日己卯　晴。時候相応也

一今朝定吉を召連、芝田町宗之介方へ行。右者、縁郎一義也。

薄皮餅壱包、遣之。宗之介江面談、榎本氏ニて被申候土産金三十両之内廿両ハ当金ニ可差出候。跡金拾両ハ当冬十月無相違納候。さもなくバ、廿五両ニ被致被呉候ハヾ、当日廿五両相揃(一五二オ)持参可被致と被申候趣、宗之介江話候へバ、宗之介うち聞て、夫者亦迷惑也。持参金不揃致候事、心得難候へども、今一応先方へ、当金廿五両跡金五両ハ十月ニても極月ニても御請取被成候方可然と存。併、私事存寄有之候間、今一両日の所、榎本氏江御申延被置候やう致度候と申ニ付、其意ニ任、宗之介方を立去。宗之介自に太織嶋一反を被恵。右携、帰路榎本氏江立より、否、両三日相待被呉候様申入、昼時帰宅。定吉ニ昼飯為給、帰遣ス○およし殿昼前ゟ遊ニ来ル。昼飯為給遣ス○昼食後象頭山江参詣、八時帰宅。今晩五時前ゟ枕ニ就く。

○廿四日庚辰　晴

一今朝伏見氏被参、暫して被帰去。今日者象頭山江被参。神女湯能書を摺拵置○夜ニ入、順庵殿被参。右者、金燈篭の図無之候ニ付、若や読本さし絵・口絵等ニ有之候義ニ候ハヾ少々借(一五二ウ)被致度由被申候ニ付、先心当り尋候所、無之ニ付、何れ明日可尋出由申、五時頃被帰去○暮時前、長次郎殿来ル。ほど無被帰去。

○廿五日辛巳（マヽ）

一今朝象頭山江参詣、手拭一筋を納ム。昼時前帰宅○帰宅前ゟ松むら氏・坂本氏被参居。坂本氏ハ昨夜被申候金燈篭図を尋んとて、合巻類・八犬伝抔を被尋候所、無。然る所、反魂余紙の内可有之やと心付候ニ付、右取出し、尋候所、果して右之内弘法大師開帳のせつ、所々ゟ納物番付中ニ金とうろうの図有之候ニ付、反魂余紙三ノ巻一冊貸進。右携、昼時頃被帰去。松村氏ニハ昼飯を薦、先月中之小遣帳を算帳致貰候内、飯田町ゟ弥兵衛同道ニて御姉様御入来。手みやげ、かつをぶし一袋三本入・扇子一対、おさち江厚板こし帯地、被贈之。弥兵衛初来ニ付、盃を薦め、吸物・取肴・さしミ、撮物二種、折ふし松村氏被居候ニ付、相伴被致。右畢、夕飯を(一五三オ)御姉様・弥兵衛に薦め、弥兵衛ハ幸橋辺江まハり候由にて先江帰去。其後、松村帰去。御姉様ハ夕七時頃帰去○弥兵衛参り候所、右取肴等取よせ候人無之候ニ付、松村氏を頼、向板むさしや江井・皿為持頼候所、先方無人の由ニて、松村氏持参せらる○夕七時前、およし殿来ル。暫く遊、夕飯為給、入相頃帰去○夕方、五月分御扶持渡る。取番高畑久次殿さし添、壱俵受取置。壬寅十年米也と云。端米壱升壱合ハ高畑ニ有之候由被申○永井辻番人、親方可為者代り候由也。菜の物少々遣し候所、謝礼ニ来ル○夕方深田氏被参、昨日当番小太郎名代、建石鉄三郎殿也と云。暮時被帰去○夜ニ入順庵殿、今朝(ママ)貸進之反魂余紙三ノ巻壱冊持参、被返之。尚又、同人親父反魂余紙一・二の巻借用被致由被申候由ニ付、則二冊取出し、貸遣ス。早々被帰去○暮六時過、加藤領助殿来ル。去ル十八日貸進之新累解脱物語五冊、被返之。右請とりて、朝夷嶋めぐり初編・二編十冊貸進ス。切鮓壱包被贈之、如例長話して、九時前帰去(一五三ウ)。

一昨廿四日昼時、清助妻来ル。赤坂仲の町ゟ縁郎同道致候ニ付、鳥渡御汰沙致候とだしぬきニ申来ル。此方ニてハ迷惑ニ候へども、其意ニ任、此方へ右人々を呼よせ候所、去ル三日申込候者とハ相違致居候ニ付、当人廿三、四才ニて、温柔ならず。且、付添の者ハ四谷伝馬町蛇の目鮓屋の横町ニて笊商人友某といふ人の由。両人とも多弁也。右、北御徒町小普請仮役大西忠次郎と申者の三男の由ニて、音三郎と云者也と云。ほど無帰去。此方ニてハ赤坂仲の町住居一橋御家人茂三郎と云者の忰の由ニて心得候所、外人を同道致候事、清助妻不埒成事いふべからず。おひさ参り候せつ、尋可申候。

○廿六日壬午　晴。夕七時半時頃ゟ雨、但多不降

一今朝伏見氏被参、暫して被帰去○昼前定吉妻、先日申付置候芳(ママ)買取候由ニて持参ス。代銭者先日渡置。ほろがや無之由ニ付、此方ニ有之候品遣之。右携て帰去○昼八時頃、東の方ニ出火有之。火元、西念寺本堂家根より出火致候由也。仲殿町・鮫ヶ橋辺風下ニ付、人遣し度候所、母女二人而已。せん方なく定吉ニても遣し候半と存候折から、定吉来リ候ニ付、則所々江参り呉候やう(一五四オ)申遣し候所、道ニて火鎮り、且余ほど放レ居候ニ付、不参して帰宅致候由申之、早々帰去。

一政之助殿来ル。早々帰去○水谷嘉平次殿、近辺江被参候由ニて被尋、暫して帰去○おふさ殿、一昨日貸進之括頭巾五冊持参、被参(ママ)。右請取、うら見葛の葉五冊貸遣ス。久敷遊、夕飯を薦め、其後被帰去○夕方、清助妻来ル。昨日縁郎の一義也。兼申入候仲の町一橋御家人の子息とハ違候よし同人江申入候所、悉偽を以挨拶致候ニ付、ほどよく請答致、雑談稍久敷して、暮時帰去。

一日暮て、稲荷前御家人御小人鈴木昇太郎殿来ル。同人八犬伝借用致度申ニ付、甚迷惑ニ候へども貸遣ス。雑談数刻、四時頃帰去。此節夜分の客来ハ厭敷候所、かゝる人被参候事甚敷難義也○此節所々物騒ニて、所々賊難・火難之風聞多く、去廿一日夜四時頃、牛込横寺町竜門寺ゟ出火、一軒焼候て、怪火也と云。用心致すべ(濁ママ)し。

○廿七日癸未　雨。夕方止、風烈
一今朝荷持来ル。右者、私事国元親共不快ニ付、両三日国元江参り(一五四ウ)可申候。右ニ付、私代リ者同道致候間、何分宜敷願候と云。代り之者廿五、六才の男ニて、名ハ和蔵と申候由申之○昼前昼後両度伏見氏被参、暫雑談して被帰去○八時頃、鈴木昇太郎殿来ル。御上りの由ニて、もちぐわし一包贈之、ほど無被帰去○昼後、長次郎殿被参。久野様江被参候由ニて、早々被帰去。

一八時過、岩井政之助殿来ル。右者、俳諧歳時記借用の為也。雑談数刻、右歳時記携、暮時前被帰去○右同刻、定吉来ル。御扶持春可申由申ニ付、壱俵渡し遣ス○今晩、五時頃ゟ枕ニつく。
○廿八日甲申　雨。五時過ゟ雨止、晴
一今朝、村田万平殿入来。右者、縁談一義、昨日伏見氏江新兵衛と被申媒人参り候所、伏見氏ゟ昨朝咄し置候一条、新兵衛江被申聞候趣、則村田氏江申入候由。右者、新兵衛申候所、相違有間敷候半なれども、先者伏見氏江聞合可被申被存候とて、伏見氏江被参候所、伏見氏ハ折から不在ニ付、此方へ被参候由也。則面談、宗之介ゟ申聞候一義申延、宗之介温泉ニ参り、未ダ帰宅せざるの故ニ、聢と致候事不出来。田町宗之介方ゟ参り次第(一五五オ)可申上候由申置、暫して被帰去○昼後飯田町ゟ今日婚姻祝儀無滞相済候内祝の由ニて、赤剛飯壱重、御姉様御文ヲ以壱重被贈之。則、返書ニ謝礼申述、使を帰し遣ス○昼後、伏見氏江煮豆・赤剛飯一器づゝ遣之。右答礼として鶏卵五、被恵之○八時過、加藤領助殿来ル。如例長話、夕七時被帰去。朝夷嶋めぐり三編五冊貸進ス○昼時前、成田一太夫殿子息貞之丞《(カ)》殿来ル。朝夷六編五冊被返之、且所望ニ付、俊寛嶋物語前編合壱冊貸進ス○日暮て、松井氏来ル。アヒロたまご二ツ、被贈之。此節殊の外物騒ニて、夜廻り初り候由也。木こく一封・赤剛飯少々、同人小児江遣ス。早々帰去。

一昼前、一ツ木不動尊江参詣。帰路、買物致、昼時前帰宅。不動尊江神酒・供物、夜ニ入、神燈ヲ供ス。
○廿九日乙酉　晴
一今朝おさち入湯ニ行、昼時前帰宅○昼時前順庵殿被参、雑談して(一五五ウ)昼時頃被帰去○右同刻大内氏、菜園さやゑんどう一笊持参被贈之、ほど無被帰去。其後、白墨幷硯入用由ニ付、貸進ス○昼後八時過、柳町七軒寺町ニ出火有之、久成寺と申寺一軒焼也と云○昼前、深田氏来ル。暫して帰去○夜ニ《(マヽ)》入順庵殿、過日貸進致候反魂余紙二冊持参して被帰去。自両人ニて夜話稍久敷、四時頃被帰去。且、反魂余紙中江可入張品、被贈之○夕七時過、およし殿来ル。入相頃帰去。

一縁談一義、宗之介方ゟ一向汰沙無之候ニ付、明早朝人可遣存候て、手紙二通認、定吉江明朝田町江届呉候様申遣ス。

○卅日丙戌　晴

一昼前岩井氏被参、貸進致置候俳諧歳時記持参、被返之。雑談数刻、八時前被帰去。所望ニ付、しりうごと三冊貸進ス○昼時前定吉、田町宗之介ゟの返書持参ス。右返書ニ曰、未少々分かね候義有之候ニ付、今少々先方へ申延置候やう申来ル。定吉ハ直ニ帰去（一五六オ）。

一昼後、おふさ殿来ル。敵討裏見葛葉五冊持参、被返之。且又、梶原源太さみせん聢と存不申候ニ付心得（ママ）度由被申候ニ付、教遣ス。夕七時過、被帰去。石言遺郷五冊貸遣ス○夕七時頃、芝田町宗之介方ゟ使札到来。且、早春相模屋江貸置候松浦佐用姫前後十冊・青砥模稜案七冊、おまち殿ゟ口状を被添、被返之。折から自他行中ニ付、返書ニ不及、清七を帰し遣し候由、帰宅後告之○右書面の趣、宗之介ゟ申越候者、縁談一義取極メ可然申越候也○暮時、およし来ル。今晩止宿也。

一暮時山本悌三郎殿被参、蓑笠雨談借用致度由申ニ付、貸進ス。暫雑談して被帰去○右同刻、領助殿来ル。過日両度ニ貸進致候朝夷巡嶋記初編ゟ三編迄十五冊持参、被返之。右請取、四編ゟ六編迄十四冊貸遣ス。夜話久して帰去。

○五月朔日丁亥　曇

一今朝食後、およし殿被帰去○右同刻久野様御内加藤氏ゟ僕（一五六ウ）広蔵ヲ以、西丸木村和多殿ゟの書状壱封被届之。右請取、謝礼申遣ス。

一今朝、伏見氏被参、昨日宗之介江手紙遣し、且後刻宗之介方ゟ書面参り候趣、一五一十を物語致候所、さ候ハゞ、今日弥取極メ趣一封認、榎本氏江申通じ候趣被申之、被帰去○昼前伏見氏被参、今日媒人新兵衛方へ右一義可申入候と被申、被帰去。八時過、右方へ被参候由ニて、此方へ被参。右新兵衛ヲ以、村田氏江申入候所、何れ明二日万平殿此方へ被参候由、被申候由也○暮時前成田一太夫殿被参、しゆんくわん前編壱冊被返之、且美少年録初編五冊貸遣ス。早々被帰去○昼後目白辺ニ出火有之、一軒焼の由也。此頃日々の如く所々ゟ燃出、心不安時節也。

○二日戊子　半晴。昼前ゟ雨終日、夜ニ入風、巳ノ刻頃地震

一今朝村田万平殿被参候由ニ付、伏見氏と待合候所、終日不来。

一今朝、およし殿来ル。ほど無被帰去○八時頃、深田長次郎どの義母被参。煎茶・口取ぐわしを薦め、暫雑談して被帰去。

一右同刻、お国殿来ル。且、丙午年ゟ預り置候金子證文三(一五七オ)通、外ニ印行、同人人(ママ)江渡ス。夕方帰去○暮時前定吉、当月分玄米三斗九升つき候て持参。内壱斗定吉方へ差引つきべりひき候て、弐斗五升三合持参ス。右、請取置。且、来ル八日、琴嶺居士十七回忌御相当ニ付、六日志の重の内、配物人足申付置く。今晩暮六時、母女枕ニつく○今朝、おさち髪を洗ふ。

○三日己丑　雨終日。夜中同断

一今朝村田万平殿伏見氏江被参候所、伏見氏他行ニ付、此方へ入来。右者、縁談一義弥熟談ニ付、封金可致日限并ニ金高の一義被問。然ども、今朝者伏見氏留主宅ニてハ甚不都合ニ候間、聢と日限・金子等定がたく候ニ付、其段村田氏江申入候所、然者明朝可罷出候と被申、被帰去。

一四時頃加藤新五右衛門殿ゟ僕弘蔵ヲ以、ひじき一袋、手紙さし絵、被贈之。同人弥来ル十日出立被致候由申来ル。返書ニ、謝礼申遣ス。

一早昼飯ニて我身飯田町江行、縁談一義并ニ来ル八日法事の事商量致、つミ金壱両請取、上家ちん金壱分ト二百六十八文・薬売溜(一五七ウ)八百八文請取、暫時をうつして、夕七時過帰宅。

一右留主中、大久保天野氏ゟ手製かしわもち壱重被贈、手紙二通も被贈之。留主中ニ付、返書ニ不及○暮時前松井氏被参、過日貸進之寛永年録壱冊、被返之。尚又、同書二・三ノ巻二冊、合巻二部貸進ス。其後被帰去○今日飯田町ゟ帰路、しなのや重兵衛方へ傘代六百四十文・薪代金二朱の所、金壱分渡置○今朝、およし殿来ル。ほどなく被帰去。

○四日庚寅　雨。終日

一今朝村田万平殿伏見氏迄被参候所、伏見氏未帰宅致候ニ付、然バ後刻彦三郎殿を差越候由被申候由ニて、大内氏被申入。

一然る所、伏見氏ほど無帰宅被致、此方へ被参候ニ付、昨三日万平殿被参候趣都て物語致、昼後榎本氏被参候由ニ付、伏見氏も他行不被致、榎本氏を被待居○昼後自入湯ニ行、暫して帰宅。其後伏見氏被参、雑談数刻、夕七時ニ及候ニ付、榎本氏ハ今日(一五八オ)不被参候と噂致候折から、夕七半時頃榎本三郎殿被参。伏見氏、自も面談、縁談一義弥相談致度候ニ付、封金日限并ニ納釆・婚姻之義、其外種々相談致、暫して榎本氏・伏見氏被帰去。

一昨日深田氏、下掃除同道被致。右者、下高井戸定吉と申の

由申、今ゟ末長ふ掃除致度由申ニ付、右之定吉江申付置○今朝是迄の下掃除初五郎、端午祝儀として蕗壱把持参ス。然る所、此方下掃除者外江遣し候趣申候所、汰沙なしニ此方東の方の雪隠汲取、帰去。

一今朝、如例菖蒲を葺○夕方信濃屋ゟ炭二俵・薪八把持参ス。うけとり置。

○五日辛卯　雨。昼ゟ止、折々小雨

一今朝、伏見氏ゟ煮染一皿、被贈之。右うつりとして、干鱈壱枚遣之○昼前、飯田町ゟ使来ル。先日貸進之重箱返之、且又神女湯・奇応丸中包無之由ニ付、神女湯六包・奇応丸中包二ツ、御姉様（一五八ウ）御文来ル。銘茶万緑山一袋・干鱈壱枚、被贈之。過日預り置弥兵衛短刀・羽織・袴・小盆壱枚、右使江渡し、返し遣ス○昼前おさち入湯ニ行、昼時帰宅○昼時頃、自深光寺へ参詣。右者、来ル八日琴嶺様十七回忌相当ニ付、琴靏三回忌をも取越、法事致候心得ニて、琴嶺様法事料金二分・琴靏三回忌取越法事料金壱分、合金三分持参の所、和尚恵明他行ニ付、納所之僧江申聞、渡之。且、諸墓掃除致、琴嶺様十七回忌法事且琴靏三回忌法事取越・相続人一義、諸霊ニ奉告。帰路色々買物致、夕七時過帰宅。出がけ、市ケ谷桔梗屋江餅ぐわし、明六日五時頃迄ニ持参可致由申付置○右留主中、加藤領助来ル。朝夷嶋めぐり四編ゟ六編迄十四冊、被返之。右請取、青砥前後合巻七冊貸進ス。夜ニ入四時頃、被帰去○おふさ殿同やう来ル。今晩止宿ス○夜ニ入五時頃順庵殿被参、暫物語被致、四時（一五九オ）過被帰去○今日田丸和多殿江返翰認め置○今日諸神江神酒、夜ニ入神燈、并ニ赤飯を食（マヽ）ス。終日開門。

○六日壬辰　半晴

一今朝、定吉来ル。今日配物致候為也。未餅屋ゟ不参故ニ、下流そふぢを致ス○ほど無桔梗屋ゟ昨日注文のまんぢう・薄皮もち壱束五十持参。直ニ入物を返し候様申ニ付、則代金壱分渡し遣ス。

一先琴嶺様・御先祖・琴靏牌前江備、残もちぐわし各廿入壱重ヅヽ、宗之介・赤尾・飯田町・西丸下渥見・本所菊川町鈴木文治郎江定吉ヲ以、文を添、為持参ス。渥見江ハ八犬伝稿本廿八冊、ひじき一袋添、遣ス。飯田町へも伊勢ひじき一袋贈之。定吉江帰路買物申付、六百文渡し遣ス○昼前、丸屋藤兵衛来ル。右者、縁談の一義也。既ニ此方縁郎取極候ニ付、其義ニ不及。せん茶・もちぐわしを薦め、昼時帰去。同人小児江まんぢう・もち為持遣ス（一五九ウ）。

一昼時頃村田氏、伏見氏江被参候由。右者、今日納釆と心得、

何れも目録ニ致、持参被致候由也。伏見氏、今日ニハ無之、何れ封金後、来ル十六日ニ納釆のつもりニ御ざ候と被申、其外雑談被致候由、伏見氏被参、被告之。

一琴嶺様御十七回忌志の重の内、伏見氏・大内氏江十五入壱重づゝ贈之。

一定吉、夕七時過帰来。何れも請取書来ル。渥見ゟ返書。且、先日貸進之旬殿実々記五冊被返之、頼置候花色縞壱疋被差越。定吉江夕飯為給、もちぐわし五ツ、小児江為持遣ス。申付買物持参ス。

一夕七時頃、昇太郎来ル。所望ニ付、八犬伝二輯貸進ス。早々帰去。

一夜ニ入大内氏被参、暫雑談して帰去。

〇七日癸巳　曇。夕七時壱分芒種の節、昼前雨、夕七時過ゟ雨止
一今日琴嶺居士十七回忌逮夜ニ付、今朝ゟ伏見氏・大内氏被参候て、料料《(ママ)》手伝被致。伏見・大内両家ニて蠟燭壱箱、被備之。昼時過、あつミおくわ様御入来。其後深川田辺御姉様、おつぎ同道ニて来ル。各香料(一六〇オ)五十疋を被備、飯田町ゟハ蠟燭一袋を被添。料供を霊前江二膳備、親族の外、大内氏・長次郎殿も招、料供残を薦む。皆々回向畢、夕七時過、お姉様・おくわ様・おつぎ、飯田町江被帰候ニ付、定吉ヲ以送之。且又、飯田町御姉膳、弥兵衛方へ定吉ニ為持、贈之。渥見氏江も壱人前為持、定吉を立よらせ、送り畢て、五時過定吉帰来ル。定吉ニも膳部を為給、同人妻江壱人前定吉ニ為持、帰し遣ス。明日深光寺へ墓参り、供人足申付置〇皆々帰宅前、松村氏・坂本氏被参。松村氏ハ悼のうた三首短冊江認、持参、手向被之《(ママ)》。右両人・伏見氏・此方母女二人、一間膳部を給。松村氏ハ五時被帰候ニ付、平・坪・猪口、為持遣ス。伏見・坂本ハ四時被帰去。深田老母江壱人前遣之〇今日琴嶺様御画像床間ニ奉掛、神酒・備餅・くわしを供ス。夜ニ入、燈明を供ス。

一夕七時前長次郎ヲ頼、久保町ゑびすや江明日深光寺ニて人々江牽候餅、数六十誂置(一六〇ウ)。

〇八日甲午　晴
一今朝芝田町ゟ使札到来、宗之介ゟ琴嶺様霊前江金五十疋、赤尾ゟ白砂糖壱斥入壱袋、被備之。宗之介・赤尾江返書ニ謝礼申遣し、餅菓子壱重為持遣ス。来ル十日封金致候ニ付、参り候様宗之介江申遣ス。

一四時過加藤新五右衛門殿、弥明後出立ニ付、暇乞として被参。せん茶・くわしを薦め、松岡江被参候由ニて早々被帰去〇今朝青山笑寿やゟ昨日注文之もちぐわし持参ス。右請取置〇

昼飯後定吉ヲ召連、深光寺へ母女二人参詣、餅菓子持参ス。飯田町ゟ御姉様并ニ弥兵衛・おつぎ・お鍬さま・田辺鎮吉殿参詣。本堂ニて十七回忌読経、次ニ琴靏居士三回忌取越読経、各焼香畢、墓参、拝礼ス。且、過去帳ニ到岸并ニ明廓信士記之候ニ付、今日弥兵衛委敷記之。深光寺ニて上餡ころもちがしを被出、此方ゟ持参の壱分饅頭・薄皮もち、先牌前江供、参詣の人々江牽之。法事畢、各退散。鎮吉殿ハ香華院蓮秀寺江参詣致候由ニ付、右寺(一六二オ)迄同道、蓮秀寺へ一同参詣。右門前ニて立別れ、夕七時過帰宅。

一右留主中、松村氏被参候由也。昇太郎・政之助両人来ル。政之助先貸進のしりうごと三冊、先月廿六日貸進の八犬伝初集五冊、昇太郎殿持参、返ス。ほど無帰去○加藤新五右衛門殿明後十日出立被致候ニ付、砂糖づけ壱斥入一折、手紙さし添、定吉を以遣ス。且、去ル五月一日木村和多殿より書状の返書、加藤江頼、遣之。定吉ニ夕飯為給、白粉・べに買取呉候やう申付、代銭百三十二文渡遣ス○今日仏参留主居ハ伏見氏被参居候也。

一夜ニ入順庵殿被参、ほど無被帰去○今日も琴嶺様御画像、昨日のごとく祀之、夕方納畢。

○九日乙未　雨

一今朝伏見氏被参、親類書認め呉候由ニて右持参、被帰去。昼後出来ニ付持参、被示。暫雑談して被帰去○昼後入湯ニ行、暫して帰宅。

一夕方、およし殿来ル。雑談して、暮時被帰去(一六二ウ)。

一五時過、加藤新五右衛門殿来ル。弥明十日卯ノ刻頃出立ニ付、暇乞被申入。同様名残をしまれ、ほど無被帰去。

○十日丙申　雨。終日

一今朝象頭山江参詣、帰路種々買物致、昼時前帰宅○同刻、長次郎殿来ル。暫して帰去。蠟燭三本遣之○昼九半時頃、弥兵衛来ル。其後宗之介、駕ニて来ル。今日縁談封金ニ依て也。右以前伏見氏被参、今日来会之人々江出し候料理あんば(濁マヽ)い被致、刺身・口取物ハむさしや江申つくる。

一八時頃村田万平、橋かけ人新兵衛同道ニて伏見江被参、ほどなく此方へ両人来ル。一同座敷ニて対面、惣方為替取請文江印形被致、封金五両被渡之。右請取畢、吸物・さしみ・とり肴を出ス。各江夕膳を薦め、万平殿・新兵衛ハ先江帰去。宗之介駕之者江夕飯為給、夕七時過、宗之介・弥兵衛帰宅ス。伏見氏被取持、暮時被帰去。

一八半時過、綾部氏ゟ武蔵野弥五郎娘おいちヲ以、蕎麦切壱重被贈之(一六二オ)。先日貸進之青砥合巻を被返之。おさち江文

到来。則おさちゟ返書ニ謝礼申遣ス。且、石の枕壱冊貸遣ス
○夜ニ入順庵殿被参、四時頃迄雑談して被帰去。
○十日(ママ)丁酉　雨。寒し。綿入衣を着用ス。
一今朝象頭山江参詣四時過帰宅○昼前大内氏被参、菜園しんぎく一笊持参被贈之、暫して被帰去。伏見廉太郎殿・おつぐ殿江髪月代致し遣ス。大内氏、長柄長者、(アキママ)塔と申読本三冊被貸。

一昼後、おふさ殿来ル。暫遊、帰去○八時過昇太郎殿来、八犬伝二集持参、返之。内五ノ巻ハ未不返。尚又、三輯五冊貸遣ス。ほどなく帰去○夕七時頃、松村氏来ル。昨九日五月渡り御切米玉落候間、両三日中ニ可参候間、こなた様も一緒ニ取ニ可参候申、暫雑談、暮時前被帰去○暮時前、順助殿来ル。去ル五日貸進之責砥、全部被返之。右請取、玄同放言全部七冊貸遣ス。如例長話、四時帰去(一六二ウ)。

十二日戊戌　半晴
一今朝象頭山江参詣、四時前帰宅○同刻、伏見氏被参。右者、媒人田嶋新兵衛参り、縁郎世話料貰申度由申参り候と被申候ニ付、承知之趣申、伏見氏被帰去。ほど無新兵衛、右金子請取書持参、此方へ来ル。則、金壱両二分渡し遣ス。ほど無帰去○四時過松村氏被参、今日昼後御切米請取ニ可参候間、こなた御切米も序午取可参候由申候ニ付、壱封さし添、印行同人江渡之。いせひじき一袋進之、暫して帰去。

一右同刻、下掃除定吉来ル。厠そふぢ致、帰去○今朝、長次郎殿来ル。させる用事なし。ほど無帰去○四時過おさち入湯ニ行、伏見小児両人同道ス○八時頃、およし殿来ル。雑談して、夕方帰去。
○十三日己亥　晴
一今朝象頭山江参詣、四時頃帰宅○四時過、松村氏来ル。今日蔵宿森村屋江被参候由ニ付、印形渡、頼置。夜ニ入帰り被参、蔵宿諸入用さし引、金弐両二分(一六三オ)五百三十八文持参被返之。暫して被帰去。印形請取、納置く。
○十四日庚子　晴
一早朝象頭山江参詣、五時過帰宅○五時過、定吉妻来ル。申付置候糖(ママ)持参、且日雇賃書付持参。売〆七百五十四文の由ニ付、金壱分二朱渡し遣ス。

一右同刻伏見氏被参、松村も無程来ル。昼時迄雑談、両人帰去。松村氏、伏見氏と後刻又可参由約束被致、被帰去○昼後大内氏被参、雑談後被帰去○夕七時前松村氏被参候所、伏見氏大久保江参、少々用事有之候ニ付、伏見氏、松村氏江一封被贈。右ニ付、約せし一義、明十五日出会可致候と松村氏よ

り返翰ニ被申遣。其後、松村氏被帰去。古紙入壱ツ、松村氏江進ズ。

一暮時前、およし殿来ル。今晩止宿ス○日暮て順庵殿被参、暫物語被致、帰去○今晩より蚊帳を用ゆ。
○十五日辛丑　晴
一今朝、松井氏被参、右者、昨日伏見氏と酒宴の為也。直ニ伏見江被参。

一およし殿、四時頃被帰去○昼後自板倉安次郎方へ行、去ル二月(一六三ウ)三日小太郎当番頼候弁当料三匁此銭三百十二文持参、返之。夫ゟ象頭山江参詣、夕七時前帰宅○右同刻順庵殿被参、麹町江被参候由ニて、暫して被帰去○今朝、長次郎来ル。およし殿迎之為也。ほどなく帰去。ひじき一袋遣之○明十六日納采贈り候ニ付、問合として伏見氏、村田氏江被参候由、夕方被参、被告之○去月廿五日武蔵屋ニて口取さかな・さしみ等取よせ候所、代銭乞ニ不来。右ニ付、今日持参して渡之。勘定済。
○十六日壬寅　晴。夕七時頃曇、其後雨終夜、今日ゟ入梅
一早朝象頭山江、五時頃帰宅○今日吉祥日ニ付、昼後ゟ伏見氏、榎本氏江納采持参被致候ニ付、則伏見氏目録奉書江被認、金三百疋、社杯料金百疋、諸品料として榎本氏江持参せらる。榎本氏ニて祝酒を被出候由、尚又、先方ゟ此方へ被贈候品々、直ニ伏見氏江被渡、目録の如く帯代三百疋・諸品料金百疋、伏見氏被渡之。右ニ付、取替せ祝儀目出度相済。今日賢崇寺隠居、榎本氏江被参、伏見氏も面談の(一六四オ)由、帰宅後被告之○昼後、おふさ殿来ル。旬殿実々記十冊、被返之。右請取、春蝶奇縁八冊貸進ス。ほどなく被帰去○鈴木昇太郎殿被参、八犬伝弐輯壱冊・三輯五冊持参、被返之。尚又、八犬伝四輯四冊貸遣ス。暫雑談して帰去○同刻、およし殿来ル。ほどなく帰去○今朝、高井戸定吉来ル。さやえんどう一笊持参、贈之。昼時ニ候間、昼飯為給遣ス。

一八時過、順庵殿上野江被参候由ニて、早々帰去。
○十七日癸卯　雨。昼後雨止、不晴
一今朝象頭山江参詣、四時帰宅。十一日より今日迄、日参也。

一昼後、飯田町ゟ使札到来。右者、明十八日明廓信士百ケ日逮夜ニ付、志の由ニて黄剛飯壱重、煮染添、被贈之。返書ニ謝礼申遣ス。

一今日元立院様御祥月忌ニ付、挽割飯こしらへ、とゞろ汁平皿ニて料供を備、伏見氏・大内氏・松村氏を招きて振ふ之。且、ふし見氏家内江ハ此方ゟ贈之。伏見氏ゟ午房壱把・そら豆壱升、被贈之(一六四ウ)。黄剛飯、にしめ添、伏見氏江遣ス○

大内氏夕方又被参候ニ付、黄剛飯・にしめを薦め、夜ニ入坂本氏被参、暫雑談後、五時坂本・大内帰去、松村氏ハ其後被帰去。

一今日、観世音祀之。
○十八日甲辰　晴。薄暑
一四時過ゟ飯田町江行、さとうづけ一袋持参、明廓信士百ヶ日ニ付、もり物として備之。飯田町ニて昼飯被振、八時頃ゟ御姉様・おつぎ・自三人ニて深光寺へ参詣、諸墓江水花を供、拝し畢、本堂ニて焼香致。深光寺門前ニて御あね様・おつぎニ別をつげ、壱人夕七時頃帰宅す。朝出がけ、しなのや重兵衛へ炭薪代金壱分払、受取書を取。内、三百四十八文未残ニなる○右留主中客来なし○日暮て長次郎殿来ル。其後加藤氏被参、両人ニせんちや・そら豆を薦め、雑談数刻、四時深田帰去、少しおくれて加藤氏被帰去。
○十九日乙巳　晴。夜ニ入曇（一六五オ）
一四時前自、青山久保町伊勢屋長三郎方へ買物ニ行、おさち浴衣地一反・うらゑり・袖口ちりめん買取、代金二分ト六百六十四文払、帰路入湯致、四時過帰宅。其後おさち入湯ニ行、昼時帰宅○四時過、定吉来ル。裏掃除致可申ニ候へども、今少々先江致方よろしくと申聞、暫して帰去。

一昼後伏見氏被参、茄子五ッ持参被返之、暫して帰去○昼前、万平殿来ル。去ル十日此方ゟ遣し置候重箱持参、被返之。右うつりとして、かつをぶし一本被贈之。当番出がけの由ニて、早々被帰去○八半時頃、深田およし殿被参、手製五もく鮓一器持参、被贈之。右うつりとして、煎茶一包、右ふた物ニ入、遣之。およし殿雑談被致、夕方被帰去○夕方、長次郎殿来ル。させる用事なし。暫して被帰去。
○廿日丙午　雨。昼後ゟ雨止、不晴
一昼後、おふさ殿来ル。去る十六日貸進之春蝶奇縁八冊返之、尚また月氷奇縁五冊貸進ス。おさちと暫く雑談して被帰去（一六五ウ）。

一八時過定吉、昨日申付置候きぬ糸買取、持参ス。早々帰去。

一夕方、およし殿来ル。今晩止宿ス○暮時過、順庵殿被参。所望ニ付、侠客伝四集貸進ス。五時前被帰去。
○廿一日丁未　晴
一今日吉日ニ付、おさち浴衣裁、おさち仕立畢○およし殿浴衣地買取度存候所、代銭少々不足ニて不整由被申候ニ付、少々の貸進可致候と申候へバ、然者今ゟ買取度、何卒御つれ被下候由被申候ニ付、朝飯後およし殿同道ニていせ屋長三郎方へ行、浴衣地一反・うらえり買取、代銭金壱分弐朱之内、八十文残る。昼時前帰宅○昼八時過ゟ荒木横町紺屋染物申付。代銭拾匁の由ニて、来月弐日頃出来致候と申。尚又、紫屋江参り、浅黄ちりめん染申付。右者代金弐朱ト七十二文也と云。是亦来月初旬ニ出来の由、申之○夜ニ入、順庵殿来ル。暫して被帰去(一六六オ)。

○廿二日戊申　晴。今日巳ノ四刻夏至也(コノ項、墨消)

一今朝伏見氏被参、無程被帰去○四時過ゟおさち入湯ニ行、昼前帰たく。

一四時頃、順庵殿来ル。暫雑談。同人親父所望ニ付、燕石雑誌六冊貸進ス○八時過定吉妻、白米五升持参ス。右者、去ル七日深田氏江白米五升貸候所、今ニ不被返、此方飯米不足ニ付、昨日定吉江申入置候ニ依て也○夕方、お吉殿来ル。雑談して、入相頃帰去。

一今暁八時頃、東の方ニ出火有之。おさち起出、見候所、何方欤不分。天明後聞、大名小路土佐守様御屋敷御長屋一棟焼失也といふ。よせ場立候由也○赤猫仁助昨夕方ゟ罷出、今日も不帰。所々尋候ども行方一向知れず、如何致候や。自昨夜ノ夢ニ、仁助何方ニて欤頭江二寸程の疵をうけて帰宅致候所、おさち疵口へ薬つけ遣し候と見て覚たり。右ニて格別心ニ掛り候也。

○廿三日己酉　晴。薄暑、今朝巳ノ四刻夏至也(一六六ウ)

一昼後伏見氏、過日絞り候麻染出来の由ニて持参。外ニ、浴衣地二反、襟・袖口糸添、仕立頼度由也。右請取置、暫して被帰去。

一昼後、清助来ル。一昨日越後ゟ帰宅の由ニて、汗手拭一筋土産として持参、被贈之。雑談して帰去○猫仁助、明方ニ相成、帰来ル。其悦限りなし。

○廿四日庚戌　半晴。昼後少々雨。

一昼前坂本氏被参、返魂余紙出来の由ニて、被貸之。雑談後、昼後被帰去。

一伏見氏今朝被参、大久保矢野氏ゟ藩翰譜・伊勢軍記、其外犬追物御覧記・老人雑話借受度由被申越候由ニ付、則貸進ス。其後鯵魚壱尾持参被贈之、ほど無帰去。昼後又被参、暫く雑談後帰去○八時過おふさ殿被参、今日柏もち出来の由ニ付持参被贈之、暫して帰去○折からおよし殿参り被居候ニ付、振ふ之(一六七オ)。

一夕方、順庵殿来ル。ほど無帰去ル。およしどのも夕方帰去。

一伏見氏ニて被頼候浴衣、今日壱ツ仕立畢。

○廿五日辛亥　雨

一四時頃おさち入湯ニ行、昼時前帰宅。昼後自入湯ニ行、ほどなく帰たく。

一今朝伏見氏ゟ精進平にしめ・ごま汁二人前、岩五郎殿内義持参、被贈之○八時過、長次郎殿来ル。暫物語致。明廿六日成田頼母子会有之候所、我等掛金ニ差支、殆難義致し、何とも申出難候へども、半ロ分金弐朱貸賜るべしと被申候ニ付、然者来ル五日頃迄ニ持参被致候様申示、金二朱貸遣ス。暫して帰去。

一今朝、下掃除定吉来ル。大こん壱把持参被贈之、厠そぶち致、帰去。

一暮時、領助殿来ル。如例長談、五時過帰去○五時前順庵殿被参、無程領助殿と一緒に被帰去（一六七ウ）。

一四身・三身、今日仕立畢。つけ紐・肩・腰あげ不残出来ニ付、おさちふし見江持参、渡之。

○廿六日壬子　雨。今日ゟ八専也、夜中大雨、雷鳴

一昼時頃加藤順助殿、今日ゟ忌明ニ付、出勤の由ニて被参、暫して被帰去。

一夕七時頃岩井氏被参、過日貸進の出板一双被返之、ほどなく被帰去。

一昼後おさちヲ以、大内氏江さとうづけ一器、為持遣ス。右うつりとして、窓の月九ツ被贈之○八時頃、定吉妻来ル。過日頼置候びん付油買取、持参ス。

一夕方、長次郎殿来ル。そら豆塩ゆで一袋持参被贈之、早々帰去。右同刻、およし殿来ル。今晩止宿ス。

○廿七日癸丑　終日雨

一今朝喰後およし殿帰去、八時過又来ル。暫遊、夕七時過帰去。

一昼時嘉平次殿被参、高畑江用事有之候ニ付被参候所、高畑他行ニ付、帰り待合候間、来候由也。煎茶・干菓子を薦め、暫く雑談して被帰去（一六八オ）。

一昼後、青山権田原御家人須川小太郎殿来ル。右者、八犬伝借覧の為也。窓の月壱折持参、被贈之。何分読本貸進ハ甚迷惑ニ存候へども、流石ニ断申入候もきの毒ニ付、所望の如く三集五冊貸遣ス。ほど無帰去。

一夕方伏見氏被参、先日頼置候浅黄ちりめん絞出来、持参せらる。代料者何ほど也と承り候ども、何とも被不申（ママ）、其儘請取おく。ほどなく帰去。

一伏見氏ニ被頼候さらしもめんしぼり、今日絞り初ム。

○廿八日甲寅　曇。昼前ゟ晴、夕七時頃ゟ又雨。

一今朝、不動尊江神酒・備餅・供物を供ス○昼前ゟ赤坂江行、昼時頃帰宅。右留主中、およし殿被参。右者、入湯ニ同道可

致為也。然る所、今日不参ニ付、ほど無被帰去○昼後伏見氏江頼、日記帳を緘貫ふ。ほどなく出来、持参被致、暫して被帰去。

一夕七時頃定吉、御扶持春可申由ニて、取ニ来ル。則、渡し遣ス（一六八ウ）。

一暮時、長次郎殿来ル。暫く雑談して、五時前帰去。

一伏見氏ゟ被頼候仕立もの、ひとへ物壱ツ・帷子弐ツ出来ニ付、おさち持参、渡之○昼後おさち入湯ニ行、しバらくして帰宅。

○廿九日乙卯　半晴。昼後ゟ晴

一昼後芝田町山田宗之介ゟ使札到来、鶏卵九ツ入壱重致来。おまち殿ゟ文到来、安否を被問。謝礼、返書ニ申遣ス。先月四日豊蔵ニ貸遣し候傘、今日清七持参、返之。清七所望ニ付、新枕夜話一冊・古本しらミ盛衰記・無筆あて字盡し、三本貸遣ス○夕七時前昇太郎殿、過日貸進の八犬伝四輯四冊被返之、尚又五輯六冊貸遣ス。暫雑談して帰去。

一荷持和蔵給米取ニ参り候所、昨日俵の儘定吉持参致候ニ付、未玄米無之候ニ付、一両日中ニ又参り候やう申遣ス（一六九オ）。

一藤田内義来ル。今日つけ梅おとし候ニ付、入用ニ候ハヾ取ニ可参旨、窓ゟ申被入候ニ付、承知の趣申遣ス。其後、おさち取ニ遣し候所、壱斗有之由被申。右ニ付、皆此方へ請取をく。内五升ハ飯田町江遣スべし○今日日記帳を表紙をかけ、緘畢。上書付、伏見氏江頼遣ス。伏見氏ゟなら漬瓜少々被贈之。伏見氏ゟたのまれ候白木綿壱反、今日絞畢候間、おさちヲ以為持遣ス（一六九ウ）。

（一七〇—一七五白紙）

五大力菩薩（一七六オ）

（第三冊終）

（以下第四冊。表紙図版参照）

○六月朔日丙辰　半晴。折々雨

一昼後大久保矢野氏ゟ樹木梅子五升被贈之、手紙遣来ニ候所、取込ニ付、返書ニ不及、使を返ス○伏見小児両人ニ髪月代致遣ス。

一今朝、弥兵衛来ル。先月分薬売留、一わり差引、金二朱ト壱〆弐百九十文、上家ちん金壱分ト二百五十八文持参ス。且、神女湯并ニ奇応丸大包・小包無之由ニ付、神女湯十四・奇応丸大包一・小包十、渡遣ス。過日貸進之重箱被返之、暫して帰去○昼後須川小太郎被参、過日貸進之八犬伝三集五冊、被返之。所望ニ付、四輯四冊貸進ス。早々帰去。

一およし殿、今朝・夕方両度来ル。去月廿一日貸進之鳥目二百文持参被返之、右請取おく○富蔵妻来ル。先日富蔵願置候悴金太郎手習双紙二冊こしらへ置候まゝ、おさち遣之○夕七時頃勘助方へ人足申付、飯田丁江つけ梅五升、外ニ寒紅梅三升余、為持遣ス。尚又清助方へ、手紙(一オ)さし添、鶏卵壱重為持遣ス。右者、在所ゟ帰宅之せつ、汗手拭壱すじ(濁ママ)為土産持参致候答礼也。右使、七半時頃帰来ル。飯田町ゟ返書、人足ちん百四十八文被遣之、右請取おく○暮時前順庵殿被参、暫く雑談、夜ニ入四時頃被帰去○夕七時頃、長次郎殿来ル。伝馬町江買物ニ被参候由ニ付、白麻切買取呉候様頼遣ス。今日線香壱把門口ニて焼候得者、雷除ニ成候由ニ付、所々ニて致。右ニ付、手前ニても、今日裏口ニてせん香壱把、焼之。右者、長次郎殿之話也。長次郎七半時頃、右買取、持参せらる。其後被帰去。

二日丁巳　曇終日。折々雨、今日半夏

一四時頃、およし来ル。とき物致、昼飯為給、帰去○昼後八時過、松村氏来ル。先月貸進之寛永年録二冊・合巻二ツ、被返之。過日小でうちん・ふた物持参、是また被返。所望ニ付、和名抄二冊貸進ス。折からお国殿被参、右両人江蕎麦がきを薦、雑談後被帰去。松村氏鶏卵二ツ、被恵之○夜ニ入、山本悌三郎殿来ル。ほど無順庵殿被参、雑談後五時頃両人とも被帰去。順庵殿江過日より借置候返魂余紙、返之○日暮て、およし殿来ル。せんべい一袋持参、被贈之(一ウ)。今晩此方へ止宿也。

○三日戊午　晴。暑

一今朝四時過伏見氏被参、おさち江雨天傘壱本、被贈之。且、一昨日絞り候木綿染出来、被見せ之、此方ニて絞り候糸をとく○およし殿、朝飯後おさちニ髪結貰、帰去○昼前、長次郎殿来ル。先日貸進の金二朱持参被返之、右請取。おさちニ髪貰、帰去○夕七時前、三毛由良太郎殿来ル。枇杷壱把持参被贈之、暫雑談して被帰去。

一右同刻、有住岩五郎殿来ル。。右者、相続人未取極無之や、少しも早く取極メ申度被申、被帰去○夕七時頃、下掃除定吉来ル。只今客来ニて掃除出来かね候由申候得者、帰去○夕方自入湯ニ行、ほど無帰宅ス○暮時頃、およし殿・順庵殿被参。およし殿ハ止宿ス。

一自中暑気味ニて、折々胸痛、食事不薦。今晩少々悪寒致候ニ付、順庵殿江診脉を頼候所、診脉被致。全暑邪ゟ持病引出し候。五苓散煎用被致候様被申之、雑談後五時過被帰去(二オ)。

○四日己未　曇。雨少々、忽止

一自昨夜ゟ胸痛甚しく、今朝壱度甚しく胸痛致、終日平臥。

右ニ付、およし殿終日此方ニ罷在、今晩も止宿ス○朝飯後おさち久保町江薬種買取ニ行、ほどなく帰宅。直ニ五苓散を煎用ス○四時頃伏見氏・松村被参、雑談昼時ニ及。松村氏、アヒロ（ママ）たまご五ッ持参。右者、予買取候約束ニ付、代銭百文渡之、昼時被帰去。

一昼後並木又五郎外壱人、同道ニて来ル。自不面、早々帰去。何等の用事なるや不知、大概ハ縁郎一義成べし○夕七時過、鈴木昇太郎殿・政之助殿来ル。跡ゟ須川小太郎殿来ル。一日貸進之八犬伝四輯四冊被返之、右請とり、六輯六冊貸進ス。三人一緒ニ帰去○昼前順庵殿被参、自薬五苓散ニてハ不宜、紫蘇和気飲可然候。帰宅後調合致、上可申と被申候ニ付、夕刻おさちを取ニ遣ス○夕方おふさ殿、先日貸進之稚枝鳩五冊持参被返之、おさちと雑談して被帰去○日暮て、定吉来ル○御扶持春候所、甚しき悪米ニ付、先四升持参致候。残米ハ異日良米と取替、さし上可申と申（二ウ）。定吉江革提たばこ入遣し、其後帰去○今日庚申祭、如例之。

○五日庚申　晴。南風

一今朝順庵殿被参、湯嶋ニて書画会有之候ニ付、松葉や江被参候由ニて早々帰去○昼前伏見氏被参、伝馬町江諸買物ニ参り候、何ぞ買物ハ無之やと問ハれ候ニ付、其意ニ任、染物并ニ糸・茶わん買取呉候様頼、金壱分二朱渡、頼。昼時頃、買物整被参。紫ちりめん染出来ニ付、請取被参。右請取、謝礼を申述、直ニ被帰去。其後、門の金物損レ候所、右鉦（ママ）打つけ被参○およし殿今朝起出、食前被帰去、暮時又来ル。此方へさし置候うちわ携、暮時帰去○暮時定吉、高畑まで参候由ニて来ル。ほど無帰去○自今日ハ順快ニて、起出候へども、食事不薦、折〳〵胸痛有之、難義也○八時頃大内氏被参、暫く雑談、秤入用の由ニ付、大秤貸進ス。七時頃帰去○自、今日者先順快なり。然ども、食気なし。

○六日辛酉　晴。凌よし

一今朝、高畑久次殿来ル。右者、荷持和蔵請状筆墨料十六文（三オ）出候様被申。則、廿六文遣之。且、請状を見せらる。暫して被帰去。

一昼後、おふさ殿来ル。おさちと雑談後、八時過被帰去。合巻四部貸遣ス。

一おさちヲ以、容躰書認、坂本氏江薬取ニ遣候所、未ダ帰宅無之由ニ付、さし置、帰宅○夕方、およし殿来ル。今晩止宿、自療治を被致。

一昼前、長次郎殿来ル。仲間此せつ引篭多、難義の由被申、被帰去。

一自今日ハ不出来、兎角胸痛致、食事不薦、大便三日以来通じ無之、甚難義也。
○七日壬戌　晴。凌ヨシ。暮時頃ゟ雨
一昼前、深田長次郎殿来ル。梅子落し候由被申候ニ付、則落貰ふ。七升余有之。三升、深田江しん物ニ遣ス。所望ニ依而也○右同刻、深田義母被参。自不快見舞也。四谷江買物ニ参り候由ニて、早々被帰去。

一およし殿、四時過被帰去。昨夜之療治代四十八文、遣之。

一四時頃伏見氏被参、二丁目番附持参、被見せ之。雑談稍久敷して(三ウ)、昼時被帰去○四半時頃、加藤領助殿来ル。是亦雑談数刻、昼時帰去。

一今晩おさちヲ以、坂本氏江薬取ニ遣ス。然所、未帰宅無之由ニて、坂本氏内義速功丹壱包を被差越、徒ニ帰宅。帰路三黄丸・赤にしの粉取来ル。直ニ腹用ス○昼後大内氏、先貸進之秤持参、被返之。且、采《(ママ)》園の蔓な被贈之。折から政之助殿施痢病の粉三包被贈。内壱包ハ大内氏江進ズ。両人暫雑談、煎茶を薦、八半時頃帰宅○夕七時頃おさち入湯ニ行、暫して帰宅○夕七半時頃順庵殿来診、薬調合、持参被致。三貼之内二貼、今日煎用ス。診脉被致、被帰去○右同刻長次郎殿、先刻梅を入持参候木鉢持参、被返之、早々帰去○夕方荷持和蔵、給米乞ニ来ル。則、玄米四升渡遣ス○夜に入、領助殿麻布江被参候帰路之由ニて来ル。如例長話、雨降出候ニ付、傘・下駄・ふろしき貸進ス。四時過帰去。

一定吉妻帰ル。草ほふき壱本持参、差置、帰去○坂本氏、新吉原町万字や茂吉ひき札壱枚、被贈之(四オ)。
○八日癸亥　雨。八専の終、昼時頃雨止、四時頃ゟ南風烈
一今朝伏見氏被参、無程被帰去○八時頃およし殿、暫遊、被帰去。

一八時過伏見氏又被参、雑談後帰去○夕七時頃山本半右衛門内義、自不快見舞ニ来ル。ほど無帰去○右同刻、高畑久次殿来ル。右者、今日加藤領助殿宅ニて寄合有之。此節平番引籠多ニ付、是迄弁当料敷ニ御ざ候所、直上《(ママ)》致、御番壱度分弁当料五匁候。早出之節ハ二匁増、七匁の由也。右書付を見せらる。右書付一覧、承知之趣答候へバ帰去○今日おさち、伏見氏ニて被頼候しぼり浴衣壱反仕立畢、伏見江持参ス○暮時前順庵殿来診、追々順快ニ付、診脉ニ不及。明朝薬取ニ可遣旨申候者、然者我等薬紙持参、帰宅可致旨被申候ニ付、則薬包紙を渡置、暫して帰去。

一昼後、清助来ル。ほどなく帰去。過日進物之謝礼申入ル。
○九日甲子　雨。忽止、半晴、四時地震少々(四ウ)

一今朝高畑久次殿ヲ以、成田氏ゟ美少年録初輯ゟ三輯迄十五冊・童子訓初板二板十冊、被返之、右請取置く○今朝伏見氏、白うり香の物持参、被贈之。此方ゟしぎ焼少々贈之、暫して帰去。

一昼前おさちヲ以、坂本氏江薬取ニ遣ス。ほどなく帰宅○昼後自伝馬町江買物ニ行、種々買物致、八時過帰宅。其後おさちヲ以、あや部氏江寒ざらしの粉壱重贈遣ス。先頃中ゟ度々物を被贈候謝礼也。程なく帰宅ス○夕七時過、山本悌三郎来ル。過日貸進の蓑笠雨談三冊持参、被返之。右、請取置く。同人是迄宮様御門前住居の所、六月四日六番町江転宅被致候由也。雑談後、入相頃帰去○今日甲子ニ付、大黒天江神酒・供物、夜ニ入神燈を供ス。如例之。

○十日乙丑　晴。凌ヨシ、今暁卯ノ刻小暑之節也

一今朝自像頭山江参詣、四時頃帰宅。其後およし殿同道ニて入湯ニ行（五オ）、昼時帰宅○右同刻、政之助殿入来ル。先日頼候新吉原万字や引札写取り持参被贈之。暫雑談して帰去○長次郎殿来ル。させる用事なし。ほど無帰去○八時過、家根屋伊三郎手代来ル。母屋の漏所つくろい、帰去○夜ニ入、お国殿来ル。小児を同道ス。小児江菓子を遣ス。暫く雑談、明十一日市十郎殿母義三十三回忌に相当致候ニ付、志致度、右ニ付、金子入用ニ付、金壱分申受度由被申候間、則金壱分渡ス。都合二両二分預り候所、昨六月十七日ゟ是迄金壱両ト三分二朱渡し候間、残金二分二朱也。きうり十本遣之、しバらく物語して、五時前被帰去。

○十一日丙寅　晴。暮時ゟ雨

一今朝伏見氏被参、今日三田三丁目迄使遣し候間、田町山田江用事有之候ハヾ、立寄せ可申候被申候間、其意ニ随、宗之介江手紙一通、おまち殿江一通認め、届貰ふ。右者、有住江宗之介参り呉候やう頼遣ス。右使、昼時過帰来ル。おまちゟ返事到来。客来ニ付、宗之介ゟハ（五ウ）返書不来。何れ十四日ニ参り候由、申来ル。

一下掃除定吉来ル。薪大把三把持参、金二朱ニ付、六把之由。直ニ代金二朱渡呉候様申ニ付、渡遣ス。厠そふぢ致、帰去○八半時頃ゟおさち入湯ニ行。生形妹お鐐同道ス。暫して帰去○暮時、長次郎殿・およし殿来ル。明十二日増上寺御成罷出候由ニて、両人とも早々帰去。

一夜ニ入順庵殿被参、先月中貸進の化くらべ丑三ノ鐘持参被返之、ほどなく被帰去。

○十二日丁卯　曇。八時過ゟ雨、雷数多

一昼後榎本氏被参、百人町迄被参候由、被申之。煎茶・葛煉

を薦め、暫く雑談して被帰去○夕七時頃定吉、御扶持つき候て持参ス。則、つきちん六十四文渡遣ス○日暮て、およし殿来ル。其後、長次郎殿来ル。暫して長次郎帰去、およし殿ハ止宿ス。

（十二日記上欄ニ貼紙、次ノ十三日記補遣アリ）

○十三日戊辰

一今朝食後、およし殿被帰去。

一昼後大内氏被参、先頃中頼置候火打がま買取被呉候由ニて、持参被致。代銭ハ四十八文の由ニて、おさちニ為持遣ス。今日、外ニ使札・客来なし。此日付落し、故ニ別ニ認め置。

○十四日己巳　晴。八時過ゟ電鳴数声、雨、夜ニ入同断（オ六）

一今朝およし殿、朝飯後おさちニ髪結貰。尚又、おさち同道ニて入湯ニ行、四時過帰去○今朝伏見氏被参、暫して帰去○九時過順助殿入来、先日貸進之下駄・傘・ふろしき持参被返之、蠟燭二挺被贈之。如例長物語、是ゟ御番所江御使ニ被参候由ニて被帰去。外ニ返し候てうちん持参、一両日預り呉候様被申候ニ付、其儘あづかり置く○八半時頃、宗之介来ル。去十一日、参り呉候様申遣し候ニ依也。縁郎一義ニ付、有住江参り呉候やう頼候所、今日参上致難候。何れ十七、十八日頃迄参り候間、其せつ又上り可申由。是ゟ永川明神祭礼ニ付、赤坂久保富次郎方へ参り候由ニて、帰去。おまち殿ゟ文到来、去八月中品川三文字や江貸置候夢想兵衛九冊、被返之。右請取、納置○夕方おさちヲ以、深田氏江糸綿為持参遣ス。取ちん同様。

○十五日庚午　晴。今日初秋

一今日座敷ゟ勝手迄おさち手伝、大掃除をス。八半時頃、仕畢。右ニ付、伏見氏ゟ煎豆腐・白うり香の物、せんちや（ウ六）を添、被贈之。右うつりとして、しら玉もち一器贈之。

一夕七時頃成田氏被参、借書の謝礼として、白玉餅一器持参、被贈之。是亦右うつりとしてあひるたまご三ツ遣之、尚又童子訓四板・三板十冊貸遣ス○暮時伏見氏被参、暫くして被帰去。

○十六日辛（アキママ）　雨。昼後ゟ雨止、不晴

一昨夕、無礼村源右衛門来ル。氷川明神祭礼見物致、帰路の由ニて、せんべい一袋持参り、ほど無帰去○今日も亦来ル。昨夜定吉方へ止宿致、只今無礼村江帰路由ニ而、伊勢ひじき少々遣之、早々帰去。

一昼前、およし殿来ル。せんべい一袋持参、被贈之。昼時頃、弟長次郎迎ニ来ル。右ニ付、帰去。長次郎同断○昼後、半右

衛門来ル。去二月二日の儘ニて、今日四日め也。暫物語被致、被帰去。

一昼前、定吉来ル。今日北の方境垣并ニそぶぢ致候心得ニて来り(七オ)候所、雨降出候ニ付、延引ス。垣根杭ノ代、金二朱渡し置く。外ニ百四十八文、くわし・白粉買取呉候様頼、渡し置く。

○十七日壬申　晴。夕七時頃ゟ曇、其後雨、暮時ゟ小雨

一今朝食後、自赤坂一ツ木不動尊江参詣、白米一袋納之。帰路、同寺歓量院妙誉清信大姉、来ル廿日一周忌ニ付、墓参致、水花を手向。伝馬町ニて買物致、四時前帰宅○右同刻、加藤順助殿来ル。如例長座、昼時ニ成候ても被帰去ず候ニ付、かけ合之昼飯を(ママ)を薦め、尚又雑談、八時過漸く帰去○八時過、梅むら直記殿来ル。伊勢田丸木村和多殿ゟ書状到来、五月十八日出也。梅村氏江煎茶・くわしをすゝめ、暫して被帰去。

一昼時過、およし殿来ル。梅桐院観世音江同道ニて参詣可致候筈の所、折から雨降出候ニ付、延引して、およし殿被帰去。夜ニ入、又来ル。今晩ハ止宿也○夜ニ入、領助殿又来ル。先刻此方ゟ麻布辺江(七ウ)被参、右帰路の由也。およし殿ニ療治を致貰ふ○六半時頃順庵殿被参、貸進致置候雨夜月六冊持参被返之、暫く雑談、四時過、加藤氏と一緒ニ被帰去○夕方おさち入湯ニ行、ほどなく帰たく。

○十八日癸酉　晴。八半時頃ゟ雨、暮時止

一今朝食後、およし殿帰去○四時前松村氏被参、鶏卵二ツ持参、被贈之。昨戌年婚姻富代両入用、算帳致貰ふ。昼飯を薦候半と存候内、伏見氏被参、松村氏を被招。直ニ伏見氏江松村氏被参、伏見氏ニて酒食のもてなしをうけ、夕七時前、又此方へ被参候て、暫して被帰去。和名抄一・二ノ巻持参せらる。右うけとり、三・四の巻を貸進ス○昼時、おふさ殿来ル。暫く遊、所望ニ夢想兵衛前編五冊貸遣ス○昼前、伏見小児両人江髪月代致遣ス○右同刻おまき殿、おさちニ髪結貰度由ニて来ル。右ニ付、おさち髪を結遣ス(八オ)。

一今朝、定吉来ル。直ニ北之方境垣つくろい、右入用、栗丸太六本代五百四十八文・棕梠縄七把代弐百三十二文、一昨日渡し置候金二朱ニて勘定済。昼飯・夕飯為給、夕方帰去。終日にして未果。何れ両三日中ニ参り候由申、帰去。

○十九日甲戌　半晴。夕七時過ゟ雨

一今朝、万平殿来ル。右者、吉次郎迎取候日限廿四日ニ取極候由。若故障有之候ハヾ廿一日迄ニ挨拶候積りニ談じ置候。伏見江も被参候て、岩五郎殿面談被致由也。早々被帰去○昼前伏見氏被参、ほど無被帰去○右同刻、およし殿来ル。昼時

迄遊、被帰去。

一昼後、芝田町宗之介方ゟ使札到来。右者、今日此方へ可参候所、無拠用事出来ニ付、参りかね、尚又両三日者此方へ参り候事出来かね候ニ付、弥兵衛ニても祖太郎ニても頼候由、廿二日ニても（ウ八）宜敷御ざ候ハヾ、参上可致申来ル。右ニてハ此方不都合ニ付、伏見氏江相談致候て、吉次郎引取廿四日と定メ候得共、廿八日ニ延引いたし、廿二日ニても不苦候間、無違（マヽ）相参呉候様返書申遣ス。おまち殿ゟも文到来ニ付、返書遣ス。清七ニ昼飯為給遣ス。

一右同刻、順庵殿来ル。伏見氏同断。両人江煎茶・くわしを薦め、坂本氏所望ニ付、くヽり頭巾ちりめん紙衣五冊貸進ス。両人、夕七時過被帰去○夕七時頃、鈴木昇太郎殿来ル。六月三日貸進之八犬伝六輯六冊、被返之。右請取、七輯七冊貸遣ス。新宿番所町𡡉神江参詣致間、帰路立より候ニ付、夫迄預り置く。日暮て又来ル。則、貸進ス。早々帰去○夕方、長次郎殿来ル。過日四日同人母義江頼置置（マヽ）木綿糸出来、持参ス。とりちん百文渡し置候所、四十八文被返之。尚又、縁郎外ゟ被頼候由ニて、書付持参せらる。もはや此方ニて取極り（オ九）候得ども、さらぬ面色ニて書付を留置く。入湯ニ参り候由ニて、早々帰去。

一昨夜伏見氏、天王仮家江参詣被致候土産の由ニて、切鮓五ツ入一皿・枝豆少々・藤細工かんざし、右持参、被贈之。且亦、頼置候白ざとう半斤・つけ木十三把買取候て、持参せらる。其儘請取、謝礼申述。

一今朝おさちを以、昨夜買物代為持参ス○今朝、富蔵来ル。きぢ隠一鉢持参ス。太田江仕事ニ参り居候由ニて、早々帰去。夕方又来り候間、夕膳為給遣ス○日暮て、お国殿来ル。右者、明後廿一日天王通行ニ付、参り候様被申、暫して帰去。同人小児水瀉致候由ニ付、黒丸子一包遣之○今夕、かヽり湯をつかふ。

○廿日乙亥　半晴。夕方ゟ雨、雷数声、五時頃雷止

一四時頃ゟ象頭山江参詣、昼時帰宅○昼後おさち入湯ニ行、帰路綾部江立より、暫して帰宅○昼前、綾部氏ゟ弥五郎娘ヲ以、鰺一皿数（ウ九）十一尾、被贈之。謝礼申入、使を返ス。

一昼後、おさち留主中、松岡お靏殿来ル。留主中ニ付、ほどなく帰去。八時過又被参、暫く物語して帰去○右同刻おふさ殿、天王仮家江おさち同道ニて参詣被致候由ニて、来ル。即刻支度致、両人ニて出宅、暮時帰宅。おふさ殿ハ今晩止宿也

○暮時前、坂本氏ゟ昨日貸進之括頭巾五冊、手紙さし添、被返之。且又、先頼置候遊女引札二枚買取、被贈之。尚又、外

ニ読本何ニても借用被致度由ニ付、旬殿実々記前後十冊貸進ス。暮時ニ及、返書ニ不遣、口状ニて申遣ス○伊勢田丸加藤新五右衛門殿ゟ書状到来。右者、同家中森安三郎殿持参被致候所、おさち天王参詣帰路、信濃殿町ニて右安三郎殿ニ行合、おさち江被渡○暮時、定吉来ル。伝馬町江参り候、御用無之やと申。何も用事無之。但、さとう買取申候様申付、代銭百文渡し遣ス。

○廿一日丙子　雨。昼頃ゟ晴(一〇オ)

一今朝おふさ殿、食後帰去○昼後自、伏見廉太郎殿を同道ニ而、天王今日御宮江御帰りニ付、鮫ケ橋森野氏江行。鰺・茄子煮つけ一器、贈之。森野氏ニて剛飯・煮染を被出、廉太郎殿ニも為給、暫して立出、松村氏江行。松村氏ニて浮ふ・もち・にしめを被薦、彼方ニてあひるたまごを三ツ、被贈之。ほどなく天王・稲荷の両社御通行ニ付、其跡江つき、桐の馬場ゟ鮫ケ橋をうちめぐり、又森野氏江立より、預ケ置候傘・ふた物を携、御本宮迄目送りたてまつり、暮時前帰宅○同刻伏見氏ゟたぎり候湯一手桶持参、被贈之。かゝり湯致し候由也。右ニ付、廉太郎殿・自かゝり湯致、其後廉太郎殿ニも夕飯を為給、自も食事致、尚又鮫ケ橋ゟ仲殿町辺江天王様之跡賑ひ候所見物の為、岩五郎殿・おさち・廉太郎殿同道ニて、暮時過罷出ル。所々見物致。伏見氏鮮や江立より、おさち切鮓を振舞れ、九時頃帰宅。

一暮時過森安三郎殿被参、暫く雑談、四時頃被帰去。

○廿二日丁丑　晴。今朝辰ノ六分土用ニ入ル(一〇ウ)

一今日四時頃、宗之介来ル。右者、有住江養子一義申入候為也。則、有住江罷越候所、同人留主の由ニて、ほどなく帰来ル。供人清七ニも昼飯を振ふ。九ッ半時頃帰去○今朝伏見ゟ沢庵づけ二本、被贈之○昼後・昼前両度伏見氏被参、暫物語して被帰去○夕方、植木や富蔵来ル。今日太田氏仕事仕舞ニ成間、明日ゟ此方へ可参旨申、暫して帰去。

一夕方、加藤順助殿来ル。暫して暮時帰去○暮時、長次郎殿来ル。入湯ニ参り候由ニて、早々帰去○夕七時前おさち入湯ニ行、おふさ殿方へ立より候様子ニて、時をうつして他作合巻同人ゟ借受、蔵書合巻多く有之所、そを見んとハ致さず、外ゟ合巻借受候て見候者心得難し。其心術、をして知るべし。おさち行状、平日ゟ恣なる事のミ、我まゝ多く、親を侮り、強情ばり、親の意ニ背候事かくの如し。憎むべき奴也。

一夕七時過、おさちヲ以、松村氏江昨日馳走ニ成候謝礼として、ろふそく七てう・かつをぶし一本、同人小児江巾着一ツ、為持遣ス。暮時帰宅(ォ一二)。

一夕七時過、およし殿来ル。暫く雑談中、永井屋敷ゟ迎ニ来ル。即刻帰去、永井療治を仕舞、五時此方へ又来ル。今晩止宿也。
○廿三日戊寅　晴。大暑
一早朝自、暑中見舞旁々祝儀一条ニ付、飯田町江行。かんざらしの粉一袋、暑中為見舞、進之。吉之助迎取候一義申入候所、廿九日ニてハ飯田町さし合有之候ニ付、矢張廿八日の方宜敷と被申候ニ付、其意ニ任、弥廿八日と取極メ、昼時帰宅ス○今朝植木や富蔵、松こしらへニ来ル。門かむりまつ出来あがり候へども、赤松の方ハ三分一ニて未果、終日也。夕方帰去○加藤金之助殿、暑中見舞として来ル。其外、鈴木昇太郎殿・加藤領助殿・玉井鉄之助殿・長次郎殿・半右衛門殿被参、ほど無帰去○吉之助引取明廿四日延引致候ニ付、今夕七時過より渥見江自行。大桃十五持参、進之。明廿四日延引、来ル廿八日に致、并ニあつみ夫婦江媒人の一義頼申入、暮六時帰宅○右留主中、領助殿又来り候ニ付、おさち壱人ニて迷惑ニ候ニ付、伏見氏参被居、暫して被帰去候(ウ一二)由、帰宅後告之○およし殿食後四時頃帰去、夕七時過亦参り、夜ニ入五時前帰去。門前迄おさち送り遣ス○夕方長次郎殿、番南瓜煮つけ一器、被贈之○隣家伏見小児三人江髪月代致遣ス。夜ニ入、大黒花火・みけんじやく其外単花火、遣之○五時伏見氏、小児を携、梅桐院観世音へ被参候由ニて、おさちを被誘引。おさち即刻同道ス。四時帰宅。
○廿四日　晴。大暑　己卯(ママ)
一今日、暑中為見舞、水谷嘉平次殿・森野市十郎殿・並木又五郎殿・江村茂左衛門殿被参、外ニ近隣仲間外、大内隣之助殿・小林佐七郎被参。

一夕七時過、宗之介来ル。有住江参り、委細申入、袴地壱反同人江贈り、婚礼并ニ番代等之所頼入、只今帰宅の由也。暑中見舞として菓子一折持参、暮時ニ及候ニ付、早々帰去。何れ廿八日ニ参候様申置。

一夕方おさち入湯ニ行、暫して帰宅○八時過、岩五郎殿内義来ル。右者、大内隣之助殿方へ用向成廻状来候所、隣之助殿他行ニ付、請取書致、并ニ刻付致(ォ一三)。外ニ順達致候様取斗呉候様被申候ニ付、則請取を致、使を帰し、且又順達付認、隣之助殿名簿下江張入、廻状写取置。本文ハ富蔵居合候ニ付、同人ニ為持遣ス。右者、鮫ヶ橋八軒町也。ほどなく帰来ル。請取を持参ス。其後無程隣之助殿帰宅ニ付、廻状写を同人ニ見する。

一暮六時過、森野内義お国殿来ル。此方ニ預り置候三布ふとん、自携て帰去〇五時前、加藤領助殿来ル。昨日めりやす此方へ置忘れ被参候ニ付、右取ニ被参、暫して五時過被帰去〇今日、富蔵来ル。昨日こしらへ残し赤松、拵畢。苅三、四本致、終日也。昼飯為給遣ス。明日参り候由ニて帰去。

〇廿五日庚辰　晴。大暑之節、戊ノ刻二分ニ入

一今朝、植木や富蔵来ル。東の方諸木苅致、掃除後、終日也。内、銀杏・梅・(一字アキ)山花・槇・柿、都て大樹ハ皆大内氏被伐、富蔵の手伝被致候ニ付、終日ニて出来畢。同人子供両人、終日此方ニ遊居ル。茶うけそらまめ、父子三人江遣ス(ウ一二)。

一夕方、七月分御扶持渡る。取番白井勝次郎差添、車力一俵持込候を請取置く〇右以前、渥見ゟ使札到来。右者一昨日参り、此度婚姻媒人を頼候所、覚重殿昨夜ゟ霍乱致候ニ付、断の一義申来ル。則、返書ニ申遣ス〇昼後、おふさ殿来ル。暫く遊、被帰去。

一其後おさちを以、坂本順庵殿疫病見舞として、くわし一折、手紙差添、遣ス。坂本氏ゟ返書到来ス。おさち帰路入湯後、七時過帰宅ス。

一今朝、およし殿来ル。昼時前迄仮寐被致、昼時帰去〇昼後おさち以、深田氏江一昨日番南瓜煮つけ到来致来致候ぅつりとして、なす生がひ煮つけ為持遣ス。暫して帰宅ス。

〇廿六日辛巳　晴。大暑

一今朝伏見氏被参、只今ゟ竜土榎本氏江委細婚姻相談に被参候由被申、直ニ出宅被致、夕七時過帰被参。榎本氏・村田氏両人とも明日当番ニ相成候ニ付、明朝吉之助同道致がたく候へども、村田氏ハ番先ニて操合いたし(オ一三)、明昼後ゟ吉之助同道可致旨被申候由。尚又、吉之助諸道具明日送りたく候所、彦三郎殿当番ニて不都合ニ候間、明後廿八日朝道具送り可致候よし被申、其後又廿八日料理相談被致候ニ付、何分御任申候由頼置候。右、伏見氏江媒人の一義頼候所、承知致、安心ス〇昼前、およし殿来ル。昼飯為給、古帷子遣之、昼後帰去

〇今朝弥兵衛、暑中見舞として来ル。せん茶山本山一袋、被贈之。せん茶・煎餅を薦、暫して帰去。廿八日牽物かつをぶしを右同人江頼置く〇夕七時頃、礒女殿来ル。鯖大干魚五枚持参、被贈之。当今此方ニ逗留由被申。甚迷惑、限なし。

一夕七時過およし殿、帷子遣し候謝礼として、番南瓜二つ被贈之。今晩止宿ス〇おさち中暑之気ニ付、黒丸子用之〇縁談一義殊の外心取込候中、逗留客ハ甚敷難義也。

〇今日恵正様御祥月忌ニ付、昼料供一汁二菜、成正様へも備。且、御画像床の間江奉掛、神酒・七色くわし・備餅を供ス。

夜ニ入、神燈ヲ供ス(一三ウ)。

○廿七日壬午　晴。大暑甚し

一今朝起出、早朝ゟ自深光寺へ参詣。恵正様御祥月忌ニ依而也。諸墓そふぢ致、水花を手向、回向して、九時前帰宅。帰路色々買物致ス。

一およし殿、昼前帰去○成田一太夫殿、先日中ゟ貸進之童子訓三板・四板一冊、被返之。尚亦、五・六板十冊貸進ス。右同人ニ吉之助一義頼置く○今朝伏見氏被参、昨夜相談致候料理一義、一昨夜柳町八百六江御談じ被成候所、金壱両金ニて賄可申由申ニ付、八百六江任参り候由被申。昼後、田辺礒右衛門殿・岩井政之助殿、暑中為見舞として来ル○八半時頃村田万平殿、吉之助同道ニて来ル。則、自有住岩五郎方へ同道致候所、有住二男安次郎殿方へ被参居候由、忠三郎殿被申候ニ付、則安次郎方へ行、彼方ニて岩五郎殿ニ対面、万平殿・吉之助を引合せ、今日者与力安田氏江ハ不参、直ニ帰宅ス。万平殿・吉之助も直ニ帰宅。

一日暮て大内氏、四谷ゟ伝馬町江被参候由ニ付、両替壱分頼、渡し遣ス。

一夕方、長次郎殿来ル。弁当料直上書付、持参被致。則、うつしとり、直ニ返ス○夕方、山本半右衛門方へ行。右者、明廿八日縁郎引とり候事届置(一四オ)。序ニ深田氏江立より、無程帰宅。

○廿八日癸未　晴。甚暑、風なし

一今朝、伏見氏被参。昼前大内氏伝馬町江被参候由ニ付、買物を頼、鳥目を頼遣ス。昼時帰被参。則、伏見氏両人ニ酒食を薦め候所、長次郎殿来候ニ付、右同人ニも酒を振ふ。暫くして帰去○昼後願性院別当、御供米御初穂を乞ニ来ル。則、御初穂十二銅・白米五合渡し遣ス○八時頃吉次郎荷物到来、簞笥一棹・釣台一荷、榎本彦三郎さし添、被贈之。右目出たく受取納、人足四人江祝儀として天保銭二枚ヅヽ遣ス。榎本氏暫く休足被致、開放参○夕七時前、柳町八百屋六兵衛方ゟ料理人・手伝弐人来ル。今晩の料理を拵○夕七時頃、山田宗之介来ル。其後暮時前渥見祖太郎殿被参、真綿二把持参、被祝之。暫して弥兵衛来ル。是亦肴代金百疋を被贈。尚亦、先日頼置候鰹節三本入二袋持参ス。代銀十八匁之由也。今晩御姉様・おつぎ可参の所、御姉様昨日ゟ(一四ウ)御持病の由ニて御延引、弥兵衛のミ来ル。不本意之事也。

一夜ニ入五時ニ及候ども吉之助不来、延引ニ付、定吉ヲ以、宮様御門まで迎ニ遣。五半時頃、榎本彦三郎殿・村田万平殿差添、吉之助来ル。則、村田氏・榎本氏先此方へ被参、宗之介初祖太郎・弥兵衛各対面致、為取替證文、且金子證文受取渡し、金子拾五金請取。其後吉之助を迎入、媒人伏見氏夫婦杓取、同人子息女二人婚姻盃目出度相済、親類盃も相済、礼酒畢。吸物・取肴三種、牽物かつをぶし三本入壱袋を牽、各七時頃開ニ成。供人五人江酒食を薦め、祝儀二百文ヅヽ遣之。右畢、吉之助・おさち臥房ニ入ル○其後、八百六三人ハ帰宅。伏見氏御夫婦・大内氏家内・定吉、皆祝食。明六時、一同枕ニ就く。

一今朝、定吉来ル。桓根こしらへかけ、こしらへ畢、所々掃除致。其外立拚三、四人前ニ及、祝儀二百文遣之○今朝綾部氏ゟ正宗(一五オ)酒壱升、稲毛やヲ以被祝之。伏見氏・大内氏両名ニて酒三升、被祝之。

○廿九日甲申　晴。大暑昨日の如し

一今朝、伏見氏被参。昨日残酒薦之、昼飯後帰去○今朝一同ニて、昨夜之器・盃盤片付畢○昼後八時過ゟ大成氏を頼、吉之助同道、山本ゟ深田・梅村直記殿・高畑・林・生形・荒井・藤田、右八軒江廻勤ス。其後、大内氏江酒食を薦め、暮時帰去○右同刻、およし殿来ル。一昨日遣し候帷子洗返し、仕立出来の由ニて右着用、見せらる。暫して帰去○夕方一同かゝり湯をつかふ○今晩ゟ盆てうちんを檐廊江出ス。

○七月朔日乙酉　晴。昨日之如し

一今朝五時過飯田町江行、吉之助手みやげ小杉原一束、外ニ麻三把添、持参ス。終日飯田町ニて馳走ニ相成。先月分上家金壱分ト二百六十文・薬売溜壱〆七十二文内一わり百文引九百七十二文請取。且亦(一五ウ)、鰹節代金壱分ト三百十二文今日渡し、勘定済。夕七時過ゟ罷出、帰路種々買物致、暮時帰宅○右留主中、山本半右衛門内義被参候由也。右者、歓之口状被申述、帰去○同留主中、木村金次郎殿来ル。先日昇太郎殿江貸進之八犬伝七輯七冊持参、被返之。尚又所望ニ付、同書八輯上帙五冊貸進致候由。同人桃十五持参、被贈候ニ付、おさち辞退すれども不被聞候ニ付、請取置候、と帰宅後告之○下掃除定吉来ル。残薪大三把持参致ス。そふぢ致、帰去。

○二日丙戌　晴、甚暑

一今朝長次郎、歓として来ル。暫雑談して帰去。

一今日夜具蒲団を虫干す。夕方かゝり湯、昨日の如し。右之外、使札来客なし。

○三日丁亥　晴。昨日の如し(一六オ)

一今朝矢野信太郎殿、暑中見舞として被参、金玉糖壱棹被贈之。吉之助を引合せ、早々被帰去○深田長次郎殿母義、歓として被参、ほどなく帰去○小林佐七郎殿、右同様ニて来ル。

早々被帰去○今日、夜具ふとんを干。漬梅同様○昼後、八百や六兵衛ゟ仕出し代料乞ニ来ル。則金壱両を渡し、請取書を取○夕方、定吉妻来ル。右者、明朝西丸下江幸（ママ）有之候ニ付、御使可致申ニ付、渥美氏江、手紙さし添、絹地一疋代金三分弐朱、外ニ吉之助手みやげ小杉原一束渡し遣ス○今夕かゝり湯、昨日の如し。

○四日戊子　晴

一今朝有住岩五郎殿被参、吉之助番代願書下書持参、被見之。且又、榎本氏江近日宿見ニ参可申候ニ付、先方へ宜敷通達可致旨、被申之。右承知之趣申答、謝礼を述、暫して、被帰去。

一四時頃伏見氏被参、雑談中、山本半右衛門歓として被参、暫雑談して(一六ウ)、昼時被帰去○昼時過およし殿被参、暫して帰去。○夕方定吉、御扶持春候て持参ス。明五日芝田町ゟ二本榎迄供の事、申付おく。

一今日ヨリ蔵書類を曝暑を始ム。

○五日己丑　晴

一今朝、定吉来ル。則支度致、吉之助同道ニて宗之助方へ行。出がけ、綾部氏ニ相識之為、吉之助を引合せ、小杉原一束進上之。夫ゟ広岳院江参詣、諸墓掃除致、花水を手向、回向畢。保安寺同断。其後、宗之介方へ行し也。江坂卜庵殿へも紹介致、扇子一対進之。卜庵殿留主ニて不面。宗之介方へ切鮓壱重・小杉原二束・花色絹一反、謝礼として遣之。且又、暑中見舞として、金玉糖同断。宗之介方ニて礼酒を出ス。取肴二種・吸物等也。右畢、夕膳を薦らる。且、当春二月二日借用の金廿四両之内金拾両返之、受取書取之。夕七時過田町を罷出、暮時帰宅ス。○右留主中、卜庵殿・三毛由良太郎殿被参、礒女殿と雑談して帰去候と云(一七オ)。

一同留主中深川田辺御姉様御出、酒二升、切手ニて持参、被祝之。外ニうちわ二本手みやげとして御持参被成。おさち取斗、煎茶・くわしをすゝめ、麁飯をも薦め、今晩止宿被致候様申候所、明後七夕ニ付、帰去候様被申候由ニて被帰去。偶々之御出ニ留主宅ニて御めに掛れず、不本意の事也○下掃除定吉来ル。七夕祝儀として、白瓜二つ持参ス○出がけ、竜土ニて村田氏ニ行逢。右者、此方被参候由ニて、然而出がけニ付、途中ニて物語致候所、吉之助里開七日ゟ九日迄之内上申可有之被申候ニ付、右者盆過可然申。且又、世話人新兵衛、礼金之外、祝儀肴代乞ニ榎本氏江参り候由。右者、貪候ニて、余り強慾ニて可有之由被申。右一義、何卒伏見氏江御咄し被下候ハヾ、伏見氏何と歟新兵衛江被申候半と申候へバ、伏見氏江立より候由ニて、立別る。榎本氏ゟ吉之助浴衣・帷子二枚づゝ被差越之。
○六日庚寅　曇。昼時前雨、夜中大雨
一今朝定吉ゟ昨日の残銭持参、胡瓜七本贈之、早々帰去。

一伏見氏被参、暫して被帰去○昼後、元安氏内義おつるどの被参。同人弟同道。きなこだんごを振ふ。おさちと雑談稍久しくして帰去(一七ゥ)。

一四時過、およし殿来ル。昼時帰去。

一今朝、吉之助を榎本氏并ニ賢崇寺へ遣ス。近日有住氏為宿(マヽ)して榎本氏江参り候ニ付、其日限承り候様申付、且其節の肴代金壱分為持遣ス。夕七時過、榎本氏ゟ吉之助下駄・傘取ニおこさる。おさち、則下駄・傘使江渡ス。ほど無吉之助帰宅。長州産団扇二本・鮓壱包被贈之、今晩一同賞翫ス。宿見肴代金百疋、榎本氏ゟ被返之。心得難候へども、先預り置く○暮時、おつる殿又被参。右者、吉之助江相識にならんとての為也。則紹介、初対面の口誼畢、被帰去。

一今朝、短冊竹を出ス○今日、辛づけ沢庵の口を開。
○七日辛卯　雨。昼後ゟ雨止
一今朝伏見氏被参、ほど無被帰去○昼後、おふさ殿来ル。伏見氏も被参、吉之助初一同歌かるた遊致、夕七時過帰去○夕七時頃、鈴木昇太郎殿来ル。去ル一日貸進之八犬伝八輯上帙五冊持参、返之。右受取、早々帰去(一八ォ)。

一暮時前ゟ吉之助をおすきや町江入湯ニ遣ス。六時頃帰宅。
○八日壬辰　晴。甚暑
一今朝吉之助同道ニて、鮫ヶ橋組合松尾瓠一殿・松宮兼太郎殿・長友代太郎殿方へ相識として罷越。右序ニ、松村氏江も同道ス。且、有住氏江吉之助而已参り、宿見時日承り候所、来ル十日朝辰ノ刻頃可罷出旨被申。何れニても吉之助同道可致由申入、帰宅○右留主中、弥兵衛来ル。右者、売薬無之ニ付、神女湯十包・奇応丸小包七・中包二ッ遣之、早々帰去。
○暮時吉之助長安寺前江入湯ニ行、ほど無帰宅。自伝馬町江売薬入用紙・砂糖類買取ニ行、吉之助門前迄同道、六時頃帰宅。帰路深田氏ニ行逢ふ○家内二人ハかゝり湯をつかふ○今日も日記類曝暑ス。
○九日癸巳　晴。昼後雨、忽止、夕七時又雨、夜ニ入同断
一今朝、今戸慶養寺使僧施餓鬼袋持参ス。差置、帰去(一八ゥ)。

一今日伏見氏下町江、川柳開有之、被参候由ニ付、金伯(マヽ)の事頼、代百文渡置○昼後大内氏菜園の花を手折持参被贈之、ほど無帰去○吉之助今朝髪月代致、夜食後榎本氏江行。右者、明十日有住氏、為宿見榎本氏江被参候案内の為也。帰路入湯致、暮六時帰宅。榎本氏ゟ菜園ニ出来の由ニて、隠元・さゝ

げ・胡瓜・梨子を被贈。

一夕方おさち入湯ニ行、ほど無帰宅ス○暮時前、およし殿来ル。礒女殿物語、暮時帰去○無礼村源右衛門悴、暑中見舞として麦こがし一袋持参、贈之。右同帰去。此一条、昨八日可記所、漏したれバこゝに記ス。

一今朝、神女湯・奇応丸能書摺之。

○十日甲午　晴

一今朝五時過ゟ吉之助、有住江行。右、岩五郎同道ニて榎本氏江罷越、彼(一九オ)方ニて宅見相済、榎本氏ニて有住氏江肴代を被贈。右畢、尚又有住同道ニて榎本を立出、吉之助壱人昼時帰宅○右同刻自象頭山へ参詣、備餅を納、さいせんを上ゲ、禱念仕畢、昼時前帰宅。

一昼時前山本悌三郎殿被参、雑談数刻。昼時ニ及候ニ付、かけ合の昼飯を薦め、畢候節、吉之助帰宅ニ付、悌三郎殿江引合、暫して帰去。

一昼時、高井戸下掃除定吉来ル。麦こがし一袋・温飩粉壱袋持参贈之、早々帰去○昼前、およし殿来ル。観世音へ参詣、同道可致為也。右断を申述、昼時帰去○夕方伏見氏被参、暫く物語致候内、御同人内義、用事有之由ニて迎ニ来ル○夕七時過忍原角江吉之助入湯ニ行、ほどなく帰宅○日暮れておよし殿、青山ゟ帰路の由ニて来ル。白粉一包、おさち江贈之。

○十二(ママ)日乙未　晴

一今朝深田老母、庭前之草花手折て持参、被贈之。引続き(一九ウ)およし殿、山本半右衛門小児(ママ)をせん茶・くわしを薦、雑談数刻にして帰去。

一昼前伏見氏被参、暫して被帰去○夕方、およし殿又来ル。雑談して帰去。

一夕七半時過高畑久次殿歓として被参、暫して帰去○板倉英太郎殿父茂兵衛殿今朝死去被致候由、およし殿の話ニ聞之○暮時前ゟ自、礒女殿同道ニて三毛由良太郎殿方へ行。右者、過日度々被参候ニ付、答礼として団扇二本持参、贈之。由良太郎殿他行ニ付、早々帰宅。帰路種々買物致、六時過帰宅○今晩一同かゝり湯を遣ふ。吉之助今晩者入湯ニ不行、かゝり湯也○夕方、定吉来ル。右者、明後十三日今戸より深光寺へ参り候由ニて、竹園の竹一本花づゝにこしらへ、帰去。

一今日も読本類曝著ス○仏器、今日吉之助・おさち手伝、磨之。

○十二日丙申　午ノ七刻立秋之節ニ成、夕七時過ゟ雨、夜ニ入入同断、折々止

一今朝礒女殿仏参致候由ニて出、帰去。暮時亦来ル。未夕飯

前之(二〇オ)由ニ付、夕飯を薦む。手みやげ窓の月・いなかまんぢう、贈之。右同人帷子・浴衣遣ス○今朝だんごの粉を挽、昼時挽畢。

一およし殿来ル。だんご粉手伝。昼飯為給、昼寝致、夕七時比被帰去。

一夕方吉之助入湯ニ付、ほど無帰宅○暮時前、定吉来ル。右者、明十三日深光寺慶養寺へ御使可致ニ付、色々買物等申聞候所、明朝右同人妻取ニ差上可申候間、御書付置可被下と申。黒砂糖壱斤代二百文のミ渡し遣ス○伏見氏江里芋壱升遣之、其後大内氏菜園芋萸二株・茄子廿五、葉生が少々添、持参、被贈之○廉太郎殿ニ髪月代致遣ス。吉之助ハ朝髪月代ス。吉之助、御棚竹を巻。

○十三日丁酉　風雨。四時頃ゟ雨止、大風

一今朝御霊棚を餝、昼後あづきだんご製作致、御霊棚へ供し、一同食之、伏見氏江一器遣之。其後伏見氏、白砂糖壱斤・びん付すき油・甜瓜三(二〇ウ)持参、被贈之○八半時頃坂本氏被参、先月中代(ママ)進之旬殿実々記前後十冊持参、返之。右謝礼として京素麪壱折被贈之、暫雑談、煎茶・だんごを薦、夕方被帰去

○吉之助、今朝竜土榎本氏ゟ賢崇寺へ行。兼而今日、彼方せわしきに依て手伝之為也。夕七時過帰宅。折から坂本氏被居候ニ付、相識ニ致ス。

一夜ニ入、およし殿来ル。煎茶・だんごを為給、五時帰去。門前迄送り遣ス。

一信濃屋重兵衛来ル。炭代残三百四十八文有之ニ付、払遣ス○夕方定吉深光寺并ニ今戸慶養寺へ盆供納、花づゝ取かへ、花水を手向、色々買物致。買代金壱分ト二百文渡し候所、六百四十八文残る○夜ニ入、玄関前ニて御迎火を焼、一同拝礼ス。

○十四日戊戌　小雨。忽止、晴、秋暑

一今朝、弥兵衛来ル。仙台糒醤・瓜干持参ス。御霊棚江拝礼致、帰去。

一今朝・昼後両度伏見氏被参、暫して被帰去○昼後自伝馬町江御もり・物料供之品々買物ニ行、無程帰宅○今月朝料供、平里いも・あげ、汁とうなす、香の物茄子。昼料供、平ずいきあへ、汁白みそ・冬瓜・椎茸・めうがのこ、香の物白瓜ひと塩。昼後(二一オ)、あんころもち・煮茶、香の物胡瓜、もり物桃・梨子。夕方、あげもの・煮茶、香之物鉈豆。夜ニ入ひやしどうふ・神酒を供ス。都て先例之如し。

一昼後、およし殿来ル。暫して帰去○右同刻、定吉妻来ル。日雇ちん書付持参、壱〆文の由。外ニ六十四文つきちん、〆

金二朱ト二百廿八文払遣ス。
○十五日巳亥　晴
一今朝吉之助髪月代致遣し、賢崇寺へ行。手伝の為也。賢崇寺御隠居御所望ニ付、夢想兵御胡蝶物語前編五冊為持、貸進ス○引続き、自飯田町江行。右者、明廓信士新盆ニ依而拝礼之為也。京素麪三把・沢庵づけ大こん二本進上ス。飯田町ニて素麪馳走ニ成、帰路買物致、昼時帰宅○今朝定吉、小児を携て来ル。今ゟ無礼村親源右衛門方へ罷越、小児八、九日も預ケ置候由。右何ぞ子細有べし。此せつ多用之中、小児を携、田舎江参り候事、心得がたし。追而尋ぬべし。後ニ聞、右者夫婦口論致候ニ付、定吉憤甚しく、右之如く致候由也。○吉之助五時前帰宅。賢崇寺御隠居ゟ干瓜一袋、吉之助ニ為持、被贈之(二ウ)。

一八時過、深光寺ゟ棚経僧来ル。如例、布施四十八銅遣ス。施餓鬼袋持参ス。

一今日霊棚朝料供なす・たうなす・ごま(濁マヽ)汁、平茄子さしみ、香の物印篭づけ、昼冷素麪、夕飯蓮の飯、煮染添、煮茶、夜ニ入きなこだんご(濁マヽ)・西瓜等也○おさち、入湯ニ行。
○十六日庚子　晴。残暑甚し
一今日朝供、里芋・もの大根汁、平茄子・十六さゝげ・ごまよごし(濁マヽ)、香の物干白うり・塩づけ茄子。右畢、挽茶を供し、一同拝礼。其後御棚を徹し、諸霊位・御位牌を仏棚江移奉り、都て先例の如し。

一夕七時過ゟ自、吉之助・おさち同道ニて深光寺へ参詣、諸墓江水花を供し、拝礼ス。右畢、和尚江香奠二百銅、吉之助ゟしん上。恵明ニ初対面之口誼相済、諸霊位江焼香致、帰宅。帰路、伝馬町倉ひさやと申鮓店ニて母子三人支度致、立出候所、吉之助きせる右鮓店江置忘、直ニ跡江引返し尋候所、最早無之。分失(ママ)致候也。右相客ニ理不盡之老婆有之候て、此方残し置候玉子鮓壱つ、叺ニ其子ニとりて(二オ)あたへしとおさち申ニ付、右之老婆の為所、きせる者早々秘せしなるべし。今日の留主居礒女殿被居候ニ付、土産切鮓壱包持参、贈之。帰宅後、御送り火を玄関前ニて焚之、一同拝礼し畢○今日八犬伝・読本并ニ諸評書を虫干ス。
○十七日辛丑　晴。残暑昨日の如し
一今朝、加藤領助殿来ル。歓被申述、如例久敷雑談。竜土江被参候由ニて、昼前被帰去○四時頃礒女、権田原諏訪へ被帰去。先月廿六日のまゝ、今日迄廿一め也○およし殿来ル。昼前帰去○夕方、お国殿来ル。暫雑談して帰去。

一夕飯後吉之助、村田氏江参り候由ニて出宅、暮六時頃帰宅。

村田氏ハ他行の由也。

一今日も蔵書類読本虫干ス。今日観音祭、如例。
○十八日壬寅　残暑甚し。淩兼程也
一今日、桐本箱の蔵書二箱を干○昼時、高井戸定吉来ル。先日申付候(二二ウ)皮付麦壱升程持参、贈之。今日者いそぎ候由ニて、早々帰去。

一夕方吉之助入湯行、暫して帰宅○夕方伏見氏ゟ菜園茄子十五、被贈之。

一今朝おふさ殿被参、おさちと雑談。所望ニ付、夢想兵衛胡蝶物語後編四四《ママ》冊・合巻四部貸遣ス。暫して被帰去。
○十九日癸卯　晴。風なし、残暑甚し、昨今寒暖計九十五分余也と云
一今朝伏見氏被参、暫物語して被帰去○今日、桐の本箱二箱を曝暑ス。

一昼前、高井戸定吉来ル。鰺ひもの三拾枚、遣之。西ノ方厠汲取、帰去。

一夜ニ入自久保町江買物ニ行、しん物其外買取、ほどなく帰宅○吉之助暮時ゟ入湯ニ行、是亦ほど無帰宅。其後伏見氏被参、ゆで枝豆持参、被贈之。且又、吉之助薄茶をたて、伏見氏江薦。くわし同断。雑談時をうつして、九時頃帰去。

一盆後ゟ残暑甚歟、淩兼候ほどニ候間、五苓散一同服用ス。
○廿日甲辰　晴。夜ニ入四時前ゟ雷数声、大雨、丑ノ刻ゟ雷止、晴
一今朝荒井幸三郎殿為歓被参、口状申述、早々帰去(二三オ)。

一今朝五時前、赤坂一ツ木不動尊江参詣、ほど無帰宅ス。

一今日者雑記類二箱曝暑ス○昼前伏見氏被参、暫雑談して帰去。

一夕七時前、定吉妻来ル。右者、西丸下江参り候ニ付、御使可致申来ル。則、渥見氏江手紙さし添、菓子壱折為遣ス○今晩者一同かゝり湯をつかふ○夜中雷・大雨ニ付、床の間其外雨漏候ニ付、一同起出、床間ニ有之候本を片付、其後雨鎮り、一同枕ニつく○今日者暑さ堪がたく候ニ付、五苓散を煎用ス○今日、吉之助髪月代致遣ス。
○廿一日乙巳　晴
一五時過ゟ吉之助賢崇寺へ行。右者、明廿二日鍋嶋《ママ》侯御先代御百年忌之御法事有之候ニ付、手伝之為也。今晩ハ止宿致候心得也。

一今朝伏見氏被参、暫雑談被致、被帰去。昼後又被参、暫蔵書類を一覧被致、被帰去○今日終日残暑、且心地不例候ニ付、蔵書虫干者休む。但、夕方、一昨日干候分、本箱江納置(二三ウ)。

一昼後、定吉妻来ル。昨日西丸下江届物無相違相届候所、お鍬様ニ者追々快よく御出被成候へども、殿様此せつ御大病ニて、渥見父子詰候由、口状ニて申来ル○夕方坂本氏被参、暫物語して、暮時前被帰去。

一昨日の雷所々江落雷の由、坂本之話也。伊勢田丸木村和多殿よりの書状、坂本氏持参、被届之。七月八日出の状也。

○廿二日丙午　晴。四時頃少々雨、忽止

一今暁丑ノ刻頃、青山六軒町西川某女宅ゟ出火、直ニ母女両人起出候所、最初ハ火勢つよく、危く存候ニ付、御札箱母屋江上ゲ、少々取片付候内、火勢衰、壱軒焼ニて火鎮る。右ニ付、吉之助も賢崇寺ゟ欠付、帰宅。榎本氏も同道ニて被参る。其外、大内氏・水谷嘉平次殿・松尾氏・清助・定吉、近火見舞として被参。榎本氏者暫して吉之助同道ニて被帰去。吉之助ハ賢崇寺江参り候也。

一四時頃、深田老母来ル。同刻並木氏も被参、近火見舞被申入。折ふし雨降出候ニ付、傘一本貸遣ス。深田老母者暫く雑談して被帰去○荷持和蔵、同様ニて来ル。

一四時過、有住岩五郎殿被参。右者、番代願書ニ付、順蔵并ニ油谷迄も(二四オ)使さし遣し度候。両三日中ニ手紙認置可申間、人遣し候様申被入、暫して帰去。

一其後坂本氏、花房屋敷迄病用ニて被参候由ニて立寄る。戸田山城守様当月上旬ゟ御不快ニ候所、此ほどハ御大切成由、同人の話也○暮時前ゟ自、今朝出火見舞ニ被参候人々江謝礼行。森野小児江菓子一包遣之、暮六時帰宅。

一森野氏内義近火見舞として被参、暫雑談して被帰去○夕方、家根屋伊三郎近火為見舞来ル。母屋漏所直し候様申付置○五時前吉之助賢崇寺より帰宅、乾菓子壱折被贈之。今日ハ法事疾く相済候由ニて、今晩帰宅候也。

一今日、葛篭二ツを曝署ス○夕七時頃おさち入湯ニ行、暫して帰宅。

一夕方おふさ殿被参、過日貸進之合巻類持参被返之、おさちと雑談して被帰去。

○廿三日丁未　晴

一今朝加藤栄助殿門前通行の由、被参。雑談数刻、煎茶・羊羹を出ス。吉之助対面。折から今日琴光院様御祥当月逮夜ニ付、茶飯・一汁三菜出来ニ付、栄助殿并ニ大内氏を招き、右両人ニ振舞ふ(二四ウ)。昼後栄助殿帰去、大内氏ハ八時被帰去。

一右同刻鈴木昇太郎殿被参、暫雑談時を移して帰去。

一昼時前成田一太夫殿被参、先月中貸進之童子訓五板・六板十冊持参、被返之。右請取、青砥藤綱前後七冊貸進ス。

一暮時前、八月分御扶持渡ル。奈良氏取番ニて、車力一俵持込候を請取畢。石州米三斗九升七合入也。端米ハ高畑江遣ス。

一今日琴光院様御祥月逮夜ニ付、茶飯・一汁三菜を供ス。
○廿四日戊申　晴。冷気
一今朝、有住岩五郎殿来ル。右者、番代願一義、此方願之通りニハ相成かね、右ニてハ急ニ小太郎方へ沙汰致難候。何れニも両三日中宗之介・自同道ニて有住江参り可申、其上ニて相談致候様被申。右承知之趣答、其後被帰去。

一昼前、順庵殿被参。吉之助疾瘡ニて熱気有之由話説いたし候へバ、右者六物湯煎用可然被申候ニ付、其分量書を認貰。暫く雑談(二五オ)、さつまいも・くわしを薦む。九時過、被帰去
○およし殿、四時過来ル。是亦さつまいもを薦、昼時被帰去
○昼時過、定吉来ル。日本橋江御使可致申来候へども、右者延引ス。御扶持壱俵持帰る。
○廿五日己酉　晴。残暑
一昼後自飯田町江行、過日賢崇寺ゟ被贈候干菓子一包持参、進之。尚又、渥見氏之やう子承り候所、戸田山城守様七月九日　御城ゟ御不快ニて御下り後いよ〳〵御大病、終十三日御死去被遊候由、明廿六日御達ニ相成、多分卅日頃御出棺也と申事の由也。御年四十八歳ニ被為成候と云。帰路飯田町小松屋ニて薬種買取、暮時帰宅。帰路森川様御門前ニて自を迎の者定吉ニ行逢、同道ニて帰宅。但、飯田町ニて鰻蒲焼ニて夕飯を被振舞、回向院施餓鬼菓子一包、被贈之。

一八時過留主中、麻布竜土榎本氏御母義被参候所、留主中ニて、おさち困候所、折から伏見氏被参、手伝、吸物・取肴・鉢肴ハ武蔵や江申付、煎茶・菓子を出ス(二五ウ)。盃を薦め、夜ニ入自帰宅、則対面。切鮓壱重を被恵。帰宅後尚又盃を薦め、供人ニも同断。四時頃ニ相成候付、伏見氏并ニ吉之助、青山様先迄送之、九時前右両人帰宅被致。其後、伏見氏ヲ始一同夕飯ヲ果ス。暫して伏見氏被帰去。九時過、一同枕ニ就く○今夕、定吉来ル。右者、明早朝田町江使可致為也。おさち則手紙二通状箱ニ入、遣之(ママ)○今日合巻類を曝暑ス。
○廿六日庚戌　晴。○今日も小本類を虫干ス
一今朝伏見氏被参、暫して被帰去○昼時、定吉妻来ル。今朝宗之助方へ使致候得者、御返事ニ参り候由ニて持参ス。おまち殿ゟ返書到来、今日者客来有之、今日客来之内逗留之客有之候ハヾ、明後廿八日参り可申候。若亦、客来皆帰り候ハヾ、明日参り候由申来ル○昼後豊嶋やゟ注文の醬油壱樽持参、代金二朱ト百九十四文の所、返し候樽代さし引、金二朱ト百四十六文払遣ス。

一夕七時、触役書長谷川幸太郎殿来ル。右者、戸田山城守様御死去ニ付、今日ゟ廿八日迄鳴物停止の由。但、普請ハ不苦候也と被触之(二六オ)。
○廿七日辛亥　晴。今暁丑ノ亥七時五分分処暑之節ニ入ル、今日ゟ八専也
一今朝四時頃、山田宗之介来ル。右者、今日番代願一義ニ付、有住氏江同道可致為也。即刻支度致、自同道ニて有住江行。然所、有住氏他行ニ付、暫待合候所、忠三郎殿迎ニ被参候ニ付、暫して有住氏帰宅せらる。宗之介対面して一義を商量せらる。是迄之振合ニてハ納かね候ニ付、趣向を取替可然被申候ニ付、然者諸親其外江申聞、右ニて又相願可申答、有住氏を暇乞して出去。宗之介ハ赤坂久保江罷越候由ニて立別、帰去。自ハ昼時帰宅○右同刻おふさ殿仏参ニ被参候由ニて被立寄、過日貸進之合巻持参、被返之。尚又所望ニ付、合巻三部貸進ス。昼時被帰去○大内氏ニ頼、刀剃(ママ)を研貰ふ。大内氏持参せらる。暫して帰去○右同刻、およし殿来ル。暫して帰去、暮時亦来ル。今晩ハ止宿被致○今日も合巻類を虫干ス。夕方吉之助・おさち手伝、取入畢。

一夕方、かゝり湯をつかふ。
○廿八日壬子　晴。残暑甚し(二六ウ)
一今朝伏見氏被参、暫く本を読被居、昼時頃被帰去。昼後又被参候て読書被致、夕方被帰去○およし殿、朝飯後帰去○今日、歌書類其外色々、二本箱を曝暑ス○今日不動尊江神酒・備餅・梨子を供ス。夕方かゝり湯、昨日の如し。
○廿九日癸丑　晴。如昨日の
一今朝伏見氏被参、暫して被帰去○四時過飯田町御姉様、おつぎ同道ニて被参、かつをぶし五本・酒壱升切手・梨子七つ持参、被贈之。せん茶・餅菓子を薦め、昼飯さうめんを薦め、且番代願一義談じ、且渥見江可参事、御咄し申候へ者、右者飯田町ゟ咄し可申候間、延引可致被申候ニ付、渥見江相談ハ延引ス。夕方かゝり湯を御使被成候て、夕七半時頃被帰去○夕方定吉御扶春候て持参。玄米四斗の所、つきべり四升引、玄米三斗壱升持参。つきちん六十四文渡し遣ス。
○卅日甲寅　晴。残暑
一四時頃、松村氏被参。先月十八日の儘、今日ニて四十二日めニて来ル。和名抄(二七オ)八・九ノ巻壱冊、被返之。昼飯を薦め、和名抄九・十ノ巻壱冊貸進ス。昼時過被帰去○右同人ゟ夕方、荷持由兵衛ヲ以、手作芋莄三株、糸瓜五本被贈之、先刻約束致候払焔硝一袋、被贈之。内壱斤分代四匁、此銭四百十六文、由兵衛江渡遣ス。

一夕方大内氏ゟ払味噌有之由ニて、被贈之。掛目四百四十目有之候て、代銭八十文の由也。此せつ百文ニ付、掛目三百七十目ニ候間、此払味噌八十文に四百六十目ニてハ余程之廉也○今日箞箒三つ、絵文庫を虫干ス。暮時前かゝり湯、家内一同ス。盆てうちんを今晩ニて畢也。

○八月朔日乙卯　晴。残暑、風なし

一今日巻物類、柳箞箒、合巻を曝暑ス○清助小児遊ニ来ル。昼飯為給、八半時頃迄遊、帰去○吉之助髪月代致、半(ママ)時頃ゟ竜土江行、八時頃迄仮寐致、其後賢崇寺へ参候由ニて、暮六時頃帰宅(二七ウ)。

一夜ニ入、およし殿来ル。今晩止宿ス○夕七時頃ゟおさち入湯ニ行、暫して帰宅。夜食後自入湯ニ行、暮時過帰宅ス○今日諸神江神酒を供ス。夜ニ入、神燈如例○今日米兵衛様御祥月忌ニ付、もり物・梨を供ス。

○二日丙辰　晴。如昨日

一今日葛篭類・産物等虫干ス○昼前伏見氏梨子十持参被贈之、暫雑談して、昼時過被帰去○日暮て順庵殿被参、暫物語被致、帰去。

一朝飯後およし殿被帰去、暮時又来ル。今朝置忘れ候団扇・髪さし差込、携帰去。

○三日丁巳　晴

一今朝伏見氏被参、榎本氏江被参候由被申候へども、暫く雑談中時移りして(二八オ)、昼時前被帰去○建石鉄三郎殿子息、父跡御番代被　仰付候由ニて来ル。

一四時頃礒女殿被参、今ゟ永心寺江墓参被致候由ニて、被立寄、枝豆壱把持参、被贈之。今晩者此方へ止宿被致○八時過鈴木橘平養子、三原田谷五郎跡御番代被仰付候由ニて来ル○伏見氏夕方ゟ榎本氏江被参候て番代一義相談被致候所、榎本氏も種々考られ、何れニも手軽ニ参り候様工夫可致由被申候由也○今日文庫類を虫干ス。夕方かゝりゆ、如昨日之。

一暮時ゟおさち同道ニて伝馬町江買物ニ行、紙類再外種々買物致、五時頃帰宅。其後、伏見江自行、暫して帰宅ス○早朝自、象頭山江参詣ス。出がけ、不動尊江参詣、供米を納ム。

○四日戊午　晴。残暑

一今朝、加藤領助殿来ル。暫物語被致、番町辺江被参候由ニて帰去。

一礒女殿、朝飯後被帰去○昼前伏見被参、番南瓜一つ被贈之、暫く物語致、昼時過帰去○夕方、およし殿来ル。暫して帰去(二八ウ)。

一今夕勢州田丸木村和多殿江返書認め、日暮て梅村氏江右書状持参、明五日飛脚便有之候ニ付、頼置く○今日懸物類虫干ス。

○五日己未　晴。風無

一鈴木吉次郎殿明五日(ママ)、見習御番無滞被仰付候由ニて来ル。

一今日衣類袿袮類を曝暑ス。今日、使札来客なし。夕方かゝりゆ昨日の如し○早朝自象頭山江参詣、五時過帰宅。朝夕後(ママ)、吉之助江髪月代を致ス。

一早朝象頭山江参詣、五時過帰宅○夕方、信濃やゟ注文の薪八把、軽子持参。書付持参り候ニ付、代金弐朱渡し遣ス。

○六日庚申　晴

一今日簞笥類を干○昼時頃、おふさ殿来ル。暫物語して被帰去。

一昼前定吉妻来ル。手作芋萸二株持参贈之、ほどなく帰去。

一夕方鈴木吉次郎殿、見習之番無滞相済由ニて来ル(二九オ)。

一早朝象頭山江参詣ス。五時過帰宅○昼後、ふし見江ゆでさつまいも一盆贈之。右うつりとして、ゆで豆一盆被贈之○昼後、吉之助西四畳の窓簾を損じ候ニ付、あミ直しこしらへ、掛置。今晩かゝりゆ、昨日の如し。庚申祭も例之如し。

○七日辛酉　晴。秋暑甚し

一早朝象頭山江参詣、五時頃帰宅○四時頃、榎本氏被参。右者、番代願一義ニ付、過日伏見氏ヲ以頼入候事甚六ヶ敷、何れニ致候ても其内伏見江も相談の上、榎本氏、有住氏へも被参候上ニて相談可致、被申之。有合の品ニて昼飯を薦め、せん茶・くわし同断。投扇興・楊弓抔弄、夕七時前被帰去○今日虫干、吉之助、おさち簞笥を干○日暮て、深田長次郎殿来ル。五月七日貸進之白米貸進残二升持参、被返之。右答礼として番南瓜二つ持参、被贈之。伝馬町江被参候由ニて、早々帰去○暮六時過松村氏被参、川柳書抜、外ニ組合附持参被致。川柳ハ伏見へ被届呉候様被申、預り置く。且亦、此節取込ニ付、金子百疋借(二九ウ)用致度被申。此方ニても物入多、甚難義ニ候得ども、松村氏の内中相像(ママ)致候得バ、流石ニ断申候も不本意ニ被思候ニ付、金壱分貸進ス。其後、五時頃被帰去。小挑灯貸遣ス○昼前荷持和蔵、給米乞ニ来ル。則、玄米二升渡、外ニ沢庵づけ香の物二本遣ス○当月三日八時過南寺町宗輪寺と申寺の本堂江火を付候盗人直ニ搦捕候所、其者首状(ママ)致、是迄八ヶ年来当年ニ到り、寺方所々江附火致、皆燃上り、今日のミ火事ニ不成。妻子八人暮、小櫛金之助と申者の由、首状ニ及候由也。牛込七軒寺町芦や香華院久成寺・四谷西念寺江付候者も右之者也由也。

○八日壬戌　晴
一早朝象頭山江参詣、五時頃帰宅ス○吉之助、服薬六物湯今日ゟ二貼づゝ煎用ス。

一下掃除定吉来ル。両厠そふぢ致、帰去○今朝伏見氏被参、暫雑談、被帰去。

一今夕吉之助・おさち入湯ニ行、暫して帰宅。其後自入湯ニ罷出、六時頃帰宅(三〇オ)。
○九日癸亥　晴。残暑甚しく、酷暑如(ママ)
一早朝象頭山江参詣、三日ゟ今日迄七日め也。五時過帰宅○四時過、およし殿来ル。暫雑談して、昼時頃被帰去○今日、使札来客なし。夕方、かゝりゆをつかふ○昼前順庵殿被参、暫雑談して被帰去。
○十日甲子　晴。残暑甚敷、凌兼候ほど也
一早朝象頭山江参詣、五時頃帰宅○夕七時頃、おふさ殿来ル。岡野江被参、帰路の由ニて、ほどなく帰去○右同刻かゝりゆを致、食後吉之助一本松大黒天江致(ママ)候由ニて罷出ル。榎本氏江立寄、賢崇寺同断、亥ノ刻帰宅。夫ゟ枕ニ就○今日甲子ニ付、大黒天江神酒・備もち・七色菓子・梨子を供し、祝之。金毘羅権限様へも同断。夜ニ入、神燈如例之○暮時、三村某の母義来ル。右者、旧冬山本悌三郎殿の(三〇ウ)。姉町田被参、町田女と共ニ踊の教を受度由被申入候所、其頃殊の外〳〵内乱ニ取掛り候ニ付、只今ハ右之趣ニ随がたし。春ニも成候て、一条片付候ハヾ、兎も角も可致申置候所、右之三村氏老婆被待兼候て、町田氏ゟ被参候由ニて、此方へ直ニ来候由。右之老婆ニ対面致候所、孫女の由ニて、八才ニ成候所、外ニて少々学候所、未熟ニ候間、其儘打捨候も甚敷残念ニ母共侶ニ被存候ニ付、町田氏ゟ聞及候間、御六ヶ敷乍、何卒願候と逼(カ)ニ頼被申候ニ付、さすがニ断も申がたく候ニ付、悴未引篭中ニ候間、出勤致候ハヾ、又此方ゟ御沙汰可申候と申、ほど無被帰去。
○十一日乙丑　晴。残暑昨日の如し、風なし、凌難し
一今日羅文様御祥月御逮夜ニ付、夕料供紫蘇飯、一汁三菜製作致、貞窓様御牌前・羅文様御霊前江供之。羅文様御画像如例之床間江掛奉り、神酒・備もち・あんもち・梨子を供し、夜ニ入神燈ヲ供ス(三一オ)。且、伏見氏江もしそ飯、平、汁添、贈之。ふしみ氏ゟ手作茄子、少々被贈之。

一今朝伏見氏被参、雑談時をうつして、昼前被帰去。

一暮時ゟ自深田氏江行、先頃物を被贈候答礼として黒砂糖壱器持参、贈之。暫物語致、煎茶を被薦、しそのミ、草花少々被贈之、五時前帰宅。山本氏江も立より、安否訪ふ○今晩ハ一同かゝり(ママ)をつかふ。

○十二日丙寅　晴
一自早朝起出、深光寺へ参詣。羅文様御祥月忌ニ依而也。深光寺ニ到り、諸墓そふぢ致、水花を手向、拝し畢。帰路種々買物致、四時頃帰宅。

一夜食後、自有住氏江行。然る(ママ)他行ニ付、徒ニ帰宅。但、梨子十持参致候ニ付贈之、帰宅ス○今朝伏見氏被参、暫して被帰去。夕方、かゝりゆをつかふ。右之外、使札来客なし○夜ニ入、松岡お鶴殿来ル。暫物語して被帰去。
○十三日丁卯　晴。今未ノ七刻白露の節ニ入(三一ウ)
一今朝大内氏枝豆持参被贈之、早々被帰去。

一八半時過ゟ自有住氏江参り候所、有住氏在宿被致候ニ付、面談致候て、番代願一義話説申入候所、是亦困り候由被申。然者、先榎本氏ニて願候て、其上被仰付候当日直ニ滝沢氏江被仰付候様取斗可然被申候。何れニも考候て、又相談可致被申之。且亦、炮術弟子入の事聞合候所、右者未可早、御番被仰付候ての上ニて弟子入可然被申候ニ付、其意ニ任置候といへども、一日片時も早き方可宜敷被存候所、右様有住被申候者心得がたし。
○十四日戊辰　晴。風なし、あつし
一今朝吉之助江髪月代致畢候所、飯田町弥兵衛来ル。右者、奇応丸大包・中包無之由ニ付、即刻右様拵、大包二つ・中包五つ為持遣ス。せんちや・くわしをすゝめ、其後被帰去○明日月見ニ付、白米壱升五合、吉之助・おさち手伝(三二オ)、昼九時過挽畢○昼後、およし殿来ル。暫くしておふさ殿来ル。何れも雑談、せん茶、だんご屑餅を薦、夕七時過両人帰去○同刻、松村氏被参、和名抄壱冊持参、被返之。尚又所望ニ付、馭戒慨言四冊貸進ス。一同かゝり湯致候折からニ候間、松村氏ニもかゝり湯被致、帰去。
○十五日己巳　晴。蒸暑し
一今朝鈴木吉次郎殿、今日祝義として来ル○今日在明ゟ起出、あづき団子製作致、家廟江供し、家内一同祝食畢。伏見氏、永井辻番人江あづきだ(濁ママ)んご、枝豆、柿添、おさちヲ以遣之。伏見氏ゟも今朝内義ヲ以、きなこだんご、枝豆・芋添、被贈之○今朝松村氏手作芋茰、萩の花持参、被贈之。暫して被帰去○昼前ゟ吉之助、竜土榎本氏ゟ賢崇寺へ罷出ル。

一九時前、加藤領助殿来ル。暫雑談、煎茶、だんごを薦、暫して帰去。

一右同刻、下掃除定吉来ル。同人ニだんご・昼飯を為給遣ス(三二ウ)。

一昼後伏見氏被参、ほどなく被帰去○おさち八時過ゟ入湯ニ行、暫して帰たく。

一八半時過、吉之助帰宅。過日賢崇寺へ貸進之夢想兵衛胡蝶物語後編四冊、質屋の庫五冊、吉之助江為持、被返之。且又、榎本氏ゟ手作やつがしら、被贈之。帰宅後、垣根拵候由ニて、下拵をス○夕方松岡お靏殿被参、ほどなく被帰去○今日己巳ニ付、弁才天并ニ八幡宮江神酒・七色ぐわし、夜ニ入神燈供之。
○十六日庚午　半晴。八時過ゟ雨、冷気
一今朝、榎本彦三郎殿被参。右者、番代願一義ニ付、有住氏江被参候由也。則、吉之助同道ニて被参候所、親類江罷出候ニ付、徒ニ帰宅せらる。せん茶・くわしを薦め、かけ合の昼飯を出し、又明朝可参由ニて被帰去。伏見氏相客たり。

一今日八時過ゟ雨降出候ニ付、冷気ニ相成、袷衣を着候も綿入衣を着用致候者も有之候。先月廿二日の儘、今日ニて廿四日め、人々雨を願候折なれバ、誠ニ甘雨也(三三オ)。
○一七日辛未　曇。四時頃ゟ雨、終日
一今早朝榎本氏被参、即刻有住江被参候て、一義商量ニ及候所、遠縁ニ無之候ハヾ、小太郎養子ニ致可申候でハ不相成。左なくバ遠縁致候ゟ外ニ分別無之由、有住被申。榎本氏被申候ニハ、遠縁致候てハ手重、且又株ニ離れ候様ナ物ニ候。然者、滝沢親類一同江相談の上、又可申上候《ママ》被申、此方へ被参、右之趣を申入らる。何れ近日宗之介方・飯田町江も其段申可入段申置、其後早々被帰去○伏見氏ゟ被頼候仕立物、今日仕畢。未綿入○吉之助今日者畑をうない、地大こんの種を蒔。

一夜ニ入五時前順庵殿被参、暫く雑談、四時頃被帰去。
○十八日壬申　半晴。夕方ゟ又雨、冷気
一今朝、萱屋師伊三郎弟子来ル。則、漏候所江指揮致こしらへさせ、昼時帰去○右同刻、竜土榎本氏御老母御出。右者、此方番代願一義(三三ウ)の事也。伏見氏江も咄被申。右者、小屋頭有住へハ小太郎養子願之如く申入候て、極内々ニて御頭佐々木様江養子替の趣ニ奉願候ハヾ如何可有や、と榎本氏被申。右ニ付、伏見氏江も相談ニ及候ハヾ、然者明十九日安西江吉之助様御同道可致被申、其後雑談、有合の昼飯を薦め、八時過被帰去。餅菓子壱包、手みやげとして被贈之○昼前、およし殿来ル。暫して被帰去○一昨日畑こしらへ、地大こん種蒔く。まハリ江、吉之助今日垣根をこしらへ畢。自・おさち手伝、草をとり、掃除致畢。冷気乍、一同穢候ニ付、浴沐《ママ》ス。棕梠縄三把買取。
○十九日癸酉　雨。終日
一今朝食後吉之助髪月代を致、早昼飯ニて、伏見岩五郎殿紹介被致候て、市谷田町なる岩五郎殿伯兄安西兼三郎殿方へ罷出ル。然る所、他行被致候ニ付、内義江初対面致、手みやげ堅魚甫一袋、扇子一対、進之。伏見氏ハ残被居、吉之助のミ八時過帰宅〇夕七時頃森野内義被参、ふかしさつま芋一袋持参被贈、雑談数刻にして被帰去(三四オ)。

一夕七時過おさち入湯ニ行、帰路買物致、帰宅。

一昼前、およし殿来ル。ほどなく帰去。

〇廿日甲戌　半晴
一今日自起出候所、不例候ニ付、昼時迄休足ス。昼後、伏見ゟ被頼候仕立物拵畢〇昼前、およし殿来ル。ほどなく帰去〇八時頃おふさ殿被参、暫して被帰去。

一夕飯後吉之助入湯ニ行、無程帰宅。右之外、今日者使札客来なし。但、七時前長次郎殿来ル。樹木柿持参被贈之、暫雑談して帰去。

〇廿一日乙亥　終日雨　半晴
一吉之助、昨日ゟ大内氏ニ頼申入、鉄炮稽古を始ム。昼後大内氏江行、教を受て帰宅。今日も同処也。今日者終日雨天ニ付、客来なし。伏見氏夕方被参、番代願一義ニ付、内談。小太郎親類書無之候ては分かね候ニ付、近日持参可致由被申。右者、過日榎本氏江参り居候ま丶、明日取よせ、差上候様申、其後帰去。右以前、ゆでまめ一盆被贈之(三四ウ)。

〇廿二日丙子　終日雨
一伏見氏ゟ被頼候布子を縫始ム〇昨廿一日吉辰日ニ付、昼後吉之助綿入絹三反・結城木綿裏表とも二反、おさち太織島壱反、都合六反、裁之。

一おふさどの・おけいどの同道ニて伝馬町江買物ニ被参候由ニ付、通行之所、おさち呼入候ニ付、鳥渡立より、直ニ帰去〇昼前、およし殿来ル。暫く雑談、おさちニ髪結貰、昼前帰去。

〇廿三日丁丑　晴
一今朝食後吉之助髪月代致、其後竜土榎本氏江行。右者、過日親類書榎本氏持参、被帰去候。其後未此方ニ不帰候ニ付、右請取ニ行。

一右同刻おさち定吉方へ行、白米無之候ニ付、今日中ニ持参可致由申遣ス。

一吉之助親類受取(ママ)、昼時帰宅。其後伏見氏江右親類書持参、渡之。

一昼時頃、石井勘五郎殿来ル。今日芝神明万人講代々ニ付、御(三五オ)初穂集として被参。則、如例之御初穂百廿四文同人江渡之、早々帰去〇梅村直記殿養母おさだ不快ニ付、為見舞鶏卯・煎餅壱折、以おさち、遣之○昼前自伝馬町江買物ニ行、糸綿其外袖口等買取、昼前帰宅。其後おすや(マヽ)町江入湯ニ行、昼時帰宅。

一定吉白米五升持参、右請取置○夜食後暮時ゟ吉之助、松村儀助殿方へ行。同人内義安産被致候由、今朝石井氏物語ニ承り候ニ付、為見舞、神女湯二服持参贈之、ほどなく帰宅ス。

一昼後大内氏江鋏炮稽古ニ行、暫物語して帰宅○昼後おさち腹痛甚敷由ニ付、黒丸子・熊胆を用、暫打臥し、夕方起出ル。

○廿四日戊寅　半晴

一今朝九月分御扶持渡ル。取番永野儀三郎殿、岡勇五郎殿さし添、車力壱俵持込、請取置○右同刻伏見氏被参、同人之話ニ、俳優市村羽左衛門急病ニて当月十九日死去致候由也(三五ウ)。

一昼前おさちヲ以、花房様御家中小嶋某の女おやすと申者方江罷越。右者、同人何れへ欤縁付かれ候や問候所、未ダ聢と定り候ニハ無之候と被申。右ニ付、榎本氏媳婦之事申出候所、先方ニても被歓候へども、同人父今日者他行ニ付、帰宅次第挨拶可致由被申之○右留守中、おふさ殿来ル。おさち留主中ニ付、森川様御屋敷江参り候由ニて帰去。暫して八時過、又来ル。大内氏ニ教を受たきさみせん有之由ニて、おさち同道ニて大内氏江被参、をし之を受て、夕七時過帰去。

一夕七時頃、およし殿来ル。暫して帰去○吉之助鋏炮稽古ニ行、暫して帰宅。

○廿五日己卯　晴。南風、夜ニ入亥刻頃ゟ雨、折々止

一吉之助平川天満宮江参詣、帰路茶呑茶わん、家橘死絵等買取、昼時前帰宅。大内氏所望ニ付、夢想兵衛胡蝶物語前ぺん五冊、吉之助持参、貸進ス。今日ハ鉄炮稽古不致○昼前、伏見内義持病ニて打臥居候ニ付、小児此方へ仮寝為致、廉太郎ニ昼飯を為給、帰し遣ス。昨今南風ニて暑さニ付、かゝりゆをつかふ(三六ウ)。

一天神画像奉掛、神酒・供物、備之。

○廿六日庚辰　雨

一今日大内氏他行ニ付、鉄炮稽古休也。夕方かゝりゆハ延行、不仕。今日者別用事なし。無事也。

○廿七日辛巳　晴。南風、暑し

一今朝吉之助髪月代致、其後仮寐致、昼時起出ル。昨夜疾瘖かゆく、不睡に依也○四時頃、長次郎殿来ル。紫苑・秋海棠一折持参被贈之、暫雑談して、昼時帰去○昼後吉之助、大内氏江鉄炮稽古に行、暫して帰宅。

一昼前、定吉来ル。御扶持舂可申由申ニ付、渡し遣ス。白米五升持参、蔵前江参り候由ニ付、玉やニてびん付油買取呉候

様頼、百文渡。且、としまやへ醬油の事申遣ス○伏見子供両人ニ髪月代致遣ス。

○廿八日壬午　雨。昼後ゟ晴(三六ウ)

一昼後自不動尊江参詣、夕七時前帰宅○右留守中、有住岩五郎来ル。然所、留主中ニ付、早々帰去候由也。右者、願書一義ニ付、明朝参り候様申置。

一暮時吉之助入湯ニ行、六時過帰宅。右之外、用事なし。不動尊江神酒・七色菓子・備もちを供ス。夜ニ入、神燈ヲ供ス。

○廿九日癸未　晴。八時頃ゟ雨。今晩九時五分秋分之節ニ入

一今朝、触役亥三郎来ル。夏服御免の由、被触之。

一右以前坂本氏被参、暫雑談して被帰去○同刻伏見氏被参、是亦雑談して被帰去○四時過有住岩五郎方へ行、右願書の一義申談じ、小太郎養子ニ不致、名跡養子ニ致候由被申。右畢、帰宅○高井戸下掃除定吉来ル。納茄子の内壱束小茄子持参、下掃除致、帰去。

一夜ニ入順庵殿被参、雑談数刻、九時前被帰去。(三七オ)

〆

九月朔日甲申　雨

一朝飯後吉之助髪月代致、芝田町宗之介方ゟ榎本氏・一本まつ賢崇寺江罷出ル。折から伏見氏被参、被申候者、御頭様より、外組ニ度々養子替の例もあらバ委細認め持参可致、且又小太郎義太郎兄弟の続ニ相成候如何、何ぞ子細有之や御尋の由ニ付、吉之助ヲ以、榎本氏江申入、書付貰受参候様申付遣ス。其後伏見氏、小太郎義太郎兄弟之続ニ親類書出し候事。親類中ゟ頼候義ニ者無之由、下書持参被致、吉之助帰宅次第、安西氏江為持遣候様被申之○鈴木吉次郎殿、当日祝儀として来ル。御扶持増かゝり十二文の由ニ付、則渡之○伏見氏払物みそ買取候様被申之、則買取置○大内氏ずいき三株持参、被贈之。

一昼後おさち入湯ニ行、暫して帰宅ス(三七ウ)。

一暮六半時頃吉之助帰宅、宗之介ハ留主宅の由ニて、寿栄、おまち又々対面、彼方ニて夕飯を給、帰路亦榎本氏江立より、同人組之養子願書一条之例有候親類書を借用致。右者、安西氏江持参可致所、夜ニ入候ニ付、今晩ハ延引ス○夕方松井氏被参、糸瓜水一徳り持参被贈之、暫雑談、明二日当番の由ニ付、帰去。沢庵づけ大こん十余本、遣之。

一夕方豆腐や松五郎妻、先日浴衣遣し候謝礼として来ル。暫物語いたし、なめ物製方書付呉候様申ニ付、則書付遣ス。

一二(マヽ)月二日乙酉　曇。昼後ゟ雨終日、日暮ゟ雨止、夜ニ入晴

一早朝吉之助市ヶ谷田町安西兼三郎殿方へ行、昨日榎本氏ゟ借用之親類書持参、兼三郎殿ニ対面、親類(ママ)を渡し、帰路入湯致、五時半時頃帰宅○其後おさち同道ニてだんご坂下江坂氏江(三八オ)自行、小太郎引取候同人名簿加入致候事申断、帰路不動尊江参詣、昼時帰宅。食後飯田町江行、安否を問、ある平一袋、沢あんづけ二本進上。先月分売溜金壱分ト九百三十八文・上家ちん金壱分ト二百七十八文請取、帰路種々買物致、鈴木江赤剛飯注文書申付、暮時帰宅○右留主中、伏見氏内義江おさち灸治致遣ス。

一およし殿来ル。吉之助療治致貰、代四十八文遣候由也。

○三日丙戌　晴。日暮て雨、無程止

一今朝、伏見氏来ル。暫雑談して被帰去○昼時頃順庵殿被参、今日八丁堀江被参候由也。伊勢木村江此度書状さし出し不申候間、此方ゟ出し候ハゞよろしく申候様被頼、早々帰去○右同刻、高畑久次来ル。先日成田氏江貸置候青砥七冊持参被返之、早々帰去○夕方、おふさ殿来ル。暫遊、夕方帰去。

一夕七半時頃、お国殿来ル。右者、先年ゟ預り置候金入用ニ付、取ニ来ル(三八ウ)。先日中ゟ度々渡し、残金二分二朱の所、今日渡、皆済也。伝馬町ニて綿買取候由ニて、早々帰去。日暮て自、おさち同道ニて定吉方へ行、明四日赤飯配り人足申付、帰宅○八半時頃、榎本氏ゟ使来ル。吉之助布団二つ・ねざめたばこ盆、被贈之。外ニ、手作芋萸五株、是をも被贈之。且、てうちん二張、使江渡し、返之○今日吉之助・宗之助・榎本氏・賢崇寺へ手紙三通ヲ書、自も飯田町、西丸下、深川、田町江四通書之。外ニ、田丸・木村行書状壱通、認め置。

○四日丁亥　晴

一今朝五時頃、四谷餅や鈴木ゟ注文の赤剛飯持参ス。

一五半時頃、定吉来ル、則、赤剛飯八寸重へ詰、おさちゟおふさどの江、文さし添、為持遣ス。夫ゟ伏見・大内両家へ壱重宛。但、ふし見氏江ハ花色綿(ママ)壱反添、遣ス。其後、飯田町ゟ西丸下渥見、深川田辺江壱重づゝ遣之。但し、田辺氏江ハ吉之助手みやげの小杉原一包添(三九オ)、飯田町江ハ沢庵づけ大こん十本余・糸瓜水・ずいき、贈之。何れも文を添へ、八半時頃定吉帰来ル。則、赤飯為給、夫ゟ竜土榎本氏ゟ宗之介方并赤尾・賢崇寺へ壱重づゝ贈之。右何れも吉之助手紙さし添ル。山田・赤尾へハ真綿壱包、添之。おまち・宗之介・榎本氏・賢崇寺ゟも返書来ル。飯田町・西丸下ゟも返書同断。深川ゟ請取を取、定吉暮六時頃帰来ル。夕飯為給、赤剛飯小重ニ入、小児方へ遣ス。五時頃帰去。右ニて祝儀畢。

○五日戊子　晴

一今朝吉之助髪月代致、入湯ニ行、暫して帰宅。

一四時頃加藤領助殿来ル。去ル十五日貸進の秋の七草六冊持参、被返之。尚又所望ニ付、月永奇縁五冊貸進ス。且又、先日中より約束ニ付、額骨壱つ遣之。暫く雑談して、昼時前被帰去(三九ウ)。

一昼後自、吉之助同道ニて飯田町弥兵衛方へ行。吉之助手みやげとして、小もんちりめん汗衫・袖切織出し白半襟壱掛・扇子一対・煮肴七尾持参、進之。飯田町ニて吸物・取肴・礼酒畢、夕飯を被薦め、暫物語致、暮時前帰宅。飯田町ゟ取さかな・まめ煎、おさち方へ被贈○五時前、木本佐一郎来ル。暫く中絶ニて、太郎病中・歿後とも一向疎遠ニ打過候所、何等の故ニ来リ候やと不審ニ候所、八犬伝三輯所望被致。則、貸進ス。不実の本性斯有べ(濁マヽ)し。

一暮時、石井勘五郎殿来ル。芝神明大麻壱つ持参、被差置之。吉之助面談、相識ニ成ル。
○六日己丑　晴
一今朝伏見氏持参、赤剛飯贈り候謝礼被申入、早々帰去(四〇オ)。

一八時過榎本氏被参、暫雑談。煎茶子(ママ)、有合之夕飯を薦め、且来ル十二日里開可致申談じ置、夕七時過被帰去○右同刻、およし殿来ル。出入帳付呉候様被申候ニ付、記遣ス。暫して帰去。
○七日戊寅　晴
一今朝起出、湯づけ飯を給、自深光寺へ墓参ス。来ル九日貞松様御祥月ニ候所、節句ニ付、今日仏参、諸墓そふぢ致、水花を手向、拝し畢、四半時頃帰宅ス○梅村直記殿養女おさだ、久々不快ニ候所、養生不叶、今朝四時頃死去被致候由、太田定太郎殿子もり告之。右ニ付、暮時前自、為悔参り、梅村夫婦江悔申入、葬刻限承り候所、未不知由被申、早々帰宅。夫ゟ鮫ヶ橋南町大工亀次郎方へ繕普(ママ)之申付候所、両三日ハ参りかね候ニ付、節句後(四〇ウ)可罷出旨被申○日暮て長次郎殿来ル。雑談数刻、昨日およし殿持参被致候番南瓜代四十文、長次郎殿江渡し遣し、勘定済、五時過、被帰去。
○八日庚卯　半晴。夕七時過雨少々、止レ(ママ)忽
一今朝伏見氏ゟ手作茄子・里芋、被贈之○今朝梅むら直記殿養女おさだ(濁マヽ)送葬の由ニ付、吉之助呼起し、直ニ支度致候得ども不及、跡ゟ追欠(マヽ)、南寺町角付候由ニて、南寺町西光寺江贈(マヽ)之、暫して帰宅ス○昼後ふし見氏被参、先日頼置候扇子一箱五対入被買取、持参せらる。右代金ハ過日金二朱渡し置候也。内百四文被返之、暫して被帰去○今朝、弥兵衛来ル。先日頼置候かつをぶし十五本買、袋・水引等添、持参ス。代金二朱

ト百四文の由ニ付、則渡し遣ス。今ゟ下町江参り候由ニ付、早々帰去(四一オ)。

一夕七時過、およし殿来ル。雑談。出入銭、帳面江印候様頼、帰去。

○九日辛辰　南風。晴、暑し、夜ニ入曇

一今朝重陽祝儀として、長野儀三郎殿・南條源太郎殿被参。

一今日重陽祝儀、さゝげ飯・一汁二菜、家内一同祝食。神棚江神酒・備もち供之、家廟其外江も供之○今朝吉之助髪月代致、昼後ゟ竜土榎本氏ゟ賢祟寺へ罷越、暮時帰宅。

一昼後おさち、入湯ニ行。右序手ヲ以、坂本ゟ夏中借用の本五冊、外ニ合巻物返之。且又、六月中煎茶少々貰受候ニ付、謝礼としてかつをぶし三本入壱袋、贈之○夕方、右謝礼として順庵殿来ル。雑談、夜ニ入四時過被帰去○昼後、定吉妻来ル。先日申付候石灰買取、持参ス。右請取置○暮時頃山本半右衛門妻、小児を携(四一ウ)て来ル。ほど無被帰去○昼後、大工亀吉来ル。繕普請の事つもらせ候所、金三分二朱ニて致候様申之。何れ十五日過ならでハ不都合ニ候間、十六日頃ゟ取掛り候様申付、且伏見氏被参候て申付之。

一荷持和蔵、給米乞ニ来ル。則、玄米二升渡し遣ス。

一今日終日開門也。

○十日壬巳　雨。終日

一今早朝象頭山へ参詣、四時前帰宅。帰路赤坂ニて砂糖づけさとう、色々買物致候也○昼前おさちヲ以、梅村直記殿江白砂糖壱斤入壱袋遣之。ほどなく養女おさだ初七日ニ相当なればバ、霊前江備候也。

一夕七時前、順庵殿来ル。昨夜約束ニよりて明ばん少々持参被贈之、暫して帰去○今日常光院月山秋円居士祥月ニより、朝料供を備、もり物煎餅を供ス○象頭山江ハ神酒・備もち、供物せんべい(四二オ)、夜ニ入神燈ヲ供ス○榎本氏縁者早賀組石川与右衛門殿御子息長病の所、昨九日病死被致由、享(ママ)年廿四才ニ被成候と云。痛ましき限り也。御家内の愁傷相像べし。

○十一日癸午　半晴

一今日月見入用白米二升、吉之助、おさち手伝、挽之、昼時出来畢。

一昼後自伝馬町江買物ニ行、帰路入湯致、夕七時過帰宅。大内氏先日貸進の夢想兵衛胡蝶物語五冊持参返之右請取置。

一日暮て順庵殿被参、暫あそび、亥ノ時頃被帰去。又明日留主居乍可参由被申、帰去。

○十二日甲未　雨。八時頃ゟ止、夜ニ入晴

一今朝、お国殿来ル。小鯖干物十五枚持参被贈之、此方へ預り置く(四二ウ)。葛籠二ツ、外ニ本箱・たばこ盆・鮫入小だんす、近日取ニ遣し候間、何卒〳〵御渡し被下候由被申、承知の趣こたへ置、ほどなく帰去。右同刻、およし殿来ル。せんべい一袋持参被返之、暫して帰去。

一今朝食後吉之助江髪月代致遣し、右序ニおさちニもそろへ遣し、両人とも入湯ニ行。今日里開ニ付、榎本氏江罷越候所、おさち下駄無之。右ニ付、帰路下駄買取、帰宅○昼時、定吉来ル。則、同人ニ礼服背せ、土産物等同様。八時頃伏見氏・此方母子三人、定吉ヲ召連、榎本氏江行。榎本氏ニても此方ゟ参り候遅刻致候ニ付、村田氏途中迄迎之為被参、青山表西御門ニて行逢候ニ付、則同道致さる○賢崇寺御隠居并ニ御当住も被参候間、母女二人初対面盃畢。一同礼酒・吸物・取肴種々、三絃ヲ以饗応を被致。梅川金十郎殿ニも初対面。右者榎本氏之姉聟也。夜ニ入、本膳・牽物鰡・一汁七菜、薦被之(ママ)(四三オ)。賢崇寺御当住・御隠居ハ少々乍先江被開。四時過榎本氏を罷出候所、伏見氏酩酊被致、自歩行成かね候ニ付、吉之助・定吉扶ひき候ニ付、村田氏も帰宅被致候道すがら伏見氏を扶け引。且又、青山様御屋敷内行抜、夜分往来ハ成かね候得ども、村田氏・榎本氏斗ひ候て、御家中内相識之由、大藤文七殿と申候方ニて切手を貰、恙なく通抜いたし、四時過帰宅。伏見氏ハ直ニ送り込。村田氏、伏見氏迄被送之、直ニ帰去。帰宅後、定吉ハ帰去○今日の留主居、大内氏・坂本氏也○帰宅後、榎本氏ゟ被贈候肴ニて右両人ニ盃を薦め、両人九時被帰去。右ニて里開一件、芽出度相済○今朝、下掃除定吉来ル。枝柿廿ほど持参ス。今日はそふじせず、早々帰去。

○十三日乙申　晴　(四三ウ)

一今日十三夜ニ付、如例あづきだんご製作致、家廟江供し、くり・柿・枝豆・きぬかづき芋添、供之。母子三人祝食ス○今朝、源右衛門来ル。昨夜定吉方へ止宿致、只今帰り候由也。枝柿二把持参ス。

一今朝伏見氏ゟもろこしだんご、品々添、被贈之。且伏見氏被参、暫して大久保江参候由ニて帰去○餡だんご、品々添、伏見江遣ス。辻番人江も遣之○昼前彦三郎、昨日謝礼として被参。せん茶・だんごを薦め、ほどなく被帰去○同刻、板家根や虎吉来ル。此方屋根つもらせ候所、三拾五匁掛申候由。然者、下ごしらへ出来次第早々に参り候様申付遣ス○暮八半時過、順庵殿来ル。ほどなく被帰去。

○十四日丙酉　曇終日。亥ノ中刻頃地震

一今朝順庵殿被参、昨夜刀を預け置かれ候ニ付、右刀受取、早々被帰去。

一今夕、初而鴈の声を聞く(四四オ)。

一およし来ル。昼時迄遊、だんご其外芋・枝豆等為給、昼時被帰去。

一右同刻、長次郎殿来ル。昨日鋏炮玉鋳形貸遣し候ニ付、持参被返之、早々帰去○今朝吉之助・おさち両人江髪月代致遣ス。今夕神田祭礼宵宮江飯田町宅江行んが為也○右祭礼見物ニ参り候ニ付、留主居無之候間、夕方松村氏を頼ニ行。松村氏承知被致、後刻可被参由被申候ニ付、帰宅。何れも支度致、隣家伏見廉太郎殿を同道ニて、家内一同飯田町江行。手みやげ、有平二包壱重ニ入、柿廿三持参ス。伏見氏ゟハ京地(カ)折皮を被贈。出宅の頃ハ大内氏留主せらる。出宅後ほどなく松村氏被参候由也。おさち・廉太郎殿ハ飯田に止宿、吉之助・自ハ亥ノ時帰宅。

一夕七時頃、一本松賢崇寺ゟ使札到来、先月中貸進之朝夷島めぐり初編ゟ三編迄廿九冊・忠儀(ママ)水滸伝三冊、被返之(四四ウ)。右請取、尚又歌書所望被致候へども、自留主中ニ付、知れかね候間、何れ両三日中是ゟ持参可致旨、使江口状ニて申聞遣し候由、帰宅後告之○今晩松村氏ハ止宿被致○今朝森野氏、お国殿ゟ荷持ヲ以、此方へ預り置候葛籠一ツ・本箱壱ツ・鮫付小簞笥壱ツ・たばこ盆壱ツ、右請取ニ来ル。則、右之品渡し遣ス。
○十五日丁戌　雨。五時前ゟ雨止、昼後ゟ晴、今暁六半時寒露ノ節也
一今朝食後自、吉之助同道ニて飯田町弥兵衛方へ祭見物旁々、おさち・廉太郎を迎ニ行。祭礼見物相済、昼飯を被振舞、母子三人、廉太郎同道ニて八半時頃帰宅。飯田町ゟ赤剛飯・煮染を被贈之。廉太郎殿江ハくわし一包、為土産此方ゟ贈遣ス。今日も松村氏留主せらる。留主中徒然を慰ん為、酒肴少々被薦之、帰宅後、松村氏被帰去候ニ付、赤剛飯、にしめ添、同人(四五オ)小児江遣之○今日留主中、坂本弁ニ願性院別当・およしどの来候由、何れも留主中ニ付、早々被帰去候由、松村氏、帰宅後、被告之。

一今晩者疲労候ニ付、一同六時過ゟ枕ニ付く。
○十六日己亥　曇
一今朝食後吉之助、安西氏江過日遣し置候榎本氏ゟ借用の親類書請取ニ行、則請取、昼前帰宅。昼飯後榎本氏ゟ一本松賢崇寺江罷越、夕七時過帰宅○右同刻、順庵殿来ル。暫雑談、所望ニ付、俳諧歳時記貸進ス。ほどなく被帰去○今夕(ママ)の蚊帳を不用○今朝、大工亀吉来ル。流し・玄関水ロ・敷居取かへ、流をはり、屋根下拵致、終日にして、昼時前帰去。

〇十七日庚子　晴
一今朝家根屋虎吉、弟子二人召連来ル。則、勝手庇・雪隠家根(四五ウ)葺畢り、夕七時頃帰去。
一朝五半時過、大工来ル。今日ハ西雪隠庇こしらへ、玄関庇・同様流し台・水桶台其外少々づゝ繕致、夕方帰去〇朝飯後自飯田町江行、重箱返上。右為移、小椎茸少々贈之。今日普請出来上り候ニ付、上家つミ金去戌年分残り金二分、当亥年正月分ゟ八月分返金壱両、右ニてハ不足ニ付、九月分ゟ十二月分迄取越借用金二分、〆金弐両請取、夕七時前帰宅〇夕方定吉ヲ以、去十二日榎本氏ゟ借用の重箱并ニ先日失念之親類書壱冊、手紙さし添、為持遣ス。暮時、定吉帰来ル。榎本氏江栗壱升・鳫食豆五合余、贈之。十二日預ケ置候吉之助小袖・合羽等、被差越〇今日観世音江備もち・七色菓子を供ス。
〇十八日辛丑　晴
一昼後、大工亀次郎請取書持参。請負分金三分、十七日一日分金壱分ト八十文の由ニ付、金壱両ト八十文、払遣ス。ほどなく家根や(四六ウ)小廝払取ニ来ル。三十五匁の由ニ付、金二分二朱渡し、つり銭二百六十四文、請取書請之〇昼前伏見氏被参、雑談してほどなく被帰去。
一右同刻、有住岩五郎殿来ル。右者、此方伺書下り候ニ付、廿三、四日頃に本書可差出候間、其以前認め、出来次第殿木竜谿并ニ油谷恭三郎江印形致候様可致被申、被帰去。
一昼時前、下掃除定吉来ル。先日薪代、伏見・此方分両用(ママ)ニて金二朱払遣ス。右之外、客来なし〇昼後、母女同道ニて
〇十九日壬寅　曇
一今朝榎本氏被参、来ル廿一日神明様御祭礼ニ付、醴出来の由ニて、手製醴壱重持参、被贈之。且又、当日地おどり抔興行、賑敷御ざ候間、家内見物ニ参り候様被申上。煎餅・くわしを薦め、ほどなく被帰去。
一昼時前、弥兵衛来ル。神女湯無之由ニ付、神女湯・奇応丸小包十(四六ウ)渡ス。切もち包贈之、今朝榎本氏ゟ到来のあま酒一器遣之。いそぎ候由ニて、早々帰去〇朝飯後髪月代致、四時過ゟ吉之助虎の御門象頭山江参詣、昼時帰宅〇八時過ゟ吉之助同道、自定吉を召連、大久保天野氏江行。初参ニ付、かつをぶし一袋・扇子壱対・吉原せんべい一折持参、贈之。則、信太郎殿并ニ同人母義・同内義ニ初対面の口議畢。盃を被薦、吸物・取肴・煮肴・くり・柿・くわしを被出。雑談後暇乞致。暮時帰宅。矢野氏ゟ樹木柿・取肴小重入、被贈之。帰宅後定吉ニ夕飯為給、帰し遣ス。
〇廿日癸卯　終日風雨。夕七時過雨止、不晴

一今朝伏見氏被参、本書一義、若殿木氏江印行取ニ被遣候ハゞ、有住か又者半左衛門、左なくバ宗之助・祖太郎両人之名簿ニ致被遣候方可然候、御心を被付。老実の事也。此人都如此。

一夕七時、定吉妻来ル。日雇ちん書付持参、金三朱ト二百十六文(四七オ)払遣ス○夕七時頃ゟ吉之助象頭山江参詣、昨廿日ゟ当分日参致候心得の由申之、暮時帰宅。途中ニて端(ママ)尾切、難義致。右ニ付、草鞋買取、穿被参候ト申之。

○廿一日甲辰　晴

一今朝吉之助、有住江願一札出来致候ハゞ印形取ニ可遣旨申入ニ行。然る所、未出来由被申、徒ニ帰宅。帰路松村江立より、明廿二日川柳開有之候間、出席可致旨、伏見氏ゟ書付参り候間、持参致、渡置○昼飯後吉之助、竜土榎本氏江行。右者、今日鎮守神明祭礼ニ付、地踊御組内ニて出来致候間、見物ニ行。右ニ付、自・おさち等をも被招候ニ付、昼後松村氏被参候故ニ、同人ニ留主を倭(ママ)、支度致、母女同道ニて竜土榎本氏江行。手みやげ、柿持参ス。地踊見物致、榎本氏ニて種々欵待被致、夜ニ入亥刻ノ帰宅。榎本氏ゟ煮染物・鮨等、被贈之。帰宅後右之品、松村江配分ス。直ニ松村氏ハ帰去(四七ウ)。

一昨日伏見氏ゟ被頼候裾直しこしらへ、為持遣ス。柿五つ外ゟ到来の由ニて被贈之○永井辻番人福田藤蔵、勝手ニ付、退身致候間、代之者後藤常蔵と云者同道ニて来ル。

○廿二日乙巳　晴

一今朝、有住岩五郎殿来ル。右者、来ル廿五日本書与力迄出し、廿七日御番(ママ)之御頭佐々木様江差出し候間、殿木・油谷・江坂右三人印居置候様被申、願書并ニ岩五郎ゟ小太郎江手紙差添、持参せらる。早々帰去。依之、先江坂氏江調印致呉候様吉之助ヲ以早速遣し候所、同人留主の由ニ付、然バ廿四日夕方欤廿五日朝罷出候間、其節願候様内義江頼、夫ゟ麻布竜土江榎本氏江罷越、右調印の事頼、願書壱通さし置、八時頃帰宅。其後、又松村江行。右者、宗之介・祖太郎ゟの壱通代筆之者無之ニ付、代筆頼ニ付、折ふし在宿被致候ニ付、則壱通被認、吉之助江被渡。右持参、帰去。

一おさちヲ以、定吉方へ日本橋江使申聞候所、今日者終日帰宅不致と申事ニ付(四八オ)、勘助方へ人足申付、帰宅。其後、宗之介代筆頼ん為、坂本氏江参り候所、在宿ニ付、順庵殿ほどなく被参。則、代筆案文致被認。代筆最中ニ吉之助、松村氏代筆の手紙持参。然る所、松村氏書面妙ならず候ニ付、坂本氏之代筆ヲ以、願書二通、岩五郎殿ゟ小太郎江の手紙壱通、宗之介ノ祖太郎両名ニて殿木竜谿江の書面壱通、都四通、状箱ニ納、勘助方人足ヲ以、夕七時頃ゟ日本橋榑正町殿木谿(ママ)方へ遣ス。右使、夜五時前帰来。小太郎他行の由ニて、受取書来ル。使ハ直ニ帰去〇大内氏被参、暫雑談して被帰去〇順庵代筆後ほどなく被帰去、夜ニ入被参、如例夜話、五時過被帰去〇明廿三日吉之助、有住氏紹介被致、組頭江被参旨被申、則承知之趣申置。

〇廿三日丙午　雨。終日

一今朝吉之助、有住江行。今日、両組頭江改て対面せん為也。然る所、雨天ニ付明日に延引、程なく帰宅〇右同刻伏見氏被参、暫雑談して(四八ウ)被帰去、ほどなく又来ル。此方ニて川柳書物被致、欠合の昼飯振舞、其後被帰去〇昼時頃、生形内義来ル。土用中取候山椒、有之候ハヾ貰度由被申。則、貯置候ニ付、少々遣ス〇夕七時過、有住岩五郎殿より使礼到来。右者、昨日殿木江為持遣し候調印、只今小太郎調印致、持参致、受取候ニ付、安心致候様被越申。使和蔵江酒代遣し候様書加有之候ニ付、則四十八文遣ス、返書認、和蔵江渡、帰し遣ス。

一八時頃定吉妻、白米八升持参ス。右請取置〇夜ニ入、長次郎殿来ル。暫雑談して、五時帰去。

〇廿四日丁未　晴

一四時頃、榎本彦三郎殿被参。折から有住岩五郎殿、弥明廿五日本書差出し候ニ付、入用等、小太郎の節の如くニて宜敷由被申、相済候跡ニて組頭其外江謝礼として可参由被申。并ニ、小太郎儀、明廿五日調印乍可罷出候所、参候も何とやらうしろめたく、右ニ付、明日者大病と申立て(四九オ)不罷出候間、其心得ニて罷在候様被申、早々被帰去。榎本氏江昼飯を薦、又明日可参由ニて被帰去〇夕七時前吉之助、有住方へ罷越、願書一通請取、直ニ江坂氏江願書持参、調印願候処、今日も卜庵不在ニ付、不調。何卒明朝御出被成候旨内義被申候ニ付、徒ニ帰宅ス〇伏見氏ゟ隣之助殿等の祖母三十三回逮夜の由ニ付、茶飯・一汁三菜二人前、被贈之。依之、樽抜柿十、仏前もり物として贈之。且又、おさち度々被招候へども不行。右ニ付、尚又別ニ壱人前被贈之。気の毒の事也。明廿五日本書差出し候ニ付、菓子誂ニ可参所、伏見氏序有之候ニ付、参り誂可申由候ニ付、其意ニ任、書付致、頼置〇夕七時前、政之助来ル。久しく不沙汰、六月廿七日ニ参り候まゝ、八十七日めニて来ル。

〇廿五日戊申　晴

一今朝食後吉之助、赤坂丹波坂下江坂卜庵殿方へ印行取ニ行、調印出来居候ニ付、受取。帰路入湯致、四時過帰宅。其後髪月代致、人々の入来を待(四九ウ)。

一昼九時過、組合有住岩五郎殿来ル。今日吉之助番代本書出し候ニ付て也。先有住氏江煎茶・菓子を出ス。其後当町高畑久次郎殿・深田長次郎殿・組合松尾瓢一殿・松宮兼太郎殿被参。組合長友代太郎殿ハ祖父の忌引ニ付、不被参ズ。暫して月番小屋頭黒野喜太郎・取次小屋頭板倉英太郎両人来ル。右以前、榎本彦三郎被参居、人々に面会、挨拶畢。滝沢太郎・同鎮五郎・清右衛門・小太郎・彦三郎殿調印相済、月番小屋頭黒野喜太郎殿・取次小屋頭板倉太英郎殿江願書数通相改、各々煎茶・餅菓子を薦む。右屢読畢、黒野・板倉之両人ハ願書数通携、組合与力安田半平宅江差出し、無滞相済候上、又此方へ可参筈之所、短日ニ付、両人とも安田氏ゟ直ニ帰宅被致候由也。当町深田・高畑、組合松尾・松宮江薄皮餅壱包・膳代二百文宛牽了。長友代太郎殿ハ欠席ニ付、索物松宮江頼、遣之。其後何れも退散、有住氏而已残被居、尚又煎茶・樽柿を薦む。有住氏江夕膳出し候所、辞して不被受。暫榎本氏与雑談後、有住氏、吉之助同道、黒野・板倉・組頭成田一夫(マヽ)殿・鈴木橋平殿宅江謝礼として罷越。右五人江薄皮餅七つ入壱包・膳代三百文、一人別江牽之。右畢、夕七時過ごろ吉之助帰宅。其後、榎本氏江夕飯を薦め、七半時頃被帰去。榎本氏母義江薄皮餅七つ入壱つ、進之○同刻松井氏被参、糸瓜がら三本・鶏卵三つ被贈之、且先夜貸(五〇オ)進之小てうちん持参被返之、暫物語して、暮時被帰去○林猪之助隣家組合ニ候ども、出役中、且当番ニ付不来。右ニ付、薄皮餅壱包、吉之助持参、贈之。但、膳代ニ不及。南隣伏見氏ハ深田代ニ候へども、別懇且恩人ニ候間、餅菓子壱包、是亦吉之助持参、謝礼申述、帰宅ス。明廿六日、礼服ニて安田半平方へ有住氏同道被致由、被申越之○四時頃伝馬町鈴木と申餅店ゟ、昨日伏見氏ゟ(マヽ)申被付候薄皮餅壱匁物七つ入六人前・五つ入七人前、外ニ五りもち数七十持参、差置、帰去○今朝おさち入湯ニ行、無程帰去○夕七時過、十月分御扶持渡ル。取番岡勇五郎差添、車力一俵持廻畢。高畑家内一同留守宅ニ付、右分一俵、此方へ預り置○夕方自山本半右衛門方へ、今日本書願相済候趣届ニ行。然る所、宗之介并ニ半右衛門立合の上、小太郎印行開封の事彼是被申候得ども、格別之儀も無之候ニ付、相応の挨拶致、帰宅ス○暮時、長次郎殿来ル。雑談時をうつして、五時過帰去。

○廿六日己酉　曇

一五時過吉之助、礼服ニて有住方へ罷越、有住・成田ニて手間取候由ニて、九時過帰宅○今朝林金之助、昨日餅菓子贈り候謝礼として来ル。早々帰去。

一昼前自入湯ニ行、伏見家内落合、手間取、九時過帰宅(五〇ウ)。

一今朝、梅村直記殿ゟ使札到来。右者、亡母おさだ三十五日、取越法事被致候由ニて、壱匁まんぢう・薄皮餅壱重、被贈之。謝礼口状ニて申遣ス。

一四時頃加藤栄助殿来訪、暫雑談、餅菓子を薦め、昼前被帰去。

一昼前、およし殿来ル。おさち、とき物を頼み、暮時迄遊、夕飯為給、被帰去。

一八時頃自、吉之助同道ニて渥見覚重殿方へ行。吉之助初参ニ付、かつをぶし三本入壱袋・手拭一筋・扇子一対、進之。渥見氏ニて煎茶・菓子を被出、其後盃・吸物・取肴被出。右畢、帰宅。吉之助ハ直ニ四谷へ帰去、自ハ飯田町江立より、昨日本書相済一義申入、帰路伝馬町滝沢蓑吉江吉之助印行誂、暮六時過帰宅。忍原ゟこのかた無てうちん、夜ミちニて甚難義致候也。

一夕方、定吉来ル。御扶持春可申由ニて、此方一俵・久次殿御扶持壱俵(五二オ)、端米とも携行候由也。
○廿七日庚戌　曇。昼前ゟ終日、夜中同断
一今朝伏見氏被参、今ゟ大久保江被参候由ニ付、餅屋鈴木江一昨日の餅代金二朱ト三百三十二文届呉られ候様頼、右代渡ス。早々被帰去。

一右同刻、定吉妻来ル。玄米二升・糖少々持参ス。ほどなく被帰去。

一昼前大内氏被参、夢想兵衛後編四冊持参、被返上。右請取、尚又所望ニ付、美少年録初輯五冊貸進ス。暫雑談、九時過被帰去。
○廿八日辛亥　雨終日。夕七時過ゟ雨止、風
一昼後大内氏被参、暫して被帰去○夕方、順庵殿来ル。ほどなく被帰去。

一今朝、深田氏来ル。させる用事なし。暫して帰去○夕七時前、定吉妻来ル。白米四升、荷持米蔵持参ス。請取置(五二ウ)。

一今日、不動尊江神酒を供ス。夜ニ入、神燈如例之○今日も伏見内義灸事致遣ス。柿五つ到来して帰宅ス。
○廿九日壬子　風。晴、八専の始
一朝飯後吉之助髪月代致、芝田町ゟ一本松賢宗寺(ママ)・竜土榎本氏江行、右者、去廿五日番代本書出し候吹聴申入、夕七半時頃帰宅。榎本氏より里芋・菊花、被贈之○今朝大内氏、茄子廿余持参、被贈之。今日三九日(ママ)茄子ニ依而也。早々被帰去○自四時過ゟ一ツ木不動尊へ参詣、昼時帰宅○八時過おさち入湯ニ行。ほどなく帰宅。右以前、伏見氏江灸事ニ行○右同刻、南の方ニ出火有之、赤坂也と云。火元不詳。

一夕七時頃、松村儀助殿来ル。先日貸進之食膳摘要・馭戎慨言壱冊、被返之。右請取、所望ニ付、江戸志四冊貸進ス。雑談数刻、夕飯を薦め、小てうちん貸進ス。且、柳川(マヽ)持参、伏見氏江届呉候様被申之。右請取、あづかり置(五二オ)。

一山本半右衛門儀、去ル廿七日当番之節、御番所ニおゐて此方を罵る事甚しく、或者放蕩或者悪物と唱、人を譏り、不義ニて吉之助を貰受候抔、宗之介・祖太郎迄も譏り、其甚しき事かぞへあぐ(濁マヽ)るにいとまあらず(濁マヽ)、と松村氏の話也。心術の愚なる、女々しく人々を譏り候事、妒気偏執甚しき、鳥鴻のしれもの也。

○卅日癸丑　半晴。辰ノ七刻寒露之節ニ入ル

一今朝伏見氏小児を携て被参、ほどなく被帰去○昼前、鈴降稲荷別当願性院来ル。廿八日御普請落成ニ付、御遷宮ニ付、御守札壱枚・供物一包持参、早々帰去○夕七時前ゟ吉之助村田万平殿方へ行、村田氏ニて夕膳被振舞、暮時帰宅。村田氏ゟうら越壱ツ・枝柿壱包、被贈之。

一夕七時過、およし殿来ル。暫遊、夕飯為給、暮時帰去。

(五二ウ)

○十月朔日甲寅　半晴。夜ニ入雨(五二ウ)

一昼後ゟおさち同道ニて象頭山江参詣、帰路一ツ木不動尊・豊川稲荷へ参詣、夕七時前帰宅○今朝大田氏ゟ被恵候竹を挽わり、吉之助勝手口へ掛ル。夕七時頃、吉之助髪月代致遣ス。明二日宗清寺ニ入院有之候ニ付、吉之助参り候ニ依而也。今日、使礼来客なし。

○二日乙卯　雨。終日風烈、夜中同断

一今朝五時過ゟ吉之助、魚覧(カ)下宗清寺へ罷越、入院来会の人々数十人饗応手伝畢、人々に先立、暮六時頃帰宅。大風雨ニ而、途中殊の外〳〵難義致候由也。桐油借用候て帰宅ス○五半時頃ゟ自象頭山江参詣、是亦風雨ニて、少々不快の故ニ難義致、九時帰宅ス。帰宅後悪寒頭痛致候ゆへニ、終日平臥○暮六時頃大内氏、先日貸進之美少年録初輯五冊、被返之。右請取、二集五冊貸進ス。暫雑談して、被帰去。折から吉之助帰宅。宗清寺ゟ餅菓子・平菜等被贈候ニ付、まんぢう大内江薦め、帰路伏見小児江為持遣ス(五三オ)。

○三日丙辰　雨。五時頃ゟ晴、昼後ゟ又雨

一自、今日も快よからず。然ども昼後ゟ象頭山江参詣、夕七時頃帰宅。

一昼後定吉妻、御扶持舂出来候ニ付、持参ス。三斗七升七合、

玄米舂上り、三斗三升三升(ママ)五合、内壱斗二升差引、弐斗壱升五合持参ス。右、請取置○夕七時半時過、定吉来ル。右者、明四日下町辺江参り可申、御買物御ざ候ハヾ買取参り候様申来ル。則、黒ざとう壱斤半買取呉候様申、代銭三百文渡遣ス。今日、使札来客なし。

○四日丁巳　雨。四時頃ゟ晴

一天明頃ゟ象頭山江参詣、五時前帰宅○四時前、長次郎殿来ル。同人母義不快ニて、薬買取、煎用致候所、誠ニ困窮、只今可買取手宛無之。右ニ付、金二朱借用致度被申之。然ども、此方ニても人々に貸進すべき余財無之候得ども、人を資ヶ候者則我身の可成為思ふの故ニ、金二朱貸遣ス。からすうり一把、被贈之(五三ウ)。

一右同刻伏見氏被参、先日ゟ被頼置候小袖・袖口綿等持参、暫して被帰去。

一およし殿来ル。昼前被帰去○九時過ゟ吉之助、麹町十三丁目印板師滝沢蓑吉方へ、先月廿六日誂置候印形取ニ行。代金二朱、為持遣ス。帰路直に有住氏江印形持参罷越、調印致、九時過帰宅ス○今日(改行)公坊様駒場江　御成可有之所、御延引ニ成○暮時松村氏被参、江戸志一・二ノ巻持参被返之、尚又所望ニ付、二ノ下ゟ三・四ノ巻三冊貸進ス。暫雑談して、暮時前被帰去○並木又五郎、組頭成田一太夫殿門番所借家致、住居被致候所、当夏頃ゟ一太夫殿女と密通致、又五郎ゟ女おでん江贈り候艶書一通、成田養子定之丞拾取。右ニ付、段々穿鑿致候所、艶書数通有之。依之、並木又五郎住居追立られ、松村氏地面江来ル六日引越候由、松村の話ニて知之。

○五日戊午　晴

一天明頃ゟ象頭山江参詣、帰路不動尊并ニ豊川稲荷江参詣。赤坂ニて(五四オ)種々買物致、四時前帰宅○四時過伏見氏被参、暫して被帰去。

一右同刻、定吉妻来ル。昨日申付餅白米三升五合・さとう持参ス。餅米代四百三十二文、渡し遣ス○並木又五郎忌引の所、今日ゟ忌明の由ニて来ル。

○六日己未　晴

一来ル九日琴靍居(ママ)三回忌ニ相当致候ニ付、早朝ゟ起出、牡丹餅を製作致。吉之助・おさち手伝、九時出来シ畢。先祖江供し、琴靍牌前備、諸霊位同断。夫ゟおさちヲ以、山本・深田・辻番人・豆腐や・あや部氏・定吉方へ壱重ヅ、遣之。山本・あや部ゟハ柿を贈。伏見・大内へ壱重ヅ、吉之助持参、贈之。

一昼時、勘助方人足ニ申付、竜土榎本氏・山田宗之介・赤尾

江、文をさし添、為持遣ス。おむめ方へも同断、壱重遣ス。榎本氏江ハ吉之助ゟ手紙遣ス。右使、八時過帰来ル。赤尾氏ゟ返事、醬油の実一器、被贈之○昼後吉之助ヲ以飯田町・渥見江壱重ヅヽ進之、飯田町江(五四ウ)神女湯九包、為持遣ス。飯田町ゟ裸ろふそく廿・茄子からじづけ壱器贈之、あつミ氏ゟ干瓢大一把、被贈之。吉之助、暮時帰宅○八時過ゟ自象頭山江参詣、夕七時帰宅。其後又松村・森野氏江ぼたん餅壱重ヅヽ持参して贈之、入物先方へ預ケ置。帰路伝馬町江まハり、種々買物致、暮時過帰宅。

一昨五日孫兵衛、九月分薬売溜(アキママ)・上家賃金壱分ト二百七十六文持参、切もち一器被贈之。且又、つきむし薬・神女湯無之由ニ付、つきむし薬三包・出来居候神女湯四包、弥兵衛江渡ス。ほどなく帰去○およし殿ニ牡丹餅を為給遣ス。

○七日庚申　晴

一天明頃ゟ象頭山江参詣、帰路買物致、四時前帰宅。今日迄七日の間、日参畢○四時頃大内氏被参、琴靏牌前江山本山一袋小半斤入被贈之、暫して帰去○今日庚申ニ付、神像床の間へ奉掛、神酒・供物・備餅を供ス。夜ニ入、又神燈ヲ供ス○明八日琴靏三回忌逮夜ニ付、料(五五オ)供下ごしらへ等ニて終日也○夕方伏見氏被参、大久保の人の由ニて琴靏三回忌追悼歌三葉被贈之、暫物語して被帰去。

○八日辛酉　晴

一今朝長次郎殿、庭前の菊を手折て持参、ほどなく帰去。

一今日琴靏居士三回忌逮夜ニ付、本膳一汁四菜丁理いたし、伏見氏手伝、昼後出来畢、琴靏牌前幷ニ琴嶺様牌前江供之。もり物、蒲葛(ママ)・柿を供ス。○昼後礒女殿被参。かねて今日琴靏逮夜承知の由ニ而、追悼歌短冊壱枚・樽抜柿、被備之○右以前、おつぎ来ル。柿廿五持参ス○八時頃竜土榎本氏母義被参、霊前江煎茶壱袋・樽柿十五・菊花持参、被備之。其後松村氏も被参、是亦樽抜柿十・いたミの歌短冊四葉、被備之○森野内義大さつま芋七本持参、被備之。右人々江料供残を薦、煎茶・くわし・柿をすヽむ。松村・伏見・大内・榎本氏江鹿酒を薦む(五五ウ)。

一夕七半時過勘助方へおつぎ送り人足申付、ほどなく来ル。右人足召連、帰去。御姉様・弥兵衛方へ本膳一汁四菜・樽柿五、為持遣ス。五時過、右人足帰来ル○榎本氏老母、暮時被帰去。彦三郎殿方へ、右之品々御同人ニ頼、遣之○本膳三人前、伏見氏江贈之。深田氏江壱人前同断。山本半右衛門ハ今日夫婦ニて北沢あわ島へ被参候て、暮時帰宅被致候ニ付六時頃壱膳為持遣ス。長次郎殿、日暮て来ル。則、酒食すヽめ、雑談数刻、九時頃被帰去。〇五時頃、順庵殿来ル。煎餅壱袋持参、被贈之。則、麁飯を薦め、各九時過帰去。大内氏ハ四時頃被帰去。森野内義、九時頃ニ付、深田氏・此方母子三人ニておくり行。森野・松村氏、各壱人前ヅ、為持遣ス。儀女殿ハ止宿也〇夕方深光寺ゟ十夜袋、納所持参ス。

一昼後深田氏ゟおよし殿ヲ以柿十五被贈之、謝礼申述置。

〇九日壬戌　晴(五六オ)

一今朝、山本半右衛門殿来ル。枝柿十持参、被贈之。煎茶・くわしを薦め、雑談暫して、九時頃帰去〇右同刻、吉之助髪月代致遣し、支度致、自・お幸同道ニて、八時頃ゟ深光寺へ参詣。諸墓そふぢ致、拝礼畢、焼香致、夕七半時頃帰宅。今日琴靍三回忌ニ依て也〇今朝、定吉妻来ル。先日遣し置重箱持参、いもがらを贈る。同人小児江さつまいも二本遣ス〇夕七時頃、松村来ル。暮時前ゟ伏見氏江被参、伏見ニて物語被致、此方へ立より、九時前被帰去。

一五時前、越後や清助来ル。右者、明日長ぜん寺ニて祝儀御座候ニ付、麻上下入用ニ候間、麻上下・もん付小袖借用致由申ニ付、吉之助麻上下・黒袖もん付一ツ(ママ)借遣ス。四時頃帰去〇今日の留主居ハ儀女殿也。今晩此方へ止宿。

一今朝およし殿、昨日のわん・皿・猪口、返しニ来ル。早々帰去。

〇十日癸亥　曇。昼時ゟ雨

一天明後自象頭山江参詣、神酒一樽・手拭を奉納、四時前帰宅(五六ウ)。

一四時過、儀女殿帰去〇およし殿来ル。出入帳面江印呉候様申候ニ付、印遣ス。其後帰去。

一右同刻、愛宕清松寺内　(アキママ)の僧、元吉之助と賢崇寺ニ同勤の由、此辺通行の由ニ付、立寄、ほど無被帰去。煎茶出し候ハんと支度致候所、間ニ不合、早々也〇四半時頃、宗之介来ル。永心寺ニ法事有之由ニて、早々帰去。琴靍牌前江香料金二朱、被贈之。赤尾氏ゟせん茶半斤入壱袋、被贈之。おまち殿ゟ文到来、おむめ方ゟ柿十五・文を贈之。おまち殿ゟ、此せつ(ママ)小田原ゟ比岳尼客四人逗留致、右之人々本所望被致候ニ付、何卒読本借用致度由被申候ニ付、旬殿実々記前後十冊・新累五冊、貸進ス〇昼九時頃ゟ吉之助、大久保天野氏江先月廿九日借用の重箱、文を添、為持遣ス。八時過帰宅ス。折から雨降出候ニ付、傘借用、帰宅ス。

一右同刻大久保天野氏ゟ使札到来、玄猪手製ぼたんもち壱重、被贈之(五七オ)。返書ニ謝礼申遣ス〇昼後、大久保天野氏ゟ玄猪牡丹もち十五入壱重、手紙さし添、被贈之。返書ニ謝礼申遣ス〇八半時過、成田一太夫・黒野喜太郎、両人ニて来る。右者、林荘蔵義、類焼後甚難渋致候ニ付、此度無尽相催たく存候間、何分頼候由被申入。然ども、此方とて四ヶ年以来物入散財多ニて難渋致候ニ付、其趣申述置〇夕七時頃おふさ殿、過日牡丹餅贈り候謝礼として来ル。暫く暮時迄遊、被帰去。奇応丸所望ニ付、小包壱ツ為持遣ス〇暮時前、清助妻ひさ来ル。昨夜清助江麻上下・もん付小袖貸遣し候品持参被返之、右謝礼として干菓子壱折贈之、ほどなく帰去〇八半時頃順庵殿被参、途ニて雨降出、道ぬかり、雪踏ニて歩行六ヶ敷候間、下駄借用致度由被申候ニ付、則貸進ス。ほどなく被帰去〇象頭山江神酒・備もち・七色菓子を供ス、夜ニ入、神燈如例。

〇十一日甲子　晴

一昼前順庵殿昨日の下駄を被返之、早々被帰去〇昼前、下掃除定吉来ル。西ノ方厠汲取、帰去。薪残り分二把持参ス(五七ウ)。

一八時過、森野市十郎殿来ル。先夜遣し候重箱持参被返之、壱分まんぢう五ツ、移りとして、被贈之。吉之助を引合、ほどなく被帰去。

一夕七半時頃松村氏被参、貸進之江戸志二・三・四ノ巻三冊被返、尚又同書五・六ノ巻二冊貸進ス。吉之助羽織両三日借用致度被申候ニ付、右之趣吉之助へ申聞候へバ承知致、則貸進ス。暮時、被帰去〇今日母女、髪を洗ふ。吉之助ハ薪拵、菜園之水仙を鉢江うつす〇大黒天江神酒・供物、夜ニ入神燈、如例之。

〇十二日乙丑　晴〇土蔵《(ママ)》江鼠出候ニ付、自今晩ゟ土蔵を臥房とス。

一昼後おさち入湯ニ行、暫して帰宅〇右同刻吉之助髪月代をいたし、番代の沙汰を待候へども、今日も沙汰なし〇おさち留守中、おふさ殿来ル。昨日持被参候奇応丸小包壱ツ代五分持参、吉之助へ渡し、早々被帰去。今日者外ニ客来なし。

〇十三日丙寅　曇。夕七半時頃ゟ雨

一今朝伏見氏ゟ、祖師会式ニ付、赤剛飯壱重、煮染添へ(五八オ)、被贈之。右答礼として、此方ゟ蓮根二本進之。昼後、おさち灸治致遣ス。

一おさち、八時頃浴衣を仕立かゝる〇昼時、会津熊胆屋金左衛門来ル。昨年ゟ旅宿取替、馬喰町二丁目加藤屋平右衛門方へ旅宿致候由也。此度ハ用事なし。暫物語して帰去〇夕七時過吉之助入湯ニ行、暮時帰宅。

一吉之助御番代、今日被　仰付候心得ニて相待候所、今日も沙汰なし。

〇十四日丁卯　雨。終日

一昼時、有住忠三郎来ル。右者、明後十六日吉之助へ御番代被　仰付候ニ付、御頭佐々木様江巳ノ刻ニ罷出候ニ付、辰ノ刻迄ニ有住方迄礼服ニて名簿持参、罷出候様被申入、被帰去○八時過およし殿来、如例金銭出入帳面江印呉候様申候ニ付、印遣ス。暫遊、暮時帰去。

一夕七半時頃、松村儀助殿来ル。一昨日貸進之吉之助袷羽織、且当秋中用立候金壱分持参、被返之。右請取、暫雑談、且やきさつまいも一包、被贈之。川柳出板伏見ニて借用致度由被申候ニ付借受、同人江渡ス(五八ウ)。暮時帰去。明後十六日吉之助廻勤の供人荷持江申付呉候様儀助殿被申候ニ付、則同人江頼、申付置○今朝大内氏被参、大りん菊花持参被贈之、美少年録二輯五冊返却せらる。右請取、三輯五冊貸進ス。

○十五日戊辰　晴。今朝辰ノ中刻立冬ノ節ニ入ル

一今朝吉之助髪斗揃、四時前ゟ榎本、夫ゟ賢崇寺へ行。三日祝儀の為也。夕七時頃帰宅、頼遣し候金伯(ママ)四枚買取、持参。

一昼前自伝馬町江買物ニ行、昨日松村氏ゟ被返候金壱分持参致候所、何方ニて買物致候ても不受取。買物先方へ預ケ置、徒ニ帰宅ス。食後又金壱分持参して買取置候品々受取、払致、八時過帰宅ス○八半時頃、芝田町山田宗之介方ゟ使札到来。右者、宗之介祖父文基院貫道一翁居士来ル十一月廿日五十回忌、父安祥院別道祖伝居士同月十日十三回忌、何れも当月廿日ニ取越、法事致候由ニて、白餅二枚壱重・壱分焼饅頭壱重、吉之助方へ、宗之介手紙差添、被贈之。おまち殿ゟ自江文到来ス。則、返書ニ謝礼申遣ス。且又、過日なめもの被贈候ふた物、今日使江返ス。使旧僕来ル。夕飯為給遣ス(五九オ)。

一夕七時頃荷持和蔵、十月分給米取ニ来ル。玄米四升渡遣ス。尚又、明十六日番町御頭ゟ組中廻勤の供人足申付、五時前ニ此方へ参り候様申遣ス。

一おさち八時過入湯ニ行、暫して帰宅ス。福ぞふり買取来ル。

○十六日己巳　晴

一今日吉之助へ御番代被仰付候ニ付、天明前ゟ起出、吉之助髪月代致遣し、昨日申付候供人足和蔵待合せ居候所、一向不参候ニ付、吉之助礼服ニて有住方へ壱人ニて行、暫して仲殿町荷持来ル。供ニ立ん為也。則、和蔵代として吉之助草履・雪踏為持遣ス○四時前、和蔵来ル。然ども間ニ不合候ニ付、其段申聞、帰し遣ス○四時過有住岩五郎殿被参、今日御番代被仰付候ニ付、金子配分可致由被申。則、過日包置候金子、左之通り。

一金壱分ヅ、四包、両組頭・小屋頭四人江。金二朱二包、内壱包ハ師匠番並木又五郎へ、内金二朱ハ御書役長友代太郎江。

外ニ二百文、例之外筆墨料二百文一包、小太郎名代之仁松宮兼太郎へ。又二百文、組合(五九ウ)代太郎紹介致候酒代。二百文、願書さし出し候節供人足ちん。又三百文ヅヽ二包、右者道具代。〆金壱両壱分ト壱〆四百文、有住氏江渡之。暫して被帰去○今日御頭江罷出候人、与力安田半平殿・組頭成田一太夫・小太郎名代組合松宮兼太郎・吉之助罷出、番代御書付ヲ以被渡候。夫ゟ組合長友代太郎紹介として当組与力・同心中江廻勤畢、昼九時頃帰宅。則、紹介人長友代太郎へ酒食を薦む。右畢、八半時過長友帰去○右同刻大内氏、祝儀として来ル。早々被帰去○八時頃深田長次郎殿、番代被仰付候祝儀として鰡七尾持参、被贈之。尚又盃を薦め、暫して被帰去○吉之助供人足由兵衛悴江昼膳為給、今日の人足ちん、祝儀とも、三百文遣ス○夕七時過松村儀助殿被参、番代被　仰付候為祝儀、短ざく三枚、興良を祝し候祝歌也。右同人江酒食を薦め、煮肴其外残候品々、同人小児江、帰宅之節為持遣ス。五時頃也。

一昼時自山本半右衛門方へ、今日番代被　仰付候間、両三日油谷へ右之段申(六〇オ)遣し可申、御手紙ニても被下候やと問合ニ行候所、半右衛門留主宅ニて其儘帰宅。序ニ、深田江見舞申入候○吉之介、山本・深田・高畑江宵誘引ニ行。

一夕方およし殿被参、暫遊、被帰去。

○十七日庚午　曇。卯ノ中刻頃地震

一今日吉之助見習御番ニ付、明六時過ゟ起出、支度致、天明前吉之助・おさち起出、早飯為給、高畑へ朝誘引ニ行。暫見合、高畑同道ニて御番所江罷出ル。

一昼前伏見氏江鰡二尾、おさちヲ以遣之。ほど無大内氏被参、今ゟ浅草蔵宿森村や長十郎方へ十月渡り御切米取ニ被参候由ニ付、此方分頼置。則、印行二ッ、小太郎・吉之助両人の印行渡し置く。夕七時帰宅被致。未吉之助印鑑ハ長十郎方へ不参候ニ付、小太郎名印ニて受取被参候由也。右印行二ッ・金子受取置、金出入ハ別帳ニ記之○右同刻おふさ殿来ル。ほどなくお国殿、小児を背ふて来ル。両人ニもちを薦め、おふさ殿母義血軍(ママ)の由ニ付、神女湯二包買取、被帰去。お国殿ハ入湯被致候ニ付、自も問屋ニて出去。則(六〇ウ)、伝馬町ニて入湯致、種々買物整、十三丁めニてお国殿ニ別レ、八時頃帰宅。

一夕方山本氏江参り、本郷油谷江番代済届、口状ニても宜敷や承り候所、口状ニて宜敷由被申。深田江昨日魚被贈候謝礼ニ立より、ほど無帰宅。定吉方へ行、先日頼置さとう代七十二文・つきちん六十四文渡し、明日本郷江参り候由ニ付、油谷江右口状申付置○夜ニ入、順庵殿来ル。先月中貸進の俳諧歳時記一ッ持参被返之、ほど無被帰去○吉之助見習御番無滞相勤、御頭ゟ組中礼廻り致、暮時帰宅。今日も案内、吉兵衛の悴也。

○十八日辛未　晴

一四時頃大内氏被参、今日昼前斎藤雲八郎殿江為入門、吉之助同道致候由被申候ニ付、即刻支度致、入門贄として、三本入鰹節一袋・扇子一対為持遣ス。則、大内氏同道ニて斎藤氏江罷越、昼時頃帰宅。

一右同刻、芝田町山田宗之介方ゟ手紙来ル、過日十五日被申越候法事、廿日可致之所、宗之介不快ニ付、延引。右為知之書面、吉之助方へ来ル。吉之助(六二オ)出掛居候ニ付、返書ニ不及、承知之趣、口状ニて申遣ス。

一昼時吉之助髪月代致、食後榎本氏ゟ鶩善坊梅川金十郎方へ、山田宗之介方へ出宅。梅川氏江ハ内義安産被致候為見舞、煮染一曲為持遣ス。宗之介方へハ香料金百疋・干菓子一折・山本山名茶一袋、遣之。吉之助、六時前帰宅。宗之介不快当分の事ニあらず、疝癪ゟ種々持廻、十六日ゟ大熱ニて打臥候由、苟且の事ならざる由、吉之助帰宅後、告之○今朝定吉来、草田ふき二本持参ス。古雪踏二双・切もち一包、遣之。本郷江明日参リ候由ニ付、油谷江口状申付、晩茶買取候やう申付、代銭渡し置、無程帰去○八時過榎本彦三郎殿、番代被　仰付候祝儀として交肴一折持参、被贈之。其後、松村氏被参。幸榎本氏も被参候ニ付、盃を薦め、雑談数刻、夕膳をも両人江薦め、榎本氏ハ暮六時過被帰去。吉之助帰宅之節、榎本氏ニててうちん借用して帰宅ニ付、直ニ右灯燈、榎本持参帰去。松村氏ハ其後暫して帰去○松村氏返却被致候金壱分、焼金ニ付、何方ニても(六二ウ)不受取候ニ付、蔵宿森村や長十郎方へ取ニ可遣為、手紙持参せらる。八時過榎本氏被参候ニ付、酒肴買取候者無之候ニ付、定吉江申付、むさしやニて買為取、今日の間を合ス。

○十九日壬申　終日曇。暮時ゟ雨、終夜

一四時頃、岡勇五郎来ル。当月御扶持、吉之助見習取番書出し候ニ付、明日ハ勇五郎殿組頭江聞ニ被参候間、明後廿一日御扶持聞ニ参り候様被申、被帰去。

一昼後吉之助、斎藤氏江鉄炮稽古ニ行、暫して帰宅○八時過ゟ自、有住岩五郎・両組頭成田一太夫・鈴木橘平方へ行、番代無滞相済候謝礼として、有住江金二百疋、成田・鈴木江金百疋ヅヽ持参、贈之。成田ハ在宿ニ付、直ニ渡し遣ス。鈴木他行ニ付、内義江渡ス。有住も他行被致候所、子息忠三郎殿在宿ニて対面致、同人江渡し、帰路森野江立より、暫物語して、暮時前帰宅○右留主中、長次郎殿来ル。過日用立候金二朱持参、返之。おさち受取、帰宅後告之○同刻、およし殿来ル。暫遊、暮時帰去(六二オ)。

一暮時、定吉方へ飯米申付ニ行。昨日むさしや江使致候ちんせん三十二文、遣之。

一五時前定吉白米二朱分七升二合持参、代金二朱渡遣ス。且亦、明廿日蔵宿江参り候ニ付、森村や江御使可致申候ニ付、昨日松村持参の手紙一通并ニ悪金壱分、渡し遣ス。雑談して、四時前帰去。

○廿日癸酉　雨。五時過雨止、終日くもる

一朝飯後吉之助、矢場江鉄炮稽古ニ行、昼時帰宅。昼飯後、竜土榎本氏江罷越ス。

一昨日預り置候榎本氏袴持参、返却。且、吉之助小袖綿受取、暮時帰宅ス。榎本氏ゟ芋がしら一包、被贈之○夕七時、林荘蔵殿・石井勘五郎殿被参。頼母子講一義也。おさち挨拶致、帰し遣ス○暮時、長次郎殿来ル。暫して被帰去。

一昼後おさち入湯ニ入、ほど無帰宅ス。

○廿一日甲戌

一今朝食後吉之助、師匠番並木又五郎江参り、夫ゟ番割被致、且与力組中江明日初番礼廻りとして廻勤致、昼時帰宅(六二ウ)。

一八時過ゟ麹町三丁目助惣江、明日御番所江持参可致、助惣焼を九ッ入三十四人分誂、内十七人分ハ明日取ニ可遣問、渡し候様申付、代銭渡。帰路両番組頭江御扶持聞ニ行、夕方帰宅。夕七半時頃、山本・深田・高畑江宵誘引ニ行。昼前、髪月代を致ス○昼後自、石井勘五郎方へ行。右者、昨日荘蔵殿同道ニて頼母子講の一義、断申入。帰路伝馬町ニて買物致、帰宅○右同刻有住岩五郎殿参り、一昨十九日肴代金二百疋持参、贈り候所、右肴代不被受、被返之。如何ニ薦れども、遣りツ返しツ果しなければ、其儘あづかり置。甚迷惑之次第也。ほどなく被帰去○おふさ殿来ル。桜花の形切取呉候様被申候ニ付、紙ニて切ぬき遣ス。暫して被帰去○夕刻松村氏被参、手作八つがしら三株持参、被贈之。文蕾主へ贈り度由被申、壱封をさしおかる。則、あづかり置。明日当番之由ニて早々被帰去○暮時、定吉妻来ル。定吉蔵宿森村江参り、此方松村手紙ヲ以引替候金百疋・晩茶一袋・御役人附壱冊、持参ス。右請取、其後帰宅(六三オ)。

○廿二日乙亥　晴

一今日吉之助初番ニ付、正六時前ゟ起出、支度致、天明を待かね、高畑・深田江朝誘引致、直ニ壱人ニて仲殿町江行。夫ゟ皆一同御番所江行しなるべし。

一五時頃、荷持和蔵来ル。葛籠渡し、外ニ文庫ふた持也。右

者、麴町助惣ニて昨日誂置候助惣焼十七人分請取、御番所江持参可致申付、渡遣ス。

一四時前村田万平主被参、鰹魚節五本入壱袋持参、被贈之。当番出がけ、且所々江参候由ニて早々被帰去○四時頃伏見氏被参、雑談数刻、昼時過被帰去○昼後おさち入湯ニ行、帰路綾部氏江立より、暫して帰宅。右以前、森野氏江先年ゟ預り置候字引二冊持参、返之。

一夕七時前お竈殿被参、おさちと物語稍暫して、夕方被帰去○おつる殿帰宅少々前、およし殿来ル。おさちへひもの三枚持参、被贈。是亦雑談久しく、暮時帰去○暮六時頃、梅村直記殿来ル。先月中同人娘病死之頃(六三ウ)の謝礼申被述、雑談五時ニ及、松岡江被参候由ニて帰去。

一今日終日如此客来ニて、仕立物一向不出来、不本意の事也。
○廿三日晴　丙子
一四時前吉之助、明番ゟ御頭・組中江初番相済候の礼廻勤して帰宅。且、はき物用捨の由、申入。食後矢場江鉄炮稽古ニ行、夕方帰宅。食後、枕ニ就く○夕七時過、長次郎殿来ル。右者、明廿四日御扶持落候ニ付、例刻ゟ相手岡勇五郎方へ参り候様被申、承知の由申置○八時過、豆腐や松五郎妻おすみ来ル。今明日御番所江出候ニて金子入用ニて、甚難儀由申ニ付、金二分二朱貸遣ス。早々帰去。伏見氏被参候へども、小児携候間、両三度被参候得ども、早々被帰去○今日、伏見江灸治ニ行。
○廿四日丁丑　晴
一今五時前ゟ吉之助御扶持見習ニ付、敵手浦上清之助・勇五郎同道ニて、森村や長十郎方へ行。然る所、夕渡りの由ニ付、右三人同道ニて浅草(六四オ)辺・両国渡りを遊、森村や江帰来リ、御扶持受取。右御扶持舟ニ積置、五半時頃帰宅。又明廿五日牛込迄請取ニ参り候様被申○八時頃、長次郎殿来ル。雑談後、被帰去○夕七時頃定吉、近所通行の由ニ来ル。ほど無帰去。伏見小児両人江髪月代致遣ス。
○廿五日戊寅　晴
一天明前起出、早朝飯、吉之助牛込茗荷やへ昨夜預ヶ置候御扶持取ニ行。水谷嘉平次・江村茂左衛門同道ス。九時前、御扶持受取、帰宅。越後米也。

一昼後吉之助・おさち、入湯ニ行。おさち、伏見小児おつぐ同道ス。八時過、両人帰宅。其後自、廉太郎同道ニて入湯ニ行、帰路久保町ニて種々買物致、夕七時前帰宅ス○夕七時頃松村氏被参、過日貸進之江戸志三・四ノ巻二冊、被返之。右請取、所望ニ付、先哲壱冊貸進ス。暮時、被帰去。

一右同刻、有住岩五郎来ル。右者、黒野喜太郎頼母子講当年ニて仕舞候所、金子少々不足ニ付、来子ノ十月迄ニ候。然る所、此方、外ニ壱人残り候(六四ウ)。此方此節物入多有之ニ付、せり金十匁くらいニてせりとり候や、如何致候やと被問。若せり不申候ハゞ、両人残り候ニ付、鬮ニても致可申、当り鬮ニ成候ハゞ、当時金子不足ニ付、壱両渡可申、残金二両ハ明年十月終りの節渡可申由被申。右ニ付、此方ニても雖鬮ハ好からず候ニ付、其段有住江申候得者、然らバ鬮ニ致候。若此方当り候ハゞ金壱両持候や、又者明年十月金三両ニ致、御渡可申やと被申候ニ付、右ニ答て云、たとへ当り鬮ニ成候とも、金壱両ハ御持参被下候ニ不及。明年ノ冬皆三両受取可申由申入置、早々被帰去○日暮て、定吉来ル。御扶持春可申由ニて、壱俵持帰る。暫して又来ル。此度の御扶持三升切米ニ候間、尚又高畑之方斗分候所、是亦三升の切米ニ候間、余り切多く、如何かと存候ニ付、伺候由申之。右之越、高畑へも申入候所、久次郎殿ハ留主宅のよし、一夜舟ニ泊り居候ニ付、多く切しなるべし。尚又、外ニも問合せ候由、申遣ス。

○廿六日己卯　曇。夕七時過ゟ雨

一今朝吉之助髪月代を致、有住方へ行。右者、去十九日肴代贈(六五オ)候所、廿日持参、被返候ニ付、今朝吉之助ヲ以贈遣し候所、岩五郎殿他行の由ニ候得ども、内義江渡し、昼時帰宅。昼飯後、山田宗之介方江病気為見舞遣ス。序ニ、賢崇寺・榎本氏江立より候由と也。夕七半時頃ニハ帰宅可致候所、暮時ニ及候へども未帰宅せず。右ニ付、壱丁江明日当番之宵誘引延引ニ及、甚心配ニ付、定吉江申付、榎本氏迄てうちん燈させ、壱封認め、迎ニ遣ス。然る所、三筋町先ニて吉之助ニ行逢、早々帰宅。六時過也。直ニ山本・深田・高畑江宵誘引為済、漸く安堵也。今日賢崇寺へ罷越候所、御両僧とも魚覧(カ)成宗清寺へ御出ニて御留主ニ付、宗之介方ゟ帰路、右宗清寺へ立より候所、同寺ニて仙波振舞有之、取込、饗応の最中ニて、吉之助も同様欤待ニ預り、留められ、延引ニ及候由也○昼後大内氏、美少年録三集五冊持参、被返之。尚又、童子訓初板五冊貸進ス○今晩五時過、枕ニつく。吉之助、山田江干菓子壱折持参致候由也。旧冬預ケ置候糸織小袖、今日(六五ウ)吉之助江被渡、吉之助持参ス。

○廿七日庚辰　終日曇

一正六時おさちを呼起し、支度為致、天明前吉之助起出、当町三街誘合、吉之助先江仲殿町江行。今日も助惣焼、廿二日当番の時の如く持参ス○昼前おさち入湯ニ行、暫して帰宅○右同刻、およし殿来ル。暫く遊、昼後ゟ入湯ニ可参由被申、同道致候つもりニて、約束して帰去○昼飯後およし殿、入湯へ可参由ニて来ル。直ニ支度致、同道ニて罷出候所、折から西丸下渥見お鍬様御出ニ付、延引ス。およし殿御帰去。鮮魚持参、被贈之。煎茶・切鮓を薦め、其後蕎麦切を出ス。供人ニ者茶づけ飯を給さしむ。蕎麦切余分ニ申付候ニ付、残り候間、渥見氏江重箱ニ入、遣之。夕七時過、被帰去○昼後おさちヲ以、ほうぼう二尾、大内氏江為持遣ス。先日中吉之助鉄炮教られ候謝礼也○夜ニ入、梅村直記殿来ル。去廿二日話被致候榎本氏縁女の一義也。縁女亥廿才ニて、住居麻布谷町(六六オ)諏訪(アキママ)　殿家来益田左司馬姉の由也。委細書付認められ、さしおかる。此方ゟも榎本氏書付遣ス。雑談五時ニ及、其後被帰去○今日客来ニて仕事出来かね、四時迄夜職致、其後母女枕ニ就。

○廿八日辛巳　終日曇

一今日願誉護念唯称居士祥当月ニ付、朝料供一汁三菜。但、香の物ども料供を備。食後自深光寺へ参詣、諸墓そふぢ致、水花を供し、拝し畢。帰路種々買物致、且安田半平殿宅江旧冬并ニ此度の謝礼として菓子壱折持参して罷越候所、取次同人子息被出候ニ付、右謝礼申延、森野氏江立より、昼時帰宅ス○右留守中、儀助殿被参候由也○昼後有住岩五郎殿被参、一昨日進じ候肴代又持参、被返之。尚又薦め候得ども、不入受。右半分受納致候由被申、内金一分被返之、内壱分ハ受納して被帰去。扨々当惑の事也(六六ウ)。

一吉之助、四時頃明番ゟ帰宅。食後入湯ニ罷越、帰宅後土蔵ニ入、仮寐致、夕七半時頃起出ル○今日、終日精進ス○定吉ニ金壱分貸遣ス。

○廿九日壬午　曇　終日

一早朝自一ツ木不動寺江参詣、百度を踏、手拭を納。帰路豊川稲荷江参詣、四時前帰宅○朝飯後、吉之助矢場江行。今日鈴木側の由也。六ツ打。六ツ内、二ツ星当り也。九時頃帰宅、其後玉を鋳○昼前おさち入湯ニ行、昼時帰宅○昼前、伏見氏被参。右同人江短冊掛壱ツ進之、右謝礼申入、暫雑談して、九時頃帰去○昼後吉之助髪月代致遣し候内、およし殿来ル。右者、入湯ニ参り候やと被申候ニ付、其意ニ任、伏見小児二人携て行、夕七時頃帰宅○今晩五時、枕ニつく○勘介来ル。日雇ちん書付持参ス。留主中ニ付、さし置、帰去。

一今日成田氏ゟ御渡り御焔硝四百八十匁、吉之助へ被渡。右受取、帰宅(六七オ)。

○十一月朔日癸未　今暁寅ノ八刻小雪也

一食後吉之助、為当日祝儀、御頭ゟ組中江廻勤、昼時帰宅。

一松尾瓠一殿内義久々病気の所、養生不叶、今日死去被致候由、長友代太郎殿ゟ吉之助承り、組合の事ニ付、昼飯後吉之助松尾氏江悔申入、今晩通夜可致旨申候所、達而さし留られ候ニ付、延引ニ及。送葬ハ明二日夕七時頃の由也○八半時過おさち入湯ニ行、ほどなく帰宅。

一四時頃ゟ自、勘介方へ人足ちん四百八十文払遣ス。夫ゟ伝馬町江参り買物致、しなのや江薪・切炭申付、昼時帰宅ス。今日使札来客なし。

一今晩、諸神江神燈ヲ供ス○今日、奇応丸壱匁弱金伯を打。
○二日甲申　雨終日
一朝飯後吉之助当番ニ罷出、昼時帰宅。昼飯後髪月代致、八時過ゟ(六七ウ)松尾内義送葬ニ付、同所江行。然る所、送葬ハ夕七半時過ニ付、帰宅六時ニ及ぶ。右送葬の間、吉之助森野氏江立より待合候所、森野氏ニて夕飯を被薦ら候由也○昼後、芝田町山田宗之介ゟ使札致来。宗之介不快之所、此せつ全快ニ付、今日ハ床揚祝儀の由ニて、赤剛飯ニて壱重、吉之助江手紙到来ス。おまち殿ゟ自江文到来、使急候ニ付、謝礼口状ニて申遣ス。

一右同刻、榎本氏被参。右者、金子の一義、先月持参可致所、彼是賢崇寺方ニて差支有之、何れ来ル十日過ニハ納可申間、夫迄延引の段被申。其儀決而不苦候間、御都合次第可為、御念被入候段ヲ謝ス。欠合の夕飯を薦、暮時被帰去。弓張てうちん貸進ス○暮時、深田長次郎殿来ル。起番帳持参、右帳めん拵置度由被申候間、請取置。暫して帰去○吉之助暮時帰宅、直ニ山本・深田・高畑江宵誘引ニ行○榎本氏江縁女一義申入候所、可然被申候ニ付、何れ両三日中ニ縁女方へ申遣し、御見逢被成候様談事置。
○三日乙酉　晴。暖気、昼後ゟ曇(六八オ)
一今日吉之助、礒右衛門殿江捨り助番ニ付、正六時頃ゟ起出、支度致、早飯後、例刻ゟ長次郎同道ニて御番所江罷出ル。明日明番帰路、渥見江立より候様申付、お鍬様江、文さし添、豊嶋や酒切手壱枚持参致候様にと、代銭四百文渡遣ス。

一五時過、丁子屋平兵衛手代忠七来ル。平兵衛手紙、且かすていら壱折、被贈之。外ニ、かな読八犬伝三部持参。右者、此度金水かな書八犬伝をさし置、八犬伝後日の話と申中本をこしらへ出し候。右者、丁平江沙汰なしニ致候段、甚不埒也。依之、作者金水ニ頼がたく候間、何卒こなた様ニて御書抜出来候ハゞ、ま事に難有候と被頼候へども、何分此方ニ作意可有人物無之候得ども、又商量致候上、出来致候ハゞどの様ニも間ニ合せ可申候。然ども、世間臆(ママ)万人江見せ候義ゆへ、必出来すべくもあらず候間、外江頼候人あらバ御たのミあらせ度と申置。其外雑談数刻、忠七ニ昼飯為給、帰し遣ス。

一昼後、豆腐やおすみ来ル。与太郎一義、未落着不致候由也。暫雑談、赤飯を為給遣ス。右之外、客来なし(六八ウ)。

○四日丙戌　晴。暖也

一今朝四時、吉之助帰宅。帰路西丸下渥見氏江立より、先月中覚重殿要人(ママ)ニ転役被致候祝儀として、酒手切(ママ)壱枚、文をさし添贈之、祝儀申述、帰宅ス。食後仮寐、夕方起出○昼後、芝田町山田宗之介ゟ吉之助方へ手紙到来。右者、明後六日天沢山ニて法事興行致候ニ付、四時出席致候案内状也。吉之助仮寐中ニ付、請取、返事遣之。

一昼後おさちを以、梅村氏江縁女一儀申遣ス。右以前、入湯ニ行。

一夕七時前、自飯田町江行、十月分上家ちん壱分ト二百七十二文、薬売溜銭金弐朱ト壱〆三百十二文、内二百八文壱わりさし引、請取、帰宅ス。暮時也。

一八時過、長次郎殿来ル。右者、金二朱入用ニ候所、手元ニ無之、差支、甚敷難義致候ニ付、借用致度由被申候。右入用ハ同人母義久々不快ニ候所、医師屢見舞、先大低今日仕舞ニ相成可申間、右医師江酒食薦め候料ニ(六九オ)使候由被申候へども、甚心得違の由ニ被思候也。いかにとなれバ、薬礼だに六ヶ敷候所、他借して医師江もてなし候義、心得がたし○下掃除定吉来ル。厠汲候て帰去。

○五日丁亥　晴。寒し

一今朝松村氏被参、先預り置候焰硝三百八十匁之内、半分百九十目入用の由ニ付、渡遣ス。直ニ帰去、夕方又来ル○今日著作堂様御祥当月逮夜ニ付、茶飯一汁三菜。但、香之物ども丁理致、家廟江供し、伏見、一同ハ大内氏・松村江薦め、永井辻番人江も遣之○今朝、長次郎殿来ル。昨日被申入候金二朱借用致度由ニ付、則貸遣ス。早々帰去○夜ニ入およし殿を呼よせ、吉之助療治を受ル。代銭四十八文遣ス。帰路四時ニ付、送り遣ス。

一夜ニ入おさち同道ニて入湯ニ行、帰路勘助方へ立より、明六日本郷江供申付、帰宅ス○御画像床間ニ奉掛、神酒・もり物みかん・ある平を供ス(六九ウ)。

○六日戊子　晴。今暁寅ノ刻地震

一今暁八時定吉門戸を敲、呼起し候ニ付、おさち驚起出、何事ぞと聞候所、同人妻九時頃出産致候所、其後跡腹ニ脳(ママ)候ニ付、薬買度由ニ付、神女湯壱服・つき虫薬壱包、遣之。吉之助も起出ル。其後茶を沸し、茶漬を給て、又一同枕ニつく○天明後起出、支度致候所、勘助方ゟ昨夜申付雇人足甚蔵来ル。朝飯為致、右供人ニ召連、自、吉之助同道ニて天沢山隣祥院江罷越。右者、宗之介祖父文基院五十回忌并ニ亡父十三回忌取越法事興行致候ニ付罷越。人々来会、右之人々ハ左之通り、

一施主山田宗之介。尚亦、本家曽根惣右衛門○其母比岳尼寿覚・同人姉比岳尼禅妙○弟子尼二人○宗之介姉おみさ○此方母子二人・富次郎○八木や○甚助○久次郎○同人母おまち○大和や伊兵衛・榎本代之者○丸や藤兵衛○友八・豊蔵○石井おひさ○安五郎妻おいふ、其外供人数人。法事・焼香相済、墓参いたし、夫ゟ(七〇オ)寺ニて各支度致、且方丈ニ一同対面、各々暇乞して退散。自母子ハ深光寺へ墓参、拝し畢、本堂ニて暁香畢、香でんを進上ス。今日者著作堂御祥月忌ニ依て也

○今朝出がけ、梅村氏被参。右者、縁女見合之一義、先方へ被申入候所、来ル九日可然候。若九日さし支候ハヾ、十二日に御出被下候様被申之。出かゝり居候ニ付、右承知之趣申答、早々被帰去。

一右留主中、領助殿・大内氏来ル。領助殿、九月五日貸進之月氷奇縁五冊被返之、窓の月一折被贈。如例之雑談数刻、尚又所望ニ付、葛葉五冊、大柏六冊貸進致候由。大内氏ハせんべい一重持参、被贈之。童子訓初板五冊被返之、同書二輯貸進致候と、都帰宅後おさち告之。隣祥院江香二包進上○今日も終(ママ)、御画像昨日の如し。終日精進也。

○七日己丑　終日雨。夕方ゟ雨止、不晴

一昼後、吉之助竜土榎本氏江行。右者、彦三郎殿縁女見合被致候一義(七〇ウ)来ル九日、若当日差支候ハヾ十二日、先方谷町江御出可然申入候所、九日何も差支無之候間被参候由、被申之。尤、母義者鶯善坊へ被参、留主宅の由也。折から賢崇寺御隠居、榎本氏江被参候て対面ニ及。大円寺方丈様ゟ過日吉之助願置候琴靏追悼の短冊壱枚、被恵之。且亦、吉之助江金百疋を被贈候由ニて、右短冊共侶持参、夕七時過帰宅。帰路、入湯致候由也。吉之助帰宅後、山本・高畑江宵誘引ニ罷越候。其後、髪月代を致ス。今晩五時、枕ニ就く。

○八日庚寅　晴。今朝者余程霜降

一今朝天明頃起出、支度致、其後吉之助を呼起し、直ニ高畑・山本江朝誘致、帰宅して食事致居候所、高畑少々外江参り候ニ付、先江罷出候由被申。且又、御扶持之義、余り切多く、甚迷惑ニ付、有住江相談の上、当月ゟハ此方ゟ人ヲ以、別ニ取可遣旨ニ取極メ候。此方も如何と被問ニ候付、答ニ云(七一オ)、手前ニても御同意候間宜敷御取斗願候由申入候ヘバ、然者一

両日中ニ森村近所迄我等等罷越候ニ付、右之趣申聞候間、吉之助参ニ不及候よし被申之。右ニ(ママ)高畑久次殿江頼置、当月ゟハ御扶持定吉取ニ遣スべし也。吉之助ハ山本を誘合、御番所江罷出ル。高畑ハ先江被参。

一荷持和蔵、当月給米取ニ参り候所、二升渡候へども、当月分ハ四升給るべしと申。先月十五日玄米四升渡し候所、心得違申ニ付、其段申聞遣ス○昼後、触役礒右衛門殿来ル。右者、明後十日増上寺(改行)　御成ニ付、吉之助居残ニ付、九日一ツ弁当出し候様被申之○昼後自飯田町江行、むしぐわし一折持参、進之、尚又飯田町ニて夕飯を被振舞。帰路種々買物致、暮時帰宅。飯田町ゟ柿二ツ・蒲どう一房・嘉永五子年暦、被贈之。

一右留主中、松村儀助殿来ル。八犬伝六輯貸進ス。吉之助古帯壱筋、おさち松村氏江贈り候由、帰宅後告之○暮時頃、定吉方へ煮豆一器、自参して遣之○暮時、政之助殿来ル。みかん八ツ持参、おさちニ贈之、早々帰去(七二ウ)。

○九日辛卯　晴

一今日吉之助居残番ニ付、壱ツ弁当遣之、八時過帰宅。且又、今晩此方起番ニ付、山本・深田・高畑江右之趣申入、髪月代致、暮時ゟ枕ニつく○日暮て荷持和蔵、御鉄炮其外等集ニ来ル。則、御鉄炮壱ツ・弁当・雨皮ぞうり等渡し遣ス。

一夜ニ入松村氏被参、昨日貸進之八犬伝六集・同かなよミ十五編二冊持参、被返之。明朝御成先番の由ニて、早々被帰去○夜ニ入、定吉来ル。先日貸遣し候金三分持参、返之。右請取、暫雑談して帰去○明日増上寺　御成ニ付、今晩起番ニ付、母女二人通夜ス。

○十日壬辰　晴

一今暁八時吉之助を呼起し、高畑・山本を呼為起、其後早飯を為給、暁七時ゟ高畑・山本等と増上寺御場所江罷出ル。八時前帰宅。昼時過荷持、御鉄炮其外御道具・昨夜渡し遣候弁当がら品々・てうちん持参ス。右請取置○昼後自入湯ニ行、ほどなく帰宅。

一右留守中、榎本彦三郎殿被参居。右者、今日村田氏并ニ宗之介(七二オ)立合ニて、吉之助土産残金拾両可被渡候心得ニ、去ル七日吉之助榎本氏参り候節約束候所、右一義、吉之助帰宅後亡(ママ)却致、何とも沙汰無之故ニ、宗之介方へも申不遣候ニ付、今日不参の所、榎本氏・村田氏ハ不知して被参候也。右ニ付、伏見岩五郎立合、仮請取被認、右金拾両請取、仮證證(ママ)を致候也。異日宗之介江可聞旨申置。右畢、村田氏・榎本氏帰去。夕七時頃也○右同刻、丁子や手代忠七来ル。右者、傍訓八犬伝十七編、書読(ママ)候や否を聞ニ来ル。然ども、十六編草稿有之

候ハヾ借受度、申遣ス。早々帰去○忠七帰去の後、自象頭山江参詣、暮六時帰宅。

一夕七時過、触役幸三郎殿来ル。明十一日、御城江附人ニ罷出候様被触。依之、相敵小屋頭渡辺平五郎・御書役松村儀助・平番高畑久次・深田長次郎、右五軒江申合ニ行。夜ニ入五時、一同枕ニ就く。
○十一日癸巳　晴
一今朝吉之助、五時過ゟ高畑・深田同道ニて、御城江罷出ル(七二ウ)。

一右同刻荷持由兵衛忰、弁当集ニ来ル。過日吉之助見習番組中廻勤之節、案内致呉候ニ付、三十二文今日遣之、弁当渡遣ス。昼時、右弁当がら持参ス○吉之助、八時過帰宅。明日御成、当組者非番也。

一夕七時頃おさち入湯ニ行、暮時頃帰宅○右同刻、およし殿来ル。尚又、帳面記呉候様被申候ニ付、則付遣ス。雑談後、暮時前帰去。
○十二日甲午　晴
一早朝、並木又五郎殿来ル。右者、吉之助宛番書付并ニ諸役点順帳・御扶持方請取帳持参、右之条々心得居候様被申。今日並木氏ハ番町辺江転宅之様子ニ付、如此帳めん二冊持参被致也。吉之助ハ留吉殿本介のよし也。依之、即刻吉之助宛当所江申入、帰宅。其後竜土榎本ゟ賢崇寺江罷出、夕七時帰宅ス。雪踏買取候由ニ付、代金壱分、おさちを以渡之。其後、高畑・深田江宵誘ニ行○今日午の日ニより、自豊川稲荷江参詣、帰路不動尊江参詣、四時過帰宅○夕七時頃、伏見氏ゟ赤飯、平(七三オ)、汁添、被贈之。今日、子息誕生日ニ付而也。おさち・吉之助を被招候ニ付、両人伏見氏江参、赤飯の馳走を受、暮時帰宅ス。
○十三日乙未　晴
一今日吉之助、留吉江本介ニ付、天明前起出、天明ニ吉之助を呼起し、即刻高畑・深田氏誘引合、帰宅。食事致候内、高畑被参、昨日蔵宿森村や江参候て、御扶持当月ゟ通ニて取ニ可遣旨被申入候所、承知のよしニ付、森村やゟ御扶持方通帳面壱冊、吉之助分請取、被渡之。右請取、謝礼申延、則同道ニて御番所江罷出ル○昼前伏見氏被参、雑談数刻、昼時被帰去。

一昼後自、伝(ママ)丁餅や鈴木江鳥の子餅誂ニ行、明五時迄ニ出来致候様申付。帰路入湯致、帰宅。其後おさち入湯ニ行、暫して帰宅。

一八時過、弥兵衛来ル。神女湯無之由ニ付、神女湯十五・奇

応丸小包十、渡し遣ス。暫物語して帰去○今朝自定吉方へ行、昨日（ママ）竜土ゟ芝田町江供人足申付候所、畏り候由被申（七三ウ）。

○十四日丙申　晴

一今朝五時過餅や鈴木ゟ昨日誂置候鳥の子餅三軒分持参、代六百廿九文の由、書付持参。右請取、代銭払遣ス○右同刻、定吉来ル。昨日申付候に依也。即刻同人ヲ以、深田長次郎殿江鳥の子餅壱重為持遣ス。其後自、定吉を召連、芝田町宗之介方へ行。定吉者村田万平殿方ゟ榎本彦三郎殿方へ鳥の子餅壱重ヅヽ、贈り、手紙差添。何れも他行ニ付、返書不来。昼時定吉、宗之介方へ来ル。宗之介在宿ニて、金拾両宗之介江渡し、請取書をとり、且為取替証文下書宗之介江見せ、同人印鑑ハ本書出来之節可致旨申之。近日此方へ参り候ニ付、夫迄ニ本書認め置候様約束致。宗之介方ニて風呂ニ入、昼飯を給、定吉も同様飯を被振舞ル。宗之介方へかすていら一折・鶏卵壱重、贈之。宗之介方ゟさる坊むき身、被贈之。八時過宗之介方を立去、帰路榎本氏江立より、手みやげみかん一篭進之。煎茶・くわしを薦られ、暫物語して、暮時帰宅ス（七四オ）。

一吉之助明番ゟ丁平方へ当夏近火見舞謝礼旁々立より、千歳柿一折為持遣ス。且、傍訓読八犬伝十六編草稿有之候ハヾ借受参り候やう申遣し候所、右者彫に廻り、手元ニ無之由ニ付、十五編壱部受取、昼後帰宅の由也○右留守中、お靏殿・岡勇五郎・長次郎被参候由也○定吉ハ帰宅後夜食為給、帰し遣ス。

○十五日丁酉　晴。風

一五時過鈴木吉次郎、当日祝儀として来ル。且又、十一月分御扶持増かゝり十一文ヅヽの由、被集。則、十一文渡之○右同刻吉之助を呼起し、朝飯為給、其後御頭ゟ当組中江三日祝儀として罷出ル。

一朝飯後吉之助、御頭ゟ当組中、当日祝儀として廻勤、九時前帰宅。

一昼後伏見氏被参、榎本氏江為取替證文本書被認、ほど無帰去。

一昼前大内氏被参、童子訓二板持参被返之、尚亦三板を貸進ス（七四ウ）。即刻帰去○九時、吉之助竜土榎本氏江行。右者、鳥の町江参り候約束致候由ニて、食前支度致、行。然る所、延引致候由ニて、夕七時帰宅。

一自昼後飯田町江参り、為取替証詔（ママ）持参致、弥兵衛印鑑調印致。且、中屋惣助娘やう子承り候所、随分やう子よろしき話、暫して帰宅ス。

一夜ニ入松村氏被参、犬のさうし貸進、帰去。

○十六日戊戌　終日曇。暮時ゟ雨終夜今暁子ノ四刻大雪也

一今朝吉之助髪月代致、昼後ゟ榎本氏江行。今日御取越ニ依て也。暮時帰宅。榎本氏ゟ御取越ニ付、丁理被致候平菜膾猪口重箱ニ入、吉之助帰路ニ被贈之○昼前、およし殿来ル。暫して帰去。

一八時過、長次郎来ル。銕炮玉鋳候ニ付、金杓子借ニ来り候ニ付、則貸遣ス。早々帰去○松岡お鶴殿来ル。おさちと雑談して帰去。

○十七日己亥　晴。雨風

一昼前岩五郎殿被参、吉之助縁談願、明(ママ)差出し候由ニ而、願書見せらる(七五オ)。且又、吉之助印鑑、組頭并ニ与力へ差出し候由ニて、西の内小切小札ニ致、六枚、今日有住氏自被認、印鑑致、右携て被帰去。

一今日吉之助一同手伝、座敷・玄関・西の窓・北窓障子を張、終日也。夕方、山本・高畑江宵誘ニ行○夕方長次郎殿、昨日貸遣し候金杓子持参被返之、早々被帰去。

○十八日戊子　晴。風

一今朝おさち手伝、勝手障子二枚・同窓四枚・四畳障子切張、厠六枚・行燈壱ツ張之、八時、張畢。其後おさち入湯ニ行、夕七時過帰宅。綾部江立より候由也○今日吉之助当番ニ付、天明前おさち起出、天明頃吉之助呼起し、髪計揃、例刻ゟ高畑・山本等と御番所江罷出ル。今日者昼前当組与力斎藤方へ使ニ参り候由ニて、宅江鳥渡立より、昼飯を給、早々御番所江行○昼後、長次郎殿来ル。早々帰去。用事なし。

一暮六時、およし殿来ル。今晩者止宿致さる(七五ウ)。

○十九日辛丑　晴。風、厚永張

一朝飯後、およし殿帰去○四時頃吉之助明番ニて帰宅、食後土蔵ニ入仮寐致、八半時過起出○昼後自入湯ニ行、ほど無帰宅。其後おさち入湯ニ行、是亦無程帰宅○夕七時前、賢崇寺御隠居御入来。尤、今日者堀之内妙法寺御参詣被成序之由ニて、煎番椒・糯水飴、被恵之。然共初ての御光臨ニ付、心斗の酒飯并ニ煎茶・菓子を薦め、暫く物語被致。御供小侍壱人御召連、今日者此方へ被立寄候一義者御内々の由被申之、暮時前被帰去○御隠居御出ニ付、酒其外酒釆(ママ)等買取候人無之ニ付、定吉江申付、むさしやニて寄レ取之○松村氏被参、犬のさうし持参、被返之。組頭江参ル由ニて、早々帰去○およし殿、同刻来ル。今朝貸進致候鳥目四十四文持参、被返之。右請取、ほどなく帰去○今日御扶持取番書付、今朝両組頭江吉之助持参ス○おさちふし見江灸治ニ行、暫して帰宅。

○廿日壬寅　晴

一自、黒丸子剤三品、細末ニス○昼後、吉之助髪月代致、あんどん(七六オ)洗清め、夕七時頃ゟ両組頭江御扶持聞ニ行。御扶持、今日落候由也。帰路伝馬町江廻り、種々買物・入湯致、六時頃帰宅。今日使札来客なし。

○廿一日癸卯　晴

一今日御扶持取番ニ付、天明前ゟおさち起出、支度致、天明後吉之助早飯為給、相手礒右衛門殿方へ行。吉之助初取番ニ付、膳代四百文為持遣ス。夫ゟ礒右衛門殿同道ニて御蔵(ママ)森村や長十郎方へ行。

一昼前伏見氏被参、暫雑談して被帰去○右同刻清介妻ひさ来、奇応丸小包買取、代銭五十二文請取、帰去○昼前順庵殿被参、暫物語して九時過被帰去。かな読八犬伝初編・二編四冊貸進ス○八時頃ゟおさち久保町江入湯ニ行、帰路買物申付遣ス○松尾瓠一殿、過日内義送葬之謝礼申被入、帰去。

一夕七時頃、およし殿来ル。暫遊、帰去○暮幕て松村氏被参、八犬でん七集ノ廿一冊・八輯の一壱冊被読、五時頃帰去○五時過、順庵殿来ル。是又雑談して、被帰去○吉之助、暮時前帰宅(七六ウ)。

○廿二日甲辰　晴

一今朝、定吉来ル。右者、浅草江御扶持取ニ可参由申ニ付、則通帳ニ調印致、為持遣ス。

一朝五時頃吉之助当番として罷出、四時過帰宅。吉之助ハ明日加入之由也。

一八時頃おふさ殿被参、菜園菜漬壱重持参被贈之、暫くおさちと物語して、夕七時過帰去○夕七時頃西丸下渥見氏ゟ使札到来、覚重様役替内祝の由ニて、平剛飯壱重、外ニなづけ一重、お鍬様ゟ御文を以被贈之。謝礼、返書ニ申遣ス○吉之助肩張候由ニ付、およし殿を迎ニ行。然る所食事前ニ付、仕舞次第罷越候由申来ル。しかれども夜ニ入候ても不来候ニ付、門を閉、一同枕ニ就候所、六時過ニ長次郎ニ被送候て来ル。此故ニ、吉之助療治をうく。およし殿ハ止宿ス。代銭三十二文遣ス○昼後吉之助髪月代致、夕七時過山本・高畑・深田江宵誘ニ行。四時過、一同枕ニつく。

一夕七時過、北ノ方ニ出火有之、火元不詳○昨今黒丸子小半剤、丸之。惣掛メ、粉ニて九匁九分也(七七オ)。

○廿三日乙巳　晴

一今朝吉之助加人番ニ付、天明頃ゟ起出、早飯後深田・高畑等と御番所江罷出ル。帰路西丸下渥見江昨日重之内の謝礼申述、八時過帰宅○およし殿、朝飯後暫遊て、昼時前帰去○八時過、宗之介来ル。万文窓の月壱折持参被贈之、暫雑談して帰去。煎茶・くわしを薦む。今日者久保富次郎方七夜祝儀ニ付、彼方ニて昼飯被振舞候由ニ付、夕飯を不出。且、榎本氏江可遣為取替証詔、今日印行持参不致候由ニ付、宗之助江預ケ遣ス○昼後おさち入湯ニ行、暫して帰宅ス。

○廿四日丙午　晴

一今朝四時頃ゟ吉之助、榎本氏ゟ賢崇寺へ罷越。出がけ、江坂卜庵殿方へ番代被仰付候一義申入、夕七時過帰宅ス○自四半時過ゟ豊川稲荷へ参詣、帰路入湯致、八時頃帰宅○八半時頃おさち伏見江灸治ニ行、稍暫して帰宅○右同刻、およし殿来ル。暫遊、夕飯を薦め、浅(カ)羽江療治ニ罷越候由ニて、暮時過帰去。ゆであづまいも持参、被贈之○昼時東の方へ出火有之、丸の内の由也○伊勢外宮岡村又太夫ゟ太麻・のし・新暦・白箸二膳(七七ウ)贈来ル。右、請取置。

○廿五日丁未　半晴

一今日鈴木側帳前ニ付、五時頃ゟ吉之助矢場江行、昼時帰宅。

一右同刻自象頭山江参詣、四時帰宅○下掃除定吉来ル。西の方厠そうぢ致、帰去○昼後おさち同道ニて入湯ニ行、暫し帰宅。其後吉之助入湯ニ行、暮時帰宅○夕七時過松村氏被参、焼さつまいも壱包持参被贈之、黒丸子一包・大ひもの二枚・菜づけ少々被贈之、暮時被帰去○右同刻、定吉来ル。十二月分御扶持四斗九合つきあげ、つきべり四升壱合差引、白米三斗六升五合持参ス。つきちん六十四文、御扶持壱俵雑町より軽子百五十六文、〆二百廿四文渡遣ス○夜ニ入、およし殿来ル。今晩此方へ止宿致候由、今ゟ六軒町江参り、帰路此方へ被参候由ニて、早々出去。五時右療治仕舞、此方へ来ル。則止宿被致、一同四時枕ニ就く。

○廿六日戊申　晴。夜ニ入雨、ほど無止

一早朝食前象頭山江参詣、五半時帰宅○およし殿、四時過帰去。

一昼時、清助来ル。然せる用事なし。ほどなく帰去(七八オ)。

一昼後吉之助斎藤江鉄炮稽古ニ行、雲八郎殿他行の由ニていたづらニ帰宅。先月廿日ゟ夜稽古初候由也。右ニ付、夜ニ入罷越、五時過帰宅。大内氏も吉之助跡ゟ被参候由ニて折から雨降出候まゝ、吉之助傘をも持参、吉之助江被渡○昼後、芝田町山田宗之介方ゟ使来ル。右者、去ル廿三日、為替取証文江調印致候由ニて、宗之介江渡候所、今日調印致、被贈之。おまち殿方ゟ先月中貸進之よミ本二部しん累二冊・旬殿実々記前後十冊、手紙差添被返之、右請取。宗之介方ゟ方も口上書参り候へども、おまち殿方へのミ返書ニ謝礼申遣ス○夕七時前岡左十郎殿上野御　普請出来ニ付、出役勤番、今日帰番の由ニて来ル○夕七時過、大内氏過日貸進の童子訓三板持参、被返之。右請取、四板五冊貸進ス。剃刀きれ止り、甚困り候ニ付、同人江研を頼候て研石共侶渡置。折から順庵殿被参、雑談後、両人とも暮時被帰去。
○廿七日已酉　晴。昼後ゟ風、淩よし、暖也
一今暁九時過ゟおさち腹痛甚しく、吉之助起出、介抱ス。右ニ付、自も暁七時ゟ起出、容躰見候所、全く腹痛ならず、九月中より(七八ウ)経水止り、懐胎可成心付、食物等も撰(ママ)候所、今日食物(アキママ)いたし、俄ニ血あらしニ付、腹痛甚しく、つき虫菜・神女湯を用。天明後おり物致、其後順快也。終日平臥ス
○昼後自象頭山江参詣、八時帰宅。其後吉之助髪月代致遣し、自も髪を揃。今日おさち平臥の故ニ、厨掃自、吉之助手伝之。
一夕七時過吉之助入湯ニ行、帰路山本・高畑江宵誘行ニ行。宵誘行ハ今日ニて皆断候ニ付、此後者宵誘引なし。
○廿八日戊戌　晴。美日
一今日吉之助当番ニ付、正六時少々前ゟ起出、支度致、天明頃吉之助を呼覚し、早飯為給、其後御番所江罷出ル。おさち今朝者不起出、吉之助出宅後起出○朝飯後自象頭山江参詣、帰路一ツ木不動尊へ参詣致、四時過帰宅。昼後ふし見江参り、内義江灸治致遣ス。

一夕七時過、長次郎殿来ル。日暮て鈴木昇太郎殿来ル。両人とも雑談、せん茶を薦む。五時過両人帰去(七九オ)。

一春屋政吉、去ル十月二日死去致候由也。年来此方飯米舂候者ニ付、玆ニ記。五十五才也と云。今日象頭山帰路、三筋町ニて政吉妻ニ行逢て、此一義を聞く○夕方ふし見ゟ煮豆一器、被贈之。
○廿九日辛亥　晴
一今朝五時過ゟ象頭山江参詣、帰路入湯致、昼時帰宅○昼前、下掃除定吉来ル。厠そふぢ致、帰去○吉之助明番ニて、四時過帰宅。帰路、大内氏ニ被頼、日本橋江廻り候由也。食後仮寐致、夕七時過起出夜食、暮六時過ゟ斎藤氏江鉄砲稽古ニ行、四時過帰宅ス。

一暮時、長次郎殿来ル。伝馬町江買物ニ被参候由ニ付、おさち、ほうの木炭買取呉候様頼遣ス。五時過右買取被参。代銭十二文由也。暫雑談して、四時過帰去。
○卅日壬子　晴。酉ノ中刻冬至之節也、今日ゟ八専
一早朝象頭山江参詣、四時前帰宅○昼前松村氏被参、先日の重箱持参返之、焼さつま芋、被贈之。雑談後、昼時被帰去(七九ウ)。右同刻下そふぢ定吉、納大こん持参。当年大こん不出来の由ニて、百八十本持参。昼飯為給遣ス○昼前・昼後伏見氏被参、雑談して被帰去。

一昼後、弥兵衛来ル。先日貸進之重箱被返之、めざし鰯十串被贈之、暫く雑談して帰去○昼後定吉方へ糖五升申付候所、夕七時頃定吉妻糖五升持参、請取置○おさち昼後伏見江罷越、内義江灸致遣ス。

一昨夕、清助妻おひで来ル。女半てん仕立呉候様申、持参、頼置、帰去。

○十二月朔日癸丑　晴

一今朝五時過ゟ象頭山江参詣、今日ニて七日参り結願也。昼時前帰宅。

一右同刻吉之助、頭ゟ組中江当日祝儀とし廻勤、昼時前帰宅。

一昼時前、およし殿来ル。金銭出入帳面江(ママ)印呉候様被申候ニ付、印遣ス。昼時帰去。

一当年沢庵大根甚不出来ニ付、麁末の大根納候ニ付、辛漬を延引ス。依之、百本壱樽廿づけニ致、今朝吉之助手伝、漬畢。残六十本ハ(八〇オ)ぬかみそさき干ニ致ス○昼前、吉之助帰宅。食後当月番ニ付、石井勘五郎殿・長友代太郎・木原計三郎・松尾瓠一・西原邦之助・松宮兼太郎方へ申合ニ行、八時頃帰宅。夜ニ入、斎藤江鉄炮稽古ニ行、五時過帰宅。

一夕七時頃、沢田長次郎殿養母来ル。煎茶・くわしを薦め、雑談数刻にして被帰去○鈴木吉次郎殿、当日祝儀として被参。

○二日甲寅　半晴

一今暁六半時頃、東之方ニ出火有之。依之、吉之助月番ニ付、即刻組頭江罷越候所、寄場立候由ニて帰宅。食事致、御鉄炮・御どうらん携て矢来江罷出ル。四時過火鎮り候由ニて帰宅ス○昼後髪月代を致、其後井戸端こしらへ、暮時ゟ伝馬町江入湯ニ行、五時前帰宅。

一八時過、およし殿来ル。切元結二・黒元結二房・やうじ一袋、被贈之。歳暮の心なるべし。暫雑談して帰去○夕七時前、礒女来ル。ひしこ・めざし五把持参、被贈之。煎茶・夕膳をすゝめ、暮時前帰去。尚、秋中ゟ(八〇ウ)預り置候摺物壱冊・眼鏡、同人江渡ス○暮時、長次郎殿来ル。今日吉之助、長次郎殿請取番を宛ざるよし咎らる。然る所、吉之助師匠番又五郎殿直ニ長次郎殿江被申候由ニ付、吉之助者長次郎殿江不届、申之。

○三日乙卯　晴。美日

一今日吉之助、宜太郎殿江捨り助番ニ付、六時過ゟおさち起出、支度致、天明後吉之助起出、早飯後深田・高畑と御番所江罷出ル。

一今日美日ニ付、自・おさち両人ニて煤払を致、終日にして不残箒終。

一夕方家根や弟子参り、家根少々繕、帰去○自暮時入湯ニ行、ほど無帰宅○昼時伏見氏ゟにんじん・やき豆ふ・ばかむき身煮染一器、被贈之。今日使札来客なし。但、松岡お靍殿来ル。煤払中ニ付、早々被帰去○今晩、諸神江神燈ヲ供ス(八一オ)。

○四日丙辰　晴

一今朝、長次郎殿来ル。先月中貸進之金二朱持参、被返之。右請取、暫雑談して帰去。右同刻、信濃や重兵衛ゟかるこ薪八束贈来ル。一昨日注文申遣し候故也。代金二朱、渡し遣ス○四時過、吉之助番明ゟ帰宅。食士(ママ)蔵ニて仮寐致、夕七時過起出ル○自鮫橋大坂てうちんや江納てうちん張替持参、誂ニ罷越、ほど無帰宅○昨日煤払致候ニ付、今日節をこしらへ、諸神江神酒を供ス○昼後、おさち伏見江行。右者、伏見内義入湯ニ参り候ニ付、留主居致遣ス。右留主中、そふぢ仕かけ致、帰宅後おさち帰来ル。晩景ニ及、灸治ハ明日に延引ス○お久ゟ頼候次郎半てん、拵畢○暮時順庵殿被参、夜ニ入八犬伝八輯四・五ノ巻被読候て、五時過被帰去。煎茶・大福もちを薦む。

○五日戊巳　四時前ゟ雨。急止、昼後ゟ晴

一昼前、およし殿来ル。暫して帰去○昼後八時過、自伏見内義江灸治致遣ス。

一日暮て吉之助、斎藤江夜稽古ニ行、四時前帰宅(八一ウ)。

○六日丙午(ママ)　晴。風

一今朝自豊川稲荷江参詣、四時帰宅○吉之助、今日者終日在宿也。

一暮時大内隣之助殿被参、先日貸進之童子訓四板五冊、被返之。右請取、五板五冊貸進ス。少々物語被致、帰去○清助ゟ頼まれ候半てん并ニ小袖江あげ致、八つ口留をかけ、こしらへ置。

○七日己未　晴

一昼前吉之助髪月代致遣し、おさち同断○昼前伏見氏被参、暫雑談して、昼前被帰去。其後沢庵づけ大こん三本持参被贈之、早々帰去。

一昼後榎本彦三郎殿母義被参、為手土産ひもの十五枚持参、被贈之。且、吉之助どふぎ仕立出来の由ニ付持参、被渡之。且又、先月九日見合致され候縁女、相談致度由被申候所、右余り好しからず候由風聞聞及候ニ付、其段母義ニ申述、延引ス。煎茶・切鮓を薦め、其後夕飯を参せんとかれい一尾買取候所、今日者長者ヶ丸万平殿方へ(八二オ)被参候由ニ付、右かれい其儘しん上ス。暫して被帰去○夕七半時頃松村氏被参、日暮て順庵殿来ル。先日貸進のてうちん被返、ほどなく帰去。松村氏ハ夕飯を薦め、夜ニ入八犬伝八輯七・八ノ巻被読候て、五時過被帰去。

一夕方おさち入湯ニ付、暫して帰宅○暮時ゟ吉之助も入湯ニ行、ほど無帰宅。

○八日庚申　晴

一今日吉之助当番ニ付、正六時ゟおさち起出、支度致、天明後吉之助起出、早飯為給、高畑・山本と御番所江罷出ル○自五時ゟ深光寺へ参詣、諸墓そふぢ致、水花を供し、深光寺へ歳暮供二百四十八文・白米二升持参、寄進之ス。夫ゟ飯田町へ立より、先月分薬売溜・上家ちん請取、飯田丁ニて昼飯を被振舞、夕七時帰宅。飯田町江みかん十五持参、贈之○夕七時頃賢崇寺ゟ使札到来、吉之助江御隠居ゟ書翰ヲ以、袴一具・めいせん一反・花木綿一反、綿糸取添、被贈之。吉之助留主中ニ付、請取書遣之○其後今戸慶養寺ゟ使僧ヲ以、納豆一曲げ被贈之。右請取、謝礼申遣ス(八二ウ)。

一夕方おさち入湯ニ行、暫して帰宅○留主中、おひさ来。右者、先日中頼置候仕立物出来ニ付、おさち渡遣ス。尚又、布子二ッ仕立呉候様ニとさし置、帰去○夜ニ入、およし殿来ル。今晩止宿ス。

一暮六時頃、触役宜太郎殿来ル。右者、吉之助明九日居残ニ付、一ッ弁当遣候由被触、早々帰去○今日庚申ニ付、神像を床の間ニ奉掛、神酒・供物を供ス。夜ニ入神燈、祀之○暮時前自入湯ニ行、ほどなく帰宅○夕方、定吉妻来ル。先申付候晩茶半斤持参、代銭百文・糖代八十文渡し遣ス。

○九日辛酉　晴

一今日吉之助御番所居残ニ付、一ッ弁当遣ス。夕七時過帰宅。明日紅葉山江　御成御ざ候所、当組ハ非番也。食後枕ニつく。

一昼後おさち、伏見内義江灸治致遣ス○日暮て村田万平殿より(八三オ)、同人隣家喜助と申ヲ以手紙被差越。右者、仲間売株の事也。然ども、詳なる事不知。故ニ、明日よく〳〵訪正《ママ》候上ニて、明日此方ゟ万平殿方へ汰沙可致申示置。暫雑談して帰去○夕方、定吉来ル。ほどなく帰去。

○十日壬戌　晴

一早朝自象頭山江参詣、てうちんを納ム。四時帰宅○吉之助朝飯後、両組頭江御扶持取番書付持参。帰路永野氏江立より、売株委細聞正し、書付ニ致、帰宅。其後髪ヲ結、昼飯後竜土ゟ賢崇寺江罷越。帰路、万平殿方へ立より候由也。暮時帰宅○暮時前、松村氏被参。神酒下り少々有之候ニ付、薦む之。夜ニ入八犬伝八集十巻ノ末一回・九集壱一冊一回被読、四時頃帰去。

○十一日癸亥　晴。寒し
一今朝吉之助永野江参り候由ニて罷出、帰路松村江立より小竹貫、帰宅(八三ウ)。其後心地不宜とて仮寐して昼飯を不給、八時過起出。今日斎藤氏稽古納ニ付、参り候様大内氏被申候ニ付、おさちヲ以久保町江吉原せんべい買取ニ遣し、夕七時頃大内氏被参候間、則大内氏同道ニて斎藤氏江行、右煎茶餅進上。斎藤氏ニて夕飯を被振舞、帰路両組頭江御扶持聞ニ参り候所、御扶持落候由也。暮六時帰宅○今朝伏見氏被参、暫して被帰去。

一右同刻、松村氏来ル。小袖壱ツ貸呉候様被申候ニ付、則嶋小袖貸遣ス。早々被帰去○八時過おふさ殿被参、おさちと雑談して帰去。

一昨十日有住忠三郎・渡辺平五郎・長友代太郎来ル。右者、松尾瓠一殿困窮ニ付、仲間一同ゟ一ヶ年ニ金二朱ヅ、出金致。右者、二・五・十の三季、二月二匁五分・五月同断・十月分三匁蔵宿ニ差引、十月鬮ニて八人当りの由ニて、書付持参被致。此方とても甚迷惑ニ候へども、少々の事ニ付、承知之趣申入置、ほど無被帰去。此一条、昨十日記べきを漏したれバ(濁)、こゝ(ママ)に記ス(八四オ)。
○十二日甲子　晴。寒し、硯水初氷る
一今日御扶持取番ニ付、正六時ゟ起出、吉之助髪月代致、忠三郎同道ニて蔵宿森村や江行、御扶持受取、暮時帰宅○今朝、河村茂左衛門殿来ル。右者、明十三日吉之助加人の由被申、今日宛番吉之助宛候所、御扶持取番ニ付、茂左衛門殿宛候也○おさち昼後入湯ニ行、帰路おふさ殿方へ立より帰宅。

一今朝、清助・長次郎殿来ル。させる用事なし。両人、雑談後帰去。

一夕七時頃、加藤栄助殿来ル。暫雑談して帰去○暮時、定吉妻来ル。明日御扶持受取ニ参可申間、通渡呉候様申ニ付、則通渡し遣ス。

一下掃除定吉来ル。厠汲取、帰去○今日甲子ニ付、大黒天江神酒・供物、夜ニ入神燈ヲ供し、祭之。
○十三日乙丑　晴。寒し、昨日ニ同じ
一今朝吉之助捨加人ニ付、五時頃ゟ山本・高畑等と御番所江罷出ル。暮時帰宅、壱ツ弁当遣ス(八四ウ)。

一昼前伏見氏被参、ほど無帰宅○昼後同所志の茶飯・一汁二菜被贈之、謝礼申遣ス。此方ゟおさちヲ以、密柑(ママ)廿為持遣ス○右同刻、林内義弟栄次郎、剃髪して破黒衣を着て来ル。合力ヲ乞、依三十二文遣ス。身持不宜、姉聟猪之助・姉お雪も不構成行候ニ付、かくの如く成べし。

一昼後、およし殿来ル。暫して帰去、夜ニ入又来ル。止宿ス
○今晩四半時過、東の方ニ出火有之。右ニ付、一同起出、吉之助ハ両組頭江届ニ行、九時帰たく。其後湯づけ飯を給、枕ニつく。
○十四日丙寅　曇。寒気甚し
一昼前田町宗之介ゟおまち殿文ヲ以、旧冬相模や甚助方へ貸進致候弓張月後編六冊・続編五(ママ)冊二冊・拾遺五冊〆十三冊被返之、右謝礼として銘茶箱入壱ツ、相模やゟ被贈之。謝礼、返書ニ申遣ス。使清吉江昼飯為給遣ス○およし殿昨夜止宿して、昼前帰去○吉之助、今日終日在宿ス(八五オ)。
○十五日丁卯　晴。今朝巳ノ八刻小寒
一今朝吉之助髪月代致、四時頃ゟ当日為祝儀、御頭ゟ組中江廻勤、昼時帰宅。夕方入湯ニ罷出、暮時帰宅○鈴木吉二郎殿、当日祝儀として来ル○南条源太郎殿、寒中為見舞来ル○今朝、松村儀助殿来ル。ほど無伏見氏被参、両人とも雑談時を移し、昼時ニ及候ニ付、かけ合の昼飯を薦む、且、赤剛飯をも薦む。昼後伏見氏被帰去。松村氏江ハ名簿少々認貰、其後被帰去○昼時、竜土榎本氏ゟ吉之助方へ以手紙、赤剛飯壱重、被贈之。右者、吉之助祝儀内祝の由也。吉之助他行中ニ付、返書ニ不及、謝礼口状ニて申遣ス。

一伏見氏子供江、赤剛飯一盆贈之。
○十六日戊辰　晴
一高畑久次殿・加藤金之助殿・岡勇五郎殿・加藤領助殿・玉井鉄之助殿、寒中為見舞来ル○今朝吉之助、御頭ゟ組中江寒中見舞として廻勤ス。昼時前(八五ウ)帰宅。食後、西丸下渥見ゟ飯田町江寒中為見舞罷越、干のり一帖贈之。帰路安西兼次郎殿方寒中見舞申入、夕七時帰宅○今朝・昼後両度、長次郎来ル。雑談後帰去○夕方、およし殿来ル。暫遊、帰路、同人母義江木綿糸頼置候まゝ、綿代・とりちん二百文渡遣ス○昼後、定吉妻来ル。右者、餅米稲毛ゟ駄来り候ニ付代金渡呉候様申ニ付、金二分渡遣ス○昼後、清助女綿入二ツ仕立出来候ニ付、為持遣ス。昼後ゟ同人ゟ被頼候木綿羽織を仕立、夕方出来。
○十七日己巳　晴
一建石元三郎・江村茂左衛門、寒中為見舞来ル○昼後、松尾瓠一殿此度無尽届の一義出来、且一昨十五日調印致候ニ付、無滞出来の由、謝礼申被入、帰去。

一深光寺ゟ納豆一曲、被贈之○夕七時頃伊勢御師代八幡太夫より、例年の如く大麻・絵のし一ツ・ぬりばし二膳・新暦一本・いせひじき一袋、被差越○今朝、森野内義お国殿来ル。無沙汰見舞也。ほどなく被帰去○昨日清助ゟ被頼候木綿袷羽

織仕立出来ニ付、渡遣。

一今日順誉至心貞教大姉祥月忌ニ付、朝料供一汁二菜、供之(八六オ)。

一昼後、長次郎殿来ル。四谷伝馬町江買物ニ被参候由ニ付、買物頼遣ス。夕七時過帰来ル。代銭四十四文の由也。無ほど帰去、夕方又来ル。是亦、早々被帰去。

一暮時前、触役亥三郎殿来ル。右者、明日当番出刻(改行)右大将様御成道筋障りニ相成候ニ付、尚交代、天明頃ゟ罷出候様、被触之○九時前ゟ吉之助髪月代致、かん中為見舞、榎本氏ゟ坂本順庵殿・岩井政之助殿・江坂卜庵殿・一本松賢崇寺・山田宗之介方へ罷越。宗之介江煎茶一袋、榎本氏江干のり一帖、贈之。賢崇寺・宗之介方ニて馳走ニ成、暮六半時頃帰宅○今日観世音江供物を供ス。
○十八日庚午　晴
一今日当番六時交代ニ付、正六時をまち起出、支度致、天明前吉之助を呼覚し、早飯後、山本・深田・高畑等と御番所江罷出ル。

一今朝、深田氏老母来ル。過日頼置候木綿糸出来候ニ付持参、請取(八六ウ)、暫雑談して帰去。尚又、四十八文分木綿糸とり置候ニ付、御入用ニ候ハヾ御遣被成候様被申候ニ付、夫をも買取、代銭・とりちんとも七十六文渡之。

一昼前、松村氏来ル。小袖少々借用致度由ニ付、貸遣ス○板倉安次郎殿、寒中為見舞来ル○昼前、およし殿来ル。ほど無被帰、夜ニ入五時、又来ル。止宿ス。

一昼前お次、寒中為見舞大干魚五枚・鮒昆布巻壱重持参、被贈之。且又、松村氏江当夏中糸瓜水遣し候謝礼として、かつをぶし三本・新暦一本、是を持参ス。おつぎ江昼飯為給、雑談、夕七時帰去。おさち、伝馬町迄送り行。奇応丸大包一・つき虫薬三、渡し遣ス。切もち少々、遣之○おさち、帰宅後暮時前入湯ニ行、暮時帰宅○暮時、亦松村来ル。則、おつぎ持参之進物渡之、ほど無被帰去○夜ニ入伏見氏被参、暫雑談、五時被帰去。
○十九日辛未　晴。南風
一今朝、植木や富蔵忰金太郎来ル。小児頭巾・涎かけ御仕立被下候様申、切持参。承知之趣申、切さし置、帰去○およし殿昨夜止宿、朝飯後四時帰去(八七オ)。

一昼時水谷嘉平次殿、寒中為見舞来ル。暫雑談、八時頃被帰去○暮時頃、岩井政之助殿右同様ニて来ル。早々帰去○吉之助明番ニて、四時前帰たく。食後土蔵ニ入休足、八時前起出ル○自昼前入湯ニ行、昼時帰宅。食後八時頃ゟ竜土榎本氏江罷越。手みやげこんぶ巻壱重持参、進之。先月中ゟ此方へ参り居候ふた物・小ふろしき持参、返之。榎本氏ニて煎茶・くわしを薦られ、夕飯を被出、暫物語、馳走ニ預り、暮時帰宅

○六時前、およし殿来ル。右者、今朝髪剃此方へ置亡(ママ)候由ニて、取ニ被参候也。則、渡候へバ携候て帰去○今日清誉相覚浄頓居士祥月忌ニ付、朝料供一汁二菜供之、昼後、煎茶・もり物を供ス。家内、終日精進也。

○廿日壬申　晴。風烈

一今朝自起出、食前伝馬町江買物ニ行、四時前帰宅。食後又千駄ヶ谷米や平蔵方へ餅つき一義ニ付罷越、明後廿二日搗可申由申付、後刻餅米(八七ウ)・餅白米為持可遣旨申示、夫ゟ定吉方へ罷越、米五升、今日中ニ平蔵方へ遣呉候様申入、帰宅ス

○昼後、神女湯能書・黒丸子・奇応丸袋摺之、拵置。吉之助ハ神棚御せうじ・御燈篭を張○鈴木橘平殿、寒中為見舞来ル

○昼後、矢野信太郎殿寒中為見舞、みぞれおこし二包持参被贈之、早々帰去○夜ニ入、松村儀助殿来ル。蕎麦切、露添、持参申、被贈之。ほどなく出火ニ付、早々被帰去。入物ハ御預り置○五時前品川辺ニ出火有之、其内東の方ニ失火有之候ニ付、支度致、両組所江吉之助罷出候所、日本橋辺の由ニ付、引取、帰宅致候所、又ほどなく同処辺ニ失火余ほど相見へ、寄場建候様被存候ニ付、尚又支度いたし、両組頭江罷出。寄場相建候ニ付、吉之助ハ御頭江罷出、夫ゟ寄場江罷出。当月ハ月番ニ依候也○昼後、長次郎殿来ル。暫し被帰去。

○廿一日癸酉　晴。風　(八八オ)

一今晩卯刻、寄場ゟ帰宅。夫ゟ枕ニつく。

一今朝、長次郎殿来ル。させる用事なし。屠蘇一服遣之、伏見氏江同断贈之○信濃や重兵衛炭壱俵持参、閣、被帰去。

一今朝千駄ヶ谷米や平蔵、餅米取ニ来ル。未此方ニ無之候ニ付、後刻此方ゟ可遣旨申示、帰去シム○即刻定吉江自罷越、餅白米只今平蔵方へ可遣旨申付、帰宅○昼後高畑久次殿方へ蕎麦切壱重持参、遣之。先日中ゟ御扶持一義ニ付、謝礼として遣ス○夕方大内氏被参、先日貸進之童子訓五板持参、被返之。右請取、六板五冊貸進ス。早々帰去。

一今日、おさち髪を洗ふ。吉之助同断、洗遣ス。

○廿二日甲戌　晴

一今朝食後吉之助番当ニ行、暫して帰宅。明廿三日、吉之助留吉江本介の由也○早朝千駄ヶ谷越後や平蔵方ゟ餅つき候て持参ス(八八ウ)。五升鏡もち一、飾三升一・飾五寸一備、小備十四・のし餅九枚。右、請取置○四時頃平蔵方へ自水餅取ニ参り候所、未出来由ニ付、徒ニ帰宅。其後吉之助髪月代致遣し、

平蔵方へ吉之助水餅取ニ罷越、ほどなく水餅携、帰宅。直ニ神在餅、吉之助手伝、製作致、象頭山・不動尊并ニ家廟江供し、一同祝食ス。例年の如く伏見氏江十三入壱重、豆腐や子どもへは壱重遣之。折から順庵殿、寒中為見舞被参候ニ付、煎茶并ニ神在餅を薦む。暫して帰去○昼食後吉之助、林猪之助・荒井氏・小林佐七・大内・伏見江寒中為見舞罷出、其後榎本氏・村田氏江行、村田氏江寒中為見舞、みぞれぐわし二包為持遣ス。外ニ、神在もち小重入・屠蘇壱包為持、榎本氏江も神在もち一重、外ニ屠蘇壱包・雪蕉画等、外ニ鶏画幅壱ツ贈之。村田氏ゟ鶏卵二・こんぶ二枚・塗柄御紋付貝杓子一本、被贈之。榎本氏ゟ黒胡麻壱包、被贈之。吉之助暮時帰宅、其後組合小屋頭有住岩五郎殿方へ組合歳暮天保四枚(八九オ)紙ニ包ミ、水引を掛、持参ス。暮六時前帰宅○夕七時前ゟ、自飯田町江行。右、西丸下引うつり安否を聞かんが為也。神在もち一重・屠蘇壱服持参ス。未引越不知よし也。飯田町ゟ、新たくあん貰候ニて、一本被贈之、暮時過帰宅。

一夕七時過松村氏被参、一昨夜の切餅・とくり返之、早々帰去○昨廿一日内藤様、西丸御老中　被仰候由也。并ニ、御頭佐々木近江守様も御呼出しニて御役替被成候ニ付、組ゟ一役壱人罷出候由也。

○廿三日乙亥　晴。四時頃少々霰降、氷不張

一今朝吉之助介番ニ付、正六時ゟおさち起出、支度致、天明ニ吉之助呼覚し、食後久次殿同道ニて御番所江罷出ル。扶持場歳暮銭、為持遣ス。都合次第西丸下渥見氏江立より、安否承り、委細荷持江左右致候様申遣ス。

一昼後、およし殿来ル。暫雑談、夕七時過帰去、夜ニ入又来ル。今晩止宿ス。

一下掃除定吉来ル。西厠汲取、帰去○夜ニ入、順庵殿来ル。例年の如く屠蘇壱服被贈之、暫雑談、四半時頃帰去(八九ウ)。

一五時過、定吉来ル。明廿四日山王近辺江参り候ニ付、山王地内御使可致旨申来ル。則、木本作一郎方へ八犬伝四輯貸置候ニ付、手紙差添、取ニ遣ス。切もち焼、一同ニ薦め、定吉四時被帰去。九時頃、一同枕ニ就く。

○廿四日丙子　晴

一今朝荷持、葛籠下げ来り候セツ、歳暮祝儀として天保一枚・切もち一包遣ス○吉之助明番ゟ西丸下渥見江立より、引移り安否承り候所、不知由。来春ニも相成可申哉の由の風聞ニ有之候由被申と云。九時前帰宅。食後仮寐致、入相頃起出ル○荒井幸三郎殿・林猪之助殿・山本半右衛門殿、寒中為見舞来ル。山本氏江屠蘇壱服、遣之。

一昼後、高畑・久保殿三日礼廻り用捨の由ニて来ル○昼前おふさ殿被参、おさち暫物語被致、昼時被帰去。所望ニ付、金瓶梅二集より四集迄十二冊・つゞ見が滝二冊貸遣し候由、おさち申之。

一今朝定吉妻、昨日定吉江申付候八犬伝、木本氏ゟ請取、持参ス。右(九〇オ)、受取置○およし殿朝飯後四時頃帰去、ほど無又来ル。粟もち壱包廿片持参被贈之、早々帰去○伊勢外宮又太夫ゟ初尾乞ニ来ル。例年者天保壱枚ニ候所、尚又十二銅さし添呉候様頼ニ付、外ニ十二銅遣之、請取書をとる。

一三安廻り男江去ル廿日持参の炭代四百三十二文、渡之。

○廿五日丁丑　晴

一早朝食前、伝馬町江買物ニ行。出がけ松村氏江立より、今日伏見氏ニて煤払被致候ニ付、手伝として可被参旨申入候所、同人今日者松尾同道ニて浅草江参り可申候間、参りかね候由、断ニ及。買物買取、五時前帰宅。松村氏今日不被参由、ふし見へ申入置○朝飯後吉之助髪を結、深光寺へ遣ス。深光寺備餅一飾持参、諸墓江水花を手向、帰路矢野信太郎殿方へ寒中見舞申入、煉羊羹壱棹持参贈之、九時頃帰宅ス。

一自頼まれ候綿入物致、こしらへ置○今日伏見氏煤払ニ付、地大こん鯵煮びたし一皿、煎茶さし添、遣之。土瓶ハ夕方被返之(九〇ウ)。

一昼後、長次郎殿来ル。伝馬町江買物ニ被参候由ニて、早々被帰去。

一昼後おさち入湯ニ行、暫して帰宅○およし殿来ル。ほどなく帰去。

一昼前山本春畊方ゟ、同家中世話ニ成候人之由、お本人手紙さし添、めざし鰯并ひしこ贈来ル。右之人高田江参り、昼後帰来て返事を乞ふ。則返書認、謝礼申通、切餅廿片、子ども方へ遣ス○暮時ゟ吉之助、おさち同道、長次郎と共ニ平川天神市江行、四時過帰宅。いろ〳〵買取、入用七百文也。

○廿六日戊寅　晴

一今朝松村氏被参、暫して伏見氏も被参、右両人雑談、昼時帰去。松村氏、ゆずり葉一葉被贈之○同刻、およし殿来ル。暫遊帰去、昼後又来り、夕方帰去○四時頃、おひさ来ル、清助どふぎ仕立呉様申候ニ付、則請取、仕立遣ス。めざし鰯五、遣之○昼前ゟ吉之助、榎本氏ゟ賢崇(九一オ)寺江歳暮祝儀として罷越、夕方帰宅。賢崇寺御隠居并ニ方丈ゟ吉之助江手作足袋を恵み候由ニて持参ス。

○廿七日己卯　晴

一早朝自象頭山ゟ不動尊・豊川稲荷江参詣、五半時頃帰宅。

一下掃除定吉、歳暮為祝儀、午房一把持参ス〇昼後、森野市十郎殿寒中為見舞来ル。且又、先年ゟお国殿ニ預り置候つぼ壱ツ・金小土盧（ママ）、今日渡呉候様被申候ニ付、則二品渡遣ス〇昼後伏見岩五郎殿、歳暮為祝儀、おさち方へ襌壱ツ・唐雪さとう壱斤・髪の油被贈之、尚又阿部川もち同様被贈之、暫して被帰去。

一昼後吉之助髪月代致、其後松を建、仏器みがき物、吉之助致ス。夕方ゟ入湯ニ行、暮時帰宅〇夕方、長次郎殿来ル。四谷江買物ニ参り候ニ付、神酒之口并ニうら白買取候様ニ被申候ニ付、則頼遣ス。夜ニ入五時頃帰来ル。右買取、受取置（九二ウ）。

一夕暮時ゟ自おさち同道ニて入湯ニ行、暫して帰宅。

一昼前清助ゟ次郎ヲ以、蜊むき身贈来ル。且又、玉紬綿入仕立呉候様申越、うら続張呉候様申、ふのりさし添、贈之。承知之趣申示、次郎を返ス。夕方又次郎ヲ以、右表為持来ル。請取置〇夜ニ入、夜職。四時過、一同枕ニつく。

〇廿八日庚辰　晴

一今日当番ニ付、正六時起出、天明頃吉之助起出、御番所江罷出ル。

一昼後自飯田町江行、帰路種々買物致、四時過帰宅。

一夕方、おさち入湯ニ行〇夕方、触役宜太郎殿来ル。右者、新御頭明廿九日御引渡しニ付、御番出少々早目ニ、礼服ニて罷出候様被申。新御頭築地多賀兵庫助様の由被申〇今日者おさち明廿九日の支度、膾其外種々取込、寸暇なし〇夜ニ入、長次郎殿来ル。暫遊（九二オ）、帰去。

〇廿九日辛巳　晴

一今朝五時過、明番ゟ愛宕下江御使相勤、帰宅。食後礼服ニて組中一同、新御頭多賀兵庫助様江罷出、引渡し相済、夕七時過帰宅。其後節を祝、枕ニ就く〇今日如例内飾、所々江神酒、并ニ家廟江供し、節を祝。夜ニ入、神燈・福茶、かまどの神江水を供ス。都て先例之如し〇定吉妻歳為祝義（ママ）、里芋壱升余持参ス。此方ゟ手拭一筋・古足袋四双、遣之〇家根や伊三郎歳暮為祝儀、土大こん五本持参ス〇夕方、およし殿来ル。暫して被帰去。

一夜ニ入大内隣之助殿被参、過日貸進之童子訓六板五冊持参被返之、尚亦借書の謝礼として、刻たばこ壱包被贈之。暫く（九二ウ）雑談して、五時過帰去〇定吉来ル。世話敷由ニて、早々帰去（九三オ）。

嘉永五年

○嘉永五壬子年正月元日壬午　晴。美日
家内安全。新年之迎春、今暁寅ノ三分大寒の節ニ入
一今朝朝節雑煮餅、昼節一汁三菜、但香物・焼物鮭、家一同祝食。夕方福茶例之如く、諸神江神酒・神燈昨日の如し。
一吉之助、朝節後髪月代致、礼服ニて組中一同江年始祝儀申入、帰路荒井幸三郎殿・小林佐七殿・生形八右衛門殿・大内隣之助殿・藤田嘉三郎殿江祝儀申入、帰宅ス○今日礼者廿八人也。内十五人、門礼也。姓名ハ別帳ニ記之。
○二日癸未　晴
一今日も朝節・昼節・福茶、神燈・神酒、昨日の如し。

一昼後吉之助新頭多賀兵庫助様江年頭申入、八時過帰たく(九三ウ)。

一今朝、長次郎殿来ル。御頭江御出被成候ハヾ同道可致被申候ニ付、昼後誘引可申由挨拶致、帰去。右ニ付、吉之助出がけ誘引候所、人の誘引を不待して先江参り候申也。同人母義江黒丸子二包遣之。

一今朝吉之助入湯ニ罷出、天王江参詣。帰路足袋等買取、昼時帰宅ス。

一今日、礼者十九人。内九人ハ門礼也。姓名者贈答暦ニ記之。

一松村氏・榎氏(ママ)ハ年玉持参。右両人ニ礼酒・屠蘓、其後かん酒・吸物・取肴・つまみ物・大平等、薦之。夕方、榎本氏・松村氏ハ伏見氏江年礼ニ被参候所、むり留せられ、両人とも余ほ(ママ)咯(ママ)叮被致、榎本氏江歩行六ヶ敷、帰宅無心許被存候ニ付、供人にハ酒食薦め、榎本氏母義江手紙さし添、供人ニ上下を為持、先江帰ス。今晩此方へ止宿由、申遣ス。

一夕七時過、およし殿来ル。年玉として手拭一筋・羽根やうじ・書翰袋持参、贈之。尚又、屠蘓酒を薦、夕方帰去。夜ニ入、又来ル。暫し遊、五時過被帰去。吉之助・おさち送り遣ス(九四オ)。

一榎本氏、伏見ニて醒臥(ママ)、四時此方へ迎取、今晩ハ止宿ス。

一五時過東之方ニ出火有之、坂町也と云。吉之助直ニ罷出、暫して帰宅ス。

一長次郎殿も夜ニ入、来ル。暫して伏見江行。一同、九時枕ニつく。
○三日甲申　晴
一今朝吉之助雑煮を祝、其後宛番ニ罷越、四時頃帰宅。其後、髪月代を致遣ス○朝食後、榎本氏被帰去。吉之助羽織貸進ス。

一四時過、松井氏来ル。昨日の謝礼申入、早々帰去○自、昼前入湯ニ行。おつぐ殿同道、九時過帰宅ス○今日礼者十四人、内七人ハ門礼也。

一夜ニ入、八犬伝九集ノ七、読之。四時過、一同枕ニつく。然る所、四時過新宿ゟ失火、即刻起出候内、長次郎殿門呼(ママ)を敲く。ほど無松村氏被参。此方風下ニ付、竜吐水を持出し、吉之助屋根を防ぐ(九四ウ)。

一無程宗之介ハ清七召つれ、来ル。其後、榎本氏被参。一同江餅を焼、煎茶を薦む。九半時頃火鎮り候ニ付、榎本氏被帰去。其後、宗之介主僕帰去。其後暁七時前、枕く(ママ)。
○四日乙酉　晴
一今日吉之助、留吉江本介ニ付、天明前可起出候所、今暁の失火ニて七時枕ニつき候ニ付、寐忘れ、烏鳴ニて起出。吉之助も直ニ起出、湯づけ飯為給、直ニ高畑を誘引、御番所江罷出ル○昼前、梅村直記殿・松岡織江殿、年礼ニ来ル。昼後、長田章之丞殿も来ル。暫雑談して帰去。其外礼者・門礼とも五人也○昼後おさち入湯ニ行、暫して帰宅。

一夕七時頃、宗之介年礼として来ル。今朝ゟ両国辺ニ失火、未火鎮らず候ニ付、屠蘇酒ニ不及、いそぎ早々帰去○日暮て、およし殿来ル。今晩者此方へ止宿ス○今朝巳ノ刻頃、東の方ニ失火有之。両国辺(九五オ)也と。
○五日丙戌　晴
一およし殿、朝飯後帰去○食後自伝馬町江買物ニ行、四時前帰宅。

一吉之助明番ニて四時頃帰宅、食後土蔵ニ入休足、夕七時頃起出ル○今日礼者七人、内五人ハ門礼也○八半時頃、弥兵衛年礼として来ル。年玉、半切紙・煎茶一袋持参。外ニ、菜づけ一重・鮭切身七片、被贈之。尚又、自江年玉金五十疋を被贈。こは必内々なるべし。礼酒・取肴・吸物、右畢かん酒、つまみ肴・大平物。吉之助相伴、夕飯を薦む。暫く雑談して、夕七半時過帰去。伴人ニも夕飯同断○夜ニ入、およし殿・長次郎来ル。うたかるた三、四度致、五時過長次郎殿帰去、およし殿ハ止宿ス。四時過、一同枕ニつく○昼時前吉之助、定吉方へ明日年始伴人足申付、帰宅。
○六日丁亥　晴。五時頃ゟ雨
一およし殿今朝起出、帰去○食後吉之助髪月代致候内、定吉来ル。其後礼服ニて定吉を召連、年礼として罷出ル。久野内梅村直記殿・中西氏(九五ウ)・榎店綾部氏・坂本順庵殿・遠藤安兵衛殿・岩井政之助殿、右六軒ハ門礼也。其外、武士請江坂卜庵殿・榎本氏・村田氏・梅川氏・丸や藤兵衛・一本松賢崇寺・田町赤尾氏・宗之介方へ、各年玉為持遣ス。

一今朝綾部次右衛門殿、為年礼来ル。早々帰去○四時頃、土屋宜太郎殿来ル。右者、八犬伝借覧被致度被申候ニ付、初輯五冊貸進ス。ほど無帰去。

一吉之助暮時帰宅、宗之介方ゟ右幸便ニ年玉二種、かん中為見舞白ざとう一斤、年始文おまち殿ゟ被差越○暮六時麴町ゟ出火致、材木町不残、五丁目北側燃出、四時過火鎮る。吉之助帰宅、食事致、麴町江行。五時過帰宅。定吉、火事ニ付、帰宅後早々帰去。

一暮時、およし殿来。出火ニ付、早々帰去○今朝、富蔵妻来ル。ほど無帰去。

一中西清次郎殿、年礼として来ル○今日諸神江神酒、夜ニ入神燈、暮福茶、竈神江水を供ス。おさち、七種をうちはやす
○今夕、門松外かざりをとる(九六オ)。
○七日戊子　六時頃ゟ天明後迄雪
一五半時頃、定吉来ル。則、吉之助支度致、年礼として大久保矢野信太郎殿江罷出、くわし一折、為年玉持参ス。夫ゟ深光寺江墓参致、香奠しん上。尚又、飯田町弥兵衛方参り、年玉三種持参、同所ニて屠蘇酒・夕膳を被薦。帰路、渥見氏江年始祝儀申入、年玉二種持参ス。渥見氏者明八日浜町江引移候由ニて、皆荷ごしらへ致有之候由也。夕七時過帰宅。渥見氏明日引移りニ付、定吉ニ申付、稲毛屋ニて里芋・蓮の根・こんにやく等買取、定吉ニ夕飯為給、返し遣ス○自鮫ヶ橋ニて鯵買取、にしめ物五種、おさち手伝、こしらへ、明朝渥見氏江届呉候様定吉江申付。則、吉之助ニ定吉方へ為持遣ス○夕七時過、順庵殿来ル。温泉江被参候由ニて被帰去、夜ニ入又被参。暫遊、四時過帰去。
○八日己丑　晴
一今朝四時頃ゟ吉之助、渥見江引越手伝として罷越、夕七時過帰宅。其後、髪月代致遣ス○およし殿昨夜止宿して、昼時帰去(九六ウ)。

一今朝伏見氏被参、雑談後昼時帰去○今日浅野半輔殿・村井真三郎殿、年礼として来ル。越後や清助同断、鼻紙二帖持参

ス。早々帰去。

一夕七半時頃、松井氏被参。折から伏見江被招、早々帰去○日暮ておよし来ル。今晩も止宿ス。

○九日庚寅　晴。夕七半時頃地震

一今日吉之助当番ニ付、天明前起出、支度致、早飯後御番所江罷出ル。

一およし殿四時帰去、其後又来ル。自同道ニて入湯ニ行、昼時帰たく。

一昼後、おさち入湯ニ行。おつぐ殿同道、ほど無帰宅○右同刻、芝三田家主丸屋藤兵衛、年礼として来ル。年玉、海苔壱帖・扇子一本持参ス。煎茶・菓子を薦め、暫く雑談して帰去

○夕七時過土屋宜太郎殿被参、過日貸進の八犬伝初輯五冊持参、返之。尚又所望ニ付、同書二輯・三輯十冊貸進ス。右為謝礼、煎茶一袋被贈之。

一日暮て伏見氏被参、其後およし殿来ル。海苔もちをこしらへ、薦之。雑談(九七オ)数刻、九時被帰去、およし殿ハ止宿ス。

○十日辛卯　晴。南風烈、暮時風止

一今日上野　御成ニ付、早交代ニて、五時前吉之助帰宅。其後休足、八時前起出、食後長者ケ丸万平殿方へ行。右者、内義腹痛ニて被脳(ママ)候由ニ付、平肝流気飲六服調合致、右持参、村田氏江被贈之。彼方ニて夕飯を被振舞、暮時帰宅。噌(ママ)味こし一つ、被贈之○夕七時過、岩井政之助殿来ル。暫雑談、暮時被帰去。

一およし殿、暮時来ル。止宿也○今日象頭山江参詣可致候所、足痛ニて延引ス。

○十一日壬辰　晴

一朝飯後、およし殿帰去○信濃や重兵衛、年礼としてするが半紙小方一帖持参ス○昼後おふさ殿、年礼として来ル。年玉塩がま一包持参、被贈之。且、旧冬貸進之合巻三部持参被贈(ママ)之、是ゟ岡野氏江被参候由ニて帰去。夕方帰路の由ニて又被参候て、金瓶梅六・七・八輯貸進ス。暮時ニ及、早々被帰去(九七ウ)。

一吉之助今日者終日在宿、庭掃除致ス。

一夜ニ入松村氏被参、神酒残り薦む。其後、八犬伝九輯二ノ七・八二冊被読。百七回一回残る。四時頃帰去○右同刻、およし殿来ル。早々帰去。

○十二日癸巳　終日曇。寒気甚し

一今日吉之助、終日在宿ス○昼時過、高畑久次郎殿来ル。右者、茶番ニて、藤沢と云台(ママ)をとり候所、藤沢寺の寺号并ニ何ぞ縁起記候者無之やと被問。差あたり覚候事無之ニ付、若や

燕石の内又ハ江戸砂子抔ニ印（ママ）有之候やと、右二書取出し貸遣ス。則、携被帰去○八時過おさち入湯ニ行、ほどなく帰宅。

一夕方、およし殿来ル。暫遊、暮時帰去○伏見氏ニて旧冬ゟ被頼置候子ども綿入羽織、仕立出来ニ付、おさちヲ以為持遣ス○夜ニ入、長次郎来ル。暫く雑談、五時過帰去。其後枕ニつく○今日新沢庵の口をあける。
○十三日甲午　晴
一昼前、吉之助髪月代致遣ス○昼後自、およし殿同道ニて入湯ニ行（九八オ）、暫して帰宅○夕七時頃松井氏被参、八犬伝九輯の八、一冊被読、被帰去。

一夕方、順庵殿来ル。先日借置候清元本三冊返之、暫して帰去。

一昼後鈴降稲荷別当願性院、年礼として来ル。如例年、略暦一枚・守礼一枚持参。吉之助挨拶致、帰し遣ス○夕方、およし殿来ル。今晩止宿ス○夕方おさちヲ以、深田氏江新沢あん四本持遣ス。
○十四日乙未　晴
一今日吉之助、留吉本介番ニ付、六時過ゟおさち起出、支度致、天明頃ゟ吉之助起出、早飯後御番所江罷出ル。今日者当町ニてハ吉之助壱人也。

一昼前、政之助殿来ル。暫雑談、昼時ニ及候間、有合の節平ニて昼飯を薦め、八時過帰去○右同刻、高畑久次殿昨々日貸進の江戸砂子・燕石持参、被返之。尋候条無之由、間ニ不合。然る所、右謝礼として唐（ママ）の粉一袋・串柿五本、被恵之。甚不本意、気の毒の事也。謝礼申延、被帰去。

一八時頃、長次郎殿来ル。暫して帰去○およし殿起出、被帰去、八時頃又来ル。ほどなく被帰去、夜ニ入又来ル。今晩も止宿也（九八ウ）。

一昼前、下掃除定吉来ル。両厠そふぢ致、帰去。

一昼後信濃やゟ注文の薪八把持参、さし置、帰去○昼後おさち入湯ニ行、暫して帰宅ス○今日節分ニ付、昼節平・汁・膾祝食。吉之助ハ弁当ニ遣ス。但、焼物塩鱈整候所、ねこ仁助ニ衡（ママ）去れ、右ニ付焼物なまぐさハ不遣。

一今日鬼打致、年男吉之助本助番ニ付、隣家廉太郎を頼候て鬼打如例致、諸神江神酒・神燈・福茶、竈神江水を供ス。都て先例之如し。四辻江大吹竹を捨る。是亦、如例之○廉太郎殿江串柿一包遣之○昼前、太田定太郎殿子もりとくと申下女、髪を結呉候様申ニ付、則結遣ス。右者、定太郎殿内義、親里江被参候ニ付て也。
○十五日丙申　晴。亥ノ（アキママ）刻立春の節ニ入一吉之助五時過早交代ニて帰宅、赤小豆粥を祝、枕ニつく。
夕七時過起出。
一およし殿起出、帰去、夜ニ入、又来ル。今晩も止宿ス(九九オ)。
一野菜売多吉、串柿一包持参。
一今日赤小豆粥祝食、諸神江神酒。夜ニ入、神燈ヲ供ス。
○十六日丁酉　晴
一今暁六時頃、北の方ニ失火有之。吉之助起出候所、ほど無火鎮る。後ニ聞く、かつぱ坂上也と云○四時過、玉井鉄之助殿来ル。右者、今ゟ蔵宿森村や江御使出候処、中殿町ニて御使ニ出候者無之。右ニ付、当町ゟ御使宛候義無之候間、若さし支も無之候ハヾ御扶持点ニ致可被参候やう被申候ニ付、其意ニ任、即刻支度致、組頭江罷出、組頭ゟ用事承り、森村や長十郎方へ行。右使相済、帰路飯田町江立より休足致、尚又組頭江立より、夕七時頃帰宅。

一昼後、竜土榎本氏ゟ彼方荷持長兵衛ヲ以、炭五俵被贈之。旧冬榎本氏江頼候ニ依て也。長兵衛申候者、今日賢崇寺ゟ御両所とも此方へ御出の由被申。則、長兵衛江人足ちん百文遣ス○賢崇寺御両所御出ニ付、自稲毛や江買物ニ行、支度致置○八半時頃、田口栄太郎改名久右衛門殿来ル。年礼也。ほど無帰去○其後、丁字や平兵衛来ル。袋入かつをぶし五本持参、かなよミ(九九ウ)八犬伝十六輯持参、被贈之。八犬伝十七編書抜呉候様、被申之。然る内、賢崇寺ゟ御両所御入来。此故ニ平兵衛殿早々御帰去○賢崇寺ゟ御出ニ付、定吉江申付、むさしやゟ口取物鍋を取よせ、御両所并ニ御供人江も酒飯を薦む。折から松村氏被参候ニ付、座敷江誘引、盃を薦む。夜ニ入六時過、賢崇寺ゟ御迎之寺僕来。則、供人三人召連られ、五時前被帰去。松井氏ハ四時帰去。賢崇寺ゟ伏見岩五郎殿江為土産、白砂糖一袋被恵之。則、御同人也行ニ付、預り置○およし殿昨夜ゟ止宿、昼飯給、帰去、夕方又来ル。今晩も止宿被致○旧冬ゟ町ニて物騒、所々ニあやし火有之ニ付、比節町方厳重に被仰渡ニ付、所々わり行、ひやう(ママ)木ニて火まハり致候よし也。旧冬十一月二日雨降候儘也。
○十七日戊戌　終日曇ル。夜ニ入晴
一今朝朝飯後、およし殿被帰去○同刻伏見氏被参、昨日賢崇寺ゟ被恵候砂糖壱袋、同人江渡ス。暫して被帰去○四時過松井氏被参、かなよみ八犬伝十六編持参、被返之。尚又、十七編抄録ニ付、画わり考可申被申、暫く雑談、七輯ノ一・六輯五上下携、昼時被帰去○昼時前、元賢崇寺の寺僧恵正と(一〇〇オ)云法師持参、みかん一篭持参、被贈之。吉之助ニ頼度一儀有之由、暫く吉之助ニ物語被致。煎茶・菓子、欠合之昼飯を薦む。八時過被帰去○其後、吉之助榎本氏江行。右者、明十八日、家例ニ依、鏡餅開致候ニ付、御老母并ニ彦三郎殿ニ被参候由申遣ス。然る所、御老母ハ他行の由也。何れ可被参思ふ也。黒砂糖買取、暮時帰宅。

一夜ニ入順庵殿被参、切山椒壱袋持参被贈之、暫雑談、四時被帰去。

○十八日己亥　晴

一今朝、長次郎殿来ル。暫く遊、被帰去。右同人江羽織紐・沢庵づけ三本、遣之。右うつりとして、うど七本持参、被贈之○朝飯後吉之助御扶持帳めん持参、岡勇五郎方へ行、帰路入湯致、昼時帰宅○今日例年の如く鏡もち開ニ付、汁粉・膾家廟江供し、家内祝食。床の間江羅文様・蓑笠様・琴嶺様御画像掛奉り、神酒・くわしを供ス○大内氏并ニ伏見子ども両人・およし江汁粉餅を振ふ○今朝吉之助ヲ以、むさしや江払為持遣ス。

一今日榎本氏老母被参候つもりニて支度致候所、八時頃待居候所、入来(一〇〇ウ)無之候ニ付、依之取肴鰡・平菜・吸物重箱ニ入、吉之助以為持遣ス。然ル処、老母昨日ゟ村田氏江被参、帰宅。不被致候由ニ付、吉之助持参の品々榎本氏江差置、村田氏江行、安否を問候て暮時帰宅。村田氏内義ゟ為年玉、小風呂敷壱・紫ちりめん絞切、吉之助幸便ニ被贈之○夕七時、平五郎殿兄木本佐四郎来ル。右者、旧冬八犬伝四輯貸進之謝礼として、手製落鴈少々持参被贈之。ほどなく帰去○夜ニ入、およし殿・長次郎殿来ル。雑談後、長次郎殿被帰去、およし殿ハ止宿也。

○十九日　終日曇　庚子(ママ)

一今日吉之助当番ニ付、正六時頃おさち起出、支度致、吉之助早飯後御番所江罷出ル○自・おさち、風邪・頭痛・悪寒致候ニ付、終日平臥○今朝、長次郎殿来ル。昼前迄遊、帰去。昼後又来ル。戸障子損じ候所繕被致候ニ付、残有之候酒壱合弱薦む。且又、序有之由ニ付、薬種買取呉候様頼、夕方被帰去。夜ニ入、右薬種買取被参。則、調合致、煎用ス。桂枝湯也○およし殿夜ニ入、来ル。今晩止宿也。長次郎殿ハ五時過帰去○夕七時頃松村氏被参、八犬伝十七編之序文草稿持参せらる。暫して、暮時帰去○吉之助今日賀レ(ママ)加屋敷江(一〇一オ)御使ニ罷出候由ニ付、つき虫薬三包、飯田町迄為持遣ス。

○廿日辛丑　晴。風

一四時、吉之助明番ニて帰宅。今日上野　御成御延引、御名代の由。右ニ付、平日の如く交代の由也○およし殿四時過帰去、夜ニ入又来ル。今晩も止宿也。

一昼後、榎本御老母年礼として御入来。年玉、紫山舞ちりめん半襟壱掛・白粉一箱・すき油壱つ・鱒魚壱尾、被贈之。とも人長兵衛、先へ帰さる。此故ニ、吉之助起出、盃を薦め、折から長次郎殿被参候ニ付、同人ニ頼、むさし屋江肴鍋申付、并ニ酒・鱚を買取貰ふ。長次郎殿へも吸物・盃を薦む。畢、夕飯同様なり。暫く雑談、暮時ニ及候ニ付、母義を吉之助送り行、暮時頃帰宅○夕七時過、岩井政之助殿来ル。八犬士見立錦絵八枚持参被贈之、暫雑談、暮時頃帰去○右同刻、松村氏被参。八犬伝七集の壱少々抄録被致持参、是亦暫く雑談、六半時頃帰去、長次郎殿も同道ニて被帰去。

○廿一日壬寅　晴

一今朝伊勢内宮御師付使、御初穂乞ニ来ル。如例二百文遣し、請取書取之。

一昼後、有住岩五郎殿被参。右者、親類書廿五日迄ニ差出し候ニ付、榎本氏親類書取寄置候様被申、被帰去○昼前、長次郎来ル。させる用事なし。但、火の廻り(一〇一ウ)延引なる由也○昼後松村氏被参、かなよミ八犬伝十七編画わり二丁被致、帰去。加藤領助殿被参、旧冬十一月六日貸進之裏見葛の葉・大柏六冊持参、被返之。雑談数刻、暮時松村氏同道ニて被帰去○昼後、清助女来ル。海苔壱帖持参ス。右者、旧冬ゟ頼有之候踊指南致呉候様、明日ゟ稽（ママ）ニ可被参由申、暫遊、帰去。

一去ル十七日被参候恵照坊被参。吉之助他行ニ付、早々被帰去○吉之助、昼前ゟ竜土ゟ一本松江行。右者、恵照坊ゟ被頼候一義ニ依て也。夜ニ入、五時頃帰宅ス。

一暮時前中西清次郎殿、伊勢田丸木村和多殿ゟ書状届来ル。開封いたし候所、正月八日出ニて、年始・寒中見舞申来ル。別ニ用事なし○夜ニ入、およし殿来ル。止宿也。

○廿二日癸卯　晴。余寒甚し

一およし殿起出。帰去○吉之助四時頃起出候内、恵照坊来ル。吉之助食後、恵照坊同道ニて出宅。吉之助ハ榎本氏江親類借（ママ）用致度由申入、借用して昼時帰宅。然る所、右親類書ハ此方ニ参り居、余分ニ人の足を労し候事、甚不行届仕合也。

一八時過、高畑久次殿被参。右者、斎藤氏稽古初ニ付、吉之助も参り候や、参り候ハヾ同道可致由被申。依之、吉之助麻社裃着用致、久次殿同道ニて、手みやげくわし(一〇二オ)壱折持参ス。右序ヲ以、有住氏江榎本氏親類書持参届之、暮時帰宅。

一夜ニ入、およし殿来ル。かつをぶし一本・くわし壱包持参、被贈之。今晩止宿也。

一かなよミ八犬伝昼後ゟ抄録、わづか壱丁弱写之○清助女、昼後稽古ニ来ル。則、教をうけて帰去○三安まハり男ニ、酒代三百四十八文渡し遣ス。
○廿三日甲辰　晴。夕七時頃ゟ雨。九時頃雨止、不晴
一今暁九時過青山六軒町ゟ出火致候ニ付、伏見氏呼起さる。即刻起出候所、近火ニ付、一同起出、御札箱を家根江あげ、風上ニ候へども、夜具抔つゝみ置。見舞の人々十余人、性名(ママ)ハ別帳ニ記之。家数十軒程類焼。紀州様御家中古田氏江附火致由也。おさち師匠遠藤氏も類焼ス。其後枕ニ就き、天明後皆起出。食前、吉之助廿四日御番わり書付持参、組頭江行。帰路、今朝火事見舞ニ被参候有住岩五郎・田辺磯右衛門・川井亥三郎・森野市十郎・越後や清助江謝礼申延、帰宅。其後食事致ス○四時過森野内義お国殿、出火見舞として被参、早々被帰去○昼後山田宗之介方ゟおまち殿、文を以、昨夜之近火見舞被申入、焼どうふ壱重被贈之。返書ニ謝礼申遣ス。清吉江しゆんくわん物語前後二冊貸遣ス○夕七時過触役儀右衛門殿、明日当番、増上寺へ　御成ニ付、九半時起し、八半時出のよし、被触之(一〇二ウ)。

一右同刻松井氏被参、一昨日貸進之独考論を持参、被返之。夜ニ入夕飯を薦め、其後被帰去。下駄・傘貸進ス○昼後、吉之助髪月代を致遣ス○日暮ておよし殿来。止宿也。

一今晩九半時起し、吉之助起番ニ付、自・おさち通夜ス。九半時ニ到り、吉之助起出、深田氏を起し、八時頃早飯為給、八半時頃ゟ深田氏同道ニて御番所江罷出ル。其後、母女枕ニ就く。
○廿四日乙巳　晴
一およし殿四時帰去。夜ニ入又来ル。ふろしきつゝみ持参、被預之。火事用心の為也。今晩も止宿ス。

一昼前、植木や富蔵来ル。暫雑談して帰去○夜ニ入、渥見祖太郎来。年礼也。とし玉として半切紙・くわし一包持参、被贈之。遅刻候ニ付、早々被帰去○昼後、綾部氏ゟ弥五郎女ヲ以、金瓶梅七・八集被返之。おさち方へおふさ殿ゟ文を被越、おさち返書遣ス。金瓶梅九・十集二部貸進ス。
○廿五日丙午　半晴
一およし殿、食後帰去○右同刻、自象頭山并ニ威徳寺不動尊・豊川稲荷参詣。象頭山江額を納む。九時帰宅○右留主中、吉之助明番ニて帰宅。食後、今日ハ焔硝渡り候由ニて罷出ル。八時過帰宅。御焔硝三百三匁・玉代五百廿九文請取、帰宅(一〇三オ)。

一榎本氏ハ焔硝渡し候ニ付、御焔硝蔵長禅寺江被参候由ニて被立寄。せん茶一瓶おさちせんじ、榎本氏江渡ス。ほどなく土びん持参被返之、又長禅寺へ被参○暮時、松村氏氏被参。

右者、明日帳前ニ付、鉄炮少々借用致由被申、則貸進ス○ほどなく加藤領助殿来ル。させる用事なし。山本迄被参候由ニて被立寄、雑談数刻、松村氏同道ニて被帰去。

一夜ニ入、およし殿来ル。今晩も止宿也○右同刻、定吉来ル。御扶持通、渡し遣ス。
○廿六日丁未　雪。八時頃雪止、不晴、夜ニ入晴
一四時頃、松村氏来ル。かなよミ八犬伝画わり四丁抜書致、昼飯を薦め、暮時被帰去。

一今日雪降候て、往来致がたく候ニ付、およし殿終日此方ニ罷出。今晩も此方へ止宿也。

一今日雪天ニ付、次郎不来。
○廿七日戊申　晴。夜ニ入風
一今日終日在宿。感冒ニて悪寒致候由ニて、安火ニ平臥。依之、昼後おさち久保町薬種屋江薬買取ニ行、ほどなく買取、帰宅。則、葛根湯調剤致、煎用ス。

一夜ニ入、焼味噌・煎茶を四辻江捨る。およし殿、今晩も止宿ス。

一夜ニ入、梅村直記殿被参、八犬伝にしき絵五枚持参、被贈之。煎茶・せんべいを薦め(一〇三ウ)、八犬伝初輯・二輯十冊所望ニ付、貸進ス。右者、去ル廿五ゟ(ママ)猿若町二丁目市村座ニて八犬伝狂言致候ニ付、皆人々如此也○昼前、長次郎殿来ル。右、弁当料書出し候由申之、ほどなく帰去○夕方定吉妻、白米四升持参ス。おかね疱瘡致候由ニ付、奇応丸小包壱つ、遣之○今日も次郎殿不宜ニ付、不来。
○廿八日己酉　晴。風、余(ママ)甚し
一今朝吉之助、当日為祝儀、組中江廻勤、昼前帰宅。およし殿昼前帰去、夜ニ入又来ル。止宿也○夕方吉之助髪結、月代を不剃。右風邪ニ付、組頭江右之趣を届ヶ候也○昼後、長次郎殿来ル。煎豆腐一器持参、被贈之。およし殿逗留の謝礼成べし。

一夕七時頃、松村氏来ル。一昨日大久保矢野氏ニて開(ママ)有之、被参、今日帰宅。右けい物ニてとり候由ニて、小きく紙二帖、被贈之。且、手拭同断ニて、払度由被申候間、二筋二百文ニ買取、天保銭二ひら同人江渡ス。夕飯を薦め、直ニ帰去。

一夜ニ入大内氏被参、雑談時をうつして被帰去。且、燕石雑志所望ニ付、六冊貸進ス○夕方、高畑久次殿来ル。弁当料、組頭江書出し候様被申。則認め、被帰去。依之吉之助、留吉殿・儀三郎殿弁当料、手前扣ども四通認(一〇四オ)置。明日持参致候為也。昨今余寒甚しく、硯水并ニ仏器・茶湯氷る。
○廿九日庚戌　晴

一今日吉之助当番ニ付、正六時過ゟおさち起出、支度致、早飯後例刻ゟ高畑・山本等と御番所江罷出ル○昼前長次郎殿来、ほど無帰去。

一およし殿昼飯を、(ママ)おさち髪結貰、帰去○昼後おさち入湯ニ行、定吉小児疱瘡ニ付、八幡宮掛物貸遣ス○夜ニ入松村氏被参、かなよミ八犬伝十七編の序文稿し、持参せらる。伏見氏江見せ候由ニて、彼方へ持参せらる。松村直ニ帰去○同刻、およし殿来ル。今晩も止宿也○今日余寒甚しく、氷ること昨日の如し。今晩も三ヶ所ニ出火有之候由也。
○廿日辛亥　晴。余寒甚し。暮六時七分雨水の節也。
一今日上野　御成ニ付、早交代之所、吉之助残番ニて、五時帰宅。食後休足、昼時起出ル。

一今朝久次殿窓ゟ被呼候ニ付、出向候所、右者留吉・儀三郎弁当料書付、当春玉取番西原邦之助殿組ニ候間、右二通したゝめ、西原江持参致候様被申、帰去。

一右ニ付、昼後吉之助右書付二通認め、西原氏江持参ス。然る所、組合松宮兼二郎老母今朝死去被致候由、途中ニて吉二郎殿ニ承り候ニ付、帰宅後又松宮氏へ悔(一〇四ウ)申入、帰宅。

夜食後又松宮江行、今晩吉之助通夜可致の所、組合長友并ニ松尾も不被参候ニ付、五時頃帰宅ス。

一昼時頃、磯女来ル。手みやげ串柿壱包持参、被贈之。当分又此方へ逗留也○日暮て、およし殿来ル。止宿也○今日、おさちヲ以、深田江器を返ス。
○二月一日壬子　曇。昼後ゟ雪、夜ニ入止、八専
一今朝およし殿起出、帰去。昼時頃きらずむき身一器持参、被贈之。此方ゟにんじん煮つけ為移遣之、早々帰去○今日松宮兼太郎殿養母送葬ニ付、吉之助礼服ニて辰ノ刻罷出ル。愛宕下清松寺中吟宗院江一同送之。寺ニて施主松宮氏餅菓子を被出。右畢、組中当日祝儀相勤、八時過帰宅ス○右同刻松村氏被参、かなよミ八犬伝十七編序文并ニ画賛被致、暮時被帰去
○夕七時過おさち水汲候所、井戸釣瓶落入、二つとも損じ、用立不申候所、大内氏被参候て、自釣瓶携来て被贈之。当分買取候迄借用候様頼置。右ニて差支無之、水汲取候也。
一今日御扶持つきあげ、定吉持参ス。差引三斗八升持参、内六升引(一〇五オ)。
○二日癸丑　天明後ゟ雪、昼時雪止、半晴、夜ニ入晴
一昼後、長次郎殿兄弟来ル。暫遊、帰去○昼後吉之助、一本松賢崇寺へ行。右者、過日被頼候恵照坊一義也。右用談畢、稽古江立より、暮時帰宅。梅川金十郎殿子息先月中旬ゟ難痘

ニかゝり、養生不相叶、終に去月廿三日死去被致候由、今日初て吉之助ゟ聞之。当子五才也。憐むべし。両親・親族愁傷相想(濁マヽ)べし○定吉小児おかね、是も去月廿七日より熱気有之候所、難痘ニて、医師も断候由。何とぞ順痘ニ致遣し度、祈候事也。

一夜ニ入、長次郎来ル。雑談、四時帰去○昼後宜太郎殿、過日貸進の八犬伝六輯持参、被返之。尚又、七輯七冊貸進ス。

○三日甲寅　晴。風、春寒、昨今殊ニ甚し

一今日吉之助宛番ニ罷出、四時頃帰宅。然る(マヽ)昼後、儀三郎殿明日ゟ出勤の由ニて被参候ニ付、又御番あて直しニ罷出。儀三郎殿本助久次どのなるを、久次殿本助の鼻ニ成、吉之助ハ留吉殿助也。

一梅村氏ゟ林次男銀三郎ヲ以、伊勢田丸加藤新五左衛門殿ゟ正月五日出之状(一〇五ウ)被届之○夕七時頃、宜太郎姉御来ル。右者、昨日宜太郎殿江貸進の八犬伝七集貸進致候所、壱ノ巻不足致ニ付、読つゞき不宜候ニ付、是迄のつゞき遠候やと被問候ニ付、其趣申伝ふ(ママ)候へ者、被帰去○右同刻松村氏被参、かなよミ八犬伝十七編少々抄録被致候内、加藤領助殿被参、読本何也とも借用被致申候ニ付、四天王前編五冊貸進ス。松村氏と同道ニて被帰去○夕七半時頃岩井政五郎殿被参、金瓶梅借用致度由被申候ニ付、初編ゟ三編十二冊貸進ス。暮時被帰去○夜ニ入、およし殿来ル。今晩ハ止宿ス。

○四日乙卯　晴

一今日吉之助留吉殿江助番ニ付、おさち正六時過ゟ起出、支度致、其後吉之助起出、早飯後例刻ゟ長次郎殿誘引合、御番所江罷出ル○およし殿四時頃帰去、夜ニ入又来ル。止宿也。

一四時過、弥兵衛来ル。先月分上家金壱分ト二百七十二文・薬うり銭金二朱ト壱〆三百八十四文内二百十七文差引持参、右請取。且、重箱木地四組・黒重二重所望ニ付、貸遣ス。早々帰去○昼前伏見氏被参、暫して被帰去○今朝、留蔵来ル。右者、同人小児両人とも疱瘡の由、奇応丸小包所望ニ付、則遣ス。早々帰去○昼後おさち同道ニて飯田町弥兵衛方へ行、為年玉くわし一折・小杉原一束・手拭壱筋、おつぎ方へ白粉壱箱・小切壱つ・扇子壱本遣之。飯田町ニて屠蘓酒・汲もの・夕膳を馳走ニ相成、且昨年(一〇六オ)正・四・十一・十二月四月分一わり、ろふそく代借用の分二朱ト四百廿八文返上之、暮時帰宅。今日留主居礒女老人壱人ニ候ニ付、伏見氏折／＼被参、心付給候也○右留主中、定吉妻来ル。ぬか・御扶持通帳持参致候由也○今朝、下掃除定吉代来ル。切干壱袋持参ス。厠掃除致、帰去。

○五日丙辰　晴
一今朝吉之助明番ゟ入湯致、平川江廻り候由ニて、四時過帰宅。終日休足不致也。

一およし殿食後四時過被帰去、伝馬町江入湯ニ同道致呉候由ニて来ル。則自、礒女老女・お吉殿同道ニて伝馬町江入湯ニ行、昼時帰宅。其後、およし殿帰去○同刻、長次郎殿来ル。雑談。且所望ニ付、美少年録初輯五冊貸進ス。八時頃帰去○させる用事なし。程なく帰去○昼時頃西原邦之助殿被参、暫右同刻、飯田町ゟ使来ル。右者、明廓信士、来ル八日一周忌ニ御相当ニ付、志として壱分饅頭壱重、御姉様文ヲ以、被贈之。外ニ、赤剛飯出来の由ニて、被贈之。昨日預ヶ置候せつた二双、是をも被差越。本膳・平坪とも五人前貸進致候様被申越候ニ付、使江渡ス。謝礼返書ニ申、且昨日借受候駒下駄二双・小ふた物・ふろしき・ふくさ、是をも使江返す(一〇六ウ)。

一昼後、おふさ殿来ル。先月中貸進の金瓶梅九・十八冊被返之、おさちとしばらく遊、夕七時頃被帰去。まんぢうを薦む○夕七時前、伏見氏・松村氏被参。昨日伏見氏八犬でん十七編抄録致候稿本校合被致、にご《(濁マヽ)》り或者其外直し有之所、補候様札紙被付候所、松村氏被直。右両人ニ煎茶・赤剛飯を薦む。何れも暮時被帰去。


一今暁八時頃、北の方ニ出火有之、大久保矢野氏近辺ニて、余丁まち也と云。四軒ほど類焼也と云。此節物騒、所々怪火有之。此故ニ町中用心堅固也と。
○六月丁巳　晴。昼後ゟ曇、夜ニ入あられまじ《(濁マヽ)》り雨、ほどなく止
一今日挺前ニ付、天明頃吉之助矢場江行、昼前帰宅○明七日初寄合吉之助方ニて有之由、長次郎殿書付持参、渡之○昼後吉之助髪ヲ結、丁子や平兵衛方ゟ飯田町弥兵衛方へ行。右者、明七日明廓信士一周忌逮夜候ニ付、一同被招候へども、明日寄合有之候故ニ不参候ニ付、右断旁々、香料金五十疋、御姉様江文ヲ以、進上。丁平江ハかなよミ八犬伝十七編稿本出来候ニ付、平兵衛へ手紙さし添、為持遣ス。

一今日到岸様御祥当月ニ付、茶飯・一汁二菜丁理致、蓑笠様・到岸様御牌前江供し、家内一同食し、深田長次郎殿并ニおよし殿江振舞之。伏見氏江器江入、四人前、おさちニ為持遣ス○夕七時過、松村氏被参。夕飯を薦め、俠客伝二集の一壱冊、被讀之(一〇七オ)、五時被帰去○吉之助、暮時帰宅。鈴木へ餅菓子注文申付候所、まんぢう拵候道具焼失致候ニ付、饅頭ハ不出来由ニ付、延引。帰宅後西東江餅菓子誂、六時過帰宅。丁平ニてハ余り筆工細く候ニ付、跡ハあらく致候由申之○荷

持和蔵江給米二升遣ス。正月分也。

○七日戊午　晴

一今朝、昨日申付餅菓子壱分物数八十五ト餅三百文・朝がほせんべい百四十八文分持参、請取置。

一四時頃ゟ吉之助、伝馬町江のり入水引買取ニ行。金二朱渡遣ス。帰路入湯致、昼前帰宅。直ニ自、吉之助手伝、餅・まんぢう各五ッ入十六人前、水引を掛、包拵置。今日初寄合来会の人々江牽ん為也○おさち昼前入湯ニ行、暫して帰宅○昼後寄合の人々、定番有住忠三郎・宮下荒太郎・稲葉友之丞、平番板倉栄蔵・深田長次郎・岡勇五郎・建石元三郎・板倉安次郎・加藤金之助・玉井鉄之助・高畑久次・江村茂左衛門・加藤領助・鈴木吉次郎、右十四人来会。右者、永野儀三郎殿旧冬十月ゟ株売んとて引篭被居候所、去ル二月四日出勤被致候ニ付て、右同人の寄合也。各江煎茶・薄皮もち・朝がほせんべいを出、且壱分饅頭・薄皮もち五ッ入壱包ヅ、牽之。外ニ、定番定八・平番市十郎殿ハ欠席ニ付、来会の仁帰路持参、被届之。夕七時頃、皆退散。其後吉之助、定番忠三郎・荒太郎・定八・友之丞江、無滞寄合相済候為謝礼、罷出ル。ほど無帰宅○八時過、飯田町弥兵衛方ゟ本膳一汁五菜、但香の物とも、牽物添、五人前（一〇七ウ）、以使被贈之。謝礼申、使を返ス○伏見氏ゟ手製のり鮓一器、被贈之。右移として、焼まんぢう三ッ贈之○夕方、およし殿来ル。ほど無帰去○今朝、源右衛門来ル。定吉小児おかね、難痘ニて昨六日朝病死致候由、四才也。両親の歎、相想すべし。ほど無帰去。

○八日己未　曇。春寒

一今朝五時過ゟ礼服ニて自、吉之助・おさち同道ニて、深光寺へ行。今日巳ノ刻、光誉明廓信士一周忌法事有之故也。四時寺ニ至る。然る所、雨天ニて施主弥兵衛方ニて見合せ候由ニて、九時頃弥兵衛初、御姉様・おつぎ・お鍬様・弥兵衛親分△（ママ）方や小兵衛・明廓信士弟八十吉来ル。則、本堂ニおゐて読経、住持・所化四人。八時読経畢、各焼香・拝礼。弥兵衛施主、各江斎を被出畢。牽物、餅菓子五ッを牽る。飯田町御姉様ニハ駕篭ニて御出の所、天気ニ相成候様見之候ニ付、駕篭者先江返し被遣候所、昼後ます〳〵大雨成、此方何れも合羽無之候ニ付、御姉様合羽おさち江被貸候ニ付、おさち着用して帰宅。殊の外道ぬかり、吉之助・自も合羽無之、尤難義致候也。暮時帰宅。飯田町ニても大難義被致候なるべし○右留主中、およし殿来ル。昼飯を振舞ふ。昼後伏見氏・松村氏被参、一同帰宅後、皆々被帰去。松村氏へハ夕飯を薦候所、伏見氏ゟ被招候ニ付、伏見江被参候ニ付、被帰去。

一昼後、定吉来ル。雑談後帰去候由、今日留主被致候儀女殿、被告之(一〇八オ)。
○九日庚申　終日曇。四時頃雪、忽地止、酉ノ刻小地震、夜中風
一吉之助当番付、天明前起出、支度致、例刻ゟ高畑・山本等と御番所江罷出ル
一今朝伏見氏被参、雑談して昼前被帰去。右同人方ゟ外ゟ到来の由ニて、赤剛飯一盆被贈之。
一夕七時前松村氏被参、侠客伝三・四ノ巻被読。夕飯を薦め、五時過被帰去○夜ニ入、およし殿来ル。止宿也○今日庚申ニ付、神像を床間ニ掛奉り、供物を供ス。
○十日辛酉　風。曇、寒し
一吉之助四時前明番ニて帰宅、食後休足○八時過森野市十郎殿、宮下荒太郎殿ゟ伝言也とて、窓ゟ申入らる。右者、弁当料請取ニ可被参由被申、帰去。依之、吉之助起出、宮下氏江弁当料請取ニ行、夕七時頃、請取帰宅。早速取調、十七匁森野氏分・五匁並木氏分・五匁高畑氏分・五匁忠三郎殿分・五匁江村氏分。吉之助請取候分ハ三拾匁、請取、納置。皆名々江配り、帰宅。江村氏分ハ高畑氏江預ケ置しと也。尚又、加人助先番附人弁当料ハ長次郎殿江可遣候所、他行ニ付、其儘預り置。十一匁也。右昨九日二月分御玉落候ニ依て也。御張紙三十九両替也と云○昼後、弥兵衛来ル。去六日貸進之膳わん持参被返之、山本山小半斤被贈之。且亦、神女湯・奇応丸小包無之由ニ付、神女湯二包・奇応丸小包十遣之。御姉様ゟ御文有候所、返書不上、謝礼口状ニて申、塩がまおこし一包進之、ほどなく帰去(一〇八ウ)。

一およし殿昼前帰去○昼時頃大内氏被参、暫雑談して被帰去。
○十一日壬戌　半晴。夕七時過地震
一今朝下掃除、厠汲取、帰去○今朝松村儀助殿被参、かなよミ抄録被致、昼飯・夕飯とも為給、夜ニ入猪聞集壱部被読、九時前帰去○昼後永野儀三郎殿、同人弁当料持参、吉之助ニ渡、帰去。右吉之助請取、高畑・江村・南条・並木・森野江配、帰宅ス。

一夕方、豆腐や松五郎妻来ル。右者、昨十日彼方ニて吉之助両替致候金壱分のかね不宜由ニ付、何卒御取替給ハルべしと申ニ付、吉之助も其儀ニ心付ず候ニ付、則取替遣ス。ほど無帰去○昼後、越後や次郎来ル。蜊むき身壱器被贈之、ほど無迎来り候ニ付、帰去○夜ニ入、およし殿来ル。其後、梅村直木(ママ)殿来ル。過日貸進の八犬伝初輯・二輯十冊、被返之。右請取、同書三・四輯九冊貸進ス。暫雑談中、長次郎殿、御先

番附人弁当料吉之助の分（アキママ）持参、被渡之。九時前、松村・梅村・長次郎殿・およし殿同道ニて帰去○八時過岩井氏被参、金瓶梅初集ゟ三集迄十二冊持参、被返之。右請取、同書四・五・六集十二冊貸進ス。松岡氏江被参候由ニて、被帰去。

一昼後、おふさ殿来ル。過日貸進の合巻三部持参被返之、ほどなく被帰去（一〇九オ）。

○十二日癸亥　晴。八専の終

一今朝、およし殿来ル。蜊二升遣之○右同刻、松村氏来ル。早々被帰去。

一昼後吉之助髪月代致、深光寺へ行。右者、證文江調印可致為也。然る所、恵明和尚他行致、調印不調。夫ゟ小出氏を尋候所、不知由ニて、暮時徒ニ帰宅ス。

一伏見氏被参、銅鍋拝借被致度由ニ付、貸進ス○おさち昼後入湯ニ行、八時過帰宅○八時過願性院、正月分供米集ニ来ル。則、鳥目十二銅・白米五合、外ニ旧秋九月分米不納候ニ付、今日一緒ニ五合・御初穂十二銅、進之。然る所、九月分御初穂者旧秋受納致候間、今日の分五月分ニ納置候由、願性院被申之。

一今朝吉之助、宮下荒太郎殿方へ行。去ル十日請取候金子之内、見苦金子有之由之所、然者森村や江手紙可遣候と被申、則手紙認、吉之助ニ被渡。右請とり、昼前帰宅ス。

○十三日甲子　五時過ゟ雨終日。夜ニ入止、風

一昼前、有住岩五郎殿被参。右者、親類書一義、著作堂様御夫婦ハ其儘さし置、跡ハ除き候て宜敷分ハ差除候由被申候ニ付、其意ニ任、田辺の分差除候様頼（一〇九ウ）。暫雑談して被帰去○其後礒女殿、権田原へ被帰去。去月廿日ゟ十四日の逗留也。

一今朝吉之助当番ニ罷出、四時帰宅。昼後、又長友氏江武士請證文請取ニ行。右請取、尚又赤坂丹後坂江氏江調印の議申入、金五十疋為肴代持参致、進之。折節卜庵当番ニて、調印致かね候由ニて、右證文内義ニ預ケ、徒ニ帰宅○夕方、およし殿来ル。暫して帰宅○伏見氏ゟ志の由ニて茶飯一汁三菜、取肴添、被贈之。今晩四時、一同枕ニつく。

一今日甲子ニ付、大黒天江神酒・備もちを供ス。夜ニ入、神燈。

○十四日乙丑　風。半晴

一今日吉之助留吉江本助ニ付、天明前おさち起出、吉之助ニ早飯後、深田同道ニ而中の御門御番所江罷出ル○五時過ゟ自、深光寺へ寺調印出来候やと取ニ参り候所、未ダ和尚帰寺不致候ニ付、今夕か明朝為持上候様、納所申ニ付、間違無之頼入、

諸墓江水を手向、拝し畢。帰路入湯致、九時帰宅○今朝おさちヲ以、伏見氏江銘茶山本山壱袋為持遣ス。彼方ゟ尚又昨日残り物の由ニて、取肴被贈之。

一八時過、清助来ル。八犬伝九輯十三ノ巻ゟ十七迄所望ニ付、則五冊貸遣ス。ほど無帰去。

一夜ニ入宜太郎被参、過日貸進の八犬伝四集六冊持参被返之、尚又所望ニ付(一一〇オ)、八集上下帙十冊貸進ス。暫して被帰去○同刻、およし殿来ル。今晩止宿也。

一夕七時頃伏見殿被参、暫雑談。暮時被帰去。

○十五日丙寅　夕七時九分啓蟄。終日曇

一今朝五時過、吉之助明番ニて帰去。半刻早交代也。昼後矢場江鉄砲稽古ニ行、夕七時過帰宅○およし殿、昼前帰去○夕七半時過松村氏被参、殺生石後日の怪談初編二冊被読、且鉄炮借用致度申候ニ付、貸進ス。五時被帰去○およし殿所望ニ付、合巻かつぱ相伝一冊貸進ス○吉之助明番帰路江坂江立より、武士請證文江調印出来、請取、持参。今日組頭江届く。

○十六日丁卯　曇。昼前（ママ）

一昼前吉之助髪月代致、食後森村氏江御切米請取ニ行。右序ニ、丁子や平兵衛へかなよミ八犬伝十七編下冊、為持遣ス。然る所、吉之助印鑑未森村や江参り不申候ニ付、御切米者不渡候ニ付、丁子や江のミ十七編稿本を渡し、帰路鉛金二朱分買取、暮時頃帰宅○暮前、およし殿来ル。干のり売帖持参、被贈之。昼飯為給遣ス。

一昼後榎本氏ゟ長兵衛ヲ以、万平殿植木類数種、此方へ被預ケ、二度ニ運畢。右植木品数ハ別帳ニ記之○昨朝深光寺納所、寺印調候ニ付、持参せらる。則、天保銭一ツ遣ス(一一〇ウ)。

○十七日戊辰　晴

一今朝吉之助、昨日村田氏ゟ預り置候植木類、自・おさち手伝、皆植畢。八時前也。

一昼前、およし殿来ル。おすきや丁江買物ニ参り候由申ニ付、備もち・七色菓子買取呉候様頼遣ス。昼前買取被参、其後帰去○暮時前、松村氏被参。今日者させる用事なし。夕飯を薦、殺生石二編を被読、五時頃被帰去○夜ニ入長次郎殿被参、吉之助本助役点畢候ニ付、帳めん江印置候様被申。則、印置、暫して帰去。

○十八日己巳　半晴。寒し、夜ニ入五時頃ゟ雪

一今朝およし殿同道ニて伝馬町へ入湯ニ罷越候所、茶碗鉢と申湯や休ニ付、外之湯や江不行して帰宅ス○今朝吉之助岡勇五郎方へ行、来廿四日同人江返番可致旨届之、且有住へ参り、森村や江吉之助印鑑未不行由申候所、有住被申候ニ付、右印

鑑者旧冬鈴木橋平江遣し置候間、彼方ニて承り候様被申候所、鈴木江参り候所、彼方ニて失念致候由。何れ両三日中長友参り候ニ付、届置可申候様、被申候由也。四時頃帰宅。

一今日稲荷祭宵宮ニ付、赤飯・にしめ調理致、稲荷神像床間に掛奉り、神酒・七色菓子・水・赤飯・煮染を供ス。明日午の日ニ候へども、明日者吉之助当番ニ付（二二オ）、今日ニ取越、祭之。およし殿ニ昼飯為給遣ス○昼後吉之助、竜土ゟ一本松賢崇寺江罷越、夜ニ入帰宅。今日村田氏、長者丸ゟ番町御火消屋敷江引移るの由なり。賢崇寺御隠居ゟ為遣金、吉之助江金三両被恵候由ニて、吉之助帰宅後、告之。

一昼後、矢野氏ゟ使札到来。右者、八犬伝十三ノ巻ゟ借用致度由ニ付、則稿本九輯十三ノ巻ゟ十八迄五冊・製本十九ゟ廿三迄五冊貸進ス○暮時、松村氏来ル。赤飯を薦め、皿々郷談所望ニ付、貸進ス。四時被帰去。折から雪降出候ニ付、傘貸進ス。

一暮六時頃梅村氏被参、猿若町二丁目市村座ニて八犬伝狂言致候由、梅村氏者昨十七日見物被致候由ニて、役わり絵ざうしあふむ石持参、被借之。且、狂言の趣を物語被致、且亦所望ニ付、八犬伝五輯六冊貸進ス。過日貸進の三輯五冊返却被致、五時頃被帰去。

○十九日庚午　雪。但多不降、四時過ゟ雪止、曇

一今朝吉之助当番ニ付、六時過おさち起出、支度致、天明後吉之助を呼起し、早飯為給、其後高畑・山本等と御番所江罷出ル○自五時過ゟ一ツ木豊川稲荷・不動尊へ参詣、四時頃帰宅○四時過恵照坊被参、吉之助江贈らんとて、梅（二二ウ）花画賛或者書、唐紙江被認候品持参、被贈之。右者、世田ヶ谷広徳寺方丈の書画成由也。数枚持参被致、此内好次第撰（ママ）候様被申候ニ付、五枚貰後る。暫く雑談して被帰去。今日吉之助留主宅ニ付、両三日中ニ被参候由被申。

一昼後およし殿同道ニて伝馬町江入湯ニ行、八時過帰宅○夕七時頃、定吉妻来ル。明日森村や江御使可致候由申ニ付、手紙認、印形二ツ渡遣ス○暮時、およし殿帰去。

○廿日辛未　晴

一今朝吉之助明番ニて、五時前帰宅。今日上野　御成ニ付、早交代の由也。

一昼前、礒女殿来ル。去十三日貸進の傘持参被返之、右請取。今日者岩井氏江被参候由ニ付、早々被帰去○昼後吉之助鉄炮を鋳、大内氏ニて鋳鍋借用。大内氏手伝、鉛四百四十八匁、外ニ古玉八ツ〆百廿六玉出来ス○大草氏ゟ此方植木三、四種払呉候様、僕来ル。価如何斗やと被問。此方ニてハ分兼候ニ

付、其御方御聞合候て可然と申候へバ、帰去○暮時、松村氏被参。去ル十五日貸進致候銕炮持参被返之、皿々郷談三冊、同様被返之。尚又所望ニ付、八犬伝篠斎評二冊貸進ス。程なく被帰去。五時一同枕ニつく○日暮て、定吉来ル。申付候用事整、晩茶も持参ス(一二オ)。

○廿一日壬申　晴。夜ニ入曇、深夜雨

一昼後おさち同道ニて伝馬町江入湯ニ行、帰路富山ニて神女湯剤薬種買取。且、下駄屋ニておさち下駄買取、八時過帰宅。然る所、枳郎・芍薬・黄芩、余り細製候て間ニ合かね候ニ付、夕方吉之助入湯の序ヲ以、生ととりかへさせ、川骨ハ返し、土屋ニて別ニ川骨・細辛買取、暮時帰宅ス。尚又、組頭江印鑑持参、渡之○今朝、長次郎来ル。右者、吉之助捨り助番大書いたし、暫して帰去○夕方おさち、定吉方へ白米申付ニ行序ニ、坂本氏暫く不被参候ニ付、尋候所、疾瘡甚しく出来ニ付、引篭被居候由也。

○廿二日癸酉　雨。昼後雨止

一今日吉之助手伝、神女湯剤製薬致、酒ニひたし置○昼前、およし殿来ル。旧冬ゟ預り置候金壱分、今日渡す。古帳面二冊同断。昼前帰去。

一八時過松村氏被参、久あげさつまいも一重持参、被贈之。且又貸進の評書二冊返却、尚又評書二冊貸進ス○夕七時過領助殿被参、過日貸進の四天王(一二ウ)前編五冊被返之、尚又後編五冊貸進ス。松村氏同道ニて、暮時被帰去。

一今日、加藤新五右衛門殿并ニ木村和多殿江書状認め置く。

○廿三日甲戌　五時頃地震

一今日吉之助番当ニ罷出、四時帰宅。且、明日者大掃除ニ付、吉之助ハ加人ニ罷出候由ニ付、昼後右相手へ申合ニ行、ほどなく帰宅。其後又竜土榎本氏江行。右者、猿若町芝居見物明日と定め、其方ハ如何可有と問候所、今日者彦三郎殿当番ニて不在ニ候間知れかね候へども、御母義と被参候ニ付、明夕此方へ被参候由也。吉之助竜土ゟ直ニ猿若町二丁目茶や中泉やと申方へ伏見氏手紙持参、参り、明後廿五日見物ニ参り候ニ付、能桟敷取極メ置候様申入、暮六時帰宅。

一今日自、おさち手伝、神女湯を煎、小半剤十六炮烙、昼前畢。九十五杯出来、壺江納置○昼後伏見氏被参、何やら認め持参、被認○昼後おさちヲ以、松村氏江きす・蛤むき身一重贈之、暫して帰宅○八時頃松岡おつる殿被参、暫雑談して被帰去○夕七時前松村氏参、伏見氏と雑談後、伏見氏と一緒ニ暮時被帰去。

一夕七時頃ゟ自飯田町江罷越、去ル八日借用の合羽持参、返上。有平一包進上、大福餅を壱包被贈。兼て約束いたし置候芝居見物、弥明後(一三オ)廿五日定め候間、御都合宣敷候ハヾ、おつぎも遣候やと申候所、何も差支無之候ニ付、可遣旨被申候間、然者明後早朝参り候様申、暮時ニ及候ニ付、早々立去、暮六時帰たく。

一日暮て、長次郎殿来ル。右者、今朝当番請取、玉井江御当被成候得ども、請取者私事也と被申、其趣帳面江印置候様被申候ニ付、則記置。雑談後、五時過被帰去。

一右同刻、久野仲間金兵衛来ル。右者、今がた久野御門前ニ怪きくせもの壱人罷在候ニ付、皆々棒もて追走らせ候へども、御地面内へも又可参や否難斗候ニ付、用心致候様申入、帰去。依之、吉之助等門前其外地面内度々廻り、心付候なり。

○廿四日乙亥　晴

一今日吉之助加人番ニ付、六時過ゟ起出、髪月代致遣し、御番所江罷出ル。南条源太郎殿同道。今日大掃除ニ付、如斯夕七時過帰宅。一ッ弁当遣ス。

一昨廿三日、竜土ゟ浅草江参んとて大伝馬町丁子屋平兵衛宅の通り候所、忽地手代忠七、吉之助呼かけ、招き入、甚略義失礼ニ候へども、手前殊之外多用ニ候て、御尊宅江罷出候も付暇(ママ)。右ニ付、先日奉願候八犬伝十七編抄録料金三百疋、吉之助江被渡。辞れども聞ざれバ、請取、帰宅ス○荒井幸三郎殿小児春十郎、難痘ニて夕七時没し候由、今日十四日也と云。今年五才也(一三ウ)。

一昼後自象頭山江参詣、且豊川稲荷へも参詣、手拭一筋を納ム。帰路入湯致、八時過帰宅。

一明廿五日猿若二丁め八犬伝狂言見物致候ニ付、今晩竜土榎本氏御母義被参候約束ニ候所、日暮候ても不被参候ニ付、否様子聞として、吉之助挑灯携、竜土江罷越、暫して御母義同道ニて吉之助帰宅。御母義、為手みけ(ママ)切鮓壱包被贈之、今晩此方へ逗留也○夕七時頃自深田氏江行、からあさり二升持参、贈之。暫く雑談、煎茶・水もちつけ焼を被出、暮時帰宅○暮六時頃、坂本順庵殿来ル。暫雑談、五時過被帰去○昼後、およし殿来ル。雑談後被帰去。

○廿五日丙子　半晴。夕七時過少雨、多不降、六時頃ゟ弥雨

一今朝暁七時おさち起出、支度致候後、一同起出、早朝(ママ)を給猿若町二丁目八犬伝狂言見物ニ行。榎本御老母・自并ニ吉之助・おさち同道、明六時頃出宅の所、留主居伏見氏を頼置候所、昨夜不被帰由ニ付、差掛り甚当惑ニ候得ども、最早出かけ候ニ付、大内氏をよく〳〵頼、出宅して、飯田町ニておつぎ誘引、一同猿若町江行。終日見物、夕七半時頃打出し。観

世音江参詣、折から雨降出候間、隣祥院ニて傘三本借受、飯田町江おつぎ送り届、四時前帰宅。彦三郎殿ハ竜土ゟ直ニ被参、帰路雷神門ニて別れ、榎本氏のミ竜土江帰去○右留主中、伏見氏・松村氏・大内氏留主被致。右之人江酒肴整置く。榎本母義も此方へ被参、今晩も止宿被致。

一右留主中西原邦之助、去五日貸進の美少年録初輯を五冊被返之（一一四オ）。

○廿六日丁丑　晴

一今日帳前ニ付、天明後吉之助矢場江行、九時頃帰宅○昼前深田養母被参、菓子壱包持参、被贈之。暫物語致、昼飯・煎茶を薦め、昼後帰去○昼後榎本氏母義同道ニて入湯ニ行、八時帰宅。

一八半時頃ゟ榎本氏御母義被帰去○右同刻松村氏被参、暫雑（マヽ）、且かなよミ手伝被致候ニ付、金百疋を松村江贈之。暮時帰去○夕七半時頃吉之助ヲ以、高畑久次殿小児疱瘡ニ付、菓子一折・手遊一ツ・奇応丸中包壱ツ、為持遣ス○日暮て、長次郎殿来ル。暫遊、吉之助当年ハ初矢場ニ付、金五十疋長次郎殿江渡遣ス○昼前、下掃除定吉来ル。厠汲取、帰去。

○廿七日戊寅　天明後雪。昼後ゟ雨、夕方止、不晴

一昼前伏見氏江行、昼時帰宅○今日彼岸の入ニ付、唐だんごきなこ付拵、持仏江供し、且隣家へも遣し、家内食ス○伏見勝三殿一昨廿五日ゟ熱気有之、昨夜ゟ少々熱も醒少しづヽ見へ候間、多分疱瘡成べし○吉之助、今日終日在宿○夜ニ入、松村氏被参、伏見氏ニて馳走ニ成候由ニて、酒気有之、ほどなく帰去。

○廿八日己卯　晴。風　（一一四ウ）

一今日永野儀三郎殿、当日為祝儀来ル○吉之助髪月代致、昼後ときは橋御門外長崎や昌三郎方へ、麝香・沈香・人参等買取ニ行○昼後自伝馬町江買物ニ行、伏見小児弥疱瘡ニ付、右見舞物手遊、桃色切等買取、八時過帰宅。其後おさちヲ以定吉方へ、御扶持渡り候ニ付、両三日中ニ取ニ参り候様申付遣ス。

一夕七時頃、長次郎殿来ル。松村同断、させる用事なし。暫して帰去。

一今朝大内氏被参、是亦暫遊、昼前帰去。およし殿同断○宜太郎殿先日中貸進の八犬伝八集十冊被返之、近辺親類江被参候由ニて、早々帰去。暮時頃又帰路の由ニて立寄れ、同書九輯の一六冊貸進ス○吉之助、夕七時頃帰宅。奇応丸剤三種買取、金二分之内三百十八文残間、外ニ下村屋びん付油・すき油九はこ等買取、帰宅。

一今日朝夕両度伏見江見舞ニ行、夜ニ入おさちヲ以、疱瘡為見舞、桃色木綿手拭・花色染枕かけ・手遊為持遣ス。母女五時過帰宅、一同枕ニ就く○夕方、おさち高畑江見舞ニ行。

○廿九日庚辰

一今日吉之助当番ニ付、六時過〆おさち起出、支度致、天明後吉之助起出、早朝飯、山本・深田誘引、御番所江罷出ル○昼前、夕方伏見氏江行、暫して帰去○四時頃〆松村氏被参、終日此方ニて八犬伝十八編抄録被致、夕方帰去○おさち、昼後綾部氏江罷越(一一五オ)。当年初て参り候ニ付、半切太版(カ)、為年玉持セ遣ス。夕方帰宅○自今日奇応丸剤沈香をおろし、人参同様細末ニ致、麝香とも三種交合、拵置。掛目弐匁十五分出来ス。

一今晩伏見娘おつじ(濁ママ)、此方へ止宿ス○夕方おさちヲ以、深田江ふた物を返ス。うつりとして、牡蠣遣之。

○卅日辛巳　酉ノ五刻春分之節也

一五半時頃、吉之助明番ニて帰宅。食後矢場掃除ニ罷出、帰路入湯致、八半時頃帰宅。右以前、玉井鉄之助殿来ル。吉之助帰り候ハヾ、又々矢場参り候様被申、帰去。右ニ付、吉之助帰宅後矢場江又行。右者、明一日矢場稲荷祭礼ニ付、子ども踊興行致候ニ付、右入用、組中ハ勿論、地借迄も合力を乞ニ参り候由也。依之、平番一同四匁づゝ出銀、長次郎・鉄之助・儀三郎・吉之助所々江集ニ廻り、夜ニ入五時帰宅○暮時前、加藤領助殿・梅むら直記殿来ル。雑談時を移して、暮時領助殿被帰去。同刻、およし殿来ル。梅むら氏ハ貸進の八犬伝四集・五集十冊返却。所望ニ付、六輯六冊貸進ス。五時頃帰去。およし殿同道ス○今日奇応丸粉ニて壱匁三分練立、二匁五分丸之○夕七時過伏見氏江疱瘡見舞罷越、暫して帰宅。おつぐ殿、今晩も止宿也(一一五ウ)。

(第四冊終。後表紙に自筆「滝沢」)

(第五冊。共表紙。外題自筆「閏二月ヨリ壬子日記」。同見返自筆「五大力ボサツ」)

○閏二月一日壬午　晴。風、夜ニ入風止

一今日吉之助附人ニ付、正六時過おさち起出支度致、天明前自・吉之助も起出、髪月代致遣し、天明頃朝飯給、高畑・山本等と御城江罷出ル。一ッ弁当遣ス。八時過帰宅。其後食事致、矢場江行。今日矢場稲荷二ノ午祭り延、今日興行。出銭四百十六文、吉之助持参ス。祭礼相済、五時前帰宅。明二日御能有之、旧年当組御楽屋番ニ相当り候ニ付、明暁吉之助起番ニ付、吉之助直ニ枕ニつく○昼後おさち入湯ニ行、暫して帰宅○今朝、長次郎殿来ル。させる用事なし。早々帰去○夕方伏見氏被参、川柳出板暦摺と被申候品二枚持参、被贈之。内壱枚ハ松井氏江遣し候由也。鶏卵二ッ被贈之○夕方おさちヲ以、干瓢麸煮つけ、伏見江為持遣ス○自奇応丸煉立、三匁五分丸之、夕七時頃丸畢○八半時頃松村氏被参、かなよみ少々抄録被致、夕方被帰去○荷持、弁当がら持参。右序ニ、祭礼守札・赤剛飯一色持参。例年之如く願性院ゟ被贈之也。おつぐ殿、今日も止宿也○今晩六時頃、荷持弁当集ニ来。則、渡し遣ス。

○二日癸未　雨。昼後ゟ雨止、晴

一今暁八時吉之助を呼起し、直ニ高畑・山本を呼起させ、食事致、七時ゟ高畑・山本等と御番所御楽屋へ罷出ル○昼前、定吉来ル。白米六升持参。同人小児おみよ、一昨日死去致候由也。暫く雑談、昼時被帰去。金伯買取呉候様申付、代銭八十文渡置○昼後、富蔵来ル。暫して帰去。

一昼後伏見へ見舞ニ行、暫して帰宅○其後伏見氏被参、程なく帰去○吉之助、火ともし頃帰宅ス。六時頃、荷弁当がら持参ス。右請取置く。

○三日甲申　晴

一今朝五時頃吉之助起出、長次郎殿方へ罷越、ほど無帰宅。朝飯後、宛番として罷出ル（一オ）。

一今朝長次郎被参、ほど無帰去○右同刻、政之助殿来ル。暫く雑談、四時過被帰去。

一吉之助宛番ゟ矢場江廻り、跡仕舞致、昼時帰宅○昼後、弥兵衛来ル。先月分上家金壱分ト二百七十六文・薬売溜壱わり引金二朱ト四百三十六文持参ス。神女湯無之由ニ付、則十三包渡し遣ス。暫して帰去○八時頃竜土榎本氏御母義被参、手みやげくわし一袋持参、被贈之。且、先月廿五日芝居見物出金銭金壱分ト五百文、是又被渡之。有合の夕飯を薦め、暮時被帰去○八半時頃、松村氏被参。雑談中、およし殿・梅村氏・伏見氏被参。梅村氏ハ八犬伝六輯持参被返之、尚又同書七輯七冊貸進ス。右七輯ハ此節抄録中ニ候所、貸進、尤迷惑之至り也。何れも夕七時過被帰去○清助むすめ（ママ）次郎、先月廿六日ニ参り候後、眼病ニて久鋪不参候所、今日ゟ又来ル。今日人出入多く、次郎吉共ニ八人也。

一遠藤氏所望被致候由ニ付、おさち手本おさち持参、貸進ス

○高畑小児疱瘡の由ニ付、見舞ニ行。

○四日乙酉　晴

一今日吉之助、金之助江捨り返番、実ハ永野江本助ニ付、天明前起出、支度致、早飯後深田と共ニ御番所江罷出ル○昼前

自伝馬町江買物ニ罷越、昼時帰宅。昼後おさち入湯ニ、ほど無帰たくス。

一八半時頃お鍬様御来、今晩ハ止宿也。煎茶・鮓を薦む○夜ニ入大内氏被参、菜園青菜持参、被贈之。暫く物語して、五時被帰去○今晩お鍬様止宿ニ付、雑談丑ノ時ニ及、其後枕ニつく。おくわ様、手みやげとして、かつをぶし一本・窓の月壱折、おさちへ髷かけ被贈之。

○五日丙戌　晴。昨今甚寒し、不順也

一今朝吉之助早交代ニて、五時帰宅。今日公家衆ハ暇ニよりて也○四時頃ゟお鍬様、おさち同道ニて、番所町媼神江参詣、昼時帰宅。昼飯後八時過、お鍬さま被帰去(ウ一)。御所望ニ付、蓑笠様御染筆たにざく一枚・しきし一枚・詩壱枚、進上之。外ニ、黒丸子一包・神女湯粉進之○昼後岩井氏被参、過日貸進の金瓶梅四輯ゟ六輯迄十二冊被返之。尚又所望ニ付、七集ゟ十集迄校合本貸進ス。暫く雑談、帰去○吉之助、昼後成田氏江行、右者、此度御頭ゟ組中江火元大切ニ致候褒美として金二百疋被下候ニ付、壱人別ニわり合、組中江配畢。吉之助分五十四文請取、八半時帰宅○長次郎殿両三度被参、およし殿感冒ニて打臥候ニ付、薬種買取可参候間、御調合被下候様被申。承知之趣答、ほどなく薬種持参被致候間、則葛根湯四貼調合致進ズ。持参、被帰去○おふさ殿八時頃被参、おさちと遊、かきもちを薦め、夕七時帰去。所望ニ付、合巻二部貸進ス○夕七時過松村氏被参、貸進の評書二冊返却被致、尚又評書二冊・稗説虎の巻壱冊貸進ス。其後被帰去○昼後おさちヲ以、高田小児疱瘡見舞、くわし一袋・手遊物四種為持遣ス。其後、高田久次殿来ル。右者、明日挺前罷出候筈の所、小児疱瘡ニて罷出かね、右ニ付、明朝吉之助江代被頼。吉之助罷出、承知之趣答候へバ、帰去○今晩、五時前ゟ枕ニつく。

○六日丁亥　曇。八半時頃ゟ雨

一今日有住側矢場ニ付、久次殿ニ代として、五時過ゟ矢場ニ罷出、昼時帰宅。

一昼時伏見氏被参、只今ゟ髪月代、大久保江被参候由。御所望ニ付、皿々郷談三冊貸進ス。ほどなく帰去○昼時おさち久保町江入湯ニ行、買物致、八半時過帰宅(オ二)。

一八時過自伏見へ見舞ニ参り候所、勝三殿熟睡ニ付、即刻帰宅。

一昼後深田江おさちヲ以、葛根湯四服調合、為持遣ス○昼時信濃やゟ注文の薪八束、かるこ持参。先月八日買入候薪代金二朱渡し遣ス。今日の分ハ代金不遣、薪のミ請取おく。

一今朝、長次郎殿来ル。暫して帰去○昼飯後吉之助、竜土ゟ一本松賢崇寺へ無沙汰為見舞行。鷲善坊梅川氏江も参り候由也。暮時帰宅。一本松ニて下駄・傘借用ス。火消つぼ買取来ル〇昼後、山本半右衛門殿内義来ル。右者、今日半右衛門殿鉄炮挺前江罷出候筈の所、無拠用事有之候ニ付、平五郎殿江相頼候所、右平五郎も不被出。右ニ付、半右衛門を呼ニ吉之助罷出。彼是世話ニ成候謝礼として被参。夜ニ入、半右衛門同様ニて来ル。

〇七日戊子　晴

一今朝伏見氏被参、ほど無被帰去〇昼後自、おさち同道ニて竜土榎本氏江罷出ル。手見やげ、窓の月壱折・切鮓壱折・手拭壱筋進之。煎茶・切鮓・雑煮を被薦、暫雑談。夕飯を薦んとてとゞめられ候所、満腹ニ付、辞して暮時罷出、六時帰宅。右留主中、松村氏・伏見氏被参。松村氏ハかなよみ抄録被致、夕方被帰去候由也。

一日暮て坂本氏被参、暫芝居相談して被帰去〇今日吉之助、渋柿の木を伐とり、御所柿の枝を接。

〇八日己丑　朝曇。四時頃ゟ晴、暖気、夜ニ入大風

一今朝吉之助髪月代致、終日在宿〇今朝、長次郎殿来ル。右者、同人姉およし感冒追々快方の所、昨日ゟ又候再感致候ニ付、久野御門番嘉七ニ診脉を(ニウ)乞候所、葛根湯ニ柴胡・黄芩を加味して用ゆべしと被申候ニ付、調合致呉候様被頼候ニ付、此方ニ有合の柴胡・黄芩を加、四帖調進ス〇昼後ゟかなよミ抄録三の巻の終迄二丁抄録ス。

一八時過ゟ松村参り、四の巻画わり二丁半稿ス。夕飯後暮時、又明日被参候由ニて、被帰去。

一右同刻、次郎吉来ル。二月中貸遣し候八犬伝九輯十三ゟ十八迄、返し来ル。稽古致、帰去。

一夕七時頃坂本氏被参、八犬伝狂言錦絵二枚持参、被贈之。政之助縁談取極り、来ル十日祝義。右縁女ハ竜土榎本氏御組の内小屋頭永山氏妹也と、坂本氏の話也。吉之助等相識成由也。雑談後被帰去。

〇九日庚寅　晴。寒し

一昼前伏見氏被参、雑談時をうつして昼時被帰去。夕方、菜ひたしを被贈。

一今日吉之助当番ニ付、天明前起出、支度致、早飯後長次郎と両人、御番所江罷出ル。

一昼前、長次郎殿養母来ル。謝礼申被述、早々被帰去〇昼後宜太郎殿被参、先月中貸進の八犬伝九輯の一六冊持参被返之、借書の謝礼としてかつをぶし二本被贈之。尚又、同書九輯の二七ゟ十二の下迄七冊、貸進ス。ほどなく帰去〇昼前おさち

入湯ニ行、ほど無帰宅〇八時頃おふさ殿、母義同道ニて来ル。右者、平川天満宮開帳江参詣被致候ニ付、被誘引。則、支度致、おさちを同道被致、夕七時過帰宅ス。

一八時過松村氏被参、口絵二丁・序文半丁稿候て、日ハ暮たり。欠合の夕飯を薦め、且評書貸進、被帰去。其後、母女枕ニつく。

〇十日辛卯　晴　(三オ)

一吉之助明番ゟ麹町江廻り、金伯買取、四時帰宅。食後侵寐致、夕七時過起出ル。

一おさち、昼頃ゟ生形妹おりやう同道ニて象頭山江参詣、画額を納、八半時帰宅。其後深田氏江およし殿不快見舞ニ行、ほどなく帰宅〇夕七時前松村氏被参、てん麩羅壱包持参、被贈之。画わり二枚稿、暮時帰去〇昼後伏見氏、今日子息勝三殿酒場之由ニて携て被参、暫し被帰去。

〇十一日壬辰　晴

一昼前松村氏被参、かなよミ四の巻ゟ画わり・本文とも稿られ、末壱丁弱残る。

一八時過賢崇寺方文さま、一口坂なる竜興寺と欤被申候住持同道ニて牛込辺江被参候由ニて、窓ゟ声を被掛。誰なるらんと存、吉之助罷出候所、右之両人なり。帰路被参候由ニて、早々牛込江被参。其後八半時過右御両人被参、煎茶・くわし・盃を薦め、欠合の夕膳をも薦め候所、方丈様ゟ菓子料として金五十疋を被恵候ニ付、辞退致候へども被(ママ)聞、強て被恵候間、受納置。御両人、暮時被帰去。供人ニ夕飯為給遣ス〇暮時坂本氏被参、雑談稍久して、五時被帰去。松村氏ニハ酒を薦む。是亦、五時過被帰去。

〇十二日癸巳　晴

一昼後松村氏被参、かなよミ十八編め終日抄録、自亦(カ)書入致、二冊こしらへ置(三ウ)。夕方被帰去。昼後おふさ殿被参、おさちと雑談して被帰去〇吉之助今日者終日在宿ニて、井戸端小垣根修復致、が(濁ママ)く草を植、垣根うら通りニス(ママ)〇

〇十三日甲午　晴。春暖、夕(ママ)

一今朝吉之助、番あてニ罷出、ほどなく帰宅。髪月代を致、昼飯後大伝馬町丁字や平兵衛方へ、かなよミ八犬伝十八編抄録出来、稿本持参ス。則、金子請取、八半時頃帰宅。自昼後入湯ニ罷出、其後象頭山ゟ不動尊・豊川稲荷へ参詣。豊川稲荷ニて百度を踏、暮時帰宅〇猫仁助十日ゟ不快ニて、終日不食の所、夜中何れへか罷出、今日迄不帰。右ニ付、死したる事と存、死骸を所々尋候所、何れニても見え(ママ)、打捨置候所、昼後門口へヒヨロ〱と出、たらいニ有之候水をのまんと致

候所、吉之助見出し、早束抱入、あかゞねの粉と硫黄のませ、むき身食物あたへ候へども、一向食無之。只々水を好ミ、おさち水をあたへ、ふとんの上江ふさしめ置。然ども只息の通ふのミ。十日ゟ今日迄四日絶食也○かなよミ八犬伝七編ゟ十編迄借受、帰たく。

○十四日乙未　曇。四時頃ゟ雨、多く不降、夕方ゟ雨、終夜

一今日吉之助、安次郎殿捨御番ニ付、六時頃おさち起出、支度致、天明後早飯給、長二郎同道ニて御番所江罷出ル○朝飯後自豊川稲荷へ参詣、帰路買物致、帰たくす。

一猫仁助、今日も昨日同様折々苦痛。右ニ付、尾張様御長家下ねこ薬買取参り候所、売切候由ニ付、いたづらニ帰宅○高畑小児疱瘡見舞ニ行（四オ）。

一昼後おさち入湯ニ行、暫して帰宅○昼後長次郎殿内義被参、焼さつまいも一包持参、被贈之。煎茶・くわしを薦め、暫物語被致、被帰去○暮時荷持和蔵、吉之助雨具取ニ来ル、則、合羽・下駄・傘為持遣ス○暮時大内氏、猫仁助見舞ニ被参、雨戸被建、暫く雑談、且傍訓よみ八犬伝十五・十六の巻借用被致度由ニ付、貸進ス。六時過帰去○猫仁助、同編不食。暮時、水天宮御守札一字切取、戴かせ、今晩ハ水も不飲、只息の通ふのミ、不便限りなし。

○十五日丙申　小雨。亥ノ刻九分清明の節ニ成

一今朝起出、自豊川稲荷へ参詣、ほどなく帰宅○四時前、吉之助明番ニて帰宅。食後矢場江鉄炮稽古ニ罷出、八時頃帰宅。尚又食後仮寐いたし、夕七時過起出ル○今朝伏見氏被参、猫仁助不快、何ぞ宜敷薬有之候ハヾ買取可被参由被申。夕七時又被参、下町辺所々猫薬尋求候得ども、兎角ニ良薬を不得、通新石町なる薬種店の主ニ承り候一品、猫毒ニあたり候ハヾ、烏犀角可然候と申候ニ付、右さいかく買取被呉。雨中かくまでに心を被用候事、有難心術也。直ニ猫仁助ニ半分程用之。今日も同様ニて、不食也。但、水を少々呑○西原邦之助殿江貸進の美少年録二集、今日吉之助江被渡、被返之。吉之助つゞらへ入、持参ス○夕方長次郎殿被参、暫く遊、日暮て（四ウ）被帰去○夕七時過松村氏被参、明日鉄炮出番ニ付、吉之助鉄炮借用致度由被申候ニ付、則貸遣ス。玉六ツ、同断。右携、被帰去○大内氏、仁助見舞として被参、暫して被帰去。

○十六日丁酉　雨終日。昨今寒し

一今朝食後豊川稲荷へ参詣、暫して帰宅○昼後、順庵殿被参。先刻途中ニて猫仁助不快を告、薬乞候ニ依て、仁助薬持参被致、直ニ用させ候也。暫雑談、且八犬伝四輯三ノ巻一冊被読、又後刻可参由ニて、七時前被帰。

一生形おりう来ル。暫して帰去○今日、吉之助終日在宿也○猫仁助今日も同様不食、水少々を呑。今朝、烏犀角を用ゆ。

○十七日戊戌　曇

一今朝起出、豊川稲荷へ参詣、程なく帰宅。食後、奇応丸を包ム。

一四時過、伏見氏被参。右以前、加藤領助殿来ル。先月中貸進の四天王後編五冊返之、長談数刻、両人とも九時過被帰去○昼飯吉之助髪月代致、番町御火消屋敷村田万平殿方へ行。右者、旧冬役替被致、家内一同先二月十八日ニ従移被致候為祝、酒切手壱枚・鰹節二本為持遣ス。暮時帰宅。

一猫仁助、種々薬用候験ニや、昼後大便少々通じ、然ども食気なし(五オ)。

○十八日己亥　小雪。雨まじり、昼後ゟ雨終日、夜ニ入同断

一今朝伏見氏ゟ勝三殿酒場内祝の由ニて、赤剛飯壱重被贈之。

一昼時高畑久次殿ゟも小児両人酒場祝儀の由ニて、赤剛飯壱重・鰹節五本入壱袋、友蔵ヲ以、被贈之。其後高畑久次殿、八寸重箱借用被致度ニて被参、則木地八寸重貸進ス○昼後、生形綾太郎殿小児玄次郎も今日さゝゆの由ニて、小重入壱重被贈之○昼時前ゟおさち伝馬町江入湯ニ行、帰路下駄等買取、九時帰宅○今朝起出、食前豊川稲荷へ参、五時帰宅。

一夕方、長次郎殿来ル。雑談久しく、被帰去。同人買入置候糸車、借用致度申談候得者、帰宅後持参して、被借之（ママ）。先当分借置候つもり也○吉之助、今日終日在宿。

一猫仁助、昼時頃又大便通ズ。此故ニ少々食気出、むき身を少々食ス。夜ニ入、飯も少々食。先順快成べし。

○十九日庚子　風雨。終日

一今日吉之助当番ニ付、おさち正六時ゟ起出、弁当支度致、天明後吉之助起出、早飯後、山本・深田等と御番所江罷出ル。今日吉之助多分初新門の由、昨日長次郎殿被申候ニ付、四百文、外ニろふそく代百文為持遣ス(五ウ)。

一昼時雨、榎本氏御入来。今日縁女見合の為、牛込柳町先宗山寺御組屋江媒人同道ニて被参候帰路由也。切鮓壱包、被贈之。暫雑談、有合の昼飯・煎茶を薦め、昼後被帰去○八時過、およし殿来ル。其後、大内氏・鈴木昌太郎殿来ル。何れも雑談、夕七時過被帰去。およし殿ニハ夕飯為給、入相頃被帰去○夕七半時頃、岩井政之助殿来ル。先日貸進之金瓶梅九輯・十輯持参、被返之。右謝礼として状袋二把・絵半切被贈之。尚又所望ニ付、旬殿実々記前後十冊貸進ス。暫雑談、暮時被帰去○朝飯後自豊川稲荷へ参詣、今日迄七日参り也。四時前帰宅。今日、母女弐人糸をとる。今日出入多く候間、少々也

○おさち風邪ニ付、桂枝湯二貼煎用、日暮て枕ニつく。猫仁助順快、今日迄十日絶食の所、今朝飯をくろふ。

○廿日辛丑　雨。昼後ゟ晴

一五半時頃吉之助明番ゟ帰宅、食後休足、夕七時頃起出。

一今朝、長次郎殿来ル。焔硝秤ニ掛呉候様被申。則、掛分三百目分別ニ分、被帰○夕七時前、およし殿来ル。どてらほどき、夕飯を為給。おさち頭痛致し候ニ付、およし殿江療治を乞。夜ニ入候ニ付、弟長次郎殿迎ニ被参候ニ付、五時頃両人被帰去○今日も母女糸とり畢。おさち、神女湯を用ゆ（六オ）。

○廿一日壬寅　晴。寒し

一今朝伏見氏被参、昨日亀戸天神江参詣被致候由ニて、田舎おこし一袋持参被贈之。暫して被帰去○同刻、下掃除定吉代来ル。薪壱把・大根葉漬壱つゝみ持参ス。暫して被帰去○薪代銭ハ先日遣し、代銭済。今日者そふぢ不致、帰去○昼後、長次郎殿来ル。沢庵づけ大こん五本被贈之、且並木又五郎身持不宜候ニ付、小普《ママ》入被仰付由被申○昼後吉之助髪月代致、有住氏江親類書等世話ニ成候為謝礼、かつをぶし五本入一袋、為持遣ス。尚又、黒野氏ニ乞れ候由ニて、ボケ《濁ママ》少々持参、遣之。帰路入湯致、帰宅ス○自八時過入湯ニ参り、薬種等買取、帰路高畑江重の内贈られ候謝礼ニ罷越、七時前帰宅。且、勘助方へ明廿二日鱗祥院江使申付、帰宅。右留主中、高畑氏ゟ一昨日貸進之重箱被贈《ママ》之、紅梅焼一包被贈之○おさち感冒同様ニ付、葛根湯を煎用ス。

一夕七時頃松村氏被参、玉子五ツ持参。右請取、丁子屋ゟ請取金壱分、今日渡之。暫雑談、暮時被帰去○およし殿来ル。ほどなく帰去○七時過定吉妻白米八升持参、請取置（六ウ）。

○廿二日発卯　晴。風

一今朝伏見氏被参、ほどなく被帰去○右同刻松村氏被参、梨子木先日遣し候約束《ママ》ニ付、今日被乞ニ付、進之。自堀取、被帰去。アヒロたまご壱ツ被贈之。夜ニ入又被来、暫雑談、五時頃被帰去○昼前ゟ吉之助、田町宗之介方ゟ榎本・賢崇寺へ罷越、おまち殿江文ヲ遣ス。宗之介方へ奇応丸包壱ツ遣之。然る所、今日者悪寒致候由ニて榎本氏ニ暫休足致、其後一本松・田町江参り候由ニて、五時頃帰宅。エノモト氏ニて小でうちん借用、帰宅○八時頃、勘助方ゟ昨日申付候日雇人足来ル。則、飯田町弥兵衛方へ并ニ天沢山隣祥院江先月廿五日借用之傘三本為持遣ス。飯田町へハ奇応丸大包壱・沢庵づけ大根三本為持遣ス。御姉様江御文を進上、飯田町ゟ返書、隣祥院ゟ請取書来ル。使、七時頃帰来ル○八時頃、おふさ殿来ル。先日貸進之合巻二部持参被返之、おさちと雑談して、夕七時被帰去○右同刻、松岡おつる殿、今日松岡氏江被参候由ニて、行戻とも被立寄○およし殿来ル。是亦暫して夕飯を薦め、暮時帰去○夕七時頃、森野氏内義被参。久保田江被参候序（七オ）の由也。煎茶・くわしを薦め、暫物語、夕飯を薦候得ども辞して不給。京菜づけ五株遣ス。暮時被帰去○下掃除定吉来ル。厠そふぢ致、帰去。

一暮時土屋宜太郎殿、先日貸進の八犬伝九集ノ二七ゟ十二ノ下迄七冊持参被返之、尚又十三ゟ五冊、明日貸進可致旨申、早々帰去。

一おさち今日も平臥、柴桂湯煎用、二椀づゝ両度食ス。

○廿三日甲辰　晴

一今日吉之助あて番ニ付、五時呼起し、直ニ組頭并ニ宛番致、帰宅。食後枕ニ就。柴桂湯おさちと共ニ服用、為差事ハ不有。夕七時頃起出。

一昼後越後やゟ次郎稽古の序ニ煮豆小重入、被贈之。右うつりとして、たまご三ツ遣之。稽古仕舞、帰去○夕七時前松むら氏被参、八犬伝九輯の二九ノ巻被読、壱冊少々残ル。伏見氏被参候ニ付て也。伏見氏同道ニて被帰去。

一おさち、今日ハ順快也○今暁八時頃、西北ノ方ニ出火有之。吉之助起出候所、ほど無火鎮ル。後ニ聞く、新宿番所町老媼尊向御家人三、四軒焼失致候由也。今晩ハ五時枕ニ就く○八時頃、梅村直記殿来ル。過日貸進之八犬伝七輯七冊持参被返之、早々被帰去（七ウ）。

○廿四日乙巳　半晴。夕方ゟ小雨、多不降

一今日吉之助、留吉江本助番ニ付、明六時ゟ起出、早飯為給、深田同道ニて御番所江罷出ル○八時過、およし殿来ル。雑談後、暮時被帰去。

一夕七時過ゟ自伝馬町江糊入薬種等買ニ行、さとう品々買取、暮時帰宅。右留主中、森野内義被参、一昨日貸進のふろしき持参、被返之。

一おさち今日起出、糸を引。

○廿五日丙午　晴

一五半時過吉之助明番ゟ帰去、食後少々休足、無程起出。

一おさち順快、起出、終日糸を引。自同断。今日天神祭、如例神酒・備餅を供ス。今日、使札・客来なし。但、夜ニ入、長次郎殿来ル。させる用事なし。雑談五時過ニ及、其後被帰去。

○廿六日丁未　晴

一今朝伏見氏被参、暫物語被致、被帰去○昼前、吉之助髪月代致遣ス。今日者終日在宿○昼後、村田万平殿ゟ使札到来。

右者、旧冬御火消屋敷江轉役被致候内祝の由ニて、赤剛飯(八オ)壱重、吉之助江手紙被贈。返書ニ不及、口状ニて謝礼申遣ス。

一夕方定吉妻、御扶持上り候由ニて、白米三斗八升の所、八升引、三斗持参ス。赤剛(ママ)為給遣ス○右以前、自買物ニ行。綿等也。暫して帰宅。

一夕七半時頃、礒女殿来ル。忍原竹ひらや江逗留罷越候所、先方主人此節大病ニ付、逗留不被致候ニ付、此方へ被参候由也。今晩此方へ止宿也。
○廿七日戊申　雨。夕方止
一礒女殿今日も逗留、美少年(ママ)を被読。吉之助終日在宿、手習ス。

一夕七時過、およし殿来ル。入相頃被帰去○夜ニ入順庵殿被参、暫物語被致、被帰去。おさち兎角寒悪(ママ)・頭痛致候ニ付、服薬薦め候得ども、一向ニ不用候ニ付、悪寒不退。右ニ付、順庵殿ニ診脉を乞候所、休薬未ダ早し。今少々服薬致候様被申。依之、柴桂湯を用ゆ○山本悌三郎殿先三月五日御用ニて、越後ニ出立被致候由也。右、坂本氏の話也○今日終日、両人糸を引○夜ニ入、長次郎殿来ル。直ニ被帰去。(八ウ)
○廿八日己酉　半晴
一今朝吉之助五時過起出、食後三日礼廻りニ罷出、所々廻勤、四時過帰宅。昼後髪月代致、暮時入湯ニ行、ほどなく帰宅○昼後、熊胆屋金右衛門来ル。絵蠟燭二枚持参ス。先此度ハ用事なし。ほどなく帰去。昨年ゟ旅宿、馬食町二丁目加藤屋平三郎方へ取替候由也○今朝荷持和蔵、給米乞ニ来ル。則、先月分・当月分とも四升渡遣ス○八時過おふさ殿被参、おさちと雑談、暫して被帰去。合巻二部貸進ス○夕七時過松村儀助殿被参、アヒロたまご三ッ持参被致、礒女殿ニ被頼、美少年録二輯一の巻を被読。暮時被帰去○日暮て、長次郎殿来ル。右者、明廿九日吉之助当番、多分新御門江可被参候間、さ候ハゞ明後一日明番ニ、両組頭并ニ当番小屋頭定番を初、新門無滞相勤候由届候様被申、暫して被帰去。今晩五時前、一同枕ニ就く。
○廿九日庚戌　晴。昼後ゟ南風
一今日吉之助当番ニ付、自正六時ゟ起出、支度致、天明頃吉之助・おさち両人を呼起し、早飯為給、御番所江出し遣ス○昼前礒女殿伝馬町江入湯ニ被参、暫して帰来ル○今朝おさち手伝、雛を四畳の間にたつる(九オ)。その後豆いりを手製致、家廟并ニ雛江備ふ○吉田定太郎殿女おてい殿、緋桃手折て持参せらる。謝礼申遣ス。

三月一日辛亥　晴。暖気
一今朝四時頃ゟ自飯田町江行、暫く雑談、彼方ニて昼飯を給、先月分上家ちん金壱分ト二百七十六文・薬売溜さし不引金二朱ト九百三十二文其儘受とり、九時過帰宅。飯田町江玉子・雛の花持参、贈之。帰路、いろ〳〵買物を致ス。
一昼前伏見江豆いり小重ニ入、遣之。尚又昼後、伏見ゟも如例之豆いり小重ニ入、被贈之。且亦、大久保矢野氏ゟ被贈候由ニて白砂糖壱斤入壱袋、おつぐ（濁ママ）殿ヲ以、被差越之○昼後、おふさ殿来ル。一昨日貸進之合巻三部持参被返之、なをまた所望ニ付、侠客伝初輯・二輯十冊貸進ス。右持参、早々帰去○およし殿来ル。しばらく遊、又晩刻参り候由ニて帰去、日暮て亦来ル。右者、早春ゟ預り置候綿入、葛籠より取出し、持帰ル。五時過迄雑談、豆いりを振ふ。帰路、自・吉之助送り行。
一昼後儀助殿被参、童子訓初板五冊、被読之。礒女殿・吉之助等うち聞く。読畢、暮時帰去。小児江まめいり小重ニ入、遣之○吉之助昨廿九日初新御門相勤候ニ付、菓子料四百文出銭。今朝明番帰路、両組頭鈴木橘平・成田一太夫、其外（九ウ）組合小屋頭・当番小屋頭・定番・平番江昨日新御門無滞相勤候由申入。廻勤の人々の性名ハ贈答暦ニ記之。
○二日壬子　晴。八専のはじめ、今朝辰の（アキママ）刻穀雨の節ニ成ル。
一今朝、下掃除定吉来ル。上巳為祝、里芋壱升余持参、早々帰去。

一吉之助今朝髪月代致、昼後ゟ竜土榎本并ニ一本松堅（ママ）崇寺へ罷越、夕七時過帰宅○昼後、およし来ル。右者、同道ニて入湯可致約束ニ付て也。則、礒女殿ニ留主をたのミ、伏見おつぐ殿・およし殿・おさち・自四人ニて伝馬町江入湯ニ罷越、帰路ちりがミ・樟脳・雛菓子等買、八時頃帰宅○伏見氏ゟ煮染壱皿・あさつき二把、被贈之。

一夕七時過、権田原の家ニ被帰去。廿六日ゟ今日迄六日の逗留也。

一日暮て吉之助・おさち、同道ニて麹町江雛市見物ニ行、四時前帰宅。

一右同刻、坂本順庵殿来ル。手製の由ニて五もく鮓壱重持参、被贈之。暫く遊、松岡氏江被参候由ニて立出、帰路又立被寄、右重箱返却、早々被帰去。
○三日癸丑　雨。夕方雨止、不晴、夜ニ入又雨
一今朝長次郎殿、山梔少々持参被贈之、被帰去○今日、岡勇五郎殿・南条源太郎殿・高畑久次殿・鈴木吉次郎殿・永野義三郎殿・加藤金之助殿（十オ）・加藤領助殿右七人、上巳為祝儀

被参○朝飯後礼服ニて与力中・同心中江上巳為祝義廻勤、昼時帰宅○今日上巳祝儀、赤飯・一汁三菜雛へ供し、家内祝食。諸神江神酒・備もち、夜ニ入神燈ヲ供ス。伏見氏江雛硯ふた物を拵、ヨメナハリ〳〵ひたし物おさち持参、贈之○如例年重詰物こしらへ、雛へ供ス。

一暮時前およし殿来ル。おさち迎参り候ゆへ也。夕飯を為給、四時頃帰去。おさち送り行○夕七時過松村氏被参、青砥合二冊被返之、尚又所望ニ付、八丈奇談五冊貸進ス。暮時被帰去○夕七時過、吉之助榎本氏江行。右者、今日同所御老母招候所、雨天ニ付、延引ニ付、重詰物壱重、吉之助ヲ以贈り候所、御母子とも他行ニ付、其儘留主宅江差置、即刻帰宅ス。
○四日甲寅　晴
一今日おさち、吉之助手伝、雛を徹ス。長持江納置、昼時片付畢。昼後、吉之助髪月代を致ス○今朝吉之助宛番ニ罷出、無程帰宅。明日吉之助、長次郎へ捨り番の由也○昼後榎本氏御老母御出、蕎麦切・温飩壱重持参、被贈之。暫雑談、酒食を薦。彦三郎殿縁辺の一義、榎木町惣山寺組同心芳沢氏を娶候由物語被致、吉日を撰候所、当月七日・十六日・廿日・廿七日、此四ヶ日(一〇ウ)吉日ニ付、何れ此四日日の内納采、并ニ十七日立夏ニ成候ニ付、廿日後婚娵可致由被申之。雑談数刻、夕七時過被帰去○夕七時過松むら氏被参、おもに(カ)持参被贈之、早々被帰去○昼前、およし殿来ル。昨夜貸進の傘持参被返之、昼前帰去○右同刻、忍原竹ひらや同居の切商人来ル。何も用事無之候ニ付、帰去。
○五日乙卯　晴。南風烈、夜ニ入曇、温暖
一今日吉之助、深田長次郎殿捨り番ニ付、正六時過越出、支度致候内、おさち起出。天明後吉之助を呼覚し、朝飯後高田・山本等と御番所江罷出ル。

一昼前深田長次郎殿被参、伝馬町江被参候由ニ付、こん木綿糸并ニ糸綿等買取呉候様頼、鳥目渡、頼置○昼後、次郎吉来ル。金平糖壱袋持参ス。則、稽古を致、帰去。夕方、清助同道ニて又来ル。暫して帰去○八半時過大内氏被参、先月中貸進の燕石雑志五冊・かなよミ八犬伝持参、被返之。雑談数刻、煎茶・くわしを薦め、夕七半時頃被帰去○夕七時過長次郎殿被参、先刻頼置候糸綿・木綿糸買取、持参せらる。且、あべ川餅一器・菜園青菜持参、被贈之。昨日客来あり、酒茶わんニ入、薦。暫して帰去、日暮て又来ル。およし殿同道。雑談稍久敷して五時過帰去。およし殿ハ止宿也(一一オ)。
○六日雨(ママ)丙辰
一今朝荷持、吉之助雨具取ニ来ル。則、下駄、傘・合羽為持

遣ス○五時半頃吉之助帰宅、食後仮寐致、夕七時頃起出ル○四時過、およし殿帰去○夕七時頃、村松氏来ル。一昨四日貸進の八丈奇談五冊、被返之。長次郎殿、同刻来ル。両人とも無程帰去。

一八時頃、定吉妻糖持参ス。暫物語して帰去○荷持由兵衛一昨日頓死致候よし、松村氏の話也○今晩暮時ゟ枕ニ就く。

○七日丁巳　晴。夕七時頃ゟ雨、寒し

一今日鈴木側挺前の所、過日高畑氏江代りとして帳前ニ罷出候返番として、今日者高畑被出候ニ付、罷不出。吉之助、是迄鉄炮帳前鈴木側ニ候所、今日ゟ側替ニ相成、有住側ニ成候由也○今朝五時過ゟ自深光寺江墓参、諸墓そふぢ致、水花を供し、拝し畢。大日様江参詣、榎本氏婚姻御鬮伺候所、十番之吉ニて、縁談至極宜敷由、寺僧被申之。夫ゟ惣正寺御組江廻り、縁女やう子聞合候所、やう子宜敷由、其近返之内義被申候也。帰路入湯致、九時過帰宅。

一昼飯後吉之助、鉄炮稽古之為、矢場江行、夕七時頃帰宅。

一今朝、長次郎来ル。吉之助江約束致候由ニて、桃木壱本遣ス。右者、村田氏ゟ(一二ウ)預り置候白桃也○夕方松村氏被参、竹園孟宗三本持参、被贈之。暫雑談、飼籠鳥三冊貸進ス。右同刻、長次郎殿来ル。させる用事なし。暮時松村氏被帰去、長次郎殿五時過被帰去。

○八日戊午　晴。ひやゝか也

一今朝自、豊川稲荷ゟ不動尊へ参詣、四時過帰宅○吉之助髪を結、四時過ゟ竜土榎本氏江行。去四日蕎麦切被恵候重箱今日持参、返上之。縁女一義、大日様御鬮宜敷段并ニ聞合の事、吉之助江申遣ス。吉之助、八時頃帰宅。其其（ママ）先月七日渋柿接候所、近隣の子供徒ニ目を（ママ）むしり候ニ付、今日又右柿江接直しを致ス○四時前、およし殿来ル。昼時頃帰去○昼前、大久保成矢野氏の近隣白石某の方ゟ八犬伝九輯三十六ゟ四十迄持参被返之、尚又所望ニ付、四十一ゟ四十九迄十帖貸進ス。借書之為謝礼、船橋やねりようかん壱折、白石氏被贈之。被参候者の名を不知、近日伏見氏ニ尋ぬべ（濁ママ）し○夕七時頃松村氏被参、山吹を持参、被贈之。飼籠鳥一ゟ末迄三冊も返之、尚又跡七十二迄三冊貸進ス。且亦所望ニ付、東の方ニ有之候さくら壱本進之。其後、無程被帰去○夜食後暮時過ゟ吉之助、おさち同道ニて入湯ニ行(一二オ)。

○九日己未　晴

一今朝、吉之助髪月代を致ス。明日当番なれバ也。終日在宿。但、裏ニ有之候イスラ梅、植替を致ス○昼前松むら氏被参、孟宗筍三本持参、被贈之。且亦、飼籠鳥三冊貸進、青砥後編壱冊被読。読畢、昼時早々被帰去○右之外、およし殿来ル。其外来客なし。明日当番ニ付、夜ニ入、一同枕ニ就く○今日、下そふぢ定吉来ル。厠汲とり、帰去。

○十日庚申　晴

一吉之助当番ニ付、天明頃起出候ニ付、少々遅刻致候ゆへニ、いそぎ支度致、早飯を為給、早々高畑・山本等と御番所江罷出ル○右同刻、自象頭山江参詣、四時前帰宅。

一昼前おさち、長次郎殿内義同道ニて伝馬町江入湯ニ行。おさく殿買物被致候ニ付、手間とれ、九半時頃帰宅。食後おさち、元安氏江参候由ニ付、小杉原一束・絵半切三拾枚、為手みやげ持参、贈之。途中ニておふさ殿ニ行逢候由ニ付、同道致、元安氏江参り、元安氏内義おつる殿誘引、おふさ殿三人ニて象頭山江参詣。且、帰路又元安氏江立より、ほど無彼方を立出、尚又おふさ殿方へ立より、暫雑談して暮時帰宅○昼後、およし殿来ル。薬種持参。右者、桂枝湯調合致呉候様被申候ニ付、則四貼調合致、内壱服せんじ(濁マヽ)(一二ウ)、此方ニて服用致、八時過被帰去。暮時、又来ル。早々帰去○今日庚申祭、如例之。

一八時過大内氏被参、雑談稍久して廉太郎迎被参候て被帰去。亨(ママ)雑記二冊貸進ス。其内、伏見氏ゟ手製五もく鮓を被贈。無程文蕾殿被参、川柳暦うた出板持参被致、まつ村参り候ハヾ渡し呉候様被申、是亦雑談数刻、暮時帰去。

○十一日辛酉　雨。終日

一四時前吉之助番ニて帰宅、食後仮寐致、八時頃起出ル。昨日御役羽織渡り候ニ付、今日昼後組合小屋頭有住氏江受取ニ可参被申候由ニ付、起出、請取ニ行、暫して、請取帰宅。為糸代、百廿文被渡之。

一右同刻、半次郎殿来ル。雑談後帰去、夕方又来ル。沢庵づけ大こん持参、被贈之。今日終日雨、客来なし○昨日吉之助、御番所ゟ御使ニ賀加(ママ)屋敷江参り候序ニ飯田町江立より候所、渥見氏引越、昨日わたまし被致候由也。不知事ニて無沙汰成事、甚気の毒也。両三日中ニ吉之助を遣スべし○清助、食客老人昨日死去致、今日送葬ニ付、袴・羽織・脇ざし借用致度申来ル。則、貸遣ス。

○十二日壬戌　雨。四時頃ゟ雨止、昼後ゟ晴

一今日有住側銕炮帳前ニ候所、雨天ニ付、月送り也。依之不出(一三オ)。

一昼後自伝馬町江入湯ニ罷出、帰路きぬ糸・薬種等買取、八時前帰宅。

一今朝、およし殿来ル。一昨日預り置候薬有之ニ付、桂枝湯

壱帖調合致遣ス。残り候薬種ハ耳草・生姜・大巻少々残る。其余、桂枝・芍薬ハ無之。おさく殿血軍ニて気分不宜候由ニ付、神女湯壱服切袋ニ入、遣之。其後長次郎殿、伝馬町江買物ニ被参候由ニて被参、早々被帰去○夕七時前松村氏被参、貸進之飼籠鳥持参、被返之。内、二冊ハ未ダ也。青砥後編末壱冊被読候内、宜太郎殿被参、先月中貸進之八犬伝九輯の内十四ゟ十八まで五冊被返、尚又同書十九ゟ廿三迄五冊貸進。暫物語、煎茶を薦む。夕方、松村氏同道ニて被帰去○同刻、おふさ殿来ル。おさち対面、侠客伝初集ゟ二集迄十冊持参被返之、猶亦同書三集・四集十冊貸進ス。暮時被帰去○吉之助、今日終日在宿。但、つきむしの薬を製ス○清助方ゟ昨日貸遣し候羽織・袴・脇差被返之、右請取、納置く。

一夕方、定吉来ル。高畑江参り候序の由也。させる用事なし。竹藪牢返しの事申付置、ほど無帰去○夜ニ入伏見氏被参、昨年九月中安西氏江貸進の蔵書写本新安古文通類十冊持参、被返之。右為謝礼、窓の月壱折被贈之。尚又所望あり、蔵書之内十部ほど借用被致度、書付以被越申。則取出し、貸進ス。右書名は貸進帳ニ鮮也(一三ウ)。

○十三日癸亥　南風烈。八専の終、八十八夜

一今日南風ニ付、鉄炮有間敷と差扣候所、高畑被参候ニ付、吉之助鋏炮携、罷出候所、果して思ふニ不違延引、来ル十七日迄無之由ニて、徒ニ帰宅ス○今日、役羽織仕立畢。昼後おさち入湯ニ行、暫して帰宅○今日吉之助・おさち、五もく鮓を製作致、原田・伏見江少々づゝ贈之○八時過、松岡氏・お靏殿被参。右者、昨夜宗仲殿と靏執(ママ)立腹致候ニ付、今日宗仲殿他行中、おつる不動尊江参詣と偽、此方江被参。右納り如何致候と商量せらる。尤、是迄之行、元安氏も甚不行届、婦女子の口先ニておつる殿江頼母しからず、昨節(カ)ゟ心配致居候所、もはや辛防(ママ)難成。右ニ付候てハ松岡両親江右之訳申入候ても中々以不聞入、一時ニ怒罵り、いかにともせん術なく、甚困り候由。誠ニ痛ましく、何れとも松岡氏江参り、拵見候半と存候所、折から松岡氏内義、今日芝居見物ニ被参、母子ともニ他行ニ付、先今日者何となく被帰候様申薦、夕七半時過ゟ元安氏近所迄自送行、家主ニ付、元安氏江被帰候所也。然る所、おつる殿帰宅前、宗仲殿も帰宅被致、お靏殿不居見て甚敷立服被致居候所、おつる殿帰宅の所、尚又怒罵り、刀引さげ、何れへか出れ(一四オ)候ニ付、内ニ入候も心苦敷、又松岡江参り候も甚難義と被思、暮時又此方へ被参候て、今ゟ松岡江参り、兎も角も申拵呉候様被申。お靏殿心中痛しき事かぎりなくおもひやられ候ニ付、食後松岡氏江自参り候所、果

して内義織江殿ハ未帰宅せず。折柄宗仲殿被参居、自参り候時、取次ニ被出候て、家内留主之趣、小一郎殿も被出候ても可申事不整。ついでわろしと、持参致候窓の月壱折さし置、早々帰宅。又明日参るべし。右ニ付、今晩ハ此方へお靏殿を留置、尚又雑談九時ニ及、其後一同枕ニつく。

〇十四日甲子　晴

一今朝吉之助あて番ニ罷出、所々まハり、組頭江届、帰宅。明十五日半刻早出ニ付、吉之助ハ加人之由也。帰宅後髪月代致、昼後ゟ飯田町弥兵衛方・田口久右衛門殿方・あつミ江罷出ル。弥兵衛方へ神女湯十包・つき虫薬三包持参、田口久右衛門殿母義江吉之助紹介の文ヲ遣ス。吉之助初而参り候ニ依て也。然る所、母義おいね殿他行之由ニて、久右衛門殿ニ初対面致、夫ゟ三味線堀戸田邦之助様が内覚重殿方へ行、箱入煉ようかん持参、贈之。無沙汰見舞申入、おくわ様江文を遣ス。渥見氏ニて夕飯を馳走ニ成、帰路村田氏江立より、暮時帰宅。榎本氏縁女、来ル廿一日婚姻祝儀之由也(一四ウ)。

一昼後長次郎殿焔硝三袋持参、掛目掛分呉候様被申、掛分ケ遣ス。早々帰去。

一八時過、宜太郎殿来ル。右者、明十五日御番平刻ニ而、加人ハ不入候由被申之。吉之助他行の由申入、無程帰宅〇右ニ付、長次郎殿江相頼、御番あて返し、組頭江届の義相頼ミ候所、長次郎殿承知ニて、宛直し被致、吉之助加人の所、留吉江本助ニ成ル〇森野内義お国殿、近所通行の由ニて被立寄、早々被帰去〇暮時松村氏被参、飼籠鳥二冊持参被返之、尚又所望ニ付、水鳥記壱冊・帰郷日記壱冊貸進、携被帰去〇日暮て、深田氏又来ル。させる用事なし。暮六時帰去〇八時過坂本氏、是亦門前通行の由ニて被立寄、暫して帰去〇日暮て、綾太郎妹おりう殿来ル。精霊江備候みそはぎハ有之候ハヾ貰度由被申。玄太殿頭江疱瘡より出来、右江鼠つき、こまり候ニ付、右のみそはぎ頭の近辺置候へバ、鼠つかざる呪の由也。然れども無之候ニ付、其義申、ほどなく帰去〇今朝おつる殿一義ニ付、自松岡氏江罷越、松岡夫婦江対面いたし、右一義申入候所、昨夜宗仲参候ても何の沙汰無之ニ付、一向不知也と申。さ候ハヾ、媒介代鈴木造酒之助殿と申隠居被致者を招可寄、其上兎も角も可致と被申、其まゝおつる殿ハ預り置、又後刻の沙汰を待候とて帰宅〇四時過鈴木(アキママ)　殿被参、お靏殿も面談。鈴木氏被申候者、甲子毎ニ松岡氏江鈴木氏・元安氏両人ニて松岡氏江参候ハヾ、例之如くに成候ニ付、今日も又両人ニて可参候間、其せつお靏殿も松岡江被参、平日の如く元安氏(一五オ)・お靏殿同道被致、元安氏宅江可被帰候様被申。

右、お麤殿江申薦、先其趣ニ取極、鈴木氏被帰去○暮時又自松岡江参り、お麤殿存寄をのべ、赤坂元安氏方へ帰宅之義何分不承知の由、お麤殿母義江咄し候所、今晩宗仲可参筈之所、未ダ不参、只今離縁申入候義ニも致難、先今晩ハ元安氏江帰り、追而又せん術も可有之候間、其趣申置候由ニ付、帰宅。ほど無鈴木隠居被参、元安氏も只今被参候ニ付、おつる殿同道ニて可参候様被頼候ニ付、尚又不承知なるお麤殿説薦、ほど無参り候由申候へバ、被帰去。

一日暮て食後、お麤殿江一義申入、何事も姑且の(ママ)ほど也。先今晩ハ松岡氏江参り、宗仲殿同道ニて赤坂江可被帰候様申薦の候所、其意ニ隋候由ニて、自同道ニて松岡氏江罷越、一同対(ママ)、雑談後、帰宅せんとて暇乞ニ及候所、鈴木氏別間江被招候間、参り候所、お露殿如何やうニも元安氏江帰宅致、強て帰さんとならバ帰りもせん。なれども、赤坂の土地へハ足踏入るゝ事不致。路ゟ走去ん杯、一心ニ被申。左候ハヾ宗仲殿同道ニて帰し難、途ニて不慮の義も有之候ハヾ、後悔其かひなき事也。所詮此事松岡夫婦江申聞せ候上ニて、と鈴木被申、小一郎を招、一義申候へバ、心外之立腹、母義織江殿ニ至る迄立腹の躰ニて、おつる殿其儘さし置難候ニ付、お麤殿者其儘此方へ預り、九時過帰宅。又鈴木氏ハ宗仲殿江お麤殿心底申、先今晩ハひとり可被帰候と、鈴木(一五ウ)氏同道ニて先江被帰去○今日甲子ニ付、大黒天江神酒・供物、夜ニ入神燈を供ス。

○十五日乙丑　晴

一吉之助本助ニ付、天明頃起出、茶漬飯を為給、早々山本等と御番所江罷出ル。

一昼前、松岡小一郎殿内義被参。右者、おつる殿心得承り度由ニ候所、おつる殿辞して不対面。自種々諭し候へども、不聞。松岡氏内義被申候者、お麤殿何よりいよ〳〵辛防不致、離縁願候ハヾ、両親ハ申ニ不及、兄弟迄も対面不叶、勘当可為。何方へ也とも、片付候迄、預ヶ置可申候。片付候上ハ、何方へ也とも奉公致候とも当人勝手次第可為由被申候ニ付、お麤殿江申為聞候所、お麤殿被申候者、両親ゟ勘当受候ても、亢安方へ帰り辛防致かね候由被申候ニ付、心得違の趣種々申聞候へども、聞不入候ニ付、已ことを得ず、松岡氏内義江右の答申入候得者、然らバぜひニ不及。其一(ママ)同江申聞せ、親類どもへおつる義預ヶ可申候迄御預り置被下様被頼、其後被帰去。筆三本持参、被贈之○其後自、お麤殿江教訓。甚敷心得違、両親江不孝の義申示、色々諭候所、おつる殿被申候ハ、現ニ御教訓のごとく、只今離縁とて親類へ預ケられ、夫ゟ奉公致候義、実ニ難義可成候。今一度御示教ニ随、元安江帰り、辛防可致候間、何卒此義松岡江仰被聞被下候と被申候間、いふかひありと思ひ、直ニ松岡氏江自参り、松岡夫婦江右之趣申入候所、松岡氏ニてハ承知被致(一六オ)、後刻鈴木参り候ハヾ申聞せ可申候由被申、ほど無帰宅。尚又、おつる殿江教訓致置。

一八時過岩井氏被参、しばらく雑談して帰去○昼後長次郎殿、焔硝百十四匁乞る。則、掛分松村預り候分百十五匁渡ス。早々帰去○暮六時過、およし殿来ル。今晩止宿也。今日もおつる殿此方ニ逗留也。

○十六日丙寅　南風。夕方ゟ雨、但多不降

一およし殿起出、帰去○今朝松岡氏ゟ使札到来。右者、お靏殿一義、鈴木氏昨日赤坂元安宗仲殿方へ被参、昨夜松岡江も被参、一義商量被致候所、先方ニてハ何の子細無之候間、帰し候様被申。昨夜此義申上候筈ニ候へども、深夜ニ相成、今朝ニ及候由被申越。右承知之趣、返書ニ申遣ス。

一吉之助明番ゟ四時過帰宅、食後鉄炮稽古ニ行、暫して帰宅。

一夕七時頃伏見氏被参、暫して松岡氏被参。雑談後、両人暮時被帰去。松村氏、一昨日貸進の水鳥記一・帰郷日記壱冊持参被返之、尚又所望ニ付、神皇正とう記二冊貸進ス○八半時過、鈴木造酒之助殿被参。右者、お靏殿一義也。今晩元安氏江同道可致候へども、又候心得違無之様可致候様、碇と被申(一六ウ)、度々示教の上、被帰。暮時又被参、おつる殿同道ニて元安氏江被参。お靏殿、此方ニ四日の逗留也。

○十七日丁卯　南風烈。夕方ゟ雨終夜、今申ノ六刻立夏之節ニ入ル

一今日有住側鉄炮帳前ニ付、朝飯後吉之助矢場江罷出、九時帰宅。

一昼飯後髪月代致、竜土榎本氏江行。来ル廿一日縁女引うつりのよしニ付、肴代金五十疋・扇子壱対、為持遣ス。夕七時過帰宅。榎本氏より菜づけ壱重、被贈之○昼前おさち入湯ニ行、九時過帰宅。右同刻、長次郎来ル。右者、昨日松村氏ゟ預り置候焔硝百十五匁渡し遣し候代の由ニて百八十八文、松むら被参候ハヾ渡呉候様被申候ニ付、預りおく。早々帰去。

一昼後、森野氏内義お国殿来ル。暫く雑談中、去乙巳年林荘蔵殿江金拾両用立、残り三十両蔵宿和泉や喜平次方へ預ケ置候所、右金お国殿江沙汰なしニ自分入用ニつかひ果し候由、今日お国殿荘蔵方へ参り、催促致候ハヾ、其義ニ及候由。驚れ、此上ハせん術なし。先蔵宿喜平次方へ参り、委細承り候上ニて兎も角も被斗候様相談ニ及ぶ。其後又被参、喜平次ゟ請取置候證文持参せらる(一七オ)。尚又、右相談して帰去○八半

時頃領助殿被参、雑談時を移して、夕七時過被帰去○越後や清助方ゟ八犬伝初編借用致度由被申来ル。則、五冊貸遣ス○夜ニ入まつ岡小一郎殿内儀被参、お竈殿逗留中為謝礼、信濃真綿壱包持参、被贈之。しバ(濁マヽ)らく雑談中、大雨ニ付、松岡氏ゟてうちん・傘為持被差越。所望ニ付、金瓶梅八編ゟ十編迄十二冊貸進ス。五時頃被帰去○十五日伏見氏ニて被頼候子供袷、今日仕立出来。三つ之内壱つハ未ダ半出来也○今日観世音江供物を供ス。

○十八日戊辰　雨。昼後ゟ雨止

一今朝、およし殿来ル。雑談、昼時帰去○夕七時頃清助方ゟ昨日貸遣し候八犬伝初輯五冊内五の巻不足、四冊、使持参。五ノ巻ハ明返し候由也。尚又、二輯五冊貸遣ス○昼後松村氏被参、菜園笋二本持参被贈之、ほどなく被帰去。

一日暮て、元安氏内義お竈殿被参。宗仲殿同道ニて候へども、宗仲殿ハ松岡江被参候ニ付、お竈殿ハ此方へのミ被参、隅田川落鴈壱折持参、被贈。雑談中、坂本氏被参、是亦夜話ニ及。五時頃、宗仲殿御入来。右者、過日(一七ウ)お竈殿逗留之謝礼被申入、暫く物語致、おつる殿同道ニて赤坂住居江被帰去。坂本氏も同道ニて被帰去。

○十九日己巳　曇。終日不晴

一昼前、自象頭山江参詣、帰路入湯致、帰宅○昼前、山本半右右衛門殿ゟ壱匁饅頭壱重十二入、被贈之。右者、子息一周忌相当ニ付、志之由也。謝礼申遣ス○夕七時頃、宗之助(マヽ)旧僕豊蔵来ル。させる用事なし。近所江参り候序之由也。暫く雑談して帰去○右以前、松村氏被参。是亦暫して被帰去○当月吉之助、御扶持取番ニ付、組頭江右取番名前書、持参ス。帰路入湯致、帰宅ス。

○廿日庚午　小雨。昼後ゟ止

一今日吉之助当番ニ付、天明頃起出、茶漬飯為給、高畑同道ニて御番所江罷出ル。

一四時頃ゟ豊川稲荷江参詣、昼時帰宅。山本氏江昨日贈り物之謝礼申入ル。

一昼後おさちヲ以、山本半右衛門殿方へ菓子壱折、仏前江備呉候様申遣ス。

一八時過ゟおさち元安氏江参り度由申ニ付、遣ス。暮時前、元安氏内義同道ニて帰宅。今晩ハお竈殿止宿也○右同刻、山本半右衛門殿内義来ル(一八オ)。子息逮夜ニ付、料供残振舞候由ニて、おさちを迎ニ被参。則、おさち彼方へ罷越、茶飯振舞、帰宅○昼後伏見氏被参、雑談数刻、夕七時過被帰去。

一八半時頃、榎本彦三郎殿御母義被参。右者、明廿一日縁女

引うつり、里方遠方ニ付、中休として此方へ被立寄候由、里方吉沢源八殿被申候由ニ付、其心得可有由被申。且又、女蝶・男蝶の花形入用ニ候間、借用致度被申候へども、余り損じ候ニ付、明日拵、此方ゟ持参致旨、示。今日娵女道具参り候ニ付、世話敷由ニて、早々被帰去○夕方定吉妻白米六升持参、請取おく。

○廿一日辛未　南風烈。半晴

一四時頃、吉之助明番ゟ帰宅。食後四畳ニ入仮寐、八時過起出、髪月代致、入湯ニ行、暫して帰宅○四時過、お靍帰去。おさち送り行、昼前帰宅。昼後入湯ニ行、八時頃帰宅○家根や亥三郎方ゟ此方家根漏繕ニ来ル。暫して帰去。

一昼前・昼後、伏見氏被参。今晩榎本氏江家内不残参り候ニ付、留主中の事頼候故也○夕七時頃、松村氏被参。兼て今晩留主の事頼候ニ付、被参。今晩は此方へ止宿也○夕七半時頃吉之助両組頭江御扶持落候やと聞ニ行(一八ウ)、ほどなく帰宅。今日者沙汰無之由也○榎本氏縁女今日引移り、此方門前通行ニ付、此方へ立寄、休足致、夫ゟ此方家内同道ニて榎本氏江参り候由、昨日榎本氏母義、態々案内被致候間、夕刻ゟ相待居候所、一向沙汰無之候ニ付、暮時ゟ家内一同榎本氏江行。然る所、縁女疾ニ榎本江被参候案内として、荷持長兵衛を被差越。昨日御老母ゟ被頼候蝶花形、今日拵置候所、右之始末ニて間不合、六日のあやめニ成候事、不本意之至り也。かけ合行届かざれば(濁ママ)、如此き事多有之者也。暮六時、榎本氏江至り、礼酒相済、目出度祝儀整ひ、今日の客来、娵女名ハはま・父宗三寺組同心吉沢源八殿・媒人榎本氏隣家御作事人出役原田俊(一字アキママ)殿夫婦・彦三郎殿姉聟村田万平殿・梅川金十郎殿御夫婦・此方母子三人、其外仲間靍太十郎殿・山口(二、三字アキママ)母子三人〆十一人。酌取ハ万平殿幼女也。榎本氏母義・金十郎殿内義・おさち礼服、内白無垢を着し候者彦三郎母義・おさちのミ。縁女おはま殿ハ服砂(ママ)小袖也。源八殿・媒人・彦三郎殿・吉之助ハ麻上下着用ス。一同江本膳を被出。千秋楽を祝し、此方三人・源八殿、九時頃暇乞を致、帰宅。源八殿ハ此方門前通行ニ付、門前迄同道。榎本氏ニて焼肴三尾、被贈之(一九オ)。如例青山様御家中大谷文七殿江吉之助切手頼入、送り切手請取、無事ニ通抜致候也。留主居伏見氏ハ帰宅後、被帰去。松村氏ハ止宿也。

○廿二日壬申　曇

一松村氏、今日鋳炮帳前之由ニて起出、被帰去。吉之助鉄炮借用致度由ニ付、貸進ス。昨夜榎本氏(ママ)ゟ被贈候鯔壱尾進ズ○昼時、大内氏被参。右者、渡辺氏頼母講江入候やと被問。手前へハ一向話無之由を答、ほど無帰去。右同刻、竜土榎本氏ノ使来ル。昨夜預ヶ置候吉之助・おさち衣類・上下等被差越、尚又吉沢氏手みやげ扇子・麻小杉原一束、是をも被届、残炭二俵同断。右ニて十俵皆済也。謝礼・請取認め、使を返ス。菜漬壱重を被贈○夕七時頃、吉之助御扶持聞ニ行。親類書出来の由ニて、有住江印鑑持参、親類書下書請取、帰宅。御扶持ハ未不落。

一夕方、定吉晩茶持参ス。差置帰去○今朝、高井戸下掃除来ル。厠汲取、帰去○夕方、清助妻ひでゟ古袷仕立呉候様たのミ来ル(一九ウ)。
○廿三日癸酉　雨
一夕七時過、吉之助御扶持聞ニ行。未ダ不落。○右同刻、松村氏来ル。箏三本持参、被贈之。又明日可参由ニて被帰去○日暮て、宜太郎被参。過日貸進之八犬伝九輯十九ゟ廿三迄持参被返之、尚又廿四ゟ廿八迄貸進ス。暫く雑談して帰去。

一越後や清助ゟ八犬伝三輯借ニ来ル。則、貸遣ス。
○廿四日甲戌　南風。夕方風止、曇、薄暑、袷衣ニてもあつし
一今朝、初杜鵑の声を聞く。立夏後八日め也。

一今朝吉之助あて番ニ罷出、暫して帰宅。其後又御扶持代の人あてゝ罷出、ほどなく帰宅。昼後髪月代致、夕方又御扶持聞ニ行。明日も不落也。

一昼後、おふさ殿来ル。過日貸進之俠客伝三集・四集十冊、被返之。おさち江海老色絞り小切被贈之、暫雑談して被帰去○同刻大内氏被参、藤花持参、被贈之。是亦暫物語被致、被帰去○定吉妻、白米五升持参ス。御扶持通帳めん渡し遣ス。
○廿五日乙亥　雨。折々止、寒し
一今日吉之助、勇五郎殿江捨り返番ニ付、おさち明六時頃ゟ起出、支度致、天明(二〇オ)吉之助を呼起し、早飯後、長次郎同道ニて御番所江罷出ル。

一高畑久次殿、鉛代渡り候由ニて弐百(アキママ)父おさち江被渡、被帰去○昼前弐百順殿被参、同人縁女おさだ殿、去廿三日引うつり、婚姻無滞相成候由也。暫雑談、九時被帰去。同人ゟ借受置候風登雲起、返之○昼後深田長次郎殿養母被参、唐まつ煎餅壱袋持参、被贈之。煎茶・くわしを薦め、物語稍久敷して被帰去。折からいせひじき到来ニ付、壱袋遣ス○八時過、梅村直記殿来ル。右者、伊セ田丸加藤新五右衛門殿ゟ被贈候由ニて、いせひじき一包百目持参被致、松岡氏江被参候由ニて早々被帰去。則、風呂敷のまゝ預り置○今朝、およし殿来ル。暫して被帰去○夜ニ入、大内隣之助殿来ル。過日貸進の

亨雑記二冊被返之、尚又所望ニ付、雨夜月六冊貸進ス。暫して被帰去。

一今日客来多く、徒ニ日を暮し畢○今日成正様御祥月逮夜ニ付、御画像奉掛、神酒・くわし・備餅を供ス。

○廿六丙子　終日雨。寒し、不順也

一今朝明番ニて、五時過帰宅○昼後越後やゟ八犬伝三輯四冊持参、返之。内壱冊不足也。尚又、四輯四冊貸遣ス。且又、被頼候おひで袷仕立(二〇ウ)出来ニ付、右使江渡遣ス○昼後、お国殿来ル。煎茶・菓子を薦め、雑談。且、荘蔵殿一義被申、泉屋喜平次之喜ノ字を嘉平次と證文江書れ候事、心得がたし。其判なるべし。暫して帰去○七時過、御扶持聞ニ行。未不落、無程帰宅、今晩、暮時ゟ枕ニつく○今日成正様御肖像、昨日の如く床間ニ奉掛、供物を備ふ。家内終日精進也。今日必深光寺へ墓参可致候所、雨天ニて延引、不本意之事也。

○廿七日丁丑　晴

一昼前自伝馬町江入湯ニ行、帰路取替紙買物等致、帰宅。右留主中、伏見氏藤花持参、被贈之由也○昼後伏見氏被参、手拭一筋・褌切・うミ麻十匁持参、被贈之。過日袷仕立進じ候謝礼なるべし。甚きの毒也。ほどなく被帰去○夕七時頃吉之助両組頭江御扶持聞ニ行、ほど無帰宅。御扶持落候由也○石井勘五郎殿、神明大麻壱・洗米持参被贈之、早々被帰去○吉之助、帰宅後髪月代を致ス。明日御扶持取番なれバ也。

○廿八日戊寅　曇。五時過ゟ雨終日、夜ニ入同断(二一オ)

一今日五時前ゟ吉之助、宜太郎同道ニて御蔵前森村や長十郎方へ御扶持受取ニ罷越、御扶持十壱俵請取、車ニ積、組屋敷江引つけ、夫々江配分、夕七時頃帰宅。大雨ニて尤難義也。

一九時頃、鈴木昌太郎殿来ル。させる用事なし。雑談数刻ニして帰去。甚迷惑也○夕方、清助方ゟ八犬伝四輯四冊持参ス。尚又、五輯六冊貸遣ス○夜ニ入、長次郎殿来ル。林荘蔵殿今日未ノ刻死去被致候、と云。尤、内分ニ候得者、門触ニあらず候ニ付、悔ニ参り候とも何れとも、勝手次第可為由被申。然ども、一町の義ニ候間、明日悔申可入由申おく。一昨戌年六月寄場出役被致、僅出入三年ニして没ス。享年四十三才也と云。誠ニ気の毒の事也○今日不動尊江神酒・備餅を供ス。夜ニ入、神燈諸神江供ス○昼後、元安内義おつる殿ゟ使ヲ以、おさち方へ塩せんべい壱包被贈之○おさち昨廿七日ゟ左門町尾岩稲荷江日参ス。

○九日己卯　雨。昼前雨止、折々雨(二一ウ)

一今朝吉之助髪月代致、長次郎殿同道ニて林荘蔵殿方へ悔申入。今日申ノ刻送葬也と云。ほどなく帰宅○四時過ゟ吉之助竜土榎本氏ゟ一本松賢崇寺へ罷越、夕七時頃帰宅。榎本氏ゟうつぎ花、賢崇寺ゟ牡丹鉢ニ植、被恵之、則持参ス。夫ゟ直ニ荘蔵殿方へ行、深田同道、荘蔵殿棺長安寺へ送葬畢、七半時頃帰宅。

一八時過、深田長次郎殿老母来ル。右者、先頃中ゟ弓張月借覧被致度由、長次郎殿伯父田中某被申候ニ付、今ゟ彼方へ参り候ニ付、借用致度被申候ニ付、望ニ任、弓張月前編六冊、右同人江渡、貸遣ス。直ニ被帰去。

一夕七時前松村氏被参、神皇正統記三・四ノ巻二冊被返之、尚又四・五ノ巻二冊貸進ス。夕方被帰去○今朝、およし殿来ル。昼時被帰去○おさち、今日も左門町江行。

一しなのやゟ注文の薪八束、かるこ持参ス。右請取置。

○卅日庚辰　晴

一今日吉之助当日番ニ付、明六時頃起出、支度致、天明後吉之助を呼起し、食事為致候内、久次殿来ル。則、同道ニて御番所江罷出ル(二一オ)。

一今朝伏見氏被参、暫物語被致、過日約束致置候百人一首貸進ス。

一四時頃、おつぎ来ル。とし玉として、じゅばん半襟一掛・緋紋ちりめん小切・半切百枚持参ス。

一大久保白石氏ゟ貸進の八犬伝九集四十一ゟ四十九迄十冊持参被返之、尚又所望ニ付、五十ゟ五十三上下五冊貸進ス○昼後ゟおつぎ、おさち同道ニて平川天満宮開帳江参詣、夫より番所町老媼尊江参詣、八半時頃帰来ル。夕飯為給、帰し遣ス。真綿少々遣之、奇応丸大包壱ツ・中包三ツ、渡遣ス○八半時頃松村氏被参、榎本彦三郎殿江婚姻祝し候詠草短冊二枚持参被致、暫く物語被致、被帰去。

一今日榎本氏縁女里びらきニ付、手前門前通行被致候間、此方へ被立寄。媒人根元俊助殿も被参、彦三郎殿嫁女おはまどの初来也。折からおつぎ参り居候ニ付、相識ニ成ル。手みやげとして、袋入堅魚甫三本・菓子壱折持参、被贈。初来ニ付、盃を薦め可申筈の所、里入出がけニ付、略、切鮓・煎茶を薦め、ほどなく牛込弁天町吉沢氏江一同被参。暮六時、又一同此方へ開被参。榎本氏御母義ハ此方へ止宿也。其外之一同、竜土江開らる○暮六時頃、定吉来ル。白米弐斗六升持参ス。都合三斗九升也。此方御扶持ハ未ダ森村屋ゟ取ざるよしなり。(二一ウ)

○四月朔日辛巳　晴。当月吉之助月番也(二一ウ)

一今日明番ニて、五時過吉之助帰宅。昼後矢場江鉄炮稽古ニ罷出、夕七時過帰宅。

一昼後八時過ゟ自飯田町江行、先月分上家・売薬うり溜請取、暮時帰宅。

一エノモト氏御老母、今日もとゞめ、逗留ス。終(マヽ)真綿を引被出○一昨廿八日夜、当組与力鈴木銀次郎殿方へ盗賊しのび入、土蔵鎖ねぢ(濁マヽ)きり、衣類・両刀都て金品奪去られ候ニ付、今朝訴ニ及候由、吉之助帰宅後告之○夕方松むら氏被参、杜若手折持参被贈之、暮時被帰去○留主(マヽ)、お秀来ル。いなかまんぢう七ッ持参、次郎浴衣壱ッ仕立呉候様申候由ニて、請取置○今日有住側銕炮挺前(マヽ)の所、駒場　御成ニ付、延引也。

○二日壬午　晴

一今日エノモト氏老母、昨日被頼候次郎浴衣を仕立らる。昼後八時頃、被帰去。

一吉之助昼時起出、食後裏そふぢ致、竹根七ッ八ッ穿○夕方清助よめ、次郎差添、頼置候浴衣取ニ来ル。則、渡し遣ス。猶又、仕立呉候様申候ニ付、預りおく。

一夕七時松山むら氏被参、田芹持参被贈之、暮時被帰去○右同刻、定吉妻来ル。御扶持通帳并ニ白米通帳持参、帰去○夕方、長次郎殿来ル。ほどなく被帰去。

一今晩、暮時ゟ枕ニつく○昼前、触役幸太郎殿来ル。明三日銕炮ならし有之由、平刻ゟ罷出候ト被申。

○三日癸未　曇。昼後ゟ雨終日　(二三オ)

一今朝銕炮ならしニ付、五時頃ゟ吉之助鉄炮携、矢場江罷出ル。八時帰宅。

一およし殿来ル。明日入湯ニ被参候ハヾ同道致呉候様被頼、暫して被帰去。

一下そふぢ定吉来ル。厠汲取、帰去○昼後伏見氏被参、大久保天野氏内義安産被致由、臨月ニ不及、八月ニて出産、然ども母女とも恙なく肥立候由也。早々被帰去○八時過、榎本彦三郎殿被参。村田氏江被参候帰路の由也。同人縁女去三月廿一日婚姻整候所、夫ニ背き枕席を共ニせず、夫妻睦しからず候由、甚敷恣成取斗、其意を不得由被申。何ニもせよ、老母の心配想像れ、歎息の至り也。愚なる事乍、売卜歌江問合、右も左も被取斗候様申置。暫して被帰去○夕方、長次郎殿来ル。ほど無被帰去○おさち今日者腹痛甚しく、吉之助介抱ス。つき虫の薬を用ゆ○今日我姉　清心院楚雲妙容大姉様御祥月忌逮夜ニ付、茶飯・一汁一菜を慈正信士様御牌前とも、二膳供之。伏見氏江も遣之○夜ニ入、豆腐や松五郎妻おすミ来ル。去冬貸遣し候蚊や三帳の内二帳持参、被返之。右請取置、暫して帰去。

○四日甲申　晴。風烈、昼後風止、曇、忽晴、夕方又風
一今日吉之助番宛致、ほどなく帰宅、其後髪月代致遣ス。○今日、清助ゟ頼まれ候(二三ウ)古木綿袷、仕立畢○朝飯後、自歌住左内殿方へ行。右者、榎本氏一義好歹を問候所、左内卜筮致候所、地山謙ニて熟縁ならず、程よく離縁可致由被申。右畢、帰路買物致、四時頃帰宅。信濃や重兵衛へ、薪代金壱分払済○右留主中、およし殿来ル。入湯江同道可致為也。則、同道ニて伝馬町江参り、入湯致。尚又帰路、およし殿買物被致、九時過帰宅。およし殿ニ昼飯を薦め、先月中預り置候金二分、今日同人ニ渡ス○昼後、吉之助ヲ以、広岳院江墓参為致。右序ヲ以、坂本順庵殿江婚姻祝儀為歓、銘酒壱升切手・扇子壱対為持遣し、祝儀為申述、榎本氏江も立より、歌住卜筮の趣認め、為持遣ス。雪踏・駒下駄買取候様申付、金壱分渡遣ス○夕七時頃、坂本氏、先刻の謝礼として被参、暫雑談して被帰去。

一夕七半時頃吉之助帰宅、せつた拾壱匁五分ニて買取、持参ス。
○五日乙酉　晴。風
一今日吉之助、板倉安次郎殿江捨り助番ニ付、天明ゟ起出、支度致。食事候内、長次郎殿被参。則、同道ニて御番所江罷出ル○今朝、およし殿来ル。綿入二ツ・どふ着二ツほどき呉候様頼、とき貰。昼飯を薦め、八時頃被帰去○清助ゟ被頼候ぼろ袷仕立出来候ニ付、次郎江渡し遣ス○荷持和蔵江四月分給米二升渡し遣ス○昼前、坂本氏被参。昨日約束致候ニ付、卯木花進之、ほどなく被帰去。日暮て、枕ニ就く。
○六日丙戌　晴　(二四オ)
一今朝定吉妻、手打ぬか持参ス。米つきちん六十文、茶代とも、三百廿四文渡遣ス。

一四時前、吉之助明番ゟ帰宅。其後畑をうなひ、茄子・胡瓜苗を植る○自神女湯五ヶ用并ニ外題小切を摺○八時頃、榎本御老母被参。右者、同人嫁おはま夫ニ飽迄不貞の行ひ、且昨五日朝隣家媒人原田俊助殿方へ断もなく恣ニ自参り候段甚敷、其儘商量の上、媒人江預ヶ置候由被申、椀餅・黒ごまを被贈之。有合ニて酒食を薦め、夕方被帰去。

一夕七半時頃、松村氏被参。明七日帳前ニ付、鉄炮借用被致度ニ付、吉之助則貸進ス。其後被帰去。

一暮時ゟおさち同道ニて伝馬町江貿物ニ行、こんやもめん糸染頼、帰宅ス。
○七日丁亥　半晴
一四時頃久次殿、窓ゟ吉之助を被呼、今日帳前ニ候へども、もはや相済候半。今より参り、鉄炮打べしと被誘引候ニ付、

直ニ角的持参、矢場江行。銕炮者昨夜松村氏江貸遣し候ニ付、持参せず。長友氏ニて剛飯を振舞れ候由ニて、夕七時過帰宅

○長次郎殿卯木持参、被贈之、早々被帰去。

一伏見氏被参、ほどなく被帰去。見聞集五巻借用ス。

一夕七半時頃おさち、遠藤安兵衛方へ行。くわし壱折持参進之、暮時帰宅(二四ウ)。

一今朝、およし殿来ル。暫物語致、昼時帰去。

○八日戊子　曇。五時過ゟ雨終日、夜ニ入雨止

一今朝伏見氏被参、暫物語被致、昼時被帰去。今日、右之外使札客来なし。

一吉之助、終日在宿。但、畑江豆を蒔、自・おさちハ終日糸を引。

○九日己丑　曇。八時過ゟ雨、夜ニ入風、烈雨

一今朝吉之助髪月代致、昼後榎本氏江行。彼方縁女おはま、去ル四日朝媒人原田方へ自参り候ニ付、里方吉沢江掛合ニ及、先おはま事父源八迎ひニ参リ、父宅宗三寺組屋敷江同道致候由也。其後媒人ヲ以詫られ候所、榎本氏不聞入、弥離縁之沙汰ニ成候由也。おはま吾方へ帰り候事、六日の日也。榎本江婚姻後十五日め也。夕七時前帰宅○昼後、およし殿来ル。ほどなく帰去。

一昼後清助ゟ、次郎綿入衣袷ニ仕立直し呉候様、申来ル。請取おく。

一夕七半時過、自おさち同道ニて鮫橋仲町江入湯ニ行、暮時帰たく。

一昼後長次郎殿、庭前之かきつばた一折持参被贈之、暫して帰去。

一夕方、大内隣之助殿来ル。過日貸進之雨夜の月六冊持参、被返之。右為謝礼、白砂糖壱斤持参被贈之、暫して被帰去(二五オ)。

○十日庚寅　晴。薄暑

一今日吉之助当番ニ付、天明後起出、早々支度致、茶づけ飯為給、御番所江罷出ル。帰路飯田町江立より候様申付、奇応丸包十・つきむし薬壱・先月分薬壱わり二百十六文・ろふそく代百文、為持遣ス○今朝、長次郎殿来ル。昼時迄遊、風邪の由ニ付、葛根湯五服調合致、遣ス。且亦、閏二月十八日ゟ同人所持の古糸車借受、つかひ候所、売払度由ニ付、買取、代銭百三十六文同人江渡ス。昼後被帰去、夜ニ入又来ル。雑談後、五時帰去○おさち昼前伝馬町江買物ニ行、きぬ糸・桂枝等買取、ほどなく帰宅○八時頃礒女老人、門前通行の由ニて被立寄、早々被帰去。

○十一日辛卯　晴

一四時過、吉之助明番ゟ帰宅。帰路飯田町之弥兵衛方へ立より、ろふそく等買取、村田氏江も立より候由也。終日在宿○昼後、清助方へ子共給直し出来、為持遣ス○夕方松むら氏被参、先日貸進之神皇正（マヽ）記二冊持参被返之、ほどなく被帰去○右同刻、およし殿来ル。暫して被帰去。日暮て、一同枕ニつく。

○十二日壬辰　雨。四時頃ゟ晴　（二五ウ）

一四半時過吉之助起出、昼後枇杷・栗・山椒の枝をおろし、右以前髪月代を致、暮時前長次郎殿方へ行、ほどなく帰宅○朝飯後お幸伝馬町江買物ニ参り、帰宅後糸を引○自暮時前入湯ニ行、ほどなく帰宅○夜ニ入、長次郎遊ニ来ル。雑談四時ニ及、其後被帰去。今日、使札客来なし。

○十三日癸巳　晴

一今朝起出、自象頭山江参詣、五時帰宅ス○今朝、森野市十郎殿来ル。荘蔵殿金子

一義、御頭江願出候所、右者組頭組合ニて内分ニ事為済候様被仰付候由被申、早々被帰去。

一昼後、弥兵衛来ル。堀の内妙法寺へ参詣致、帰路の由ニて、手みやげくわし壱袋・麦こがし持参被贈之、暫く雑談して帰去○其後、鈴木昇太郎殿来ル。させる用事なし。ほどなく帰去○今朝、およし殿来ル。おさちとき物致貫、其後帰去、夕方又来ル。壱ツ残り候布子とき、だんご・くわしを薦め、おそへ殿処江被参候由ニて被帰去。

○十四日甲午　雨

一今朝食後、自象頭山江参詣、帰路豊川稲荷へ参詣、買物致、四時頃帰宅。其後、吉之助江髪月代致遣ス○吉之助、朝飯後あて番組頭江届相済、四時前帰宅（二六オ）。

一昼後白石氏ゟ八犬伝結局編五冊被返之、尚又俠客伝初集・二集十冊貸進ス○八時過、高畑久次殿来ル。右者、明十五日加入ニ久次殿被出候心得ニ候所、未沙汰無之、如何と被思出右問ニ来ル。右者吉之助申可次所、今朝失念致、高畑江申不入ニ付て也。其段詫置○今晩暮六時、枕ニつく。

○十五日乙未　暖

一今朝吉之助留吉殿江捨り番ニ付、天明頃起出、支度致、茶漬飯為給、高畑・山本・深田等と御番所江罷出ル○朝飯後、自象頭山江参詣。出がけ、一ッ木不動尊江参詣。夫ゟ元安氏江立より、紅梅焼壱折を進ズ。ほどなく立去候て、虎の門江参詣。帰路入湯して、九時前帰宅。来ル十九日下谷伊賀かんニて薬品会有之、若見物ニ被参候人も有之候ハヾ参リ候様申、札三枚を被贈之。

一触役宜太郎殿来ル。明十六日吉之助附人居残ニ候間、壱度弁当差出候様被触之○昼後伏見氏被参、暫して被帰去○夕七時頃、清助方より次郎殿綿入、袷ニ致呉候様申来ル。其儘受取置○右同刻、岩井政之助殿来ル。先月廿一日貸進致候春蝶奇縁八冊持参被返之、雑談久しくして(二六ウ)暮時被帰去。尚又、石魂録前後十冊貸進ス。六時過ゟ枕ニ就く。

○十六日丙申　晴

一今朝起出、象頭山江参詣、五時過帰宅○五時過、荷持来ル。則、壱度弁当為持遣ス。

一八時頃、吉之助帰宅。明十七日紅葉山　御成、当組当番也○夕七時頃、触役幸太郎来ル。明十七日八時起し、七時出の由、被触之。吉之助起番ニ付、其由山本・深田・高畑江申告、暮時枕ニつく○七時頃おふさ殿被参、おさちと雑談、暮時被帰去。昼前おさち入湯ニ行、暫して帰宅○昼時前、目鏡商人来ル。松村ゟ預り置候目鏡、吉之助誤て取落し、わく損じ候間、わく弐匁ニて買取、玉を入替させ、昼時目鏡や拵畢、帰去○其後、森の内義お国殿来ル。暫く物語被致、昼飯を薦め、其後被帰去。

一八半時頃、昨日清助ゟ頼参り候子共綿、抜、袷ニ出来候間、おさちヲ以、為持遣ス。且亦、近日清助・次郎右衛門同道ニて越後国江綿仕入旁々出立の由ニ付、為餞別、きおふ丸中包一・小ふろ敷一ツ為持遣ス○暮時前、荷持和蔵御道ぐ集ニ来ル。則、御銕炮・雨皮ぞふり・弁当為持遣ス。今晩ハ起番ニ付、自・おさち不寐也(二七オ)。

○十七日丁酉　晴

一吉之助起番ニ付、自通夜致、八時吉之助を呼覚し、夫ゟ深田・山本・高畑を為起、其後食事致、七時ゟ右三人と共ニ御場所江罷出ル。四時過御成相済、帰宅ス。荷持、御銕炮・御どうらん・弁当がら持参ス○吉之助帰宅後仮寐致、八時頃ゟ一本松賢崇寺江行。右、同寺ニて長老ニ被成候僧有之候ニ付、兼て約束なれバ也。榎本氏江も立より、暮時過帰宅。堅(ママ)崇寺御隠居先日中ゟ御不快、今以痰気ニて御出被成、御難義之由也○昼後、伏見氏ゟあづき飯、煮染添、被贈之○自起出、象頭山江参詣、四時前帰宅、暮時入湯ニ行○賢崇寺ゟ日ぐらし草壱冊、被返之。

○十八日戊戌　曇。夜亥ノ六分芒種の節ニ入

一自起出、象頭山江参詣、五時過帰宅。其後、おさち入湯ニ行○昼前松村氏被参、糸瓜苗十本持参被贈之、暫く雑談して被帰去。見聞集二冊貸進ス。昼時被帰去。右同人目鏡、昨年ゟ預り置目鏡此方へ引受、著作堂御目鏡松むらに譲り渡し、

交易す○今朝、およし殿来ル。昼時被帰去○昼時過、吉之助入湯江行。右序ニ鍬・たばこ買取候様申付、金壱分渡し置。夕七時頃、鍬のミ買取、帰宅。代銀八匁五分也(二七ウ)。

○十九日己亥　晴

一今朝自起出、象頭山江参詣。今日迄、七日参り終り也。五時過帰宅○其後、吉之助江髪月代致遣ス。

一右同刻、宜太郎殿来ル。右者、医学漢薬品会可参由ニて来ル。吉之助則早昼飯ニて、切手持参、罷出ル。八時頃帰宅。土屋宜太郎・松宮兼太郎殿同道ス○八時過、弥兵衛来ル。神女湯・つき虫薬・きおふ丸・黒丸子無之由ニ付、則神女湯十五・奇応丸小包十五・黒丸子四ツ、渡遣ス。つき虫薬ハ売切ニ付、明日為持可遣旨申聞、暫雑談、煎茶・田舎まんぢうを薦む。土入用の由ニて掘取、持行。菊小鉢ニ植、同断、夕七時前帰去○昼後おさち伝馬町江買物ニ行、ほどなく帰宅。尾岩稲荷へ日参の由ニて、昨日ゟ今日も参詣ス。

一夕七時前、触役幸太郎殿来ル。明廿日上野へ　御成ニ付当番、八時起し・七時出の由、被触之。依之吉之助、明日当番ニ出候山本・高畑江明日起し可申由届ニ行。

一八半時過、自つき虫薬製薬ス。惣掛目八匁二分出来ス○下掃除定吉代来ル。定吉不快の由也。

○廿日庚子　晴

一今日当番、上野　御成ニ付、早出。八時起し・七時出候間、自寐ず(ママ)いたし、八時吉之助を呼起し、久次殿・半右衛門殿を呼為起、茶漬飯を為給、てうちん携、七時ゟ右三人ニて御番所江罷出ル○今晩ゟ蚊帳を用る(二八オ)。

一昼前おさち、およし殿・おさく殿同道ニて伝馬町江買物ニ行。およし殿新道福井ニて浴衣地等買取、右三人昼時帰宅○八半時頃領助殿被参、雑談数刻ニして被帰去。

一夕七時頃松村氏被参、桑の実持参、被贈之。是亦物語被致、七半時頃被帰去。右同人娘お猶虫気ニて哀候由ニ付、奇応丸遣之。塩鯖同断○夜ニ入、長次郎殿来ル。根芋壱把持参被贈、五時頃被帰去。其後、枕ニ就く○清助・次郎右衛門、今日越後国江出立致候由申来ル。

一七時頃順庵殿被参、病架江被参候由ニて、早々被帰去。

○廿一日辛丑　晴

一今朝自豊川稲荷江参詣、四時過帰宅○右同刻大内氏被参、菜園しんぎく一笊贈之、雑談して九時被帰去○吉之助、明番ニて帰宅。今日御浜　御成ニ付、昨夜不睡ニ付、食後仮寐ス。八時起出。明廿二日吉之助実父角左衛門殿十三回忌相当ニ付、今日右逮夜料供被備候間、手前一同参り候様被申候所、留主居無之、一同ハ参りかね候故、吉之助・おさちのミ参り候様申といへども、不聞入候間、八半時頃吉之助松村氏江参り、留主居之事頼入候所、早束承知被致、吉之助同道ニて被参。右ニ付、支度いたし、母子三人榎本氏江罷越、馳走ヲ受く。煎茶一袋進之。村田万平殿御内義并ニ(二八ウ)梅川金十郎殿内義も被参、対面ス。帰路榎本氏ゟ平・菜ふた物ニ入、被贈之。暮六時帰宅。其後、松村氏被帰去。榎本氏ゟ被贈候平・菜其儘松村江遣ス。

○廿二日壬寅　曇。今日ゟ入梅、四時頃ゟ雨終日、夜ニ入同断

一今朝起出、自豊川稲荷江参詣、ほどなく帰宅○朝飯後、吉之助矢場江行。今日有住側帳前なれバ也。四半時頃帰宅。其後髪月代致、昼後ゟおさち同道ニて榎本氏江罷越。榎本氏ニて打揃、彦三郎殿老母并ニ村田万平殿内義・彦三郎殿・吉之助・おさち等善福寺地中善光寺へ墓参り。猶又榎本氏江立より、同所ニて夕飯の馳走を受、暮時帰宅。今日榎本氏留主居、梅川氏内義、村田氏小ども両人預り、留主被致候由也。且亦、萩の花もち製作被致候ニ付、仏参延引也と云。右萩の花もち一器、被贈之○昼前伏見氏被参、雑談後九時過被帰去、夕方又来ル。是亦暫物語して被帰去○八時頃定吉妻白米八升持参、請取置。

一夕方、長次郎殿来ル。吉之助捨り番点切ニ付、捨り帳面右印受様被申候ニ付、自記置。明(ママ)、高畑江贈るべし(濁ママこ)。しバらく雑談、暮時前帰去。

○廿三日癸卯　雨。昼後ゟ雨止、晴

一自去月下旬ゟ疾瘡伝染致候所、当月ニ到リ、手足ハ勿論惣身江(二九オ)江(ママ)発し、甚難渋ニ付、今日者どくだめ根を煎じ、用之。今日者悪寒ニて半起半臥○四時頃ゟ吉之助、榎本氏ゟ一本松江行。御隠居御痰気ニ付、糸瓜水持参進之、八半時過帰宅○右同刻、およし殿来ル。洗度(ママ)物解貰ふ。夕飯を為給、日暮て同人老母被参、雑談後同道ニて帰去○吉之助諸役点切ニて、明後廿五日初休ニ付、高畑江点順帳贈之○定吉妻、御扶持方通帳取ニ来ル。則、渡し遣ス。

○廿四日甲辰　晴

一今朝、高畑久次殿来ル。明廿五日吉之助捨りの鼻心得候様被申、被帰去。

一今朝、永野儀三郎殿来ル。右者、明廿五日御扶持取番心得被呉様被頼、帰去。

一昼後おさち、伝馬町江薬種買ニ行、暫して帰宅○其後、おさくどの来ル。疾瘡見舞也。ほどなく被帰去○夕方、長次郎殿入湯ニ被参候由ニて来ル。早々帰去。

一自兎角悪寒致、不例。然ども打臥迄ニ到らず、終日糸を引。

○廿五日乙巳　晴

一今日、吉之助終日在宿。但、夕七時過両組頭江御扶持聞ニ参リ候所、御扶持渡り候ニ付、夫々江届、帰宅○夕方、定吉妻来ル。御扶持渡候やと問候ニ付(二九ウ)、未不知由申聞。所望ニ付、大竹壱本遣ス○おさち昼前入湯ニ行、九時帰宅。

一暮時ゟ自入湯、五時前帰宅。今日ゟ浮萍湯煎用ス。右之外、客来なし。

○廿六日丙午　晴

一昼前、およし殿来ル。おさち洗度解物致貫、昼飯を薦め、昼後同人養母迎ニ被参候て被帰去○昼前順庵殿被参、打薬剤書付被致、暫して被帰去。

一昼後奈良留吉遠縁番代、今日松野勇吉と申者へ被　仰付候由ニて、右勇吉江森野市十郎殿差添来ル○夕七時過、松村儀助殿来ル。見聞集二冊持参被返之、尚又五・六、七・八二冊貸進ス。桑の実持参、被贈之○明日鋏炮帳前の由ニて、吉之助鋏炮借用致度被申、貸進ス。ほどなく被帰去○夕七時前、長次郎殿来ル。御扶持取番ゟ只今被帰候由也。暫して被帰去

○吉之助、今日も終日在宿。井戸端網棚をこしらへル。

○廿七日丁未　晴

一今朝吉之助・留吉殿、弁当料岡左十郎殿方へ請取ニ参リ、右請取候て、江村・森野・高畑江配分。吉之助分廿五匁、此金壱分ト五分請取畢(三〇オ)、昼時前帰宅。其後髪を結、入湯ニ行、帰路買物致、九時過帰宅○右同刻、おさち入湯ニ罷越。九時前帰宅ス○今朝、およし殿来ル。鼠はん紙買取呉候様おさちへ被頼、被帰去。右ニ付、おさち入湯帰路、鼠はん紙二帖買取、およし殿方へ持参、渡ス。

一今朝伏見氏被参、鰹刺身一皿持参被贈之、暫して被帰去○自七時過ゟ入湯ニ行、暫して帰宅○夕七時過梅川金十郎殿被参、手みやげ切鮓一折持参、被贈之。煎茶・くわしを薦む。初来ニ付、盃を可薦候所、此節禁酒被致候由ニ付、欠合の夕飯のミ薦め雑談、暮六時前被帰去。去ル廿一日榎本氏ゟ借受候ぶらてうちんを貸進ス○玄関脇垣根損じ候ニ付、吉之助添杭致、繕致置○定吉妻白米八升持参、納之。請取置○おさち尾岩稲荷江参詣、去ル廿一日ゟ参り候事也。

○廿八日戊申　曇。折々雨

一朝飯後吉之助、三日礼廻リニ罷出ル。暫して帰宅○おさち、左門町いなりへ参詣。

一昼前伏見殿被参、茄子十五被贈之、暫して被帰去○八半時過、松村氏来ル。貸進之御鉄炮・小てうちん持参被返之、暫

雑談して、夕方被帰去。

一菜園胡瓜、花さく。未ダ蔓を出ず候得ども、日々吉之助こやし致候故成べし。去ル六日買入候。廿日めニて花さく(三〇ウ)。

○廿九日己酉　四時過ゟ雨終日。夜ニ入同断、夕七時頃地震

一昼後おさち入湯ニ行、暫して帰宅○右同刻吉之助髪月代致、是も亦入湯ニ罷出、ほど無帰宅○八時過、おふさ殿被参。おさち留主中ニ付、自と暫く物語被致候内、おさち帰宅、猶又雑談稍久敷して、被帰去○昼前、永井遠江守様御家来三人来ル。右者、此度　公儀ゟ地面改ニ付、名簿・扶持高等詳ニ被聞。則、御頭・組がしら迄申聞せ候へバ、記、帰去○松野勇吉殿、明日見習御番被仰付候由ニて来ル○夕七時過触役幸太郎殿被参、明廿日御番八時起し・七時出の由被申、帰去○右同刻、加藤領助殿来ル。雑談数刻、暮時被帰去。

一夕方永井様御内中村茂兵衛内義、門前通行の由ニて被尋。雑談暫時を移して、暮時前帰去○暮時前、明廿日起番勤候由、高畑・山本・深田江届、帰宅。暮時ゟ枕ニつく。自、おさちハ不寐也○日暮て、長次郎殿来ル。明廿日、並木本助番ニ罷出候由被申、無程被帰去。

○卅日庚戌　雨

一今晩八時吉之助起番ニ付、八時ニ至リ、吉之助を呼起し、無程起出候て(三一オ)高畑・深田・山本を呼覚しニ参リ、帰宅後食事、支度等致、正七時ゟてうちん携、右三人同道ニ御番所江罷出ル。今日増上寺へ　御成ニ付、早交代なれバ也。

一八時過伏見氏被参、雑談久して帰去○八時過自入湯ニ行、暫して帰宅。

一夕七時頃松野勇吉殿、今日見習御番無滞相済候由ニて被参。

一其後、およし殿来ル。しバらく遊、夜ニ入五時頃被帰去。自送り行。

一昼前、定吉妻来ル。白米壱斗五升八合持参ス。右、請取置。

○五月朔日辛亥　雨

一永野義三郎殿・鈴木吉二郎殿、三日礼廻り用捨の由ニて被参。

一吉之助儀も三日礼廻り用捨の由ニて、明番帰路、与力組中江右之趣申入、五時過帰宅。風邪ニ付、食後直ニ枕ニつく○今日客来なし。

一昼前、松野勇五郎殿当日為祝儀来ル○昼前おさち入湯ニ行、暫して薬種買取、帰宅○自今日者終日胸痛致、夜ニ入甚敷痛ミ候ニ付、暮時ゟ枕ニ就。黒丸子服用、丑ノ刻過、全睡ル(三一ウ)。

○二日壬子　曇。八専の初
一今朝おさち久保町江薬種買取ニ行、ほどなく帰宅○葛根湯煎用、吉之助終日平臥也○昼後、およし殿来ル。夕方迄遊、被帰去○自此節疾瘡追々発し、難義限なし。此故ニや胸痛致、是も亦難義。今日も夕方ゟ甚敷胸痛、夕飯を不給、枕ニ就候所、益痛候ニ付、黒丸子を用、ほどなく吐之。右ニ付、少々痛和ぎ、丑ノ刻過ゟ睡ニつく○定吉妻、定吉ニ申付候晩茶・びん付油等買取、持参ス。右、請取置○夜ニ入、長次郎殿来ル。ほどなく被帰去。
○三日癸丑　雨。昼前ハ雨なし
一今朝、村田氏相識之人大沢徳兵衛と申仁来ル。右者、榎本氏江用事有之候ニ付、住居・名簿等承り度由ニて来ル。則、しるし、右徳兵衛江遣ス。

一夕七時頃松村氏被参、艾・菖蒲持参被贈之、暫して被帰去○ふし見氏ゟしんぎく一笊、被贈之○松井氏ゟ菖蒲被贈候ニ付、今朝買入候ハ不用ニ相成、右其儘ふし見江進ズ○吉之助、今日者順快也。自も順快なれども、心地不例。然ども終日糸を引(三二オ)。
○四日甲寅　雨。未ノ六刻夏至之節ニ入ル、昼後雨止、夜ニ入亦大雨、遠雷
一今朝江村茂右衛門殿被参、明五日御番吉之助江加人の由被宛、帰去。

一四時過伏見氏被参、名頭手本有之候ハヾ借用致度被申候ニ付、則尋出し貸進、直ニ此方ニて手本被認、持参、被帰去○昼後吉之助順快ニて、髪月代をいたし、夕七時頃相番高畑茂左衛門其外加人ニ被出候人々方へ罷越。且又、所々江起番の事申伝、帰宅○昼後、下掃除高井戸定吉方ゟ端午為祝儀、自然薯壱俵持参ス○八半時過、触役宜太郎殿来ル。明五日御番、八時起・七時出の由、被触之。

一七ツ頃ゟ自、赤坂一ツ木豊川稲荷へ参詣、夫ゟ不動尊江参詣して帰宅。

一夜食後おさち同道ニて、自おろし町江入湯ニ行。然る所、雨降出、難義ニ及候所、幸定吉入湯ニ参り、傘貸呉候間、右傘かり受、出かけ候所、吉之助雨傘持参いたし候ニ付、直ニ定吉江傘返し、吉之助持参之傘江母女弐人ニて同帰宅。吉之助、五時頃枕ニ就く。今晩も起番ニ付、母女不寐也○門屋根・玄関・勝手口へ菖蒲を葺く。
○五日乙卯　小雨。夕方遠雷、暮止
一今日御番所早交代ニ付、八時起し、七時出起番ニ付、八時吉之助を呼覚し、即刻起出(三二ウ)、高畑・深田を呼起し、帰宅

後食事致、正七時ゟ高畑・深田等同道ニて御番所江罷出ル。てうちん携、壱ツ弁当遣ス。九時帰宅ス○今日諸神へ神酒・備もちを供ス。夜ニ入神燈、家廟へも備餅を供し、終日開門也○昼後おさち綾部氏江行、暫して帰宅。其後、深田へ行。

一永井辻番人来ル。暫く雑談して帰去。さゝげ飯・平菜ひたし物を遣ス。

一今日端午祝儀、さゝげ飯・一汁二菜、家内祝食ス○今朝ふし見氏被参、干海苔五枚持参被贈之、ほどなく被帰去○昨夜不睡ニ付、暮時前ゟ枕ニつく○今朝、豊川稲荷江参詣ス。

○六日丙辰　半晴

一今朝松野勇吉殿、昨日初御番とゞこほりなく相すミ候よしニ付、来ル。深田長次郎殿養母被参、早々被帰去○昼前、下掃除定吉来ル。厠汲取、帰去。

一今朝食後豊川稲荷へ参詣、ほどなく帰宅○昼飯後吉之助、榎本氏より賢崇寺へ行、夕七時帰宅。榎本氏ゟ到来の由ニて、赤飯壱重、被贈之。且亦、過日文蕾主ゟ被頼候手鏡折本賢崇寺江遣し置候所、七両金ニ候ハゞ買入置可申、十余金ニてハ出来かね候由被申、吉之助江渡し、被返之。吉之助、帰宅後伏見江持参、右賢崇寺ニて被申候趣申入、返之○今朝、長次郎殿来ル。右者、触役亥三郎殿ゟ伝言被頼、明七日上野御場所江罷出候由被申。相手ハ小屋(三ォ)頭英太郎殿・加藤佐助殿也。其後庭前の花仏前江備候様ニとて持参、被贈之。

一昼後おさち、元安氏江行。隣家おつぐ殿同道ス。夕七時帰宅○右同刻、伏見氏ゟ手製海苔鮓一皿、被贈之。其後ふし見氏被参、雑談後被帰去。

一八時頃、およし殿来ル。夕方帰去○夕七時過、豆腐や松五郎妻来ル。昨年五月中貸置候蚊帳壱張持参、返之。右請取、雑談後帰去○自、今日も豊川稲荷へ参詣。暮時ゟおさち同道ニて伝馬町江入湯ニ行、帰路買物致、五時前帰宅。

○七日丁巳　曇

一今朝起出、豊川稲荷へ参詣、五時帰宅○吉之助、五時過ゟ上野御場所江罷出ル。上野ゟ築地御頭江廻り、夕七時頃帰宅。明日上野　御成、当組者非番也。

一今朝伏見氏被参、暫して被帰去○其後森野内義来ル。ほどなく被帰去。

一今日琴嶺様御祥月忌ニ付、持仏掃除致、床の間江御画像掛奉り、神酒・くわしを供ス。茶飯・一汁三菜、但香の物ども料供を備、隣家ふし見并ニ深田江器へ入、遣之。およし殿・文蕾主・大内氏を呼、茶飯を薦む。八時過被帰去。

一八時頃、麻布竜土榎本氏御老母被参。兼て被参候様申入置

候故也。腐皮せんまん(ママ)(三三ウ)一重被贈之、外ニ団子一包・暗巻(ママ)御菓子、是をも被贈之。暫く雑談中、八半時頃彦三郎殿被参。右両人江酒食を薦、四表八表物語致、夜ニ入五時前被帰去。

○八日戊午　曇。四時頃雨、昼後ゟ晴、薄暑

一今朝豊川稲荷へ参詣、四時過帰宅○昼飯後おさち同道ニて深光寺へ参詣、諸墓水花を供、拝畢、八半時過帰宅○右留主中、弥兵衛来ル。先月分売薬売溜弐〆百四文、内壱わり二百十四文さし引、上家ちん金壱分ト二百七十六文之内金二朱差引、持参。留主中ニ付、吉之助煎薬を薦め、雑談後帰去候よしなり。

一今日も床間へ御肖像掛奉り、備餅・柏もちを供ス○今朝、八前野留五郎殿来ル。右者、弓張月所望の由ニ付、前編六冊貸進致候由、赤坂ゟ帰宅後、告之。

一自暮時入湯ニ行、ほどなく帰宅○夜ニ入、長次郎殿来ル。暫物語して被帰去。

一今朝文蕾殿被参、手鏡一義、何卒金十両ニて御預り被下候様、今一応先方へ頼入呉候様被申。然バ、明日一本松江参、為申聞可申答、暫して帰去。

○九日己未　晴。薄暑

一今朝起出、豊川稲荷へ参詣。帰宅後食事致、吉之助ニ髪月代致遣ス(三四オ)。

一四時頃ゟ吉之助一本松賢崇寺へ手鏡一義ニ付罷越、一本松ニて昼飯を給、行戻とも榎本へ立より、八半時頃帰宅。手鏡一義、何れニも今一度見候上ニて右も左も可致被申候由、其趣伏見氏江申聞置く。去ル六日賢崇寺ゟ被贈候赤剛飯重箱、今日吉之助持参、返上ス○夕方順庵殿鳥渡立被寄、疾瘡薬種の事聞合、亦明日可被参由ニて、早々被帰去○夜食後、自おさち同道ニて伝馬町江入湯ニ罷越、帰路打薬品々買取、五時前帰宅、枕ニつく。

○十日庚申　小雨。忽地止、不晴

一今朝起出、自象頭山ゟ豊川稲荷へ参詣、五時頃帰宅○吉之助当番ニて、茶漬を為給、山本・高畑等と御番所江罷出ル○七時頃順庵殿被参、疾打薬ロ授被致、且反花製方致可参由被申、反花壱両目、又明日来訪被致候由ニて、反花携、被帰去○暮時前大内氏被参、暫して被帰去○今朝およし殿被参、昼前帰去、夜ニ入又被参。今晩止宿也○暮時、加藤領助殿被参。させる用事なし。雑談、亥ノ刻過被帰去○今日吉之助、御使へ出候序ヲ以、飯田町江手紙差添、つきむし薬三包為持遣ス○今日庚申ニ付、神像床間奉掛、神酒・備餅、夜ニ入神燈供ス。

一昼後おふさ殿被参、しバらくおさちと物語して、夕方帰去

（三四ウ）。

○十一日辛酉　雨

一早朝順庵殿被参、昨日持参返候反鼻製方被致贈。今ゟ八丁堀江被参候由ニて、早々被帰去○吉之助、明番ニて四時頃帰宅。食後休足、夕七時頃起出。

一およし殿、昼時被帰去○昼後、松岡氏ゟ手製柏餅廿二入壱包、被贈之。則、謝礼としておさちヲ以松岡江重箱返し畢○夕方松村氏被参、暫して被帰去○疾瘡益盛ニ付、今日ゟ転方、敗毒散・反鼻を加、煎用ス○昼時、としまやゟ注文のひげ十醤油壱樽持参ス。右請取、代銀拾匁七分、外ニかるこ四十八文、〆金二朱ト三百七十二文、払遣ス。

○十二日壬戌　雨。昼後遠雷、夕方雨・雷止

一昼前順庵殿被参、打薬製方被致。右者、巴豆一匁・昆麻子（ママ）壱匁五分・黒胡麻二匁五分〆五匁、薬研ニ掛、細末ニ致、麻の切ニ包、上酒五合ニ漫し置、其後被帰去○昼前伏見氏被参、昼時帰去○今朝、信濃やゟ昨日申付候薪八把送り来ル。右さし置、帰去。

一昼前・夕方、伏見氏両度被参、雑談後被帰去○夜食後暮時ゟ自、おさち同道ニておろじ（濁マヽ）町江入湯ニ行、無程帰宅。其後打薬を惣身江致、枕ニ就く。吉之助ハ終日在宿ス。

○十三日癸亥　曇。八専の終、昼後ゟ晴

一今朝伏見氏被参、暫して被帰去。長次郎殿同様、ほどなく被帰去（三五オ）。

一昼前、およし殿来ル。暫して帰去○昼後、弥兵衛来ル。御姉様ゟ御文并ニ蒲鉾壱枚、被贈之。神女湯無之由ニ付、七包渡之。煎茶・稲荷鮓を薦ル。是ゟ日本橋江参り候由ニて帰去○同刻松村氏被参、鶏卵三ッ持参、被贈之○八時過、前野留五郎殿去ル八日貸進之弓張月前編六冊持参被返之、右為謝礼、手製柏餅壱箱を被贈。尚亦、後編六冊貸進ス。早々被帰去○其後、順庵殿来診。煎茶・致来の柏餅を薦め、自疾瘡容躰を被見、今両三日見合、やう子ニより打薬又々打候様被申○夕七時頃、定吉妻来ル。白米七升持参ス。明日蔵前江参り候序有之候間、渥見氏江手紙使可致由申ニ付、今朝認め置候手紙壱通、定吉妻江渡遣ス。

一夕七時過、吉之助長友江玉落の事聞ニ行、暫して帰宅。未ダ落ざるよし也。

一夕七時過、おさち入湯ニ行。

一今日吉之助、梅之実を落ス。当年ハ外れニて、都壱斗也○夜ニ入、長次郎殿来ル。ほど無被帰去○自昨夜打薬致候所、背ゟ両腕へ多く出、あわつぶ（濁マヽ）の如く、昼夜痒き事限りなし○

暮時頃おくに殿被参、市十郎殿ゟ吉之助江伝言被申。
○十四日甲子　晴。暑し、南風、夕方止(三五ウ)
一今朝起出候所、面部・眼の上重く、吉之助等腫候由申之。疾瘡ハ昨日の如く同様也。

一おさち伝馬町江買物ニ行、ほどなく帰宅○四時頃ゟ吉之助鉄炮稽古ニ罷出、昼時帰宅○八半時頃、およし殿来ル。暫遊、夕方帰去。右以前、長次郎来ル。是亦無程被帰去。

一昨日定吉へ頼置候渥見へ手紙、今日届候由ニて、返書持参ス。右請取置。

一夕七時、吉之助髪月代致、其後組頭江御玉落の事聞ニ行、暫して帰宅。御玉今日落候得ども、明十五日当番ニて無人ニ付、松宮兼太郎・吉之助ハ組合取番といへども、行ニ不及由也。

一今日甲子ニ付、大黒天江神酒・供物を備、神燈ヲ供ス。
○十五日乙丑　晴。暑し
一今日吉之助加人ニ付、天明前おさち起出、支度致、其後吉之助起出、早飯後御番所江罷出ル。昼九時帰宅○昼前、賢崇寺ゟ使札致来。吉之助不在ニ付、請取書ヲ使江渡ス。

一今朝野菜売多吉幸便ヲ以、樹木つけ梅五升、手紙さし添、頼遣ス。

一昼時、山田宗之介使札到来ス。小田原梅ぼし一重・越の雪ぐわし壱折、時候見舞として被贈之。おまち殿ゟ文到来、奇応丸・黒丸子所望ニ付、奇応丸大包一代金弐朱、被贈之。黒丸子三包ハしん物ニス。返書認め、謝礼申遣し、宗之介江約束ニ付、熊胆壱匁遣之、使清吉江昼飯為給遣ス。暫して帰去(三六オ)。

一昼時順庵殿被参、疾瘡出かね候やう子ニ付、打薬今一度打候様被申、早々被帰去。

一今日朝ゟ天気ニ付、洗度・張物等ニておさち終日奔走ス。夕方、両人かゝりゆを遣ふ。
○十六日丙寅　晴。暑し
一今朝、およし殿被参。暫して同人母義、山本半右衛門殿小児おとみ同道ニて被参、暫く雑談して被帰去。おとみハおよし殿同道ニて、昼時被帰去○昼時長次郎殿入湯致し帰路の由ニて立寄、早々被帰去○昼前大久保矢野氏ゟ樹(ママ)木五升、手紙さし添、被贈之。返書不遣、謝礼口状ニて申遣ス○夕方、伏見氏ゟ沢庵づけ大こん三本贈らる○夕方、吉之助・おさち等かゝり湯をつかふ○夜食(ママ)、自おさち同道ニて伝馬町江買物ニ行、明十七日元立院様御祥月逮夜料供入用品々買取、帰宅ス。

一今日到来の梅、吉之介夕方漬畢○昨夜自打薬尚又致候所、

矢張同様也。癖き事甚しく、夜中別而難義也。
○十七日丁卯　晴。夕方遠雷、雨、少々、忽地止
一今日我実父元立院様御祥月忌ニ付、麦飯とゞろ（ママ）汁、外ニ平猪口拵へ（三六ウ）、観心院様・元立院様牌前江供し、伏見氏江遣之。且、永井辻番人江遣之。

一八時頃赤尾おまち殿被参、手みやげ切鮓壱重・半切紙持参、被贈之。煎茶・くわしを薦め、其後冷さうめん・夕飯を薦め、且所望ニ付、弓張月前ぺん六冊・島めぐり初へん〻三編迄○今日観世音祭、例のごとくス。
○十八日戊辰　終日曇。冷気
一今朝吉之助広岳院江参詣、帰路宗之介方へ立より、夕飯を被振舞レ、宗之介方へ窓の月一折持参ス。出がけ、榎本氏へ罷越、昼飯を彼方ニて給、一本松賢崇寺へ罷越、夫〻広岳院江参詣致由ニて、暮六時帰宅ス○八時頃、おふさ殿来ル。番所町老媼寺へ参詣致候由ニて、おさちを被誘引。おさち甚迷惑ニ候へども、さすがニいなとも申兼候ニ付、支度致、同道ニて媼神江参詣。夫〻隣寺売女しら糸の墓を見物致。右墓ハ、此度俳優しうか白糸の役まハり当り候ニ付、墓を建候由也。夕七時頃帰宅。直ニおさち同道ニておふさ殿宅江行、おさちほど無帰宅。

一今朝、およしどの来ル。吉わらせんべい少々被贈、暫く雑談、昼時被帰去。

一昼時過、生形内義およき殿、小児を抱き、来ル。暫く遊、帰去（三七オ）。

一夕七時過文蕾主被参、ほどなく又大久保江被参候由ニて、被帰去。

一此せつ、新宿辺狼四、五疋出、多く人を脳（ママ）、或者即死、或者半死半生も有之由風聞おびたゞ（濁マヽ）しく候所、皆虚言ニて、実者三月頃（アキママ）　ニて狼二疋養ならし置候所、同一疋ハ斃、跡一疋成長致候所、鉛（ママ）を喰切、逃候所、人々追かけ、大きなる原へ逃込候を、人々当地ニて狼五、六匹出参り、人を損じ候由の虚言也と、伏見氏の話也。

一夕七時頃前野留五郎殿、去ル十三日貸進之弓張月後編六冊被返、尚又続へん六冊貸進ス。
○十九日己巳　晴。暑し
一昼後おひさ、綿（カ）商人同道ニて来ル。薄荷壱包持参、早々帰去○夕七時前土屋宜太郎殿被参、先月中貸進の八犬伝九輯二部被返之、尚又同書四十一〻四十五迄貸進ス。借書之為謝礼、手製柏餅壱重持参被贈之、無程被帰去○其後触役亥三郎殿、明廿日当番御成ニ付早交代、八時起し、七時少々早めの由被

申入、帰去○吉之助起番七点相済候間、今朝深田長次郎方へ吉之助持参、渡之。右ニ付、今晩ハ日暮て一同枕ニつく(三七ウ)。

一夕方定吉妻、申付候白米（アキママ）　持参、受取置○日暮て長次郎殿被参、明暁起し可申由ニて、被帰去○昼後吉之助髪月代を致、両人かゝり湯をつかふ。
○廿日庚午　曇。八半時頃雨、無程止、ムシ暑し、巳ノ三刻小暑の節ニ入
一今暁八時、起番長次郎殿窓ゟ呼起さる。即刻おさち起出、支度致、其後吉之助起出、茶漬を給、てうちん携、正七時、高畑・山本等と御番所江罷出ル。

一今朝伏見氏被参、今日日本橋辺ニ川柳開有之、八時ゟ出席可致所、蔵前森村や七十郎方へ朝の内参可申候。若用事あらバ承り候半と被申候ニ付、当夏渡り御切米、未ダ不請取候ニ付、則伏見氏ニ頼、受取被参候様、吉之助印鑑渡し置○昼前深田長次郎殿老母、山本小児を携来ル。暫して被帰去○右同刻、松村儀助殿来ル。昼飯を薦め、其後仮寐被致、八半時過被帰去○四時過順庵殿来診、自癖瘡被見。入湯の事聞候所、今四、五日待候様被申、無程被帰去○荷持和蔵、給米を乞。則、二升渡遣ス。

一日暮て、およし殿来ル。今晩ハ止宿也。

○廿一日辛未　半晴。凌よし
一今朝伏見氏被参、昨日森村や江被参、御切米請取被参候由ニて、諸入用さし引、金二両二分ト廿四文渡され、印鑑同断、早々被帰去(三八オ)。

一四時過吉之助明番ニて帰宅、直ニかゝり湯致、仮寐ス。昼時起出、食事致、矢場江罷出ル。明日御頭鉄炮見分の為、御出ニ由て也。夕七時頃、帰宅。其後髪月代致、尚又かゝり湯致ス○夜ニ入、おさち同道ニて伝馬町へ買物ニ行、薬種・土瓶其外色々買物致、五時前帰宅。其後、一同枕ニ就く○夕方松村氏被参、無程被帰去○およし殿、昼前被帰去。花房様御内ゟ療治ニて招れ候由、長次郎殿申来候故也。
○廿二日晴　壬申
一今暁七半時頃、東方ニ出火有之。自起出、見候所、余ほど大火ニ付、おさち起出候所、もはや天明ニほどなく候ニ付、たきつけ候内、触役宜太郎、失火ハ西御丸ニ付、寄場建候間、早々罷出候様被申、早々被帰去。即刻吉之助湯づけ飯を給、御鉄炮・御どうらん携、寄場江罷出ル。ほど無、荷持弁当集ニ来ル。則、渡し遣ス。吉之助、四時過帰宅。今晩又西御丸江御金見番ニ罷出候由ニ付、帰宅後かゝり湯致、枕ニ就く。

一今朝、およしどの来ル。おさちへ髱かけを被贈。太郎初年

の節の麻上下未ダ納置候ニ付、今日およし殿を頼、解貰ふ。昼時、およし殿帰去。其後、長次郎殿被参。右同人ハ今晩休の由也。ほどなく被帰去○今朝伏見氏被参、雑談後被帰去○今晩西御丸江吉之助等金見番として可罷出よし、御組頭ゟ被申候ニ付、罷出候心得ニて候所、夕方ニ(三八ウ)相成候ても触役不来。右ニ付、暮時組頭江承りニ行。然る所、未ダ不分候由ニて徒ニ帰宅。其後何の沙汰無候ニ付、五時過枕ニつく○夕方一同かゝり湯。

○廿三日癸酉　曇。四時過ゟ晴、暑し

一今朝、お国殿来ル。暫く雑談して、被帰去。先年ゟ預り置候市太郎殿冠笠、今日同人ニ渡ス。諸助番帳めん持参被致。

一今朝四時頃ゟ吉之助、村田氏江行。おさちゟ幼女おさとどのへ太柄うちわを遣ス。昼時帰宅。村田氏ゟあじろ蓋大小二ツ・なまりぶし一本、被贈之。

一下そふぢ定吉大こん壱把持参、明日又可参由ニて帰去○夕七時頃、岩井政之助殿来ル。先月中貸進之石魂録前後持参、被返之。尚又所望ニ付、合巻猪聞集六冊貸遣ス。暫して被帰去○日暮て森野氏被参。右者、明廿四日松野氏ニて初寄合有之候ニ付、夕七時頃ゟ出席可致被申之、被帰去。今朝、右同人内義被参○今日もかゝり湯せズ○昼後、奇応丸壱匁三分江箔を掛ル。

○廿四日甲戌　晴。暑し、風なし、凌かね候程也

一朝飯後、吉之助番宛ニ罷出ル。ほどなく帰宅○昼後下そふぢ代来ル。昨日(三九オ)申付候皮つき麦《(アキママ)》升持参ス。代銭百文渡遣ス。下そふぢいたし、帰去。

一夕七時前、およし殿来ル。ほどなく帰去○右同刻、渡辺平五郎殿、隣家林氏迄被参候由ニて被立寄、暫して帰去○夕七時前、吉之助かゝり湯致、食後松野氏江初寄合ニ行。右少々以前、高畑を誘引、夜ニ入五時前帰宅。餅菓子壱包を被牽。今日の寄合、並木又五郎殿の一義也と云。

一昼後、越後や清助娘来ル。昨夜越後ゟ帰着の由ニて、真綿壱包、為土産持参ス。早々帰去○今日ゟ夜具類を干はじむ。

○廿五日乙亥　晴。暑し、凌かね候ほど也

一今日も夜具を干ス○昼時、ふし見氏ゟ茶飯・一汁一菜、被贈之○夕方、定吉妻、白米壱升持参ス。請取置○夜ニ入順庵殿被参、暫して被帰去。

一今日の暑さ、風なし。夜ニ入候てもむしあつく、凌かね、甚敷難義ス。夕方、かゝり湯致ス○夕方礒女殿被参、先月中ゟ飯田町小松や江逗留ニて只今帰路の由、ほど無被帰去。

○廿六日丙子　晴。暑さ昨日の如し

一昼前長次郎被参、暫して被帰去。右之外、今日客来なし(三九ウ)。

一夕方、かゝり湯致ス。今日も夜着蒲団を虫干ス○自癬瘡かゆミ有之、夜分睡かね、大難義也。

○廿七日丁丑　晴。暑さ甚し、天明頃小地震

一今朝、留五郎殿来ル。先月中貸進の弓張月六冊被返之、尚又拾遣五冊貸進ス。ほどなく被帰去○其後土や宜太郎殿是亦八犬伝九集四十一ゟ四十五迄持参被返之、尚又四十五ゟ大団円迄十冊貸進ス。暫して被帰去○夕七時、松宮兼太郎殿過日吉之助江被頼置候由ニて、けいせい水滸伝借用致度被申候ニ付、則貸遣ス○今日、吉之助かりこみをス。

一夕方吉之助髪月代致、入湯ニ行、ほどなく帰宅。其後自、おさち同道ニて暮時ゟおろじ(濁マヽ)町江入湯ニ行、暫して帰宅○今日御扶持渡り候由ニて、定吉妻通帳取ニ来ル。則、渡遣ス○夕方およし殿被参、暫して被帰去。

○廿八日戊寅　晴。小風、昨日ゟ少し凌ヨシ

一朝飯後、自不動尊・豊川稲荷へ参詣ス。四時前帰宅。

一右同刻、吉之助竜土榎本氏ゟ一本松賢崇寺へ罷越、夕七時過帰宅(四〇オ)。

一今朝松野勇吉殿、当日為祝儀来ル。右以前松村氏被参、早々被帰去。

一今夕もかゝり湯を致ス。暮時ゟ自入湯ニ行、無程帰宅ス○今日も夜具を干ス。

○廿九日己卯　晴。今日暑さ甚し

一吉之助終日在宿、夕方かゝりゆ致。右以前、髪月代をス○暮時ゟ自入湯ニ行、無程帰宅○夕方大久保矢野氏ゟ手製柏餅壱重、手紙差添、被贈之。口状ニて謝礼申遣ス○今日者簞笥類を干ス。

六月朔日庚辰　晴。初伏也

一今日吉之助当番ニ付、正六時前ゟ起出、支度致、天明頃吉之助を呼起し、早飯後高畑氏被誘、同道ニて御番所江罷出ル○朝飯後自飯田町江行、うちわ一本・皮付麦進ズ。神女湯十包持参ス。飯田町、昼飯・せん茶・もちぐわしを被出、其後冷麦を薦らる。且亦、先月分上家ちん・薬うり溜請取、ろふそく百文買取、外ニ廿五挺壱袋、被贈之。折から深川お祐様、おてつ殿同道ニて御出、八時迄物語致、八半時帰宅○右留主中、賢崇寺方丈様牛込辺江御出の由ニて、外之御僧三、四人御同道ニて御出の所、おさち壱人ニてこまり(四〇ウ)候由也。吉之助・自留主中ニて、方丈様御出ニても甚麁相也。来ル六日

御法事御ざ候ニ付、吉之助江罷出候様被申之、暫御休足ニて御帰寺也と、帰宅後告之。

一昼後、およし殿来ル。暫く遊、被帰候せつ、長次郎殿江裸ろふそく十一挺入壱袋遣ス。夕方被帰去、暮時又来ル。止宿也。きうり三本・そら豆少々持参、被贈之。

一右同刻、信濃や重兵衛薪代乞ニ来ル。則、代金二朱渡し遣ス。

一今暁九時、回向院門前あわ雪茶づけやゟ出火致、二丁四方焼失致候由なり。

一先月廿八日両国川ひらき、西丸様御焼失ニ付、延引也と云。
○二日辛巳　終日曇。淩よし、夜ニ入雨、但多不降
一五半時頃、吉之助明番ニて帰宅。其後かゝり湯致、仮寐いたし、八半時起出ル。

一林銀兵衛殿、亡父忌明ニ付被参、謝礼被申入、帰去○昼時、順庵殿来診。自少々中暑之気味ニ付、診脉乞。其後、被帰去○夕七時、かゝりゆ。右ニ付、昨日弥兵衛ゟ貰受参り候疾の紛薬、酒酢等分ニ致、右薬をひたし、惣身江すり込候所、疾瘡出候事甚しく、暫かわかし置、其後入湯致ス。吉之助・おさち等ハ多く不出。自腹ゟ両手・両足多く出○昼前おさち、尾岩稲荷へ参詣ス(ウ四二)。
○三日壬午　曇。午ノ八刻土用ニ入ル、終日冷気
一今朝起出、自豊川稲荷へ参詣、五時過帰宅。帰路定吉方へ立より、車力代・米つきちん六百廿四文渡遣ス○おさち、尾岩いなりへ参詣ス○夕方吉之助・自、瘡薬をつける○今朝松井氏被参、昼時被帰去○右同刻森野内義・およし殿被参、何れも雑談して被帰去○八時過前野氏先日貸進之弓張月五冊持参被返之、尚亦残編五冊貸進ス。早々被帰去。

一長次郎殿、一昨日蠟燭遣し候謝礼被申入、被帰去○暮時自入湯ニ行、ほど無帰宅○七時過、定吉妻来ル。御扶持春候ニ付、持参ス。三斗五升春上り、借米弐斗五升差引、壱斗持参ス。つきちん・車力ちんハ今朝渡遣ス○夕方、吉之助髪月代致遣ス○今日、漬梅江紫蘇を入ル。
○四日癸未　曇。夕方小雨、冷気
一今朝吉之助、食後御頭多賀兵庫助様并ニ御用人衆江暑中見舞ニ罷出、夫ゟ組中江廻勤。其外、大内隣之助殿・生形八右衛門殿・小林佐一郎殿(ウ四二)・荒井幸三郎殿江暑中見舞申入、昼時帰宅。

一今日、暑中見舞仲間十名被参。姓名者別帳ニ記之○越後や清助来ル。暫して被帰去○今朝、およし殿来ル。昼時帰去。昨日午ノ八刻、暑ニ入候得ども、冷気ニて、老人ハ綿入衣、

或者袷衣也。歩行致候へバ、単衣ニて少し汁出候位の事也。甚不順也○今日、高畑江番宛帳面を贈る。

○五日甲申　雨

一今日暑中見舞玉井銕之助殿・松宮兼太郎殿・宮下荒太郎殿・水谷嘉平次殿・江村茂左衛門殿・深田長次郎殿、右六人被参○吉之助ハ終日在宿、夕方髪月代を致ス○自、夕方しん物くわし買取ニ行、ほどなく帰宅。今日も冷気、在宿なれバ袷にて相応也○夕方大内隣之助殿暑中為見舞被参、ほどなく被帰去。

○六日乙酉　曇。今日者薄暑也

一今朝食後自深光寺へ参詣、諸墓そふぢ致、水花を供し、拝し畢。横寺町竜門寺・円福寺へ参詣、帰路買物致、昼前帰宅(四二オ)。

一右留主中深田長次郎殿養母被参、手作茄子持参被致、暫雑談被致、昼時前被帰去○吉之助、五時過ゟ賢崇寺へ行。今日御先住御隠居小乗忌ニ為当候ニ付、罷越ス。右序ニ、榎本氏江炭代金壱分弐朱為持遣ス。且又、御隠居暫く御不快ニ付、右為見舞、葛ぐわし壱折進之、暮六時頃帰宅。賢崇寺ゟ料供残壱折・饅頭壱包、被贈之。榎本氏ゟ生り節壱本、是亦被贈之。

○昼前伏見氏、小児を携て被参、暫して被帰去。

一夕方、およし殿来ル。吉之助持参の平菜・まんちうを振ふ。五時頃帰去。おさち送り遣ス○元安宗仲殿近所江被参候由ニて被立寄、早々被帰去。

○七日丙戌　曇。昼後ゟ半晴、暑し、今暁寅ノ二亥大暑ニ入ル

一今朝食後、吉之助大久保天野信太郎殿方へ暑中為見舞、葛らくがん壱折持参ス。四時過帰宅○昼後およし殿被参、無程被帰去。

一夕方、一同かゝり湯をつかふ。其後、自伝馬町江買物ニ行。暮時前帰宅。

一前野留五郎殿暑中為見舞被参、早々被帰去○八時頃、長次郎殿内義おさだ殿門前通行。おさち呼入、雑談後買物ニ被参候由ニて、帰去(四二ウ)。

一暮六時過、長次郎殿来ル。雑談して、五時被帰去。

○八日丁亥　晴。暑し

一今朝荒井幸三郎殿、暑中為見舞来ル○朝飯後吉之助髪月代致、其後飯田町弥兵衛方・村田万平殿方へ暑中見舞ニ行。村田氏江かんざらし粉壱袋、弥兵衛方へ寒晒一袋・枇杷葉湯五帖為持遣ス。飯田町ニて休足致、昼飯を被振舞。田中久右衛門殿方へ暑中見舞申入、帰路村田氏江尚又立より、八半時頃

帰宅ス。浦上清三郎殿、暑中為見舞来ル○今日者醬瓜ヲ干ス。

夕方かゝり湯をつかふ。
○九日戊子　曇。昼後ゟ雨、多不降、夜ニ入雨、凌ヨシ
一林猪之助殿、暑中為見舞被参○吉之助感冒ニ付、葛根湯二貼煎用ス。終日在宿○今朝伏見氏被参、栄花物語抜本、松村氏被参候ハヾ、写取候様被頼之、暫して被帰去○昼後、おふさ殿被参。星野へ被参候由ニて、早々被帰去。

一おさち、尾岩稲荷へ参詣ス。
○十日己丑　晴
一今朝、松村氏被参。右同刻伏見氏も被参、雑談。伏見氏昨日持参の栄花物語(四三オ)、松村江被頼、昼時両人被帰去○昼時梅村金十郎殿、暑中為見舞被参。煎茶・くわしを出ス。冷ざうめん・有合の茶漬飯を薦む。雑談後、八時頃被帰去。

一岩井政之助、暑見(ママ)見舞として来ル。早々被帰去○今朝、おふさ殿母義被参。右者、あぢさい花おさち約束致候ニ付持参、被贈之。紫陽花、土用中丑ノ日ニ家内江釣し置候ハヾ宜敷由ニ付て也○昼後芝田町宗之介方ゟ使札到来、暑中見舞、今日宗之介可参の所、道順不宜候ニ付、延引。暑中為見舞、おまち殿ゟ文をさし添、白砂糖壱斤入壱袋、被贈之。且又、先月十七日貸進之弓張月前編六冊、被返之。巡嶋記ハ不返候へども、尚亦四編ゟ六編迄十四冊所望ニ付、貸進。弓張月後編六冊同断、使清吉江渡ス。赤坂久保ニて被頼候由ニて、奇応丸大包二ッ所望ニ付、二包渡。代金壱分請取、返書認め、清吉江渡遣ス○夕方およし殿来ル。其後浅羽娘おふき殿被参、両人とも無程帰去○右同刻伏見氏煎豆腐一器持参、被贈之○八時過、吉之助奇応丸能書・外題を摺。右以前、雑木をこなし、夕方髪斗揃、月代を不剃。風邪ニ依て也。今日も葛根湯煎用ス(四三ウ)。

一日暮て自、おさち同道ニておろじ(濁マヽ)町江入湯ニ行、無程帰宅。其後五時、一同枕ニつく。
○十一日庚寅　曇。昼後ゟ半時冷気
一今日吉之助当番ニ付、天明頃起出、支度致、早飯後御番所江罷出ル。

一今朝伏見氏被参、奇応丸中包帯赤紙を細引被呉、其後帰去○夕方お幸入湯ニ行、暫して帰宅。入替りて自も入湯、無程帰宅○暮時、元安氏内義お靏殿来ル。おさちと遊、五時頃おさち同道ニて松岡氏江行、四時お幸帰宅。お靏殿ハ赤坂江被帰去○おさち、今日も尾岩様江参詣。
○十二日辛卯　晴。折々雲出ル、冷気
一今朝上野　御成ニ付、早々交代ニて、天明後吉之助帰宅、

直ニ枕ニ就く。

一昼前土屋宜太郎殿、先月中貸進の八犬伝九輯四十五ゟ五十三ノ下迄十冊持参、被返之。右請取、納置。ほど無被帰去○其後前野留五郎殿被参、是亦過日貸進の弓張月残編六冊被返之、尚亦所望ニ付、八犬伝初輯・二輯十冊貸進ス。借書の為謝礼、荒粉落鴈壱折持参被贈之、其後被帰去○今朝長次郎殿被参、ほどなく被帰去(四四オ)。

一夕方、およし殿来ル。無程被帰去。夜ニ入又被参、早々被帰去。

一右同刻、定吉妻白米壱斗持参、さし置、帰去○今日もおさち、左門町尾岩様江参詣。夕方母女同道ニて入湯ニ行、暮時頃帰宅、直ニ枕ニつく。

○十三日壬辰　晴

一昼前自伝馬町江買物ニ行、尚又薬種等買取、帰宅。おさちハ左門町江罷越、四時頃帰宅○四時過丸屋藤兵衛、暑中為見舞くわし一袋持参ス。雑談久くして、昼飯を薦め、且所望ニ付、枇杷葉湯五服・黒丸子壱包遣ス。奇応丸小包二ッ代銭百文請取、九半時過帰去○八時頃、赤坂鈴降稲荷別当願性院、五月分寄進米并ニ御初尾銭集ニ来ル。則、白米五合・初穂十二銅渡遣ス○夕七時過榎本彦三郎殿暑中為見舞被舞、白砂糖壱袋持参、被贈之。煎茶・口取くわしを薦、夕飯を薦んと致候所、早々被帰去。

一夕方おさち入湯ニ行、暫して帰宅○吉之助、昼後ゟ精霊様台を拵掛ル。今日者柴桂湯を煎服ス○今日漬物を干ス(四四ウ)。

一昼前、下掃除定吉代来ル。厠そふぢ致、帰去。

○十四日癸巳　晴

一今朝おさち尾岩様江参詣、ほどなく帰宅。吉之助、今朝霊棚台拵畢。柴桂湯煎用。今日も梅を干。七時頃ゟ自赤坂江行、帰路入湯いたし、暮時帰宅。今日、使札来客なし。

○十五日甲午　晴。甚暑

一今朝、勇五郎殿来ル。右者、明十六日御嘉祥ニ付、加人ニ罷出、且捨りの鼻心得候やう被申入、帰去○四時頃松村氏・伏見氏被参、暫く雑談。両人、昼時被帰去。

一夕七時頃触役長谷川幸太郎殿、明日御番、八時起し・七時出の由被申之、被帰去○夕方おさち入湯ニ行、ほどなく帰宅○右同刻吉之助髪月代を致、其後かゝり(ママ)を遣ふ○暮時ゟおさち尾岩稲荷へ参詣いたし候ニ付、自も同道ニて行。忍原ニて買物致、帰宅ス○日暮て山本半右衛門殿内義、明日起番被致候由被申。其後長次郎殿被参、雑談後帰去○久次殿、暑中為見舞来ル。

一今日ゟ蔵書類干初ム。今日ハ稿本を曝暑ス(四五オ)。
○十六日乙未　晴。甚暑
一今暁八時、起番半右衛門呼起ル。然る所、今晩家内三人一向不(ママ)不睡候ニ付、直ニ茶漬飯等を為給、正七時ゟ深田・高田等と御番所江罷出、九半時過帰宅○八時頃松岡庫一郎殿、暑中為見舞被参、早々帰去。

一今朝おさち尾岩様江参詣、帰路買物致、帰宅○昼前、およし殿来ル。昼時帰去。

一今朝伏見氏被参、暫して被帰去○昼前神女湯能書外題を摺、夕方こしらへ置。昼後、木綿糸をとり合置○今日者日記・贈答歴の類を虫干ス。夕方、かゝり湯を遣ふ○おさち、今日尾岩様ゟ土狐を持参ス。
○十七日丙申　晴。甚暑、風なし、凌かね候程也
一今朝吉之助髪を結、竜土榎本氏・一本松賢崇寺へ暑中為見舞罷出ル。出がけ、坂本順庵殿・梅村直記殿・遠藤安兵衛殿・岩井政之助殿・江坂卜庵殿方へ暑中見舞申入ル。榎本氏江寒ざらし粉壱袋持参ス(四五ウ)。夜ニ入、五時頃帰宅。賢崇寺御隠居兎角御同編の内、昨今ハ累出来のよし也。

一昼前、順庵殿来ル。ほど無被帰去○今日雑記類を虫干ス。夕方、かゝりゆをス。今日、客来なし。枇杷葉湯を煎用ス。
○十八日丁酉　晴。八時過遠雷数声、夕方雨、忽地止、夜ニ入又雨、多不降
一今朝触役幸太郎殿被参、明十九日御場所請取ニ罷出候様被申、被帰去。

一吉之助髪月代致、夕方小屋頭喜太郎方へ明日附人申合ニ行、無程帰宅。出がけ、松宮兼太郎殿ニ行合候所、先日貸進の傾城水滸伝二編、吉之助江渡し、被返之。跡三編、明日吉之助持参致候て貸進致候約束之由也。

一夕七時過自(ママ)おさち同道ニて入湯ニ行、暫して帰宅。其後吉之助入湯ニ罷出、帰路養歯・はみがき等買取、帰宅ス○右以前おさち尾岩稲荷へ参詣、無程帰宅。

一今日ハ旧御手本箱の類虫干ス。
○十九日戊戌　晴、甚暑
一今暁自疾瘡癖甚しく、睡かね候まに〳〵、七時過ゟ起出、朝飯之支度致、天明後おさちを呼起し、食後五時過ゟ吉之助、久次殿・長次郎殿同(四六オ)道ニて御番所江罷出ル。壱度弁当、荷持江渡し遣ス。吉之助御番所ゟ上野□江罷越、夕七時過帰宅。明廿日、当組者非番の由也。けいせい水滸伝三ぺん、吉之助持参、松宮江貸進ス。荷持、昼時弁当がら持参ス。

一昼前遠藤安兵衛殿、暑中為見舞被参、早々被帰去○昼前文

蕾主被参、暫物語被致、昼時被帰去○今朝おさち、昨日の如く尾岩様江参詣ス○夜ニ入吉之助、おさち同道ニて天王御仮家へ参詣、四時前帰宅。

○廿日己亥　晴。甚暑昨日の如し○今日合巻類曝暑ス

一今朝前野留五郎殿被参、過日貸進之八犬伝三輯・四輯九冊持参、被返之。且、借書の為謝礼くわし壱折被贈之、尚又同書五・六輯二部貸進ス。早々被帰去○今朝、長次郎殿来ル。庭前之花持参、被贈之。

一同刻政之助殿被参、先日中貸進之猪聞集持参被返之、暫く物語。長次郎殿、同刻帰去。

一昼前、おつぎ来ル。暑中為見舞、麦落鴈壱折持参ス。もちぐわしを薦、夕方かゝりゆ為致、夕飯後帰宅ス。見附前（ママ）送り行。

一渥見覚重殿女おいく殿、此度神田橋本多様御家中江（四六ウ）縁談取極り、来ル廿六日婚姻の由、おつぎ告之。此方ゟ暑中見舞吉之助可参の所、延引ニ及候故、右祝儀を不知也。

一およし殿、今朝・昼後両度来ル。暫して被帰去○今朝食後吉之助髪月代致、一本松賢崇寺江御隠居病気見舞ニ行。出がけ、松岡氏江暑中見舞申入。竜土榎本氏江行戻とも立より候成べし、暮六時過帰宅。御隠居御不快、今日者少々御快よく御出被成候よし也。

一日暮て元安内義お靏殿被参、天王仮家へ被参候ニ付、おさちを被誘引。吉之助留主宅ニ候得ども、度々薦られ候ニ付、則支度致、松岡家内一同御仮家へ参詣、九時帰宅○暮時松村氏被参、所望ニ付、枇杷葉湯二服進ズ。暫くして、明日当番の由ニて被帰去○六時過ゟ自、隣家子息廉太郎殿・妹おつぐ殿同道ニて四谷伝馬町天王仮家へ行、所々見物致、四時帰宅ス。

○廿一日庚子　晴。大暑昨日如し

一今日吉之助当番ニ付、天明頃おさち呼起し、支度為致、其後吉之助を呼起し、早飯後山本・高畑等と御番所江罷出ル。今日御使之せつ（四七オ）、飯田町江立より候様申付、手紙差添、神女湯九ツつゞらへ入遣ス。

一今朝、下そふぢ定吉来ル。暑中為見舞、うどんこ一袋・麦こがし一袋持参ス○昼後、清助方ゟ小重入赤剛飯壱重おひさ持参。右者、今日四谷天王幷ニ稲荷様御通行ニ、おさちニ参り（ママ）候申之。謝礼申遣ス○昼後、松岡氏ゟ餅菓子小重ニ入、被贈之。且亦、童子訓所望ニ付、四板ゟ六板迄貸進ス○夕七時前、鮫ヶ橋江天王様御出の由、隣家子も参り度申ニ付、両人同道ニて鮫ヶ橋ゟ御宮迄参詣、七半時過帰宅ス。

一およし殿、昼前来ル。右者、同人伯父田中氏ゟ弓張月所望

被致候ニ付、続へん六冊・拾遺編五冊、およし殿江渡し、貸遣ス○夕方、かゝりゆをつかふ。

一夕方おさち松岡江両度行、暫して帰去○日暮て、およし殿来ル。胡瓜五ッ持参、被贈之。今晩止宿也。
○廿二日辛丑　晴。今日酉ノ刻立秋之節也。南風烈、夜中同断
一今朝、長次郎来ル。およし殿迎の為也。およし殿、即刻被帰去。

一右同刻、伏見氏ゟ胡瓜七ッ、小児ヲ以、被贈之。謝礼申遣ス（四七ウ）。

一今日者(ママ)百巻本箱・小本箱二ッ、曝暑ス。

一五半時頃、吉之助明番ニて帰宅。食後休足、夕七時過起出。

一四時前伏見氏被参、山王祭礼番附悉記候品持参、被貸。暫く雑談、昼時被帰去○八時過大内氏被参、過日貸進之秤持参被返之、ほどなく被帰去。

一夕方、かゝり湯を致ス。
○廿三日壬寅　晴。残暑甚しく、凌かね候ほど也
一今朝食後髪月代を致、賢崇寺へ御隠居御不快見舞ニ行○おさち、今日も左門町江行、ほど無帰宅○今日、桐長本箱二ツを曝暑ス。

一昼前、長次郎殿来ル。鉈豆二ッ・杏壱袋持参、被贈之。右うつりとして、鯖干魚十枚遣ス。雑談して、昼時被帰去○昼後、およし殿来ル。夕七時前迄仮寐致、起出、帰去○夕方、かゝり湯を致ス○吉之助、暮六時帰宅。竜土ゟ煮鰈御鯒持参ス。一同又食事ス。
○廿四日癸卯　晴。残(ママ)昨日の如し、夜中同断
一今朝吉之助天明後遅見覚重殿方へ行、暑中見舞後レ残暑（四八オ）見舞并ニおいく殿縁談整、来ル廿六日引うつりの由ニ付、かつをぶし五本壱袋祝遣し、外ニ荒粉くわし壱折、残暑為見舞、おくわ様江文を差添、吉之助持参ス○五半時頃大久保白石氏ゟ過日貸進之俠客伝初集・二集十冊持参被返之、尚又三集・四集十冊貸進ス。借書の為謝礼、三盆砂糖壱斤入壱袋、被贈之。早束著作堂様牌前江備ふ。外々ゟ何を候ても、皆御先祖様・蓑笠様御影と難有、魚鳥之外、何也とも第一番ニ仏前江備ふ(濁マヽ)べし○五時、大内氏被参。今日家根替被致候ニ付、此方へ芥落候由ニて、申之、被帰去○今朝留五郎殿被参、貸進之八犬伝五・六集十一冊被返之、尚又七輯七冊貸進ス。暫して被帰去○昼前松村氏被参、蓼持参、被贈之。枇杷葉湯二貼進ズ。昼時、被帰去○およし殿来ル。暫遊、被帰去○吉之助帰路、村田氏江立より、昼飯彼方ニて被振舞、八半時頃帰

宅。渥見婚姻、先月(ママ)三、四日頃ニ延引の由也。夕方、かゝり
ゆス。
一夕方、高畑氏秤借ニ来ル。則、貸進ス○暮時過、長次郎殿
被参。右者、同人養母虫歯ニて脳候ニ付、呪致呉候様被頼、
伝馬町迄参、帰路立より候よしニて、伝馬町行、五時帰被参。
則、呪致、渡之、ほど無被帰去(四八ウ)。
○廿五日甲辰　晴
一今朝、茂左衛門殿来ル。明日当番、吉之助捨り鼻心得候様
被触、被帰去。吉之助、終日在宿○今朝松村氏被参、ほど無
被帰、又夕方又被参。右者、此方ニて松村氏江頼候一義有之
候ニ依而也。手作たうなす壱ツ持参被贈之、夕方被帰去○八
時過、黒野(カ)喜太郎殿、小普請方勤番被仰付候由ニて被参。
一今朝おさち尾岩様へ参詣、夕方久保町江行。
一今日者読本類を曝暑ス○下掃除定吉来ル。七夕祝儀取越と
して、茄子三十持参ス。今日者下掃除不致、帰去。
○廿六日乙巳　小雨終日。夜中同断、但折々止、甘雨ニて、
諸人大悦
一今朝、吉之助髪月代致ス○およし殿来ル。髪結遣ス。昼時
被帰去。
一同刻順庵殿被参、暫物語被致、被帰去○亥三郎殿、御普請
中勤番も訳付候由ニて来ル○荷物和蔵来ル。五月分給米四升、
渡し遣ス。
一八時頃お鶴殿被参、番町嫗神江おさちを被誘引。右ニ付、
おさちほど無支度致、同道ス。夕七時、帰宅(四九オ)。
一夕方前野氏一昨廿四日貸進の八犬伝七集七冊持参被返之、
尚又所望ニ付、八集十冊貸進ス。早々帰去○八時過伏見氏被
参、一昨年戌年中貸進之蔵書目録持参、被返之。此方ゟ催促
致候故也。暫く雑談して被帰去。
一夕方、定吉妻御扶持舂候て持参ス。玄米四斗弐升四合、四
升三合つきべり、差引白米三斗八升壱合、内壱斗八升定吉方
へ返ス。
一おさち今朝尾岩様江行、久保町へも行○今日雨天、虫干ハ
延引、休足也。但、是迄干候分ハ本箱を掃除致、納、二楷江
運置○暮時前ゟ自、おさち・およし殿同道ニておろじ(濁マヽ)町江入
湯ニ行。然る所、釜損じ候由ニて、早仕舞也。此故ニ上り湯
無之、穢湯に入、帰宅ス○今日恵正様御祥月忌御逮夜ニ付、
御画像を奉掛、神酒・供物を供ス。
○廿七日丙午　晴。残暑
一朝飯後自一ツ木豊川稲荷・不動尊・象頭山江参詣、四時過
帰宅。右留主中、深田老母・領助殿来ル。深田老母者無程被

帰去、領助殿ハ自対めん、九時前被帰去（四九ウ）。

一朝飯過吉之助深光寺へ参詣、諸墓掃除致、水花を供、拝し畢。帰路入湯致、昼時帰宅○四半時過、渥見お鍬様、おいく殿・孫四郎殿同道也。右者、おいく殿来七月上旬本多伊予守様御家臣大内良之助殿方へ縁談取極り候ニ付、暇乞の為也。手みやげ、葛粉小重ニ入候て角うちわ二本、被贈之。煎茶・くわし并ニ鮓を薦ム。今ゟ千駄ヶ谷御屋敷小川氏江被参候由ニて、被帰去○右同刻、長次郎殿来ル。右者、鳥篭催促致候所、今日長次郎殿被申候者、借候覚無之候由被申。然ども此方貸進帳并ニ日記ニ二月廿九日金子二朱借用ニ被参候くだりニ記有之。紛もなき事なるに、借ぬと申候者心得難し。或人の噂ニ聞候所、此方ニて辛亥二月廿九日貸進の鳥箱、價四百四十九文売払候由聞及ぶ。其行不埒成事、今ニはじめぬ事ながら、只々嘆息の外なし。

一昼後伏見氏被参、雑談数刻、夕七時被帰去。今日も恵正様御画像、もり物草もち・備もちを供ス。夕方、取納置く（五〇オ）。

一夜ニ入松村氏被参、暫遊、有合の焼酒を薦む。手引草借用致度由被申候ニ付、別録一冊貸進ス。戌の頃被帰去○夕方母女入湯ニ行、暮時帰宅。

一昼前・昼後両度、およし殿来ル。雷催ニ付、早々被帰去。

○廿八日丁未　晴

一今日、読本類を干ス○五時過松宮兼太郎殿、去十九日貸進之けいせい水滸伝三ぺん四冊持参、被返之。尚又、四編四冊貸進ス。早々被帰去。

一右同刻、吉之助一本松ゟ榎本氏江罷越ス。何事の用事出来致候や、今晩不帰、止宿也。○松野勇吉殿、当日為祝儀来ル○今朝、およし殿来ル。髪を結呉候様被申候ニ付、則結遣ス。どてら解物被致、昼飯を薦め、夕暮前被帰去○四時頃伏見氏被参、雑談後昼時被帰去○夕七時頃深田長次郎殿養母、山本小児を携来ル。右者、先日頼置候木綿糸持参被致、右進物也とて代銭を不被取、追而謝礼致すべし。暫く物語被致、被帰去。

一右同刻高畑久次殿、一昨日貸進の秤持参、被返之。右受取、納置く（五〇ウ）。

一夕七時過おさち入湯ニ行、暫して帰宅。其後、尾岩様へ参詣ス。

一暮時、加藤領助殿被参。右者、側替被致、吉之助同側被成候由被申、暫く雑談、四時被帰去。榎本彦三郎殿、今日勤番被仰付候由、同人の話なり。

一今日者読本を干ス。

○廿九日戊申　半晴。凌ヨシ
一今朝吉之助帰宅致候半と待居候所、四時過迄も沙汰なし。此故ニ定吉江申付、やう子承りニ遣し候半と存候所、他行ニて間ニ合ず。其外雇人足も今日出し切ニて、無人ニ候間、何分やう子不知、心許存候ニ付、自竜土榎本氏江罷越候所、竜土町ニて、吉之助ニ行逢候へども、最早榎本氏江間近く成候間、又吉之助も引帰し、榎本氏江参り、彼方ニて切鮓・甜瓜を被出、しばらく雑談して夕七時頃帰宅。飛魚干魚五枚進ズ○帰宅後、伏見氏・松村氏被参。両人暫物語致、暮時被帰去○今朝おさち尾岩稲荷へ参詣、ほど無帰宅。今日納也○およし殿来ル。夕方帰去。

一今晩ゟ檐先江盆てうちんを出ス(五一オ)。

七月朔日己酉　雨。但多く不降、忽地止、終日不晴
一今朝松井氏被参、所望ニ付、鎖国論一・蔵書目録一貸進ス。昼時頃被帰去。

一松野勇吉殿、当日為祝儀被参○昼時おさちヲ以、生形氏江茄子・鯵煮つけ一皿為持遣ス。右者、両度物を被贈候為謝礼遣ス。尚又、巴旦杏を被贈。

一八時過、今戸慶養寺ゟ施餓鬼袋贈来ル○八時頃榎本彦三郎殿被参、昨廿九日勤番初番ニて、今日明番の由也。暫雑談、有合の品々にて酒飯を薦め、夜ニ入五時、被帰去。此方竜土水二挺有之候ニ付、古龍土水壱挺進上ス。則、持参被致。
○二日庚戌　晴。今日末伏也。夜ニ入南風
一今日吉之助当番ニ付、正六時おさち起出、支度致、天明後吉之助を呼起し、早願飯、御番所江罷出ル。今明日之内、飯田町江立より、先月分薬売溜受取可参由申付、手紙・通帳、葛籠江入遣ス○昼前、およし殿来ル。風邪の由ニ付風薬所望被致候ニ付、葛根湯二貼進ズ。昼時、被帰去(五一ウ)。

一今日、歌書類を虫干ス。夕方、かゝり湯致ス。今日、使札客来なし。今日も終日糸をとる。
○三日辛亥　曇。風なし、むし暑し
一今日吉之助、明番ゟ飯田町江廻り、先月分売溜・上家ちん受取、四時過帰宅。抹香代百文さし置、仙台糒少々被贈之○右同刻、加藤順助殿被参。如例長座、昼時ニ及候ニ付、昼飯を薦め、夕七時被帰去。所望ニ付、奇跡考三冊貸進ス○おさち夕方入湯ニ行、暫して帰宅○夕方順庵殿被参、ほど無被帰去○自・吉之助ハかゝり湯をつかふ。夕方、髪月代を致ス。
○四日壬子　晴。残暑甚し、折々曇、今日八専の初
一今朝食後、吉之助早々宗之介方梅川金十郎殿・丸や藤兵衛

方へ行。右者、残暑見舞也。藤兵衛へさとう半斤、梅川氏江角うちわ一本、宗之介方へ菓子買取可参由申付、二百文渡し遣ス。帰路賢崇寺・竜土榎本江罷越ス。夜ニ入、五時過帰宅。宗之介方ゟ俊寛嶋物語合二冊二冊(マヽ)、吉之助持参ス(五二オ)。

一五時過、嘉平次殿来ル。右者、一昨年中ゟ所望被致候蓑笠様御染筆物所望、此節虫干ニ付、何ぞ有之候やと被思候て被参候ニ付、御染筆物大物壱枚・横小物壱枚、しん上ス。暫く雑談して被帰去○夕方かゝり湯致、おさち伝馬町江買物ニ行、日暮て六時前帰宅ス。

一夕方、高橋吉太郎殿来ル。右者、去ル戌年十二月ゟ鉄炮方勤番御用済ニ付、帰番の由ニて被参○其後、加藤金之助・岡勇五郎来ル。吉之助江頼入候一義有之由被申候へども、吉之助他行ニ付、帰宅次第申聞候趣申候へバ、又参り候由被申、被帰去○今日小本箱二ツ・手本類を曝暑ス○しなのやゟ申聞候薪八把持参、さし置、帰去。
○五日癸丑　半晴。折々残暑甚し、凌かね候程也
一早朝、前野留五郎殿、先日貸進之八犬伝九集の一二持参被返之、尚又同書十三ゟ廿四迄十冊貸進ス○四時頃松井氏・伏見氏被参、松井氏菜園之唐なす一ッ持参、被贈之。両人とも、昼時被帰去。所望ニ付、松坂殿むら并ニ小津・木村書状一袋しんズ(五二ウ)。

一夕刻、宮下荒太郎殿来ル。右者、林荘蔵殿病気ニ付、寄場出役帰番被仰候由ニて、来ル。吉之助挨拶ス○今朝、本箱を取納。吉之助・おさち、七夕しきし・短冊を書、昼後両人とも久敷仮寐ス。夕七時過起出ル。かゝり湯を一同致ス。自癬疾兎角癬甚しく、今夕ハ大黄の根をおろし、酢ニてとき、惣身江つける○夕方おさち定吉方へ行、右序ニつきちん、車力二百廿四文渡し遣ス○昼後、およし殿来ル。大内氏此方ニておよし殿ニ療治致貰、八時両人帰去。およし殿ゟ預り置候銭二朱分、今夕渡遣ス○夕方、岡勇五郎・加藤金之助来ル。右者、吉之助ゟ竹貰、受取約束の由ニて被参。右之咄し少しも無之、吉之助一存ニてたとへ少々の物なりともやくそく致、不沙汰ニ遣し候事心得がたし。五、六年以来竹枯候て払底の所、遣し候事不埒可成哉。自心ニ申分の怒有之候へども、先其侭さし置といへども、今よりかゝる振舞致候事、後々ハ如何可有や心許なく、おもハず歎息致し候也。
○六日甲寅　晴。暑し、風なく、昼後甚し
一今朝、吉之助短冊竹を出ス。食後髪月代致、一本松賢崇寺へ参り候由ニて、四時ゟ罷出ル。暮六時帰宅。其後かゝり湯致、枕ニつく。自・おさちハ安寐也(五三オ)。

一吉之助髪月代の序ニ、伏見小児三人江髪月代致遣ス。

一四時頃、森野市十郎殿被参。右者、明日吉之助御加人の由被当、被帰去。

一右以前伏見氏被参暫遊、被帰去。右同所ゟ枝豆　十六さゝげ、被贈之。

一おふさ殿被参、隣家迷猫有之候をおさち貰度由申候ニ付、先方へ申入候へバ、早々上度由被申。然ども、未猫を不知故ニ、後刻参り一覧の上、貰受候由、おさち、おふさ江申置、ほどなく被帰去。

一八半時頃、触役長谷川幸太郎殿来ル。明七日当番、八時起し・七時出の由被申之、被帰去○昼後、およし殿来ル。同人祖母十三回忌の由ニて、平菜壱人前、茶うけニ致候様被申持参、被贈之。右うつりとして、雷おこし二ッ遣之。

一吉之助帰宅延引ニ付、明日出番之深田・高畑江明暁起し候様申置く。

一今日、書物入葛籠二ッ干ス。
○七日乙卯　晴。残暑甚しく、風なし、夜ニ入同断暑し
一今暁八時、吉之助、高畑・深田を呼起し、正七時前食事致、右三人と御番所江罷出ル。てうちん携行。昼九時帰宅、食後休足ス○今日七夕祝儀、さゝげ飯・一汁一菜、家内祝食諸神江神酒、夜ニ入神燈、終日開門也○昼後ふしみ氏被参、茄子・鯵汁を被贈之○今日骨柳二ッを虫干ス○昼前およし殿、半右衛門殿女同道ニて来ル。昼時被帰去○暮時前おさち入湯ニ行、暮時帰宅(五三ウ)。
○八日丙辰　晴。残暑昨日の如し、夜ニ入南風烈
一今日、産物并ニ画手本、其外いろ／＼干ス○今日胡瓜畑をこわし、蔓上り候故也。数廿本ニて三十六本とる。日でりニて大外レ也。終日在宿。

一夜ニ入、森野市十郎殿来ル。番帳被贈。此度有住忠三郎殿追勤番罷出候由也。仮触ニ被成候由也。右之外、使札来客なし。
○九日丁巳　晴。南風烈、四時頃風止雨、昼時雨止、巳ノ一刻処暑之節ニ入ル
一今日五時前、高畑久次殿被参。右者、鉄炮帳前有之候ニ付、被誘引。即刻吉之助起出、鉄炮携、矢場江行。食前ニ付、五時過自弁当松村氏迄持参、頼置く。吉之助参り候ハヾ被遣被下候様頼、差置、帰宅ス。依之、吉之助弁当を食し、帰路雨降出し候ニ付、御鉄炮・弁当がら等松村江預ケ置、九時帰宅。

一昼時、下掃除定吉代之者来ル。西厠そふぢ致、帰去。

一夕七時前、加藤金之助・岡勇五郎来ル。何の用事なるを不

知。吉之助立出、暫して両人被帰去○其後松村氏被参、先刻預置候御鉄炮・弁当がら持参被致、外ニ西瓜一ツ、是亦被贈。暫物語して、被帰去。且又、吉之助(五四オ)借用の下駄、せったと引替ニ致、返之。傘ハ過日松村氏清助方ニて借用被致候傘ニ付、此方ゟ返し候と申、預り置く○夕方おさち入湯ニ行、暫して帰去○暮時おつる殿、只今帰路の由ニて被立寄、ほどなく帰去○昼時頃伏見氏被参、樹木巴旦杏(マヽ)一笊持参被贈、直ニ被帰去。今日雨降候ニ付、昼後ゟ

○十日戊午　曇。冷気

一今朝五時頃ゟ吉之助、今戸慶養寺江行、盆供四十八銅・白米壱升代、外ニ施餓鬼袋壱ツ持せ遣ス。色代・筒代・支度代とも金二朱ト百文渡遣ス。帰路渥見氏・飯田町并ニ村田氏江立より候所、村田氏出て鬼燈(か)火ニて脳(マヽ)候由ニて手間取、暮時帰宅○八時頃松村氏被参、西瓜被恵之。謝礼として酒を薦め、夕被帰去○およし殿被参、暫雑談中、同人母義山本小児同道ニて被参、ほどなく被帰去○およし殿ハ夕方帰去、暮時又来ル。右同道ニて入湯ニ行、暮六時過帰宅。右以前おさち入湯ニ行、ほどなく帰宅○夕七時前有住忠三郎殿此度御細工所勤番被仰付候由ニて被参、早々被帰去○夜ニ入五時過、長次郎殿来ル。およし殿此方ニ被居候ニ付、迎の為也。則、同道ニて帰去。

一昼前政之助殿被参、暫雑談、昼時被帰去(五四ウ)。

○十一日己未　雨。四時ゟ雨止、不晴、冷気

一今日早朝、自深光寺へ参詣、如例年盆供二百四十八銅・白米二升代二百文相納、諸墓そふぢ致、花筒取替、水花を供し、拝畢。帰路、盆入用品々買物致、四時帰宅○右留主中、吉之助賢崇寺へ行。然る所、四時頃村田万平殿方ゟ吉之助江手紙到来、開封致候所、今日昼後手透ニ候ハヾ、村田氏江参り候由頼来ル。何の用事なるを不知といへども、昨夜吉之助咄し候やう子ニて存候所、多分出生の小児死去被致候ニ付、吉之助を被招候半と存候ニ付、右使麻布善福寺中善光寺へ参り候由申候ニ付、則右使へ頼、手紙添候て賢崇寺へ遣ス○今朝松村氏被参、暫雑談して、昼時被帰去。

一昼時頃、清助妻来ル。五月以来次郎右衛門殿久敷稽古休候所、尚又願度由申来ル。盆前甚迷惑之所、せつ角参り候事故、心よく答、帰し遣ス○八半時定吉妻おとよ、あわたゞしく来ル。何事と存候所、定吉地主某の内義安産被致候所、跡六ヶ敷候ニ付、神女湯一服貰度由申来ル。則、一服渡し遣ス。いそぎ帰去○夕七時頃、次郎右衛門来ル。おさち入湯ニ出かけニ付、則同道ニて入湯ニ行、暫して帰宅。次郎右衛門、おど(濁)

り二ッ(ママ)さらい、帰去○おさち仏器磨物致、夫ゟ自、おさち手伝、だんごの粉白米壱升余挽く(五五オ)。

一吉之助暮時六時帰宅、賢崇寺へ手紙参り候ニ付、直ニ榎本氏江参り、夫ゟ番町村田氏江参、出生病死の手伝致、麻布善福寺中善光寺へ右出生の小児を送り葬、帰路入湯致、帰宅致也。

○十二日庚申　晴。南風、暑し

一今日吉之助当番ニ付、天明前起出、支度致、ほど無吉之助を呼起し、髪月代致遣し、早飯為給、高畑・山本等と御番所江罷出ル○今日精霊様御棚竹をまき、多用也。

一夕方松村氏被参候ニ付、右同人ニ留主を頼置、四谷大横町草市江おさち同道ニて罷越候所、およし殿被参、一緒ニ参り度由被申候ニ付、則同道ス。出がけ鈴木江あんころもち誂置、大横町迄参り候所、大内氏并ニ生形内義ニ行合、一緒ニ相成、種々買物致、帰路千代里鮓店ニ立より候由申候付、則一同千代里二階江登り、鮓を為出、一同食ス。生形内義、酒一徳利を申付被出ル。惣払六百卅二文也。帰路但嶋せんべい買取、松村氏小児江為土産遣之、九時前帰宅。松村氏ハ直ニ被帰路(ママ)、およし殿ハ止宿也。

一今日庚申ニ付、神像床間江掛奉り、神酒・梨子を供ス。

○十三日辛酉　半晴

一今日おさち手伝、御霊棚を拵、其後あづきだんご製作致、(五五ウ)霊棚江供し、一同食ス。ふし見氏江壱重、松村氏江一重、賢崇寺御隠居江壱重、清助江小ふた物入、遣之。

一四時過吉之助明番ニて帰宅、かゝり湯致、食後休足、八時過呼起し、食事為致、賢崇寺ゟ榎本氏江遣ス。両家江だんご持参ス。七半時過帰宅。

一昼時、次郎右衛門来ル。白砂糖半斤入壱折持参ス。だんごふた物入、遣之○昼後伏見氏被参、白砂糖壱斤入壱袋・手拭一筋持参、被贈之。暫雑談して被帰去、其後巴旦杏を贈之○今朝右同所ゟ手作芋茎三株、被贈之。およし殿、朝飯・昼飯とも此方ニて為給、夕方被帰去。

一昼頃おふさ殿、仏参ニ出かけの由ニて被立寄。だんご出来合候間、是ヲ薦め候内、同人母義被参、同道ニて被帰去○夕七時前、自松村氏小児江だんご持参遣之、即刻帰宅○夕七時おさち入湯ニ行、暫く手間取、帰宅。入替りて自、およし殿同道ニて入湯ニ行、暮時帰宅○夕七半時過定吉、白米壱斗持参ス。

一暮時過、如例玄関前ニて精霊様ニ御迎を焼。右同刻、松村儀介殿手作唐もろこし五本持参被致被贈之、暫く物語して、五時被帰去(五六オ)。

○十四日壬戌　曇

一今日朝料供芋・油あげ、汁とうなす、香の物ぬかづけなす、昼料供皿ずいきあへ、汁白みそ・冬瓜・水芋・めうがのこ、香の物白うり。八時、あんころ煮ばな、夕料供つけあげ・にばな、香の物なたまめ。夜ニ入、神酒・ひやしとうふ。其間到来ニ付、とうもろこし・枝豆を供ス。

一今朝大内氏参、白砂糖壱斤入壱袋持参、被贈之。去ル十二日鮓やニて一同食し候割合として代料被差越候ニ付、其儀ニ不及と申断、右代銭返し候故ニ、白砂糖を被贈候也。ほどなく被帰去○夕方、定吉妻来ル。昨日申付候晩茶半斤・餅白米五合買取、持参ス。右代百七十二文渡し遣ス。

一八時過、荷持和蔵給米乞ニ来ル。則、六月分玄米二升渡し遣ス。

一昼後、信濃や重兵衛薪代乞ニ来ル。則、代金弐朱渡し遣ス。

一夕方、松村氏被参。右者、急ニ差支候一義有之、何卒金二朱借用致度被申候ニ付、迷惑乍(ママ)唯々の難義も同様可成思ふ之故ニ、則金二朱貸進ス。用事有之由ニて、早々被帰去(五六ウ)。

一今朝、およし殿来ル。昼後迄遊、同人母義迎ニ被参、帰去。

一日暮て自おさち同道ニて入湯ニ行、暫して帰宅。

○十五日癸亥　曇。残暑甚し、夜ニ入同断、八専の終

一今日朝料供胡麻汁・茄子さしみ印籠づけ・香物、昼冷さうめん、八時過蓮の飯・煮染・藤豆・茶せんなす・葉生が・煮ばな、夜ニ入きなこだんご。其間、西瓜・せんべい・有平・さつまいもを供ス○今朝伏見氏被参、其内長次郎・およし殿来ル。何れも昼時被帰去。昼後およし殿被参、暫して帰り、暮時又来ル。五時被帰去○八時過、深光寺納所棚経ニ来ル。経読果て、早々帰去。布施四十八文遣ス○右同刻、弥兵衛来ル。せんべい・有平持参ス。飯田町ゟ西瓜四半分、被贈之。神女湯・黒丸子・奇応丸無之由ニ付、神女湯七・奇応丸大包壱・中二ッ・小包十・黒丸子三、弥兵衛へ渡ス。且、有合の品ニて神酒余りを弥兵衛ニ薦め、暫く雑談して帰去。お次ゟさし櫛一枚を被贈之。飯田町御姉様江砂糖漬壱折、弥兵衛へ渡遣ス。

一夕方ゟ吉之助ヲ以、村田万平殿方へ、同人内義産後見舞として、白砂糖半斤入一袋為持遣ス。程なく帰宅○夕方暮時前留五郎殿過日貸進の八犬伝持参被返之、尚又百四十三回ゟ三部貸遣ス。内二部ハ稿本也。ほどなく帰去○おさち昨今食滞の気味ニて腹痛、度々黒丸子を用ゆ。吉之助同断。然ども騒候事ハ平日ニ不替。

一夕方、吉之助だんごを製作ス。蓮の飯、煮染添、きなこだん《(濁ママ)》ご、ふし見江進ズ(五七オ)。

○十六日甲子　晴。残暑

一今朝料供里芋・もミ大根の汁、平なす・ふぢ豆、ちよく胡麻よごし・香の物もミ大こんを供ス。例年ハ十六さゝげの所、今年ハ十六さゝげ払底ニ付、巳ことを不得ふぢ豆を遣ふ。右畢、挽茶《(ママ)》を供し、暫して御霊棚を微し《(ママ)》、御位牌ハ仏檀《(ママ)》江納、其外精霊様御道具ハ夫々江納畢。其後、吉之助江髪月代致遣ス○今朝食後、吉之助鼻あてニ行。明十七日吉之助ハ加人也。四時帰宅○今日甲子ニ付、大黒天ニ神酒・備もち・七色ぐわしを供ス。夜ニ入、神燈。象頭山江も今日神酒・供物を供ス。十日の後レ也○八時頃ゟ吉之助深光寺へ参詣、夕七時前帰宅。夫ゟかゝり湯致、食後明日加人出番の小屋頭西原邦之助殿方へ申合ニ罷越、帰路高畑江立より帰宅ス○暮時前、おふさ殿母女被参。右、大宗寺ゑんまへ参詣被致候ニ付、おさちを被誘引。然どもおさち、おふさ殿同道ニて参り候所存無之。然ども、折節誘引れ候ニ付、さすがにいなとも申難、この故ニしぶ《(濁ママ)》〳〵支度致、右二人ニて大宗寺へ参詣。夫ゟ見附前迄参り、五時帰宅ス。右以前おさち入湯ニ行、おふさ殿参り候少々前帰宅ス○おさち帰宅後、玄関前ニて送り火を焼く○今日甲子ニ付、大黒天江神酒・備餅・七色ぐわしを供之。

○十七日乙丑　晴。今日二百十日也、秋暑甚し、月なし

一今日吉之助加人ニ付、天明頃起出、支度致、早飯後高畑同道ニて御番所江罷出ル(五七ウ)。夕七半時過帰宅○昼前伏見氏被参、暫雑談して、昼時被帰去○昼後、およし殿来ル。およし殿初、おさちも夕方迄仮《(ママ)》、夕七時過ゟ起出。おさち入湯ニ行、帰宅後入替りおよし殿同道ニて入湯ニ罷越、暮六時帰宅。夕飯をおよし殿ニも振ふ。吉之助者かゝり湯を致ス。およし殿止宿ス○今日、観音様江供物梨子を供ス。今日者終日徒ニ日を暮し畢。

○十八日丙寅　曇。四時ゟ晴、昼前雨、多く不降、昼後止、半晴

一およし殿、朝飯後帰去○食後吉之助賢崇寺へ行、暮六時頃帰宅。御隠居兎角同編の由也○四時頃伏見氏被参、暫雑談、昼時過被帰去○夕方おさち入湯ニ行、無程帰宅ス○右同刻、まつ村氏被参、鎖国論壱冊被返之、尚亦所望ニ付、白石手簡四冊貸進ス。銕炮同断貸遣ス。暮時帰去○今日も観世音、昨日の如し。

○十九日丁卯　曇。折々　雨、夜中同断

一昼前白石氏、先月下旬貸進の侠客伝三集・四集持参被返之、尚又所望ニ付、美少年録初編・二編貸進ス。早々被帰去○暮時およしどの沢庵づけ大根五本持参、被贈之。暫く遊候内、

夜ニ入順庵殿御入来、一同戯遊、五時一同被帰去。雨降出候ニ付、長次郎殿迎ニ来ル(五八オ)。

一今日吉之助終日在宿、手習ス。自・おさちハ昨今織糸を取。
○廿日戊辰　雨。折々止、夜ニ入同断
一昼後吉之助髪月代致、八時前ゟ賢崇寺へ御隠居看病の為罷越、今晩止宿ス。

一夕方おさち入湯ニ行、暫して帰宅○右同刻松村氏被参、一昨日貸進之御銕炮持参被返之、無程被帰去○右以前、豆腐屋ゟ娘おまきヲ以、梅干を貰ニ来ル。松五郎妻霍《(ママ)》乱致、脳《(ママ)》候由ニ付、黒丸子一包・沢庵づけ大根三本、所望の梅干一器遣ス。右之外、客来なし○昼後ゟ吉之助綿入仕立畢。未綿入。
○廿一日己巳　風雨。折々小雨、夜中同断
一昼前、丁字屋平兵衛ゟ使来ル。右者、かなよミ八犬伝十七編板下出来ニ付、校合ニ被差越、むつの花ぐわし壱斤、被贈之。右請取、使を返ス。明日序御ざ候ニ付、人上候由申、帰去○右ニ付、直ニ校合致、直し五、七ケ所、此方ニて直し置。

一吉之助、九半時頃賢崇寺ゟ帰宅。賢崇寺御隠居、御同へんの由也。

一昼後、松宮兼太郎殿過日貸進之けいせい水滸伝四へん持参被返之、尚又五へん四冊、貸進ス○夕刻、前野留五郎殿被参。是亦八犬伝九集卅六ゟ四十迄十冊被返之、尚又四十五ゟ十冊貸進ス。無程被帰去(五八ウ)。
○廿二日庚午　風。雨終日暮方ゟ雨止
一今日吉之助当番ニ付、天明前起出、支度致、天明頃吉之助起出、早飯後高畑来ル。右同道ニて御番所江出ル○右同刻、自豊川稲荷ゟ象頭山江参詣、四時帰宅。風雨ニて甚難義也○右留主中、丁字や小もの、昨日の八犬伝校合取ニ参り候ニ付、おさち渡し遣ス○昼後、大田氏被参。一昨日堀の内妙法寺へ被参候由ニて、麦コガシ壱袋持参被贈之、暫して被帰去○右同刻およし殿被参、雨止の内被参候所、又々雨降出候ニ付、止宿ス○加藤金之助殿窓ゟ吉之助を被呼候へども、他行中ニ付、自立出、用事承り候所、何やら約束致置候品有之由ニて、明日当番ニ出候ハヾ持参可致旨被申、被帰去○夜ニ入五時前、伏見氏赤白雑毛小猫めすの由ニて、柳町某の方ゟ貰受、持参、おさちへ被贈之。然ども、おさち望候者黒白の雑毛めすを望、過日約束候所、此猫めすニあらず、男すニて候得ども、せつ角持参被致候故ニ、其儘留置、ふんしこしらへ置。
○廿三日辛未　晴。秋暑甚し
一今朝伏見氏被参、頼置候色々之書止物壱冊持参、被贈之。右者、吉之助ニ写せん為也。暫雑談、昼時被帰去○およし殿、四時頃被帰去○吉之助明番ニて、四時前帰宅。食後休足致候所、建石元三郎殿被参。右者、吉之助刀、同人ゟ買取人約束(五九オ)致、そを見せん為也。吉之助を呼起し、吉之助対面、何やらして被帰去。吉之助直ニ仮寐、夕七時過起出、食後入湯ニ行、暫して帰宅○おさち同刻入湯ニ行、序ニ定吉江白米の事申遣ス。おさち帰宅後、定吉白米壱斗持参、さし置帰去。

一暮時自伝馬町江入湯ニ行、帰路、売薬入用、のり入半紙買取、暮六時帰宅。

一今日琴光院様御祥月御逮夜ニ付、きがら茶飯・一汁一菜を供ス○今日ゟ次郎又参る。

○廿四日壬申　晴。秋暑、今夜戌ノ七刻白露之節ニ入、夜中雨、多不降

一昼前、吉之助髪月代致遣ス。昼後ゟ書入本を写し始ム。

一お鐙殿被参、先月中松岡江貸進致置候玉石童子訓三部、被返之。右為謝礼雪月花窓の月一折被贈之、ほど無被帰去。後刻又被参、仙台糒・牡丹もちを薦む○夕七時過、屋根や伊三郎家根漏候所直しニ来ル。則、所々為直、帰去。

一夕七半時頃、前野氏八犬伝九集三部持参被返之、尚亦結局へん五冊貸進ス。無程被帰去○右以前、おさち入湯ニ行、しばらくして帰宅。

○廿五日癸酉　晴。秋冷

一今朝松村氏被参、無程被帰去○昼前、次郎右衛門稽古ニ来ル。則、教遣ス(五九ウ)。

一昼後吉之助賢崇寺江行、御隠居江窓の月壱折為持遣ス。

一夕方おふさ殿被参、おさちと雑談後、暮時被帰去。奇応丸小包壱ッ買取、被帰去。代銭四十八文請取、二文不足○右以前、およき殿三味せん借用致度由被申候ニ付、則貸進ス。右者、今日生形氏妹おりよう今日里開ニ付、入用の由也○吉之助五時過帰宅、御隠居弥差重り候由也。

一今日天満天神象(ママ)を掛奉り、供物を供ス。

○廿六日甲戌　晴。冷気

一今朝、およし殿来ル。かんぜ麩一袋持参被贈之、暫物語して、昼時被帰去○五半時頃、久次殿被参、明日吉之助捨り番の被申入、被帰去。依之、吉之助髪月代致、四時前ゟ賢崇寺へ行。御隠居看病の為也。夜ニ入五時、帰宅。御隠居弥々御衰の由、痛敷、限なし○八半時頃、丁子やゟ小もの使ヲ以、かなよミ八犬伝十七編の下十丁、校合ニ被差越、明日取ニ可参由ニて帰去○右同刻土屋宜太郎殿被参、鶏卵五ッ持参被贈之、暫雑談。侠客伝所望ニ付、初集・二集十冊貸進ス。其後帰去○昼前、下そふぢ代来ル。東の厠そふぢ致、帰去○夜ニ

入、長次郎殿来ル。五時被帰去○松村氏かなよみ板下一覧被致度申候ニ付、今日の分自持参、見せ候所、一覧、直ニ被返之○夕方森野氏内儀被参、暮方ノ為、立話して被帰去○今暁北の方ニ出火有之。夜明て承り候所、なるこの方淀橋水車(ママ)ゟ失火して、五、六軒焼失したりと云。今日、巻物類を曙暑ス(六〇オ)。

○廿七日乙亥　晴

一今夜九時頃、西南の方出火有之。明六時火鎮ル。品川東海寺近辺ゟ出火、風(ママ)

一今日吉之助捨リ番ニ付、正六時ゟおさち起出、支度致、一行院つき鐘ニ吉之助起出、早飯後長次郎と同道ニて御番所江罷出ル○自食後直ニかなよみ八犬伝校合直しニ取かゝり、直し多く、四時直し畢。

一同刻丁子や小もの、校合出来候やと取ニ来ル。少々為待置、出来の上、渡し遣ス。

一昼後およし殿被参、無程被帰去。夜ニ入五時頃、又来ル。止宿也○暮時前、松村氏被参、ほどなく被帰去○八時過おさち青山表町と云所江入湯ニ行、暫して帰宅。其後、尾岩稲荷へ参詣して帰宅。

○廿八日丙子　晴

一今朝吉之助、半刻早交代ニて、五時過帰宅ス○其後自、おさち・およし殿同道ニて伝馬町江入湯ニ行、帰路買物致、九時前帰宅○吉之助、昼後賢崇寺へ看病ニ参り候ニ付、明日鉄炮帳前出側ニ候へども、賢崇寺へ参り候ニ付、明日の所深田氏江頼合候所、長次郎殿用事有之候ニ付、外江頼候由被申候ニ付、仲殿町辺仲間之仁ニ頼入候由ニて、罷出ル。永野氏を頼、昼時帰宅。食後、賢崇寺へ罷出ル。今晩ハ止宿、看病ス。

○廿九日十丑　曇。八時頃ゟ雨

一今朝、山本半右衛門殿来ル。右者、今日有住側鉄炮帳前、吉之助、山本・高畑出側ニ候所、吉之助永野氏を頼候ニ付、不出候所、高畑氏ハ出側心得違被致、他行ニ付、山本江誘引ニ(六〇ウ)不参候ニ付、山本氏やう子聞ニ来候也。依之、高畑内義此方へ来ル。今日久次殿も出側の由申候へバ、即刻深田長次郎殿を頼候て、今日を為済候由也。

一今朝伏見氏被参、雑談後昼時帰去、昼後又被参。猿若町二丁め・三丁め狂言番附持参被借(ママ)之、夕方被帰去○昼前およし殿・長次郎被参、暫して被帰去○八半時過、加藤領助殿来ル。あらこ落雁壱折持参被贈之、暫く雑談、暮時被帰去○暮時前、吉之助、賢崇寺御隠居益々御大病なるよし、昨今榎本氏御老母、看病之為、賢崇寺へ被参候由也。

○卅日戊寅　終日曇
一今朝長次郎殿、庭前のしおん花持参被贈之、無程被帰去○食後吉之助髪月代致、賢崇寺へ行。握飯壱重・煮染壱重拵、看病人江為持遣ス。今晩不帰宅。

一八時頃、絶交の兄土岐村玄祐倅土岐村玄十郎来ル。初来也。右者、祖父土岐村検校様告文書此方ニ有之候ハヾ申受度由玄十郎申といへども、容易ニ不被渡候ニ付、右告文書行方不知由申、断置く。絶交の甥はたま／＼尋参り候事故、詳ニ安否を問、且煎茶・くわしを薦め、且夕飯を為給、暮帰去。右玄十郎ハ当時父玄祐と同居せず(濁ママ)、妻恋坂下中川御番酒井新三郎(アキママ)様御家臣ニ相成候由。父玄祐者本多家を去て、当時小笠原様御家来、五人扶持を(六一オ)賜ふ由、下谷天神下住居の由、申之。

一夜ニ入土屋宜太郎被参、過日貸進之俠客伝初集・二集十冊、被返之。右請取、二輯・三集貸進ス。暫物語、煎茶・くわしを薦め、四時過帰去○夕方松村氏被参、食滞の由ニて黒丸子を被乞、夕方被帰去。
○八月朔日己卯　晴。但夕七時前少々雨、忽地止
一今日朔日為祝儀被参候者、松野勇吉殿・永野儀三郎殿・高畑久次どの・鈴木吉太郎殿四人也○吉之助四時賢崇寺ゟ帰宅、其後食事致、礼服ニて組中江朔日為祝儀廻勤、九時帰宅○今朝、およし殿来ル。入湯ニ参度由被申ニ付、則伝馬町江同道、入湯致、昼時帰宅。直ニおよし殿ハ被帰去○夕七時前松井氏被参、当春中貸進の小袖持参、被返之。右の謝礼、梨子十持参、被贈之。雑談中伏見氏被参。是亦暫物語、暮時前ゟ伏見氏江同道、両人帰去○八時過おさち入湯ニ行、暫して帰宅○昼前、定吉妻御扶持春候由ニて、持参ス。つき上り三斗七升七合の所、是迄借米弐斗差引、白米壱斗七升七合持参、請取置く。

一昼後、長次郎殿来ル。長糸瓜持参、みぢんニくだき候ニ付、直ニ貰受、ねり薬ニ致置。長糸瓜一本也○今日著作堂伯父岳院信士祥月忌ニ付、牌前江備餅・香を(六一ウ)供ス○今日終日開門、さゝげ飯・一汁一菜を食ス。諸神江神酒、夜ニ入神燈を供ス。
○二日癸辰　雨。夕方雨止
一今日吉之助当番ニ付、天明前ゟ起出、支度致、食後高畑・山本を誘引合、御番処へ罷出ル○昼後、自飯田町江行。いなだ煮つけ五片・糸瓜煉薬持参、遣ス。暫く雑談、七月分売溜金二朱ト壱〆二百卅二文、上家賃金二朱ト二百七十六文請取、

夕飯を被出ル。其後、暮時帰宅○右留主中、賢崇寺ゟ使札到来。右者、御隠居様今朝巳ノ中刻御死去の由、為知来ル。今日吉之助当番ニ付、明朝帰宅之節、早々罷出候様申遣ス○昼後、およし殿来ル。夕刻迄遊、帰去。

○三日辛巳　曇

一五時過、吉之助明番ゟ帰宅。賢崇寺ゟ参候手紙を見せ、即刻支度致、四時過ゟ賢崇寺へ行。ほどなく賢崇寺僕ヲ以、麻上下・紋付帷《(ママ)》取ニ来ル。則、上下・染帷子・じゅばん〆三品渡遣ス。今晩止宿ス○おさち昼前入湯ニ行、帰路薬種杯買取、九時過帰宅○夕七時過松村氏鉄炮借用ニ被参、則貸進ス。別録少々写され、帰去○夜ニ入、順庵殿被参。所望ニ付、俳諧七部集貸進ス。雑談後、四時被帰去○四時過、下そふぢ定吉代来ル。東厠そふぢ致、帰去(六二ォ)。

○四日壬午　曇。五時過ゟ雨終日、折々止

一四時頃、弥兵衛来ル。越瓜十持参、被贈之。且亦、売薬切候由ニ付、奇応丸大包壱ツ・同小包十・神女湯十・つき虫薬三・黒丸子五、渡し遣ス。おつぎ薬平肝流気飲六貼、同断遣之。一昨日約束致候小猫男すと存候所、めすニて候へども、約束ニ付、今日渡。弥兵衛懐ニ致、携へ行○下掃除定吉、昨日申付候皮つき麦壱升五合持参ス。代銭四十八文渡之○夕方前野留五郎殿、先月廿五日貸進之八犬伝結局編五冊持参、被返之、右為謝礼、餅ぐわし一折持参、被贈之。暫雑談して被帰去○今朝およし殿昼前被帰去。

一暮時前おさちヲ以、松岡氏江先刻到来之餅菓子一折為持遣ス。ほどなく帰宅○今夜五時過吉之助帰宅、昨三日御隠居内葬ニて火葬被致。賢崇大応良智大和尚禅師と申。享年六十七歳ニ被成候也。惜むべき事也。当春三月の頃ゟ御不快之所、夏ニ到りて梅　《(アキママ)》の病ニかゝり、余症疝積発り、七月中旬ゟ弥危台《(ママ)》、種々手当被致候へども其甲斐無、終に八月二日巳ノ中刻遠行被成候事、実ニ歎息限りなし。常平ニ慈善を旨と被致候事多々故、人々愁傷致候由也(六二ウ)。

○五日癸未　雨

一夕方松村氏一昨日貸進之御鉄砲持参、被返之、暫雑談して被帰去。

一右同刻、およし殿来ル。吉之助療治を受度由ニ付、夕飯を薦め、療治いたし、五時被帰去。夜分ニ付、送り遣ス○定吉妻、荷持米持参ス。右請取置。

一昼後おさち尾岩稲荷へ参詣、其後久保町江行、暫して帰宅ス。

○六日甲申　半晴

一昼後伏見氏被参、暫して被帰去○夕方定吉妻(消去)○今朝、岡勇五郎殿来ル。右者、明七日吉之助捨り為鼻心得候様被申、被帰去○吉之助、今日者終日在宿ス。

一次郎右衛門、やきさつまいも持参ス。
○七日乙酉　半晴。冷気、今日ゟ彼岸、昼夜当分
一今朝、屋根師伊三郎来ル。此方家根ふき替積り認め、持参ス。金六両程掛り候由。右請取さし置、帰去○昼後吉之助髪月代致、其後自、おさち同道ニて入湯ニ行、帰路買物致、八時過帰宅。吉之助ハ終日在宿。
○八日丙戌　雨。夕方雨止
一今朝吉之助、賢崇寺へ行。右者、御隠居大応良知禅師様御初七日ニ付、拝礼之為也。菓子壱折、御碑前江備ふ之。暮六時帰宅(六三オ)。今日終日雨天、客来なし。
○九日丁亥　晴。四時頃ゟ雨、夜ニ入、間断なし
一今朝長次郎紫苑花手折持参被贈之、ほどなく帰去○夕七時前おさち尾岩稲荷へ参詣、出宅後雨降出候ニ付、吉之助傘持参ス。左門町ニて行逢、同道ニて帰宅。

一右同刻板倉英太郎殿、渡辺平五郎殿同道ニて来ル。吉之助罷出、挨拶ニ及候所、此度英太郎殿無尽被致候ニ付、出金致候様被申。吉之助半断申、被帰去しむ。


一夕七時過、不知人来ル。象頭山御守札持参、贈りていふやう、此度心願有之候ニ付、此御守札納申候。御初穂ニハ不及由申といへども、不知人故押返し候所、不入聞。然者、御初穂納可申候所、其儀ニ不及と被申、右御守札さし置、早々帰去。依之、右守札ハ先預り置。

一暮時前、加藤領助殿来ル。七月三日貸進之奇跡考五冊持参被返之、早々被帰去。
○十日戊子　大風烈。今暁卯ノ六刻秋分之節ニ入ル
一五時過ゟ自吉之助同道ニて象頭山江参詣、大風雨ニて途中尤大難義、吉之助傘を損じ、九時帰宅。風烈ニて、裏の大栗中ゟおれル。吉之助帰宅早々引起し、大内氏を頼、枝を伐、隣家林猪之助方へ折込候ニ付、大内氏・吉之助両人ニて此方へ引入置。其外、隣家近所垣根・塀を仆こ候事あまた也(六三ウ)。先幸と此方ハ栗折候のミ、外ニ損じ候所無之、幸といふべし
○倉井斧三郎殿、御普請小屋勤番被仰付候由ニて来ル○夕方、植木や金太郎来ル。右者、諏訪新左衛門殿祖母儀女殿此せつ大病、全快有之間敷由ニて、為知来ル。今日の大風烈、所々痛、鮫ケ橋南うら町ニて長屋二棟潰れ、信濃町ニて岡部様向一ツ家潰れ、かゝる事所々ニ有之由也。
○十一日庚丑　晴

一明十二日羅文様御祥月忌ニ付、きがら茶飯・一汁一菜、松葉院様・羅文様牌前江供、御画像床間ニ奉掛り、神酒・備もち・梨子を供ス○昼前吉之助髪月代致遣し、昼後ゟ昨日折レ候栗の枝を薪ニ致候様、自手伝、吉之助拵おく。吉之助ハ夕方入湯ニ行、右序ヲ以、しなのや重兵衛へ薪申付遣ス。出がけ、左門町尾岩稲荷へおさち為代参、吉之助参詣ス。暮八時帰宅○八半時頃宜太郎殿貸進の俠客伝三集・四集十冊持参被返之、猶又所望ニ付、弓張月初へん六冊貸進ス。其後、被帰去○夕七時過お房殿被参、暫く物語被致、暮時被帰去。

一おさち今日者頭痛つよく、且癖瘡のよし、背ゟ乳の下江出来、痛候由ニて、(マヽ)終平臥○暮六時、稲荷前諏訪新左衛門方ゟ榎木店勘蔵ヲ以手紙到来ス。右者、礒女殿不快の所、養生不叶、今日巳ノ刻頃病死被致候由、為知来ル(六四オ)。

○十二日己寅　半晴

一今日吉之助当番ニ付、正六時少し過ゟ起出、支度致。松葉院様・羅文様江一汁二菜ニて料供を備。吉之助早飯為給、其後御番所江罷出ル。暫しておさち起出、早飯を食ス。

一四時頃長次郎殿、させる用事なし。右同刻、自深光寺へ参。長次郎と長安寺門前迄同道、今日羅文様御祥当月ニ依て也。深光寺ニ到り、諸墓そふぢいたし、水花を供し、拝し畢。帰路入湯致、八時前帰宅ス○右留主中、昨日申付候薪八束、しなのやゟ持参、差置帰去○今日もおさち、半起半臥也。

○十三日癸卯　雨。折々止

一今朝長次郎殿、しをん持参被贈之、ほどなく被帰去○右同刻、吉之助明番ゟ帰宅ス○昼前政之助被参、雑談、昼時被帰去○夕方、松村儀助殿来ル。先月十四日貸進の金二朱持参、被返之。所望ニ付、木犀花進ズ。八犬伝九集四十ゟ五冊貸進ス○今朝白米壱升五合、吉之助・おさち挽之、昼前挽畢○去ル十日大風烈ニ付、所々家々損じ候ニ付、昨十二日蔵宿森村様江金子借用の為、松村・田辺両人被参候由也。一人別ニ金壱両ヅヽ、借用の由也○夜ニ入、林銀兵衛殿来ル。此度居宅人ニ売渡し候ニ付(六四ウ)、組頭成田一太夫殿門江仮宅候由ニて来ル。

○十四日壬辰　曇

一今日有住側鉄炮帳前ニ付、高畑氏被誘引、吉之助茶づけを給、早々罷出ル。昨日松村氏銭嚢此方取落し被参候間、今日吉之助持参、渡之。鉄炮帳前畢、四時頃帰宅。其後、髪月代致遣ス○夕方、およし殿来ル。雑談稍久敷して、五時被帰去。おさち・自送り行○昼後文蕾主被参、雑談後被帰去。

一夕七時頃松宮兼太郎殿、過日貸進之傾城水滸伝五編持参、

被返之。右の謝礼、かつをぶし一袋三本入被贈之、尚又六編四冊貸進ス。

一今日ゟ蚊帳を退ル。

○十五日癸巳　終日曇ル。夕方ゟ雨

一今日月見祝儀、あづき団子製作致、家廟江供し、家内祝食

○ふし見氏・松村氏江壱重、品々添、進ズ。松村江ハ塩鮭三片遣之○昼後、吉之助賢崇寺江行。御隠居ニ七日ニ依て也。餡だんご壱重、為持遣ス。往還榎本江立より、暮六時帰宅。帰途傘の柄折ル。虫ば(濁マヽ)ミ居候故也。先日廿二日風烈より今日迄、傘四本損じ候也○昼後、およし殿来ル。夕飯を薦め、止宿也。

一夕方松村氏被参、一昨日貸進之八犬伝四十ゟ五冊被返之(六五オ)、尚又四十六ゟ五冊貸進ス○松岡内義五色石台三集・四集所望被致候ニ付、おさち持参、貸進ス○八時過伏見氏被参、暫く雑談して被帰去○夕七時前、松村氏方へ、自用事有之候ニ付、罷越候所、内義他行ニ付、用事不弁。帰路深田氏江立より、暫して帰宅ス。

○十六日癸午　曇。風烈、折々雨、夕方雨風止

一高畑久次郎殿来ル。右者、明十七日当番久次郎殿・荘蔵殿本助番の所、同人無拠用事有之、出番致かね候ニ付、都合宜敷候ハヾ吉之助江本介番頼度被申候ニ付、吉之助義も為差用事無之ニ付、右之趣致承知、即刻組頭江代番之趣届申入、暫して帰宅○昼前、清助来ル。無程帰去○昼時長次郎殿、姉およし殿の迎に被来、早々帰去。依之、およし殿昼飯を為給、其後帰去。

一右同刻、岩井政之助殿来ル。絵半切五十枚・状ぶくろ三把被贈之、雑談数刻。所望ニ付、合巻撫子咄し三冊・小女郎蛛三冊・金魚伝全部〆三部、同人江貸進ス。九時過帰去○夕方、吉之助髪月代を致遣ス。昼前吉之助、土蔵ねだ(濁マヽ)落候所繕置く○暮時前長次郎殿沢庵漬大こん七本持参被贈之、暫して帰去○夕七時過、定吉妻白米壱斗持参ス。外ニ、繩少々持参ス。受取置(六五ウ)。

○十七日乙未　半晴。夜ニ入少々雨、忽止

一今日吉之助高畑ニ被頼、荘蔵殿本助番ニ付、六時頃起出、支度致、早飯為給、御番所江罷出ル。当町、今日者吉之助壱人出番也。

一五時過荷持和蔵、葛籠取ニ来ル。右序ニ、此月分給米を乞ふ。則、玄米二升わたし遣ス○昼前長次郎殿紫苑花持参被贈之、暫雑談して昼時帰去。夜ニ入又来ル。四時迄遊、帰去○夕方およし殿被参、後刻可参由申帰去、其後不来○八時頃榎

本氏御母義御入来、為手土産鯵干者壱包・緋紋ちりめん小切、被贈之。有合の肴ニて酒食を薦、暫物語被致、暮時前被帰去。先夜吉之助借用のぶら打烑持、帰去。略義乍、其意ニ任置。

一昼前おさち尾岩稲荷へ参詣、昼時帰宅。其後、おつる殿来ル。今日松岡氏江三味線の曲有之候ニ付、おさち聞ニ参る様被申、暫して帰去○日暮て松岡ゟおさちを被招候ニ付、則お幸罷越、四時帰宅。お靍殿外人壱人、送り来ル。

一昼後自松村氏江行、小児江焼さつまいも一包贈之。松村氏内義何れへ歟参り候様子ニ付、用事を不果、何れ又明日可参由申、帰宅ス。
○十八日丙申　曇。昼後ゟ半晴
一四時過、吉之助明番ニて帰宅ス○昼後自松村氏江参り候所、儀助殿者(六六オ)仮寐被致、内義者他行、小児壱人遊居候ニ付、直ニ帰宅。帰路、森野氏江立より候所、是も内義他行ニ付、早々帰宅ス○昼前おさち尾岩稲荷へ参詣、ほどなく帰宅○夕七時前松村氏被参、明日帳前ニ付、鉄炮借用致度由被申。吉之助、則貸進ス。火縄同断。
○十九日丁酉　晴
一昼前自一ツ木不動尊ゟ豊川稲荷へ参詣、帰路松村氏江立より、高場足袋仕立指角をかけ、右二束請取、昼時帰宅○昼後伏見氏被参雑談中、榎本彦三郎殿明番ゟ同僚ニ誘引、四谷迄被参、酒居ニ立より候帰路の由ニて被立寄、ほどなく被帰去○八時過松村儀介殿昨日貸進の御鉄炮火縄持参、被返之。伏見氏と雑談後加藤領助殿被参、夕七時過伏見氏被帰去。松村・加藤ハ七半時頃一緒ニ帰去○其後、豆腐や松五郎妻来ル。明日・明後日両日之内、品川江参り候。田町宗之介方へ用事無之やと申、暫して帰去○おさち、尾岩稲荷へ参詣ス○夕方、およし殿来ル。同人ニ被頼候びん付油・梳油買取置候間、同人江渡ス(六六ウ)。
○廿日戊戌　晴。夜ニ入四時ゟ雨
一今朝、およし殿来ル。預り置候金子二分之内、二朱入用ニ付、渡し呉候様被申候ニ付、則金二朱同人江渡ス。其後同人母義被参、暫して被帰去○右同刻、おさち同道ニて伝馬町江入湯ニ罷越。出がけ松村氏江立より、足袋六双請取、持参ス。九時過帰宅。

一其後、松村氏内義被参。右者、先刻請取候足袋大急ニ付、返し呉候様被申候ニ付、則同人江其儘渡し返之、早々被帰去○昼前長次郎殿沢庵づけ大こん五本持参、被贈之。暫く物語して被帰去○今朝、下そふぢ定吉来ル。西ノ方厠掃除致、帰去○暮時頃松村儀助殿被参、暫く雑談して五時過被帰去○暮六時過、松村氏内義被参。右者、足袋之義ニ付、明朝参候様被申、早々被帰去○右以前おさちヲ以、深田・松村江煎雪花菜一器ヅヽ遣之。伏見氏江も同断。右うつりとして、沢あんづけ大こん二本、被贈之。四時、一同枕ニつく。

○廿一日己亥　雨。四時頃ゟ晴

一今朝食後、松村氏江自行。昨夜内義被参候て、招候故也。彼方ニて足まハし致、其後十束請取、九時過帰宅○右留主中、渡辺平五郎殿被参。右者、板倉無尽一義也。相応成挨拶致置候也○加藤順助殿本借用ニ被参候所、留主中ニて知れかね候由ニて、昼時被帰去候由、帰宅後告之(六七オ)。

一昼後吉之助髪月代致、足袋一双仕立、其後八時過ゟ賢崇寺へ行。今日御隠居三七日逮夜ニ依而也。

一昼後ゟ足袋十双出来上り、松村氏江おさち持参ス。十束之内、六双おさち、四双自、一双ハ吉之助也。尚又十双請取、帰宅。其後、尾岩稲荷へ参詣ス。

一昨日およし殿、過日田中氏江貸進の弓張月二つ、被返之。右、請取置○昨日朝豆ふやおすみ、今日品川江罷越ニ付、山田様江お使可致申候ニ付、則手紙したゝめ、宗之介方へ安否尋遣ス。日暮て、おすみ帰来ル。おまち殿ゟ返書来ル。右者、昨日のつけ落し也。

○廿二日庚子　半晴。夜ニ入雨、夜中大風雨十日の如し

一今日吉之助当番ニ付、正六時ゟ起出、支度致、早飯後御番所江罷出ル。出がけ、昨日仕立候足袋十双、松村氏為持遣ス

○昼前松村氏被参、先日貸進之白石手簡四冊之内二冊、返却被致。右請取、古史通四冊貸進ス。足袋廻し三双持参、請取置。且、後刻足袋取次候者方へ参り候様被申之、焼さつまいも一包持参被贈之、暫して被帰去○依之、昼後自出来候足袋十双持参、松村氏江行。則、儀助殿内儀紹介被致○同人隣家田安様(六七ウ)浪人後家某方へ罷越、相識ニ成り、尚又たび十双請取、帰宅。煎餅一袋持参候て、後家へ贈ル○昼後岩井氏被参、過日貸進の合巻三部持参、被返之。八犬伝所望ニ付、初しふ・二しふ十冊貸進ス。暫して被帰去○右同刻土や宜太郎殿是又弓張月持参被返之、尚又拾遺続編十冊貸進ス。ほど無被帰去。

一おさちお岩稲荷へ参詣、帰路染物請取、帰宅ス。

○廿三日辛丑　晴。風

一四時頃、明番ニて吉之助帰宅。食後休足、八時頃起出、今日松村氏ニ寄合有之由ニて、八時過ゟ罷出ル。暮六時帰宅○今朝坂本順庵ゟ当春婚姻内祝の由ニて赤飯壱重、手紙差添、被贈之。謝礼、口状ニて申遣ス○伏見氏被参、暫して被帰去。

一八時過松村氏被参、足袋廿双持参。右者急の由也。折から伏見氏被参、両人雑談して、何れも暮時被帰去。松井氏持参の足袋いそぎニ付、おさち・自、九時迄夜職いたし、こしらへ畢。

○廿四日壬寅　晴

一今朝、自昨日拵あげ候足袋廿双、今日持参。尚又、十双まハし、八双請取来ル。

一昼後ゟ吉之助、矢場掃除の為罷出ル。昼時帰宅、其後髪月代致、鉄炮を磨く○同刻、松村氏来ル。明日見分ニ付、衣類ニ差支候間、何卒借呉候様被申候ニ付、則単衣・刀・鉄炮・玉六ツ・角二枚貸進ス(六八オ)。

一深田氏老母手作紫蘓のミ持参被贈之、ほどなく被帰去○右以前ゟ伏見氏被参、雑談して被帰去。同所ゟ沢庵づけ大こん二本・芋茎二株、被贈之。

一八時過、豆腐屋松五郎来ル。右者、同人妻過日願候夜具蒲団借用致度由ニて来ル。則、夜具蒲団貸遣ス○夕刻足袋十双まハし、八束(ママ)出候ニ付、松井迄持参致候所、片岡後家留主宅ニて、其儘差置、帰宅ス。

一夜ニ入順庵殿被参、過日貸進之七部集持参被返之、尚又所望ニ付、日暮草壱冊貸進ス。雑談後、五時過帰去。

○廿五日癸卯　曇。今日午の三刻甘露の節ニ入ル。

一今朝御頭見分ニ付、正六時ゟ起出、支度致、六半時頃ゟ鉄炮携、矢場江出ル○吉之助昼弁当森野氏迄自持参之積致置候ニ付、右弁当携、鮫ヶ橋迄参り候所、松村氏江行合。松村氏ハ此方足袋持参被致候ニ付、直ニ足袋・弁当引替、弁当渡、頼遣ス。自ハ足袋廿五双持参、帰宅。

一右同刻荷持和蔵、此度高畑久次殿地面内江普請致候由ニて来ル。

一昼前、およし殿来ル。ほどなく被帰去(六八ウ)。

一吉之助夕七半時頃、見分相済帰宅。今日鉄炮皆中の人々江お頭ゟ被下候、与力江雨傘一本、同心江小倉帯地其外小菊紙・扇子等被下候由也。各江餅菓子三ツヅ、被下候也○夕七時過、自今日受取候足袋廿五双、おさちと両人ニて仕立あげ、出来ニ付、松村氏江持参、差置、尚又いそぎ候足袋六双請取、帰宅。今晩夜職ニ拵畢。

○廿六日甲辰　晴

一今朝長次郎殿、しをん花手折て持参被贈之、ほどなく帰去○右同刻、松村氏昨日貸進の品々持参、被返之。昨日請取参り候六双のたび渡し、尚又外たび廿双持参ス。麻糸染在合ざる由ニて、白糸ニて持参。右ニ付、直ニ吉之助伝馬町江買物旁々染物ニ罷出ル。ほどなく帰宅ス〇右同刻、お国殿来ル。鯵干物十枚持参、被贈之。荘蔵殿一義漸く落着致、当金三拾両、親類立合の上請取、跡十金者三季無尽之節、当り次第請取可申由ニ相成候と申、暫雑談して被帰去〇其後、松村氏又来ル。弥兵衛ゟ被渡候書物板下、此方ニて写し度由ニて被参。昼飯を薦め、夕方帰去、ほどなく又被参。今朝持参被致候足袋、出来の分取ニ被参、尚又十双持参被致。右請取、出来の分十五双、松村氏江渡ス。外ニ鈴木平之丞殿江貸進の白石手簡二冊被返之、右為謝礼、永寿(六九オ)山銘茶壱袋被贈之、暮時前被帰去〇八時前、祖太郎殿来ル。千駄ヶ谷江被参候由ニて、漸雑談して被帰去。時候為見舞片折窓の月壱折持参、被贈之〇今朝、お吉どの来ル。昼時被帰去。今日吉之助、終日戸損じ候所繕畢〇今朝、宛番茂左衛門殿来ル。明廿七日吉之助ハ明捨り番ニ出候様被申、被帰去〇夕方、長次郎殿来ル。させる用事なし。板倉栄蔵殿二女昨廿五日戌ノ刻死去被致候由ニて、享年卅一、二才ニ成候由也〇自・おさち、(ママ)終足袋を縫。今日人出入多く、右ニ付、昼後ゟ十五双、夜ニ入子ノ刻過十五双、〆卅双仕立畢〇八時過お靏殿被参、おさちと雑談して被帰去。

一夕方定吉妻白米六升持参、未ダ御扶持春不出来候由也。

〇廿七日乙巳　半晴

一今日吉之助捨り番ニ付、正六時ゟ起出、支度致、天明後吉之助を数声呼起し、やうやくにして起。髪を結、月代を不剃。風邪の故也。早飯後長次郎誘引、御番所江罷出ル〇五時過自片岡江仕立出来候たび十五双持参、尚又十八双請取、帰宅〇昼前、およし殿来ル。昼時被帰去〇昼時少し前ゟおさち、長次郎殿内義を誘引合、伝馬町江入湯ニ行、九時過帰宅。長次郎殿内義おさく殿焼さつまいも持参、被贈之〇夕方、松村氏内義足袋十二双持参被致。今朝十八双請取候分、十八之内十双出来ニ付、同人江渡ス。暫(六九ウ)雑談後、被帰去。同人江ひもの五枚・さつまいも少々贈之。

一今日終日、足袋十八双出来也。夜職ハ休足、五時枕ニ就く。

〇廿八日丙午　晴。夕方ゟ曇

一四時頃、吉之助明番ニて帰宅〇四時過領助殿被参暫く雑談、

一昼時頃順庵殿門前通行被致候所、おさち等呼入。右ニ付、所望ニ付、夢想兵衛胡蝶物語前後九冊貸進ス。昼九時被帰去。立寄る。ほどなく被帰去〇昼後八時頃ゟおさち同道ニて豊川稲荷ゟ不動寺へ参詣、帰路松村氏江立寄、昨夜受取候足袋十二双渡し、尚又縫かゞり候品五双請取、森野氏江立より、帰宅ス〇右留主中、定吉方ゟ御扶持春出来、三斗八升の内借米二斗一升さし引、壱斗七升持参ス。

○廿九日己未　曇。夜ニ入雨、多不降

一今日帳前、鈴木側吉之助、永野江返番ニ付、五時前ゟ矢場江罷出ル。

一四時頃おさち松村江行、昨日請取候まハし五双出来、持参。松村氏江醤油五合遣之。尚又昨日払物の足袋三双之内二双松岡氏ニて被買取、内一双吉之助分、代銭二双分四百四十八文、為持遣ス。

一夕方松村氏被参、白晒足袋三双持参被致、九文半一双買取、代銭百八十文(七〇オ)同人江渡ス○昼後清助ゟ次郎右衛門ヲ以、鯖五尾贈来ル。然る所、余ほど古く、食しかね候ほど也○昼後宜太郎殿過日貸進之弓張月持参、尚又残ぺん六冊貸進ス。暫く雑談して被帰去○夕七時過、自伏見小児を同道ニて片岡ゟ松井氏江行候内、丁子やゟ使参り候由ニて儀助殿被申候ニ付、急ぎ帰宅。丁平ゟ手紙差添、十七へん摺立校合、并ニ板下校合十八へん、被差越。摺立候方ハ明朝取ニ可参候。板下ハ不急よし也。右承知之趣申遣ス。

一夜ニ入松村氏被参、足袋十双、今晩中ニ拵候由ニ付、八犬伝十七へん摺立校合を松村氏ニ頼、おさち・自両人ニて十双の足袋仕立畢。四時也。右松村氏ニ渡し、四半時被帰去○今晩戌ノ刻前、伏見氏門辺ニて水を汲、物騒しく候ニ付、おさち罷出候所、家根ニ火の見え候由申ニ付、自早束隣家伏見江欠付、見候所、家上ニ藤田嘉三郎殿登り居候故、承り候所、家根先江火を挟ミ有之。嘉三郎殿内義見出し候内、往来の中元体(マヽ)の者、伏見江為知居候付、嘉三郎殿直ニ家根江のぼり、消留候也。打捨置候ハヾ燃出候ニ付、折から見出し、もえぬけざる事、偏ニ諸神の利益成べしと難有思ひし也。

一吉之助、五時過帰宅。雨降出し候ニ付、榎本氏ニて傘・てうちん借用、帰宅ス(七〇ウ)。

一今朝、およし殿来ル。山本半右衛門殿内義、昨廿八日巳ノ刻安産被致候由、同人之話也。女子誕生被致候由也。

○九月朔日戊申　晴。暖気、皆単衣也、当月月番也

一今朝吉之助ヲ以、松村氏江足袋廿双為持遣ス。尚又、いそぎ(マヽ)候由ニて、廿双持参ス。則、朝飯後ゟ仕立、八時過出畢。又、吉之助十五双持参、さし置、帰宅。当月吉之助月番ニ付、合月番江届来ル○昼後松村氏被参、板下校合被致、夕方被帰去。松村氏持参の足袋十五双、いそぎ候由ニ付、暮時迄ニ仕立畢。夜ニ入五時過ゟおさち・自片岡氏江持参、渡し、帰路松村江立より候所、門戸不開候ニ付、不立寄して帰宅ス。

一八時過、おさちヲ以山本内儀出産為見舞、切餅五寸壱重為

持遣ス。暫して帰たくス。

一夕方、おふさ殿来ル。去ル廿七日貸進の金魚伝十冊持参被返之、暫くおさちと物語被致、暮時被帰去。

○二日己酉　晴。暖気、昼後雨風、ほどなく止

一今朝吉之助髪月代致遣し、其後自飯田町ニ行。先月分薬うり溜・上家ちん、外ニ金壱分請取、彼方ニて昼飯を給、帰路小松や三右衛門江神女湯剤十六味注文致、代金渡し、右揃次第中坂下滝沢江届ケ置候様(七二オ)申付、帰宅○右留主中、伏見氏・松村氏被参。右以前、松村氏内義手紙持参、衣被芋被贈之○およし殿来ル。金二朱分銭ニて預り置候様被申候ニ付、預り置。〆金二分ト六百文の預り也。およし殿、五時過帰去○飯田町ニて古袷・袴一具、被贈之。

一豆腐や松五郎妻去十月貸遣し候緋ちりめん小袖壱ツ持参、返之。右請取、帳面をけし置く。

○三日庚戌　半晴

一今日吉之助当番ニ付、明六時頃ゟ起出、支度致、早飯後御番所江罷出ル。明朝明番帰路、黒砂糖買取参り候様申付、天保三枚為持遣ス。

一昼前白石氏、過日貸進之美少年録初へん・二編十冊返之、尚又同書三ぺん五冊・童子訓初板五冊貸進ス○昼後まつミや兼太郎殿、貸進の水滸でん六ぺん四冊被返之、同書七・八へん八冊貸進ス○稲毛やまハり男炭二俵代、外ニ色々買物代金二朱ト三百廿四文払遣ス○昼前松村儀助殿内義、昨日被頼被申候物、やう子聞ニ来ル。実ニ難渋の由、断も申かね候ニ付、緋縮緬小袖同人江渡し、貸遣ス○昼時松村氏被参、暫して被帰去。夜ニ入、又被参、たび卅双持参、暫して被帰去。

○四日辛亥　晴　(七二ウ)

一今朝食後六道米や弥五郎方へ餅白米申ニ付、二折後刻為持越候やう申付、帰路定吉方へ立より、明五日飯田町ニ使申付、帰宅。

一吉之助明番ゟ入湯致、四時過帰宅。昼飯後買物ニ出候様申付、さとう・豆粉等買取候様申付遣ス。然る所、村田氏江参、夕七時頃傘・下駄、其外申付候さとう・豆粉等買、帰宅。去ル廿二日飯田町ニて傘借用致候所、右傘紛失致候ニ付、右の代、飯田町江可返之為、買取参り候成べけれども、右者心得違也と被思候へども、其儘捨置○夕七時過、高畑内義被参。右者、当組与力鈴木銀次郎殿養父死去被致候由申入、被帰去。則、其趣深田江申告○昼前、深田長次郎殿来ル。右者、今日長次郎事父大次郎を名を嗣ぎ、大次郎と改名致候由ニて廻勤、早々被帰、夕七半時過又来ル。明五日親類方ニ封金立合有之

候ニ付、袴無之、何とぞ吉之助袷袴借用致度由被頼候所、吉之助承知の趣答候故、無程帰去○おさち八時頃足袋十八双仕立出来、片岡江持参。尚又廿双請取、帰宅○右同刻、およし殿・松村氏被参。松村氏ハしそのミ・やきさつまいも持参被贈之、暫して被帰去。およし殿ハ跡ゟ帰去○夜ニ入、吉之助たび十二双出来の分、松村迄持参ス。ほど無く帰宅(七二オ)。

一今暁、権田原其外仲殿町加藤領助殿地面地かり、其外二ヶ所ゟ出火致、権田原ニてハ壱軒焼失、其外ハ焼抜候迄也。所々に怪火有之、甚しく物騒也。よく〳〵心得、見廻るべし。

○五日壬子　晴。八専の初

一今日有住側銕炮帳前、吉之助矢場番ニ付、六半時頃ゟ鉄炮携、矢場江罷出ル。九時前帰宅○来ル九日貞松信女様十三回忌ニ付、今日ニ取越し、牡丹餅、おさち手伝、手製致、家廟江供し、其外飯田町弥兵衛方并ニ田口久右衛門方・村田万平殿方へ廿入壱重ヅヽ、定吉ニ為持遣之、所々江口状書ヲ令添遣ス。飯田町江ハずいき十二株・大こん二把、贈之。定吉飯田丁ゟ八時過帰来ル。彼方ゟ流し袴・ろふそく、外ニ注文之薬種小松やゟ参り居候ニ付、定吉ニ為持被差越。定吉ニ牡丹餅為給、返し遣ス。

一四時頃、おさちヲ以、森野氏・松村氏・片岡江ぼたんもち一重ヅヽ為持遣ス。右以前、伏見氏江廿入壱重・十五入壱重生形江為持遣ス。尚又昼後、遠藤氏・松岡氏江壱重ヅヽ遣之。遠藤氏ゟ状ぶくろ三把、松岡氏ゟ干菓子壱折(七二ウ)、うつりとして被贈之○今朝定吉妻およ遣、ぬか持参ス。定吉事、今日昼前ゟ御使ニ可参所、本所辺江罷越候ニ付、少々延引、昼後ニ可相成候間、左様思しめし被下度、若御急ニ候ハヾ余人上可申やと申ニ付、少々延引致候ても不苦候間、定吉ニ参り候様申付遣ス。およ代(ママ)ニもぼたんもち為給、返し遣ス。右帰り候序ヲ以、おさち文をしたゝめ、おふさ殿方へぼたん餅壱重遣之、返書并ニ葛粉壱包、被贈之○今日高畑久次殿小児江牡丹餅壱重為持遣し候所、後刻久次殿右謝礼として蒲萄二房持参、被贈之。

一夕七時頃村田氏ゟ女子使ヲ以、いなだ魚一皿三尾、被贈之。然る所、使之趣心得難、先請取置、謝礼申述、使を帰し候へども、何分使口上之趣分かね、不思儀存候也○昼後吉之助ヲ以、竜土榎本氏江牡丹餅一器為持遣し、八半時頃帰宅○其後直ニ村田氏江先刻之使心得難由申遣し候所、全く此方へ被贈候魚之由也。帰路、彦三郎殿同道ニて帰宅ス。少々様子有之ニ付、彦三郎殿ハ此方へ止宿被致。

一今朝大次郎殿、昨夜吉之助約束の袴借用致度由ニ付、被参。

ぼたん餅(七三オ)を為給、袷袴貸遣ス。今日親類養子封金由也。暮時、帰路の由ニて来ル。無程帰り、又来ル。四時迄雑談して帰去○日暮て宜太郎殿弓張月残編六冊持参、被返之。樹木のまるめろと申実持参、被贈之。右まるめろハ花梨の類ニて、長命の薬也と云。暫く雑談、五時過被帰去。青砥もりやうあん前五冊・後合二冊、貸進ス○夕方松村氏被参、暫く物語被致、暮時被帰去。

一夕方丁子や𛀙小もの使ヲ以、かなよみ十七編上帙十丁校合ニ被差越、其儘この者両三日中ニ取ニ可参由申遣ス。

○六日癸丑　晴。暖気

一今日貞松様十三回忌逮夜取越、茶飯・一汁三菜、汁つと豆ふ・椎たけ、青味平さんせふ・いんげん・がんもどき、皿大こん・柿・岩たけ・白ごま・あげ、猪口ゆりみそあへ、香物塩づけなすこしらへ、貞(ママ)様・蓑笠様牌前江・貞松様御牌前江供し、家内一同食ス。右ふし見氏江四人前、松村江二人前、深田江同断、遣之。伏見氏を招き候内、竜土エノモト母義参らる。手みやげ栗一包・ぜんまい・小椎茸一器、被贈之。右以前、まつ村氏被参(七三ウ)。右三人江酒飯を薦め、伏見氏𛀙酒五合ほど一徳利、被贈之。右畢、伏見氏被帰去。夕方、松村被帰去。仕立出来のたび十双、為持遣ス。榎本母義、七半時被帰去。

一昼後、およし殿来ル。四畳ニて解物被致、夕方茶飯を薦め、且亦同人母義江茶飯、平・猪口・汁・皿添、為持遣ス○今朝、大次郎殿昨日貸進之袴持参、被返之。右為謝礼、菜ゑん八ッ頭持参ス被贈之、無程被帰去○夕方宜太郎殿樹木ぐ(濁ママ)ミ持参、贈られ、早々被帰去○夕方飯田町𛀙使ヲ以、茶飯・一汁三菜・平いも・にんじん・とうふ・かんぴやう・しいたけの御平・汁とうふしいたけ・皿ずいきははき豆・猪口蓮ごまあへ、被贈之。御姉様𛀙文到来、此方𛀙も平・猪口・膾、外ニぶどう・梨子、返翰したゝめ、進之。昨日借用之ふろしき、今日返ス○吉之助、昼飯後賢崇寺へ行。今日御隠居三十五日逮夜ニ依て也。暮六時帰宅○日暮て伏見氏を留主をたのミ、おさち・およし殿同道ニておろじ町江入湯ニ行、五時前帰宅。其後伏見氏被帰去、およし殿五時過帰去。則、自・おさち送り行○暮時前、自片岡江茶飯・平・皿・猪口壱人前持参、遣之、入物さし置。森野氏江立より、昨日遣し置候重箱請取、帰宅。

刻こんぶ、被贈之(七四オ)。

七日甲寅　晴

一今朝田口久右衛門母義𛀙文ヲ以、五りまんぢう壱重、被贈之。右者、一昨日ぼたん餅を贈り候為謝礼被差越。使の者急候ニ付、返書ニ不及、請取書謝礼申遣ス○昼後𛀙自、おさち同道ニて深光寺へ参詣、来ル九日峯山貞松信女十三回忌相当ニ付、取越、今日参詣。香でん二百銅持参、遣之。飯田町御姉様・おつぎ并ニおいね殿参詣、寺ニて対面、貞松信女回向料、外ニ塔波(ママ)代二百文、飯田町弥兵衛方施主ニ成、今日御持参。和尚留主ニ付、留主居の納所ニ頼申入。深光寺門前ニて別れ、夕七半時頃帰宅ス○右留主中、伏見・松村被参候由。松村氏ハ吉之助刀を借用致、被帰去。是亦昨日料供残遣し候器もの持参、片岡ゟ被贈候由ニて、ろふそく七挺一袋持参被致候由、帰宅後被告之○夕方丁平ゟ使来、校合十七編下帙持参。上帙も未出来不致候ニ付、明日取ニ可参由、返書ニ申遣ス○昼前・夕方両度、およし殿来ル。暫して被帰去○今晩吉之助・おさち等足袋を仕立、四時過出畢(ママ)、枕ニつく○今朝伏見氏ゟ白砂糖壱斤入壱袋、被贈之。右者、貞松信女霊前江備ん為也。礼申遣ス○先月四日、此方ゟ遣し候小猫、五日夕方不快ニて絶食の由、今日御姉様の御話也。

○八日乙卯　晴。美日

一昼前、下掃除定吉来ル。重陽為祝義、衣被芋壱升余持参ス○朝飯後自片岡江足袋十双持参、昨日被贈候蠟燭謝礼申述、帰宅。其後食事致、八犬伝十七へん上下帙校合致、こしらへ置。

一昼後ゟ吉之助、飯田町弥兵衛江行。右者、小松や江薬種取かへ候序也。細辛細製ニ候間、生と引替参り候由、申付遣ス。弥兵衛方へ菜園茄子十一為持遣ス。往還村田氏江立より、日暮て帰宅ス。小猫五日ゟ不快の由ニ付、レイヨウカく等為持遣候所、間ニ不合、今朝(七四ウ)斃れ候由。不便の事也。且、小松やニて細辛取替、去ル一日薬味十六種買候所、勘定違いたし、金壱分ニてつり銭百文受候所、尚又弐百三十二文申受度由申ニ付、吉之助、則払遣ス。先日八月廿二日借用の傘、五日ニ返し候所、今日吉之助参り候せつ右傘被返。辞れども被不入聞候ニ付、其意ニ任申受、帰宅ス○夕七時前丁子や平兵衛ゟ小もの使ヲ以、校合取ニ被差越、十七へん十二丁め不足の分壱丁持参。直ニ使為待置校合いたし、十七編上下帙とも使江渡ス。八犬伝後日譚、春水作売出し候由ニて、壱部二冊、被贈之○八半時頃、加藤領助殿来ル。如例長座、煎茶・葛練をすゝむ。八犬伝後日の譚二冊被読、暮時被帰去○暮時前およし殿来、同道ニて入湯ニ行んとて也。則、吉之助帰宅を待合せ、其後早々おさち同道、三人ニて入湯ニ行、五時前帰たく。およし殿、五時過被帰去。如例送り遣ス。

○九日丙辰　晴。昼後ゟ曇

一朝飯後吉之助髪月代致、礼服ニて当組与力・同心中江重陽の祝儀廻勤、昼時前帰宅。昼食後、芝田町山田宗之介方へ無

沙汰為見舞行。片折くわし一折持参ス。おまち殿江文ヲ以、安否を訪ふ。宗之介ハ留主宅の由也。おまち殿ゟ返書到来ス。帰路賢崇寺ゟ竜土榎本氏江立より、暮六時過帰宅ス。

一昼前雇人足頭尾張や勘助方ゟ使ヲ以、(濁マヽ)ぼろ切を乞。右者、勘助養母此せつ(七五オ)瘟疫ニて大病ニ付、何卒手前へぼろ切願度由申参り候ニ付、有合の品少々遣ス。

一八時過順庵殿被参、暫して被帰去。右同刻松村氏被参、一昨日吉之助貸進之刀持参、被返之。尚又、明日帳前出側ニ付、御鉄炮貸呉候様被申候間、則貸遣ス。折から長田周蔵殿被参、論語ニてかるたこしらへ候間、見候様被申、箱ニ納候まゝ預り置。松村氏と雑談久敷して被帰去。松村氏も其後被帰去〇夜ニ入、およし殿来ル。やきさつまいも一包持参被贈之、四時被帰去。則、送り遣ス〇今日貞松様御十三回忌祥月忌ニ候へども、取越、去ル六日志致候ニ付、只朝料供、昼迄精進ス〇昼さゝげ飯、一汁二菜。但、香の物ども家内祝食、諸神江神酒を備ふ。夜ニ入、神燈を供ス。終日開門也。

〇十日丁巳　曇

一今暁八時、南方ゟ出火。起出、吉之助・おさちを呼起し、見候所、近火ニて、直ニ吉之助罷出ル。綾部次右衛門殿・遠藤安兵衛殿方、定吉江も見舞申入、帰宅ス。火元者六道の木戸番人文太ゟ出火、御坊主秋山某其外植木や共二軒、都て五、六軒の焼失。尤怪こと、宵ゟ二、三度かゝる事有之由。先月下旬ゟ物騒甚しく、心不易事也。用心すべし。右ニ付、有住岩五郎殿・松村儀助殿・越後や清助・岩井次郎助殿・鈴木昇太郎殿、為見舞被参。七時頃、火鎮る。其後、又枕ニ就く(七五ウ)。

一朝飯後吉之助象頭山江参詣、神酒一樽・備餅を納ム。帰路、政之助殿方へ今暁火事見舞謝礼申入、昼時帰宅。八時過ゟ有住・松村其外江近火見舞答礼として廻勤、ほど無帰たく。

一右同刻、定吉昨夜見舞ニ参り候答礼として来ル。早々帰去〇およし殿、昨夜置忘れ候小ふろしき取ニ来ル。ほど無被帰去。其後、同人弟長次郎殿来ル。是も亦早々被帰去。

一昼時前、おふき殿来ル。久敷遊、帰去〇夕七時頃岩井政之助、先月廿二日貸進之八犬伝初輯・二輯持参被返之、尚亦三輯・四輯貸進ス。暫して被帰去。右同刻松村氏、貸進之御鉄炮持参、被返之。所望ニ付、都の手ぶり一双貸進、暮時過被帰去。

一八時頃、およし殿遊ニ来ル。羽織解貫。夕飯為給、五時被帰去。送り遣ス。

一今朝、下掃除定吉来ル。西ノ方厠汲取、帰去〇昼後、遠藤安兵衛殿被参。今暁近火見舞答礼也○今日、金毘羅宮権見御屋敷御門不開。御門外ゟ拝礼致候由、申之○今日常光院祥月忌ニ付、一汁一菜、料供を供ス。終日精進也。

○十一日戊午　晴。未ノ六刻霜降之節ニ入ル

一今朝伏見氏被参、雑談後昼時帰去。昨亥年中貸進之薬刻台并ニ庖丁持参、被返之。其後、女おつぐヲ以、過日頼入置詩写本五綴被貸る。右者、あつミ祖太郎ニ被頼候故也○昼後、およし殿遊ニ来ル。夕方帰去○昼前吉之助白米二升ヲ挽、昼後竈をつくろい、損じ候煙草箱・箸箱其外色々(七六オ)繕物致、終日。夜ニ入、手習ス○夜食後、自、おさち同道ニておろじ(濁ママ)町江入湯ニ行、五時前帰宅ス。

○十二日己未　曇。八時頃ゟ雨

一今朝四時前松村氏足袋十二双持参被致、ほど無被帰去。

一昼時頃綾部次右衛門殿、出火見舞答礼として被参、早々被帰去。

一右以前、大次郎殿印鑑持参。右印鑑、何と申印行、読声知かね候由被申。一覧の所、勝真と有之由見受候へども、碇とハ申難、後刻碇と可申候置、神酒残少々薦め昼後被帰去、夜ニ入又来ル。右印行、松村ニ見せ、問候所、勝真ニ相遠(ママ)之由被申候ニ付、則其趣を大次郎殿へ告ぐ。然者勝真と認め呉候様被申候ニ付、認め、大次郎殿へ遣し候へバ、右を吉之助ニ頼、明十三日当番之節、板倉英太郎殿江渡呉候様被頼、五時過被帰去○暮時前、おふさ殿仏参帰路の由ニて立よらる。おさちと立談して被帰去○昼後定吉ヲ以、賢崇寺へ御状書ヲ以、過日吉之助約束致置候薄縁を取ニ遣ス。八半時過、帰来ル。賢崇寺より薄縁拾枚被贈之。今朝定吉、白米壱斗持参ス。

一吉之助今朝髪月代致、日暮て松村氏江足袋十二双出来持参、尚又五双受取、帰宅(七六ウ)。

○十三日庚申　雨。八時頃ゟ晴

一今日吉之助当番ニ付、正六時ゟ起出、支度致、だんごをふかし拵、家廟江供し、家内祝食致。早飯後、御番所江罷出ル

○今朝伏見氏江あづきだんご、枝豆・いも添、如例贈遣之。尚又、伏見氏ゟ唐きなこだんご、品々添、被贈之○昼後、松村氏内義来ル。だんご、枝豆・いも添、遣ス。昨夜吉之助持参の足袋五双仕立出来ニ付、松村氏内義江渡し遣ス。早々帰去

○右同刻、豆腐や松五郎妻来ル。だんご一盆遣ス。頼度由有之、頼遣ス○夕刻、土や宜(ママ)太郎殿来ル。過日青砥藤綱持参被返之、尚又旬殿実々記前後十冊貸進、其後帰去○夕七時頃、大次郎殿兄弟来ル。右両人江だんご・枝豆・衣被を振ふ。暫して帰去。

一暮時前、松村氏来ル。大柿三ツ持参、被返之。所望ニ付、雑記三十七貸進ス。古上流、是ヲも進ズ〇夜ニ入およし殿被参、暫して四時帰去。

一今日庚申ニ付、神像を床間江掛奉り、神酒・柘榴《(ママ)》、夜ニ入、神燈ヲ供ス。

〇十四日辛未　晴。美日
一吉之助番ニて四時前帰宅、休足不致、終日奔走ス〇昼後八時頃ゟおさち同道、自大久保鬼王権現江参詣。豆腐を納ム。右鬼王権現ハ、腫物ニて難義致候者全快を祈候へバ、利益あり。此故ニ、おさち癬瘡全快祈候所、ほど無平愈ニ付、今日為礼参豆ふを納、参詣ス。帰路種々買物致、夕七半時帰宅。

一右同刻、松村氏足袋十双持参被致、右さし置、帰去(七七オ)。

一昼時、大次郎殿来ル。用事なし。無程被帰去。

〇十五日壬戌　終日曇。

一今早朝、自仕立足袋十双、片岡江持参。尚又、十双請取、帰宅。

一右同刻伏見氏被参、暫く雑談して被帰去〇四時頃青山六道とりあげ老婆おみき、伏見江来ル。右者、過日此方へ参り候様頼被置候故也。おさち容躰を告げて、何れ来十月頼可申由、直ニ帰去〇昼後、深田氏ゟ内義着帯祝儀の由ニて、赤小豆飯、一汁二菜・つまみ物添、壱人前被贈之〇昼後自片岡氏江仕立足袋十双持参、尚亦十二双請取、帰宅〇昼後、高畑来ル。右者、触役ニ被頼、明十六日御城附人ニ罷出候様被入申、帰去〇夕方松村氏被参、荒粉落鴈壱折持参、被贈之。尚亦、羽織・刀借用致度由被申候ニ付、則、羽織貸進ス。然る所、伏見氏被申候ニハ、不用成刀有之候ニ付、右刀暫松村氏江貸置可申被申、ほど無持参被致候ニ付、其儘松村儀助殿江渡之、暫して被帰去。

一下掃除定吉代来ル。東の厠そふぢ致、帰去。

〇十六日癸亥　終日曇
一明十七日紅葉山　御城ニ付、今日吉之助御城附人ニ付、早朝髪月代致、食後(七七ウ)五時過ゟ大次郎殿同道ニて御番所江罷出ル。壱ツ弁当遣ス。夕七時頃帰宅。

一四時過、片岡江足袋持参、未跡無此由ニ付、さし置、帰宅〇夕七時頃触役土屋宜太郎殿、明暁八時起し、七時出の由被申入、帰去〇今朝自、深田氏江昨日贈り膳の為謝礼参り、謝礼申述、真綿少々贈之、無程帰宅〇日暮、大次郎殿明暁起番の由被申入、暫く遊、帰去〇右同刻、松村氏来ル。足袋十二双持参、早々帰去〇夜ニ入、およし殿来ル。今晩止宿ス〇清助ゟ鯖二本、次郎右衛門持参。然る所、右鯖余ほど古く、家内食し候所、自あてられ、苦痛致、五時頃ゟ悪寒・めんげん(ママ)、吐の気味有之、神女湯を用、宵ゟ枕ニつく。おさち、不寝也。

○十七日甲子　曇

一今晩八時、起番大次郎殿窓ゟ呼起。吉之助起出、茶づけ飯を給、正七時ゟ当町一同御場所江罷出、てうちん携江行。四半時、御城相済、帰宅。明十八日、当番板倉安次郎殿代番ニ罷出候様被頼候ニ付、承り参り候由也○今朝深田老母、吉之助今朝持参の灯ちん持参被致、暫く雑談して帰去。引つゞき、およし殿被帰去○昼後八時過ゟ吉之助罷出、榎本氏江安否を問ニ行。榎本氏勤番一条も先其儘に穏成由也。暮六時帰宅。到来の由ニて、大梨子一ッ被贈之(七八オ)。

一昼後、大次郎殿来ル。入相前帰去○昼後松村氏内義被参、昨日受取候十二双の足袋請取ニ参り候由被申候へども、未出来上りかね候ニ付、松村内義ニ附添、片岡江参り仕立あげ、尚又六双請取、暮時前帰宅○今日甲子ニ付、大黒天神像江神酒・備餅・七色ぐわし、夜ニ入、神燈を供ス○今晩も夜職。四時過枕ニつく。

○十八日乙丑　雨。終日雨止なし、夜中同断

一今晩七時頃ゟおさち腹痛脳候ニ付、吉之助起出、介抱致。熊胆を用ゆ。暫して又枕ニ就く○今日吉之助、安次郎代番出勤ニ付、明六時ゟ起出、支度致、早飯後御番所江罷出ル○右同刻自、昨日受取候足袋六双之内五足出来、片岡江持参ス。尚又廿四双請取、内四足ハ急候由ニ付、昼時仕立終り、昨日の残一足と共ニ六双、昼前おさち持参、さし置、帰宅ス○昼前政之助殿被参、過日貸進之八犬伝三輯五冊持参被返之、尚又五輯六冊貸進。暫く雑談して、昼九時過被帰去○昼後ゟ自・おさち、足袋廿双仕立畢、四時枕ニつく。

○十九日丙寅　雨。四時頃ゟ雨止、夕方ゟ晴

一朝飯後自片岡氏江行、昨日仕立候足袋廿双持参致候所、雨天ニ付、仕立足袋無之候由ニ付、さし置、帰宅ス○四時過、吉之助明番ニて帰宅ス。今日者(七八ウ)休足不致○昼時頃、榎本彦三郎殿御母義御入来。明廿日氏神祭礼ニ付、如例醴製作被致候由ニて持参、被贈之。外ニ、鯵ひもの十枚、被贈之。是ゟ番町村田氏江も被参候由ニて、早々被帰去。且又、伏見氏江も醴一器、榎本氏ゟ被贈候ニ付、直ニ為持遣ス○夜ニ入、大次郎殿来ル。其後松村氏足袋十双持参、さし置、被帰去。大次郎殿ハ四時帰去。長谷川幸太郎殿祖母、今日未刻死去被致候由、同人之話也。享年八十二才也と云

○今朝、下掃除代来ル。西厠汲取、帰去。

○廿日丁卯　晴

一今日有住側帳前ニ付、五時ゟ吉之助鋏炮携、罷出ル。四時過帰宅。其後髪月代致、食後おろじ町江入湯ニ行、暫して帰宅。八時頃ゟ長谷川幸太郎殿祖母送葬ニ付、南寺町蓮(ママ)寺へ送之、夕七時頃帰宅。尚又、松村氏迄出来之足袋持参ス○八時前松村氏、足袋六双持参被致、早々被帰去。

一今朝伏見氏被参、暫く雑談して被帰去○今朝、およし殿来ル。昼時帰去、夕方七時過又来ル。銭金二朱分持参、預り置呉候様被申候ニ付、預り置。雑談後、暮時帰去○昼後、おさち腰イタ江灸治ス。折から伏見氏内義被参候ニ付、同人江も背ゟ腰・腹江灸治致進ズ。八半時頃畢、被帰去。

一暮六時過、昼後持参の足袋六双仕立出来ニ付、おさち同道ニて片岡(七九オ)江持参ス。右序ヲ以、松村氏江菜漬壱重持参、進之。尚又、十五双請取、戌ノ時ニ帰宅ス。

○廿一日戊辰　晴

一今日五時前、吉之助賢崇寺へ行。右者、御隠居御四十九日本葬(ママ)の付、大客手伝の為也。今晩者止宿ス○昼前伏見氏被参、暫く雑談、昼時過被帰去、昼後又被参○昼後松村氏、去ル十七日貸進の羽織持参、被返之。写物頼置候ニ付、写之。暮時前ゟ伏見氏ニ被招、被参。酒肴、鰯大こんヌタ、みそづけ、しそ・大根三杯づけ、松村氏ニ為持、伏見江遣ス。五時頃此方へ参、直ニ被帰去。仕立たび十双、同人江渡ス○今日終日足袋仕立、夕七時出来上りニ付、おさち十一双片岡江持参ス。暫して帰宅。其後尾岩稲荷へ参詣、ほど無帰宅。

一四時過、永野儀三郎殿来ル。右者、又五郎殿弁当料書出し一義也。然ども、吉之助他行ニ付、早々被帰去○昼後およし殿被参、袷とき、夕七時過被帰去、暮時又来ル。止宿也。

一今日駒場　御成ニ付、商人多不来。

○廿二日己巳　晴

一今朝松村氏被参、終日写物被致、昼飯・夕飯とも薦之。松村氏足袋十二双持参被致、是迄ゟ仕立違ひ候由ニて、昼前松村儀助殿内義被参、指南被致、被帰去○伏見氏、今日も朝ゟ折々被参○今朝、高畑久次郎殿来ル。右者(七九ウ)、又五郎殿弁当料書出し之一義也。然る所、吉之助他行ニ付、無拠高畑氏書抜被致候由被申。然者、吉之助迎ニ可遣由申候所、其儀ニ不及由被申候ニ付、其意ニ任頼置○およし殿昨夜此方へ止宿、今日も終日此方ニて小袖一ッ解物被致、夕七時過帰去。暮時前、又来ル。約束ニ付、自、おさち・およし殿同道ニて四谷伝馬町江入湯ニ行、五時頃帰宅。右留主、松村氏江頼置。右留主中、加藤領助来ル。四時前、領助殿・松村氏被帰去。右序ニおよし殿を送り被遣。

一昼前、丁子や平兵衛手代来ル。かなよミ八犬伝十七編、当月十九日売出し候由ニて、製本二部持参、校合直し有之候所、直し此方へ見せ不申候処詫申入、尚又跡十九編抄録致呉候様申。右承知之趣申聞、被帰去。

一右同刻、お靍殿来ル。おさちと立話して被帰去○昨夕定吉妻白米壱斗持参、さし置、帰去、今夕又来ル。御扶持方通受取ニ参り候ニ付、則白米通・御扶持方通為持遣ス○吉之助四時頃帰宅。精進平菜・まん頭壱包、其外種々持参ス。
○廿三日庚午　曇。四時過ゟ晴
一今日吉之助当番ニ付、六時過ゟおさち起出、天明頃吉之助起出、髪月代(八〇)致、早飯後御番所江罷出ル○同刻自象頭山ゟ赤坂一木不動尊・豊川稲荷へ参詣、四時前帰宅○右留主中松村氏足袋卅双持参被致、被帰去。昼後又被参、終日写物致、暮時帰去○昼前、弥兵衛来ル。手みやげ煎餅壱袋持参、させる用事なし。時候見舞也。雑談、煎茶・くわしを薦め、かけ合の菜ニて昼飯為給、八時前帰去。おつぎ方へかなよみ八犬伝十七編壱部弥兵衛ニ渡、遣ス○昼前・昼後両度、大次郎来ル。畑菜一笊持参被贈之、暫して被帰去○八時過、およし殿来ル。暫く遊、夕方帰去。
○廿四日辛未　終日曇。亥ノ刻頃地震少々
一吉之助明番ニて四時過帰宅、直ニ食事致、尚又賢崇寺江御客来手伝之為、罷越ス。夜ニ入、四時帰宅。饅頭・平菜持参ス○今朝伏見被参、昼時被帰去。昼後又被参、終日雑談、暮時被帰去○昼後、松村氏被参、鈴木橋平殿ゟ被頼候由ニ付、書物持参、写畢、暮時被帰去○夕七時過加藤領助殿被参、過日貸進之夢想兵衛前後九冊、外ニ廿二日貸進の灯挑持参被返之、暫く雑談、松村氏同道ニて被帰去(八〇ウ)。

一八時過おさち、仕立足袋片岡江持参。他行の由ニて、さし置、帰宅。松村氏ニて暫く物語、時をうつし候由也。十三双持参ス○昼前、およし殿来ル。昼時帰去。後刻入湯ニ参り候由ニ付、おさち、おふさ殿江文を頼遣ス。并ニ、仁助食物を買取呉候様頼置、夕七時過、右買取、被届之、早々帰去○夜ニ入、宜太郎被参、先月中貸進之旬殿実々記十冊持参、被返之。雑談暫して、五時過被帰去。所望ニ付、夢想兵衛前後九冊貸進ス。且、同人小児グヅツキニて難義被致候由ニ付、奇応丸中包壱ツ進之。
○廿五日壬申　雨。八時過雨止、不晴
一榎本彦三郎殿、廿一日当番ゟ昨日迄も帰宅不被致候ニ付、母義甚心配被致、今日迄も此方へ不帰候ハヾ勤番所迄罷越、安否を尋呉候様、母御ゟ吉之助被申付由ニ付、今日四時過迄も榎本氏ゟ沙汰無之候ニ付、草鞋ニてきし橋御勤番所江尋ニ罷越候所、勤番所江昨日手紙相届、今日の当□ニても居残勤呉候様手紙参り候由也。往還とも村田氏江立より、昼時帰宅。昼食後吉之助又榎本氏江罷越候所、母御ハ賢崇寺へ被参、留主宅。彦三郎殿も未不被帰候ニ付、尚又賢崇寺へ罷越、右之趣母御江申伝、母義同道ニて梅川氏江立より、やう子承り候所、彼方へも不被参候ニ付、母御を竜土江送届、夕七半時過帰宅。彦三郎殿(八二オ)何方ニ止宿被致候や、一向不分候由、母御ハ嘸かし心配可成、相思やるべし。

一今朝松村氏被参、足袋十双持参被致。松村氏ハ終日写物被致、夕方被帰去。右以前、儀助殿持参之足袋十双仕立あがり、残ル十三双と共ニ自片岡江持参、さし置、尚又十二双請取、松村氏江立より候所、跡切付六双、儀助帰宅之節迄ニ仕立呉候様被申候ニ付、右六双請取帰宅、直ニおさち両人ニて六双仕立、儀助殿帰宅之節、為持遣ス。

一夕方大内隣之助殿菊花持参被贈之、ほど無被帰去○夜ニ入、深田大次郎殿来ル。右者、来ル廿八日成田側当番、無拠用事出来ニ付、吉之助江代番頼度由被申候ニ付、則承知之趣を答、暫く雑談、五時過帰去○今晩神女湯剤を製薬ス。四時前枕ニ就く。

○廿六日癸酉　晴。未ノ中刻立冬之節ニ入ル

一今朝大次郎殿鼠持参、仁助江被贈之、ほどなく被帰去。右同刻、およし殿来ル。今日鬼王権現江参詣被致候や、御出被成候ハヾ一緒ニ参詣致度由ニ候へども、今日者参り難、何れ来月ニ致候由申断、暫して被帰去(八二ウ)。

一四時頃ゟ吉之助榎本氏江行。彦三郎殿帰宅の安否を問ん為也。昼時過帰宅。彦三郎殿、今朝帰宅被致候由也。廿三日ゟ同組山口某と同道ニて新宿遊里ニ参り、今日迄彼方ニ罷在候事、親を思ハざる不孝者、憎むべし。吉之助、帰宅後畑をこしらへ、終日也○昼後、松村氏来ル。足袋十二双持参、終日写物被致、夕飯を薦め、暮時被帰去。栗薪一把遣ス。松村持参の足袋十二双出来ニ付、おさち・自松むら氏同道ニて片岡江持参ス。只今無之由ニ付、其儘帰宅○夕方大内氏被参、払火縄三把持参、内壱把松村氏買取、二把ハ吉之助買取置○夜ニ入、およし殿来ル。右者、入湯ニ参ん為也。則、おさち・およし殿同道ニて入湯ニ行、ほど無帰宅ス。

○廿七日甲戌　晴。風

一今朝、高畑久次殿内儀被参。右者、今朝久次鼻あて可致の所、歯痛、出勤致難候ニ付、あて番吉之助江頼申度由ニ付、即刻吉之助起出、食後仲殿町所之あて番致、帰宅。其後、髪

月代を致遣ス○四時前およし殿、昨夜置忘候手拭取ニ来ル。暫して帰去○昼時ゟ自、おさち同道ニて飯田町弥兵衛方へ行。今日おつぎ着帯ニ依て也。蒲鉾二ツ持参、贈之。飯田町ニて赤小豆飯・一汁三菜、おさちと共ニ被振舞。昼後、とりあげ婆々来ル。目出度帯相済、夕七半時頃帰宅。飯田町ゟ煮肴・鰡ひらき・猪口・菜づけ等、重箱ニ入、被贈之(八二オ)。

一右留主中、伏見氏・松村氏被参候由也。松村写物致、夕方帰去。尚又、吉之助羽織借用致度旨被申候ニ付、吉之助則貸進致候由、帰宅後告之。

一夜ニ入、大次郎殿来ル。明日当番我等罷出候筈の所、かねて承知の如く、伯父太兵衛植木会一義ニ付、出勤難、右ニ付、貴所様御手透ニ候ハヾ明日当番御出勤可被下旨被頼。此方迚も迷惑乍、差掛り御困り候ハヾ、繰合罷出候旨申示、即刻吉之助両組頭江大次郎代番之趣申通、帰路松村氏江立より、足袋廿双請取、五時前帰宅。大次郎殿、五時過被帰去。
○廿八日乙亥　晴
一今日吉之助大次郎代番ニ付、直六時起出、弁当支《(ママ)》致、天明後吉之助呼起し、食事為致、其後半右衛門殿を誘引合、御番所江罷出ル。早出也。
一今朝神女湯小半剤煎、十六炮烙製しあげ、百四杯出来、例のごとく壺江納置。九時出来畢○今朝ふし見氏被参、暫して被帰去○右同刻、およし殿来ル。九時帰去○四時頃、永井辻番人常蔵来ル。鳥目弐百文拝借致度由
此方ニても両替致候鳥目不有合候ニ付、有合の鳥目九十文借遣ス(八二ウ)。(コノ所、上欄付箋「廿八日ゟ弐斗六升八合」アリ)
一昼後、伏見氏ゟ大こん蛤むき身煮つけ一皿被贈。然ども今日者終日精進ニ付、其儘納置、明日賞翫致すべし《(濁ママ)》○右以前、赤坂鈴降稲荷別当願性院来ル。九月分白米御初穂渡遣ス。且亦、星祭ニ付、御初穂の所願度由申、帰去。
一夕七時過、自片岡江足袋股切取ニ行。則、股切十八、外ニ十二双請取、帰宅ス。
○廿九日丙子　晴。寒し、霜白く見ゆる
一四時前、吉之助明番ゟ帰宅。食後、林荘蔵殿弁当料書付、勇五郎殿迄認、持参。右序ヲ以、松村氏江十八双の足袋為持遣ス。昼時帰宅、枕ニつく。夕七時、起出ル。

一今朝順庵殿被参、暫く雑談して被帰去○右同刻、およし殿被参○おさち呼よせ候故也。右者、順庵殿被参候ハヾ、癖疾見せ、服薬承り度由被申候ニ依也。昼時帰去。

一昼八時過、十二双分足袋出来ニ付、片岡江持参、尚又九双

請取、帰宅。直ニ仕立かけ、夜ニ入、おさち同道ニて持参致候所、片岡ハ留主宅ニ付、松村氏江届、帰宅。松村氏ニて薩摩芋七本被贈之、五時前帰宅。四時、枕ニ就く○夜ニ入、大次郎殿来ル。暫して帰去。

一定吉妻、御扶持舂候て持参ス。借米弐斗さし引、白米壱斗六升八合持参ス。

○卅日丁丑　晴

一今朝、およし殿来ル。右者、此方へ預り置候鳥目七百文の内、三百文入用ニ付、請取度由被申候ニ付、則三百文渡之(八三オ)。

一今朝松村儀助殿内義被参、今日者足袋休の由也。当月分足袋屋払金壱分ト弐百十八文、内三百文糸代さし引、金壱分持参、被渡之。内八十文過ニ成候へども、来月分足袋仕立ニてさし引可申由被申候ニ付、其儘受取置く。木綿さるどふき、同人江遣ス。其後被帰去○昼後荷持和蔵、当月分給米乞ニ来ル。則、玄米二升渡し遣ス○右以前大内氏、料理黄菊持参被贈之、暫して被帰去。

一万右衛門聟、先日誂置候傘出来、持参。三本繕代弐百十六文之由ニ付、則渡。尚又、蛇の目傘白張ニ張替呉候様頼、渡し遣ス○八時過まつむら氏被参、半紙二帖持参、かなよミ八犬伝十九編絵わり書付致、暮時被帰去。

一昼後、およし殿来ル。洗度物・解物致、夕方帰去○魚うり次助来ル。蒲鉾代弐百卅二文渡遣ス○荷持和蔵、給米乞ニ来ル。則、九月分玄米弐升渡遣ス。

○十月戊寅（ママ）　晴

一今朝松村氏被参、終日かなよミ八犬伝画わり被致、本文少々書かゝり、夕方被帰去。塩かつを三片、進之○今朝、およし殿来ル。せんだく致置候解物被致。昼飯を薦め、夕方帰去。

一右同刻、加藤領助殿来ル。させる用事なし。松村同道ニて被帰去。

一今朝松野勇吉殿当日祝儀として被参、且過日吉之助江鉄炮玉借用被致候由ニ付、今日十持参、被返之。右受取、所望ニ付、弓張月前編六冊貸進ス(八三オ)。

一四半時頃ゟ吉之助竜土榎本氏ゟ賢崇寺へ行、過日ゟ彼方へ預ケ置候麻上下・小袖等受取、暮六時頃帰宅ス○日暮て、大次郎殿来ル。右者、先月廿八日同人代番ニ吉之助罷出候ニ付、右為返番明後三日可罷出旨被申、暫く雑談、ぼろ綿抔こしらへ、四時過被帰去。

○二日己卯　晴

一今朝、加藤金之助来ル。何の用事なるを不知。吉之助立話して帰去。

一吉之助四時前起出、所々そふぢ致、食後伝馬町江買物ニ行。
○今日賢崇寺方丈被参候由ニ付、口取ぐわし船橋やニて買取、帰路入湯致、昼時帰宅。
一昼時、賢崇寺方丈被参。煎茶・くわしを薦、酒食を薦めんと心掛候所、今より南寺町永心寺・新宿天竜寺、尚又牛込原辺江被参候ニ付、被急、早々被帰去。

一松村氏四時頃被参、終日被致、暮時此方を被帰去、伏見江被参、伏見氏ニて酒食を薦られ、夜ニ入被帰去候由也○昼前、松村氏内義仕立候足袋十双持参被せ。右受取、おさめ、仕立ル○夕方、およし殿来ル。入湯ニ参り度由被申、則昼時ゟおさち同道入湯ニ行。帰路薬種・きぬ糸等買取、五時帰宅。四時ニ至り、およし殿被帰去。送り行○今朝、山本半右衛門殿来ル。内義出産之節見舞遣し候謝礼也(八四オ)。
○昼後、伏見氏内義江灸治致遣ス。其後伏見氏被参、夕方被帰去。
一昼後ゟ吉之助、飯田町江薬売溜銭受取ニ行。則、金二朱ト二百七十六文、上家・薬売溜九百五十四文受取、内二百文先日飯田町ゟ借用分さし引、残金銭受取、暮時帰宅。飯田町ゟ切餅七片、被贈之。
○三日庚辰　曇。昼後晴、夕方ゟ又曇、夜中同断
一今朝伏見氏被参、暫くして被帰去○昼前おさち片岡江たび持参、尚又跡切小物付六双請取、帰宅。麻染糸八十文分一紈受取○昼後、松村氏来ル。足袋六双持参、終日八犬伝抄録書抜被致、暮時被帰去。酒菜として生がひ少々贈之。今朝受取候足袋十二双之内九双出来、同人江渡遣ス○暮時前、およし殿来ル。右、煎薬請取度由ニ付、則調合致、四服分同人江渡ス。早々被帰去○昼後伏見氏、かつを煮染三片一皿、被贈之。右為移、蚫酢貝少々贈之。
○四日辛巳　半晴
一今朝松村氏被参、かなよみ八犬伝十九編下帙半丁半ほど抄録被致、夕方被帰去。

一昼後同人内義、跡切付足袋十六双持参、且昨夜参り居候ふた物江やきさつまいも入、持参、被贈之。右請取、松村氏内義早々被帰去(八四ウ)。

一およし殿来ル。暫く遊、夕方帰去。煎薬八服分四包、同人江渡ス。大次郎殿、今朝来ル。ほど無帰去。今朝ふし見氏被参、雑談後昼時被帰去○四時過、下そふぢ(濁ママ)定吉代来ル。厠汲取、帰去○暮時ゟおさち同道ニておろじ町江入湯ニ行。然る

所、門前ニて大次郎殿内義寺町江行候帰路の由ニて、行逢候ニ付、入湯ニ誘引候所、一緒ニ行んと被申候ニ付、則同道ニて大次郎殿宅江罷越、夫ゟ三人一緒ニ入湯ニ行。六半時頃おさく殿此方へ一緒ニ参り、四時迄雑談、其後被帰去。両人ニて送行。

一今朝吉之助ヲ以、松村氏迄昨夜仕立候足袋為持遣ス。ほど無帰宅ス。

○五日壬午　晴。夜ニ入雨少々、多不降

一今朝、松村儀助殿来ル。仮名よミ八犬伝十九編下帙末迄抄録被致、夕七時被帰去。

一夕七時過、自仕立足袋十六双、松村江持参、尚又、前足袋十五双受取、帰宅ス。

一右同刻おさち尾岩稲荷へ参詣、帰路伝馬町ニてさとう・烟草等買取、帰宅。

一昼時頃、およし殿遊ニ来ル。夕七時、被帰去○夜ニ入土屋宜太郎殿被参、先月末ニ貸進の夢想兵衛九冊持参被返之、尚又所望ニ付、四天王十冊貸進ス。暫雑談、四時被帰去。吉之助、終日在宿也。

○六日癸未　晴

一今朝、松村氏来ル。かなよミ序文ロ絵等認め、夕七時過帰去。出来之足袋（八五オ）十五双、為持遣ス○昼後、およし殿来ル。夕七時被帰去○夜ニ入、大次郎殿来ル。五時被帰去。

一日暮ておさち同道ニて松村氏江足袋受取ニ罷越候所、客来の様子ニ付、内不入して片岡江行、足袋四双請取、雑談、五時帰宅。吉之助、終日在宿。

○七日甲申　晴

一五時頃、領助殿あて番として来ル。明日吉之助、又五郎江本助由被宛。然ども、先月十七日高畑木助代番として吉之助罷出候間、此度ハ右為返番、高畑可致候所、高畑今朝他行の由ニ付、已ことを得ず、即刻吉之助届ニ行○昼前吉之助髪月代致、昼後入湯ニ行、夕七時頃帰宅○夕方松村氏被参、羽織借用致度被申候ニ付、則貸遣ス。ほど無被帰、暮時又被参、糸瓜殻七本并ニ足袋十四双持参被致、早々被帰去○夜ニ入おさち、およし殿・おさく殿同道ニて入湯ニ行、五時頃帰宅。

○八日乙酉　晴

大次郎殿参合居候ニ付、右両人携、被帰去。

一今日吉之助又五郎本助番ニ付、正六時頃ゟ起出、支度致、天明後吉之助を呼覚し、早飯為給、御番所江出遣ス○今朝、自松村江行。右者、昨日儀助殿持参の足袋仕立方不分ニ付、聞ニ行。帰路片岡江参り候処、尚又足袋十双被渡。右請取、

昼後仕立畢。右十双おさち持参、片岡江渡ス(八五ウ)。

一夕方伏見氏被参、かなよミ八犬伝十九編序文松村認め候所、此度は余り不宜候ニ付、右序文直し度由相談致候ハヾ(ママ)、先今晩一覧之上考可申被申、十九へん稿本持参、被帰去〇(カ)八時頃、およし殿来ル。今晩は止宿也〇夕方、定吉妻糖持参ス。右請取置く。

〇九日丙戌　晴

一今日琴靏居士祥月忌日ニ付、きがら茶飯・一汁二菜、料供を備。伏見氏江五人前、深田江三人前、山本氏江二人前、進之。大内氏・およし殿ハ此方江招、薦之〇四時頃吉之助明番ゟ帰宅、終日在宿也。山本半右衛門殿、琴靏牌前江乾ぐわし一包、被備之〇およし殿やきさつまいも持参、被贈之〇大内氏・深田氏銘菊持参、被贈之。則、霊前江備フ〇昼後ゟ自、おさち同道ニて深光寺江墓参ス、諸墓そふぢ致、到来の菊花を供し、拝畢、夕七時過帰宅。出がけ、片岡江昨日請取候足袋十四双の内十双持参渡之、内四双残ル〇右留主中、松村氏一昨日貸進の羽織持参被返之、尚又足袋十双、麻糸持参被致候由也(八六オ)。茶飯薦め可申候筈乍、留主中ニ付其儀ニ不及、吉之助斗ひ、茶飯・汁のミ同人江為持遣し候由、帰宅後告之〇深光寺納所、十夜仏餉袋持参致候由也〇七半時頃順庵殿被参、暫して被帰去。やきさつまいもを薦む〇暮時ゟおさち・自、おさく殿・およし殿同道ニてほど無帰宅。およし殿ニ薬調合致遣ス。折から大次郎殿迎ニ来ル。則、同道ニて帰去。

一伏見氏今朝ゟ被参、かなよミ十九へん序文考られ、八時過被帰去。

〇十日丁亥　晴

一今朝自天明頃起出、象頭山江参詣、五半時頃帰宅〇吉之助有住側鉄炮帳前ニ付、朝飯後矢場江罷出ル。九時前帰宅〇昼前、およし殿来ル。昼時帰去、昼後八時頃ゟ又来ル。浴衣二枚解物致、夕飯を給させ、夜ニ入四時帰去。則、送り遣ス〇吉之助八半時過ゟ象頭山江参詣、暮時帰宅ス。

一八時過、玄祐悴玄十郎来ル。雑談数刻、夕飯を為給、其間ぼたんもち・干ぐわし・せん茶を薦む。源太潮くミ抔おどり、笛持参候ニ付二、三番をふき、夜ニ入五時過帰去〇今晩ゟこたつを用ゆ(八六ウ)。

一昼前、松岡氏ゟ玄猪祝儀ニ付、あんころもち十五入壱重、贈来ル。

一昼後、大久保矢野氏ゟ使札ヲ以牡丹餅廿入壱重、被贈之。且亦、文蕾主ゟかなよミ序文半枚稿候て、被贈之。謝礼、返書ニ申遣ス〇夕方松村氏足袋十双持参被致、右請取。伏見氏ゟ被遣候序文同人ニ見せ、客来中ニ付、早々被帰去。

一右同刻、大次郎殿来ル。是亦早々帰去。
○十一日戊子　晴。夕方ゟ曇、夜ニ入雨、今朝巳ノ九刻小雪
也
一昨日の足袋十双出来ニ付、四時頃自松村氏江行、内義江渡、帰宅○右同刻松村氏被参、昨日見せ候序文持参被返之、昼前帰去○吉之助昨今北の方江芥捨、六、七尺大穴を穿○昼後、およし殿来ル。夕方帰去○今朝大次郎殿菜園の青菜少々持参、被贈之。
○十二日己丑　雨。八時過ゟ雨止、晴
一今暁八時前、東の方ニ出火有之、吉之助起出、見之。

一朝飯前、吉之助松村氏江昨夜受取候足袋十双仕立出来ニ付、持参ス。尚亦廿双(八七オ)受取、帰宅○五時過、板倉安次郎殿被参。右者、先月廿八日安次郎代リニ出番致候返番、明十三日返番可致旨申之、吉之助本助鼻心得候様被申、帰去。依之、明十三日吉之助ハ休也○昨十一月、十月渡リ御切米玉落候由也。一八時過、松村氏・およし殿遊ニ来ル。松村ハ暫して被帰去、およし殿夕方帰去。
○十三日庚寅　大風烈。夜ニ入風止
一昼時頃、伏見氏ゟ会式ニ付、出来の由ニて赤剛飯、煮染添、被贈之。其後伏見被参、雑談の内松村氏被参、両人雑談、暮時被帰去○夕七半時頃、御蔵ゟ入米壱俵来ル。玉取番永野氏差添、車力一俵持込候を請取置。

一暮時松村氏内義被参、袋たび四双持参、仕立方教候て帰去。則受取、今ばんおさち・自仕立之。今日、霜除板布之○八時過、おさち定吉方へ行。右序ヲ以あや部氏江罷越候所、おふさ殿不快の由ニて、不面。右隣家おふミ殿方へ立より、雑談久して帰宅○吉之助終日在宿、薄べり拾枚へりを解置。
○十四日辛卯　晴
一今朝、長次郎殿来ル。同人内義江頼置候木綿糸二百文分出来ニ付、則とりちん(八七ウ)百十六文同人江渡ス○右同刻松村氏江行、昨夜仕立候袷たび四双持参ス。直ニ松村同道ニて帰宅、儀助殿江灸治致、其後被帰去○右同刻、伏見うぢ来ル。およし殿も被参、煎薬一包渡之、早々帰去○昼九時ゟ吉之助、御蔵前森村屋長十郎方へ冬渡り御切米取ニ遣ス。右序ニ、大伝馬町丁子や平兵衛方江八犬伝十九へん稿本二冊、手紙さし添、為持遣ス。暮時頃帰宅。御切米、諸入用さし引、金五両ト三分五十弐文受取。丁子や平兵衛方へ稿本遣し候所、平兵衛大病ニて十八へん出板延引の由也。夫ゟ大丸ニて晒もめん―桃色木綿等買取、尚又大小柄皮整、金壱分之内弐百文余持参。

帰路村田氏江立より候由也。

一荷持和蔵、高畑久次郎殿地面借受、普請出来ニ付、今日引移リ候由ニて来、其後又来ル。今日家内も引取候ニ付、吸物わん三組・盃・燭台并ニ庖丁拝借致度由申ニ付、則貸遣ス○夕方松村氏、袷足袋四双持参被致。右受取、今ゟ入湯ニ参り申度候間、留主を頼、およし殿・おさち同道ニて伝馬町江入湯ニ行、暮時帰宅。其後、松村氏被参(ママ)。およし殿ハ夕飯為給、五時帰去。如例送り行○今晩、足袋四双を仕立畢。
○十五日壬辰　晴
一今朝食後吉之助、竜土榎本氏ゟ賢崇寺へ行。榎本氏ニて吉之助江用事有之(八八オ)候由也。金壱分、小遣渡し遣ス。夕七時頃帰宅。

一今朝、およし殿来ル。金壱分廿四文今日渡し、則預り置く○おさち四時頃松村氏江行、昨夜仕立候袷たび四双持参、さし置、帰宅。松村氏戦(カ)詩写筆工料百文、内義江別ニ百文、右者たび手伝銭として今日渡ス○昼前、加藤金之助来ル。右者、荘蔵殿弁当料金壱分ト百四文被渡之。吉之助留主中ニ付、預り置、吉之助帰宅後右金壱分ト百四文渡し候へバ、即刻所々江配分致候て帰宅。

一稲毛や由五郎手代、薪炭代金壱分払遣ス○今朝、およし殿来ル。預り金壱分ト廿四文、今日返し、尚又改金三分二朱預り置く。ほどなく被帰去、昼後又来ル。夕方帰去○今朝おさち、昨夜の袷足袋四双松村江持参、さし置、帰宅。

一昼後松村氏被参、さし袋廿双持参、灸治被致、夕方被帰去○荷持和蔵昨日貸遣し候吸物わん三組・盃返しニ来ル。夕方同人妻、相識○為来ル○夕方、定吉来ル。日本橋江参り候由ニ付、髪の油・紅・白粉・晩茶等買取候様申付、金弐朱渡し遣ス。日暮て帰来ル。申付候品々買取、つり銭四百十六文持参。明日御入米舂候様申、則四斗五合持去○夕方大次郎殿灸ニじ(濁ママ)うやく持参、さし置、早々被帰去(八八ウ)。
○十六日癸巳　晴。昨今甚寒し
一今朝、およし殿来ル。昼時帰去、八時過又来ル。暮時ゟ同道ニて入湯致、五時過帰去。

一昼後松村氏被参、七月中貸進の飼籠鳥并ニ同書持参、被返之。尚又灸治被致、暮時被帰去。さしたび十双出来ニ付、同人江渡し置く○暮時前ゟおさち同道ニて伝馬町ゟ入湯ニ行、帰路、紙・糸・かつをぶし・さとう買取、信濃や江右代金弐朱渡し、帰宅。吉之助終日在宿、もんほどきを致ス○疾瘡再発ニ付、今日より又蔓芋を煎用ス。
○十七日甲午　晴。寒さ昨日の如し

一今朝起出、自豊川稲荷・不動尊江参詣、帰路梅桐院観世音江参詣、夫ゟ伊勢や長三郎江注文反物申付、五時過帰宅。食後、吉之助江髪月代致遣ス。吉之助松村氏江仕立足袋聞ニ罷越候所、片岡後家指をはらし候ニ付、仕事休の由ニ付、徒ニ帰宅ス〇昼前、およし殿来ル。金弐朱預り呉候様被申、則金弐朱預り置。其後被帰去〇昼後自、おさち同道ニて大久保新殿《(マヽ)》鬼王権現江参詣。来ル廿日ゟ来十一月廿迄豆腐を禁、疾瘡平愈心願致。帰路伝馬町ニて耳だらい・くし・かうがい・小切・金あミ等買取、夕七半時頃帰宅。

一右同刻定吉入来、三斗七升八合つき候て持参。つき上り三斗四升(八九オ)、内六升かり米さし引、白米弐斗八升持参ス。先月分つきちん・日雇ちん其外とも金二朱渡し、百廿四文過ニ相成候ニ付、其分定吉江預ケニ成。来月つきちんと差引べし〇右留主中松村氏被参、此方帰宅を被待、灸治被致、夕方被帰去。羽織貸進ス。明日当番なれバ也。焼さつまいも中重入持参、被贈之。吉之助明十八日明捨り番の由、宛番人勇五郎被申之〇夜ニ入、吉之助きじ橋御普請小屋江行。右者、たき付候てうな屑榎本氏江約束致候由ニて罷越、飯田町弥兵衛方へも遣し、跡榎本氏両人ニて村田氏迄荷ひ参り候由、五時過帰宅ス。

〇十八日乙未　晴。夜ニ入雨、終夜

一昨今、観世音祭如例〇昨十七日、榎本氏ゟ荷持長兵衛ヲ以、三河嶋つけ菜一荷被持せ贈之。未代料不知候間、其儘受取、長兵衛帰し遣ス。

一今日吉之助明捨りニ付、六時過ゟおさち起出、支度致、天明頃吉之助呼起し、早飯為給、久次―大次郎同道ニて御番所江罷出ル〇昼前おさち松村江行、地大こんあぶらあげ煮同人江持参ス。小児江かんざし二本同断、昼前帰宅〇右同刻、いせや調三郎等小ものを以、昨日申付候反物持参、地ばん地うら地・帯地・綿・袖口・半ゑり等買取、代金弐分二朱ト四百六十六文払遣ス(八九ウ)。

一昼前昼後両度、およし殿来ル。夕方帰去〇昼後おさち伝馬町江入湯ニ罷越候所、定式の休也。依之、帰路染物のミ受取、帰宅〇八時過松村氏内義、さしたび十双持参被致、差置、被帰去〇荷持和蔵、莚代包ニ来ル。則、如例四十八文遣ス。夜ニ入、雨傘取ニ来ル。渡し遣ス〇魚売次助、魚代三百文渡し遣ス。

〇十九日丙申　雨。昼後ゟ雨止、南、あたゝか也

一早朝荷持、下駄・合羽取ニ来ル。おさち則渡し遣ス〇四時過、吉之助明番ゟ帰宅。食後漬菜を洗、即刻四斗樽江つけ畢

○昼後、母子三人髪を洗。
一夕方松村氏被参、灸治致、被帰去。昨日持参の足袋廿双の内、十双仕立出来ニ付、同人江頼遣ス○昼後、およし殿来ル。其後同人母義被参、ほどなく被帰去。およし殿同断○夜ニ入、大次郎殿来ル。雑談して、五時過被帰去。
○廿日丁酉　晴。四時過ゟ風、夕方風止、夜ニ入五時頃ゟ又風
一今朝松村氏、一昨日の足袋仕立残り取ニ被参。則、十双渡し、今日持参の十五双昼迄ニ出来致候様被申候ニ付、右うけとり、出来候分十双同人江渡し、被帰去。今朝持参の足袋、母子三人掛りニて、昼時十五双出来畢。吉之助、松村氏江十五双持参、尚又四双被渡之。右請取、帰宅。其後吉之助手伝、四双こしらへ畢(九〇オ)。

一八時過松村氏被参、灸治被致、暫うつし物被致、夕方被帰去。吉之助請取参り候足袋四双、同人江渡遣ス○昼後、およし殿来ル。雑談後、夕方被帰去○長谷川幸太郎殿、祖母忌明ニ付被参、早々被帰去○夜ニ入、おさち同道ニておすきや町江入湯ニ行。
○廿一日戊戌　晴。暖和
一今朝四時前ゟ自、おさち同道ニて浅草観世音江参詣。出がけ、隣(ママ)祥院江参詣、山田氏諸墓そふぢ致、水を供し、赤尾氏墓江も同断、拝し畢。浅草寺へ参詣、御腹帯おさち幷ニ松岡おつる殿分二ッ受、御初穂廿四銅ヅヽ、四十八文納。おさち・おつる殿両人とも、赤・黄・青三色を当つト也。おつぎ・岩井両人とも同様也。夫ゟ今戸慶養寺青岳譚龍信士墓参り致、帰路支度致、種々買物整、飯田町江立より、手みやげ十五進ズ。飯田町ゟ菜びたし・大こんヌタ・なづけ、被贈之。且又、来ル廿七日おさち着脚(ママ)幷ニ元服為致候ニ付、御一同御出被下候様申入、帰宅○今日終日吉之助留主居也。

一右留主中松村氏被参、足袋十四双持参、明昼時迄ニ仕立候様被申之。吉之助受取置。松村氏ニ灸致遣し、其後被帰去候由也○則、今晩仕立かゝり、五双出来ス○およし殿も留主中来ル。早々被帰去。

一今朝伏見氏被参、母子出宅後、被帰去。
○廿二日己亥　晴。北風寒し、氷はる
一昨日松村氏持参の跡切付十四双残り、今朝おさち手伝、仕立畢。九時前吉之助、松村氏江持参ス(九〇ウ)。尚又、廿双持参ス○昼前吉之助髪月代致、夕方入湯ニ罷越、暫して帰宅。

一昼後、およし殿来ル。暫して被帰去、夕方又来ル。自、おさち・およし殿同道ニて伝馬町江入湯ニ行、暮時帰宅。およ

し殿直ニ帰去○昼後松村氏被参、無程帰去。足袋廿双持参被致、右請取置。

○廿三日庚子　晴。寒し

一今日吉之助当番ニ付、天明前おさちを呼起し、支度為致、其後吉之助起出、早飯後、大次郎殿・半右衛門殿同道ニて御番所江罷出ル。

一昼後自、伝馬町ゟ芳礼綿・半ゑり・さとふ買取、ほどなく帰宅。おさち、半てん・自(ママ)布子綿入こしらへ畢、終日也○松村氏八時頃ゟ被参、手引草之内別録之部書抜被致、夕方被帰去。今晩、四時迄夜職を致ス。

一夜ニ入、元安内方被参。先日ゟ被楽(ママ)候観世音御腹帯戴置候ニ付、今ばん同人江渡ス。暫く物語被致、五時被帰去。

○廿四日辛丑　晴。暖和

一四時過、吉之助明番ゟ帰宅。食後休足、夕七時起出ル(九オ)。

一昼前宮下荒太郎殿、同人子息隼太郎殿同道ニて来ル。右者、此度願の通り悴隼太郎、無足見習被仰付候由被申、被帰去。

一昼後、木原計三郎殿差添、林銀兵衛殿、願之通り父荘蔵跡江御番代被　仰付候由ニて来ル○組頭成田一太夫殿昨廿三日当番ニ罷出候所、御頭ゟ御沙汰として同人病気の躰ニ致、替りのをたのミ、帰宅致候様被仰付候由ニて、成田氏ハ帰宅。依之、組頭橘平殿御番ニ罷出候由、吉之助・大次郎の話也○今朝伏見氏被参、少々書取度義有之由ニて持参被致候所、昼後ニ到り、外ニ用事出来の由ニて、早々被帰去。

一昼後松村氏被参、跡付足袋十双持参、昨日の如く別録書抜被致、夕方被帰去。昨日持参被致候廿双の内、十五双出来の分同人江渡、尚又たなご魚大こん煮つけ重箱ニ入、進之○夜ニ入、今晩並足袋五双・跡付足袋五双出来畢、内五双残る。四時、一同枕ニ就く。

一八半時過順庵殿被参候ニ付、おさち腰灸点を頼、致貰ふ。并ニ、松村氏(九ウ)肩二ヶ所、吉之助肩二ヶ所・臍返し二ヶ所、何れも三火ヅ、灸治致置、直ニ順庵殿被帰去○昼前、大次郎殿来ル。暫して被帰去。

○廿五日壬寅　晴

一今日有住側鉄炮帳前ニ付、早飯後五時前ゟ鉄炮携、矢場江罷出ル。昼九時過帰宅。昼飯後竜土榎本氏江罷越、去十七日被差越候菜漬代金二朱為持遣ス。つけ菜代三百文・右人足ちん百文〆四百文母儀江渡し、帰路火入猫弐百卅二文買取、夕七時前帰宅。自、榎本老母江文ヲ以、来ル廿七日元服・帯の事申遣ス。

一八時過おさち綾部氏江罷越、髷入の事おふさ殿江頼、拵貰、暫して帰宅ス。

一右同刻松村氏被参、今晩迄ニ足袋五双拵候様被申。則、拵あげ、帰路之節同人江渡ス。松村氏灸治被致、夕方帰去○夕七時過ゟ自、おさち同道ニて、伝馬町江入湯ニ行。途中ニて高畑内義ニ行逢、同道、茶わん・鉢。湯やニて一同入湯致、高畑内義ニ別レ、所々種々買物致、暮六時帰宅。○夜ニ入、大次郎殿来ル。雑談数刻、四時過被帰去○定吉妻来ル。御扶持受取ニ届候所、通帳見え不申候ニ付、明日届ケ可申由申、帰し遣ス(九二オ)。

○廿六日癸卯　晴。今晩卯ノ二刻大雪ニ入ル

一今朝、大次郎殿来ル。暫咄し、竹の切端所望ニ付、遣之。九時前帰去。

一昼前、およし殿来ル。暫して被帰去。薬二貼持去○昼後、松村氏来ル。其後、同人妻来ル。跡付足袋十双持参、差置、被帰去○昼前吉之助髪月代致、昼後買物ニ行。帰路入湯致、さゝげつミ入・みかん・いなだ買取、帰宅。松村氏、夕方帰去。暮時ゟ自伝馬町江買物ニ行、夫ゟとりあげ婆々おまつ方へ罷越、明廿七日帯為致候間、可参申入、帰宅。

一今晩跡付足袋十双仕立畢、四時過枕ニつく○下そふぢ定吉来ル。厠そふぢいたし、帰去。

○廿七日甲辰　晴。暖和

一今日吉辰日ニ付、おさち元服并ニ纈帯為致候ニ付、さゝげ飯・一汁三菜・平芹・松茸切身・汁小かぶつミ入・皿もうを・猪口ほうれんさう花もゝ・香の物菜づけ大こん・吸物いさきヨメナ・口取肴巻玉子・はす・しそまきなすきんとん・くわい・みかん煮・煮肴いさき・鉢物大こんはぜ・鮓物葉葵白うり等也。右製作致、家内一同祝食、并ニ、伏見夫婦子共三人・大内鉄太郎殿・榎本氏御母子・松村儀助殿、一同江酒食をもてなし、昼前伏見内義被参、おさちニ元服為致、昼後婆々来、纈帯芽出度相済、さゝげ飯(九二ウ)為給、酒代として天保銭二枚遣之、其後帰去。

一昼後、吉之助榎本氏江行。右者、入来遅刻ニ付、迎の為也。ほど無御母義被参、肴代金五十疋・纈帯二筋、被祝之。暫して彦三郎殿被参。右以前、おつぎ来ル。玳瑁櫛一枚・肴代金五拾疋・硝子中ざし・口紅一猪口持参、おさち江被祝。外ニ、くわし一袋持参ス○大内隣之助殿ゟいさき五、松村氏ゟ魚鰱一本、内鯛二尾、被贈之。昼後ニ至り候ても松村氏不参候ニ付、吉之助迎ニ罷越候所、祝詞たにざく一枚被贈之。右之哥、

　よろづ代を契れる松に注連ゆひてみどりおひそふ春をこそまて

右短冊壱枚、被贈之。暫して同人被参、股切付足袋十双持参。

伏見・大内・おつぎ等夕七時過帰去。おつぎ送り人足和蔵ニ物を為持、おつぎニ従ひ行、送り届、暮時帰来ル。則、足ちん百文遣ス、榎本母子・松村ハ暮六時、被帰去。祝儀目出度いわゐ納、尚又松村持参の足袋十双、母子三人ニて拵畢、九時枕ニつく。諸神江備酒を供ス。

一定吉妻、御扶持通取ニ来ル。則、渡遣ス○豆腐や松五郎妻来ル。先日貸遣し候夜具ふとん、今暫く貸呉候様申、帰去○深田氏・山本氏江さゝげ飯・本膳壱人前づゝ遣之、およし殿ハ招、此方ニて薦め、昼後被帰去(九三オ)。
○廿八日乙巳　半晴
一今日願誉護念唯称居士祥月忌ニ付、一汁三菜・料供を供し、家内一同精進也。朝飯後、吉之助深光寺へ参詣、諸墓江水を供し、帰路下駄・足袋等買取、昼時過帰宅○今朝伏見氏被参、暫して被帰去○昼前深田大次郎殿養母被参、しらがふくかミ・羽根やうじ、おさちへ被贈。茶菓を薦め、暫く物語して被帰去。右同刻、山本半右衛門殿内義被参。是亦鼻紙、かつをぶし二本添、持参、被贈之。謝礼申述、ほどなく帰去。

一暮時頃ゟおさち同道ニて伝馬町江入湯ニ行、帰路薬種等買取、帰宅ス。

一日暮て、林銀兵衛殿・宮下隼太郎殿来ル。今日見習御番無滞相済候由ニて、窓ゟ被申。門を〆候故也。吉之助水瓶台をこしらへ、水瓶を直し、水を汲入置○昨日客来ニ付、器終日取納ニ掛り、足袋ハ休也。
○廿九日丙午　半晴。寒し、夜ニ入雨
一今朝起出、自豊川稲荷へ参詣。帰宅後深田・山本江昨日贈物謝礼ニ罷越、帰宅○吉之助同刻象頭山江参詣、五時頃帰宅、
一同朝飯を食ス。

一越後や清助ゟ魚鱁三本被贈之。謝礼申述、使を帰し遣ス(九三ウ)。

一四時頃、大次郎殿来ル。同刻、其姉およし殿来ル。薬三包拵遣し、携帰去。

一組頭成田一太夫殿、去ル廿三日ゟ引込され、昨廿八日退役被致候様申被付候由也。大次郎殿の話也。何の罪有之や不知。気の毒ノ至り也。

一昼時、森野市十郎殿来ル。右者、成田一太夫退役ニ付、当分組頭空り候間、何事も橘平殿壱人江届可申被触、帰去○昼前豊嶋やゟ注文之醤油持参、金銀十匁七分、外ニかるこ四十文、金弐朱ト弐百七十二文払遣ス○今朝吉之助、神女湯能書御外題、奇応丸小包袋等を摺。其後髪月代致、昼飯後竜土榎本氏ゟ賢崇寺へ行。榎本氏江蘿蔔魚鱁煮つけ角切重ニ入、為

持遣ス。夜ニ入、五時過帰宅。榎本氏ゟ甘藷五本、賢崇寺ゟ御留焼茶づけ茶わん壱ツ、被贈之。

一夕方松村氏被参、金弐朱ト八十文、足袋仕立ちん持参被致。弐百七十九双也。内、糸代百七十二文差引。暫く物語して、暮時被帰去。

一組頭成田一太夫昨廿九日(ママ)頭ゟ被仰渡候義、老年付、組頭役御免、勤向之儀者追而可申付候。且又、当年中ニ住居転宅可致旨被仰渡候也、と松村氏の話也(九四オ)。成田氏、文化五戊辰年ゟ勤仕、玆ニ四十五年、今少々ニて御褒美奉受候、事成ニ、何の罪なるや、六十余才ニ及、かゝる難義ニ及候事、返〱も気の毒限なし。

○十一月朔日丁未　晴日

○朝飯後吉之助象頭山江参詣、暫して帰宅○夕方、土や宜太郎殿来ル。先月五日貸進之四天王十冊持参被返之、尚又所望ニ付、水滸画伝十一冊貸進ス。暫して被帰去○右同刻松村氏被参、暫して被帰去。三河嶋菜づけ一重進ズ○伏見氏江も菜づけ遣ス○吉之助・自感冒ニ付、五時一同枕ニつく。

○二日戊申　晴。寒し

一五時前、触役長谷川幸太郎殿来ル。右者、成田一太夫殿退役ニ付、今日跡被仰付候由ニて、月番与力へ九時一同罷出候様被触、被帰去○今朝松村氏被参、昼時迄写物被致、昼飯此方ニて薦め、食後吉之助、松村・山本・深田・高畑誘引合、組中一同月番与力安田半平殿方へ罷出、有住岩五郎殿一太夫跡役組頭被仰付、右畢、一同帰宅○昼後あつミ氏ゟ使札到来、お絹(カ)殿里ひらき内祝ニ付、赤剛飯一重、お鍬殿、文ヲ以、被贈之。使急ぎ候間、請取謝礼申、帰し遣ス(九四ウ)。

一昼後深田養母被参、およし殿癬瘡薬何程買取可申哉と被問、煎茶・赤剛飯を薦め、暫して被帰去。其後夕方大次郎殿、十薬・忍冬・十番皮右三品持参、差置帰去。

一昼後有住岩五郎殿、一太夫跡役組頭被仰付候由、礼服ニて被参。且又、黒野無盡掛返し金三両持参、被渡之。右請取置○稲毛や廻り男へ炭代其外六百九十二文の所金弐朱払、つり銭八十四文取○八時過、松宮兼太郎殿来ル。去月貸進の水滸伝七・八へん八冊持参、且又塩がまおこし小片札一ツ、被贈之。尚又、同書九へん・十ぺん八冊貸進。吉之助罷出、挨拶ス○今朝荷持和蔵、昨一日ゟやき芋売はじめ候由ニて、焼芋持参。此方ゟ菜づけ、うつりとして遣ス。

一信濃やゟ注文の薪八束、かるこ持参ス。右請取置○昼後松むら氏被参、夕方被帰去○吉之助板木ほり初候由ニて、今日ゟ松村氏江教をうけて初之。

一吉之助風邪ニ付、暮六時ゟ枕ニつく。自・おさちハ五時過枕ニ就く。
○三日己酉　北風。寒し
一林銀兵衛殿・宮下隼太郎殿、明四日初御番被仰付候由ニて来ル。

一昼時過松村儀助殿内義股切付足袋十二双持参被致、今日儀助事参り可申筈之所、今ゟ浅草森村屋和三郎方へ罷越候ニ付、不参候也といハる(九五オ)。雑談後被帰去○右同刻、およし殿来ル。薬、六月分調合致遣ス。雑談後、夕方被帰去○吉之助、今日も終日板木ニ掛居ル。風邪ニ付髪斗揃、月代ハ不剃。夜ニ入、早々枕ニ就く○昼後ゟ自針仕事、おさちハ足袋を縫、夜ニ入四時迄両人足袋仕立也。
○四日庚戌　晴。寒し
一今日吉之助当(ママ)ニ付、正六時ゟ起出、支度致。天明頃吉之助起出、早飯後高畑・山本同道ニて御番所江罷出ル。小出啓五郎殿所望ニ付、藩翰譜十二ノ上、今日葛籠ニ入、貸進ス。尚又飯田町江神女湯十包・奇応丸小包十五、文おさし添(ママ)、為持遣ス。今日御使ニ出候ハヾ飯田町江立より候故也。

一昼前松村氏被参。昨日森村や江参り候得ども用事不整。右ニ付、今日も亦参り可申候間、羽織借用致度由ニ付、即貸進。昨日受取候足袋十双、同人江渡ス。

一八時過同人内義股切付足袋十双持参、さし置被帰去○昼後おさち、深田大次郎殿内義同道ニて伝馬町江入湯ニ行、帰路種々買物致、帰宅ス。

一右留主中、山田宗之介来ル。かき壱重・塵半切百枚持参、被贈之。おまち殿ゟ文ヲ以、五月中貸進の朝夷嶋めぐり全部初集ゟ六ぺん(九五ウ)・弓張月二へん五冊、被返之。無人ニ付、宗之介江煎茶・くわしを薦め、暫して帰去○夜ニ入、およし殿姉弟来ル。四時前迄雑談、両人同道ニて帰去。およし殿江夕飯為給、老母江かきむき身少々、おさちを以遣之。深田・山本両家江茶づけ遣之。
○五日辛亥　曇。昼時ゟ雨
一今朝定吉妻、十二月分御扶持舂て持参ス。白米三斗六升二合、荷持米四升受取、つきちん百文、先月百廿四文遣し置候ニ付、皆済也。外ニばん茶代百文買取呉候様申、頼置。尚又、餅米代内金受取度由申ニ付、手前分金二分、伏見分壱両弐分之内此方ニて立替、金壱両渡し遣ス○吉之助明番より飯田町江廻り、薬売溜・上家ちん等請取、昼前帰宅ス○銀兵衛殿・隼太郎殿、昨四日無滞見習御番相済候由ニて来ル○大内氏菊花持参、被贈之。

一今日著作堂様御祥月忌ニ付、茶飯、地大根汁けんちん、皿大こん・にんじん酢あへ製作致、御牌前江供し、伏見・深田江四、五人前づゝ遣し、岩五郎殿者此方へ被参、振舞ふ。荷持和蔵江も為給、先月給米四升、今日渡ス。ふし見氏ゟ干海苔九枚持参、被備之○およし殿、昼前来ル。茶飯(九六オ)為給可申存候所、此節癬瘡ニて毒禁多、彼是被申候ニ付、延引ス。昼時帰去。其後弟大二郎殿菜園の菜一ふろしき持参、被贈之。同人母義江茶飯・一汁二菜、大次郎殿ニ為持、遣之○蓑笠様御画像床の間ニ奉掛、神酒、もり物ある平・しほがまみかん、夜ニ入明燈ヲ供ス。

○六日壬子　晴。今日火性の者有封ニ入ル、八専のはじめ也

一今朝伏見氏初参、入毛所望被致候ニ付、則遣ス。ほど無被帰去○今朝吉之助ヲ以、一昨日股切付足袋十二双、松村氏為持遣ス。序ニ、平菜をも為持遣ス。暫して帰宅。右同刻松村氏被参、みかん十・柚三ッ持参被贈之、尚又足袋十二双持参被致。昼飯を薦め、夕方被帰去○昼飯後自、おさち同道ニて深光寺へ参詣、十夜袋白米壱升余持参、諸墓そふぢ致、本堂ニて焼香畢。帰路買物致、夕七時過帰宅ス。

一右留主中、山田宗之介ゟ使札到来、おさち元服為祝儀、肴代金五十疋、宗之介ゟ吉之助江手紙、おまち殿ゟも祝儀の文到来。留主中ニ付、松村氏代筆ニて謝礼返書候由、帰宅後告之○松野勇吉殿、先日貸進之弓張月持参被返之、尚又跡六冊貸進致ス○蓑笠様朝料供、昨日の如し。もり物、みかんを供ス。御画像も昨日の如く、夕方納畢○大内氏菜園蕪八本持参、被贈之。

一伏見氏ゟ菜づけ少々、被贈之○此方蔵宿ニて、金子借用の人廿三人名金壱両弐分ヅゝ金卅四両弐分、松村受取被参、借用の人々江配分被致候由也(九六ウ)。

○七日癸卯　晴

一今朝吉之助ヲ以、昨日松村持参の足袋十二双の内十双仕立出来ニ付、為持遣ス。内二双ハまち切不足ニ付、此方へ残し置。右序ヲ以、此度有住岩五郎殿、成田一太夫殿殿(ママ)跡役組頭ニ昇進被致候為祝儀、組合五人ニてかつをぶし一連祝遣し候わり合弐百卅六文、長友代太郎殿方へ持参、渡之、帰宅ス○八時過ゟおさち同道ニて伝馬町江入湯ニ行、帰路仏前茶わん二ッ・京弁等買取、帰宅○右留主中松村氏被参、足袋八双持参。外ニ、ぼたんもち七ッ入壱重持参、被贈之、夕方被帰去。右受取候足袋八双、今晩夜職ニこしらへ置○吉之助、終日板木也。

〇八日甲寅　晴

一今朝吉之助、昨夜仕立候足袋八双、松村江持参、さし置帰宅。

一昼後、およし殿来ル。過日預り置候金壱両之内、金壱分入用ニ付、渡呉候様被申候ニ付、金壱分二朱金ニて二ツ渡之、残金三分ハ預り置。夕方帰去〇右同刻、おふさ殿来ル。おさちと雑談、おさち同人江頼、髷ふとん并ニたぼ(濁ママ)さしこしらへ貰ふ。夕方帰去。右以前松村氏被参、是亦夕方被帰去〇夕七時頃、触役長谷川幸太郎来ル。明後十日増上寺江御成ニ付、明九日御番所江附人ニ罷出候様被触、被帰去。同刻、高畑久次殿来ル。同人も附人申合、吉之助・江村茂左衛門・岡勇五郎方へ可参の所、幸便有之由ニ付、吉之助名代久次殿被参候ニ付、其意ニ任、吉之助ハ罷不出ズ(九七オ)。

〇九日乙卯　晴。風、両三日以前ゟ寒さ甚しく、硯の水氷

一今日吉之助御城附人ニ付、正五時ゟ高畑同道ニて茂左衛門・勇五郎誘引合、御城御番所江罷出ル。壱度弁当和蔵江渡し遣ス。夕七時帰宅〇八時頃、おつる殿来ル。観音様御腹おび・御初尾十二銅持参、請取置。煎茶・焼さつまいも薦め、七時前被帰去〇右以前、赤坂鈴降山稲荷別当願性院来ル。右者、星祭祷(ママ)祈致候ニ付、御初尾集来ル。右者、是迄かゝる事無之候所、願性院願ニ依也。各一軒毎ニ白米壱升・鳥目廿四文寄進ス。家人数年生れ認め、遣ス〇其後、およし殿来ル。煎薬無之由ニ付、五貼渡遣ス。暫く遊、入相頃被帰去〇今晩、足袋十双拵畢。

〇十日丙辰　晴。風

一今朝吉之助、昨夜仕立候足袋十双、松村江為持遣ス。尚又十二双持来ル。

一四時頃ゟ吉之助、儀助殿同道ニて、日本橋万町柏木ト申料供茶屋今日川柳開有之候ニ付、見物ニ行。右序ヲ以、丁子や平兵衛不快を問候様申遣ス。夜ニ入丑の刻、伏見氏同道ニて帰宅〇昼前、触役土屋宜太郎殿来ル。右、明十一日御番所附人ニ罷出候由被申〇其後、松野勇吉殿来ル。明十一日御城附人同人も罷出候ニ付、申合の為来ル。弓張月後へん六冊貸進ス(九七ウ)。

一昼後、大次郎殿来ル。四谷伝馬町江綿買ニ被参候由ニ付、染物催促の事頼遣ス。夕七時頃帰来ル。染物ハ未不出来由、暫して被帰去〇八時過、畳や宇八来ル。畳替の事申付、畳縁五畳分買入候様申ニ付、其意ニ任、畳刺候せつ持参致候様申。何れ廿日過ニ参り候様申付置。

〇十一日丁巳　晴。寒し

一今日吉之助明十二日　右大将様増上寺　御成ニ付、御番所江附人ニ罷出、五時過ゟ久次郎殿・勇吉殿同道ニて御番所江罷出ル。壱度弁当遣ス。

一四時過松村氏被参、昨日貸進之小袖・羽織・きせる・煙草入持参、被返之。夫ゟ伏見江被参、伏見氏ニて酒飯の馳走を受、八時頃此方へ来ル。夕方被帰去。

一右同刻おさち、おふさ殿江髪結貰候由ニて罷出ル。みかん十為持遣ス。昼飯あや部ニて被振舞レ、八時過帰宅〇右同刻、およし殿来ル。夕方帰去〇夕七時頃触役幸太郎殿、明暁八時起し、七時出の由被触之、被帰去〇夕七時過、榎本彦三郎殿ゟ吉之助江書面到来。右者、明十二日如例年御取越被致候ニ付、此一同被招候由也。口上にて謝礼申遣し、返書ニ不及、使長兵衛帰し遣ス〇夜ニ入山本半右衛門、明暁起番の由被申入、被帰去〇夕方吉之助髪月代を致、夜ニ入五時、一同枕ニ就く(九八オ)。

〇十二日戊午　晴。今暁子ノ二刻冬至之節ニ入ル
一今暁八時過七時前、山本半右衛門窓ゟ被呼。起番遅刻也。おさち直ニ起出、支度致、吉之助ニ早飯為給、七時過ゟ久次・大次郎・吉之助御場所江罷出ル。同刻、荷持弁当集ニ来ル。則、渡し遣ス。亦復母女枕ニつき、天明後起出ル〇昼前おまつ婆々来、おさち腹を撫、帰去。

一昼前、伏見氏ゟ二男誕生の由ニ付、あづき飯・一汁一菜三人前、被贈之。其後、右為移いなだ魚壱本、おさちヲ以贈之。尚又染手拭一筋、おさちへ贈らる〇昼後八時頃おふさ殿、隣家まで(濁マヽ)被参候序の由ニて来ル。暫して被帰去〇八時過、松村氏被参。右ニ付、同人を留主居ニ頼置、母女弐人竜土榎本氏江行。右者、今日御取越ニ付、昨日使ヲ以被招候故也。ほしのり壱帖・煮ざかな三尾、手みやげとして贈之。母女榎本氏ニて馳走ニ相成候内、吉之助□□ゟ榎本氏江来ル。夕七時過也。是亦榎本氏ニて夕飯の馳走ニ相成、母子三人暮六半時頃帰宅〇其後松村氏ハふし見江被参、五時過一同枕ニ就く。

〇十三日己未　晴、寒し
一今朝、およし来ル。暫して帰去〇昼後、おさち同道ニて伝馬町江入湯ニ行。出がけ深田江立より、尚又松村氏参り、小児汗衫持参、贈之。夫ゟ森野氏を問候所、お国殿在宿ニて、茶を薦め、到来の由ニて牡丹餅を被薦らる。依之同所ニて時を移し、八半時過ゟ伝馬町江参り、入湯致。帰路、紺や江立より、色揚羽織(九八ウ)受取、尚亦仕立や江立より、過日誂置候袴、仕立出来致候やと尋候所、右者未出来由ニて、其侭帰宅。暮時前ゟ昨日冬至ニ付、雑煮餅製作可致候所、榎本氏江被招、

延引。諸神江神酒・備もちを供し候のミ。今夕雑煮餅を拵、家祝食ス○夕七時頃松村氏被参、暫く吉之助と物語して被帰去。

○十四日庚申　晴。寒し、燈油氷

一今日吉之助当番ニ候得ども、栄蔵殿明捨のニ付、当番を金之介江頼、今日栄蔵殿捨り江罷出候ニ付、天明前ゟおさち起出、支度致、早飯為給、当町一同御番所江罷出ル。吉之助感冒の気味合ニ付、髪月代を不致、其侭撫付、罷出ル○下掃除定吉代来ル。西厠掃除致、帰去。

一右同刻、おとよ来ル。過日申付置候米俵二枚・ひえ糖（ママ）壱斗・わら苞（カ）持参。古足袋少々遣之○昼後松村氏被参、別録抄被致、夕方被帰去。

一八半時過、およし殿来ル。薬無之由ニ付、七月分拵、同人江渡ス。暫く雑談、夕方帰去○暮時前山本悌三郎殿被参、当月七日越後表ゟ帰着被致候由也。暫く物語被致、被帰去○おさち、昨今足袋の繕を致ス(九九オ)。

一今日庚申ニ付、神像を床間ニ奉掛、神酒・備もち・みかん、夜ニ入神燈ヲ供ス。

○十五日辛酉　晴

一四時頃、吉之助明番ニて帰宅○夕方松村氏被参、写残り別録写しとり、今日出来畢。夕七時頃、同人内義来ル。高傷足袋十双持参、さし置、被帰去。菜づけ少々、同人江遣ス。おさち、昨今足袋つくろい也○昼後、およし殿来ル。暫して帰去。

○十六日壬戌　晴。風なし。美日

一昼後、成田一太夫殿去月廿八日退役後、今日出勤。且、寅新御門相勤候由ニて被参。吉之助挨拶致、帰去○今日煤払、早朝ゟ取掛り、四時頃儀助殿右手伝之為被参。則、四人ニて蔵ゟ始、皆煤払。夕七半時過、皆払畢。儀助殿・吉之助入湯ニ罷越、帰宅後自母女入湯ニ行。松村氏幷ニ酒を薦め、夜ニ入四時前、被帰去。昨日同人内義持参の足袋十双、同人江頼、為持遣ス。福茶・神燈如例○伏見氏ゟ煮ばな・いなだ焼どうふ旨煮一皿、被贈之(九九ウ)。

○十七日癸亥　晴

一今朝高井戸下掃除定吉、納干大根二百四十六本持参。当年も不作の由ニて、大こん細し。昼飯為給遣ス○昼前定吉妻糖八升持参、昨日申付置候故也。さし置、帰去○昼後塩商人、今朝申付置候塩七升持参。代銭弐百六十文、払遣ス。退刻吉之助手伝、辛づけ一樽百四十余本・甘づけ五十余本、つけ畢。

一昼前願性院星祭守札幷ニ供物持参、早々帰去○八時過およし殿、沢庵づけ大こん七本持参、被贈之。尚又所望ニ付、菜づけ・糖みそ大こん二本、右為移遣之。其後、大次郎殿来ル。則、およし殿同道ニて被帰去○右同刻松むら氏たび十双持参、被参。右請取、暮時被帰去○五時前順庵殿被参、暫く雑談して、四時前被帰去○今晩夜職、足袋仕立候所、順庵殿入来ニ付、不果。
○十八日甲子　晴
一今日甲子ニ付、大黒天江神酒・備もち、夜ニ入、神燈・供物を供ス。昨今観音祭、如例之○昼後ゟ吉之助賢崇寺ゟ榎本氏江行、夜ニ入五時過帰宅。且又、賢崇寺ゟ両刀代請取候由ニて金弐分持参、請取置。且、大黒天江参詣して、燈心買取来ル(一〇〇オ)。

一八時過、松村氏被参。右ニ付、自、おさち同道ニて伝馬町江罷越、鈴木江赤剛飯の事申付、仕立やニて出来の袴請取、色々買物致、入湯して暮時帰宅○今朝吉之助松村ゟ持参の足袋十双、今晩仕立畢。暮時、松村帰去○和蔵江明日供人足の事、申付置。
○十九日乙丑　晴。美日、風なし
一今朝五時頃、鈴木ゟ昨日申付候赤剛飯持参ス。右請取、則諸神・家廟江供、家内祝食。伏見氏・越後や清助・松村氏江吉之助ヲ以為持遣ス。且又、昨日請取候足袋十双松村江遣し渡、帰宅○右同刻、和蔵来ル。昼飯為給、おさち・自、和蔵を召連、榎本氏ゟ広岳院・善光寺・保安寺江墓参り致、水花を供し、拝畢、宗之助方へ行。宗之介方へ赤剛一重・窓の月一重・鶏卵十五入壱重、遣之。宗之助方ニて吸物・取肴・夕飯を振舞レ、六時過宗之介方を立出、榎本氏江立より、右同所へも赤剛飯を贈り、謝礼申述。榎本氏ゟ煮肴を被贈。右畢、五半時頃帰宅。和蔵江人足ちん弐百文遣し、帰去しむ。一同九時、枕ニつく○右留主中大久保白石氏過日貸進の読本持参、被返之(一〇〇ウ)。且、為謝礼蒸ぐわし一折持参、被返之、糸ざくら貸進致候由、帰宅後告之。
○廿日丙寅　晴
一今朝白石氏被参、昨日貸進の糸ざくら一覧致候ニ付、被返之。尚又、化くらべうし三のかね・三国一夜物語・八丈奇談所望被致候ニ付、則所望の如く〆十一冊貸進致、被帰去。

一其後伏見氏被参、昨日贈り候赤剛飯謝礼被申、沢庵づけ大こん五本持参被贈之、ほど無被帰去○昼後、およし殿来ル。暫遊、被帰去○夕方松村氏一昨日貸進の羽織持参被返之、ほど無被帰去○夕方、おさち同道ニて鮫橋江入湯ニ行。右序ニ畳刺宇八方へ立寄、畳替の事申聞候所、両三日大急之仕事受

取候間、何卒両三日相待呉候様申ニ付、然者参り候前、沙汰可致旨申示、暮六時帰宅ス。

○廿一日丁卯　晴

一今朝、餅屋鈴木ゟ桶取ニ来ル。則、代金弐十一文供ニ渡遣ス。

一昼前伏見氏被参、雑談後昼時被帰去○昼後、およし殿来ル。暫く遊、薬五貼渡、夕方帰去○八時過松村氏被参、ほど無伏見氏江被参、夜ニ入五時過此方へ立戻り、其後被帰去(一〇一オ)。

一夕七時過土屋宜太郎殿、過日貸進の画伝水滸伝十一冊持参被返之、右為謝礼、干海苔一貼被贈之。尚又所望ニ付、雲の絶間六冊貸進、早々被帰去○夜ニ入、大次郎殿来ル。雑談稍久敷して、五時過被帰去○八半時過、村田万平殿ゟ手紙ヲ以、交魚被贈之。右者、おさち元服致候ニ付、被祝贈之。返書ニ謝礼申、使ヲ返ス。

○廿二日戊辰　晴

一今朝松村氏足袋廿双持参被参、写物被致、夕七時被帰去○昼後ゟおさち同道ニて自、伝馬町江入湯ニ行、八時過帰宅。右留主中、おふさ殿来ル。帰宅を待居、おさちと物語して被帰去○夜ニ入、大次郎殿来ル。焼さつまいも持参、被贈之。しばらく雑談して被帰去。蕪四本遣之○今晩松村氏持参の足袋を仕立、内十双残る。

○廿三日己巳　晴

一吉之助今朝髪月代致、昼後入湯ニ行、夕七時前帰宅○昼時過、深田大次郎殿老母被参。煎茶・くわしを薦め、暫く物語して帰去○右同刻松村氏被参、終日写物被致、暮時帰去。昨日請取候足袋廿双、同人江渡遣ス。

一今朝清助、過日贈り候赤剛飯の謝礼として来ル。早々帰去(一〇一ウ)。

○廿四日庚午　晴

一今日吉之助当番ニ付、六時過ゟおさち起出、支度致、天明後吉之助起出、早飯一同ニ給、高畑・山本等と御番所江罷出ル○同刻自象頭山ゟ赤坂不動尊并ニ豊川稲荷へ参詣、帰路畳や宇八江立より、何日ニ参可申哉と承り候所、何れ明後廿六日頃ゟ上り可申と申。夫ゟ松村氏江片岡氏江立より雑談。松村氏ゟ足袋十双請取、四時帰宅○深光寺ゟ使僧ヲ以、納豆一曲贈来ル。

一昼後、松村・伏見氏来ル。何れも雑談、夕方被帰去。右同刻、およし殿来ル。暫く遊、薬七日分調合致遣ス。暮時帰去○八時過、畳や宇八方ゟ明日ゟ畳刺職人上可申由申来ル○昼時、玉川炭や彦七方ゟ炭十二俵駄来ル。右者、榎本氏の紹介也。

右請取、判取帳江印行致、帰し遣ス。

一八時過、玄十郎来ル。右者、此度三浦様当御屋敷江御下り被成、何卒召抱被相成申度、右ニ付、宗之介方へ参り度由被申。参り候ても子細有之間敷哉、鳥渡伺度と申ニ付、右者悪敷義ニ不有候間、参り候ても不苦候由申聞、しバらくして帰去○定吉妻、御扶持通帳取ニ来ル。おさち則渡遣ス○夜ニ入、大次郎殿来ル。雑談して五時過帰去(一〇二オ)。

○廿五日辛未　半晴

一今朝、畳刺来ル。此方ニて三度食事致。八畳の間皆出来、八時頃茶ぐわし・にばなを遣ス。但、畳表巾不足ニ付、是迄の如く五分縁ニ致かね候由ニ付、此度ハ並縁ニ仕立置く○八時過松村氏内義大跡十二双持参、さし置、帰去。

一今朝自、片岡江股皮付足袋十双仕立、持参ス。且又所望ニ付、片岡富太郎母江神女湯壱包遣之○昼時、半右衛門来ル。させる用事なし。ほどなく帰去○吉之助明番ニて、四時帰宅。○夕方長谷川幸太郎殿、願之通り縁組願被仰付候由ニて被参、早々被帰去○伊勢御師代又太夫より、如例年大麻壱ツ・列箸(ママ)二膳・新暦壱本、贈来ル。当年ハ熨斗舟延着の由ニて、のし包のミ添来ル。高畑氏ニても、参り候ハゞ為知呉候様被申候ニ付、則吉之助御師代使を高畑并ニ和蔵方へ遣ス。和蔵もかねて願候故也。

一昼後伏見氏内義江灸治致遣し、帰宅後おさち灸治致ス。

一右同刻岡勇五郎殿、払鉄炮鉛買取度由ニて来ル。吉之助則め方百目ニて百四十八文、代銭請取置○天神神像江供物みかん・備もちを供ス(一〇二ウ)。

○廿六日壬申　晴。酉ノ時小寒ニ成ル

一今日有住側鉄炮帳前ニ付、五時頃ゟ吉之助出宅。右以前、高畑久次郎どの被誘引。同人ハ髪月代致候由ニて先江被参。昼時、吉之助帰宅。

一畳刺、五時過来ル。朝飯為給、中四畳・玄関二畳・勝手三畳刺、昼飯・夕飯為給、八時せん茶・焼さつまいもを遣ス。薄縁三畳半ほど残り候ニ付、右者宿へ持帰り候由也。夕方帰去○夕方松村氏被参、昨日貸進の羽織持参被返之、尚又写少々被致、夕方帰去。足袋出来の分十二双、同人江頼遣ス○夜ニ入、大次郎殿来ル。およし殿ゟ薬種代三十二文被渡。薬種買取呉候由也。大次郎殿、雑談後五時過帰去。

一三安廻男、醤油代乞ニ来ル。樽代百七十二文さし引、金弐朱ト弐百廿四文払遣ス。

○廿七日癸酉　晴

一今朝自、起出早々象頭山江参詣、五半時頃帰宅して、朝飯を食ス。

一昼後おさち同道ニて、伝馬町江入湯ニ行、八時過帰宅○右同刻、大次郎(一〇三オ)来ル。暫して帰去○昼前丁子や平兵衛ゟ小もの使ヲ以、かなよミ八犬伝十八編下帙・上帙序文・口絵、手紙さし添、摺立校合ニ被差越。右請取、明日取ニ可参旨申遣ス。返書ニ不及○昼後松村氏被参、足袋十二双持参、明日四時迄ニ仕立候様被申、十八へん校合被致、暮時被帰去○昼前吉之助髪月代致、夜ニ入おすきや町江入湯ニ行、五時前帰宅○勝手入口敷居損(カ)候ニ付、吉之助自拵置。

一今日寒中為見舞被参候人々、左之通り。

一加藤夲之助殿○江村茂左衛門殿○山本半右衛門殿○松野勇吉殿○立石元三郎殿○玉井銕之助殿○林銀兵衛殿○永野儀三郎殿○南条源太郎殿、右九人被参○夜ニ入、大次郎殿来ル。五時帰去○今晩、股皮付足袋十二双、家内三人掛り仕立畢。
○廿八日甲戌　雨。多不降、昼後止、夜ニ入晴
一今暁七時過、東の方ニ失火有之、吉之助起出、見候所。さし合有之間敷候ニ付、其儘枕ニ就く。後ニ聞候所、御本丸の由也○今早朝自象頭山ゟ不動尊(一〇三ウ)江参詣、且不動尊江白米一袋納、四時前帰宅。

一吉之助朝飯後御頭ゟ組中江寒中見舞ニ罷出候所、今暁御本丸御宝蔵御焼失ニ付、先今日者かん中見舞御頭江ハ見合候様、有住ゟ申候由ニ付、わづか五、六軒かん中見舞申入、帰宅ス。其せつ、松村氏ゟ跡付足袋持参ス○隼太郎、吉二郎、寒中為見舞来ル。

一夕方松村氏被参、明日当番ニ付、羽織貸進、夕方被帰去。右序ヲ以、先刻吉之助持参の足袋六双、同人江渡ス。

一今暁御本丸御宝蔵御焼失、当組ゟ寄場立候得ども、吉之助者遠方ニ付、不出○夜ニ入、大次郎殿来ル。雑談後、四時頃被帰去。

一今朝象頭山ゟ帰宅後、かなよミ十八へん下帙校合致、付札をつけ、こしらへ置。
○廿九日乙亥　晴。夕方ゟ曇
一今日吉之助、大次郎殿代番ニ付、正六時過ゟ起出、早飯後其身壱人ニて御番所江罷出ル○右以前自象頭山江参詣、五半時帰宅。其後松村より片岡江足袋有之や聞ニ参り候所、無之由ニ付、徒ニ帰宅ス(一〇四オ)。

一九時前、丁子やゟ校合取ニ来ル。則、渡し遣ス。

一右同刻、畳屋宇八小厮薄縁三枚半仕立出来持参、さし置、帰去。

一深田大次郎殿・小林佐七殿、寒中為見舞来ル○昼後長谷川

幸二郎・前野留五郎殿・川井亥三郎殿・岡勇五郎殿、寒中為見舞被参。

一右同刻坂本順庵殿、右同様ニて来ル。ほどなく被帰去。

一畳屋宇八小厮、職人手間ちん書付を以取ニ来ル。金弐分渡し、つり銭五百七十七文請取、帰し遣ス○夕七時、とりあげおまつ婆々来ル。先月廿七日貸遣し候重箱持参、今日返ス。岩井政之助内義、来月臨月ニ候所、一昨日廿七日安産被致、女子誕生の由、大次郎殿の話也。
○卅日丙子　雨。多不降、忽地止、不晴、八時前ゟ晴
一今暁七時頃東の方ニ失火有之候所、右者大名小路松平能登守様御屋敷ゟ失火、寄場立候由ニて、触役幸太郎殿窓ゟ被呼、起候へども、今日出番の由申置、残る人々ハ出候由也(一〇四ウ)。

一吉之助明番ゟ組中江寒中見舞廻勤致、四時過帰宅。其後休足いたし、夕方起出、入湯ニ行、暫して帰宅○森野市十郎殿・大内田隣之助殿・加藤領助殿、寒中為見舞来ル○昼後八時過、大次郎殿内義入湯ニ参り候由ニて、おさちを被誘引。おさち支度致、伝馬町江同道、夕七時過両人帰来ル。其後、深田氏内義帰去○夕七時、定吉妻来ル。御扶持舂候由ニて、外男ニ為持来ル。白米三斗六升五合請、帰し遣ス。

○十二月朔日丁丑　晴。或者曇、五時頃地震
一今日吉之助、矢場江鉄炮携罷出、九時過帰宅。六ツ打内、五ツ当り也。

一今朝伏見氏被参、暫して帰去○昼時天野信太郎殿寒中為見舞被参、緑豆かん壱さほ持参被贈之、早々帰去。

一昼後吉之助髪月代致、其後八時頃ゟ象頭山江参詣、夕七時頃帰宅。

一昼時有住岩五郎殿ゟ役替内祝の由ニて、赤剛飯壱重、手紙さし添、贈来ル。謝礼口状ニて申遣ス○夕七時過松村氏被参、片岡ゟ足袋縫ちん六百七十文持参ス。右請取、同人小児虫気の由ニ付、熊胆少々遣之、□□帰去(一〇五ウ)。

一夜ニ入、大次郎殿来ル。赤剛飯を薦め、雑談後（ママ）
○二日戊寅　晴。今暁六半時過地震
一板倉安次郎殿・水谷加平次殿・林猪之助殿、かん中為見舞来ル。

一昼前おさち同道ニて伝馬町江入湯ニ行、九時過帰宅。其後食事いたし、尚又母女両人飯田町江寒中見舞ニ行、くわし・鶏卵持参遣之、おつぎ江洗返し一ツ身小袖一ツ、同銅着（ママ）壱ツ遣ス。飯田町ニてせんちや・くわし・さつまいも・うどんを振舞レ、暮時帰宅。先月分上家金弐朱ト百七十六文、薬売溜

金弐朱ト壱〆五百八十四文内二百卅六文一わりさし引、請取、帰宅○右留主中松村氏、足袋股切付十二双持参、さし置ル。

一今日も朝飯前、象頭山江参詣ス。
○三日己卯　晴。風
一今朝伏見氏被参、国尽し手本并ニ書初手本被認、帰去。

一右同刻おつる殿被参、おさちと雑談して被帰去。

一昼前吉之助象頭山江参詣、昼時帰宅。八時頃髪月代致、今日仕立候足袋五双、松村江持参、渡し、帰宅(一〇五ウ)。

一夜ニ入、松村氏内義被参、足袋十双持参、請取置、炭壱俵遣之。

一夕七時頃ゟ自象頭山江参詣、去ル廿七日ゟ今日迄七日参り也。

一松村氏内義持参の足袋、家内三人ニて仕立畢。四時一同枕ニ就く。
○四日庚辰　曇。雪天、九時過ゟ雪、暮時ゟ雪止、雨
一今日吉之助当番ニ付、天明頃おさち起出、支度致、早飯為給、御番所江罷出ル。小遣銭金弐朱分八百遣ス○荒井幸三郎殿、かん中為見舞来ル。

一昨日、およし殿来ル。薬九包遣ス。夕方帰去○今朝自、片岡江足袋十二双持参、尚又股切付八双、跡付六双請取、帰路松むら江立より帰宅。

一丁平ゟ小もの使ヲ以、八犬伝十八へん上帙摺り立、校合ニ被差越。右請取、明日取ニ可参旨申遣ス○昼時、土屋宜太郎殿老母来ル。右者、同人相識尾州様奥女中隠居被致候人、外山御屋敷江御隠居被致候者、何卒御作の御本拝見致度由被申、被頼候ニ付、八犬伝初編五冊同人江渡、貸進ス。煎茶・くわしを薦め、暫く雑談、八時被帰去。同人孫女江出し候くわし壱包、為持遣ス。

一今朝片岡ゟ請取参り候足袋十四双、出来致候ニ付、夕七時過片岡江(一〇六オ)持参。尚又、股切付八双請取候へども、まち切并ニ股切紐等不足ニ付、今晩ハ皆出来不畢、四双出来、残四双ハ未也○夕方荷持、雨具集ニ来ル。おさち、則合羽・傘・足駄等渡し遣ス。
○五日辛巳　晴。風
一吉之助明番ゟ御頭江寒中見舞として参上、帰路江坂卜庵・岩井政之助殿江寒中見舞申入、九時過帰宅。其後仮寐致、暮時起出ル○自、今朝かなよミ十八へん上帙校合致、其後片岡江出来の足袋四双持参、不足のまち紐并ニまハし足袋四双請取、帰宅。則、右まハし其外昨日の残り四双出来ニ付、夕方又片岡江持参、さし置、帰宅ス○昼前、大次郎殿来ル。ほど

なく帰去。
○六日壬午　晴
一昼前おきく殿を誘引、おさち同道、伝馬町江入湯ニ行、暮時過帰宅。

一八時過榎本彦三郎殿御母義、寒中為見舞被参、手みやげ、白さとう(一〇六ウ)・切飴等被贈。外ニ、西御丸御棟上かちん御残、被贈之。折から松村氏被参、暫く雑談。両人江酒食を薦、夜ニ入五時過帰去。吉之助龍土迄送り参り、四時帰宅。

一暮時前伏見氏被参、早々被帰去。其後酒肴めざし持参ニて被参、松村氏と雑談、酒酌かわし、吉之助帰宅過迄、九時両人被帰去。

一昼後丁子やゟかなよミ十八へん下帙直し出来、見せらる。被校参り不申候間、引合致かね候ニ付、使ニ尋候所、失ひ候由。右ニ付、下帙ハさし置、上帙乱丁校合出来居候間、渡し遣ス、返書ニ、右之段申遣ス。

一吉之助、今日終日障子切張を致ス。
○七日癸未　晴。甚寒
一天明後自、象頭山ゟ不動尊・豊川稲荷江参詣、帰路片岡・松村江立より、帰宅。

一高畑久次殿、寒中為見舞来ル○昼時過宜太郎殿、先日貸進之雲の絶間六冊持参、被返之。右謝礼として煎茶一袋持参、被贈之。同刻、まつミや兼太郎殿、水滸伝九へん・十ぺん持参、尚又十一・十二へん八冊貸進。宜太郎殿方ハつね世物語五冊貸進。右両人、同道ニて被帰去(一〇七オ)。

一昼時過松野氏、是亦貸進の弓張月持参被返之、尚又所望ニ付、残ぺん六冊貸進。右為謝礼干のり壱帖被贈之、早々被帰去○昼後松村氏被参、夕方被帰去○昼後吉之助髪月代致、其後入湯ニ行、しバらくして帰去。

一一昨六日、畳屋宇八ゟ小厮ヲ以、畳縁代二畳分勘定遣いたし、未ダ戴不申候間、被下候様申之。右縁代二畳分二匁壱分、此銭弐百廿文払遣し、勘定済○今晩門口江めざるを出ス。
○八日甲申　曇。甚寒
一昼飯後自深光寺へ墓参、諸墓そふぢ致、水花を手向、拝し畢、夕七時帰宅○吉之助九時頃ゟ近所林猪之助・小林佐七殿・荒井幸三郎殿方へ寒中見舞申入、夫ゟ矢野信太郎殿・飯田町弥兵衛・村田氏江寒中見舞ニ行。矢野氏江銘茶黄金を一袋、村田氏・弥兵衛方へ者干のり一帖づゝ為持遣ス。外ニ、奇応丸大包一ツ・中包二・神女湯十包、飯田町江為持遣ス。夕七時過帰宅○右同刻、松村儀助殿来ル。明日当番ニ付、羽織借用致度由也。則、貸遣ス(一〇七ウ)。

九日乙酉　晴。風、甚寒
一吉之助朝飯後ゟ寒中為見舞罷出ル。近所梅むら直記殿・遠藤安兵衛殿・坂本順庵殿江かん中見舞申入、夫ゟ竜土榎本氏・賢崇寺・梅川氏・宗之介方へ罷越、榎本氏ニて昼飯振舞レ、宗之介方ニて夕飯給、暮時帰宅。宗之介方へ緑豆かん半棹、榎本氏江半月魚饅、青菜添、梅川氏江奇応丸中包一ッ、為持遣ス。えの本氏ゟさつま芋を被贈之○日暮て、萱家師伊三郎来ル。家根葺替の事申付、来ル十三日ゟ掛り候様申付遣ス。
○十日丙戌　晴
一今朝自象頭山江参詣、四時前帰宅○四時頃ゟ吉之助、是亦象頭山江参詣○夕方、松村氏来ル。片岡ゟ袋足袋参り居候ニ付、鳥渡被参候様伝言ニ付、即刻自参り候所、片岡富太郎母お熊面部腫、平臥致候ニ付、又明日可参由申、帰宅ス○今日宗之介参り候様申候由、吉之助申候間、終日相待候所、不来
○家根や、足場を運ぶ。
○十一日丁亥　晴。今日巳ノ三刻大寒也
一昼前自、おさち同道ニて伝馬町江入湯ニ罷越。出がけ片岡江立より、袷足袋小方八もん、卅五双請取、帰宅。片岡江さとう・葛少々遣ス（一〇八オ）。

一昼時過ゟ吉之助渥見氏江かん中為見舞行、海苔壱帖持参、進之。帰路、御蔵宿森村屋和三郎方へ参り、金子六両借用申入候所、右者出来かね、五両金御用立可申由。色々申薦候へども不聞入候付、右五両金借受、飯田町江立より、暮時帰宅
○日暮て、大次郎殿来ル。五時過帰去○昼後ゟ自・おさち袷たびを縫、卅五双内十一双残る。
○十二日戊子　雪。昼後ゟ雪止、雨、風烈、夜中同断
一今朝伏見氏被参、暫して被帰去。和蔵同断○昼後八時過吉之助、片岡江袷足袋卅五足出来、持参。尚又、七文小方四十双うけとり、帰宅。今日雪、風烈、商人不来、道のぬかり甚しく、人々大難義也。今晩四時過迄夜職、足袋を縫、四時過一同枕ニ就く。
○十三日己丑　晴
一今朝、大次郎殿来ル。右者、姉およし殿、煎薬無之ニ付、貰度由、薬紙さし置、又帰路請取可申由ニて帰去、其後来ル。弐包渡し遣ス（一〇八ウ）。

一萱家師亥三郎来ル。萱参り次第、取掛り候ニ付、家根の雪落し候由ニて、弟子手伝、家根雪落し畢。内金願度由ニ付、金三両渡遣ス○昼後、伏見氏ゟ茶飯・のつ平三人前、被贈之。

一昼後弥兵衛、寒中為見舞来ル。かつをぶし一本、かずのこ小重ニ入壱ツ、餅菓子壱袋持参、被贈之。有合の肴ニて酒を

薦め、八時過迄雑談して帰去。奇応丸小包十五渡遣ス○大次郎殿来ル。吉之助髪月代後、同人同道ニて入湯ニ行。大次郎殿内義此節手透ニ付、木綿糸取可申由ニ付、綿代百文・とりちん五十六文、同人江渡ス。帰路此方へ立寄、被帰去。

一夕方、儀助殿来ル。羽織持参、被返之。四十双之内廿双出来の足袋、同人江渡、片岡江遣ス。且亦、同人当夏飯田町江糸瓜水被贈候謝礼として、今日弥兵衛炭三俵、手紙さし添、此方へ頼候ニ付、甚略儀乍、代料ニて弥兵衛手紙さし添、同人ニ今夕渡ス。其後帰去。

一今晩五時迄、足袋仕立畢。

○十四日庚寅　晴

一今日吉之助当番ニ付、六時頃ゟおさち起出、支度致、天明頃吉之助(一〇九オ)起出、早飯後、高畑来ル。即刻出宅。明朝帰路金伯買取参り候様申付、代銭百文遣ス○朝飯後自、片岡江足袋廿双仕立出来、持参。尚又、六もんこんたび五十二双請取、帰路松村氏江立より、小児江せんべい一袋遣し、帰宅。

一京橋竹やゟ竹七把、かるこ肩に掛、来ル。道悪敷候ニ付、増銭二百文貰度由申候へども、伊三郎不参候ニ付、参り候ハゞ申聞候由申遣ス。

一昼後宗之介、寒中為見舞来ル。木の葉煎餅壱折・干のり壱帖、被贈之。おまち殿ゟ文到来。煎茶・くわしを薦め、所望ニ付、蕎麦切を薦め、且亥十郎一義も親類の事ニ付交りも可致申之、兎も角ニ被斗候様挨拶ス○玄十郎宗之介方へ罷越、三浦様御抱入の義ニ付、頼候由。右ニ付、相談ニ及、夕七時過宗之介帰去○夕方、松村氏来ル。暮時被帰去。

一昼後おさちヲ以、伏見氏江みかん十五贈遣ス○今晩四時過迄足袋を仕立、廿八双出来ス。

○十五日辛卯　晴

一今朝萱やゟ萱、かるこ持参ス○昼前松村氏認物持参、被参(一〇九ウ)。昼後、同人内義被参。右者、中ノ橋叶と申仁の方今ゟ参り候様、山楽主ゟ紙札致来ニ依て也。到来の由ニて、赤剛一盆被贈之、早々被帰去。松村氏も被帰去。足袋廿七双頼遣ス○昼後吉之助入湯ニ行、暫して帰宅ス○和蔵来ル。右者、此方御扶持定吉方へ申入候ニ付、為春呉候様頼候ニ付、御扶持通渡し遣ス。

○十六日壬辰　終日曇。寒さ甚し、夜ニ入四時頃ゟ雨

一今朝片岡江足袋廿六双仕立持参、ほどなく帰宅○右同刻、定吉来ル。御扶持通取ニ参り候様申ニ付、右者昨日和蔵来り、当月ゟ御扶持春候事、定吉江談じ候由申ニ付、通渡し遣し候也と申聞候所、定吉大ニ驚き、和蔵方ゟ手前何の一言申聞義

者無之、右様の事一向存不申由申。然らバ、和蔵斗、かゝる偽言申候。即刻和蔵江申聞、御扶持参り次第、又此方へ為春可申旨申聞置、定吉帰去○今朝、萱五荷持参ス。伊三郎弟子張金持参、さし置。帰去○八時過ゟおさち同道ニて自入湯ニ行、帰路買物致、暮時帰宅○右以前和蔵を呼よせ、御扶持の一義申聞候所、右者自身定吉江頼入候義ニハ無之、荷持仲間江頼候事ニて、未定吉江申不通事ニ可有之抔申ニ付、然者此方心得違也。右ニ付、今日(一一〇オ)請取参り候御扶持米ハ早々此方へ持参可致候。人足貸ハ遣し可申候と申聞候へバ、和蔵恐入、御扶持早々持参ス。請取置く。

一暮時、大次郎来ル。右者、昨年申付候越後や平蔵方ニて当年ハ障有之候ニ付、餅搗候事御断申候由ニて被申之。右承知の趣を答、早々帰去。

○十七日癸巳　雨。八時頃雨止、晴

一今朝、定吉妻来ル。御扶持参り居やと申ニ付、昨日取寄置候間、早々取ニ可参旨申聞、且又餅つきの事申聞候所、右者此廿六、七日頃つき可申候間、其頃ニてよろしく候ハゞ申聞可申候と申ニ付、然者其頃ニても不苦候間、頼候由申聞置。

一八時過、玄十郎来ル。過日宗之介方参り、三浦様江願書の事申入候由物語致、多分成就可致旨申、弥取極、御抱入レ相成候ハゞ、亦々宗之介方へ参り可申由申之、雑談数刻、夕飯為給、暮時帰去。

一今日順誉至心貞教大姉様御祥月ニ付、朝料供一汁三菜を供ス。昼後煎茶・もり物を供ス。家内、終日精進ス。

一今日観世音祭礼、例之如し。但、今晩子ノ刻迄神燈を供し、祭之(一一〇ウ)。

○十八日甲午　曇。夜ニ入晴、甚寒、夜ニ入風

一今朝自象頭山ゟ豊川稲荷江参詣、昼時帰宅。昼食後飯田町江罷越、金子壱両借用致、暮時帰宅○右留主中、渥見祖太郎殿寒中為見舞来ル。窓の月片折一ツ被贈之、大いそぎニて湯づけ飯を所望被致候由ニて、おさち等出之、早々被帰去○其後松村氏被参、早々帰去○大次郎殿老母被参、煎茶・到来の菓子を薦め、長話して被帰去候由、帰宅後告之○茅屋師伊三郎方ゟ明日ゟ取掛り候由、以手紙申来ル。

○十九日乙未　晴

一朝かるこ、かや持参、さし置、かへりさる。五ツ時過、伊三郎外二人弟子来ル。南方を取こハし、半分出来ル。夕七ツ時過かへりさる。且又、伊三郎内金をねがふ。則、金壱両わたしつかす(ママ)。今朝、大次郎殿よふ母まいらる。右者、およし殿惣身いたミ、こまり入候ニ付、何ぞよき薬ハ是なくや。是

あり候ハヾ(一二オ)、御貰申度と申さる。猶又およし御あけ（ママ）置候金子百疋、御わたし被下候やう申され候ニ付、すなわち壱分わたしつかハし、のこりあづかり金二分ニなる。薬ハのち程此方よりぢ（濁ママ）さんいたすべくよし申述、ぞうだん時をうつし、九ツ時かへりさる。

一今日松村氏ゟ荷持ニ為持、額面預らる。右者、此方ニ被参候て、発句認由也。先預り置く○今日清誉相覚浄頓居士祥月忌ニ付、朝料供一汁二菜を供し、昼後煎茶・窓の月を供ス。右ニ付、昼後吉之助髪月代を致、深光寺へ参詣、諸墓そふぢ致、水花を供し、帰路入湯致、暮時帰宅。

一今日、家内終日精進也○昼後自、平肝流気飲二貼調合致、およし殿江持参、遣ス。菓子一包同断、七時頃帰宅。

○廿日丙申　晴。甚寒

一今早朝、自尾岩様江参詣、ほど無帰宅○五時、家根小ものども四人来ル。北の方取崩し、是亦半分出来、夕七時帰去。

右之外、今日者用事なし。

○廿一日丁酉　晴(一二ウ)

一今朝、伏見氏被参。右同人江金子之事頼置、暫して被帰去。

一右同刻、定吉妻来ル。餅つき候事、廿三日ハこミ合候ニ付、廿五日ニ致度申ニ付、其意ニ任、餅書付渡し遣ス○屋根屋伊三郎、外ニ壱人来ル。伊三郎、請取書持参ス。

一今日昼後、自尾岩稲荷へ参詣。帰路伝馬町江罷越、忍原こんや江木綿糸染申付、松村氏江立より、帰宅。

一今日者家根や両人ニて仕事致、外二人ハ不来。昼菜、雪花菜遣ス。北ノ方出来、夕方帰去。

○廿二日戊戌　晴

一今朝岩井政之助被参、廿九入みかん一箱持参、借書の謝礼を被申、被贈之。雑談久しくして帰去○今朝伏見氏ニて煤払被致候由ニて、断来ル。右ニ付、煎茶一土瓶添、にんじん・焼どうふ・芝海老煮染一皿、贈之○昼前、自松村氏江行、蔵宿一義頼、印行渡、帰宅。其後定吉方へ罷越、御扶持の事申付候所、明日持参可致旨申。

一家根屋今日も昨日の如く、小ものども三人来ル。今日者棟ニ取かゝり(一三オ)、半分出来。昼菜、ひじきあげ遣之、夕方帰去。

○廿三日己亥　晴。今朝者少し凌ヨシ

一今日家根屋伊三郎弟子虎・小僧三人のミ。大てい出来、夕方帰去。尚又金子三分借用致度由申ニ付、則金三分渡し遣ス○吉之助髪月代致、おすきや町江入湯ニ行、暮時帰宅○八時過、大次郎殿来ル。伝馬町江被参候由ニて立よらる。桂枝一両め頼遣ス。暮時右買取、又来ル。屠蘇一服遣ス。被帰去。

一暮時前松村氏被参、昨日森村殿ゟ金弐分請取候由ニて持参被致、糸瓜水少々持参、被贈之。所望致候故也。ほど無被帰去○其後暮時過山本半右衛門殿、松村氏を尋、被参。然ども此方ニ不被居、早々帰去。屠蘇一服遣ス。

一昼後吉之助組合歳暮銭集メ、有住江持参致候所、当年ハ組合蔵頭役替被致候ニ付、不受由ニて、所々集候て帰宅ス。

○廿四日庚子　晴。昼後ゟ曇、寒し、四時頃ゟ終夜雪

一今日吉之助当番ニ付、天明頃起出、支度致、早飯後御番所江罷出ル。

一今朝、屋根や伊三郎弟子虎吉小もの来ル。歳暮為祝儀、土大こん九本(一二ウ)持参。榎町茅家師徳来ル。右三人ニて苅込、北ノ方出来、足場を取。昼菜けんちん遣ス○昼後おさち入湯ニ行、暫して帰宅。

一夕方、清助来ル。雑談して被帰去○右同刻、村田氏ゟ使ヲ以、干菓子壱折、被贈之。謝礼申遣ス。

○廿五日辛丑　雪。昼時雪止、壱尺余、不晴、路のぬかり甚し

一今朝定吉、水餅持参ス。請取置○其後、大次郎殿来ル。山椒少々被贈。用ニ不立、早々帰去○おさち手伝、神在餅を製作致、家廟江供し、家内も祝食、伏見氏江壱重十三入、遣之。昼後九ツ入壱重ヅヽ、片岡・松むら江遣ス。松村氏江ハ節菜一器、是ヲも遣ス○昼後、おさち同道ニて入湯ニ行。路甚敷ぬかり候ニ付、油あげ坂ニて入湯、暮時前帰宅○右同刻、荷持和蔵江神在もち一盆・午房旨煮一皿、遣之○今日節ニ付、門々江柊・豆がらをさし、諸神江神酒、夜ニ入神燈・福茶・竈神江水を供ス。吉之助鬼打致、家内一同不相替手を添る。四ツ門江火吹竹を捨る。家例也○今昼飯節、平、一汁二菜、家内祝食ス。

一茅家師伊三郎、家根雪を落ニ来ル。落畢、帰去(一三オ)。

一夜ニ入定吉、鏡餅三飾、小備十五・のし餅九枚持参、受取置、早々帰去。のしもち、堅壱尺五寸余・横八寸五分ほど也。小切三百四十余切。

○廿六日壬寅　雨。八時頃ゟ晴、今暁寅ノ丑刻立春也

一今日昼後ゟ伊三郎壱人来ル。南側苅込致候へども、雨後手間どれ、出来かね、残ル。夕方帰去。せん茶・あべ川もちを為給、金三分渡遣ス。夕方帰去。

一昼後、松村来ル。片岡ゟあわもち九片被贈之、被頼候額面認、夕方書畢、帰去。屠蘇壱服・切餅十入壱包、同人江遣ス。

一夕七時頃、芝田町山田宗之介方ゟ使来ル。過日遣し置候重

箱返却被致、おまち殿ゟ文ヲ以、焼豆腐十一被贈之。返書ニ謝礼申遣ス○伏見氏ゟあべ川もち十三入壱重被贈之、屠蘇一包、為移し、遣ス○昼前吉之助神棚御せうじ四枚・御燈籠一ツ、張之。昼後八時過ゟ榎本氏ゟ賢崇寺へ蔵暮祝儀罷出ル。榎本氏江屠蘇壱包、為持遣ス○右留主中、林銀兵衛殿被参。右者、今日田辺礒右衛門殿小屋頭被仰付候て、引渡し相場氏ニて有之候間、此方も組合の義ニ付、相場氏迄罷出候様被申。然ども他行中ニ候間(一一三ウ)、帰宅次第早々相罷出旨、帰宅延引致候ハヾ、明朝罷出候様申断、銀兵衛殿帰去○吉之助暮時帰宅、賢崇寺方丈様ゟ吉之助江足袋・手拭を被贈。

○廿七日癸卯　晴

一今朝、伊三郎・榎町徳両人来ル。手伝小僧も来ル。南の方家根仕上致、庭前・玄関前雪を片付、昼時ニ成。今日弁当持参せざるの故ニ、右三人之者江昼飯為給、八時頃有まし片付、帰去○昼後、吉之助買物ニ行。右以前、田辺礒右衛門殿方へ罷越、歓申入、八時過買物買取、帰去○伏見氏ゟ如例年歳暮為祝儀、白砂糖壱斤入一袋・手拭三筋、被贈之。使廉太郎殿江手紙壱添遣ス○今朝、およし殿来ル。疾瘡順快、当月初来也。歳暮為祝儀、半紙三帖被贈之。後刻入湯ニ参り度由ニ付、其意任、同道可致旨申、昼時帰去、夕七時又来ル。則、おさちも同道ニて入湯ニ罷越候所、路のぬかり甚しく、殊之外手間取、且帰路馬おどろき、暫くこの丸ニて見合居、夜五時帰宅。路之難義譬ふる物なし。およし殿はな尾緒きり、永井殿御門前ゟはだ(濁マヽ)しニてやう〱たど(濁マヽ)りつく(一一四オ)。

一下そふぢ定吉来ル。両厠汲取、糞桶此方裏江預ケ置、又明後廿九日参り候由ニて帰去。

○廿八日甲辰　晴。余寒甚し

一今朝吉之助外松飾致、所々掃除致、昼前松村江譲葉貰ニ行、暫して帰宅。

一銀兵衛殿、当日祝儀として来ル○昼前おさち伝馬町江買物ニ行。昨日薬店富山ニて小田原てうちん借用致候ニ付、今日持参、返之候。納手拭買取、尾岩稲荷へ納。茶・紙類買取、九時過帰宅。深田大次郎養母同道也。

一昼前、およし殿来ル。昨夜貸進の下駄持参、被返之。雑談後、昨夜預り置候足駄携、帰去○昼前次郎右衛門、歳暮為祝儀、壱斤入白砂糖一袋・鼻紙五帖持参ス。ほど無帰去○八時過宜太郎殿被参、過日貸進の常世物語五冊持参、被返之。外ニ被参候由ニて、早々被帰去。

一今朝、定吉来ル。則、深光寺へ歳暮供為持遣ス。出がけ、飯田町江土産こも蒲団・屠蘇、文をさし添、為持遣ス。昼時過帰来ル。深光寺ゟ請取書来ル(一一四ウ)。飯田町ゟも返書来ル○夕方、松村儀助殿来ル。過日鈴木(アキマヽ)殿江貸進之古史通持参、被返之。内、三ノ巻一巻不足也。早々帰去○夜ニ入太次郎殿、明日当番之由ニて、ほどなく帰去○夜ニ入、鮫橋南町豆腐や松五郎方ゟ焼どうふ四斗樽ニ入、留吉差添、持来ル。如例明日売出し度候ニ付、預り呉候様申、早々帰去。

一宮下隼太郎殿、当日祝儀被申入、帰去○今朝、荷物和蔵来ル。昨日煮染候入物持参、鶏卵二ツ贈、且歳暮為祝儀、天保銭壱枚・切もち十五片、遣之○暮時前順庵殿被参、殊の外繁用の由ニて、早々帰去。

○廿九日乙巳　晴

一今早朝吉之助象頭山江参詣、昼時帰宅○今日昼節一汁二菜・膾、夕方福茶、諸神・家廟江備餅飾付致、夜ニ入神燈、都て如例之。竈神江水を供ス。床の間江農□明神御画像奉掛、内飾其外都て例年之如し。昼前吉之助髪月代致、夕七時過ゟ組中江歳末祝儀として廻勤致、帰路入湯して五時前帰宅○昼後、およし殿来ル。又々入湯ニ同道致呉候様被申候ニ付、八時過ゟおさち・およし同道ニて入湯。帰路買物致、夕七半時過(一一五オ)帰宅。およし殿一昨日の場所ニて向ざまニのめり、抜手をよごし、難義ス。およし殿直ニ帰去○高畑久次殿・宮下隼太郎殿・林銀兵衛殿、歳暮為祝儀被参。

一今朝豆ふや留吉、昨日此方へ預ケ置候焼どうふ昼時迄ニ売切、四斗樽持参、帰去○下掃除定吉、歳暮為祝儀、そだ(濁マヽ)・薪一包持参、早々帰去。

一夕七時過定吉方ゟ使ヲ以、歳暮為祝儀、里芋壱升・八ツがしら芋三ツ贈来ル。且又、定吉妻およ今日八時頃安産致候ニ付、神女湯一服貰度由申来ル。吉之助、則使江渡し遣ス○夕七半時過、自、定吉江行、神女湯一服、歳暮為祝義手拭一筋、遣ス。暮時帰宅。定吉方ハ男子出生。

一元安氏内義お靍殿去廿二日安産、女子出生被致候由、松岡氏之話也。

一夜ニ入定吉、昨日遣し候ふろしき持参、返之。右請取置く。

一暁八時過、稲葉やまハり男、払取ニ来ル。則、金壱分ト百七十七文払遣ス(一一五ウ)。

(第五冊終。後共表紙に自筆「滝沢」)

餘二稿 十三

平成六年七月二十五日
滝沢路 著
木村三四吾 編校